Jörg A. Herber

1963 in Hattingen geboren, arbeitet als Journalist für Presse, Rundfunk und Fernsehen. Mehrere Jahre war er in der Politik als Pressereferent tätig. Über ein Jahrzehnt hat der Essener so tiefe Einblicke in Korruptionen und Machenschaften in diesen Bereichen erhalten. Zuletzt umsegelte er in 52 Tagen auf dem kleinsten Frachtrahsegler von Neuseeland aus Kap Hoorn.
Das Kreisen der Raben ist sein erster Roman.

JÖRG A. HERBER

DAS KREISEN DER RABEN

BASTEI-LÜBBE-TASCHENBUCH
Band 12985

Erste Auflage: Juli 1999

Originalausgabe
© Copyright 1999 by Bastei-Verlag Gustav H. Lübbe GmbH & Co.,
Bergisch Gladbach
Lektorat: Dorothee Spiekermann/Karin Schmidt
Einbandgestaltung: Gisela Kullowatz
Titelfoto: Photonica
Satz: hanseatenSatz-bremen, Bremen
Druck und Bindung: Elsnerdruck, Berlin
Printed in Germany
ISBN 3-404-12985-7

Sie finden uns im Internet unter
http://www.luebbe.de

Der Preis dieses Bandes versteht sich einschließlich
der gesetzlichen Mehrwertsteuer.

Für Shirin

Prolog:

Es fehlte nur noch der Sand. Und der Heizer schrie.

Seit über zwei Stunden schlugen die Männer mit ihren Spaten auf den dicken Klumpen ein, stampften mit ihren groben Stiefelsohlen, lösten Teil für Teil, Korn für Korn, und siebten, als hinge davon der Sieg über die Deutschen ab. Der erste Schneeregen hatte gegen Mitternacht den kleinen Bahnhof nördlich von Wologda in einen Schlammplatz verwandelt, der anschließende Frost aus der feinkörnigen Anhäufung einen steinharten Brocken gemacht.

Besorgt blickte Sergej Komalenkov auf die sich in Richtung Dampflokomotive schleppende Karawane. Der Kommandant sah den Männern die Erschöpfung an. Verstohlen nahmen sie immer wieder mit den schweren, teils stark verbeulten Blecheimern den kleinen Umweg in Kauf. Hauptsache, an der Feuerstelle vorbei. Dabei hielten sie die Augen stets auf den Gruppenführer gerichtet, der mit wilden Gesten und wütendem Geschrei versucht die Arbeit voranzutreiben.

Komalenkov kannte die sadistische Art gut, mit der Michail Kostoij seinen Befehlen notfalls Nachdruck verleihen konnte. Auch wenn er sie oft für übertrieben hielt, hatte er den Gruppenführer ausgewählt – wie auch den dürftig ausgestatteten Umladebahnhof. In Wologda hätten sie die notwendigen Wartungsarbeiten in der Hälfte der Zeit geschafft. Die fünf Treibachsen der Lok hätten von Bahnbediensteten geschmiert, die Pumpenventile von Mechanikern eingestellt und der klemmende Regulatorhebel hätte ausgetauscht werden können. Doch Wologda hatte zu viele Augen, die sehen, zu viele Münder, die Fragen stellen konnten. In die Talsenke zwanzig Kilometer nördlich der Stadtgrenze, in der der kleine, verschlafene Umladebahnhof lag, führte nur eine nicht asphaltierte Zubringerstraße. Die wenigen Arbeiter würden angesichts der vielen Uniformen kommentarlos die Befehle entgegennehmen. Keiner würde Fragen stellen.

Den überraschenden Kälteeinbruch waren die größtenteils sehr jungen Männer nicht gewohnt, obwohl man sie darauf vorbereitet hatte. Härte gegen den Feind und den eigenen Körper war ihnen in bitteren Stunden eingeimpft worden. Für monate-, ja sogar jahrelangen Drill, wie ihn die Väter noch hatten erleben dürfen, gab es heute weder Zeit noch Ausbilder. Dennoch setzte keiner der Soldaten, viele noch mit kindlichen Gesichtszügen, zu einer Grimasse an, die als Beschwerde hätte gedeutet werden können. Keiner von ihnen kannte den Grund der Eile. Keiner hatte zu fragen gewagt. Keiner wußte von der immensen Bedeutung der Reise in den hohen Norden.

Komalenkov ließ der Karawane ihren Lauf und blickte erneut prüfend über das Gelände. Trost- und farblos war es. Eingebettet in eine vom Frost schlagartig befallene, leicht kristallschimmernde Hügellandschaft, wehrte sich das Grau gegen jede neue Farbe. Lediglich der rote Stern über dem matten, leicht verwitterten Stalin-Portrait an der Vorsteherbaracke glänzte in den ersten Sonnenstrahlen, die nun auch die versiegelten Güterwaggons streiften.

Mit leichten Äxten hatten sie in Moskau auf die Anhänger eingeschlagen. Unzählige, für den Betrachter nichtssagende Zahlen waren mit verschiedenen Farben auf die Holzplanken gemalt und anschließend wieder notdürftig abgekratzt worden. Die speziell angefertigten, verstärkenden Beschläge glichen verrosteten Trägerersatzteilen. Teilweise verrottete Holzplanken mit versiegelten, armdicken Spalten bildeten die Außenwände. Nur mit einem gutgeschulten, unbestechlichen Blick war die Jungfräulichkeit der gepanzerten Anhänger zu erkennen.

»Noch eine Stunde, Genosse Kommandant«, schrie Kostoij vom hinteren Triebrad zum Führerstand hinauf. Trotz Kälte und Müdigkeit versuchte er, zumindest während der Meldung eine respektvolle Haltung einzunehmen.

»Eine halbe Stunde, Kostoij. Eine halbe! Mehr Zeit haben wir nicht.«

Ohne die Bestätigung des Gruppenführers abzuwarten, wandte sich Sergej Komalenkov wieder seinen Unterlagen zu. Ölverschmiert und verrußt lagen sie auf dem Brettchen über dem Speisewärmeschrank gleich neben dem Dampfheizungsventil. Lebensläufe, ein detaillierter Streckenplan, Vollmachten, die wichtigsten technischen Daten der Dampflok. Und die Zeitpläne.

Drei hatte er ausgearbeitet und eingereicht. Die Möglichkeit einer Streckensabotage hatte er berücksichtigt, Alternativen durchdacht und auf die Minute genau Vorbereitungen getroffen. In mehreren Städten warteten Einsatztruppen in Bereitschaft. Für den Fall des Falles, der nicht eintreten durfte.

Auf das Füllen des Sandes bis zum Deckelrand hätte er verzichten können. Komalenkov wußte es. Aber er durfte sich jetzt erst recht keinen Fehler mehr erlauben, mußte auf das kleinste Detail achten, jede Vorsichtsmaßnahme treffen. Der nächste geplante Stopp würde erst in Konoscha sein. Die gefrorenen Gleise führten bis dahin durch zwei tiefe Talbecken. Die fast zwei Meter hohen Triebräder der Lok würden sich nicht allein durch die Becken quälen können. Nur Sand auf den Gleisen würde den stählernen Rädern genügend Haftung verleihen, nur das Füllen der Kästen ihm, Komalenkov, Sicherheit geben.

Sein Gesicht war verrußt und trotz der Kälte verschwitzt. Der Bahnhofsvorsteher hatte ihm eine Schale mit lauwarmem Wasser angeboten, doch Komalenkov hatte dankend abgelehnt. Nicht, weil seine Männer ihn verstohlen beobachteten. Es galt vielmehr, die schwerhängenden Lider und die tiefschwarzen Augenränder zu verbergen.

Komalenkov sah wiederholt in den beschädigten, kleinen Spiegel, der mit einem dünnen, verrosteten Draht notdürftig am Ventil der Kolbenspeisepumpe baumelte. Er konnte sich nicht daran erinnern, jemals zuvor so oft in einen Spiegel geschaut zu haben. Dabei gab es wahrlich schönere, verlockendere Anblicke, an denen er sich in seinem Leben hatte erfreuen können.

Am vorletzten Tage des Jahres 1916 in Petrograd geboren, war Sergej für seinen Vater, einen anerkannten Artillerie-Offizier, ein Hoffnungsträger für die Monarchie gewesen. Fast zeitgleich mit der Bekanntgabe der Ermordung des angeblichen Wundermönchs Grigori Rasputin durch den Fürsten Jussupow hatte der jüngste der vier Komalenkov-Söhne das Licht einer revolutionären Welt erblickt. Diese Welt hatte ihm im Alter von zwei Monaten und zehn Tagen den Vater geraubt. Der Demonstration zum sozialistischen Frauentag hatten sich spontan Arbeiter der Pulitow-Werke angeschlossen. Die anschließenden bewaffneten Zusammenstöße mit Polizei- und Armee-Einheiten hatten Opfer gefordert, so auch von Sergej. Der Vater war durch drei Kugeln getötet worden. Über zwei Stunden hatte er angeblich noch leblos auf dem gefrorenen Kopfsteinpflaster gelegen.

Dennoch trug Sergej Komalenkov fast acht Jahre später trotz der Warnung seiner Mutter bereits die erste Uniform mit rotem Stern. Er stand mit Tausenden von Kindern zwischen Tausenden von roten Fahnen auf dem Hauptplatz seiner nun in »Leningrad« umbenannten Heimatstadt – schon damals in der ersten Reihe. Er genoß es.

Nach Erlassen des Gesetzes »Über den Verrat an der Heimat« wurde Sergej im Alter von siebzehn Jahren überzeugtes Parteimitglied. Dem Vater folgend, den er nie kennengelernt hatte, fühlte er sich für die Armee berufen. Präzision, Unnachgiebigkeit, Unterwürfigkeit, aber auch Stolz und das gewisse Quentchen Glück machten ihn 1939 zum Helden. Zahlreiche Orden wurden ihm verliehen, zuerst während und nach der militärischen Auseinandersetzung der UdSSR mit Japan, aber auch während und nach dem sowjetischen Truppeneinmarsch in Polen.

Komalenkov verabscheute Spiegel. Was er darin sah, empfand er als klein und häßlich. Sein schmales, fast eingefallen wirkendes Gesicht mit einer kurzen, breiten Narbe über der linken Augenbraue erschreckte ihn. Der Spiegel am Kolbenventil zeigte dagegen weder Wundmal noch Häßlichkeit. Er reflektierte lediglich ein übermüdetes, schmutziges Antlitz mit einer verantwortungsvollen Miene. Die kleinen Augen unter den schwerhängenden Lidern glänzten glasklar. Sie schienen mit den eisigen Perlen in seinem schmalen Oberlippenbart eine Einheit zu bilden. Komalenkov gefiel ausnahmsweise, was er sah.

Zwölf Stunden hatte er seit der Abfahrt in Moskau geschlafen. Er hatte schon länger gewußt, daß dieser Transport ans Weiße Meer erfolgen würde. Es gab keine Alternative. Und er hatte daran gearbeitet, in demütigender Weise pariert, damit sie auf ihn aufmerksam wurden. Nur ein kleiner Kreis kannte seinen wahren Auftrag.

Komalenkov blickte immer wieder über die stählerne Wand des Führerhauses hinweg auf den versteinerten

Sandberg, die frierenden Jünglinge in Uniformen, das verwitterte Portrait auf der Baracke: auf das Bild des Mannes, der vor zweiundvierzig Jahren im Priesterseminar von Tiflis gottesfürchtig Choräle gesungen hatte. Aus seinen Händen sollte Komalenkov einen weiteren Orden erhalten, gleich nach der Rückkehr aus Archangelsk, das er mit dem Zug bis auf die Stunde genau in einer Woche zu erreichen hatte. Seit vierzehn Jahren gab es keine größere Ehre zwischen Murmansk und Wladiwostok, die ein Sowjetrusse erreichen konnte. Für die Kinder war Iossif Wissarionowitsch Stalin ein Gott, für die wenigen verbliebenen Säulen der ersten Sowjets ein unumschränkter Diktator. Für Komalenkov wäre eine Umarmung durch den ZK-Generalsekretär greifbar nah gewesen.

Es kann nichts mehr schiefgehen! schoß es dem Kommandanten durch den Kopf. In der Sowjetunion kann nichts schiefgehen! Diese Erfahrung, die er vor allem unter dem Oberkommando von Marschall Timosenko gewonnen hatte, dem gegenüber er als Versorgungsleiter für die zweite Staffel zwischen Ostaskov und El'nja verantwortlich war, ließ Komalenkov für Sekunden Müdigkeit, Zweifel und Angst vergessen. Es konnte nichts schiefgehen. Das war eine Tatsache. Als Roslavl, keine hundert Kilometer südlich von El'nja, von den Deutschen in einer Blitzoffensive geradezu überrollt worden war, hatte das Hauptquartier des Obersten Befehlshabers es nicht wahrhaben wollen. Der Kommandant der Fliegerkräfte des Moskauer Militärbezirks hatte der Luftaufklärung zwar zutreffende Ergebnisse vorgelegt, war jedoch von den Genossen des Geheimdienstes NKWD mit einer Anklage wegen »Verbreitung von Panik« bedroht worden. Denn in einer Sowjetunion konnte nun mal nichts schiefgehen.

Komalenkov schreckte hoch. Sein fester Daumendruck hätte in diesem Moment jedes NKWD-Herz jubeln lassen.

Klare Linien, einfache Abgrenzungen, durchschaubare Gleichungen. Der Ruß hatte sich unaufhaltsam mit dem Schweiß verbunden und der Daumen dem neuesten Frontbericht seinen vernichtenden Stempel aufgedrückt.

Elf Schützendivisionen, sechzehn Panzerbrigaden, über vierzig Artillerieregimenter, rund neunzigtausend Mann sollten nun entlang der Mozajsker Verteidigungslinie konzentriert werden.

Endlich, dachte Komalenkov. Für den Realisten war die Verschmelzung der West- und Reservefront-Truppen schon lange nur noch eine Frage der Zeit, der endlich siegenden Vernunft gewesen.

Doch nicht nur die sowjetischen Heeresgruppen waren über Nacht neu gegliedert worden. Nach dem Versagen, dem Unvermögen und den Mißerfolgen der letzten zehn Tage – seit Beginn der großen deutschen Operation zur Einnahme der Hauptstadt – waren erneut Köpfe gerollt. Handgeschrieben stand unter dem Bericht des Hauptquartiers des Obersten Befehlshabers, daß sowohl Generaloberst Konev als auch Marschall Budennyi ihrer Posten enthoben waren und Armeegeneral Schukov zum neuen Oberbefehlshaber der Westfront ernannt wurde.

Komalenkov erkannte die Handschrift auf dem Frontbericht sofort. Und er wußte auch, daß sie ihn treffen sollte. Als Warnung, als Erinnerung. Sie sollte ihm Angst einjagen. Die unverkennbare Schrift stammte von dem Mann, der sich als einziger seit der Abfahrt in Moskau noch weniger Ruhe gegönnt hatte, der nicht einmal zwölf Stunden geschlafen hatte, eingepfercht zwischen Wärmebox und offenem Front-Seitenfenster, zwischen glühender Kohlehitze und eiskaltem Fahrtwind im Führerstand der Lok. Geheimdienstchef Lawrantij Berija hatte ihn persönlich an seine Seite gestellt. Kennengelernt hatte Komalenkov den NKWD-Agenten für besondere Aufgaben neun Tage zuvor in der Lubiljanka, der gefürchteten Zentrale des Geheimdienstes. Gehört hatte er von ihm lange zuvor. Sein Ruf war weitaus besser.

Major Wladimir Sukowa war einer von Berijas besten Männern. Seit der NKWD-Chef einen Sitz im fünfköpfigen Kriegskabinett innehatte, zudem Oberster Polizist der Roten Armee war und die Sonderaktion »Tod den Spionen« aus der Taufe gehoben hatte, von der auch Generäle nicht verschont wurden, lebte Sukowa auf. Vieles verband ihn mit Berija. Er war Georgier, hemmungslos, frech, arrogant und oft angetrunken. Sein Ziel war einzig und allein die Steigerung der Verhaftungsquoten. Er brauchte drohende Gefahr, Streß und vor allem das Leid anderer. Es schien ihn zu befriedigen. Auch jetzt. Mit jeder Stunde, in der die Männer sich mit ihren Blecheimern abrackerten und mehr und mehr erschöpften, die Tränensäcke dunkler und die Lippen blauer wurden, grinste der Major breiter.

Acht Stunden ohne Unterbrechung hatte Sukowa sich mit Kollegen auch vor ihm, Komalenkov, aufgetürmt, ihn verhört, ausgepreßt, ja sogar gedemütigt, um ihm anschließend die Hand zu reichen und ihn zu loben. Mit der rauhen Pranke, die noch wenige Minuten zuvor seine Schulter fast zerquetscht hatte, und mit dem hämischen Grinsen, das nie von seinen Lippen wich, hatte er ihn schließlich beglückwünscht, mit der Leitung des Transportes nach Archangelsk betraut worden zu sein.

»Wir werden ein gutes Team sein«, hatte Sukowa gegrient, ohne ihm in die Augen zu schauen, »und wie siamesische Zwillinge.«

Nur eine Woche war Komalenkov danach Zeit für die Vorbereitungen geblieben. Eine Woche, in der er stets vom NKWD beobachtet worden war. Der Major war ihm nicht von der Seite gewichen. Wie ein sabbernder, zähnefletschender Wachhund, der alle fünf Minuten unüberlegte Verbesserungsvorschläge machte, hatte er mit seiner Befugnis gedroht, notfalls auch ihn auf die Säuberungsliste zu setzen. Pedantisch hatte er darauf geachtet, daß jeder Schritt seinen bürokratischen Lauf nahm und vom kleinsten Beamten abgezeichnet wurde. Selbstverständlich oftmals blind, denn der Transport unterlag höchster Geheimhaltungsstufe. Komalenkov hatte zwar alle Vollmachten. Sie waren vom Oberbefehlshaber, dem Generalstab der Roten Armee und von Berija persönlich unterzeichnet. Doch ihm fehlte Sukowas Segen.

Bedächtig legte Komalenkov den Frontbericht auf den Aktenstapel vor sich. Die Ecken der Papiere waren schon lange nicht mehr kantig. In sieben Tagen hatte er sich durch die über tausend Kilometer Streckentopographie nach Archangelsk gearbeitet, die Technik der Dampflokomotive studiert, täglich an den Sandkasten-Sitzungen des Hauptquartiers teilgenommen, die Frontmeldungen und deutschen Bombenabwürfe säuberlich notiert. In einer Woche hatte er erlebt, wie Orel verlorengegangen war, wie Vjaz'ma und Brjansk immer enger eingekesselt worden waren. Die 3. Armee unter General Krjzer, die 13. Armee unter Gorodnjanskij, gar Teile der 50. unter Pertov waren eingekreist worden. Und Stalin hatte den Auszug aus Moskau befohlen. Die Stadt Kujbyschew wartete gespannt auf die Sowjetregierung samt diplomatischem Korps, Archangelsk wartete auf ihn.

Das laute Klirren, mit dem der Sicherheitsriegel zurückgeschoben wurde riß ihn aus seinen Gedanken.

»Nervös, Genosse Kommandant?«

Wladimir Sukowa stand in der verschmierten Stahltür zwischen Führerstand und Tender. Mit einer Hand hielt er sich am Scharnier fest. Wie immer grinste er halbseitig. Im linken Mundwinkel steckte eine erloschene Zigarette, die seinen eckigen, kahlgeschorenen Kopf noch brutaler erscheinen ließ. Auch wenn mittlerweile eine dicke Schmierschicht auf seiner Uniform lag, saß sie weiterhin korrekt und straff, wie maßgeschneidert.

»Ich denke, die können Sie beruhigt zur Seite legen!«

»Was denn, Genosse Major, Sie sind mal mit jemandem zufrieden?«

»Habe ich das gesagt?«

Ohne darauf zu reagieren, nahm Komalenkov fast abweisend die braunbeige Mappe entgegen und warf sie auf den Frontbericht, der neben dem Verlust der Brückenköpfe über Ugra bei Kaluga und Roshdestwo und dem drohenden Verlust von Rylsk, Mzensk und Rjabtschewsk auch noch stärkere Schneefälle zum Nachmittag hin prophezeite.

Die noch unbefleckte braunbeige Mappe war die Akte des neuen Lokführers. Hinsichtlich seines Arbeitsbeginns tat er Komalenkov jetzt schon leid. »Sukowas Läusesuchen«, wie seine Verhöre gelobt wurden, war bekannt. Bekannt wie die damit verbundenen Demütigungen und Vorträge.

Der Kommandant schloß die Augen, konnte ein kleines Lächeln allerdings nicht verbergen. Es war nicht schadenfroh.

»Genosse Pitroj«, hatte der Major wohl gesagt, »Genosse Pitroj, du bist ein Nichts. Das wissen wir vom NKWD schon lange.« Dabei hatte er das »NKWD« sicher noch mit einem fiesen Grinsen unterstrichen und besonders betont. »Ich weiß nicht, welcher Trottel dir diese Chance gegeben hat.« Somit war auch jegliche Kompetenzfrage geklärt. Nach weiteren Beleidigungen und Drohungen war dann wohl der ruhige, besonnene Ton in Sukowas Stimme zurückgekehrt: »Aber so ist es nun einmal. Ein Fehler. Ein großer Fehler. Doch du hast Glück. Du bekommst eine Chance. Und ich kann dir nur raten, sie zu meiner Zufriedenheit zu nutzen.«

Komalenkov hatte Sukowa studiert, kannte ihn nach einer Woche so genau, als wäre er mit ihm aufgewachsen. Er wußte, daß der Major das Verhör so oder ähnlich geführt hatte, ohne dabei den neuen Zugführer auch nur einmal angesehen zu haben. Er hatte sicher die Mappenkante in die Innenfläche seiner linken Hand geschlagen und das Gesicht zum Fenster oder zur Wand gekehrt. Es war wie eine Inszenierung gewesen – kein Zweifel. NKWD-Psychologen hatten die Dramaturgie geschrieben. Das Ende des ersten Aktes stand. Plötzlich hatte sich der Major wahrscheinlich umgedreht, war auf Pitroj zugegangen und ganz dicht an ihn herangetreten. Zu der Zigarette in seinem linken Mundwinkel hatten sich Schaumbläschen gesellt. »Dann wollen wir mal sehen, ob wir dir vorher nicht doch noch etwas anhängen können.«

Komalenkovs Lächeln gefror. Er hatte die Worte oft gehört, zu oft. Er hatte jeden Zugführer, jeden Monteur, jeden Waggonführer, jeden Abschnittsleiter nach gründlichster Überprüfung und endlos erscheinenden Gesprächen ausgewählt, hatte nach der Wahl auf Vertrauen gesetzt, zumindest nach außen hin. Er hatte nur die aufgenommen, die ihn als Lieblinge, nicht nur als Sympathisanten des NKWD, beeindruckt hatten. Doch Sukowa war nie zufriedenzustellen, nie zu bremsen.

Nur langsam stieg die Sonne höher. Der eisige Nordostwind wurde stärker. Ungehemmt wehte er durch die Senke, versuchte die verbliebene Wärme aus jeder Faser zu verdrängen.

Die Sandkästen am oberen Seitenaufbau des Dampfkessels waren nun gefüllt. Der Heizer konnte kaum noch sprechen. Er war ausgeruht, hatte seit der Abfahrt nur zwischen Aleksandrow und Jaroslawl die Überhitzerrohre strapaziert. In der letzten halben Stunde hatte er die Soldaten immer wieder mit voller Stimme (nie bösartig, mehr kameradschaftlich) zur Eile ermahnt, war wie ein Artist zwischen Dampfkessel und Führerstand hin- und hergeklettert. Er allein nahm sich heraus, auch Sukowa anzuschreien. Jetzt. Denn das Heizen des Kessels hatte Priorität. Fünfzehn Bar mußten gehalten werden. Der Befehl lautete: »Stets höchster Druck!« Und: »Die oberen Kästen mit Sand füllen!«

Komalenkov schob mit dem schwarzen Zeigefingernagel den Deckel seiner Taschenuhr auf. Sie hatte seinem Vater gehört. Die einzige für ihn greifbare Erinnerung.

Die zwei Motordraisinen waren seit genau zehn Minuten in Richtung Norden unterwegs. Jeweils fünf Rotarmisten, die das Gebiet nördlich von Wologda wie ihren Koppelgurt kannten, sollten die Strecke nochmals vorab prüfen. Ein Befehl, der ihm Sorgen bereitete. Sukowa hatte lange mit den Fahrern gesprochen.

Komalenkov schaute ein letztes Mal in den Spiegel. Dann nahm er ihn ab. Er lehnte sich über die Brüstung und blickte zurück auf die Waggons. Hinter »Wologda« hätte er nun wie bei den Stationen zuvor mit dem stumpfen Bleistift einen Strich auf den Streckenplan ziehen können – nun, da der unsicherste Abschnitt der Reise nach Archangelsk, gefährdet durch Fliegerangriffe, Bahnzerstörung und unbeabsichtigte Sabotage, geschafft war, nun, da die Männer wärmesuchend in ihren fünf halboffenen Wagen lagen und Kostoij letztmalig den Zug in seiner ganzen Länge abschritt, um in der ihm eigenen Art wiederholt Aufmerksamkeit zu fordern.

Komalenkov wurde endgültig klar, daß es kein Zurück gab. Nun galt es, jeglichen Zweifel zu verdrängen. Jetzt war er allein.

Das Wasserstandschauglas war gefüllt. Kleine Bläschen

zerplatzten an der oberen Kuppel. Die Nadel des Kesseldruckmanometers zitterte wartend an der roten 15er-Markierung, als wäre sie mit des Kommandanten Nerven verbunden. Lokführer Pitroj stand geduldig am rechten offenen Seitenfenster, die rechte Hand, schmutzig, vernarbt und eingedrückt, auf den Steuerschieber gelegt, mit der linken den Regulatorhebel fest im Griff.

Auch der NKWD-Major war plötzlich still. Lauernd blickte er von seinem Klappholzsitz auf die zahlreichen Manometer und auf das Elektro-Bedienungspult an der Decke. Die dreiteilige Feuertür stand seit Minuten offen. Der Heizer fütterte die Maschine, als wollte er die Überhitzerrohre schmelzen.

Komalenkov sah ihm direkt in die Augen und nickte lächelnd. Er wußte, daß weder für den Heizer noch für Pitroj Gefahr bestand. Er wußte, sie würden beim Zug bleiben. Er wußte, daß nicht viele Sandkörner auf die Schienen fallen würden, daß er in nicht einmal zehn Stunden seinen wahren Auftrag erledigt haben würde.

Der Zug setzte sich in Bewegung. Die massiven Kolbenstangen drückten kraftvoll gegen die stählernen Speichen der Triebräder, ließen dann abrupt nach. Die wechselnden Geräusche, die Takte zwischen Pressen und Lösen folgten schneller aufeinander. Der Holzschemel vibrierte. Die Drucknadel sank nur wenig. Kommandant Komalenkov schaute zu den Waggons, zu der Vorsteherbaracke. Keine Hand winkte, keine Kehle schrie zum Abschied.

Anderthalb Stunden fuhren sie über die Hochebene. Der Takt der Kolben und das Ausstoßen des Dampfes blieben gleichmäßig. Nur an leichten Anhebungen verkrampfte sich der Ton. Der Zug zog eine Schneise durch die schneebedeckte Unendlichkeit. Ein deutlich abgrenzender Horizont war nicht auszumachen. Im heißen

Qualm gingen Erde und Himmel fein ineinander über. Gesprochen wurde auf der Zugmaschine kein Wort. Major Sukowa hielt die Augen geschlossen, doch er schlief nicht. Dreimal war er innerhalb der letzten Stunde aufgesprungen, um nach den Motordraisinen Ausschau zu halten. Komalenkov hatte nie darauf reagiert. Er dachte an die vor Kälte und Erschöpfung zitternden Kinder in den Anhängern hinter ihm. Er führte sie in den sicheren Tod, und sein Herz schmerzte bei diesem Gedanken. Aber er dachte auch an den Spiegel und dann an seinen Vater. Und daran, daß der Major nie wieder jemanden schikanieren würde.

Die letzte Anhöhe war gemeistert. Das Tal lag ihnen zu Füßen. Der Takt der arbeitenden Kolben verkürzte sich stetig. Die Brücke begann bereits fünfhundert Meter vor dem Flußbett. Sie hatten bei diesem Wetter freie Sicht. Die Draisinen waren nicht zu sehen. Sie mußten die Schlucht demnach schon überquert haben. Komalenkov spürte eindeutig das Zittern seines Schemels, als die erste Detonation erfolgte.

Der Major schrie auf, sah durch das Frontseitenfenster nur noch den tosenden Einsturz der ersten Brückenpfeiler.

Der Zugführer riß drei Hebel fast gleichzeitig um. Blitzschnell hatte er reagiert, um die Räder noch vor dem steilen Abgrund zum Stillstand kommen zu lassen.

Der Qualm der Explosion am Brückenansatz hüllte die Lokomotive rasch ein. Stechender Brandgeruch zog durch das Führerhaus. Die Räder blockierten. Nur der Bruchteil einer Sekunde verging, da erfolgte schon die zweite Detonation. Sie hätte beinahe den ganzen Plan in Schutt und Asche verwandelt. Pitroj hatte zu schnell reagiert, das Stahlungetüm zu schnell zum Stoppen gebracht. Die Sprengung zerfetzte den letzten Waggon. Drei weitere wurden von den Gleisen gerissen. Minuten vergingen, bis der Rauch abzog. Zwischen kokelnden, zersplitterten Holzplanken, losen, verbogenen Eisenträgern und glühenden Scharnieren lagen abgerissene Körperteile. Das Bild der Verwüstung gewann an blutroter Farbe.

Die bis ins Mark treffenden Todesschreie der uniformierten Jünglinge übertönten das Knallen der plötzlich einsetzenden Maschinengewehrsalven.

1 Der Weg galt als Mutprobe. Neulinge, vor allem die Kleinen, wurden gezwungen, ihn zu meistern, wollten sie in die Bande aufgenommen werden. Die Großen dagegen versuchten eher, Rekorde zu brechen, wobei die Geschwindigkeit nicht das Entscheidende war.

Die Strecke war nicht steil. Die kreuzende, fast kurvenlose Landstraße, die das Städtchen Kelbra mit der Kaiserpfalz Tilleda verband, war das einzige Hindernis. Die Kinder liebten den Weg, verknüpfte er doch Unheimliches mit Gefahr, obgleich an diesem kalten März-Sonntag nicht gerade viel Verkehr herrschte. Bis zu zehn Meter vor dem Fahrweg konnte der Mutige noch abbremsen, sich vom Schlitten fallen lassen oder ihn einfach herumreißen. Der gefrorene Schnee unter und in den dichten Sträuchern, die wild am Wegesrand wucherten, bot eine exzellente Polsterung. Verletzt worden war noch nie jemand, zumal die Landstraße in beiden Richtungen weit zu überblicken war.

In der Nacht vor zwei Tagen hatte es zum letzten Mal leicht geschneit, allerdings waren außer den größtenteils geradlinigen Kufenspuren nur wild überkreuzende Abtritte von Kinderschuhen auf dem Weg zu erkennen. Je höher er führte, desto mehr nahmen die Spuren ab. Schon weit vor dem großen Haus, das in eine riesige Felsspalte gebettet zu sein schien, lag der Schnee noch so, wie er gefallen war. Rein und makellos.

Die Mutigsten zogen ihre Holzschlitten bis auf fast hundert Meter an den Vorgarten der nach Norden ausgerichteten Terrasse. Weiter hatte sich noch keiner herangewagt. Für die Kleinen war das Gebäude mit den drei rotbraun-geklinkerten Spitztürmen nur beängstigend. Die Älteren erzählten Geschichten von Geistern und Gespenstern. Nachts würden sich Wölfe um das Haus versammeln, behaupteten sie. Aber gesehen hatte sie noch keiner.

Wer Mitglied der Bande werden wollte, mußte nicht nur die Landstraße per Schlitten überqueren. Er mußte sich bis auf mindestens hundertfünfzig Meter an das ›Spukschloß‹, wie die Kinder es nannten, heranwagen, so weit, daß die Eingangspforte deutlich zu erkennen war. Oftmals stellten sich die besonders Tapferen mitten auf den Weg und schrien etwas den Hang hinauf. Den Schlitten hatten sie zuvor zum Tal hin ausgerichtet und sprungbereit postiert. Wenn sich dann ein Vorhang bewegte, jubelten sie und suchten schnell das sichere Tal.

Der Taxifahrer kam aus Kelbra, kannte daher die Sonntagnachmittags-Abenteuer der Kinder. Äußerst langsam fuhr er an die kleine Kreuzung heran, setzte den Blinker frühzeitig und stoppte sanft. Die Kinder erstarrten. Der Fahrer blickte in die Auffahrt, schüttelte jedoch angesichts der Schneeschicht eher mitleidig den Kopf.

»Tut mir leid, aber da rauf kann ich nun wirklich nicht fahren. Hinterradantrieb, wissen Sie?«

Die junge Frau auf dem Beifahrersitz nickte, ohne aufzublicken, und begann in ihrer Handtasche nach Geld zu suchen.

»Zehn Mark achtzig macht das. Sind Sie zu Besuch hier?«

»Ja, so kann man es nennen. Machen Sie zwölf!«

Stumm und mit weit aufgerissenen Augen schauten die Kinder auf das elfenbeinfarbene Fahrzeug. Einige griffen verkrampft nach der Schnur ihrer Schlitten. Andere näherten sich schon mal langsam dem schützenden Graben. Dabei war eindeutig, daß die Taxifahrt zu Ende war. Ein paar von den Älteren sponnen in Gedanken bereits neue Geschichten um das Spukschloß. Bis auf den schwarzen großen Mercedes aus dem Westen und den kleinen alten Golf des Arztes aus Kelbra parkten vor dem Haus niemals fremde Autos. Zumindest hatten die Kinder am Wochenende keine weiteren gesehen. So glaubten sie, inmitten ihrer Spukgeschichten zu sein, als sich die Beifahrertür langsam öffnete.

Die Frau war im Alter ihrer Mütter. Nur viel hübscher, viel zierlicher. Sie hatte dunkle Augen und feine Brauen. Unter der hellbraunen Pudelmütze kam ein gewaltiger, geflochtener Zopf zum Vorschein. Die Frau trug Wollhandschuhe und einen grauen Leinenmantel. Und sie lächelte die Kinder der Reihe nach an.

»Wollt ihr mir helfen?«

»Wobei?«

Die Frage des Bandenbosses, eines Elfjährigen mit Prinz-Eisenherz-Haarschnitt, der schon seit über anderthalb Monaten das Regiment führte, kam zögernd und stotternd, nicht wie gewöhnlich überheblich. Die Frau war nicht von hier. Das erkannte er schon allein an ihrem starken Akzent. Dieser Akzent war es auch, der ihm schließlich die Sicherheit und das Selbstbewußtsein eines stolzen Platzhirsches zurückgab. Das eine Wort »wobei« bewies zudem den schlittenfahrenden Spielkameraden die Leistungsfähigkeit und Kunst ihres Anführers, mit der ihm anvertrauten Macht souverän umzugehen. Prinz Eisenherz streckte seine Brust vor, ging sogar einen Schritt auf sie zu.

»Nun, ich denke, ihr seht, daß ich eine große Tasche dabeihabe, und das Taxi kann nicht den Berg hinauffahren. Vielleicht ist einer von euch so nett und begleitet mich zum Haus. Dann könnte ich die Tasche auf einen der Schlitten stellen und müßte sie nicht den weiten Weg nach oben tragen.«

»Kennst du die alten Männer?« fragte ein kleines Mädchen schüchtern durch seine glitzernde Zahnspange. Es war bereits rückwärts durch den Graben zurückgewichen.

»Nein, ich kenne sie nicht.«

»Warum bist du dann hier?«

»Weil sie mich eingeladen haben. Ich bin Krankenschwester. Alte Menschen brauchen manchmal Hilfe.«

»Sie haben Wölfe und sind unheimlich«, warnte das Mädchen, während es einen Schritt näher kam.

Die junge Frau runzelte leicht die Stirn. Eigentlich hob sie mehr die Augenbrauen. Dann nahm sie entschlossen ihre Tasche und ging durch die Schar Kinder, die nun kein Wort mehr sagten.

Der Weg durch den Schnee zog sich in die Länge. Sie blickte auf ihre Uhr. Sie war zu spät. Nicht viel, aber sie wollte nicht zu spät sein. Pünktlichkeit und Zuverlässigkeit wurden von ihr verlangt, Ehrlichkeit und Aufrichtigkeit jedoch ebenfalls. So verschwendete sie keinen Gedanken daran, nach einer netten Ausrede zu suchen. Sie beeilte sich lieber.

Der Herrensitz, nicht pompös, eher schlicht, aber ansehnlich, lag etwas verborgen in einem natürlich abgegrenzten Trockenwald, wie er für das im Hintergrund liegende Gebirge typisch war. Eichen und Buchen beherrschten die gewaltige Pultscholle selbst an den steilsten Hängen, an denen sie sich gewöhnlich vehement weigerten zu wachsen. Die Frau kannte das Haus nur aus Berichten. Sie kannte seine Bewohner und ihre Eigenarten, kannte die Stärken und Schwächen – nicht genau, aber ansatzweise. Man hatte sie gut vorbereitet und ihr viel versprochen.

Auf halbem Wege blickte sie zurück. Die Kinder sammelten Schneebälle, um sie aus dem Hinterhalt auf vorbeifahrende Autos zu werfen. Nur ab und zu schauten noch einige zu ihr hinauf. In der Ferne konnte sie die schneebedeckten Südhänge des Harzes erkennen, davor die Weite der Goldenen Aue, die nun im prächtigen Weiß sanfte Ruhe ausstrahlte. Ihr neues Zuhause.

Sie fragte sich, wie lange sie wohl würde bleiben dürfen.

Trotz des kühlen, auffrischenden Windes bewegten sich die Wolken fast gar nicht. Deutlich waren am Himmel drei verschiedene Ebenen erkennbar. Nur an wenigen Stellen waren sie miteinander verbunden. Die Sonnenstrahlen mußten sich nicht durch die Schichten quälen. Die Wolkenbälle waren zerrissen, hatten außergewöhnlich bizarre Formen. Sie schienen gegeneinander zu kämpfen, vermittelten aber gleichzeitig Eintracht. Es waren Wolken, nichts anderes als sichtbare, in der Luft schwebende Ansammlungen von Kondensationsprodukten des Wasserdampfes, natürliche Geschöpfe, die sich ohne vorgegebenes, erlerntes Muster entwickelten. Sie schlossen sich bereitwillig zusammen, trennten sich nur widerstrebend. Sie bildeten Figuren, die vorgeblich einzigartig waren, die sich in neuen Gruppen sammelten, zu etwas strebten und nicht wußten, wohin es führte. Doch sie strebten immer nach Veränderung.

Die junge Frau liebte das Gefühl anzukommen, einem Ziel näher zu kommen, auch wenn sie nach zehnstündiger Reise reichlich erschöpft war. In den frühen Morgenstunden hatte sie den Zug bestiegen, hatte nach sechs Stunden Fahrt in der Kälte auf den Anschluß-Bus warten müssen, der sie nach Kelbra brachte. Der Diener des

Hauses hätte sie abholen können, doch keiner hatte es ihr angeboten. Die Tasche wurde schwerer und der Schnee tiefer. Sie wollte eine Pause einlegen, doch sie hielt durch.

Der Vorhang am großen unteren Fenster bewegte sich. Kaum merklich war er zur Seite geschoben worden. Sie wußte, daß sie beobachtet wurde, und blickte verstohlen auf die vor dem Fenster liegende Terrasse, ohne das Gesicht zu wenden. Nach einigem Zögern hatte der Baron die Terrasse im Herbst des vorletzten Jahres recht kurzfristig an die Bibliothek anbauen lassen, passend zur Frontfassade, auch wenn die großzügige Auffahrt dafür leicht an Platz hatte einbüßen müssen.

Alte, unheimliche Männer mit Wölfen lassen die Eingangstore nie offenstehen, dachte sie.

Sie wollte gerade die Tasche absetzen, als sich die schwere Holzpforte öffnete und eine starke Hand nach den Lederriemen griff. Die Hand gehörte zu einem genauso kräftig aussehenden Körper, auf dem ein fast halsloser Kopf saß.

»Fräulein Anna, nehme ich an.«

»Nennen Sie mich einfach Anna«, erwiderte sie und tat überrascht.

»Die Herren haben Sie schon erwartet. Warum haben Sie nicht von Kelbra aus angerufen? Ich hätte Sie abgeholt. Aber, bitte, treten Sie doch erst einmal ein!«

Sah das Haus trotz Spitztürmen und efeubewachsenen Mauern von außen noch recht zeitgemäß aus, ließ die Eingangshalle des Anwesens sämtliche Aufgeschlossenheit vermissen. Ein Museum hätte nicht ehrwürdiger dekoriert sein können. Große Portraits in goldfarbenen, verschnörkelten, breiten Rahmen zierten die dunklen, holzvertäfelten Wände. Das Mobiliar war in Jugendstil gehalten. Über der gigantisch wirkenden Treppe lag ein blaßroter Läufer, den Messingstangen in Form hielten. Das Geländer war aus Eiche, stark gewölbt und sehr dick. Eine Hand konnte unmöglich Halt daran finden. Das einzige Licht lieferte ein Kristall-Kronleuchter an der Decke, die stufenförmig in die der zweiten Etage überging. Über jeder Glühkerze schwebte ein kleiner, milchiger Schirm, der den Lichtstrahl gleichmäßig zurückwarf.

»Ich denke, ich darf Ihnen erst einmal Ihr Zimmer zeigen, Fräulein Anna. Sie wollen sich sicher etwas frisch machen, bevor ich Sie den Herrschaften vorstelle. Übrigens, entschuldigen Sie bitte, mein Name ist Josef.«

Anna hatte in ihrem Leben schon viel Förmlichkeiten erlebt. Doch von einem gerade einmal Mittdreißiger war sie dies nicht gewohnt. Josef war ein kleiner, etwas fettleibiger Mann mit Doppelkinn. Die langen Arme schienen zum Rest des Körpers nicht so recht passen zu wollen, doch der schwarze Anzug, den er trug, saß tadellos. Sie spürte, daß Josef an einer gewissen Etikette Freude hatte. Er sprach jedes Wort mit Höflichkeit und nicht übertriebenem Stolz aus. Sie wußte, daß er einst ein krimineller Straßenjunge gewesen war, und empfand erstmals Bewunderung für die alten Männer, die sie bislang noch nicht zu Gesicht bekommen hatte.

»Danke, Josef, aber ich würde mich freuen, wenn Sie mich jetzt schon den Herrschaften vorstellen würden.«

»Ihr Zimmer ist im Obergeschoß mit Blick auf die Aue. In wenigen Wochen werden Sie schon erkennen, warum sie ›Goldene Aue‹ genannt wird. Ich darf vorgehen, Fräulein Anna.«

Als ob er nicht zugehört hätte, warf der Diener den Leinenmantel schwungvoll über den Arm, griff nach der Tasche und wandte sich entschlossen dem Treppenaufgang zu.

Anna stutzte einen Moment, folgte dann jedoch. »In

wenigen Wochen«, hatte Josef gesagt. Sie hörte, wie irgendwo im Erdgeschoß eine Tür leise ins Schloß fiel.

Der General war der erste, der das Schweigen brach.
Die Tür war nur angelehnt gewesen. Jedes Wort war klar und deutlich durch den schmalen Spalt bis in den letzten Winkel der Bibliothek gedrungen. Aufgrund der Höhe und Leere der Halle konnte sich der Schall entwickeln und suchte unaufhaltsam nach Ausbreitung. Die Bibliothek, nachmittags stets Treffpunkt der Bewohner, war ebenfalls nicht gerade niedrig. Die riesigen, vollen Bücherregale an gleich zwei Wänden schluckten jedoch jedes Geräusch, so daß kein Laut das Zimmer verließ.
»Sie ist hübscher und jünger.«
Ein besorgter Unterton war nicht zu verkennen.
General Franz-Josef Graf von Altmühl-Ansbach zählte mit seinen zweiundachtzig Jahren zu den jüngsten, allerdings auch zu den gebrechlichsten Bewohnern des Hauses. Er litt an Bluthochdruck, hatte drei Bypass-Operationen hinter sich, einen Oberschenkelhalsbruch sowie zwei Magendurchbrüche erlitten. Das unangenehmste Leiden war jedoch seine Hyperhidrosis, eine krankhaft vermehrte Schweißabsonderung, die oft mit einem penetranten Geruch verbunden war. Neben einem Stock, der ihm nicht nur zur Stütze diente, zählte so eine reiche Anzahl von bestickten Taschentüchern zu seinen ständigen Begleitern durch den Tag. Die meisten tropften.
Seit zweieinhalb Jahren gehörte er dem »Zirkel«, der Wohngemeinschaft, an. Kennengelernt hatte er den Hausherrn vor achtzehn Jahren auf einem Rot-Kreuz-Ball des Bundes Deutscher Adliger. Damals waren sie alle noch in Amt und Würden gewesen. Claus Maria Freiherr von der Schlei hatte im Frankenland Rosen gezüchtet, Fürst Her-

mann-Dietrich von Ryn-Gladenberg der Deutschen Herzstiftung vorgestanden, und Prinz Heinrich von Oranienbrug hatte vom Rücken seiner Pferde aus drei Weinberge bewirtschaftet. Nur er und Johannes Elias Freiherr von Lausitz waren einer geregelten, mehr oder weniger bürgerlichen Arbeit nachgegangen und hatten sich die Sporen zur Aufnahme in den elitären Kreis durch zusätzliche aufreibende, ehrenamtliche Tätigkeiten erst verdienen müssen.

Was den Hausherrn anging, so wußte keiner genau Bescheid. Das Anwesen gehörte ihm schon früher, damals noch mit weitaus größerem Grund. 1947 hatte der Baron es aufgegeben, war aus der sowjetisch-besetzten Zone geflüchtet, hatte sich in der Nähe der Edertalsperre niedergelassen. Im Herzen war er Preuße und großdeutscher Patriot und hatte in mehreren Büchern zu beweisen versucht, daß dies sich gut vereinbaren ließ.

Nach der deutschen Wiedervereinigung war er erneut in die Aue gezogen. Im goldenen Tal kursierten seit Jahren die unterschiedlichsten Gerüchte, wie der Greis sein enteignetes Eigentum zurückerobert hatte. Die Versionen klafften weit auseinander. Doch in allen kam Rechtmäßigkeit nicht vor.

Während in Kelbra und Tilleda die Häuser zerfallen und die Scheunen des gegenüber, ein wenig talwärts liegenden kleinen Dorfes Sittendorf verrottet waren, hatte das Anwesen des Barons nie an Glanz verloren. Von 1958 bis zur Wende war es als Gästeferienhaus für Funktionäre der Partei und der DDR-Staatssicherheit genutzt worden.

»Wenn wir sie halten wollen, müssen wir ihr etwas bieten. Junge Mädchen wollen Unterhaltung, Kultur. Auf die Dauer wird ihr das Leben von Kelbra mit dem kleinen Kino nicht reichen. Ich denke, wir sollten ein Programm für sie ausarbeiten«, sagte Prinz Heinrich von Oranienbrug. Er stand mit vor dem Bauch verschränkten Armen an der Tür. Doch bevor die anderen zustimmend nicken konnten, ergriff der Hausherr das Wort.

»Sie ist nicht hier, weil sie unterhalten werden will. Wenn sie das ist, was wir annehmen, dann ist sie ausreichend beschäftigt. Sie will lernen. Sie muß lernen.«

Jedes Wort war hart und deutlich akzentuiert. Das »Muß« hatte besonders gesessen. Normalerweise duldete es keine Fortsetzung des Gesprächs. Der Baron sprach gewöhnlich nicht viel. Wenn er sich bemühte, waren es meist Schlußworte. Den ganzen Nachmittag hatte er noch kein Wort gesagt. Er hatte in den vergangenen Stunden lediglich dem Streit der Gelehrten und Weisen seines Hauses gelauscht.

Wie immer saß Otto-Wilhelm Baron von Hinrichsburg etwas abseits der anderen, nahe des Kamins. Die letzten wuchtigen Äste, die dicksten Opfer des alljährlichen Herbstschnittes, glühten, explodierten zum Teil sogar, da immer noch Feuchtigkeit in ihnen schlummerte. Trotz Verdachts auf Lungenfibrose die Pfeife in der rechten Hand, die linke zittrig auf die dem Feuer zugewandte Lehne gelegt, rührte der Hausherr sich kaum. Mit seinen dreiundneunzig Jahren taten ihm nach jeder Bewegung die Muskeln weh. Er las kaum, wobei er die Schuld nicht seinen Augen anlastete. Ein Krankheitsbild wie das des Generals hatte er nicht aufzuweisen. Und trotz altersbedingter Gebrechen war sein Geist, sein Verstand wach, waren seine Gedanken klar. Die wenigen Worte, die er sprach, setzte er gezielt ein. Stets waren sie geprägt von Entschlußfreudigkeit, Arroganz war ihnen fremd.

Heute jedoch war die Situation zu außergewöhnlich, als daß das Thema einfach mit drei Sätzen von ihm hätte abgetan werden können. Kaum merklich schlich ein Aufatmen durch die Bibliothek, als Johannes Elias Freiherr von Lausitz, ungeachtet der vorangegangenen Worte, die Diskussion fortsetzte. Dabei vermied der Freiherr geschickt, den Baron anzuschauen.

»Sie könnte unseren Garten mitgestalten. Wir könnten ihr das Gelände hinter dem Schuppen anvertrauen, könnten ihr sagen, daß wir schon lange daran dachten, den Boden zu bewirtschaften. Die Sache ist doch die: Wenn Menschen eine Aufgabe haben, die ihnen auch noch Freude bereitet, fangen sie gar nicht erst an, großartig darüber nachzudenken, ob es eigentlich das ist, was sie wollen. Also, überlassen wir ihr den Bereich! Ich denke, daß ich ihr dabei helfen kann.«

»Das könnte Ihnen so passen! Das denke ich mir. Aber bevor Sie noch ein Beet mit Ihrem unausgewogenen Unkraut bepflanzen, sollten wir überlegen, ob wir nicht lieber der Schönheit unseres Umfeldes oberste Priorität einräumen wollen.«

Der zweite Freiherr des Hauses, Claus Maria von der Schlei, war aufgesprungen, hatte seinen müden Knochen alles abverlangt. Sein Erzfeind in Fragen der Vorgarten-Botanik versuchte aus einer Situation, die Sachlichkeit, Geschick und Menschenführung verlangte, seinen Vorteil zu ziehen. Zumal von Lausitz derjenige war, der später in das Haus gezogen war.

Von der Schlei blickte mürrisch auf von Lausitz. Der schaute in kränkender Weise auf alles im Raum, nur nicht auf den Rosenzüchter.

Jeder wußte, was sich nun anschloß. Jeder wartete darauf. Der Zeitpunkt war so unpassend wie nie zuvor. Doch keiner wagte, an das Mädchen zu erinnern.

Es gab ungeschriebene Gesetze in dem Herrenhaus, die schon fast auf Tradition beruhten und die keiner zu formulieren wagte. Sie herrschten allerdings, um der Gemeinschaft der Bewohner eine gewisse Beständigkeit zu verleihen. Es war ein eingespielter Wettkampf, bei dem es keinen Sieger und keinen Besiegten gab. Der Ablauf des Spiels war festgelegt. Ein einmal aufgenommenes Streitgespräch durfte keineswegs ein schnelles Ergebnis bringen. Kein Tag verging daher, ohne daß sich die beiden Freiherren des Hauses vor versammelter Schar über floristische Aspekte stritten.

Hatten sie sich nach tagelangen Debatten endlich auf eine vernünftige Ausgewogenheit des Frühstücksangebotes geeinigt, lag eine Einigung über die Bepflanzung um das Haus herum noch in weiter Ferne. Die Aufzucht mehrerer äußerst seltener Rosenexemplare stellte Claus Maria Freiherr von der Schleis letztes Lebensziel dar. Mit viel Liebe und Sorgfalt pflegte er die Stöcke und sagte gern, daß gut' Ding Weile haben wolle.

Johannes Elias Freiherr von Lausitz dagegen hatte sein kleines, ihm zugewiesenes Beet mit Kräutern bestückt und kam Schleis sorgfältiger Aufzucht recht nahe. Nicht, daß Lausitz die Rosen des Nachbarbeetes verschmäht hätte. Er mißbilligte nur zutiefst die Art, mit der von der Schlei seinen Rosenacker bewirtschaftete. Josef, der für beide die Bodenarbeit übernahm, mußte wöchentlich aus Drogerien und Apotheken der Umgebung unterschiedlichste Chemikalien zusammentragen, um einen Schädlingsbefall der Prachtblumen zu verhindern. Lausitz weigerte sich hartnäckig und bislang erfolgreich, von der Schlei dahingehend nachzueifern. Er legte größten Wert auf das natürliche Gedeihen seiner Kräuter. Ein grober Plan für den Bau einer kleinen Mauer zwischen den Beeten lag seit mehreren Tagen fertig in seinem Schreibtisch. Es war für ihn nur noch nicht der passende Zeitpunkt gekommen, ihn zu präsentieren.

»Mein lieber von der Schlei, ich spreche von einem Grundstück, das hinter dem Haus liegt, weit entfernt von der Terrasse und auf der ihren Zimmern abgewandten Seite. Ich weiß nicht, warum Sie jetzt schon wieder mit diesem äußerst leidvollen Thema anfangen.«

»Einen Moment bitte, Sie haben doch damit`angefangen.«

»Ich habe lediglich zu bedenken gegeben, daß das Mädchen jung ist und nach Aktivitäten dürsten wird.«

»Und hübsch! *Hübsch* haben Sie gesagt. Und wenn sie das ist, wird sie auch Hübsches lieben. Sie wird Hübsches um sich haben wollen. Blüten in ihrer Vollkommenheit. Sicherlich keine eintönigen Kräuter. Sie benötigt dringend einen Ausgleich zu den doch oft häßlichen Strapazen, die sie als Betreuerin – leider auch als Ihre Betreuerin – haben wird.«

Die Alten liebten Diskussionen und Streit. Und sie liebten es, dafür ausgiebig Zeit zu haben. Jeder vertrat einen speziellen Standpunkt. Hartnäckigkeit und zunächst absolute Kompromißlosigkeit waren Voraussetzung. Koalitionen kamen selten zustande. Auch wenn an dem Wettkampf der Pflanzenzüchter nur zwei Bewohner teilnahmen, erfreuten sich die übrigen an dem Spiel. Sie nahmen zwar nie Rechen, Hacke oder Spaten in die Hand, doch sie zählten dazu. So nickte auch diesmal eine stets wechselnde Mehrheit nach jedem Wortbeitrag anerkennend. Eine Äußerung wurde nicht gelobt, aber gewürdigt, bevor das Kontra schärfer und aggressiver formuliert wurde.

»Ich denke, wir sollten sie selbst entscheiden lassen.« Von der Schlei war seiner Sache sicher.

»Das ist wohl ein schlechter Scherz! Das Mädchen ist noch nicht einmal richtig angekommen. Sie wollen doch wohl nicht einer ...«

Von der Lausitz' Halsschlagader schwoll an. Seine Gesichtsfarbe wurde dunkler. Die roten Flecken auf den Wangen stachen hervor. Auch er litt an Bluthochdruck. Der kräuteranbauende Freiherr schnappte nach Luft, wollte die schlaffen Lungenflügel aufblähen, um zum vernichtenden Schlag anzusetzen.

Da klopfte es.

Die Alten starrten gemeinschaftlich zur Tür. Nur der Baron wandte den Blick nicht vom Feuer ab. Keiner sagte ein Wort. Langsam bewegte sich die Messingklinke nach unten, die Tür wurde behutsam geöffnet.

Sie trug eine weiße, leicht glänzende Jacquard-Bluse in aufwendiger Patchwork-Verarbeitung, schön verziert mit aufgenähten Borten. Die etwas zu lässige Hemdblusenform mit abgerundetem Saum war aus einer guten Qualität. Der Faltenrock aus reiner Schurwolle besaß ein modernes Karomuster, zeigte aber nach Ansicht der Greise durch den engen Hüftschnitt etwas zu deutlich ihre Weiblichkeit. Der dicke schwarze Zopf war über die Schulter gelegt und bedeckte ihre linke Brust. Die rechte schmucklose Hand lag immer noch auf der heruntergedrückten Klinke.

Sie hatte ein Tabu gebrochen, ohne es zu wissen.

Von der Schlei reagierte als erster.

»Fräulein Anna«, sagte er überrascht, »lieben Sie Rosen?«

2 Katja Melzer war es gewohnt, lüstern und auf für sie erniedrigende Weise angestarrt zu werden. Sie fühlte sich emanzipiert, war es aber keineswegs. Sie setzte ihre Weiblichkeit gezielt ein und haßte sich dafür. Ohnehin haßte sie zur Zeit alles, unter anderem auch den Blick des gutmütigen alten Mannes, der sie nun wieder einmal zum Auto begleitete.

Eigentlich begleitete Alfred Sinasz mehr ihren Aktenkoffer. Allabendlich nach Redaktionsschluß lauerte er am ersten Fenster des Montageraums. Von dort hatte er den besten Blick auf den gesamten Innenhof. Katja Melzer war meist ohnehin die letzte. Das wußte er. Sobald die Haupteingangstür zu den Redaktionsräumen geöffnet wurde, sprang er auf und sauste – an Sonderbeilagen, Kultur- und Sportseiten, durch die Anzeigenaufnahme und an der Pförtnerloge vorbei – ihr entgegen und fragte höflich, ob er ihr tragen helfen könne. Und zu tragen hatte sie immer etwas, auch wenn es nur ihre Autoschlüssel waren.

Alfred Sinasz war seit achtundzwanzig Jahren Setzer beim »Westdeutschen Kurier«, kannte noch die riesigen Klebefahnen mit Texten, die durch Fotos, Logos und Tabellen zersplittert waren. Er besaß noch die Fähigkeit, diese fein säuberlich zu schneiden, um sie dann in das richtige Zeitungsformat zu kleben. In der guten alten Zeit des manuellen Umbruchs hatte er sich streng an das Layout und die Vorgaben der Redakteure gehalten. Wo seine Kollegen zu lange Texte radikal von hinten weggeschnitten hatten, hatte Alfred Sinasz Reportagen, Essays, Nachrichten, gar Börsenberichte sorgfältig durchgelesen, Zitate herausgeschnippelt oder an Bildunterzeilen gefeilt. Die fettgedruckten Kürzel der Autoren unter den Artikeln waren jedoch für ihn immer ein Heiligtum gewesen, auch wenn sie eine eigene Zeile in Anspruch genommen hatten. Die eitlen Vertreter der Journaille hatten ihn deshalb wie einen zumindest fast gleichwertigen Kollegen geachtet.

Mit Umstellung der Fahnenmontage auf Ganzseiten-Umbruch mußten Ende der achtziger Jahre viele Kündigungen ausgesprochen werden. Die junge Generation von Computerfreaks und Systemsteuerungsfachleuten verdrängte die Umbruch-Handwerker der alten Schule. Alfred Sinasz aber blieb. Als Rudiment der ersten Nachkriegszeitung der Region. Als Monteur für Sonderaufgaben ohne bestimmten Aufgabenbereich.

Das tägliche genaue Studium der Zeitung hatte Sinasz zu einem gebildeten Mann gemacht. Er war nicht intelligent, aber im Lösen von Kreuzworträtseln schlug er jeden Kontrahenten. Bereits um 16.00 Uhr eines jeden Tages, außer samstags, war Sinasz frühzeitiger Mitwisser des nichtaktuellen Weltgeschehens. So zählte er an diesem Sonntag zu der prädestinierten Elite, die schon wußte, daß der 20. März der Todestag des preußischen Herzogs Albrecht von Brandenburg-Ansbach sowie der Geburtstag Torben Bergmans, Henrik Ibsens, Brian Malroneys und Carl Palmers war. Er wußte, daß vor drei Jahren Boris Jelzin Rußland der Präsidialherrschaft unterstellt hatte, vor vierzig Jahren Tunesien in die Unabhängigkeit entlassen worden war, König Ludwig I. von Bayern vor 148 Jahren nach einer Affäre mit einer Tänzerin abgedankt hatte. Alfred Sinasz war sehr stolz, das alles zu wissen, teilte es deshalb auch jedem mit, ob es ihn interessierte oder nicht. Schließlich würde der Normalsterbliche es sonst erst in der morgigen Montagsausgabe erfahren.

Katja Melzer konnte die Schritte zählen. Der Innenhof war dunkel. Nur an den Aufgängen zum benachbarten Studiogebäude des lokalen Hörfunksenders und zur Kantine brannte ein schwaches Licht. In der Ferne konnte sie das dumpfe Hämmern der Rotationswalzen hören. Es mußte nach halb neun sein. Die Postausgabe war schon längst gedruckt.

Zwölf Schritte noch, dann war sie am Parkplatz des Anzeigen-Geschäftsführers. Spätestens zwischen dem

Parkplatz und dem Altpapiercontainer tauchte gewöhnlich Sinasz auf. Auf ihn war Verlaß.

»Na, Frau Melzer, ist ja mal wieder spät geworden, ne?«

»Ach, Alfred, heute war wieder einmal die Hölle los.«

Alfred Sinasz wartete nicht ab, fragte zwar wie gewöhnlich, griff aber sofort nach der braunen Aktentasche und reihte sich ein – ein Ritual, an das sich Katja nie gewöhnen würde. Der Monteur mit Sonderaufgaben im Sonderbereich ging stets einen halben Schritt seitlich hinter ihr. Er nannte es »Rückendeckung geben« und schimpfte zudem mindestens einmal wöchentlich über die boshafte Unverfrorenheit der Geschäftsführung, einer so jungen und hübschen Mitarbeiterin aus der Hauptredaktion nur einen Tiefgaragenplatz zu bieten. Denn Tiefgaragen waren laut Alfred Sinasz nichts für Damen. Vor allem nichts für junge und hübsche.

»Die Jungs haben immer noch nichts dazugelernt. Ich habe sie mal wieder geschröpft«, berichtete er fröhlich und ungefragt seitlich von hinten.

»Lassen Sie mich raten, Alfred. Kultur?«

»Richtig. Ich habe auf den Laufplan gesehen. Wolke, sag' ich. Nur Wolke. Und wenn der Wolke die Premierenkritik schreibt, ist er immer der letzte. Die Jungs haben natürlich wieder alle auf den Sport gesetzt. Zumal der Zingel heute das Layout gemacht hat. Aber ich hab' auf Wolke gesetzt. Die lernen's nie.«

Der obere Eingang der Tiefgarage lag auf der anderen Seite der Stichstraße, die Verlag und Redaktion klar abgrenzte. Das Tor zur Tiefgarage war wie immer bereits lange geschlossen. Katja Melzer hatte einen Schlüssel, vielmehr hatte Sinasz ihn nun.

Ihr roter Peugeot stand mittlerweile recht einsam im zweiten Untergeschoß. Nur noch die nagelneuen, weißen

Ford Mondeos des Kurierdienstes parkten gegenüber, frisch gewaschen und fein säuberlich mit dem Heck zur Wand aufgereiht. Katja Melzer blickte kurz auf das Schild vor ihrem Wagen. *CvD* stand dick und fett darauf. Das Schild war neu, glänzte daher noch, und die Aufschrift nahm trotz der wenigen Buchstaben den gleichen Raum ein wie das *Chefredakteur* direkt daneben.

»Alfred, setzen Sie morgen auf Seite fünf oder sieben Reportage Ausland. Wir erwarten von Karlsen was aus Taiwan. Exklusiv«, sagte Katja Melzer, während sie die Beifahrertür aufschloß. Der Monteur legte wie gewohnt ihre Tasche auf den Sitz und kniff fragend die Lider zusammen. Mißtrauisch versuchte er, den Blick ihrer giftgrünen Augen auf sich zu ziehen, sagte allerdings nichts. Auf der Fahrerseite konnte Sinasz seine Zweifel dann nicht länger für sich behalten. Während er die Tür aufhielt, beugte er sich leicht zu ihr hinüber, als ob sie über ein streng gehütetes Redaktionsgeheimnis tuschelten.

»Frau Melzer, Karlsen war noch nie zu spät.«

»Karlsen hat vorhin noch angerufen. Gute Nacht, Alfred. Und danke.«

Sie stieg ein, startete den Motor und trat behutsam aufs Gaspedal. Die Kupplung mußte eingestellt werden. Die Scheibe zwischen Motor und Getriebe haßte wie die Fahrerin die steilen Tiefgaragenauffahrten. Im Rückspiegel sah Katja Melzer einen einsamen, aber zufriedenen Sinasz.

Der »Westdeutsche Kurier« hatte seine Büroräume an der westlichen Umgehungsstraße der Innenstadt. Der Gebäudekomplex bestand aus vier Teilen, architektonisch aus verschiedenen Federn stammend, die nur eines verband. Seit sechs Jahren meldete sich die Telefonzentrale, auch die des »Kuriers«, mit »Pressezentrum Rhein-Ruhr«. Gespart wurde in allen Bereichen. Was nicht zusammengehörte, wuchs zusammen. Zwei Tageszeitungen, acht wöchentlich erscheinende Anzeigenblätter und ein Lokalsender teilten sich Pförtnerriege, Telefonzentrale, Poststelle und Verlagsleitung. Nur die Redaktionen waren noch in verschiedenen Räumlichkeiten untergebracht. Das Monopol lag aber in Händen eines einzigen Geschäftsführers, eines brillanten Profitmachers, der allerdings keine Ahnung von Journalismus hatte und sich vehement weigerte, redaktionellen Anliegen auch nur im Ansatz Rechnung zu tragen.

Auf der Umgehungsstraße herrschte wie immer um diese Uhrzeit wenig Verkehr. Die Stadtmitte fiel gewöhnlich abends in einen Tiefschlaf – das Ergebnis einer katastrophalen, bürgerunfreundlichen Planungspolitik. Verwaltungsspitze und von der Wirtschaft gesteuerte kommunale Marionettenpolitiker lebten in dem Wahnsinnsrausch, unter allen Umständen eine Wirtschaftsmetropole der Giga-Klasse zu schaffen. Je höher Bürobauten geplant wurden, desto eher wurden sie genehmigt, stimmten die legislativen Gremien zu. Aus der Luft betrachtet, wirkten die neuen, kleinen Wolkenkratzer wie ein Zaunwerk um die Einkaufshäuser der Stadtmitte. Die bekannten Kneipenmeilen lagen so, zwangsläufig verdrängt, in den Außenbezirken. Die Innenstadt gehörte nach Sonnenuntergang allein den Nichtseßhaften und der katholischen Kirche. Letztere hatte für das Verbot jeglichen Vergnügens um den winzigen Dom herum erfolgreich mitgekämpft. Die Obdachlosen, wenn auch sehr ungläubig, dankten für die Ruhe, indem sie mehr die Beete an der evangelischen Kirche verunreinigten.

Es hatte zu nieseln begonnen. Es waren keine richtigen Tropfen, die aus der dichten Wolkendecke fielen. Für die Intervallstufe des Peugeot-Scheibenwischers war die Feuchtigkeit allerdings schon zu heftig, für einen permanenten Wischereinsatz zu gering. Katja Melzer ging das Gequietsche des sich über die Windschutzscheibe quälenden Gummis auf die Nerven. Sie stellte das Radio lauter.

»21.00 Uhr. Nachrichten.«

Sie konnte die Frequenz auf dem dunklen Radio-Display nicht erkennen, wußte aber sofort, daß sie einen der öffentlich-rechtlichen Sender erwischt hatte. Der Sprecher sprach besonders wichtig, in der Geschwindigkeit eines Schlafsüchtigen. Außerdem hatte sich der sprechende Narkoleptiker nicht namentlich vorgestellt.

»Nach den Krawallen militanter Kurden am Wochenende hat die Bundesregierung ein härteres Vorgehen gegen die verbotene Kurdische Arbeiterpartei PKK angekündigt. Der Bundesinnenminister nannte die PKK eine Verbrecherorganisation und forderte die Abschiebung der Rädelsführer. Bei Straßenschlachten in Dortmund und auf mehreren Autobahnen wurden dreihundert Kurden und vierzig Polizisten verletzt. Fünfhundert Personen wurden festgenommen, weitere zweitausend in Gewahrsam genommen.«

Der Nachrichtensprecher las in der Fallgeschwindigkeit der Nieseltropfen. Die Betonung bei der Verletztenstatistik lag eindeutig auf »vierzig Polizisten«. Die »dreihundert« verletzten Kurden waren eher Beiwerk. Der journalistischen Fairneß halber. Zwischen PKK-Aufmacher und Nachricht Nummer zwei, die Fortsetzung der rot-grünen Koalition in Nordrhein-Westfalen, herrschte Funkstille von mindestens anderthalb Sekunden. Nachrichten waren zu wichtig. Langsamkeit war das Konzept der Öffentlich-Rechtlichen im Kampf gegen den Boulevard-Informations-Slang der Privaten.

Katja Melzer spürte ihren Zorn, spürte, wie sich ihre Finger am Lenkrad verkrampften. Sie hatte sich wieder breitschlagen, zu etwas drängen lassen, was sie nicht wollte. Sie hatte die PKK auf der Titelseite vierspaltig nach unten gesetzt, die klare Koalitionszustimmung des Grünen-Parteitags darüber. Kingler, der an diesem Sonntag den Sport vertreten hatte, hatte ihr schon vor der Planungskonferenz, fein sortiert, zehn Aufmacherfotos vom 5:0-Sieg der Dortmunder Borussen präsentiert. Umarmende, strahlende Profispieler vor der gewaltigen 5:0-Anzeigetafel des Stuttgarter Neckar-Stadions. Die PKK-Krawall-Fotos der Agentur hatte er vorsichtshalber schon Kalthoff in die »Westen aktuell«-Mappe gesteckt.

Sie mußte zugeben, sie war von den Fotos fasziniert gewesen, nicht aber von der Hiobsbotschaft des Frühdienstes, Erhard Poschmann würde nicht kommen. Der Chefredakteur habe angerufen, war ihr mitgeteilt worden. Er sei auf dem Weg nach München und komme erst spät abends zurück. Als frischgebackene Chefin vom Dienst hatte sie sich also ins »Loch« begeben und die Stellung halten müssen.

Obwohl das Zimmer des Chefredakteurs sehr geräumig war, verdiente es den Namen. Durch seine Lage drang selbst im Hochsommer kein Sonnenstrahl durch die drei Fenster. Eingepfercht zwischen Verwaltungsturm und Auslieferungshalle, lag es am äußersten Ende des nördlichen Flügels in der ersten Etage, genau über der EDV-Zentrale. An wärmeren Wochentagen war bei geöffneten Fenstern und günstiger Windrichtung nur das Rattern der über zweihundert Nadeldrucker zu hören. Bei ungünstigen Luftströmen wurde das Ganze recht unmelodisch von den Dieselmotoren der LkWs in der Auslieferungshalle untermalt. Poschmann hatte diesen Raum im vorletzten Winter bezogen, als nicht daran zu denken gewesen war, jemals wieder ein Fenster zu öffnen. Bereits vier Wochen später hatte er einen neuen Raum beantragt. Seitdem versprach die Verlagsleitung eine wohlwollende Prüfung, und Poschmann drohte mit seiner sofortigen Kündigung wegen unmenschlicher Arbeitsbedingungen.

Als Katja Melzer das »Loch« betrat, lag die Samstagsausgabe noch sorgfältig ausgebreitet auf dem dicken Eichenschreibtisch. Angeblich sollte er noch von Poschmanns Großvater stammen. Rote Striche, grüne Kreise, gelbe und blaue Kringel zierten die Artikel und Bilder, wirkten jedoch irgendwie systemlos. Daß Poschmann wohl länger über die Wochenendausgabe nachgedacht hatte, war an der grünen Hornbrille und dem roten BH zu erkennen, die er einem für die Bundesgartenschau werbenden Fotomodell verpaßt hatte. Wer dem Chefredakteur erstmals begegnete, würde nie auf den Gedanken kommen, dieser sei zu solch infantilen Malereien fähig. Poschmann war eiskalt, ja skrupellos in Entscheidungen. Mitarbeiter, die mit persönlichen Problemen zu ihm kamen, fanden kein Gehör, zumindest nicht die, mit denen er nicht befreundet war.

Erhard Poschmann war ein schmalgesichtiger Endvierziger, dessen hohe Stirn nur in der Mitte durch einen heruntergezogenen Haaransatz unterbrochen war. Dieser Ansatz war der große Stolz seiner Haarpracht, der Poschmann besondere Pflege zukommen ließ. Erhard Poschmann überschritt oft Grenzen und genoß es. Er liebte Risiken und brauchte sie. Doch er war unterwürfig gegenüber der Geschäftsführung, hatte schon lange den Glauben an die Popularität seiner Person verloren. Vielmehr präsentierte er sich, als sei es ihm gleichgültig.

Katja Melzer schaute immer wieder auf den roten BH des Gartenschau-Models. Darüber lagen die zehn glücklichen Borussen-Fotos, und Kingler stand noch glücklicher in der Tür.

»Wenn Sie mir das mit der Anzeigetafel oben vierspaltig geben, brauche ich nur Platz für einen ganz kurzen Anreißer. Den Rest feiere ich dann bei uns im Sport ab.«

»Herr Kingler, wir haben nicht einmal Mittag. Ich habe mich ja noch nicht einmal hingesetzt.«

»Ich will es ja nur ganz kurz wissen, sonst muß ich das auf die erste Sportseite nehmen. So ein Foto ...«

»Herr Kingler!«

»Gut, ist schon gut. Ich komme in zehn Minuten noch mal.«

Er drehte sich um und ging. Damit hatte er gewonnen. Kingler wußte es. Und Katja Melzer ebenfalls. In zehn Minuten würde sie sich niemals einen Überblick verschafft haben können. Karl Kingler war ein alter Hase, ebenso faul und behäbig, jedoch schlau und erfahren. Sie war mit ihren achtunddreißig Lenzen ein junges Küken, vierzehn Jahre jünger als Kingler, aber seine Vorgesetzte. Erhard Poschmann hatte mit ihrer Benennung frischen Wind in die Redaktion bringen und sich ein eigentlich selbst für seinen Geschmack viel zu frühes Vorruhestands-Schlummerkissen bereiten wollen. Das einzige, was er sich seit einer Woche mit ihr als neuer Chefin vom Dienst jedoch bereitete, waren Ärger und schlaflose Nächte.

Die Redaktion war in Lager gespalten. Die alten und lustlosen Redakteure, die sich mit jedem Tag mehr als Raumausstatter der Seiten verstanden, begannen Diskussionen nur mit »damals« und »als noch«. Engagement fehlte ihnen gänzlich. Sie ließen den Tag gemütlich angehen. Neben dem Lesen der Zeitungen kippten sie unzählige Tassen Kaffee sinnlos in sich hinein. Die meisten verfeinerten den Geschmack schon recht früh mit hochprozentigen Alkoholika. Jeder hatte seine spezielle Marke im Schreibtisch verstaut. Oft roch es schon während der Morgenkonferenz stark nach Schnaps. Ab 14.00 Uhr konnte Katja Melzer blind über den Flur laufen. Wenn sie dabei durch die Nase atmete, erkannte sie im Vorbeigehen jeden Dritten.

Die jüngere Riege der Hauptredaktion dagegen schleimte, was das Zeug hielt. Ihr übertriebenes Engagement wurde von den Alten belächelt, aber geduldet. Dem Nachwuchs fehlte schlicht die Erfahrung. Er suchte nach Zielen, die er systematisch selbst zerstörte. Was letztendlich immer blieb, war die selbsterklärte Wichtigkeit. Neben den jungen Profilneurotikern und den alten Faulenzern gab es dann noch die, die stündlich die Lager wechselten, um außer Katja Melzer bloß keinem anderen Kollegen auf die Füße zu treten. Unterstützung fand die neue Chefin vom Dienst kaum.

Katja Melzer fluchte innerlich. Der Wagen vor ihr hatte ohne ersichtlichen Grund stark abgebremst. Sie konnte gerade noch ausweichen.

Katja wollte so schnell wie möglich nach Hause. Sie mußte nur noch eben bei dem für Europa zuständigen Redakteur des »Kuriers« vorbeifahren. Er hatte seine gesammelten Werke, Wochenendpost und Unterlagen vergessen, mußte am nächsten Morgen früh um 9.00 Uhr aber bereits in Bonn sein. Er war so clever gewesen und hatte es ihr über die Zentrale ausrichten lassen. Katja fluchte auch auf ihn. Doch der »Europa«-Redakteur hatte ihr heute geholfen. Wieder einmal.

Wirkte die Planungskonferenz wochentags oftmals wie ein Kindergarten-Fest – sonntags war sie garantiert mit dem einer Krabbelgruppe zu vergleichen. Für Katja war es an diesem Tag die erste Sonntagsleitung gewesen. Ohne Vorwarnung war sie in die Konferenz hineingestoßen worden. Sie hatte Schreckliches geahnt und war nicht enttäuscht worden.

Der Konferenzraum lag schräg gegenüber des »Lochs«,

auf der anderen Seite des Ganges. Zehn große, hellgraue Tische waren in Form eines Karos aufgestellt. Zwischen Karo und Tür standen noch zwei kleinere Tische mit vier, auf leise gestellten Telefonen. Hier saßen wochentags die Redaktionssekretärinnen, notierten Aufträge, nahmen Aktuelles entgegen, protokollierten die Konferenz. Sie durften nicht sprechen, lediglich hinter vorgehaltener Hand in den Hörer tuscheln. Wichtige Anfragen oder Informationen schrieben sie auf kleine orangefarbene Notizzettel, versahen diese mit Uhrzeit, Kreuzen für *Rücksprache* oder *Erledigt*, schlichen dann auf Stöckelschuhen und Zehenspitzen um das Tisch-Karo zum entsprechenden Adressaten.

Katja war trotz der überraschenden Absage des Chefredakteurs gut auf das sonntägliche Chaos vorbereitet gewesen. Sie hatte absichtlich die 13.00-Uhr-Marke etwas verstreichen lassen. An den Sekretärinnen vorbei steuerte sie gezielt ihren CvD-Stuhl am Karo an. Poschmanns Platz blieb unberührt. Die längere Wand hinter ihr bestand aus einem einzigen großen Schrank, in dem sich ein kleines, nach Stichwörtern geordnetes Archiv befand. Das große Archiv mit Zahlen, Daten, Fakten, Personen-Registern und den gebundenen Exemplaren der Konkurrenzpresse war ein Stockwerk tiefer untergebracht.

Der »Sport« war bereits pro forma durch Karl Kingler vertreten, der eigentlich nur noch die Seitenanzahl erfahren mußte. Neben ihm saß eine langbeinige Volontärin, die ihn anhimmelte. Dann folgten Klaus Mischka und Siegfried Reinhardt für die »Innenpolitik«. Der alte Jächter für »weltweit« stank deutlich nach starkem Billig-Fusel. Die Kultur-Redaktion glänzte durch Abwesenheit. Jo Sartor fummelte gelangweilt an seinen zwei bereits fertig layouteten Wirtschaftsseiten. Neben Sartor saß Max Wilhelms. Der vergeßliche »Europa«-Redakteur pulte sich mit einem Zahnstocher im Mund herum. »Buntes«-Chefin Marga Angelis rückte das linke Schulterpolster ihres eintönig-dunklen Kostüms zurecht. Nur Oskar Niemeyer, »Ratgeber« für Familie, Freizeit, Recht und alles, wofür Beratungsbedarf bestand, saß aufrecht und mit gefalteten Händen hinten links vor der Kaffeemaschine und wartete auf ein Begrüßungswort der neuen CvD.

»Seit wann haben denn Volontäre hier Zutritt? Soll ich meine auch noch reinholen? Wo ist eigentlich der Chef? Ich dachte, der hat heute Dienst?«

Berthold Frömmert hatte den Charme einer ausgedrückten Tintenpatrone, konnte sich als dienstältester Redakteur allerdings solche Auftritte erlauben. Ohne die Tür zu schließen, steuerte er auf den ersten freien Stuhl zu. Er setzte sich nicht. Er nahm Platz. Dann schaute der Verantwortliche für »Unterhaltung« abwechselnd auf Volontärin und CvD. Die eine himmelte immer noch Kingler an, nur verlegener, die andere überflog noch einmal die neuesten Agenturmeldungen, allerdings ebenfalls verlegen.

»Bei uns lernen sie zumindest etwas«, grinste Kingler noch frech und flüsterte, für alle deutlich hörbar, seiner jungen, lernbegierigen Nachbarin ins Ohr: »Gib ihm bloß nicht deine Telefonnummer!«

»Wenn wir jetzt anfangen könnten?« Die Chefin vom Dienst blickte genervt in die Runde. Frömmert schmiß Jächter quer übers Karo eine geöffnete Packung »Reval ohne« zu.

»Die vorläufigen Seiten liegen Ihnen vor. Die einzigen Änderungen sind auf der Vier und der Sieben. Auf der Vier haben wir jetzt nur noch fünf Spalten volle Höhe. Auf der Sieben ist eine Anzeige weggefallen. Vier Spalten achtzig.«

Katja atmete unmerklich auf. Bislang hatte sie keiner unterbrochen.

»Aufmacher-Foto ist Sport mit einspaltig einundzwanzig Zeilen Text und Vignette. Sechste und siebte Spalte Anreißer und Kurz und Aktuell. Da sollte bis 16.00 Uhr die Auswahl getroffen sein. Herr Mischka, wann steht das Ergebnis des Grünen-Parteitags fest?«

»Keine Ahnung, die Jungs melden sich sofort.«

»Ungefähr?«

»Keine Ahnung, Frau Melzer. Es sind Grüne. Die kennen Sie doch besser.«

Das hatte gesessen. Die Packung »Reval ohne« wechselte wieder die Seiten. Klaus Mischka grinste über das ganze Gesicht. Katja Melzer verkrampfte und preßte sichtlich die Lippen zusammen. Die »Buntes«-Chefin rückte ihr zweites Schulterpolster zurecht. Und der Grünen-Parteitag ließ sich alle Zeit der Welt. Die Alternativen meinten unbedingt während Katjas erster Sonntagsleitung entscheiden zu müssen, ob sie der Koalition in Nordrhein-Westfalen eine Chance geben wollten. Die Parteilinken forderten den sofortigen Ausstieg.

»Herr Mischka, die Kurden wandern nach unten. Sie machen mit den Grünen den Aufmacher und bekommen die zweite Seite fünf Spalten halbe Höhe für Hintergrund und Kommentar.«

»Ich denke, den Grünen-Kommentar sollte die Chefredaktion schreiben. Oder ist das jetzt nicht mehr möglich?«

Damit war der Speer der Provokation endgültig geworfen.

Selbst die langbeinige Volontärin schaute nun gespannt in Richtung CvD-Sessel. Sie wußte nicht, warum, spürte aber das Duell, bei dem Katja Melzer ohne Sekundanten dastand. Klaus Mischka, Chef für Innenpolitik, kannte die Vergangenheit der Melzer, ihre starke Sympathie für die Alternativen und Umweltschützer, aber auch ihre laute Forderung nach mehr Objektivität in der Presselandschaft. Katja Melzer konnte keinen Kommentar schreiben. Sie schrie zwar stets nach besseren, eindeutigen, meinungsbildenden Kommentaren, wollte diese aber von Redakteuren geschrieben wissen, die möglichst unvoreingenommen eine Tat, ein Fakt beobachteten. Wie gesagt, sie galt als heimliche Sympathisantin der Alternativen. Wie ihr Kommentar auch ausfallen würde, er würde Zündstoff gegen sie schaffen.

Der Speer flog noch durch den Raum, kitzelte bereits ihre Autorität. Je länger ihre Reaktion ausblieb, desto tiefer bohrte er sich in ihre Glaubwürdigkeit. Sie war angekratzt, noch nicht verletzt. Katja Melzer wollte etwas sagen, doch ihr fehlten die Worte.

»Prima, Klaus, dann lass' ich demnächst Poschmann eine neue europäische Meldepflicht für innere Hämorrhoiden-Beschwerden kommentieren.«

Das war Max Wilhelms. Schnell, dreist, unqualifiziert, aber passend. Wie immer. Der »Europa«-Redakteur hatte außer seinem Finger im Mund bislang kein Glied bewegt, fläzte sich gemütlich auf dem Stuhl. In dieser Form trug er auch seinen einzigen Beitrag während der Konferenz vor. Schlicht gleichgültig.

Eine Sekunde herrschten rund ums Karo nachdenkliche Stille, große Augen, Schlucken. Dann brach allgemeines lautes Gelächter aus. Selbst der dröge Niemeyer schlug sich vergnügt auf die Schenkel, und die Sekretärinnen blickten verlegen nach unten.

»Poschmann? Europäische Meldepflicht? Für Hämorrhoiden?« brüllte Frömmert mit Lachtränen in den Augen.

Mischka hatte gewonnen, Katja nichts eingebüßt. Jeder

wußte von dem offenen Geheimnis. Laut geäußert worden war es allerdings noch nie. Der Chefredakteur war vor knapp zwei Monaten für drei Wochen krank geschrieben gewesen, hatte sich im Luther-Krankenhaus am Enddarm operieren lassen müssen. Hämorrhoiden-Beschwerden waren zwar weit verbreitet, hatten jedoch immer einen peinlichen Beigeschmack. Wilhelms hätte die Situation nicht besser retten können.

Die Ampel zeigte Rot. Ein Zeitungsverkäufer, der abends für Pfennigverdienste von Kneipe zu Kneipe zog, überquerte die Straße, lächelte Katja Melzer durch die Windschutzscheibe zu. Mischka hatte über die klare Entscheidung des Grünen-Parteitags zur Fortführung der rot-grünen Koalition in Nordrhein-Westfalen einen guten Kommentar geschrieben. Sie war zufrieden, mußte lächeln, erwiderte das Lächeln des Zeitungsverkäufers, dachte an Wilhelms.

Sie hätte den »Europa«-Redakteur wieder einmal erschlagen können – trotz seines rettenden, aber unmöglichen Hämorrhoiden-Witzes. Er hatte seinen Spruch übers Karo gefegt, ohne Mischka anzuschauen. Sein einziger Kommentar nicht nur während der gesamten Planungskonferenz, sondern im Laufe des gesamten Tages. Bei der zweiten Konferenz um 17.00 Uhr hatte er bereits gefehlt.

Die Ampel wechselte auf Grün. Sie bog nach rechts in die sanierte Zechensiedlung ab, nahm den Fuß vom Gaspedal.

Im Radio drohte gerade der Bundesgesundheitsminister, mit Zwangsmaßnahmen gegen die unlauteren Angebote der Krankenkassen vorzugehen. Im Konkurrenzkampf um die Gunst der Patienten würden die Kassen immer mehr mit der Kostenübernahme für Aerobic-, Fitneß-, Koch- oder Yogakurse werben.

Katja Melzer suchte nach Stift und Papier.

»Die Kosten für solche Zusatzangebote liegen bei bis zu einer Milliarde Mark«, schrie der Minister verärgert durch den Peugeot. »Fitneß gehört in den Sportverein«, stellte der Minister fest, und Melzer notierte: *Thema/Niemeyer – Kassenfitneß.*

Der Wagen rollte aus. Vor ihr lag der kleine Laden von Oma Käthe. Das Geschäft war Zentrale und gesellschaftlicher Mittelpunkt der Siedlung. Ein größerer Discount-Laden hatte vor Monaten auf der parallelverlaufenden Hauptstraße eröffnet. Die preiswertere Ware war gefragt. Doch schmerzliche Einbußen konnte die alte Besitzerin kaum feststellen. Die Siedlung war eine Einheit, um die Jahrhundertwende aus dem Boden gestampft. Der Förderturm der lange schon stillgelegten Zeche Emil lag in Sichtweite. Viele der Bergleute, die die Siedlung erstmals mit Leben erfüllt hatten, hatten die nähere Umgebung nie verlassen. Der Sportverein am Rande, die Tauben in den Schlägen, der Garten an der Hausrückseite – das genügte, um nach dem schweren Arbeitsalltag Erholung zu finden. Der Laden von Oma Käthe hatte einst als erster eröffnet, war nun aber der letzte seiner Art, nicht nur in der Siedlung, sondern im gesamten Revier. Wie oft hatte Katja Melzer dort morgens warme Brötchen geholt, gefrustet von der letzten Nacht, meist in Eile, weil sie gewissenhaft, konzentriert und pünktlich ihre Arbeit antreten wollte! Wie oft hatte sie über sich selbst geflucht, wenn sie sich wieder einmal nicht emanzipiert verhalten hatte, obwohl sie sich doch so fühlte. Oma Käthe sah ihr gewöhnlich die Mißstimmung an, munterte sie dann auf und schenkte ihr frühmorgens kernlose Weintrauben, die sie so liebte.

Keine zwanzig Meter von der Ladentür entfernt, war der kurze, mit Pflanzen abgegrenzte Treppenaufgang des Hauses Kohlenweg 48 Maximilian Wilhelms hatte es vor fünfeinhalb Jahren von einer Altlastensanierungsgesellschaft gekauft. Monate hatte er mit Pressesprechern von Sparkasse, Bergbau-Wohnungsverwaltung und besagter Sanierungsgesellschaft tapfer und treu getrunken, bis der Vertrag perfekt gewesen war. Das kellerlose Haus wies bei über zwei Etagen keine neunzig Quadratmeter aus. Von März bis Juni '94 hatte die Jugendberufsbildung der örtlichen Handwerkskammer auf eine kämpferische Presse bauen können und daraufhin acht zusätzliche ABM-Stellen erhalten. Maximilian Wilhelms hatte ab August bauen können und zum Spottpreis ein ausgebautes, isoliertes Dachgeschoß erhalten.

Katja Melzer kannte die Zusammenhänge und verurteilte die Art, mit der sich Wilhelms Vorteile verschaffte. Sie kannte den Europa-Sachverständigen der »Kurier«-Hauptredaktion seit ihrer gemeinsamen Volontärszeit. Vor elf Jahren, als sie sich das erste Mal im siegerländischen Haus Stein, einer modernen Nobelschulungsstätte für angehende Journalisten, begegnet waren, hatte er schon um sie gebuhlt. Er war charmant, witzig, hilfsbereit. Sie liebte seine Weitsicht, seine Ideale. Schon im Volontärskurs hatte er, ohne merkbar aufzufallen, überlegen gewirkt. Sie liebte diese Ausstrahlung, fühlte sich angezogen. Zu diesem Zeitpunkt aber hatte sie einen Partner gehabt und war ihm treu geblieben. Neun Jahre hatten sie sich dann nur noch gelegentlich, mehr zufällig, in der Kantine gesehen. Wilhelms war bei der »Lokalen« gelandet, sie bei der »Reportage«. Vor acht Monaten hatten sie beide dann zeitgleich den Sprung in die Hauptredaktion geschafft. Sie, weil sie gute Arbeit leistete und daher Poschmann aufgefallen war. Er, weil er sich für einen Posten beworben hatte, den sonst keiner so recht haben wollte, und weil er mit Poschmann befreundet war.

So verband sie im Juli '97 ein gleiches Schicksal. Zum

Ersten des Monats waren sie Neulinge in der Königsetage des »Kuriers«. Wilhelms stellte sich bei Temperaturen um die dreißig Grad mit zwei Kisten Sekt bei den Kollegen vor, sie mit einem Minirock. Er nannte sie »Zicke« und forderte sie mit einem Lächeln heraus. Sie verlor und fand sich drei Tage später im Bett am Kohlenweg wieder. Es folgte eine Beziehung, die keine war. Er kam und ging, forderte und gab, wie er wollte. Die Wörter »Liebe« und »Zukunft« kamen in ihrer Gegenwart nie über seine Lippen. Katja nahm dennoch seine spontane und unstete Nähe an. Sie raubte zwar Kraft, ließ sie jedoch auch genießen. Max Wilhelms verstand es, sie aus dem Redaktionsalltag zu entführen. Während alle anderen ihrer »Kurier«-Freunde stets über die Mißstände der Redaktion oder des Verlags jammerten, Konzepte und Änderungen anprangerten, Presselandschaft und Ethik unter philosophischen Aspekten analysierten und den Untergang des freien Journalismus ankündigten, wollte der »Europa«-Redakteur nach Feierabend nur seine Ruhe haben. »Wir quatschen immer nur so viel, weil wir uns so verdammt wichtig nehmen«, sagte dann Wilhelms. Erhard Poschmann war sein journalistischer Ziehvater. Und der lehrte ihn zuallererst, daß die Zeitung schon vormittags als Käfigunterlage zum Schutz vor Vogelschiß genutzt wird. Dennoch schaffte Poschmann es, Wilhelms zu einem der besten Lokalreporter zu machen. Was er versäumte, ihn zu lehren, war, es zu bleiben.

Die Autolautsprecher vibrierten samt Heckablage staccato im Takt von Tina Turners *Simply the best*. Die Wischerblätter tanzten quietschend mit. Max' alter Daimler stand nicht vor der Tür. Katja schaute auf den Beifahrersitz. Sie wollte die Unterlagen nehmen, sie schnell durch den Briefschlitz werfen und dann nach Hause fahren. Sie verehrte die Turner und schaltete ihr zuliebe die Scheibenwischer aus. Erst mit dem Verstummen der letzten Takte stieg sie aus, nahm aber unbewußt den Zündschlüssel mit und verriegelte Fahrer- und Beifahrertür.

Der Nieselregen wirkte erfrischend. Der Briefschlitz klemmte leicht. Sie wußte, daß sie ihn ruckartig heben mußte. Liebesgedichte, Mahnungen, Drohungen, Bitten, Beleidigungen hatte sie in den letzten Monaten durch die Öffnung gesteckt. Zuletzt waren es Abschiedsbriefe gewesen. Nun waren es rein berufliche Unterlagen. Außen etwas feucht, aber trockenen Inhalts.

»Habt ihr euch gestritten?«

In noch gebückter Haltung zuckte sie zusammen.

»Katja?«

Die Stimme kam blechern-verzerrt aus der Sprechanlage. Sie zögerte.

»Nein, Einstein, nein. Es ist alles in Ordnung. Er hat nur wieder einmal was vergessen. Ich muß wieder los.«

»Kommst du auf einen Tee hoch? Er ist nicht da«, blecherte es erneut, diesmal in fast flehender Stimmlage.

Sie starrte auf die Sprechanlage. Es war ein altmodischer, vergitterter Kasten, nicht in die Pforte eingelassen, sondern wie ein provisorischer Behelf mit einer Schraube befestigt. Die überdehnte Öffnung des Dübels schaute noch ein Stück aus dem Mauerwerk. Das war eindeutig Max' Handschrift. Alles, was er anpackte, war schnell, unakkurat fertiggestellt. Es funktionierte stets. Nie gab es Grund zur Klage, aber alles hatte den Beigeschmack einer konzentrierten Mischung aus provisorischer Oberflächlichkeit und Gleichgültigkeit.

»Katja!« Die blechern klingende Stimme hatte nun einen mahnenden Unterton.

Katja Melzer schüttelte heftig den Kopf, wehrte sich, griff gleichzeitig aber suchend in die Erde des Tontopfes neben sich, die ein mickriges, ungepflegtes Tannenbäumchen nährte. Der Schlüssel war aufgrund der Feuchtigkeit verschmiert. Als Katja ihn ins Zylinderschloß steckte, spritzte feiner Dreck an ihre lackierten Fingernägel. Die Haustür schabte über einige sonntägliche Wurfsendungen. Der Discount-Laden lockte zum Wochenanfang mit Sonderangeboten. Sie hob die Blätter auf und ging die Treppe hinauf.

Einstein wartete bereits am oberen Absatz, wie gewohnt eine alte Steppdecke über die Beine gelegt. Als Katja ihn kennengelernt hatte, war sie schreiend zur Salzsäule erstarrt. Splitternackt und ahnungslos hatte sie den Vorhang zum Toilettenraum aufgerissen, in dem Einstein sein morgendliches Geschäft verrichtet hatte. Max war noch Stunden später von Lachkrämpfen geschüttelt worden, da er sich lebhaft hatte vorstellen können, wie sie, das zarte, von ihm beglückte Geschöpf, das nur die Schuld aus sich waschen wollte, plötzlich nichtsahnend den dürren, kleinen Einstein gesehen hatte, so wie Gott ihn geschaffen hatte: nur mit seiner dicken Hornbrille bekleidet, auf der gerissenen Keramikschüssel sitzend und die leblosen Beine auf den umgefallenen Rollstuhl gelegt. In einem äußerst engen, aber langgezogenen Toilettenraum mußte ein Querschnittsgelähmter schon eine spezielle Technik beherrschen, um die Schüssel zu erreichen. Einstein hatte lange daran gefeilt, bis er die praktischste Variante gefunden hatte. Rückwärts rollte er an den Abort heran, stemmte sich an den Armlehnen hoch, drückte sein Gefährt blitzschnell nach vorne, während er gleichzeitig mit seinem Hinterteil, über das Rückenpolster hinweg, versuchte, auf die Schüssel zu gelangen. Früher war es nicht selten geschehen, daß er das Klo verfehlt hatte.

»Komm, gib es zu! Ihr habt euch wieder gestritten.«
»Nein, haben wir nicht.«

»Doch, ich weiß es.«

»Unsinn, Einstein, wie kommst du darauf?«

»Er ist von der Redaktion aus direkt ins ›Tal‹ gefahren. Oma Käthe hat es mir vorhin gesagt.«

»Und was hat das mit mir zu tun? Er geht doch immer saufen.«

»Soll ich ihn anrufen?«

»Nein!«

»Also habt ihr euch doch gestritten.«

Katja ließ Einstein einfach sitzen und ging in die Küche. Er rollte hinterher. Früher hatte sie ihn geschoben, gezogen, mehr aus eigener Unsicherheit heraus. Irgendwann nach Wochen hatte er ihr dann gesagt, sie solle gefälligst die Finger vom Rollstuhl lassen. Er fummele schließlich auch nicht stets an ihr herum.

»Es ist nichts. Wir haben uns nicht gestritten. Er ist halt faul, tut nichts, und es interessiert ihn auch nichts.«

»Und?«

»Er kommt und geht, wann er Lust hat, erfindet Geschichten von irgendwelchen dubiosen Recherchen, die dann irgendwann im Sande verlaufen. Er macht nur Unsinn. Und er trinkt wieder viel. Viel zuviel.«

»Und?«

»Und was?« fauchte sie ihn wütend an. »Reicht das nicht?«

Katja wußte, daß es nicht reichte. So war Max nun mal, besonders in den letzten Monaten. So hatte sie ihn lieben gelernt. So haßte sie ihn aber nun auch immer mehr, ohne es sich eingestehen zu wollen. Er hatte sie nie angelogen, hatte ihr immer ehrlich alles an den Kopf geworfen. Einsteins ›Und?‹ bedeutete eigentlich: ›Und sonst? Nichts Neues?‹

Es gab nichts Neues.

»Ich denke ...«, sie zögerte, »ich denke, wenn er so weitermacht, setzt ihn Poschmann auf die Abschußliste.« Sie zögerte erneut: »Ich glaube, er steht schon drauf. Er hat kürzlich einige Andeutungen gemacht, die Max nicht auf die leichte Schulter nehmen sollte. Bei aller Freundschaft zwischen den beiden ist irgendwann das Maß voll, Einstein. Bei mir ist das Faß bereits übergelaufen.«

»Mit oder ohne Zucker?«

Einsteins Interesse an ihren Ausführungen hielt sich in Grenzen. In der ihm eigenen grobmotorischen Art – also nur mit der rechten Hand – drehte er den Rollstuhl um. In der linken hielt er den Tee. Mehrfach stieß er gegen die Anrichte. Katja bewegte sich nicht, nahm nicht einmal die Hände aus den Manteltaschen. Sie hatte ihn zu oft gefragt, ihm Hilfe angeboten. Da war Einstein eigen. Deshalb liebte er Max auch so. Der würde ihm nie unaufgefordert helfen. Max war Teil seines Lebens. Einstein lebte mit ihm, in seinen Abenteuern. Das, was ihm selbst verwehrt blieb, sollte sein bester Freund und Mitbewohner genießen – und ihm von allem hinterher hautnah berichten.

Katja bemerkte, wie Einstein auf ihre Brüste starrte. Auch das verband ihn mit Max. Nur machte Einstein es, wie fast alles, unbeholfen, er versuchte, seine gierigen Blicke zu verstecken. Auch damit hatte sie zunächst Probleme gehabt. Doch trotz aller Anfangsschwierigkeiten war er nun für sie wie ein kleiner Bruder, mit Qualitäten, die kaum ein anderer besaß, den sie kannte. Leider hatte dieser kleine Bruder einen unmöglichen größeren Bruder, den sie zugleich liebte und haßte, dem sie seit Wochen sagen wollte, daß sie eine neue Affäre hatte. Sie belog sich selbst, indem sie sich einredete, bislang habe sich keine Gelegenheit ergeben. Es stimmte nicht. Sie zögerte, um ihn nicht zu verletzen. Denn er war verletzbar, und wenn es nur in seiner Eitelkeit war.

»Du hast dich in letzter Zeit ganz schön rar gemacht, Fräulein Chefin vom Dienst.«

»Du gehst ja auch nicht gerade oft vor die Tür.«

Sie lächelten sich an. Sie liebten es, zu sticheln, sarkastisch, zynisch zu sein. Sie hatten Achtung voreinander.

»Katja, laß den Kopf nicht hängen. Warum haben Frauen eigentlich immer die Hoffnung, Männer ändern zu können? Du wirst ihn nicht ändern können. Jeden anderen, ihn nicht. Ich versuche seit Monaten, ihm beizubringen, mir wenigstens die Dinge abzunehmen, die ich nun wirklich nicht machen kann: Müll wegbringen, einkaufen ... Weißt du, daß Oma Käthe heute noch die Sachen hier oben in die Küche schleppt? Wir haben einen neuen Hoover. Zu einem Spottpreis erstanden. Ich bitte Max seit zweieinhalb Wochen, mir Tüten dafür mitzubringen. Das sind so spezielle. Mit Clip-Verschluß.«

Einstein war endlich bei seinem Lieblingsthema angelangt. Gewöhnlich fing er direkt nach der Begrüßung damit an. Diesmal war er zumindest drei Sätze auf sie eingegangen. Haushalt und Organisation standen bei ihm unangefochten auf Platz zwei. Noch lieber philosophierte er natürlich über Computer. Dies allerdings auch nur per Computer. Max, Oma Käthe und die wenigen anderen, die er persönlich kannte, mit denen er persönlich Kontakt hatte, waren ihm schlicht zu laienhaft. Einstein liebte Anspruchsvolles. Über den Haushalt konnte er sich jedoch mit allen unterhalten.

»Ich habe jetzt die Tüten aus dem alten Siemens genommen, zwei aufgeschnitten und aneinandergeklebt. Passen so eben rein. Aber das hält natürlich nicht ewig.«

Katja nippte zügiger an der heißen Teetasse. Einstein fuchtelte zur Veranschaulichung des Problems ruckartig mit seinen Händen durch die Luft.

»Es kommt einzig und allein auf den Einbau an. Das ist

der entscheidende Moment. Die Tüte muß ja ganz eng an der Öffnung sitzen. Jedesmal, wenn ich den Stoffsack darüberstülpen wollte, fiel die Tüte natürlich ab. Was habe ich gemacht? Ich habe einen Draht genom ...«

»Einstein, kannst du nicht einmal mit ihm reden?«

»Habe ich doch schon tausendmal getan! Ich habe ihm Zettel, Plakate geschrieben. *Hoover* stand dick darauf. Die übersieht er einfach. Ich ...«

»Einstein, das meine ich nicht«, unterbrach Katja ihn wütend.

Der Hobbyhandwerker aus Leidenschaft blickte entsetzt hoch. Er wurde nicht gern unterbrochen, zumal er gerade bei der Lösung des Problems angekommen war.

»Ich weiß, was du willst. Jetzt hör mir doch wenigstens zu Ende zu. Also, zur Verdeutlichung: Jeder Fernseher besitzt den gleichen Antennenstecker. Badewannenabflüsse, diese Gummiverschlüsse, haben immer dieselbe Größe. Gut, zugegeben, bei Kaffeefiltern gibt es zwei Größen. Aber Staubsaugerbeutel, sag' ich dir, dieser Draht ...«

»Einstein!« Katja keifte nun förmlich, sie konnte sich nicht länger zurückhalten. »Sei mir nicht böse, aber ich habe heute wirklich einen schrecklichen Tag gehabt. Mischka wollte mir zeigen, wer der Stärkere ist. Sartor hat mir Wirtschaftsseiten präsentiert, ohne eine Notiz für Seite eins zu machen. Der Chef kutschiert irgendwo durch Deutschland – mit ausgeschaltetem Telefon! Dafür legte Kalthoff mir, am Sonntag und mit dringender Bitte um Entscheidung, das Konzept für die ›Neue Armut‹-Serie vor. Ich bin einfach fertig. Sei bitte nicht böse.«

Katja schaute ihn an und sah, daß der behinderte Freund sich für ihre Probleme genauso interessierte wie sie für seine. Nämlich gar nicht. Sie stellte die Tasse ab, beugte sich lächelnd zu ihm hinunter und gab ihm einen

Kuß auf die Wange. Einstein strahlte bis zu den Ohrläppchen.

»Ich liebe dich auch«, meinte er.

»Sag ihm einfach, daß ich hier war«, flüsterte sie etwas mitleidig, deutete dann aber rasch auf den Küchenschrank. »Das sind die Unterlagen, die er vergessen hat. Und die Post.«

Sie ging in Richtung Tür, drehte sich aber noch einmal um, blickte zuerst auf die Briefe, dann zu Einstein. »Sag ihm, auf einem Umschlag steht dick und fett *Europa-Redaktion*. Er soll die Unterlagen also auch lesen.«

Hätte die Chefin vom Dienst des »Westdeutschen Kuriers« gewußt, daß sie Einstein nie wiedersehen würde, hätte sie sicherlich wie Max Wilhelms die Post vergessen. Zumindest den einen Brief, auf dem handgeschrieben *Europa-Redaktion* stand.

3 *»Ohne Zweifel ist die Burg das eindrucksvollste Monument der Stadtarchitektur. Auf einem schroffen Felsen über der Moldaubiegung gelegen, wirkt sie innerhalb der meisterhaft und beinahe rhythmisch gegliederten Stadtkomposition wie der krönende Schlußakkord, der den Blick unwillkürlich nach oben zieht und eine sonderbare Spannung bewirkt. Man will wissen, was sich hinter der steil abfallenden, durch grüne Gärten aufgelockerten Befestigungsmauer verbirgt. Diese exponierte Lage, die heute alljährlich aus Millionen Touristen begeisterte Gipfelstürmer macht, war ursprünglich geradezu ideal für die Errichtung der Burganlage.«*

Der schroffe Felsen über der Moldaubiegung war zweifellos nicht nur der ideale Platz zur Errichtung einer Burganlage, sondern auch der ideale Platz für unauffällige Treffen an kalten Sonntagabenden. Dies erklärte der laut vorlesende Lehrer natürlich nicht. Wie hätte er es auch wissen sollen? Die Gymnasialschüler, vermutlich aus dem niederbayrischen Raum, hörten dem Monolog ohnehin nicht zu, waren eher über Fußblasen lästernde Kulturbanausen als begeisterte Gipfelstürmer. Den Pauker interessierte dies reichlich wenig. Er las weiter – wortwörtlich, ohne Punkt, Komma und ohne aufzublicken – aus dem kleinen Reise-Handbuch vor:

»Die tschechischen Stammesfürsten, die Premisliden, die diesen Ort im neunten Jahrhundert zur ständigen Residenz machten, wurden von einem starken wirtschaftlichen Fundament, von einer in alle Himmelsrichtungen handeltreibenden Bürgerschaft getragen.«

Martin Bloßfeld beobachtete die Schülergruppe, zupfte seinen Mantel zurecht und hob die Schultern, um den wärmenden Kragen näher an die eiskalten Ohren zu bringen. Das gewaltige Hoch stand seit Tagen über Nordeuropa, zog unentschlossen hin und her und ließ der kalten Luft aus östlicher Richtung freien Lauf. Bloßfeld verstand nicht besonders viel vom Wetter, obwohl ihm meteorologische Grundkenntnisse während seiner Ausbildung vermittelt worden waren. In den Jahren, in denen er noch großangelegte Aktionen geleitet hatte, hatte er für Wettervorhersagen immer auf Experten zurückgegriffen. Sein Büro hatte Leute im meteorologischen Rechenzentrum, in den Datenarchiven und beim Klimadienst. Diese Experten konnten auf die Stunde genau Wetterveränderungen ausmachen, konnten daher wichtige Hinweise zur Ausrüstung und Zeitabfolge der geplanten Aktion geben. Bloßfeld hatte nie begriffen, warum die in den Nachrichten veröffentlichten Wettervorhersagen oft nicht zutrafen.

Er schaute auf die Uhr. Der kleine Titanzeiger hatte die Stundenmarkierung bereits deutlich überschritten. Gewöhnlich hätte Bloßfeld zwanzig Minuten gewartet, dann wäre er gegangen. Der, den er treffen sollte, wußte genau, in welchem Hotel er übernachten würde. Doch der Informationsaustausch war von oberster Stelle angeordnet. Er, Martin Bloßfeld, mußte warten.

»Den rückwärtigen Teil des Jesuitenareals nimmt die Sankt Niklaskirche ein, ein Barockbau, mit dessen Errichtung der Orden Vater und Sohn Dientzenhofer beauftragte.«

Der Lehrer stutzte kurz und schaute auf die gelangweilte, frierende Schülerschar. Die meisten Jugendlichen tanzten, um sich aufzuwärmen, von einem Bein aufs andere. Drei, vier Pärchen kuschelten sich eng aneinander. Keiner hatte bemerkt, daß der Pauker versehentlich zwei Seiten überschlagen hatte und in seinem Vortrag bereits hinterm Rathausplatz angekommen war. Klammheimlich und mit einem leisen Räuspern blätterte er zurück.

»Das Burgareal, das unter Maria Theresia beträchtlich erweitert wurde, unterlag einer ständigen Veränderung.«

Bloßfeld kannte Prag – nicht wie ein Ortsansässiger, aber wie ein regelmäßiger Besucher nun einmal eine Stadt aus vergangenen Tagen kennen konnte. Die ständigen Änderungen des Hradschin bezog die jüngere Stadtgeschichte ein. Die vom Oberstudienrat zitierte »meisterhaft und beinahe rhythmisch gegliederte Stadtkomposition« empfand Bloßfeld allerdings mehr als architektonischen Frevel. Der krönende Schlußakkord stellte für ihn einzig und allein sein Hotelzimmer dar, verschlossen, ruhig und vor allem warm.

Neun Jahre war es her, seit er das letzte Mal in der

tschechischen Hauptstadt gewesen war. Damals hatten sie sich am »Knick« auf der Karlsbrücke getroffen, zwischen den Statuen des heiligen Wenzel und des heiligen Veit. Damals waren sie noch Gegner, ja Feinde gewesen. Bei Treffen ging es nur um den Austausch von Personen oder den Austausch von Drohungen. Bloßfeld hatte nie verstanden, warum sein Büro – auch die anderen Dienste – die Treffen immer an populären Wahrzeichen anberaumte. Wenn er Mitarbeiter des MI 6 traf, war es am Piccadilly Circus. Washingtons Austausch-Börse war der Obelisk, das Kapitol oder das kleine Café an der Ecke Einkaufsstraße/Potomac River. Warschau erwies sich neuerdings mit dem Praksi-Park naturverbunden, griff aber mit der Zygmuntsäule am Zamkowy-Platz nach wie vor auf Traditionelles zurück. An den Eiffelturm, die römische Reiterstatue des Mark Aurel oder die schwarze Moschee in Sofia mochte Bloßfeld gar nicht denken. Wenn es Wunder auf dem Erdball gab, dann die, daß sie verhältnismäßig wenig aufgefallen waren.

Der Lehrer war beim schwarzen Turm und dem Lobkovic-Palais angelangt. Beide waren von seinem Vortragsort aus nicht zu sehen. Er machte keine Pausen, bewegte sich nicht von der Stelle. Er wollte wohl sein Programm auf Biegen und Brechen durchziehen. Schließlich hatte er für diese Reise ein pädagogisch wertvolles Studienkonzept ausgearbeitet. Auch er fror. Aber so wenig er Mitleid mit seinen unterkühlten Nichtzuhörern hatte, so wenig Mitleid hatte er mit sich selbst. Er kämpfte sich durch den Hradschin mit Aufopferung und blauen Lippen. Er liebte seinen Beruf sichtlich.

»Dobry den.«

Die tschechische Begrüßung direkt hinter ihm war akzentfrei ausgesprochen worden. Bloßfeld hatte niemanden kommen hören. Er erschrak unmerklich. Früher wäre ihm dies nicht passiert. Immerhin war noch auf seinen Körper Verlaß. Keine Muskelfaser hatte sich während der überraschenden Begrüßung geregt. Bloßfeld dachte nicht an altersbedingte Nachlässigkeit. Bis zum heutigen Märzsonntag des Jahres 1996 hatte sich einfach zu viel geändert. Es waren die Umstände. Kutschnekov war kein Feind mehr. Bei einem Treffen mußte nicht mehr auf Abhörgeräte und Nachtsichtkameras acht weiterer Geheimdienste geachtet werden. Mit dem eisernen Vorhang war auch die sich prostituierende, eiserne Hinterhältigkeit gefallen. Natürlich war Vorsicht immer noch geboten, vor allem heute, aber man sprach allein, ohne Rückendeckung, ohne die permanente, quälende, zermürbende Angst.

»Dobry vecer«, sagte Bloßfeld nicht ganz so akzentfrei. Er wählte lieber das tschechische ›Guten Abend‹. Schließlich war der Russe reichlich spät dran.

»Sind Sie zufrieden mit dem Vortrag? Die Schüler sollten sich vielleicht erst einmal vor Ihnen aufreihen, um zuhören zu lernen.«

»Kutschnekov, das deutsche Bildungssystem ist in derselben Situation wie Ihre Nation. Seitdem die Prügelstrafe verboten ist, gibt es keinen Klassenkampf mehr, sondern nur noch den Kampf der Lehrer um die besten Therapieplätze.«

Kutschnekov mußte lachen. Einige Schüler drehten sich um. Hinter ihnen spielte sich scheinbar Interessanteres ab.

»Kommen Sie, vertreten wir uns etwas die Füße!«

Kutschnekov war keineswegs wie ein Russe gekleidet. Er trug einen Markenanzug, italienische Schuhe und eine Rolex, wahrscheinlich ein perfektes Imitat aus Amsterdam. Seine Brille erinnerte an ein modernes, kostenloses Kassengestell, für das in der Bundesrepublik seit längerer Zeit täglich im Fernsehen geworben wurde. Er sah adrett aus, selbstsicher und weltmännisch. Jede Zollkontrolle der Welt hätte ihn freundlich durchgewunken. Der markante Oberlippenbart hatte zwar eine kleine Korrektur nötig, wirkte aber gepflegt. Vikenti Pawlowitsch Kutschnekov war ein Profi der alten Schule, hatte sämtliche Stadien durchlaufen – vom Einheitsarbeitsanzug mit Stern, Sichel und Fellstiefeln bis hin zum heutigen Marken-Zweireiher auf italienischen Sohlen. Bloßfeld kannte seinen Lebenslauf fast wie den seines engsten Mitarbeiters.

Der KGB besaß bis zum Zusammenbruch der Sowjetunion weltweit vierzehn Residenten. Erstmals aufgefallen war Kutschnekov als Leiter der Gruppe N beim Resident in Stockholm. Die Gruppe N war zuständig für die Unterstützung von Illegalen. Straffälligen wurde geholfen. Dafür wurden bestimmte rechtschaffene, aber unbequeme Personen in die Straffälligkeit getrieben. Der KGB hatte seine eigene Methode entwickelt, und Kutschnekov hatte sie mit Bravour verfeinert. Das Ergebnis war, daß er fünf Jahre später Chef der KR-Abteilung in Kopenhagen wurde. Dort leitete er die Spionageabwehr und Sicherheit. Die folgenden zwei Jahre fehlten den westlichen Geheimdiensten, bis Kutschnekov plötzlich in Bonn auftauchte und anschließend den rumänischen Auslandsnachrichtendienst DIE, umorganisierte. Weitere Zwischenstationen in London und erneut in Bonn führten letztendlich zu einem vermeintlich großen Bekanntheitsgrad und zu einem hohen Posten in der Moskauer Hauptverwaltung. Seit 1994 leitete Kutschnekov beim SVR – dem Nachfolgedienst des KGB – die Abteilung für Sonderermittlungen.

Wortlos gingen sie an den Marställen vorbei, über denen sich der prunkvolle Spanische Saal und die Rudolfgalerie befinden, und steuerten den alten Basteigarten an. Es war nicht zu erkennen, wer wen führte, wer wem folgte. Sie hatten sich zuvor nicht auf den Garten geeinigt. Sie liefen einfach zu dem Punkt, der die schönste Aussicht über die Stadt der Goldenen Dächer bot.

Sie nahmen auf einer Bank Platz. Die Galerie schützte vor dem eisigen Ostwind.

»Das Kanzleramt hat grünes Licht gegeben«, begann Bloßfeld.

»Ich weiß.«

»Aber Sie kennen unsere Bedingungen noch nicht.«

»Bedingungen?« Kutschnekov stutzte.

»Ja, Bedingungen.«

»Es war uns Zusammenarbeit versprochen worden.«

»Wir arbeiten zusammen. Keine Sorge«, sagte Bloßfeld schnell, doch nicht beruhigend, »aber wir bestimmen die Regeln. Das heißt: Sie informieren uns regelmäßig über die Aktivitäten in Rußland, über Vorbereitungen, Anfragen, Personen, also über alles, was sich rund um die Erdgaspläne tut. Auch über das, was in Ihrer russischen Gerüchteküche so brodelt. Jeder Hinweis muß übermittelt werden. Wir übernehmen die komplette Arbeit bei uns. Die Bedingung ist: Sie ziehen alle ihre aktiven Posten, soweit sie auf deutschem Boden sind, von dem Fall ab. Und, Kutschnekov, wirklich alle. Erfahren wir auch nur von einer einzigen Einmischung von russischer Seite in Deutschland, sind wir raus aus dem Spiel. Und Sie wissen, was das bedeutet.«

»Bloßfeld, es war uns Zusammenarbeit zugesichert worden.« Erstmals verzichtete auch der Russe auf die förmliche Anrede.

»Das ist die Zusammenarbeit, die wir bieten.«

Bloßfeld hatte seine Anweisungen. Er wußte, daß er in einigen Punkten nachgeben mußte. Dies war ihm gestattet. Er hatte dahingehend Vollmachten, wollte aber den SVR-Offizier aus der Reserve locken. Mit hundertprozentiger Sicherheit arbeiteten SVR-Mitarbeiter, ehemalige, noch nicht enttarnte KGB-Spione, auch in Deutschland und konzentrierten sich auf diesen einen Fall. Von drei wußte der BND, von vier weiteren nahm er es an.

Kutschnekov holte tief Luft. »Wir haben nicht mehr viel Zeit. Das wissen Sie. Abgesehen davon, daß Sie genausoviel Interesse an einer engen, ausnahmsweise einmal harmonischen Zusammenarbeit haben müßten. Deutschland steht es sicherlich nicht sehr gut zu Gesicht, sich dermaßen in die Angelegenheiten anderer Länder einzumischen.« Und nach einer längeren Atempause fügte er hinzu: »Heutzutage!«

»Es ist nicht Deutschland!«

»Aber es sind Deutsche, Herr Bloßfeld. Es sind Deutsche.« Vikenti Kutschnekov wurde laut. »Es sind Deutsche, die unsere Präsidentenwahl beeinflussen wollen. Und jede Beeinflussung, das wissen Sie so gut wie ich, jede Beeinflussung gefährdet die Wiederwahl unseres Präsidenten. Da kann Ihr Kanzler noch so oft nach Moskau reisen und Wahlkampfhilfe leisten.«

Die Lage war ernst, dennoch mußte Bloßfeld innerlich grinsen. Der SVR-Chef für den Sektor »Sonderermittlungen« kämpfte mit Leidenschaft für seinen nach Demokratie strebenden Staatspräsidenten. Wie Prag sich geändert hatte, hatte sich auch Kutschnekov geändert. Der Unterschied bestand lediglich darin, daß Bloßfeld vor dem Wandel der tschechischen Hauptstadt Respekt hatte. Kutschnekov achtete er als hervorragenden Agenten, sensiblen Organisator, entschlossenen Offizier. Als Mensch empfand er ihn als Ratte in Chamäleonhaut, als Söldner ohne Rückgrat. Gestern bedingungsloser Kommunist, heute fanatischer Demokrat, morgen absoluter Faschist.

Martin Bloßfeld lächelte den Russen an. Der spürte die Provokation sofort.

»Sie wissen, was die Nichtwiederwahl des Präsidenten bedeutet.«

Bloßfeld sagte nichts. Er wußte es. Der SVR-Agent hatte recht. Der amtierende russische Präsident war der einzige chancenreiche Kandidat, der die Ost-West-Entspannung weiterhin vorantreiben würde. Seine Wahlniederlage wäre gleichzusetzen mit einer Niederlage der demokratischen Bestrebungen in Rußland, mit einer erneuten Verhärtung der Fronten. Seine Niederlage mußte unter allen Umständen verhindert werden. Und deshalb mußte auch eine negative Beeinflussung seiner Chancen von deutscher Seite ausgeschlossen werden.

Auf Prag hatten sich Bonn und Moskau kurzfristig geeinigt. Mehr aus Gewohnheit denn aus logistischen Überlegungen heraus. Ein neues Kapitel deutsch-russischer Zusammenarbeit sollte aufgeschlagen werden. Gleich der Anfang brachte allerdings immense Probleme. Im rechtlichen wie im organisatorischen Bereich. Erfahrungen lagen nicht vor.

Gestern abend, Bloßfeld hatte vor dem Fernseher gesessen und eine dieser albernen, aber unterhaltsamen Samstagnacht-Shows genossen, hatte die Pullacher Dienststelle angerufen. Das BND-Hauptquartier hatte klare Anweisungen gegeben. Zwei Stunden später war der Wagen mit den Unterlagen, Flugtickets und der Hotelreservierung gekommen. Bis in die frühen Morgenstunden hatte sich Bloßfeld durch den Aktenberg gearbeitet. Er kannte den Fall, nicht jedoch die jüngsten Entscheidungen aus dem Kanzleramt. *Sensibles Vorgehen, unbedingte Absprache mit dem Koordinator der Dienste, strengste Geheimhaltung*, hieß es. Justiz-, Außen- und Wirtschaftsministerium seien vorerst nicht zu unterrichten.

Bei Informationsbedarf übernehme dies der Koordinator der Nachrichtendienste persönlich. Bloßfeld wußte, daß es eine rein unsaubere politische Entscheidung war. Die Minister trugen nicht das Parteibuch des Kanzlers. Und der fürchtete, daß hochangesehene Mitglieder seiner Partei ihre Finger im Spiel hatten.

»Kutschnekov, der Kanzler...«, Bloßfeld zögerte, »das Büro ist sich der Bedeutung bewußt. Wie Sie schon sagten, wir haben keine Zeit. Ich nehme an, daß Sie die Leitung in dieser Angelegenheit übernommen haben?«

»Davon können Sie ausgehen.«

»Sie als Bevollmächtigter können an gemeinsamen Konferenzen teilnehmen. An zuvor vereinbarten Konferenzen. Regelmäßigen Treffen.«

Kutschnekov stutzte. Während des gesamten Gesprächs hatte er Bloßfeld kaum in die Augen geschaut. Dafür starrte er ihn fassungslos an.

»Sie wollen mir doch jetzt nicht erzählen, daß Sie einen russischen Offizier zu Plauderstündchen ins Büro nach Pullach einladen wollen?«

»Pullach hält sich raus. Der BND hält sich raus.«

»Wie bitte?«

»Offiziell hält er sich raus. Eine reine Vorsichtsmaßnahme. Sie wissen doch, daß es dem Bundesnachrichtendienst nicht erlaubt ist, auf innenpolitischem Gebiet tätig zu sein. Wir überschreiten da die Grenze etwas zu weit.«

Bloßfeld bemerkte, daß er sich auf dünnes Eis begab. Er wollte das Thema wechseln, mit dem SVR-Offizier nicht Grundsätzliches besprechen, wollte nur noch einige Absprachen treffen, dann die neuesten Informationen aus Rußland haben und ins warme Hotel gehen. Es war dumm von ihm, die Grenze der BND-Möglichkeiten angesprochen zu haben.

»Wir besitzen ein Haus in der Nähe von Köln. Sie finden es in den Unterlagen.«

»Köln«, wiederholte Kutschnekov.

»In der Nähe von Köln, ja. In Aachen. Wir haben den Standort gewählt, weil er die Nähe zum Verfassungsschutz und zum BKA gewährleistet. Kutschnekov, ich sage es noch einmal ganz deutlich: Die Organisation übernehmen wir. Wir richten eine diensteübergreifende Arbeitsgruppe ein. Und sie ist ausschließlich dem Koordinator im Bundeskanzleramt unterstellt.«

Der Russe war beeindruckt. Bloßfelds Erklärung war eine Drohung, zugleich ein Eingeständnis. Verfassungsschutz und Bundeskriminalamt unterlagen der Aufsicht des Bundesinnenministers. Pullach und Bonn wollten demnach das Ministerium raushalten. Der Russe war zufrieden. Scheinbar hatte das Kanzleramt wirklich die Brisanz der Situation erkannt, versuchte Unmögliches möglich zu machen, Gesetzeslücken auszunutzen.

4 Orangensaft mit Sekt, Sekt mit Orangensaft, dann nur noch Sekt. Dazu zwei halbe Brötchen mit Lachs und gekochtem Ei, eins mit Roastbeef, eins mit Camembert und Petersilie obendrauf. Die Erfolge des Montagmorgens beschränkten sich auf den kulinarischen Bereich, ließen sich für Maximilian Wilhelms so in wenige Worte packen.

Gegen halb eins hatte er erst das »Tal« verlassen. Es konnte auch gegen 2.00 Uhr gewesen sein. Er konnte sich nicht so recht erinnern. Sein Erzkontrahent hatte gemeint, sich wieder duellieren zu müssen. 301 runter, Doppel rein, Doppel raus. Am Ende war Wilhelms so betrunken gewesen, daß er die Dartscheibe seiner Stammkneipe mehrfach verfehlt hatte. Aber es war lustig, entspannend und letztendlich traurig gewesen, da er wieder verloren hatte. Er verlor eigentlich immer.

Die Unterlagen hatte Einstein ihm brav vor die Tür gelegt. Ordentlich gestapelt auf die Fußmatte, wie er es von ihm gewohnt war. Darüber hatte in großen, fetten Lettern aus einem der Computer-Drucker gestanden:

»Hoover-Tüten zum achten Mal!«

Die Post hatte ganz unten gelegen. Drei Briefe hatte Max sofort weggeschmissen, zwei nicht verstanden und für Einstein ohne schriftliche Anweisung liegenlassen. Die Einladung zur Pressekonferenz in Bonn war das Wichtigste gewesen. Es war eigentlich mehr ein Empfang.

Trotz Kopfschmerzen und einer nicht wirkenden Überdosis Aspirin blickte der »Europa«-Redakteur des »Westdeutschen Kuriers« dem Tag fröhlich entgegen. Die Sozis unter den deutschen Europa-Abgeordneten wollten in lockerer Atmosphäre ihre Gedanken zur Ost-Erweiterung des Binnenmarktes kundtun. Es war der achtunddreißigste Anlauf, schätzte Wilhelms, dazu das siebzehnte Papier, in dem auch diesmal nichts Neues stand. Viel Arbeit war also nicht zu erwarten. Bonn war gerade etwas mehr als eine Zugstunde entfernt. So kann eine Woche wirklich beginnen, dachte er gutgelaunt, vor allem weil sich die Pressekonferenz fast erwartungsgemäß zum Desaster entwickelte. Mehrere Kollegen hatten nämlich schon frühzeitig zwischen Lachs und Sekt auf das Alter des Vorwortes hingewiesen. Eigentlich nur, um überhaupt etwas beizutragen. Doch damit hatte sich Wilhelms' Arbeit nun wohl gänzlich erledigt. Der Abgeordneten-Sprecher entschuldigte daraufhin das Werk, das »lediglich als ein Gedanken-Papier zu sehen sei«. Er betonte dafür nunmehr die lockere Atmosphäre, in der man sich schließlich auch mal treffen müsse. Die Peinlichkeit bestand darin, daß sich die Genossen zu einem Vorwort entschlossen hatten, das anderthalb Jahre alt, von einem polnischen Schriftsteller zum Tag der Deutschen Einheit gesprochen und längst vergessen war:

Ich meine, daß Europa erst jetzt wirklich zu existieren anfängt. Seine Existenz war vor einigen Jahren krüppelhaft, sie war eine Unwahrheit und Illusion. Denn es gibt kein Europa ohne die Gotik von Krakau und Prag, ohne den Dresdener Zwinger, ohne die Brücken von Budapest und ohne Leipzig, das früher die Hauptstadt des europäischen Buches war. Die Westeuropäer unterlagen einer süßen und ziemlich bequemen Täuschung, daß Big Ben, die Gassen von Siena, die Anhöhe Montmartre und der Dom von Worms genügen, um die Geschichte, die Tradition und Kultur Europas für die Zukunft zu erhalten.

Max Wilhelms' Kultur bestand darin, sich köstlich zu amüsieren. Meist auf Kosten anderer. Er sah die zweifelnden Blicke seiner Kollegen, hörte gegenseitige Schuldzuweisungen in Politikerreihen und beobachtete lieber die Kellnerinnen, die sich immer mehr Mühe gaben, die spezielle, von ihnen bevorzugte Saft-Sekt-Mischung zu vervollkommnen.

Empfänge, Pressekonferenzen oder Pressekonferenzen, die zu Empfängen wurden, waren in Bonn stets nach einem bestimmten Muster gestrickt. Während der Eingangsrede hörte bis auf ein paar besondere Profilneurotiker keiner zu. Zwischen Rede und Büffet-Eröffnung erhielt die Schar ausgehungerter und verdurstender Journalisten die Gelegenheit, Fragen zu stellen.

Spätestens nach der dritten wagte jedoch keiner mehr aufzuzeigen. Das vorwurfsvolle Stöhnen der Kollegen nahm mit dem Hunger zu. Während die Mitglieder der schreibenden Zunft ihre Brötchen mit drei bis vier dikken Lachsschichten belegten, fing für die Fotografen die Arbeit erst an. Sie waren es, die für den Aufwand der Partei- oder Fraktionszentrale »bezahlen« mußten. Bekannte, weniger bekannte und gar nicht bekannte Politiker scharten sich um den Redner oder Vorsitzenden, um zumindest noch eine Kopfhälfte mit aufs Bild zu bekommen. Damit begann auch schon der lockere Ausklang, der oft nur unter Journalisten ausgiebig gefeiert wurde. Die Politiker mußten schließlich noch arbeiten, die nächste Pressekonferenz, den nächsten Empfang, das nächste Büffet vorbereiten.

So ruhig, gemütlich und feuchtfröhlich der Montag begann, so ruckartig wurde Wilhelms zurück in die für ihn stressige Arbeitswirklichkeit geholt. Niemeyer lief ihm vor dem Tor eins des Pressezentrums Rhein-Ruhr in die Arme. Er hatte einen Termin beim Arzt. ›Blasenkrebs‹ war zur Zeit sein Lieblingsthema.

»Eine rötliche bis braune Färbung des Urins, verursacht durch eine Blutung des Tumors, ist die häufigste Beschwerde, die Erkrankte zum Arzt führt«, erklärte der Berater für alle Fälle Wilhelms zur Begrüßung. Zudem meinte er unbedingt mitteilen zu müssen, daß eine Form der Harnableitung nach der Entfernung der Harnblase die Einpflanzung der beiden Harnleiter in ein nahe dem Darmausgang gelegenes Dickdarmstück sei und daß die Urinentleerung dann zusammen mit dem Stuhlgang erfolge. Das Ergebnis, meinte der Chef der »Ratgeber«-Seiten, erfülle zudem die Ur-Forderung aller Feministinnen: »Auch Männern ist dann ein Pinkeln im Stehen nicht mehr möglich.«

Niemeyer bereitete sich immer auf seine Gesprächspartner vor, als sei die ständige Wiederholung des zweiten Staatsexamens eine Voraussetzung für perfekte Interview-Führung. Sein einziger Vorteil war, daß er dabei Wesentliches nicht vergaß. So erwähnte er zumindest, wenn auch nur kurz, während die Aufzugstüren sich schlossen, daß Poschmann auf Wilhelms warte, mehrfach nach ihm gefragt hatte.

»Ich habe dich während der Mittagskonferenz vermißt.«

Max hatte nicht einmal sein Jackett über den Garderobenständer geworfen, da war der Chef auch schon aus seinem »Loch« herausgekrochen und stand mit mehreren Zetteln im Türrahmen. Die meisten hatten Eselsohren und waren mittig unordentlich geknickt.

»Drei eigene Artikel in zwei Wochen ist ein bißchen wenig, findest du nicht auch?«

Max wußte, was nun bevorstand. Es war die alte Leier, das alte Lied, das alte Leid. Poschmann führte es zweimal wöchentlich auf. Gefolgt von einem Anspruch, dem er selbst seit langem nicht mehr gerecht wurde.

»Drei Artikel in zwei Wochen«, wiederholte er vorwurfsvoll, fast beleidigt, und schmiß die Zettel auf Max' Schreibtisch. »Erzähle mir bitte nicht wieder, du recherchierst gerade eine Hammer-Story. Vergiß es!«

Erhard Poschmann kannte Max gut. In vertrauter Zweisamkeit sprach er ihn manchmal mit »mein Freund« an, in sensibler Stimmung gar mit »mein Sohn«. Beide waren Kinder des Ruhrgebiets. Beide hatten den Journalismus ohne Studium von der Pike auf gelernt, hatten sich durch Stadtteil-Ausgaben, Weihnachtsbeilagen und Sonderseiten hochgearbeitet. Beide lernten erste politische Zusammenhänge und Machtstrukturen auf Jahreshauptversammlungen von Kaninchenzüchtervereinen kennen.

Den freundschaftlichen Bund fürs künftige Leben schlossen sie jedoch durch ein gemeinsames Komplott. In zweieinhalb Jahren dünnten sie eine mehr oder weniger alkoholisierte Lokalredaktion aus, kämpften Hand in Hand gegen ihren ehemaligen, gemeinsamen Lokalchef. Poschmann und Wilhelms fühlten sich wie »die Unbestechlichen«, die letzten Rückgratstarken einer korrupten Zunft. Sie lauerten Politikern auf, die sich verleugnen ließen. Sie verfolgten Busse, die Asylbewerber ohne Arbeitsgenehmigung zu Großbaustellen karrten. Sie gingen jedem Hinweis auf einen Skandal nach. Als Poschmann dann den Chefposten eroberte, mußte Max die Redaktion wechseln. Sie telefonierten dennoch mindestens einmal wöchentlich miteinander.

»Darum geht es nicht«, reagierte Wilhelms abweisend, »ich versuche seit Monaten, da eine Linie reinzubekommen. Ich versuche seit Monaten, alles Europäische zu bündeln, und jeder reißt es mir aus den Händen. Was ist denn europäisch? Habe ich etwas über die Währungsunion, kommt Sartor und bekniet mich, mich doch endlich aus Wirtschaftsthemen rauszuhalten. Habe ich Informationen aus den Parteien, schlägt Mischka zu. Karlsen sagt mir, solange ich auf seine Reportagen-Seiten gehe, habe ich mit ihm zu reden. Er sei das Ausland. Also, was wirfst du mir vor?«

Poschmann drehte sich um und schloß die Tür. Jeder in der Redaktion kannte ihre Historie. Jeder wußte, daß der Chefredakteur nicht alle gleich behandelte. Poschmann hingegen sah die Redaktion als Familie. Mit Altgedienten, Verbrauchten, Neuen, Frischen und mit Problemfällen. Für ihn waren die Jungen aufstrebende Dickschädel und die Alten ausgelaugte Erfahrene. Diese Ansicht teilte er mit Katja Melzer. Aber auch mit Max Wilhelms.

»Max, du hast nun mal keine Seiten für dich. Allein der

Gedanke! Wenn ich mir das vorstelle! Du würdest sie ja nie vollkriegen. Sollst du auch nicht. Du sollst zuarbeiten. Tust du das? Nein. Sprichst du Themen ab? Nein. Nimmst du an Konferenzen teil? Nein. Was hast du aus Bonn mitgebracht? Nichts.«

»Weißt du, was die uns vorgelegt haben? Nichts. Nichts Neues.«

»Dann setz dich hin und suche nach Neuem!«

»Wo denn, verdammt noch mal, wenn mir sämtliche Informationen von sämtlichen Redaktionen weggenommen werden!«

»Max, der Ton. Achte auf den Ton!« Poschmann wurde sauer.

»Erhard, du sagst mir seit Wochen, ich soll suchen. Sag mir wo, wenn ich nicht einmal raus darf. Ich bin der einzige beschissene Scheiß-Redakteur, der kaum einen Etat hat. Ich bin der, der sein Aufgabengebiet in Brüssel, in Straßburg, in wer weiß wo hat. Lediglich bei Gipfeltreffen bequemst du dich, mir mal eine Dienstreise zu genehmigen.«

Max Wilhelms war aufgestanden und kramte in seiner Tasche. Er gab das Suchen schnell auf, nahm alles raus und schmiß es auf den Tisch. Wahllos griff er in den Papierstapel. Zwischen den Blättern kamen leere Kugelschreiberhülsen, zerdrückte Kaugummis und einige Kondome in verschiedenen Farben zum Vorschein.

»Hier! Was soll ich daraus machen? Eine Witzgeschichte über Sozis, die die Rede eines Polen von vor über zwei Jahren für sich entdeckt haben?«

Poschmann schaute genervt an die Decke. Wenn er dies tat, sah er aus wie ein kleiner, betender Junge. Der Chefredakteur war gerade einmal einen Meter achtzig groß, schmächtig gebaut, nicht dünn, aber er wirkte so. Daß er älter aussah, lag allein an der hohen Stirn und der kahlen

Stelle am Hinterkopf. Böse Zungen behaupteten, er habe deshalb Minderwertigkeitskomplexe. Noch bösere sagten ihm nach, er würde zudem Einlagen tragen. Max wußte, daß es stimmte.

»Du weißt genauso wie ich, daß dieser Termin in Bonn nichts anderes war als ein Vergnügen. Das war abzusehen.«

»Es war eine Einladung, die du mir auf den Tisch gelegt hast.« Wilhelms versuchte, das »Du« besonders vorwurfsvoll klingen zu lassen.

»Zur Kenntnisnahme, mein Junge. Zur Kenntnisnahme. Übrigens stinkst du nach Alkohol.«

Max blickte auf. Nun verdrehte er die Augen, wandte sich ab. Drei Fisherman's Friend hatte er auf dem kurzen Stück zwischen Hauptbahnhof und Redaktion gelutscht. Drei Mark hatte er für das kleine Tütchen ohne Zuckerzusatz bezahlt. Er sagte nichts. Poschmann war geladen. Der Vater der Hauptredaktion liebte seine Familie, solange sie ihm gehorchte. Als Familientyrann legte er die Maßstäbe für Disziplin ihm gegenüber besonders hoch an. Ausnahmen begründete er damit, daß ab einer gewissen Strenge keine Kreativität mehr möglich sei.

»Ich habe dir ein Limit gesetzt, Max, und das meine ich ernst.« Poschmann wurde ruhiger. »Erkläre mir doch mal, wie ich das vor der Redaktion weiterhin vertreten soll. Ich hole einen, den ich seit Jahren kenne, gebe ihm einen Schlafposten, während ich überall die Spesen senke, Dienstreisen streiche, das Wochenende auf Minimalbesetzung fahre. Du arbeitest dich sicherlich nicht tot. Ich verlange viel. Von allen, auch von dir. Das wußtest du. Ich habe mir das jetzt lange genug angeschaut. Also, mach was draus!«

Das Klopfen war zwar zu hören, doch zwischen dem Anklopfen und dem Öffnen der Tür lag keine Zehntelsekunde. Es geschah fast gleichzeitig. Jächter stand wankend in der Tür.

»In arabischen Ländern werden fünfundvierzigtausend Menschen wegen ihrer politischen Meinung gefangengehalten. In Manila wurde 'ne Disco zum Flammen-Inferno, und die Australier schlachten zweitausend Koalas ab. Sollen sich vermehrt haben«, lallte er.

Beide, sowohl Poschmann als auch Wilhelms, hatten Respekt und Achtung vor Jächter. Er trank schon morgens, lag mittags oft flach auf der Schreibtischplatte, doch er hatte seine Truppe im Griff. Auf ihn war Verlaß wie auf kaum einen anderen. Flog ein Artikel raus, kamen Berichte für die Postausgabe zu spät – Jächter hatte einen Stehsatz, der an Aktualität nichts zu wünschen übrig ließ. Max' Problem war lediglich, daß Jächter bereits Holland dem Ressort »weltweit« zuordnete. Poschmanns Problem war, ihn zu halten. Bei der Geschäftsführung, oftmals mit Politikern äußerst eng vertraut, waren Beschwerden eingegangen, da Jächter mit fortschreitendem Alkoholkonsum immer respektloser wurde und seine Wahrnehmungsfähigkeit deutlich nachließ. Bei einem Wirtschaftsempfang vor zwei Wochen hatte er angeblich den Teller seines Nachbarn mit dem Aschenbecher verwechselt.

»Die Araber mach auf die Eins. Aber kurz, sehr kurz. Das Flammen-Dingsda gib an Karlsens Truppe! Das paßt gut neben seine Taiwan-Reportage. Und die Koalas?« Poschmann dachte kurz nach. »Die Koalas verarbeitest du auf deiner Seite. Mach etwas richtig schön Langes draus! Mit so einem traurigen Teddy-Foto!«

So, wie Jächter gekommen war, ging er auch: schnell, wankend und unspektakulär. Jächter zählte in der Hauptredaktion zu den sogenannten »Schnittmachern«. Einer Statistik zufolge, deren Ursprung keiner so recht benennen konnte, die aber seit Jahren durch die deutsche Presselandschaft geisterte, waren einundfünfzigjährige Journalisten dem Tode nah, zum dritten Mal verheiratet und hatten zwei Entziehungskuren hinter sich. Jächter war stolz darauf, Schnittmacher zu sein. Mit seinen neunundvierzig Jahren konnte er bereits auf die vierte erfolglose Entziehungskur zurückblicken.

»Also, mein Freund, ich schau' mir das nicht mehr lange mit an«, wandte sich der Chefredakteur wieder Wilhelms zu. »Du hast Vorschußlorbeeren erhalten. Das weißt du auch. Aber irgendwann ist Schluß. Ich will eine Geschichte auf der Eins. Von dir. Haust du verstanden?«

Poschmann hob beide Hände, signalisierte damit eindeutig, daß das Gespräch zu Ende war. Max wollte widersprechen. Er schnappte zunächst einmal nach Luft, ließ seinen Dampf aber genausoschnell wieder ab. Poschmann hatte eine Pressemitteilung aus dem Ticker gezogen und über Kugelschreiberhülsen, Kaugummis und Kondome gelegt. Ganz oben hieß es:

EU-Agrarminister beschließen Überraschungskontrollen – hohe Strafen für Hormonsünder in Rinderställen geplant.

Zum Glück war das Wesentliche von der Agentur fett gedruckt und so auch für desinteressierte Journalisten schnell zu erkennen. Max strich sich über die Kopfhaare.

»Und noch was, mein Freund: Erwähnst du noch einmal auf irgendwelchen Konferenzen meinen Hintern, trete ich dir in deinen. Ich hoffe, wir haben uns verstanden.« Damit war Poschmann auch schon aus dem »Europa«-Büro verschwunden.

»Mist«, fluchte Max Wilhelms, nachdem die Tür mit einem lauten Krachen ins Schloß gefallen war. Er hatte es übertrieben. Er wußte, daß der Alte recht hatte. Es war das, was auch Katja ihm vorwarf. Doch Europa, dieses schwammige Gebilde, mit dem er nichts anfangen konnte, das eine Idee war, die er bislang nie richtig verstanden hatte, konnte ihn nun mal nicht zu irgendwelchen brillanten Artikeln anspornen. Die Europäische Union war für ihn ein Werk der Politiker, der Ökonomen. Die geistige und ideelle Dimension wurde in Parlamenten, in Räten, in Parteizentralen und vor allem in gehobeneren Bereichen der Finanzspekulation schöngeredet, existierte aber eigentlich gar nicht. »Der Weiterbau Europas verlangt Mut, Zuversicht und neue Inspiration«, hatte die Präsidentin des Deutschen Bundestages gesagt. Max Wilhelms fehlte jegliche Inspiration, um mittlerweile auch nur einen einzigen, für die EU vorteilhaften Artikel schreiben zu können. Und das nach gerade einmal acht Monaten, die er mit dem Themenbereich betraut war. Die acht Monate reichten für einen Überblick, reichten für eine Entscheidung, die nicht lautete, gegen Europa zu schreiben, sondern das Pseudo-Staatengebilde mit dem Respekt zu behandeln, den es verdiente. Diese seine Gleichgültigkeit bezog sich allerdings nicht auf die »Euro«-Währung. Wilhelms sah die Schaffung einer gemeinsamen europäischen Geldnote als Hirngespinst, den Kanzler als Traumtänzer, der seiner Meinung nach log, wenn er behauptete: »Diese Währung wird genauso stabil sein wie die D-Mark.« Wilhelms fühlte sich mit dieser Einschätzung in guter Gesellschaft. Die Bevölkerung stimmte ihm immerhin zu. Eine Umfrage der Europäischen Kommission im Dezember 1993 hatte ergeben, daß achtundfünfzig Prozent der Deutschen gegen die Einführung einer gemeinsamen Währung ab 1999 waren. Nur die Dänen schienen noch etwas intelligenter als die Deutschen zu sein. Neunundsechzig Prozent sprachen sich gegen das Währungsbündnis aus.

Max hob den Ticker-Ausdruck der Agentur-Meldung

hoch, warf ihn wieder auf seinen Tisch. Er mußte Themen zu Europa auflisten. Das war es. Er mußte irgendeinen Politiker zu irgendeinem neuen Thema – und wenn es ein altes war –, zu irgendeiner neuen Aussage bewegen. Hauptsache war, daß der »Westdeutsche Kurier« es exklusiv hatte, daß die Agenturen, andere Zeitungen oder gar Fernsehsender den »Kurier« zitierten. »Wie der ›Westdeutsche Kurier‹ berichtet«, so mußte es lauten, dann war Wilhelms aus dem Schneider. Er überlegte, dachte wieder an den Euro, verwarf allerdings die Idee sofort. Die Währungsunion durfte für ihn vorerst kein Thema mehr sein. Er hatte Poschmann versprochen, das Wort »Euro« zwei Wochen nicht mehr über seine Lippen kommen, geschweige denn in seinen Artikeln vorkommen zu lassen. Der Streit zwischen ihm und Sartor nach mehreren »Anti-Euro«- und »Euro-Ängste«-Artikeln hatte während der Konferenz für Lautstärke gesorgt, die sogar noch in der Auslieferungshalle hatte gemessen werden können. Während Unions-Liebhaber und Möchtegern-Wirtschaftsexperte Sartor von »billigeren Reisen«, der »zukünftigen, wichtigsten Welthandelswährung« und »erleichtertem Preisvergleich« geschwärmt hatte, hatte Wilhelms in einer Kurzserie nur von steigenden Preisen und kletternden Zinsen geschrieben. Das Maß war für Sartor übergelaufen, als er unvorbereitet in der vorletzten Wochenendausgabe einen Bericht des »Europa«-Redakteurs hatte lesen müssen, in dem der Bezug zwischen Euro und Arbeitsplatzvernichtung hergestellt worden war. Wilhelms hatte seine Informationen selbstverständlich wie immer nur einer Agenturmeldung entnommen und geschrieben:

Der Rationalisierungsdruck auf sämtliche Betriebe wird erhöht, weil eine weiche Landeswährung den Kostendruck einfach nicht mehr abfangen kann.

Leider hatte er nicht beachtet, daß die Agentur vor einer »Gefahr« gesprochen hatte. Wilhelms hatte es als Fakt dargestellt.

Nun lag eine weitere Agenturmeldung vor ihm. Er erkannte die Chance, wieder schnell zum Dartspiel und ins »Tal« zu kommen. Mit der einen Hand hob er den Ausdruck hoch, mit der anderen sammelte er die Kondome und Kaugummis ein.

Brüssel. Die EU-Agrarminister haben in Brüssel beschlossen, mit Überraschungskontrollen und hohen Geldbußen den Einsatz von Hormonen in der Rindermast zu bekämpfen. Die EU will bei nachweislichem Einsatz von Hormonen die Agrar-Prämien für sämtliche Tiere eines Bauers für ein Jahr streichen, im Wiederholungsfall für fünf Jahre. Die EU-Mitgliedsländer sind zu regelmäßigen Überraschungskontrollen verpflichtet.

So stand es auf dem Ausdruck der Agentur.

Wilhelms nahm sich fest vor, diesmal auf Feinheiten zu achten. Er setzte sich an den Computer, gab sein persönliches Paßwort ein. Die Formatierung der Seiten- und Überschrifteneinrichtung brauchte ihre Zeit. Er wußte, daß er die Ankündigung für die Landwirtschaftsminister-Konferenz noch irgendwo hatte. Zwar stammte diese ebenfalls von einer Agentur, aber es galt, Zeilen auf der Eins unterzubringen.

Nur für einen Moment dachte er daran, noch in Brüssel anzurufen. Es war hoffnungslos, er hatte es verpennt. Dort würde um diese Uhrzeit keiner sein. Die Staatssekretäre, die Wilhelms kannte, waren vermutlich mitgereist. Die Sekretärinnen, mit denen er immer am Telefon flirtete, konnten auch nicht weiterhelfen. Andere durften der Presse keine Presseauskunft geben. Also lohnte sich der Anruf in Bonn auch nicht.

Max tippte. Er blickte auf die Agenturmeldung, zog Satzbrocken heraus, dichtete bekannte Fakten hinzu, suchte nach Füllwörtern. Er mußte eigentlich nur alles etwas umsetzen, und schon war es sein *Bericht aus Brüssel*. Er war der »Europa«-Mann des »Kuriers« vor Ort. Die »Überraschungskontrollen«, die »hohen Geldbußen« setzte der Experte im Umschreiben von Artikeln nach oben, ebenfalls den Satz: »Die EU will den Einsatz von Hormonen in der Rindermast bekämpfen.« Mit der »Verpflichtung« verfuhr er genauso. Das alles sollte fett gedruckt werden. Im Fließtext folgten die detaillierteren Informationen. »Die EU-Landwirtschaftsminister beschließen regelmäßige Überraschungskontrollen in Mastställen, da trotz des Verbots immer wieder Wachstumshormone eingesetzt werden«, hämmerte Wilhelms in den Computer. Nun mußte noch die »Prämienstreichung« rein. Weiter unten wäre unauffälliger: »212,00 DM pro Tier«. Daß der deutsche Landwirtschaftsminister sich entschlossen zeigte, war ohnehin unwichtig. Der Minister zeigte sich immer entschlossen. Für Max mußten noch die USA rein, die den Einsatz von Hormonen erlaubten und gegen die EU geklagt hatten. Max drückte auf »Ausschließen«. Der Computer zeigte fünfundvierzig Zeilen an. Aus den »Wachstumshormonen« machte er »Hormone«, aus den »EU-Landwirtschaftsministern« nur »Landwirtschaftsminister«. Das brachte eine Zeile Gewinn, Platz für »WK-Brüssel« in der ersten und sein Namenskürzel »MaxWi« in der letzten Zeile. Darauf legte er besonderen Wert. Er drückte erneut auf »Ausschließen«, tippte in die Rubrik »Senden« die Erklärung »CvD für Eins« ein und griff zum Telefon.

Katja war nicht an ihrem Platz. Er fluchte. Sie hätte die Eins absegnen und ihn in den verdienten Feierabend entlassen können. Zudem hatte sie noch nagelneue Flights in ihrer Schublade, die er abends fürs »Tal« benötigte. Die Federn an seinen alten Dartpfeilen hatte er letzte Nacht in trunkenem Zustand abgerissen, hatte ihnen die Schuld für seine erneute Niederlage gegeben.

Max Wilhelms blickte auf die Uhr. Sie bildete den einzigen Wandschmuck seines Büros. Ein Werbegeschenk der Sparkasse zum letzten Weihnachtsfest. Das Symbol der Bank war klein gehalten, kaum erkennbar.

Das Telefon klingelte.

Wilhelms sah auf das Display des modernen Telefons. Es zeigte *317*. Das war die »Innere«.

»Mischka läßt fragen, ob du irgend etwas über die Forderung nach Ziel-eins-Fördergebiet der Neuen hast?«

»Bitte, was?« brüllte Wilhelms in den Hörer. »Ich bin gerade aus Bonn zurück!« Es klang mehr wie eine Entschuldigung. Mehr wie eine Anmaßung klang hingegen Reinhardts folgender Vortrag: »Die neuen Bundesländer wollen auch weiterhin von der Europäischen Union besonders gefördert werden. Das erklärten die fünf Länderchefs gestern bei einem Treffen mit der EU-Kommission in Brüssel. Sachsen-Anhalts Ministerpräsi ...«

»Was willst du denn?« unterbrach ihn Wilhelms schroff. »Du hast doch alles. Meinst du, ich kann mich teilen?«

»War ja nur 'ne höfliche Anfrage. Mehr eine Mitteilung.«

Max' laute Antwort hätte ohne weiteres als Geschrei gewertet werden können: »Sonst legst du doch immer Wert darauf, daß so was zur Innenpolitik gehört.«

Der Hörermuschel war nur noch sauer zu entnehmen: »Ich habe doch gesagt, es war nur eine Mitteilung.« Mehr nicht.

Der kleine Sparkassen-Zeiger näherte sich der nächsten Ziffer. Eigentlich berührte er sie schon. Zumindest war dies Wilhelms' Eindruck. Viertel vor wollte er gehen. Er begründete die von ihm doch recht spontan festgelegten Feierabendzeiten mit der Notwendigkeit, seinen Biorhythmus nicht durcheinanderzubringen. Lebensberater Niemeyer hatte ihn auf die Idee gebracht.

Wieder klingelte das Telefon. Diesmal zeigte das Display nichts an. Aus der Redaktion konnte es also keiner sein. Von den Parteien, den Ämtern, den Kammern oder offiziellen Büros auch keiner. Die hatten ebenfalls einen gesunden und geregelten Biorhythmus.

Max starrte auf die tickende Weihnachtsgabe und nahm zögernd den Hörer ab. »›Westdeutscher Kurier‹. Wilhelms«, stöhnte er.

»Max Wilhelms? Europa-Redakteur? ›Westdeutscher Kurier‹?«

Das darauffolgende »Ja« war trotz der Kürze in einer Betonung gehalten, die keinen Zweifel daran ließ, daß Max kein Interesse an längeren Gesprächen hatte.

»Ich wollte nur wissen, ob Sie meinen Brief bekommen haben!«

Die Stimme klang arrogant. Max mochte sie nicht. Sie klang wichtig, überzogen, spießig. Sie war männlich, aber nicht kräftig. Kurz: sie störte.

»Welchen Brief? Wer sind Sie überhaupt?«

»Herr Wilhelms, ich habe Ihnen einen Brief zukommen lassen, dem Sie vielleicht Beachtung schenken sollten. Es ist eine Kopie über vier Seiten und ...«, die Stimme verstummte für wenige Sekunden, »ich weiß, daß Sie ihn erhalten haben. Sie sollten ihn lesen.«

»Moment, Moment, Moment!« Wilhelms schüttelte den Kopf und unterstrich seine Worte durch eine ungeduldige Geste, als würde sein Gesprächspartner ihn sehen. »Erstens, wer sind Sie, und zweitens ... von welchem Brief, von welchen Kopien sprechen Sie?«

»Es ist eine Geschichte. Eine interessante Geschichte. Sie fällt in Ihr Ressort.«

»Nein, was Sie nicht sagen! Sie rufen bei einer der führenden Zeitungen in Deutschland an, melden sich nicht mit Namen und bieten eine Geschichte an, die auf irgendwelchen dubiosen Kopien abgedruckt ist. Das ist ja wirklich ungeheuerlich. Also, wer sind Sie eigentlich?«

»Das spielt zunächst keine Rolle.«

»Ach, nein? Dann will ich Ihnen mal was sagen. Wenn Sie behaupten, Sie haben eine interessante Gesch ...«

»Ich wußte, daß es nicht einfach mit Ihnen ist«, hechelte es mehr durch den Hörer, als daß die Stimme klar und deutlich zu verstehen war, »aber erinnern Sie sich bitte daran, daß diese Geschichte, dieser Brief nicht nur interessante Informationen enthält. Ihr Leben wird sich dadurch ändern.«

Wilhelms hielt den Hörer nicht. Er würgte ihn. In der Lokalredaktion war er solche Anrufe gewohnt gewesen. Sie zählten zum Alltagsgeschäft. Autobahngegner hatten ihn belästigt, profilneurotische Vorstadtpolitiker, die keine Chance für eine Stadtrats-Nominierung sahen, und Kindergärtnerinnen, die die Leiterin beim Ohrfeigen erwischt hatten. Gestört hatten Tankwarte, die 24-Stunden-Konkurrenten in Wohngebieten Ruhestörung während der Nachtzeit vorwarfen, oder frustrierte Sozialarbeiter, die sich in Flüchtlingsunterkünften während der Winterzeit über unmenschliche Temperaturen beschwerten. Sie alle hatten von einer »Geschichte des Lebens« gesprochen, hatten ihm den »Durchbruch« versprochen, von »journalistischer Ehre« geredet, den »Pulitzer-Preis« erwähnt. Doch von »Leben verändern« hatte noch keiner gesprochen. Wilhelms hatte gehofft, die Zeiten seien endgültig vorbei, die Hauptredaktion besitze ein Schutzschild gegen die Wahnsinnigen aus Vorgärten und Hobby-Kommunen.

»Wissen Sie was? Ich bekomme ...«

Die Stimme unterbrach ihn zum zweiten Mal. Diesmal klang sie besonders ruhig, fast erhaben.

»Ich rufe Sie in zwei Tagen um dieselbe Zeit wieder an. Vergessen Sie es nicht! In zwei Tagen um dieselbe Zeit.«

Max knallte den Hörer auf, dachte nur: Was für ein Spinner!

Er wählte Katja an. Er wollte die Flights. Sie war nicht in ihrem Büro.

5 Die Greise waren schon sehr früh auf. Keiner hatte lange geschlafen. Es war ein besonderer Morgen, kein gewöhnlicher Montag. Von der Schlei hatte eine seiner schönsten Rosen, eine Gloria Dei, aus dem Wintergarten, der stets mehr Wärme als seine Zimmer speicherte, auf dem Frühstückstisch plaziert. Sie stand nicht in der Mitte, sondern ein wenig mehr am unteren Ende der Tafel, dort, wo gewöhnlich keiner mehr saß. Die gelbliche Blüte war auf die Anrichte gerichtet, die einen praktischen Durchgriff zu Küche und Diensträumen gestattete. Bis auf Friedrich Rückerts »Wenn die Rose sich schmückt, schmückt sie auch den Garten« hatte Schlei zum Erstaunen seiner Mitbewohner noch kein weiteres provozierendes Zitat angebracht. Gewöhnlich wiederholte er Ausdrücke, die andere geprägt hatten, und das mit einer Kontinuität, die selbst Hasser von Zitaten in Verwunderung versetzte. Ein einmal über seine Lippen gekommenes Sprichwort war nie ein zweites Mal zu hören, doch von der Schlei konnte sich an jedes erinnern. Bislang hatte in dem Haus, in dem er nun seit vier Jahren lebte,

keiner um eine Wiederholung gebeten, aber er wartete geduldig darauf und wollte im Falle eines Falles keine Antwort schuldig bleiben.

Die Tafel war wie besprochen gedeckt. Prinz Heinrich von Oranienbrug hatte mehrere Tage geplant, sortiert, organisiert und eine längere Liste für Josef erstellt. Des Prinzen Anspruch war, individuelle Wünsche zu berücksichtigen, dabei aber das für ihn äußerst wichtige Gesamtbild eines Frühstückstisches nicht zu zerstören. So standen die Körbchen mit Pumpernickel, Weißbrot, Croissants und weichen Brötchen wie vor einer lang geplanten Schlacht in Aufstellung. Die Servietten glichen Uniformen, akkurat gerichtet, Messer und Gabel lagen wie Bataillonswaffen neben den Tellern und warteten auf das Signal zum Angriff, das meist in Form eines Gebetes erfolgte, das der General sprach. Altmühl-Ansbach nuschelte so sehr, daß die übrigen es kaum verstehen konnten. Im Vergleich zu Schleis weitreichendem Zitatenschatz war es allerdings stets das gleiche Gebet. »Herrgott im Himmel, wir sind arme Sünder. Dafür, daß Du dennoch diese Tafel so reich gedeckt hast, danken wir Dir und ehren Dich. Amen!« Es war wohl mit das Kürzeste und Bündigste in seinem Pensionsleben. Für alles weitere nahm Altmühl-Ansbach sich ellenlange Zeit. Er benötigte sie. Die meiste Muße des Tages aber gönnte sich der General, um Zinnsoldaten anzumalen, wobei er größten Wert auf Exaktheit legte, auch wenn die zittrigen Hände es nicht mehr ermöglichten. »Jegliche Erfüllung beginnt im Detail«, pflegte er zu sagen, ohne dem Zitatenliebhaber von der Schlei Konkurrenz machen zu wollen. Denn er wiederholte sich. Mehrmals täglich.

Anna war vor den Alten aufgewacht. Geweckt worden war sie von Josef, dessen Tagesablauf, wie sie erfuhr, um halb sechs in der Früh begann. Sein erster Weg führte stets zur großen Eingangspforte, wo gewöhnlich bereits zwei ältere Damen aus Kelbra in der nassen Kälte warteten. Sie putzten werktags die unteren Etagen, erst den Speisesaal, dann den Flur, zuletzt die Bibliothek. Ihnen war aufgetragen worden, um spätestens kurz vor halb acht damit fertig zu sein, da die Herrschaften gewohnt waren, pünktlich zur halben Stunde herunterzukommen. Dann mußten sie bereits in der Küche sein und anschließend, während des Frühstücks, die oberen Zimmer herrichten. Die jüngere der beiden Frauen arbeitete seit sechs Monaten im Haus und hatte gerade viermal den Prinzen, zweimal Fürst von Ryn-Gladenberg und einmal – in Begleitung – von Lausitz gesehen. Die ältere kannte alle, die im Hause des Barons Zuflucht gefunden hatten, hatte jedoch mit keinem je ein Wort gesprochen. Falls es zu einer unbeabsichtigten Begegnung kam, nickte man sich gewöhnlich nett zu und lächelte. Es war keine Anordnung. Es war gegeben.

»Ich denke darüber nach, ob wir nicht zu schnell handeln«, begann der General die Diskussion, obgleich sich einige wunderten, da er auch gestern schon das Gespräch eröffnet hatte. Sein Körbchen enthielt zwei Scheiben Pumpernickel sowie ein Croissant, ein Schüsselchen, daneben kleine Plastikschälchen mit Halbfett-Margarine und Erdbeer-Konfitüre. »Ich werde den Gedanken nicht los, daß uns Eile treibt. Sie treibt uns zu Geschwindigkeiten, die wir nicht wollen, die wir vorher nicht einschätzen können. Ich möchte mit jeglicher Geschwindigkeit mithalten können.«

»Sie haben Angst vor dem sogenannten Schneeball-Effekt, nicht wahr, lieber General? Und in diesem Punkt teile ich Ihre Meinung. Doch wir sollten nicht vergessen, daß der kleine Schneeball bereits so weit gerollt ist, daß die Lawine nicht mehr aufzuhalten ist. Die Frage, die sich hier unabwendbar stellt, ist doch die, wann die Zeit für etwas reif ist. Und ich denke, wir haben sie beantwortet.«

Fürst Hermann-Dietrich von Ryn-Gladenberg griff zu seinem Korb, der mit von beiden Seiten leicht angebräuntem Weißbrot gefüllt war. Seine Hände zitterten an diesem Morgen besonders auffällig. Einmal war ihm sogar bereits das Messer aus der Hand geglitten.

»Reif?« fragte von Lausitz, für die Gemütlichkeit eines Frühstücks viel zu laut. »Reif ist ein Apfel, eine Frucht allgemein, aber keine Zeit. Ein Apfel fällt zwar vom Baum, wenn die Zeit reif ist, aber...«, rief Lausitz und holte kräftig Luft, »aber der Apfel bestimmt selbst, wenn er der Meinung ist, er müsse seinem Leben einen neuen Sinn geben.«

»Das unterscheidet uns nun einmal von den Pflanzen und auch von den Tieren, Herr Freiherr«, griff der Fürst erneut ein, »wir Menschen sind diejenigen, die Reife einschätzen, Reife bestimmen und deshalb nicht fallen und warten müssen, ob uns jemand aufhebt. Wir sind diejenigen, die Äpfel – Früchte allgemein – pflücken, wenn wir bestimmen, daß die Zeit gekommen ist. Wir würden sie auch pflücken, wenn sie danach schreien würden. Und über den Aufschrei waren wir uns alle doch einig, oder nicht?«

»Sicherlich, aber kommt es nicht auf die Lautstärke des Aufschreis an?«

»Freiherr von Lausitz, kann es sein, daß Sie plötzlich eine Art von Sorge, gar vielleicht Furcht verspüren? Könnte es sein, daß das Auftreten des Mädchens gestern Sie dazu veranlaßt?« Fürst von Ryn-Gladenberg griff mit beiden Händen zu seiner Tasse und nahm einen kräftigen Schluck koffeinfreien Kaffee. Trotz seiner zittrigen Hände und seines grauweißen Spitzbartes, den er schon lange nicht mehr eigenhändig schneiden konnte, wirkte der stets in eine Kladde schreibende Analytiker des Hauses erhaben. Er mochte von Lausitz besonders, war doch der kräuteranbauende Freiherr derjenige, der geistig-ideell am weitesten von allen entfernt war. Johannes Elias von Lausitz war Naturalist. Oranienbrug hatte ihn einmal als den »Alternativen im Haus« bezeichnet. Eine nicht beschämende, eher korrekte Beschreibung. Von Lausitz bot die größte Angriffsfläche, und das ungeschützt. Spezielles Wissen war seine einzige Verteidigungswaffe. Das Schlachtfeld befand sich jedoch oft auf einer anderen Ebene. Mit Begriffen wie »Ehre« und »Würde« allein konnte man ihn nicht schachmatt setzen. Von Lausitz verstand zwar die Worte, aber billigte sie nicht als einziges, höchstes Gut. Das unterschied ihn von allen anderen. Er wollte Fakten, konkrete, keine abstrakten Begriffe. Er wollte Beweise wie ein Physiker. Von Lausitz ließ nicht mit sich spielen, wie er mit seiner Katze spielte, die erst ab Mittag Zugang zum Haus erhielt.

»Wir sollten uns jetzt nicht wieder auf eine Frage einlassen, die wir vor Monaten – ich betone, vor Monaten – bereits beantwortet haben. Deutschland ist das Schicksal Europas.« Von der Schlei wirkte fast persönlich verletzt, wartete einen Moment und fügte schnell hinzu: »Das sagte selbst der englische Historiker Christopher Dawson.«

»Ich bestehe darauf und betone nochmals, daß die Frage nicht die ist, ob, sondern wann.« General von Altmühl-Ansbach legte Messer und Gabel aus der Hand. Er hatte zuvor die in kleine Rechtecke geschnittene Brotscheibe zur Seite geschoben. »Deutschland kann auch weiterhin mit seiner Betriebsamkeit Europa in Atem halten. Sicherlich. Die Frage ist gestattet: wie lange noch? Bedenken Sie, lieber von Lausitz, daß in der deutschen Geschichte die Zeit oft noch nicht reif war, aber Handlungszwang bestand. Nun besteht kein Handlungszwang, sondern wir zwingen zur Handlung. Als Stratege muß ich Fragen wiederholen, weil sonst ...«

»Weil sonst was passiert?« Oranienbrug, der die Diskussion bislang nur mit leichtem Kopfschütteln verfolgt hatte, konnte nun nicht mehr innehalten. Der Prinz streckte sich, hob die Ellbogen von den Sitzlehnen. »Bei aller Planungsliebe, Herr General, zu oft wiederholte Fragen haben in der Geschichte wiederholt zu einem Desaster geführt. Wie kann eine Zeit reifer sein, als jetzt? Die Nachrichtenmagazine berichten ständig über die Angst der Bevölkerung vor der europäischen Einigung und, von Altmühl-Ansbach, über die Angst der Wirtschaft vor der Währungsunion. Die Restaurierung der Quadriga auf dem Brandenburger Tor, die von militärischen Hymnen begleitete Umbettung Friedrich II. und seines Vaters nach Sanssouci beweisen doch, daß die Deutschen auf den Aufbruch warten, und sind ein Signal aus der Politik, die selbst handlungsunfähig ist.«

Die Blicke wanderten von Oranienbrug über den Baron, der sich erstmals am Morgen leicht regte, zu der Anrichte, die während des Mahls immer geschlossen war. Die Diskussion ging von Hinrichsburg zu weit ins Detail. Der Hausherr befürchtete eine weitere Konfrontation. Die gestrige hatten alle mit Unerfahrenheit, Unwissenheit oder Höflichkeit entschuldigt. Wie hätte das Mädchen auch ahnen sollen, daß nur Josef erlaubt war, nach mehrfachem Anklopfen und Aufforderung, den nachmittäglichen Kreis in der Bibliothek zu stören?

Sie hatte gesagt: »Ich liebe Rosen, ich liebe alle Pflanzen.« Sie hatte damit Gespür gezeigt, aber auch den Beweis geliefert, gelauscht zu haben. Otto-Wilhelm Baron von Hinrichsburg hatte abschließend die Bitte geäußert, zunächst sehr vorsichtig zu sprechen. Und diese Bitte hatte wie ein Machtwort geklungen. »Jeder weiß doch, worum es geht. Ich möchte nicht, daß ständig alte Fakten in neuer Form besprochen werden. Es ist unnötig und gefährlich.« Mit traurigen Gesichtern hatten alle, wie immer nickend, zugestimmt. Der Baron hatte recht. Es war gefährlich. Doch den Bewohnern wurde das wenige eingeschränkt, was ihnen eigentlich im hohen Alter noch geblieben war. Wenn ihnen das Streiten, das freie Diskutieren, das unvorsichtige verbale Bewegen im eigenen Hause genommen werde, hatte von Lausitz zu bedenken gegeben, müsse man sich ernsthaft Gedanken machen, ob es nicht besser sei, sich schnell wieder von dem Mädchen zu verabschieden. Der Freiherr mit Vorliebe für Kräuter und Katzen hatte dies in einem Ton vorgetragen, den bis auf den Baron alle anerkennend bewundert hatten. Denn keiner wollte auch nur im entferntesten einen Gedanken an eine vorzeitige Trennung von dem Mädchen verschwenden. Anna gab den Bewohnern einen weiteren Sinn, eine zusätzlich spannende Aufgabe. Sie brachte Neues, Überraschendes, zog Probleme ins eigene Haus. Den Figuren ihrer Brettspiele wurde eine lebende Gestalt hinzugefügt.

»Bei allem Respekt, aber wir sind nicht mehr die, die entscheiden können. Wir haben den Auftrag vergeben. Es wurde gehandelt, wie wir es verlangten. Nun können wir nichts mehr tun. Wir werden abwarten müssen, auch wenn es uns schwerfällt. Meine Herren, wir haben unsere Arbeit erledigt. Wir sollten uns nun um das Mädchen kümmern.«

Ryn-Gladenberg blickte fragend zum Baron. Von Hinrichsburg nickte fast unmerklich, aber deutlich genug. Der Fürst griff unter den Tisch und drückte auf den Klingelknopf. Acht solcher Knöpfe waren in gleichmäßigem Abstand unter der Tischplatte angebracht. So hatte jeder einen Knopf in erreichbarer Nähe.

Es dauerte keine Minute, da klopfte es auch laut und deutlich an die Tür. Die Alten sagten nichts. Josef öffnete sie vorsichtig, um sicherzugehen, daß er die Herren nicht überraschte.

»Sie haben geläutet?«

»Danke, Josef, würden Sie bitte Fräulein Anna zu uns bitten!« Der Fürst lächelte dem Diener im Maßanzug höflich zu.

»Selbstverständlich! Darf ich Ihnen bei dieser Gelegenheit noch etwas bringen?«

Ryn-Gladenberg schaute sich um. Keiner bewegte sich, nur von Lausitz schüttelte den Kopf. »Nein, danke, Josef. Das ist alles.«

Als der Diener die Tür wieder lautlos geschlossen hatte, nutzte von Oranienbrug die kurze Stille.

»Meine Herren, wenn Sie erlauben, möchte ich gerne das Gespräch mit dem Fräulein Anna eröffnen. Ich habe ihr Curriculum vitae heute nacht noch einmal eingehend studiert und würde mich freuen, wenn Sie mir dies gestatten.«

Ohnehin wären für eine Vorstellung und Einführung nur zwei der Greise in Frage gekommen. Der Baron schied aufgrund seiner führenden Persönlichkeit, seines hohen Alters und seiner Wortkargheit aus. Von der Schlei zog es vor, mit Zitaten aus dem Hintergrund zu operieren, und liebte ohnehin mehr das Zuhören. Solange seine Blumenpracht sowie die damit verbundene Arbeit nicht angegriffen wurde, genoß er es, weit außen vor zu stehen. Altmühl-Ansbach hatte als ehemaliger General zwar die Voraussetzungen, war jedoch noch zu neu im Zirkel. Und von Lausitz fehlte schlicht das Engagement.

»Aber bitte, wenn Sie unbedingt darauf bestehen.«

Ryn-Gladenbergs Stimme war trocken, ohne Betonung.

Gerne hätte er das Gespräch selbst geführt. Doch Disziplin – Selbstdisziplin – hatte sich der Fürst zum Prinzip gemacht. Er liebte Diskussionen, vor allem die Sachlichkeit. Er suchte stets den Streit, basierend auf Fakten. Immer war er der Analytiker, der trotz sichtbarer Altersschwäche nie ohne eine kleine Kladde war, in die er Notizen schrieb. Außer in der Kladde schrieb er zur Zeit in fünf weiteren Heften. Sogar für kürzere Wörter brauchte er längere Zeit. Die zitternden Hände ließen ein flüssiges Schreiben kaum noch zu. Doch der Fürst malte geduldig jeden Buchstaben, Stück für Stück, Linie für Linie. Ryn-Gladenberg war nach außen streng, aber gefühlvoll zu seinen Büchern. Gewöhnlich hätte er in einer solchen Situation nicht nachgegeben. Er schätzte den Prinzen, seinen unerschöpflichen Drang zum Organisieren und Sortieren. Doch Oranienbrug war für ihn zu hektisch, oft zu euphorisch. Schlicht noch zu jung. Nun war allerdings keine Zeit. So lehnte sich der Fürst zurück und zog mit dem Mittelfinger eine Teetasse zu sich heran.

Es klopfte zweimal.

Anna stand in der Küche und legte ihre Hand auf die schwere Messingklinke. Sie zählte innerlich bis drei, überlegte, ob sie nicht lieber sogar bis vier zählen sollte.

Nachdem sie gestern angekommen war und Josef ihr das Zimmer gezeigt hatte, hatte sie sich nur frisch machen wollen. Ihr Zimmer war nett, geradezu liebevoll eingerichtet. Man hatte ihr einen kleinen Sekretär hineingestellt. Neben dem Bett stand eine Kommode mit Spitzendeckchen, darauf eine gefüllte Schale mit frischem Obst. Auch wenn die Jahreszeit es nicht erlaubte, lagen Weintrauben, eine Rebe Johannisbeeren über verschiedenen Sorten von Äpfeln, dazwischen einige Bananen und Kiwis. In dem Eichenschrank am Fenster warteten drei zusätzliche Decken, falls es ihr zu kalt werden sollte. Die

Heizung war auf die höchste Stufe eingestellt. Anna mußte sogar das Fenster öffnen, um atmen zu können.

Das ihr zugeteilte Zimmer lag am Ende des Ostflügels und hatte drei Fenster. Aus dem südlichen war nur eine sehr nahe, mit wenig Schnee bedeckte, steile Felswand zu erkennen. Aus dem Weiß lugten kleinere spitze Pflanzen hervor. Das östliche Fenster erlaubte einen Blick auf das gigantische Denkmal, das gewaltig, majestätisch und furchteinflößend die Bergspitze krönte. Im Norden sah Anna die Weite der Aue, dessen goldene Farbenpracht Josef ihr angekündigt hatte. In wenigen Wochen würde sie erkennen, warum die Aue die »Goldene Aue« genannt wurde. Sie wußte, daß sie nicht solange bleiben würde. Und sie vermutete, daß auch die Alten es wußten.

Ihr Raum war zuvor als Gästezimmer bereitgehalten worden, in dem nur selten Gäste übernachtet hatten. Die letzte Krankenschwester hatte ohne Erklärung letzte Woche kurzfristig gekündigt, war seitdem verreist. Die Vorgängerin, eine Altenpflegerin mit hervorragenden Zeugnissen, hatte noch in der ersten Etage einen Raum bezogen, der gegenüber Josefs Zimmer lag. Die Greise ahnten zwei Tage, nachdem der Anruf gekommen und Anna ihnen anvisiert worden war, warum die Pflegerin so plötzlich gekündigt hatte. Aber keiner forschte nach, ob sie mit ihrer ausnahmsweise einmal einvernehmlichen Ausnahme recht hatten.

Anna wollte sich nur kurz frisch machen. Josef hatte recht. Sie war müde und erschöpft. Doch sie wollte die Herren kennenlernen, nicht auf der Stube hocken und abwarten. Sie wollte sich besonders schön anziehen, holte ihren Faltenrock heraus. Die weiße Jacquard-Bluse wies durch den Druck im Koffer kleine Falten auf. Zwei Tage zuvor hatte sie ihn aufgegeben. Er stand ungeöffnet mit den Begleitzetteln der Bahn vor ihrem Bett.

Als sie sich zurechtgemacht hatte und ihr Zimmer verließ, war der Diener mit den langen Armen nicht mehr zu sehen. Anna ging über die mächtige Treppe hinunter. Sie hatte gehört, wo die Tür ins Schloß gefallen war. Dort mußten die sechs Männer, die sie von nun an betreuen sollte, warten. Über zwei Minuten stand sie vor der Tür, wollte anklopfen, traute sich jedoch nicht. Die Greise schienen sich zu streiten. Sie verstand kaum ein Wort, nur, daß es um sie, um Blumen und um Sträucher ging. Sie liebte Blumen über alles, vor allem Orchideen. Sie hatte nicht viele in ihrem Leben gesehen, aber sie wußte, es waren die unangefochten schönsten, die begehrenswertesten Blüten, die sie allesamt in ihren Bann ziehen würden.

Sie klopfte an und öffnete behutsam die Tür. Der kleine Mann, der hinter einem Sessel stand, fragte sie ohne Vorwarnung und mit weit aufgerissenen Augen: »Fräulein Anna, lieben Sie Rosen?« Seine Stimme erkannte sie sofort. Sie war am deutlichsten durch die dicke, massive Holzbarriere gedrungen. Auch die anderen alten, müden Augen waren groß, wirkten erschrocken, einige hilflos, einige verärgert. Freude, sie endlich kennenzulernen, sie endlich zu sehen, verspürte Anna nicht.

»Ich liebe Rosen, ich liebe alle Pflanzen«, sagte sie. In dem Moment, in dem sie es ausgesprochen hatte, wußte sie, daß sie einen Fehler begangen hatte. Sie hatte gelauscht und es zwei Sekunden später allen auf einem silbernen Tablett serviert. Sie hätte sich selbst ohrfeigen können. Den Start in diesem Haus hatte sie gründlich verpatzt! Sie schwieg. Jedes weitere Wort würde sie nur noch tiefer ins Verderben stürzen. Ihr Auftrag war, sich liebevoll um die Alten zu kümmern, und nicht, ihnen zu erzählen, was sie waren. Warum habe ich nicht gleich noch hinzugefügt, daß ich auch gerne wandere, Miniaturfiguren bemale, Katzen streichle und mit viel zu langen Stökken und tropfenden Taschentüchern hantiere, dachte sie und biß sich auf die Zunge.

Der halslose Diener rettete die Situation. Plötzlich stand er hinter ihr. Lautlos, wie auf Samtpantoffeln, war er gekommen.

»Meine Herrschaften, ich bitte Sie, die Störung zu verzeihen, und darf Ihnen Fräulein Anna vorstellen.«

Eine Welle höflichen Nickens schlug ihnen aus der Bibliothek entgegen. Die Augen verkleinerten sich, die Blicke wurden freundlicher, die überraschte Mimik wich gutmütigem Lächeln. Dennoch fand die Vorstellung ein jähes Ende.

»Fräulein Anna, es ist äußerst reizend, daß Sie sich uns heute schon vorstellen möchten, doch dieses höfliche Angebot können wir kaum annehmen. Ich denke, Sie sind nach der langen Reise doch recht müde. Ruhen Sie sich ein wenig aus. Josef wird Ihnen die vielfältigen Möglichkeiten des Hauses zeigen. Wir werden geduldig bis morgen warten. Auch wenn es uns sicherlich schwerfallen wird.«

Es war eindeutig Ryn-Gladenbergs Stärke. Mit Höflichkeit und Disziplin, aufrecht und geradlinig, konnte er Todesstöße versetzen, ohne verletzend zu wirken. Anna erkannte ihn sofort. Groß, den Rücken gestrafft, stand der Fürst in erster Reihe. Das weiße, für sein Alter noch sehr dichte Haar war streng und glatt zurückgekämmt. Sein Gesicht war blaß. Die Wangen waren schlaff geworden. Wenn er sprach, gestikulierte er unaufhörlich mit der rechten Hand. Dabei spielte er mit dem Daumen an dem dicken Siegelring mit dem Familienwappen. Er war, wie er ihr beschrieben worden war.

Anna schaute auf die Uhr. Sechzehn Stunden waren seitdem vergangen. Sie hatte gut geschlafen, war früh zu Bett gegangen. Josef hatte ihr eine nichtgeheizte Sauna und eine kleine Bibliothek, die er »Leseraum« genannt hatte, gezeigt. Die Alten hatten recht gehabt. Sie war müde gewesen, hatte Entspannung und Ruhe gebraucht. Und sie hatte Zeit gebraucht, um darüber nachzudenken, wie sie sich weiterhin verhalten sollte. Auch sie mußte einen Plan erarbeiten.

Sie zählte doch lieber bis vier. Dann drückte sie erneut vorsichtig die schwere Messingklinke hinunter. Die Tür zwischen Diensttrakt und Speisesaal war schwer wie die zwischen Eingangshalle und Bibliothek. Anna fand es unpraktisch, sowohl für die Angestellten als auch für die Greise. Sie hatte gestern auf Anhieb die meisten Gebrechen, die schlimmsten altersbedingten Leiden erkannt. Sie hatte Beschwerden, Schwächen und Siechtum gesehen, aber auch unerschütterliche Würde.

»Fräulein Anna, nehmen Sie doch bitte Platz.«

Prinz Heinrich von Oranienbrug machte Anstalten aufzustehen, entschied sich jedoch gleich anders. Auch er hatte Probleme mit den Hüftgelenken.

»Zunächst einmal darf ich uns vorstellen.«

Der Prinz begann beim Baron, der am Kopf der Tafel zusammengesunken und mit leicht geöffnetem Mund dasaß und lediglich mit einer Bewegung seiner Lider reagierte. Oranienbrug nannte keine Vornamen, nur die Titel. Die Reihenfolge entsprach der, in der sie in das Haus eingezogen waren. Die Ausnahme bildete er. Anstandshalber stellte er sich zuletzt vor.

»Josef hat eine detaillierte Liste mit Ihren Aufgaben ausgearbeitet. Ihre Vorgängerin ist noch so nett gewesen und hat sie in Ansätzen aufgestellt. Um halb elf erwarten wir Doktor Lindler aus Kelbra. Für seinen Besuch besteht momentan zwar kein dringender Bedarf, doch der gute Doktor schaut jeden Montag vorbei. Mittwochs und freitags ebenfalls. Aber dies erfahren Sie alles aus Josefs Aufzeichnungen. Wir würden Sie bitten, Lindler mit uns gemeinsam in der Bibliothek zu empfangen. Sie können sich dann mit ihm in einen der Räume zurückziehen. Sind Sie mit Ihrer Unterkunft zufrieden?«

»Sehr. Der Blick morgens über die Aue ist überwältigend. Es scheint ein kleines Paradies zu sein, in dem man hier aufwacht.« Anna wollte höflich sein, war zu höflich. Sie merkte sofort, daß sie wieder einen Fehler gemacht hatte.

»Höflichkeit, Fräulein Anna, ist eine Charakterstärke, kein Schauspiel. Sie kann weder erzwungen noch erlernt werden. Sie muß wie ein Gebäude aufgebaut werden. Ihre Architekten sind Stolz und Ehrlichkeit.«

Oranienbrug hatte recht. Er hatte sie vorgeführt wie ein kleines Schulmädchen. Als sie von Josef geweckt worden war, hatte kein Sonnenstrahl die Aue gestreift. Der Mond war schon lange untergegangen. Die Landstraße war nicht beleuchtet gewesen. Bis auf die wenigen Lichter aus Sittendorf hatte sie unmittelbar nach dem Wachwerden in eine schwarze Masse geblickt, die nichts besaß, was der Schnee hätte reflektieren können.

»Sie werden in diesem Haus lernen, was Sie nirgendwo anders auf diesem Erdball lernen können«, hatte man ihr gesagt. Sie solle auf keinen Fall dem Trugschluß verfallen, es seien alte, senile Männer. »Es sind der Geist, der Verstand, das Wissen, die Erfahrung, die sie zu einer Macht werden lassen. Diese Macht ist gewaltig und nicht zu unterschätzen. Sie haben Augen, die nicht mehr richtig sehen. Sie haben Ohren, die nicht mehr richtig hören. Sie haben Hände, die nicht mehr arbeiten können, und Füße, die sie kaum noch tragen. Doch unterschätzen Sie sie nie!«

Sie hatte sie unterschätzt. Das sollte ihr nicht mehr passieren.

Sie wollte ab sofort überlegter handeln, mußte die Ideale der Greise zu ihren Idealen machen. Nur so konnte sie schnell ihr Vertrauen gewinnen. Zurückhaltend und bedächtig mußte sie auf ihre individuellen Schwächen und Stärken eingehen, ohne daß sie sich beobachtet, entdeckt oder entlarvt fühlten. Jeder der Bewohner war stark und schwach. Das wußte Anna. Sie waren äußerst unterschiedlich. Doch es existierten Gemeinsamkeiten, die sie miteinander verbanden. Sie waren stolz und suchten ein ehrenvolles Ende. Keiner sprach darüber. Keiner wollte sich mit dem altersbedingten Abstellgleis zufriedengeben. Alle besaßen einen unersättlichen Tatendrang. Leidvolles Klagen über Schmerzen und Schwächeanfälle gab es nicht. Das Spiel der Könige bildete den Mittelpunkt ihrer Treffen.

6 Nervosität, solange nicht krankhaft, ist ein recht normaler menschlicher Zustand, der sich in verschiedenen Äußerungen erkennen läßt. Gepaart mit rekordverdächtiger Ungeduld, kann sie jedoch zu sehr abnormem Verhalten führen. Einstein beispielsweise biß hektisch an seinen Fingerkuppen. Mit den Schneidezähnen zog er kleine Hautpartikel ab. Für ihn war es jedoch relativ normal, denn er tat es immer, wenn er nervös und ungeduldig war und man von dem Weiß an den Nägeln schon lange nichts mehr sehen konnte. Hatte er drei oder vier Stücke im Mund gesammelt, nahm er sie mit Daumen und Zeigefinger heraus, formte kleine Knubbel und warf sie in den Papierkorb. Heute erschrak er allerdings ein wenig vor sich selbst. So groß waren die Hautfetzen noch nie gewesen.

Als er frühmorgens aufgestanden war, hatte Max bereits das Haus verlassen. Er rief wie immer bei Oma Käthe an und bestellte drei halbe Brötchen. Belegt mit Käse, Schinken, Mett und reichlich Zwiebeln. Gewöhnlich dauerte es zwischen fünf und fünfundzwanzig Minuten, bis sie das Frühstück brachte, je nachdem wieviel Kundschaft sie zu bedienen hatte. Ihren Laden schloß die Alte währenddessen nie ab. Sie drehte nur das Schild am Eingang von *Offen* auf *Geschlossen*. Wer sie kannte – und ihre Kunden kannten sie, da sie alle aus der Siedlung kamen –, wußte, daß sie nur für wenige Minuten fort sein würde. Mehrfach am Tag ging sie zu Einstein, um ihm Essen oder andere Dinge zu bringen, die er benötigte.

Oma Käthes Laden war gut sortiert, auf die Kunden abgestimmt. Sie verfügte über das, was einen alten Tante-Emma-Laden ausmachte. Zudem hatte sie reichlich Taubenfutter, da viele Dachgeschosse der Siedlung noch als Schläge genutzt wurden. Speziell für Einstein hatte sie eine kleine Ecke im hinteren Lagerraum eingerichtet: Disketten, Druckertinte, Nadelköpfe. Fünf verschiedene Computer-Zeitschriften komplettierten ihr Presse-Sortiment, von jeder Ausgabe nur ein Exemplar. Bislang hatte noch kein anderer aus der Siedlung danach verlangt. Falls dennoch etwas fehlte, bestellte sie es prompt. Auf sie war Verlaß.

Einstein hatte sein morgendliches Geschäft mit akrobatischer Bravour erledigt und war in die Küche gerollt, als er die Türschelle und kurz darauf das knackende Drehen des Zylinderschlosses hörte. Schnell griff er zu einer zweiten Tasse und füllte sie mit heißem Kaffee. Wie immer verschlabberte er die Hälfte und wischte es sofort weg. Dann fuhr er zur kleinen Theke und holte den Süßstoff-Spender.

»Oma Käthe, ich habe dir schon Kaffee gemacht. Möchtest du heute ein oder zwei Süßstoff?«

»Einstein, wir haben Montag, und die Lieferanten kommen. Ich habe keine Zeit.«

Sie legte die Papiertüte mit den Brötchen auf den Tisch und setzte sich. Sie setzte sich immer. Sie trank immer Kaffee, meist nur einen Schluck oder zwei, redete kurz mit Einstein und ging wieder.

»Hast du Max heute morgen gesehen?« fragte Einstein, mehr um mit ihr ins Gespräch zu kommen.

»Ja, er war kurz im Geschäft und hat Zigaretten geholt. War mal wieder in Eile. Wie immer zu spät dran. Außerdem habe ich ihm eine Klinikpackung Alka-Seltzer und Aspirin verkauft. Hatte er auch dringend nötig.«

»Mir hat er mal wieder nur zwei Briefe hinterlassen. Sehr persönliche sogar«, grinste Einstein aus seinem Rollstuhl heraus. »Einer stammt vom Europäischen Rat und ist eine Stellungnahme zur künftigen Position des Regionalausschusses, die die Reformkonferenz beschlossen hat oder beschließen wird. Da bin ich auch bisher nicht so recht hintergestiegen. Und der zweite ist noch persönlicher. Der ist von irgendeiner Gesellschaft. Es geht um das Ergebnis eines Gutachtens aus irgendeinem chemischen Labor in England. Äußerst interessant, nicht wahr? Immerhin hat er an mich gedacht.«

Oma Käthe blickte sich in der Küche um. Sie hatte ohnehin kein Wort verstanden. Die Küche glänzte wie immer äußerst matt. Sie war zwar ordentlich, aber keineswegs sauber. Brotkrümel sammelten sich hinter der Kaffeemaschine. Zwischen Herd und Kühlschrank schien letztmalig während des Umbaus geputzt worden zu sein. Dennoch fiel es einem Besucher beim ersten Mal nicht auf, daß Haushaltsführung nicht gerade die Stärke der Bewohner war. Einstein putzte so gut er konnte. Die vorderen Partien der Anrichte waren daher stets sauber. Nur dort, wo er aus dem Rollstuhl nicht hinreichte, wuchs der Müll zu kleinen Halden an.

»Hat er wenigstens die Tüten zwischenzeitlich gebracht?«

Die alte Geschäftsfrau wußte, worüber sie sich mit Einstein unterhalten konnte. Sie wußte, daß er darauf Antworten gab, die sie zumindest zum Teil verstand.

»Nein, nein, aber ich habe einen neuen Trick. Ich hatte dir doch erzählt, daß die Tüte jedesmal abfällt, wenn ich den Stoffsack drüberstülpe. Jetzt habe ich folgendes gemacht: Ich habe einen Draht genommen, diesen um die Öffnung gespannt und festgezurrt. Jetzt ist nur das Problem, wenn ich die Tüte nicht gerade an die Öffnung bekomme, dann ...«

»Bezahlt er dich eigentlich dafür?«

»Er bringt mir ja nicht einmal die richtigen Tüten mit.«

»Ich meine, für deine Tätigkeiten als Sekretärin – oder als Privatdetektiv. Wie immer du das nennen willst.«

Einstein stutzte und rückte mit dem Zeigefinger seine Hornbrille höher.

»Du meinst, die Recherchen?«

Oma Käthe nickte.

»Ja, da gibt es so einen Topf beim ›Kurier‹. Das läuft irgendwie unter Spesenabrechnung. Katja gibt mir ja auch ab und zu mal etwas. Das sind dann immer so Sachen, mit denen sie in der Redaktion nichts anfangen können, wo sie Hilfe von außen oder aus dem Ausland brauchen.«

Einstein besaß nämlich Kontakte in der ganzen Welt und eine Telefonrechnung, die Stadtkämmerer und Wirtschaftsprüfer von Großkonzernen in den Wahnsinn treiben würde. Er stand in Verbindung mit Greenpeace auf den Fidschiinseln, mit Aborigines-Vereinigungen in Australien, mit Tierhändlern in Peru. Er hatte Zugang zur Staatsbibliothek in Buenos Aires, zum Spiegel-Archiv in Hamburg und zur Zentralbank in Johannesburg.

Er pflegte ausgedehnte Gespräche mit Rebellen in Burma, mit Hisbollah-Sympathisanten in Tel Aviv und mit Walfängern in Grönland. Und er spielte Schach mit dreizehn Computerfreaks aus zwölf Ländern auf fünf Kontinenten.

Oma Käthe hatte Einsteins Werkstatt in all den Jahren erst einmal gesehen. Kein weiteres Mal traute sie sich hinein. Sie hielt das Zimmer für Teufelswerk. Die *Werkstatt*, wie Einstein auch auf die Zugangstür geschrieben hatte, war ein kleiner, dunkler Raum, vollgestopft mit Tastaturen, Bildschirmen und Computertürmen. Drukker ratterten unaufhörlich. Überall blinkte es. Max haßte das Zimmer ebenfalls, nicht nur weil er von alldem nichts verstand. Stets waren die Vorhänge zugezogen, die Fenster geschlossen. Es stank nach Chemikalien und Reinigungsmitteln. Einstein war bezüglich seiner Werkstatt ein Sauberkeitsfanatiker. Täglich ging er mit nichtdefinierbaren, strengen, garantiert konzentrierten Mittelchen über seine Apparaturen. Nur die Bildschirme wurden mit einem Staubwedel gesäubert. Erst nachdem Max Einstein gedroht hatte, ihm die Freundschaft endgültig zu kündigen, da sich der stechende Geruch schleichend, aber unaufhaltsam über die gesamte Wohnung ausdehnte, hatte Einstein eingewilligt, zumindest zweimal täglich seine Arbeitsstätte zu lüften. Für Max war es ohnehin ein Wunder, wie sich der behinderte Freund in dem chaotischen Durcheinander von Disketten und Ausdrucken überhaupt zurechtfinden konnte. Noch Wochen nach einer Bearbeitung rollte Einstein gezielt auf einen der hundert Papierberge zu, schob mit den Fußstützen seines Choppers den Gipfel zur Seite und griff aus mehreren, mit Kürzeln gekennzeichneten Disketten die gesuchte heraus.

Eine halbe Wandfläche der Werkstatt war in Kork gehalten. An der Seite und oben waren Zettel befestigt, die feste Rubriken markierten. Es war eine Art flexibler Stundenplan, so wie er aus Schulzeiten bekannt war. Mit unzähligen kleinen Stecknadeln konnten immer wiederkehrende Termine festgehalten oder neu positioniert werden. Die kleinen Zettel bestanden aus zwei Zeilen. Die erste enthielt ein Stichwort wie *Schach* oder *Technische Konversation*, die zweite eine e-mail-Adresse und die Bezeichnung des Internet-Raums, in dem sich Gehbehinderte und Computerwahnsinnige tummelten. Die Höhepunkte von Einsteins Woche waren Mittwoch und Samstag. Tagsüber war er dann nicht ansprechbar. Die Vorbereitungen für die abendliche Schlacht liefen auf Hochtouren. Ab zwanzig Uhr flimmerten drei Computermodems und vier Bildschirme; sechs Drucker ratterten vor sich hin. Oft bis in die frühen Morgenstunden spielte, diskutierte, plante Einstein mit Gleichgesinnten aus aller Welt. Dateien gigantischen Umfangs wurden durch die Telefonkabel geschossen, empfangen, auseinandergenommen, komprimiert und wieder abgeschickt. Mittwochs und samstags war Einstein nur auf dem Weg zur Toilette oder an der Kaffeemaschine zu sehen.

Oma Käthe nahm einen dritten Schluck aus der Tasse. Ein sicheres Zeichen, daß sie aufbrechen würde. Einstein wußte es und lächelte ihr zu. Er bewunderte sie, vor allem ihre unerschöpfliche Kraft. Mit achtundsechzig Jahren stand sie noch täglich hinter der Theke, machte pünktlich um 6.00 Uhr ihren Laden auf. Bis dahin hatte sie schon über hundertfünfzig Frikadellen gebraten, denn ihre Frikadellen waren über die Siedlung hinaus bekannt. Manchmal machten dickbäuchige LKW-Fahrer sogar einen Umweg durch die engen, mit Schwellen verkehrsberuhigten Gassen der Siedlung, um vor Oma Käthes Laden zu pausieren. Max und Einstein hatten stundenlang darüber diskutiert und waren sich einig, daß sich die Billig-Supermärkte weitaus günstiger auf ihren Etat auswirken würden. Doch keiner von ihnen hatte daraus Konsequenzen gezogen.

Oma Käthe war gegangen, war aber noch zwei weitere Male gekommen. Zunächst am frühen Nachmittag. Sie hatte neue Disketten gebracht. Einstein versuchte, ihr deren Bedeutung zu erklären, gab es jedoch schnell auf. Die alte Frau wußte nur: Es war etwas sehr Wichtiges. Einstein konnte damit irgendeine Erkenntnis sichern. Dann war sie noch einmal vor wenigen Minuten rübergehuscht, hatte Hoover-Tüten gebracht und sich mehr als gewundert. Doch ihre Verwunderung war schließlich in Verärgerung übergegangen.

Der Lieferant des Großmarktes hatte sich die größte Mühe gegeben, um die seltenen Tüten zu bekommen. Denn das Staubsauger-Schnäppchen erwies sich als Rarität. Oma Käthe hatte die Tüten liebevoll in Geschenkpapier eingepackt und wollte Einstein damit überraschen. Sogar ein kleines, dünnes, gelbes Bändchen zierte das Päckchen. Mit strahlenden Augen reichte sie ihm die Schachtel. Doch Einstein legte sie ohne Beachtung sofort zur Seite, zwang Oma Käthe, eine Tasse Kaffee zu trinken und ihm zuzuhören. Die alte Frau war beleidigt.

»Willst du nicht erst einmal schauen, was ich dir mitgebracht habe?« fragte sie enttäuscht und wütend.

»Setz dich, setz dich«, stammelte Einstein nur hektisch, fuchtelte mit den Händen in der Luft herum und begann, konfus und für sie völlig sinnlos von »Skandal«, »Schieberei« und »Angst in der Bevölkerung« zu erzählen. Statt danke zu sagen, bot er ihr an, ihre Kühltruhe zu inspizieren. Dabei drehte er wie wild die Räder seines Rollstuhls hin und her. Genauso wild drehte sich Oma Käthe schließlich auf dem Absatz um und stapfte ohne Abschiedsworte die Treppe hinunter.

Die Fingerkuppen waren für die Schneidezähne kaum noch zu packen. Man sah es ihnen nicht an. Sie waren weiterhin rund, doch sehr dünnhäutig. Nur noch an den Kanten ließen sich einige weitere Partikel entfernen.

Acht Stunden hatte Einstein vor dem Computer gehockt, Lexika auf CD-ROMs durchforstet, Freunde in aller Welt befragt. Archive verschiedener Zentren und Medien hatten über Modem seitenlange Details gesendet. Chemiker aus den USA wollten von ihm schließlich nähere Informationen. Wort für Wort waren sie an dem Gutachten interessiert, das Max ihm achtlos vor die Tür gelegt hatte, das gewissenhaft von ihm überprüft worden war. Noch nie hatte er für Recherchen für den »Westdeutschen Kurier« vier Computer gleichzeitig benutzen müssen. Einstein ging in der Arbeit auf. Die Nachfragen aus aller Welt spornten ihn noch mehr an. Langfristig eingeplante Konferenzen in einem Internet-Chat-Forum hatte er nicht einmal abgesagt. Die Ergebnisse seiner Nachforschungen bezüglich dieses Gutachtens waren immer konkreter, brisanter geworden. Den Fakten hatte er stets seine eigenen Theorien hinzugefügt, hatte sie sogar mit telefonischen Anfragen zu untermauern versucht. Er hatte in Wissenschaft, Wirtschaft und Politik gewühlt, dabei auch sämtliche Prinzipien der digitalen Privatsphäre mißachtet. Letztendlich sah Einstein schon seinen Namen – seinen bürgerlichen –, dazu seinen Kosenamen in Anführungszeichen als zweiten Vornamen auf der Titelseite des »Westdeutschen Kuriers«. Vielleicht würde Max als erster genannt werden, aber das machte Einstein nichts. Sie konnten ihm nicht mehr verwehren, ihn ebenfalls namentlich zu nennen. Gegen halb vier Londoner Weltzeit stand für Einstein fest: Er würde anerkannter Journalist werden. Andere Redaktionen, Rundfunksender, Fernsehanstalten würden ihn um Mitarbeit bitten, zuvor sicherlich über ihn als Person berichten. Max und ihn würde ab dem heutigen Tage eine nicht mehr zu trennende Freundschaft verbinden. Ein weiteres Knübbelchen Haut flog in den Papierkorb.

Einstein hatte alle Register gezogen, alle Möglichkeiten durchdacht, durchgespielt. Er wollte seine Recherche-Ergebnisse auf besondere Art und Weise seinem Mitbewohner präsentieren. Erst wollte er Max ausfragen, ihn zur Weißglut treiben und ihm dann sein Resultat offenbaren. Andererseits zog er auch in Betracht, ihm die Ausdrucke einfach vor die Füße zu werfen, gleichgültig und im Vorbeifahren. Das barg jedoch die Gefahr, daß Max kein Interesse zeigte und sie einfach liegenließ. Max hatte schließlich Feierabend, und dies tat er meist auch schon freudestrahlend und lautstark kund, wenn er die Tür aufschloß. Ein Warnsignal, das nicht zu unterschätzen war. Nein, Einstein wollte ihm die Sache erst richtig schmackhaft machen, ihn ködern. Er überlegte sich rhetorisch geschickte Formulierungen. Er wollte Max zunächst bitten, sich an seine journalistische Vergangenheit zu erinnern und an seinen Spürsinn, an sein unaufhaltsames Engagement früherer Zeiten apellieren. Einstein wollte ihm sagen, daß es nun wieder an der Zeit sei, aktiv zu werden, daß er zwar für alle Nachlässigkeit Verständnis gehabt habe, er nun aber etwas in den Händen halte, das ihm den großen Durchbruch für alle Zeiten bringen würde. Und er wollte ihn verpflichten, sämtliche Medienpreise mit ihm zu teilen. Zeitgleich mit dem Blick auf die Uhr flog ein weiteres Knübbelchen Hautpartikel in den Korb.

Es war 17.00 Uhr. Zweimal hatte er bereits im »Tal« angerufen, dreimal in der Redaktion. Er hatte sich mit

Poschmann persönlich verbinden lassen. Einstein kannte den Chefredakteur. Er wußte, daß Poschmann ihn mochte. Er wußte auch, daß Poschmann ihn ernst nahm, ihm Glauben schenkte, zu ihm Vertrauen hatte.

»Ist ja ein dolles Ding!« hatte Poschmann in den Telefonhörer gemurmelt und versprochen, Max sofort zu benachrichtigen. Einstein hatte das Themengebiet und die Bedeutung seiner Entdeckung nur vage angedeutet. Er kämpfte immer noch mit sich, wollte Poschmann alles erzählen, Detail für Detail, seine Anrufe, die Antworten, die Nachfragen, das weltweite Interesse, das er erfuhr. Er überlegte, Max die Schau zu stehlen, ihn außen vor zu lassen. Einstein wußte, daß Max die Lorbeeren nicht gerecht teilen würde. Doch er sagte nichts. Das war ein Fehler.

Immer wieder nahm er den Brief zur Hand, mit dem alles begonnen hatte. Kopfschüttelnd hatte er ihn am Morgen zum ersten Mal gelesen, hatte sich keineswegs darüber gewundert, daß Max ihn ihm vor die Tür gelegt hatte. Auch er hatte zunächst nichts damit anfangen können, hatte nicht einmal gewußt, wo er mit der Recherche beginnen sollte. Das Gutachten war in englischer Sprache gehalten. Lateinische Fachtermini durchzogen jede sechste Zeile. Die vierte Seite beinhaltete eine Art Fazit und schien etwas verständlicher zu sein. Dort hatte Einstein auch mit seiner Arbeit begonnen.

17.02 Uhr. Das Auto hatte er nicht vorfahren hören. Er hörte nur, daß die Haustür geöffnet wurde, knarrte und schließlich ins Schloß fiel. Schnell, aber ganz leise rollte Einstein in Richtung Küchentisch und griff nach den fertigen Ausdrucken, nach den Früchten seiner Arbeit. Er ballte die Hände zu Fäusten und hob sie zweimal ruckartig hoch. Er wollte jetzt keinen Fehler machen, wollte ruhig bleiben. Er vergaß sämtliche Redewendungen, die er sich so schön zurechtgelegt hatte, wollte Max nur noch die Computer-Ausdrucke vor die Füße werfen. Er lauschte. Max mußte wohl angetrunken sein. Das erklärte auch, warum er, Einstein, das Auto nicht gehört hatte. Die Schritte im Erdgeschoß waren fast lautlos. Einstein packte die Wut. Sein Freund schien orientierungslos zu sein, denn er öffnete erst die Tür zur Abstellkammer, dann zu seinen Räumen. Einstein wartete ab. Jeder Muskel war angespannt. Er wollte nichts sagen, wollte nicht rufen. Er blickte sich um. Die Kanne der Kaffeemaschine war noch halb gefüllt. Der Kaffee würde Max nüchtern machen. Die Schritte waren wieder zu hören. Max war am unteren Treppenabsatz angekommen. Einstein legte die Papierausdrucke vorsichtig auf seinen Schoß, rollte langsam und lautlos zum Türpfosten. Dann streckte er die Arme so weit wie möglich nach hinten und packte die Räder. Sobald er das Knarren der obersten Stufe hörte, wollte er mit einem Ruck um den Pfosten herumschießen. Sämtliche Träume von Überraschungsmomenten, gemeinsame Freude über seine Entdeckung, Vorfreude auf Ruhm und Ehre waren wie eine Seifenblase zerplatzt. Blanke Wut beherrschte Einsteins Gedanken, ja den gesamten Körper. Max schien nicht mehr Herr seiner Sinne zu sein. Er schien zu taumeln, schlich schleppend die Treppe hinauf, versuchte dabei so leise wie möglich zu sein. Einstein fühlte sich gekränkt, verletzt, geschlagen. Er hörte das Knarren der obersten Stufe, riß die Räder nach vorne, den rechten weiter als den linken, um die Kurve zu kriegen.

Er sah nur noch das Gesicht, die Stufen. Dann wurde ihm schwarz vor Augen.

Er sah aus wie ein gewöhnlicher Angestellter mit mittlerem Einkommen aus mittlerer Büroetage. Sein Anzug war offenbar von der Stange. Am linken Handgelenk trug er eine unauffällige Seiko. Die Schuhe waren poliert, die Krawatte war akkurat gebunden.

Er parkte seinen dunkelroten Ford Fiesta auf dem Seitenstreifen. Der Wagen fiel nicht auf. Er paßte in das Flair der Siedlung. Es war die richtige Entscheidung gewesen. Der graue Audi 100 hätte Blicke auf ihn ziehen können. Sicherlich hätte ein tiefergelegter Opel Manta mit Front- und Heckspoiler noch besser in das Ambiente gepaßt, dachte er, aber solche Fahrzeuge standen ihm nun mal nicht zur Verfügung.

Er schaute auf die Uhr. Es war kurz vor fünf. Gewöhnlich herrschte um diese Uhrzeit mehr Betriebsamkeit auf den Straßen. Er wußte nicht, ob er sich darüber glücklich schätzen sollte oder ob es eher nachteilig war. Der Kohlenweg war gesäumt von alten, aber recht ansehnlich renovierten Zechenhäusern aus der Zeit der Jahrhundertwende. Bergleute wohnten hier schon lange nicht mehr. Das war offensichtlich. Das letzte Rudiment alter Siedlungszeiten schien der kleine Laden an der Ecke zu sein. Auf der schwarzen Schiefertafel stand in dicken weißen Kreide-Lettern:

Oma Käthes hausgemachte frische Frikadellen –
nur zwei Mark!

Der Treppenaufgang zum Haus Nummer 48 war keine zwanzig Meter entfernt.

Er wollte gerade zum kleinen Mobiltelefon greifen, als die Ladentür geöffnet wurde. Er duckte sich etwas und sah in den Außenspiegel. Er war von innen elektrisch zu bedienen, eine Sonderanfertigung, da er weiter als bei serienmäßig hergestellten Fahrzeugen zu verstellen war. Eine alte Frau kam heraus. Sie trug eine bunte Schürze, deren Muster wohl Blumen darstellen sollte, sowie ein kleines Geschenkpäckchen. Nach wenigen Schritten drehte die Alte sich um, ging zurück, öffnete die Ladentür wieder und drehte ein Schild um. Es war groß genug, um das *Geschlossen* durch den kleinen Spiegel erkennen zu können.

Die Frau ging schnell. Sie hatte es wohl eilig. Obwohl niemand sonst auf der Straße zu sehen war, lächelte sie, als hätte sie sich gerade selbst ein Geschenk gemacht. Sie blickte zu ihm herüber. Nur ganz kurz, ohne den Schritt zu verlangsamen. Es paßte ihm nicht. Wahrscheinlich sitzen hier nicht oft fremde Menschen einfach so in Autos rum und warten, dachte er, aber wo tat man das schon? Schnell zog er den Zündschlüssel heraus und öffnete die Tür. Die alte Frau war mittlerweile am Fiesta vorbeigeschlurft. Nun drehte sie sich nochmals um, sah ihn aussteigen und ging weiter.

Sie stoppte am Haus Nummer 48, ging die Stufen hinauf, während er zum Kofferraum des Fiesta trat. Von dort hatte er einen direkten Blick. Er sah, wie sie den Schellenknopf drückte, kurz wartete, sich dann an dem kleinen Tannenbäumchen auf der obersten Stufe zu schaffen machte. Er konnte nicht genau erkennen, was sie tat. Sie ging eine Stufe zurück, drehte sich dabei aber nicht um, sondern nahm etwas aus dem Blumentopf. Sie war offenbar zurückgegangen, weil es ihr schwerfiel, sich zu bükken. Er öffnete die Fiesta-Heckklappe und griff nach der linken inneren Schlußleuchten Abdeckung, drehte mit beiden Händen die kleinen Schrauben auf und wieder zu, wandte sich dann an die rechte und wiederholte die Prozedur. Für einen Passanten hätte es so ausgesehen, als arbeitete er konzentriert. Seine Hände waren nicht zu sehen.

Es war ein Schlüssel, der im Topf lag. Die Frau in der bunten Blumenschürze schloß auf und verschwand. Er schaute auf die Uhr und demontierte die Heckablage. Er tat es langsam, wirkte aber hektisch. Ein leicht Angetrunkener führte seinen Schäferhund spazieren. Nach vier Minuten ging es auf der Bühne »Treppenaufgang 48« weiter. Die Frau in Schürze war wieder da, diesmal jedoch ohne Geschenk und ohne Lächeln. Sie schien verärgert zu sein. Verständlich, dachte er, es war keiner da, der sich über das Geschenk hätte freuen können. Er montierte die Heckablage wieder an und beobachtete aus den Augenwinkeln, wie das Schild an der Ladentür wieder umgedreht wurde.

Er ließ sich mit der Montage Zeit, wartete, bis ein Kunde den Laden betrat. Zwar war die Ablage noch nicht richtig positioniert, doch er ließ die Heckklappe nun schnell, aber leise fallen, ging zielstrebig auf die Nummer 48 zu, als wäre er nach einem langen, harten Arbeitstag endlich zu Hause und freute sich nur noch auf ein erfrischendes Bad und einen unterhaltsamen Fernsehabend. Scheinbar ohne nach links oder rechts zu blicken, ging er in die Knie und griff in den Tannenbaumtopf. Er fand den Schlüssel sofort, schloß auf, legte den Schlüssel jedoch nicht gleich zurück und trat ins Haus. Er atmete erleichtert und tief ein, als die Tür ins Schloß gefallen war, lehnte sich an die Wand und atmete aus.

Kurz nach fünf, schoß es ihm durch den Kopf, die ungünstigste Tageszeit. Statistisch gesehen kehren achtundzwanzig oder neunundzwanzig Prozent aller Berufstätigen zwischen fünf und halb sechs von der Arbeit zurück. Die Leitstelle hatte Observation befohlen. Mehr nicht. Er mußte sich beeilen, wollte sich schließlich auch nur einen kleinen Überblick verschaffen. Ursprünglich hatte er nicht vorgehabt, Kontakt aufzunehmen, doch die Chance war einmalig. Er öffnete die nächste Tür. Ein Wust von Gerümpel fiel ihm fast entgegen. Zwei Besen, eine Luftmatratze, Campinggeschirr, ein Gartenstuhl. Das einzige, was ordentlich abgestellt war, war ein Hoover-Staubsauger älteren Modells. Die obere Klappe war geöffnet. Es fehlte der Beutel. Er schloß die Tür und griff zur nächsten Klinke. Er befand sich in einem Schlafzimmer, das mehr einem möblierten Bombentrichter glich. Dagegen war die Abstellkammer ein Wohnparadies. Auf dem Teppich lagen zwei zugeknotete Kondome und eine leere Flasche Jack Daniel's. Das Bettlaken war zerwühlt. Über den zwei Sesseln lagen getragene T-Shirts, Jeans, Unterhosen. In den Innenseiten letzterer waren bräunliche Streifen zu erkennen. In einer Ecke stand ein Garderobengestell, das eigentlich an die Wand gehörte. An ihm hingen drei gebügelte Kombinationen sowie ein Smoking. Er drehte sich um und dachte: Was für eine Schlampe! Dann verließ er das Zimmer. Der Treppenaufgang war recht breit. Er blickte auf das Geländer und auf die Ketten-Mechanik. Ein klappbarer Behinderten-Aufzug wartete am oberen Absatz. Bedienungspulte befanden sich sowohl oben als auch direkt neben ihm. Er schaute auf den Kippschalter, der nach rechts zeigte. Er wußte nicht, warum, aber er verspürte plötzlich ein ungutes Gefühl. Vorsichtig und leise nahm er die ersten Stufen, wartete und lauschte. Es war nichts zu hören. Er dachte wieder an die achtundzwanzig oder neunundzwanzig Prozent aller Berufstätigen und beschleunigte den Schritt, stoppte zwischendurch und horchte. Die letzte Stufe knarrte in der Stille geradezu erbärmlich.

Es war keine Absicht, keine zielstrebig ausgeführte Handlung. Es war ein reiner Reflex, ein in vielen Stunden trainierter Reflex. Jeder Handgriff saß, ohne daß er überlegen mußte. Jede Bewegung war abgestimmt, als hätte er nichts anderes erwartet. Aus dem Nichts war sie gekommen, diese kleine, schmächtige Gestalt. Alles, was er im ersten Moment sah, war eine dicke schwarze Hornbrille, dahinter weit aufgerissene, erstarrte Pupillen. Wie eine unaufhaltsame Maschine verrichtete sein Körper die Arbeit, seine Hände packten wie von selbst nach dem dichten, gewellten Haarschopf und schlugen den Kopf nach unten, während sein linkes Knie nach oben schnellte. Selbst wenn er es gewollt hätte – die Kräfte waren nicht zu bremsen. Die Hornbrille zerbrach. Computer-Ausdrucke flogen durch den Treppenflur. Die schmächtige Figur rutschte über sein Knie. Er preßte sich an die Wand, sonst hätte er das Gleichgewicht verloren. Der Aufschlag war dumpf. Danach herrschte Totenstille.

7 Die Papiere flogen in hohem Bogen über die Stufen. Sie waren weder geheftet noch gebündelt. Beim Sturz hatten sie eine Eigendynamik entwickelt, fielen nun wild durcheinander und schoben sich teilweise wie ein neu gemischtes Kartenspiel wieder ineinander.

»Frau Kerner, haben Sie sich weh getan?«

Einer der Diener hatte den dumpfen Aufprall gehört und war sofort ans Portal geeilt. Doris Kerner blickte hoch und fluchte innerlich. Es war der dritte Absatz innerhalb eines Vierteljahres, der ihr abgebrochen war. Sie verlor selten die Beherrschung, doch abgebrochene Absätze trieben sie in den Wahnsinn. Stöckelschuhe gehörten zu ihr wie Schuppen zu einem Fisch.

»Nein, danke, alles in Ordnung«, fauchte sie.

Hektisch sammelte sie die Unterlagen auf, indem sie sie, auf dem Parkettboden hockend, mit beiden Händen zusammenschob. Ihre blaß lackierten Fingernägel spreizte sie dabei in die Höhe. Ein abgebrochener Nagel konnte nun einen Tobsuchtsanfall auslösen. Der Diener wollte helfen. Sie ließ es nicht zu. »Ich kann das schon alleine«, giftete sie ihn wie eine Furie von unten an. Es würde zu lange dauern. Die Papiere waren nicht wichtig. Wichtig war nur, daß sie so schnell wie irgend möglich den Grafen, ihren Chef, traf.

Sie ging durch den Westflügel, entlang der Ahnengalerie, vorbei an Wappenkartuschen in Blattgold und kleinen Bronzestatuen. In ihrem Büro warf sie das zerknitterte Blättergewirr auf den Schreibtisch und griff sofort zum Telefonhörer. Auf der Unterlage waren mehrere Nummern verzeichnet. Sie wählte und wartete.

»Kerner«, meldete sie sich streng, »ich bin bereits da.« In ihrem Ton schwangen Vorwurf, Entschuldigung, Unterwürfigkeit, Stolz und Streß mit. Der Ton war wie ihre Persönlichkeit.

Sie wunderte sich ein wenig und blickte auf die Uhr. Es war kurz nach acht. Gewöhnlich ging auch abends zunächst der Chauffeur an den Apparat. Er kannte wie sie keinen Feierabend, war vierundzwanzig Stunden im Dienst. Der Unterschied war lediglich der, daß er jede zusätzliche Stunde abrechnen konnte.

»Fünfzehn Minuten, ich warte in Ihrem Büro«, sagte sie und legte auf.

Trotz des modisch geschnittenen, knielangen Kostüms, einer feinen schwarzen Nylonstrumpfhose und Stöckelschuhen zählte Doris Kerner zu den Typen, die gern als »Mannweib« bezeichnet wurden. Sie trug ihre graublonden Haare stets mit einer Spange hochgesteckt. Ihr Brustansatz war auch bei geöffneter Jacke kaum zu erkennen, und ihr Lächeln wirkte stets seltsam gezwungen.

Seit fünfzehn Jahren stand sie in Diensten des Grafen, war seine rechte Hand. Sie leitete sein privates Büro, kümmerte sich um die Organisation des Gutes und den Personalstab des Gestüts. Sie lebte für ihre Arbeit, haßte öffentliche Auftritte, bereitete diese allerdings für den Grafen mit größter Sorgfalt vor. Sie war eloquent, gebildet und erkannte Probleme bereits im Anfangsstadium. In den vielen Jahren hatte sie sich die Bediensteten erzogen. Sie bestand auf Kontinuität, setzte jedoch die Führungsmannschaft jedes halbe Jahr neu zusammen, entließ Fachleute, wenn sie ihre Kompetenzen auch nur ansatzweise überschritten, und behielt sich jede wichtige Entscheidung vor.

Das Gut des Grafen lag in einer Talsenke nahe des niederrheinischen Städtchens Kevelaer. Das Wasserschloß schlummerte wie in einem Märchen an der nordöstlich angrenzenden Anhebung eines kleinen Wäldchens und war recht bekannt. Im Hintergrund floß die Niers, ein sympathisches, aber eigenwilliges Flüßchen. Ihr Bett änderte sich von Jahr zu Jahr – zwar nur geringfügig, aber an einigen Stellen dennoch erkennbar. In den Monaten der Schneeschmelze drängte sich die Niers unaufhaltsam auf das Land des Grafen. Der beschränkte sich dennoch nur darauf, ihren Lauf zu beobachten und kartographisch festzuhalten. Der Garten seines Hauptgebäudes war von den Überschwemmungen nicht betroffen. Er erstreckte sich nach Westen und bildete einen unauffälligen, harmonischen Übergang zum Gestüt.

Zu den Nachbarn bestand ein recht gutes Verhältnis, da viele am Hofe arbeiteten. Doris Kerner hatte oft den Eindruck, daß die Zeit um Kevelaer vor dreihundert Jahren stehengeblieben war. Die nähere ländliche Umgebung zollte dem Grafen so großen Respekt, daß Gaben in Form von Spanferkeln, Wildschweinen, Rehrücken oder selbstgebrautem Bier keine Seltenheit waren. Die Bauern und

Züchter gaben sie meist den Bediensteten des Guts mit. Der Graf hatte seiner persönlichen Referentin jedoch verboten, jemals wieder das Wort »Abgaben« in den Mund zu nehmen.

Doris Kerner blickte erneut auf die Uhr. Es war ohnehin zu spät, um noch irgend etwas zu bewegen, zu erfahren, zu organisieren. Sie nahm die durcheinandergeratenen Unterlagen erneut auf, warf sie wütend auf den Ecktisch und verließ ihr Büro. Fünfzehn Minuten hatte sie noch Zeit. Sie wollte sich etwas frisch machen, neue Schuhe anziehen und sich zumindest in Grundzügen Gedanken machen, was sie dem Grafen vorschlagen könnte. Ihre privaten Zimmer lagen im Ostflügel mit Blick auf den Rosengarten. Sie haßte Rosen fast so sehr wie Pferde. Nur in ihrer Kölner Wohnung konnte sie sich ausruhen und gehenlassen. Einmal im Monat.

Friedrich-August Graf von Stolzenberg wirkte müde. Die Aufsichtsrats-Sitzung der »Erdgas-Import AG« am Vormittag hatte sein Nervenkostüm strapaziert. Über viereinhalb Stunden hatte er vor allem dem neugewählten Vertreter einer großen deutschen Handelsbank Rede und Antwort stehen müssen. Stolzenberg haßte unsinnige Fragen, besonders wenn er gezwungen war, sie gewissenhaft zu beantworten. Als Vorstandsvorsitzender der »Erdgas-Import« war er dazu gezwungen. Der Wirtschaftsempfang in der Bonner Redoute mit verspätetem Mittagessen, die anschließende Pressekonferenz und das Gespräch mit dem Personalrat waren auch nicht besser gewesen. Er hatte bislang keine ruhige Minute gehabt. Doris Kerner hatte sich nach dem Treffen mit internationalen Journalisten verabschiedet, jedoch zwei Stunden später kurz angerufen, ihm nur Stichworte durchgegeben. Seinen Terminkalender hatte sie bis dahin bereits umgestrickt. Für die abendliche Verpflichtung des Grafen in Aachen, ein Symposium mit Vertretern der Katholischen Kirche, hatte sie schon eine Vertretung besorgt. Dem Chef war es recht. Der Tag war anstrengend genug gewesen.

Der Chauffeur bremste den schwarzen 600er Daimler scharf vor der Einfahrt. Langsam fuhr er auf das Wasserschloß zu. Von Stolzenberg hatte sich in den letzten Wochen nur wenig an Gut und Gestüt erfreuen können. Der Fahrer trat erneut auf die Bremse, dann auf die Kupplung. Er hatte die Anweisung, im Schrittempo zu rollen. Die wenigen Sekunden der Heimkehr mußte Stolzenberg genießen. Sie gaben ihm Kraft.

Das heruntergewirtschaftete Gut hatte Doris Kerner vor zwölf Jahren eher zufällig entdeckt. Die Pferdeställe waren eingefallen gewesen. Die Fassaden des Schlosses hatten tiefe Risse aufgewiesen. Der Besitzer, ein gewisser Friedrich Florenz Conrad Freiherr von der Naun, direkter Nachkomme des legendären Generalleutnants und Festungskommandanten von Tilburg, hatte den Hof wie seine Familie behandelt. Die Kinder waren enterbt worden und schämten sich ihres Namens. Am Gut hatte von der Naun allerdings fast bis zum letzten Atemzug festgehalten. Der Kaufpreis war moderat gewesen. Die Verpflichtung, Wasserschloß und Hof zu sanieren, war vertraglich festgesetzt worden. Dreieinhalb Wochen nach der Grundbuchänderung war von der Naun ohne das Wissen seiner Angehörigen gestorben.

Das von achtzehn Scheinwerfern indirekt angestrahlte Haupthaus wirkte in der Dunkelheit wie eine imposante Lichtoase. Es war die größte und bedeutendste Anlage einer »Maison de plaisance« im niederrheinischen Gebiet. Seine Bauart entsprach der des 18. Jahrhunderts. Friedrich-August Graf von Stolzenberg war ein Mann, der Altes zu bewahren liebte. Besonders stolz war er auf die Verbindung seines Gutes zum Metternichschen Archiv, in dem nicht nur zahlreiche Planungsstufen und Skizzen zum Schloßbau, sondern auch die lückenlose Korrespondenz zwischen Bauherrn und Architekt aus den Jahren 1733 bis zur Grundsteinlegung 1754 schlummerten.

Der Chauffeur ließ die Kupplungsscheibe leicht schleifen. Von Stolzenberg blickte auf die Frontfassade des dreigeschossigen Herrenhauses und sammelte neue Kräfte. Über einem halbhohen Kellergeschoß erhob sich die Fassade, die durch den Mittelrisalit, den mittleren Vorbau, und eine nach außen verlagerte Anordnung der äußeren Fensterachsen fast rhythmisch durchkomponiert wirkte. Schlitzartige, vom Keller bis zur Dachtraufe durchgezogene Rücklagen erweckten die Illusion von vorspringenden Flügelbauten. Fenstereinfassungen und Werksteinvorlagen waren letzten Sommer überputzt und graublau gestrichen worden. Sie bildeten einen reizvollen Farbkontrast zu den kastanienbraunen Rahmen der südlich gelegenen Wirtschaftsgebäude.

Von Stolzenberg blickte nur kurz auf die Uhr. Er wußte, daß die Referentin wartete. Er war gespannt auf ihren Bericht, wollte den Fahrer jedoch nicht zur Eile antreiben. Als sie die kurze, aber breite Auffahrt hochfuhren, griff der Graf bereits zum Aktenkoffer. Sobald die Reifen stillstanden, drückte er zur Überraschung der wartenden Dienerschaft die hintere rechte Tür selbst auf und spurtete zügig in die Eingangshalle.

Auf dem Weg zu seinem Büro bestellte er eine Flasche Wein, lieblichen Weißen, und zwei Gläser. Seine Tasche ließ er direkt in seine Gemächer bringen. Als er die Tür zum unteren, runden Vestibül öffnete, blickte Doris Kerner ihn besorgt an. Sie saß wie üblich nicht auf einem der bequemen Sessel in der Sitzecke, sondern auf dem strengen Biedermeier-Stuhl vor seinem Schreibtisch. Ihre Beine waren zusammengepreßt und leicht angewinkelt.

Stolzenberg machte es kurz und knapp. »Gut, Doris, was ist passiert?«

»Ich weiß es auch noch nicht ganz genau. Die einzigen Informationen, die ich habe, stammen von Breuer und unserem Freund beim ›Westdeutschen Kurier‹.«

Breuer, den Namen des Geschäftsführers der Umweltentwicklungsgesellschaft, einer hundertprozentigen Tochter der »Erdgas-Import AG«, betonte sie deutlich. Sie wußte, daß Stolzenbergs Müdigkeit und Erschöpfung bei der Erwähnung dieses Namens abrupt verflogen.

»Wilhelms' Mitbewohner hatte erst Breuer angerufen, hatte ihn wohl zu erpressen versucht. Dann hat er in der Redaktion angerufen, den Chefredakteur verlangt und ihm erzählt, daß er eine heiße, skandalöse Geschichte hätte. Er wollte Wilhelms sprechen. Vier Stunden später hat man ihn tot aufgefunden.«

»Wilhelms?«

»Nein, Strombach.«

Stolzenberg hatte die Hände auf dem Rücken verschränkt und war zum Fenster gegangen. Bis auf zwei plätschernde Springbrunnen war der Garten nicht beleuchtet. Auf einem hockte eine Venus-Figur. Der andere erinnerte mehr an ein Denkmal, das Wasser sprudelte nicht, sondern rann an den Seiten herunter. Es waren konisch ineinander gemeißelte Schüsseln, die im 18. Jahrhundert nicht nur unter Künstlern für besondere Aufregung gesorgt hatten. Weit im Hintergrund konnte der Graf den Schein der Stallungen erkennen. Das Licht war nicht auf die Gebäude gerichtet. Pferde haßten Dunkelheit genauso wie blendende Helligkeit. Doris Kerner wartete. Er erkannte es an ihrem Schweigen.

»Gut. Das heißt eigentlich, nicht gut. Fangen wir von vorne an! Was hat Breuer gesagt?«

»Breuer hat gegen Mittag einen Anruf bekommen. Der Mann stellte sich als Rüdiger Strombach vor, Mitarbeiter des ›Westdeutschen Kuriers‹. Er habe Unterlagen in den Händen, die beweisen würden, daß die UEG, also Breuer, etwas mit ...«

»Moment, wie kommt dieser Stromberg an die Unterlagen?« Stolzenberg drehte sich um, blickte mit gerunzelter Stirn auf seinen Schreibtisch, als suche er etwas.

»Strombach. Nicht Stromberg. Rüdiger Strombach. Spitzname Einstein. Er hatte sie wohl von Wilhelms. Sie leben ja in einer Hausgemeinschaft.«

»Das meine ich nicht. Wie konnte er anhand der Unterlagen auf Breuer kommen? In den Papieren wurde nichts von der Umweltentwicklungsgesellschaft erwähnt.«

»Ich weiß es nicht«, antwortete die Referentin schnell und hob die Schultern, um ihre Unwissenheit zu verdeutlichen, »er muß über das britische Institut gegangen sein oder über die Staatskanzlei. Ich weiß es wirklich nicht. Ich habe mir die Kopie des Briefes noch einmal genau angeschaut. Da gibt es absolut nichts, was auf die UEG hinweisen könnte. Ich habe persönlich den Kopiervermerk geschwärzt. Ich weiß es wirklich nicht.«

»Steht irgend etwas in den Zeitungen?«

»Nein, nichts. Zumindest nicht in den Postausgaben.«

Doris Kerner hatte sich bislang kaum gerührt. Sie saß weiterhin stocksteif auf dem Biedermeier-Stuhl, die Beine nun verschränkt, immer noch leicht angewinkelt, die flache Brust herausgestreckt. Ihr Blick fixierte den Grafen ununterbrochen. Sie wollte, daß sich ihre Blicke trafen, wenn er zu ihr sehen sollte. Doch von Stolzenberg dachte nicht daran.

»Gut«, sagte er. Das ›U‹ war wie immer gedehnt. Es

war eine Eigenart von ihm. Er sagte immer ›gut‹. Wenn er gereizt oder verärgert war, sagte er besonders häufig ›gut‹. So wie jetzt.

»Was hat Breuer geantwortet?«

»Nichts. Absolut gar nichts. Strombach hat ihm mit schlechten Schlagzeilen gedroht, hat etwas von Beweisen gefaselt, die er nicht rausrücken wolle. Er sagte, er habe die UEG durchleuchtet, wisse auch über Breuer als Geschäftsführer Bescheid. Breuer hatte den Eindruck, daß es mehr ein Bluff war, als daß er wirklich etwas in den Händen hatte.«

Stolzenberg ging zum Schreibtisch und setzte sich in den Ledersessel. Er legte die Ellbogen auf die Tischplatte, wischte sich mit beiden Händen übers Gesicht. Zunächst preßte er die Handballen in die tiefen Augenhöhlen, strich dann mit leichtem Druck zum Kinn und faltete die Hände. Anschließend schob er seine gespreizten Finger seitlich in seinen lichten, grauschwarzen Haarkranz. Die kahle Stelle, ein länglicher Korridor zwischen Stirn und Hinterkopf, berührte er nicht. Er schaute Doris an. Ihre Blicke trafen sich.

»Gut. Was ist mit dem ›Westdeutschen Kurier‹?«

»Ihr Freund weiß auch nichts Genaues. Er weiß, daß Rüdiger Strombach den Brief ausgewertet und krampfhaft versucht hat, über die Chefredaktion Wilhelms zu erreichen«, sie zögerte, »und daß er tot ist.«

Stolzenberg blickte ihr erneut direkt in die Augen. »Ein Unfall.« Es war keine Feststellung. Es war keine Frage.

»Ja, ein bedauerlicher Unfall. Strombach war behindert. Querschnittsgelähmt, um genau zu sein. Anscheinend ist er samt Rollstuhl eine Treppe hinuntergestürzt.«

Der Graf hatte schon zum »G« angesetzt, stockte jedoch plötzlich. Das lange »U« versickerte. »Was wird aus der Geschichte?« fragte er. »Wird sie veröffentlicht?«

»Ihr Freund vom ›Westdeutschen Kurier‹ will wissen, ob wir etwas damit zu tun haben.«

Doris Kerner war sich bewußt, daß sie auf die Frage des Grafen nicht geantwortet hatte.

»Womit?«

»Mit dem Unfall!«

Stolzenberg schreckte hoch und starrte sie an. Sein Blick schien ihre Augen durchbohren zu wollen. Sein Kinn hatte sich leicht gesenkt, ohne daß der feine, dünne Oberlippenbart seine Position änderte. Er schaute nachdenklich, sagte zunächst nichts. Doris Kerner wartete ab, wartete auf eine Reaktion. Sie blieb aus.

»Die Frage hat er wirklich gestellt. Ob wir damit etwas zu tun haben«, wiederholte sie. Diesmal hatte sie das ›Wir‹ deutlich betont.

Der Graf rieb sich nachdenklich mit dem rechten Ringfinger den linken Augenwinkel, lehnte sich anschließend zurück und verschränkte die Hände über seinem Kopf. Er starrte an die Decke, blickte auf das seitlich gestellte Bücherbord. Raymond Cartiers »Der Zweite Weltkrieg« stand in oberster Reihe neben Peter Nordens »Der Kanzler«.

»Haben wir etwas damit zu tun?« fragte er und hatte Angst vor der Antwort. Doris Kerner spürte es.

»Nein, haben wir nicht. Garantiert nicht.«

»Und Breuer?«

Die Referentin zögerte. Dem UEG-Geschäftsführer traute sie zweifellos zu, über Leichen zu gehen. »Nein, ausgeschlossen«, antwortete sie kurz.

»Gut.« Der Vokal dehnte sich lang durch den Raum. Stolzenberg streckte einen Zeigefinger und wollte Anweisungen geben.

»Nicht gut«, unterbrach ihn Doris Kerner mit entschuldigendem, aber entschlossenem Blick. Sie hatte Respekt vor ihrem Arbeitgeber. Sie schaute zu ihm auf. Er hatte alles in seinem Leben erreicht. Er spielte mit Bundespolitikern wie mit Zinnsoldaten, befehligte Minister wie Leibeigene, taktierte mit Wissenschaftlern wie mit Football-Spielern. Sie hatte sämtliche Varianten von Korruption und Manipulation miterlebt. Doch für sie lebte der Graf in einer anderen Welt. In einer Welt, die zu gutgläubig, zu simpel und nur scheinbar zu lenken war.

»Ich glaube nicht an einen Unfall«, gab sie ihrem Zweifel Ausdruck.

Von Stolzenberg erschrak.

»Wie groß ist die Wahrscheinlichkeit, daß jemand, der als Journalist oder als Möchtegern-Journalist gerade eine Geschichte an Land gezogen hat, die weltbewegend sein könnte – daß dieser Jemand im nächsten Moment einen tödlichen Unfall hat?«

Doris Kerner hob eine Hand und preßte Zeigefinger und Daumen zusammen, um überzeugend zu wirken.

»Wie groß ist die Wahrscheinlichkeit, daß jemand, der einen anderen gerade aufs schärfste bedrängt, ihm mit Presseveröffentlichungen droht – daß dieser Jemand kurz darauf das Zeitliche segnet? Nein, ich glaube nicht an einen Unfall. Das wäre zu einfach, zu praktisch, zu phantastisch, um wahr zu sein.«

Friedrich-August Graf von Stolzenberg war ein Mann, der sich selbst Menschenkenntnis bescheinigte. Sein Lebenslauf, seine Karriere bestätigten diese Einschätzung. Aufgewachsen in Fürstenwalde an der Spree, östlich von Berlin, hatte er mit zwölf Jahren den Vater, mit dreizehn Mutter und Geschwister verloren. Fünf Jahre lebte er bei einem Freund seines Vaters, der ihn stark prägte und der ihm zeigte, daß Strenge – auch vor sich selbst – eine Notwendigkeit gesellschaftlichen Zusammenlebens war. Nun führte ihm seine Referentin, seine Vertraute und Angestellte, seine Blindheit vor Augen, und das nicht zum ersten Mal. Er wußte, daß sie recht hatte. Er war stolz, berechtigterweise, aber nicht unfehlbar. Er zitterte innerlich. Sie könnte recht haben. Er erinnerte sich an seinen Ziehvater. »Erst, wenn du in der Schwäche Stärke zeigst, bist du gewachsen«, hatte er gesagt. »Du darfst Fehler nie zugeben. Du mußt sie rechtzeitig erkennen, korrigieren und für alle Zeit ausschließen.«

Von Stolzenberg stemmte sich aus dem Ledersessel, ging zurück an die Fensterfront. Er dachte an die Erfinder des Tellerbrunnens. Die Künstler galten damals als revolutionär, auch wenn sie sich an alt-griechischen Gebilden orientiert hatten. Sie wurden gehetzt, verspottet, gedemütigt, obwohl sie Altbewährtes neu aufleben ließen.

»Wenn es kein Unfall war«, fragte er zaghaft, und Doris Kerner erkannte die Vorsicht, »wenn es kein Unfall war, wer...«, er legte eine rhetorische Pause ein, »wer hätte diesen Unfall provozieren können?«

»Ich weiß es nicht. Ich weiß nur, daß wir nichts damit zu tun haben. Aber egal, wer es war, er ist im Zugzwang. Wir haben Wilhelms, und wir haben jemanden, der uns immer über Wilhelms' Schritte informiert. Lassen wir doch einfach zunächst Wilhelms die Arbeit machen, für die wir ihn auserkoren haben!«

8 »Hübsch« ist einfach nur nett anzusehen. »Schön« ist etwas Anmutiges. »Interessant« dagegen ist das, was süchtig macht, an dem der Blick haften bleibt, von dem er nicht mehr abzuwenden ist. Das Auge wird dann zur Spritze, der erfaßte Körper zur Droge. Max Wilhelms hatte konzentriert an den Definitionen gefeilt, sich nach längerem Zögern zu einer Mischung aus »interessant« und

»hübsch« hinreißen lassen, wobei er die Beschreibung »hübsch« eindeutig stärker gewichtete. Früher hatte er rein hübsche Körper begehrt, Frauen, die in ihm im ersten Moment nur die sexuelle Begierde entfachten, die ihn träumen ließen. Rein hübsche Gesichter, Körper mit ausgesprochenem Sex-Appeal langweilten ihn mittlerweile jedoch nur noch.

Sie war anders.

Sie hatte ein einfaches Gesicht, keine geerdeten Mundwinkel, was für Max entscheidend war. Er haßte diese zum Boden tendierende Lippenform in unbewegtem Zustand. Für ihn war es ein Ausdruck von Arroganz, Langeweile, von Depression und Selbstmitleid. Kellys Mundwinkel dagegen waren leicht – nicht zu stark! – nach oben gerichtet. Sie wirkte damit sexy, aber natürlich. Die zwei Ringe in ihrem rechten Ohr waren dezent gehalten. Sie grinste. Sie grinste nicht immer, wie es Bardamen gewöhnlich taten; wenn sie grinste, war es eher ein Lächeln, ein Strahlen. Sie hatte bei genauerem Hinsehen keine schönen Zähne, doch sie waren ohne größere Lücken. Beim Grinsen war das Zahnfleisch nicht zu sehen, obwohl ihr Gesicht äußerst schmal war. Dabei hatte Max die Erfahrung gemacht, daß schmale Gesichter beim Grinsen immer nacktes Zahnfleisch präsentierten.

Max hob sein Glas, setzte es an die Lippen. Je mehr er es kippte, desto undeutlicher sah er sie. Lediglich ihre Bewegungen waren noch eindeutig zu erkennen, sogar durch den Bierschaum. Max trank sein Glas in einem Zug leer. Sein zehntes innerhalb einer Stunde. Es waren nur kleine Gläser.

Kellys Po war auch klein, aber knackig. Hüften schien sie keine zu besitzen. Der breite, schwarze Gürtel unterstützte ihre feminine Figur, das weiße Top ihre straffe Brust. Max meinte manchmal, die Warzen zu sehen. Steif, stramm, abwartend, reagierend. Das war, was er jetzt brauchte. Katja war nicht zu Hause. Er hatte ihr auf den Anrufbeantworter gesprochen. Er hatte ihr gesagt, daß er sie jetzt brauche. Er wußte, daß sie nicht zurückrufen würde, weil sie wußte, daß er betrunken war. Und er brauchte sie immer, wenn er betrunken war. Doch heute mehr denn je.

Oma Käthe hatte es ihm gesagt. Er war wie immer an ihrem Laden vorbeigegangen, hatte aus der schräg vor dem Geschäft aufgestellten Kiste im Vorbeigehen einen Apfel geklaut. Nicht weil er Appetit auf ihn hatte, sondern weil er es immer tat und wußte, daß die alte Frau ihn dabei beobachtete, verständnislos über seine Dreistigkeit den Kopf schüttelte und den Apfel auf die Wochenrechnung setzte.

»Max! Max!« hatte sie ihm nachgerufen. Wie von der Tarantel gestochen, war sie hinter der Theke mit Frikadellen und Backwaren hervorgestürzt, hatte fast den Halt verloren. Er war schon am Laden vorbei gewesen, hatte sich umgedreht, den einmal angebissenen Apfel demonstrativ über dem Kopf hochgehalten und gegrinst. »Es ist diesmal nur ein kleiner, Oma, ein einziger kleiner.«

»Max«, hatte sie daraufhin hysterisch geschrien, »warte, verdammt, warte!«

Erst da hatte er gesehen, daß ihre Augen rot unterlaufen waren, daß sie weinte, daß sie zitterte. Schnell war sie noch einmal in den Laden zurückgeeilt, hatte das Schild an der Tür hektisch umgedreht und abgeschlossen.

»Was ist passiert?«

»Max, ich bin vor zwei Stunden ... Es ging alles so schnell, ich habe ihm die Tüten gebracht ... Ich war sauer, er hat sich nicht einmal bedankt, und deshalb bin ich noch mal rüber und ...« Sie stockte. Über ihre Wangen rollten dicke Tränen.

»Oma, was zum Teufel für Tüten?«

»Er ist gefallen. Die Treppe runter. Max, du warst nirgends zu erreichen.«

Max schreckte hoch, als sei er gerade aus einem Alptraum erwacht. Kelly blickte zu ihm. Er sah ihr in die Augen. Sie hatte immer irgendwie ein trauriges Gesicht, auch wenn sie durchaus eine lustige, fröhliche Person war. Ihre Haare waren seitlich zurückgekämmt, ihr Pony leicht gewellt. Sie hatte rotbraune Haare. Der rötliche Anteil lag an der Grenze, die Max gerade noch zuließ. Rothaarige haßte er wie geerdete Mundwinkel. Kellys Haare fielen lockig bis zu den Schulterblättern. Gerne hätte er jetzt daran gezerrt, gerissen, geweint.

»Kelly«, seine Stimme versagte. Er zeigte ihr sein leeres Glas, mit Blick auf ihre Brüste. Sie kannte diesen Zustand bei ihm, sagte jedoch nichts. Sie sah ihn zum ersten Mal weinen. Er schämte sich seiner Tränen nicht. Sein Blick ließ von ihren Brüsten nicht mehr ab. Sie boten ihm Halt. Gleich wie sie sich bewegte, die Augen wanderten mit. Sie drehte sich um. Max schaute auf ihren Rücken. Sie hat einen kleinen Buckel, dachte er und schluckte. Er spürte neue Tränen. Nein, sie hat keinen Buckel. Jeder Mensch hat einen leichten Buckel, geht nicht kerzengerade, nicht ganz aufrecht. Kein Mensch ist schulbuchmäßig gebaut. Jeder Mensch hat eine Behinderung.

Er war wie im Wahn losgestürmt, ins Haus gerannt, hatte eine zitternde, heulende alte Frau auf der Straße stehenlassen. Er war durch die Zimmer geirrt, orientierungslos, suchend, ohne zu wissen, wonach er suchte. Von einem Unfall war nichts zu erkennen. Die Männer vom Beerdigungsinstitut hatten schonungslos alles aufgeräumt. Die Treppe schwieg. Das Haus schwieg. Und das »Tal« schwieg nun auch.

Die Kneipe lag in einem breiten Grüngürtel, der sich

von der Stadt bis zum Fluß zog. Die Parkanlage war das Naherholungsgebiet für Insider. Im Winter tummelten sich Hunderte von Kindern mit und ohne Schlitten im Schnee. Im Sommer erinnerte das Grün an den Englischen Garten von München. Sonnenanbeter lagen über die zahlreichen Wiesen verstreut. Nur drei Gaststätten säumten das Becken, in dem zur Jahrhundertwende noch ein kleiner Bach dahingeplätschert war. Das »Tal« lag am Ende einer Sackgasse und besaß ein kleines, aber treues Stammpublikum. Nur im Sommer wurde die Kneipe von untreuen Massen belagert. Der große Biergarten abseits der Durchgangsstraßen wirkte bei Sonnenschein wie ein Magnet, machte sogar die Unfreundlichkeit des oft gestreßten Personals wie auch die Geschmacklosigkeit der Küche wett. Der Wirt hatte schon des öfteren überlegt, das Lokal generell während der kalten Jahreszeit zu schließen. Ein guter Sommer brachte genug Profit. Doch die Verbindung zu den wenigen Stammgästen war freundschaftlich. So öffnete er auch bei Sturm und Hagel Tag für Tag. Er hatte ohnehin keine andere Beschäftigung.

Zunächst hatte Max keine Träne vergossen, war trotz seiner hektischen und orientierungslosen Bewegungen nur wie gelähmt gewesen. Ihn hatte nicht interessiert, wo sie Einstein hingebracht hatten, wer den Tod festgestellt hatte, was nach der Tragödie folgen würde. Ihn hatte nichts interessiert. Er war die Treppe drei-, viermal rauf- und runtergelaufen – langsam, schneller, schließlich so schnell er konnte –, hatte sich seine Jacke geschnappt und war ins »Tal« gerannt.

Als er die Pendeltür zum Lokal öffnete, sah er wie immer viele Freunde. Er erkannte sofort, daß bereits alle von Einsteins Tod wußten. In dieser Hinsicht war das »Tal« wie ein kleines, oberbayrisches Dorf: Neuigkeiten verbreiteten sich wie ein Lauffeuer. Einige erklärten ihr Beileid, einige sagten nichts, wandten sich ab, wollten ihn nicht belästigen. Erst nach dem vierten Bier schossen ihm die Tränen in die Augen. Nach dem sechsten sprach er Katja auf den Anrufbeantworter. Jetzt, nach dem zehnten, suchte er Trost an Kellys Brüsten. Mehrfach hatte er schon versucht, die Thekenbedienung ins Bett zu locken. Stets erfolglos, da er meist betrunken war, wenn er sie fragte. Nüchtern war er noch nie auf die Idee gekommen, sie zu fragen. Dabei hatte sie es ihm angetan.

Ihre Bewegungen waren graziös. Gestik und Mimik waren einzigartig; sie hätten von ihr erfunden worden sein können. Sie waren nicht übertrieben, eher dezent, aber ausdrucksvoll. Eine zu dick geratene Goldkette hing ihr bis zum Brustansatz. Sie spielte gerne damit. Und sie spielte gerne mit Strohhalmen. Sanft nahm sie sie zwischen die Fingerspitzen und ließ die einzelnen Glieder kreisen. Sie konnte dabei reden, hatte den Überblick, ohne auf den Halm zu schauen. Sie hatte ihren Körper unter Kontrolle. Nicht wie Einstein, der seinen Körper selten unter Kontrolle gehabt hatte.

Max dachte an den Beischlaf mit Kelly und an die grobmotorischen Bewegungen Einsteins. Er dachte an den Freund, der ihn oft zur Weißglut getrieben hatte, und an das Weib, das ihm jetzt über den Schmerz hinweghelfen konnte. Er sah auf die Stiefel. Er liebte Frauen mit Stiefeln und hohen Absätzen. Er war bekennender Fetischist und bewunderte die Eleganz, mit der Frauen auf diesen unmöglichen, unkomfortablen Stelzen laufen konnten. Aber sie hatten es schließlich von Jugend an gelernt. So wie Einstein es gelernt hatte, wenn auch oft unbeholfen, mit dem Rollstuhl zu fahren.

Kelly ging streng immer geradeaus, auch hinter der Bar. Sie kannte ihre Arbeitsstätte, jeden Schritt, jeden

Flecken des Bodens mit verbundenen Augen. Sie machte nie einen unüberlegten Tritt, der sie zur Konzentration zwingen würde. Sie fand den Zapfhahn blind, konnte ihren Körper dabei unbedacht einsetzen. Wie Einstein. Auch er hatte seinen Körper blind eingesetzt, jede Bewegung des rollenden Stuhls unüberlegt, aus Gewohnheit gesteuert. Max sah auf sein Bierglas, auf die Toilettentür, auf Kellys Stiefel. Er dachte daran, daß jeder gedankenlos seinen Bewegungsapparat einsetzen konnte. Er schaute wieder zur Toilettentür. Er würde bald das Bierglas austrinken, ohne auch nur im geringsten darüber nachzudenken. Er würde aufstehen, die Tür öffnen, den Reißverschluß ziehen, pinkeln und dabei mit dem Nachbarpinkler ein Schwätzchen über die Bundesliga halten. Kelly nahm gerade gekühlte Schnapsgläser aus dem Gefrierfach und schaute währenddessen zu ihm hoch. Einstein war überall angestoßen – in der Küche, aber nie in seiner Werkstatt. Und nie im Flur. Er hatte jeden Griff am Treppengeländer gekannt, war nie zu nah an die Stufen herangerollt, hatte das Gefährt immer seitlich zum Schalterkasten positioniert und auf den Knopf des Rollstuhlaufzugs gedrückt. Ohne hinzublicken. Er hatte es gekannt. Er hatte es gekonnt.

Kelly bückte sich erneut zum Kühlschrank. Wenn sie sich bückte, gab es nur unter der rechten Pobacke eine kleine Falte, nie unter der linken, nur unter der rechten. Sonst blieb alles stramm. Einstein hatte immer ausgeleierte Hosen getragen, die er schnell hatte runterziehen können. Er hatte nichts mehr selbständig unterhalb der Gürtellinie bewegt. Da zusätzlich meist eine Decke, Papiere, Tabletts auf seinen Knien gelegen hatten, war es nicht nötig gewesen, modisch zu denken, sondern praktisch. Kelly schenkte den Weizenkorn ein, stellte die Gläser auf den Tresen, nahm einen Putzlappen und wischte über die

Theke. Sie hatte leicht gekleckert. Sie war gewissenhaft in ihrem Job, nicht wie der Wirt, den man mehrfach auffordern mußte, klebrige Flecken zu beseitigen.

Kelly war schnell. Einstein war auch schnell gewesen, gewissenhaft, zudem äußerst durchorganisiert. Er war Bürokrat in den eigenen vier Wänden gewesen. Für alles hatte er kleine Rubriken in seinen Computern angelegt, in »Organizern« jeden Termin, jede Aufgabe, jede Absicht notiert. Er hatte alles sofort erledigen müssen. Älteres hatte er liegen lassen, sich rasch kleine Notizen gemacht. Neues hatte ihn gereizt. Unerledigtes hatte er nie vergessen. Max spürte neue Tränen. *Buntwäsche mittwochs, Weißes freitags*, hatte er einmal auf einem Papier gelesen. Einstein hatte es fett ausgedruckt, das Blatt gefaltet und auf dem Küchentisch aufgestellt, damit er es fand. Kelly stellte gerade sein dreizehntes Bier vor ihn auf den Tresen. Er schaute nicht hoch, dachte an ihre Brüste, an Einsteins Küchenplan, an Oma Käthes Geschenkpapier.

»Ich hatte es ihm so schön eingepackt! Es sollte eine Überraschung sein, weil du es doch immer vergessen hast. Als der Unfallarzt da war, war ich bei euch oben in der Küche. Er hatte die Tüten nicht einmal ausgepackt. Sie lagen da, wo ich sie hingelegt hatte. Ich habe sie liegenlassen«, hatte die Oma geschluchzt. »Max, mir tut das so leid! Ich war so sauer auf ihn! Er wollte nur diese blöden Disketten, faselte etwas von irgendeinem Krimi, von etwas Sensationellem. Ich weiß es auch nicht mehr. Er redete nur unsinniges Zeug. Er war so durcheinander, so nervös! So habe ich ihn noch nie erlebt. Deswegen ist er auch wahrscheinlich gestürzt.«

Das Telefon klingelte. Kelly drehte die Musik leiser und nahm den Hörer ab. »Nein, er ist nicht da. Soll ich ihm etwas ausrichten?« fragte sie und blickte auf Max. Dann legte sie auf und kehrte zum Zapfhahn zurück. Er wußte, daß der Anruf für ihn gewesen war. »Ich bin nicht da, für keinen, nur für Katja, und ich will auch nichts wissen«, hatte er ihr aufgetragen. Sie handelte, wie ihr befohlen worden war, schrieb auch nichts auf. Es war an diesem Abend der achte Anruf für ihn.

Ohne aufzuschauen, hielt er das leere Glas hoch. Max spürte nun erstmals deutlich den Alkohol. Er lähmte seine Gedanken, seine Erinnerungen. Er spürte das Pochen, das zirkulierende Blut im Kopf. Die Uhr am Eingang zeigte fast Mitternacht. Noch wenige Minuten, dann endete ein Tag, der für ihn die Hölle gewesen war, den er so schnell nicht vergessen würde. Seine Gedanken sprangen ziellos hin und her. Ein Hirngespinst wäre strukturierter aufgebaut gewesen.

»Zweimal habe ich ihm gesagt, wie schwierig es war, den Lieferanten dazu zu bringen, ein einziges Päckchen mit Staubsauger-Tüten zu suchen. Es hat Einstein gar nicht interessiert«, hatte Oma Käthe gejammert.

»Ich wußte, daß es nicht einfach mit Ihnen ist, aber durch diese Geschichte wird sich Ihr Leben ändern«, hatte die Stimme am Nachmittag durch den Hörer gehechelt.

Kelly brachte ein neues Bier. Die Schaumkrone verdeckte den schmalen Goldrand des Glases.

Max dachte immer wieder an den anonymen Anrufer, die arrogante Stimme. Er hatte sie Minuten nach dem Anruf eigentlich schon vergessen gehabt. Seine Wut hatte sich mehr auf seine Chefin vom Dienst konzentriert, die nicht aufzufinden war, die seine Dart-Flights im Schreibtisch liegen hatte. Er dachte an Einstein. Er versuchte sich zu erinnern, wann er den behinderten Freund, seinen Partner, zuletzt gesehen, gesprochen hatte.

Die Briefe! schoß es wie ein gewaltiger Stromschlag durch seinen Kopf. Er hatte diese Briefe Einstein heute morgen hingelegt, sie ihm wie immer vor die Tür geworfen. Dieser Wurf war der letzte indirekte Kontakt mit Einstein gewesen. Er blickte wie geschockt und voller Selbstzweifel zu der Bedienung, die mittlerweile – mit rechter Po-Falte – die unteren Glasvitrinen abwischte. Sie mußte eine Menge Scheiben putzen. Ihre Vorliebe war es, den Lappen in kleinen Kreisen zu schwingen. Hin und wieder wirkten die Bewegungen sehr ruckartig. Sie tat wirklich alles, absolut alles beharrlich. So wie Einstein Aufträge erfüllt hatte.

Max dachte an die Wohnung, an die Werkstatt. Was hatte Oma Käthe gesagt? »So habe ich ihn noch nie erlebt.« Sie hatte von »Krimi« und »etwas Sensationellem« gesprochen. Einstein sei aufgeregt, nervös gewesen. Er habe konfuses Zeug geredet, in seinem Rollstuhl herumgezappelt und ihr nicht zugehört. Nein, schüttelte Max den Kopf, wir leben in der Bundesrepublik. Ich bin ein kleiner Scheiß-Journalist, bei einer großen, aber drittklassigen Zeitung.

Er wollte sein Glas gerade zum achtzehnten Mal hochhalten, da stand schon das nächste unaufgefordert vor ihm. Einstein hatte sicherlich alle Unterlagen gewissenhaft geprüft. Davon konnte er ausgehen. Oma Käthe hatte von einem politischen Skandal gesprochen. Max setzte das Glas an und leerte es in einem Zug. Er hielt es hoch, war diesmal schneller.

»Kelly, ist dir eigentlich klar, daß Einstein dich liebte?«

»*Er* liebte mich nicht, du liebst mich. Und das immer noch.«

»Nein, du Rasseweib, Einstein liebte dich. Er fragte mich immer nach dir aus«, lallte Max.

»Er fragte dich nur, weil du ihm ständig versaute Sachen und Phantasien über mich erzählt hast. Soll ich dir nicht lieber ein großes Bier machen?«

»Nein, ich muß einen klaren Kopf behalten«, schwindelte er und hielt ihr das leere Glas hin. »Außerdem muß ich meine Tränensäcke systematisch füllen.«

Sie griff tröstend nach seiner Hand. Er zog sie weg.

»Wir waren ein gutes Team, Kelly, ein sehr gutes Team. Wir waren unschlagbar. Wir waren nicht wie siamesische Zwillinge, aber wir waren ein Team. Unschlagbar.« Er verschränkte die Arme auf der Theke und legte seinen Kopf darauf. »Der`Behinderte und der Arsch. Wir waren ein Superteam. Er hat mich so oft aus der Scheiße gezogen. Ich habe mich so oft über ihn geärgert. Glaubst du an Engel, die in Rollstühlen sitzen?«

Sie wußte nichts zu antworten.

»Ich glaube daran«, stöhnte er, immer mehr lallend. Er ließ sich gehen, wollte sich gehenlassen. »Glaubst du, im Himmel gibt es auch enge Toilettenräume und Rollstuhl-Treppen-Aufzüge, an denen man sich das Genick brechen kann? Nein, antworte nicht! Gib mir lieber noch was zu trinken! Ich muß wieder heulen.«

Das Telefon klingelte erneut. Kelly nahm den Hörer ab, grüßte für nach Mitternacht fast zu charmant. Sie tuschelte etwas, drehte sich dann plötzlich auf dem Absatz um und winkte Max hektisch zu.

»Max, es ist Katja. Dringend!«

Max stieg vom Barhocker, schleppte sich mehr zum Telefon. Die Schnur war lang und ließ sich zudem dehnen. Er ergriff den Hörer und verschwand in den Eingangsflur. Nach zwei Minuten kam er zurück und starrte der Kellnerin geradezu manisch-depressiv in die Augen.

»Sag mal, hat die Polizei hier angerufen?«

»Dreimal«, antwortete Kelly, als sei es das Normalste der Welt, »es war immer derselbe. Wollte wissen, ob du da bist. Ist wohl wegen – na, du weißt schon. Er wollte, daß ich ihn anrufe, wenn du da bist. Er schien dich zu kennen. Ich glaube, mit ihm warst du schon mal hier.

Aber du hast doch klar gesagt, daß du nicht hier bist. Warum? Hat das alles nicht bis morgen Zeit? Können die dich nicht bis morgen früh in Ruhe lassen?«

Max schaute bewegungslos auf das Bierglas, spielte dabei mit dem Zeigefinger am Schaum, der am Glasrand angetrocknet war. Dann ruckte sein Gesicht zu Kelly hinüber.

»Du wirst es nicht glauben. Ich glaube es auch nicht. Aber die ... die haben einen Haftbefehl gegen mich.«

9 Martin Bloßfeld war zu spät. Als er die Tür zum hinteren, kleineren, aber besser ausgestatteten Konferenzraum in der zweiten Etage des Kölner Bundesamtes für Verfassungsschutz öffnete, verstummten sämtliche Gespräche. Lediglich der Koordinator der Dienste räusperte sich. Bloßfeld mochte ihn nicht. Eigentlich mochte ihn keiner. Der Koordinator, Staatsminister und direkter Untergebener des Bundeskanzlers, war eine politische Besetzung. Und die mochte ohnehin keiner, nicht nur, weil die Herren und Damen nicht vom Fach waren, sondern vielmehr, weil sie sich stets anmaßten, vom Fach zu sein.

»Ich bitte um Entschuldigung für die Verspätung, aber ich habe gerade noch einmal den neuesten Stand von unseren Außendienst-Mitarbeitern abgefragt«, sagte Bloßfeld förmlich und hob einen Packen mit Unterlagen hoch. Zielstrebig steuerte er auf seinen Platz zu, nickte kurz jedem grüßend zu. Lediglich Leitner gab er die Hand, beugte sich anschließend dicht über ihn und flüsterte ihm etwas ins Ohr. Leitner nahm den Packen, ging steif um den Tisch herum und verteilte die Unterlagen.

Lars Leitner war Bloßfelds engster Mitarbeiter, sein

persönlicher Referent und zufällig auch einer seiner besten Freunde. Sie waren vor vielen Jahren Partner in der Abteilung II des Bundesnachrichtendienstes gewesen, die für technische Aufklärung verantwortlich war. Die Abteilung hatte damals bereits über Funk und Satelliten gearbeitet, als allererste Behörde mit Computern. Das Risiko des Einsatzes von Menschen wurde in der »Zweiten« grundsätzlich so weit wie möglich vermieden. Während Bloßfeld dann in der Abteilung I die klassische nachrichtendienstliche Aufklärungsarbeit verfolgt und meist Sonderaufgaben übernommen hatte, war Leitner in die »Fünfte« gewechselt, die sich um alle Sicherheitsfragen des BND kümmerte. Die Abschirmung der einzelnen Abteilungen sowie die innere Kommunikation ohne Preisgabe der Gruppenfälle war sein Fachgebiet gewesen. Nach vierzehn Jahren hatten sie sich wiedergetroffen, und Leitner hatte sofort eingewilligt, diesmal unter Bloßfeld zu arbeiten. Dennoch fühlten sie sich beide wieder als Partner. In einem neuen Aufgabenbereich, den keiner von ihnen anfangs so richtig einschätzen konnte.

Bloßfeld blickte in die Runde. Der Konferenzraum erinnerte an das moderne Klassenzimmer einer Gesamtschule. Die Wände waren weiß und kalt. Die Stühle waren aus Holz, nur mit einem dünnen, eingefärbten Schaumstoff überzogen. An jeder Wand hing eine große, grüne Tafel, unter der kleine, graue Kästchen mit verschiedenfarbigen Kreidestücken angebracht waren. Die Tische bildeten ein Hufeisen. Im offenen Ende stand ein Gestell mit mehreren Projektoren.

Der Koordinator der Dienste saß am Kopfende und verschaffte sich hektisch einen Überblick über die Situation, indem er wild die Seiten seiner Akte umblätterte. Neben ihm saß Fritz Kellinghausen, Chef der BND-Abteilung I, daneben sein Abteilungsbeauftragter »Sektor

Ost«, ein in Bloßfelds Augen viel zu junger, unerfahrener Schnösel. Klaus Kulitz, am Anfang der Fensterreihe, war Sonderbeauftragter des Bundeskriminalamtes. Mechthild Sommerfeld war Hausherrin, vertrat das Bundesamt für Verfassungsschutz, war dort Leiterin der Abteilung Z, Organisation und Verwaltung, und zudem die einzige Frau im Raum. Bloßfeld kannte beide gut, hielt beide für äußerst kompetent, wußte jedoch, daß er wieder mit der Sommerfeld Probleme haben würde.

Die Uhr zeigte kurz vor eins. Dienstag morgen. Allen Anwesenden war die Müdigkeit deutlich anzusehen. Vor allem dem Dienste-Koordinator.

»Lassen Sie uns anfangen. Es ist spät genug. Sie wissen alle, warum wir hier sind. In den letzten zwölf Stunden hat sich die Situation grundlegend geändert. Und nicht gerade zu unserem Vorteil. Ab heute spielen wir nicht mehr nur für die Russen Detektive. Ab heute ist auch Deutschlands Stellung in Europa massiv gefährdet. Und wenn ich von massiv spreche, meine ich auch massiv.«

Der Koordinator klang vom ersten bis zum letzten Wort genervt, fast vorwurfsvoll. Er blickte verärgert zu Bloßfeld und nickte. Ein Zeichen, dieser möge seinen Bericht geben. Kurz und knapp, dennoch detailliert. Das Nicken des Koordinators beschrieb seine gesamte Persönlichkeit. Dem Beauftragten für die Nachrichtendienste sah man die sechsundfünfzig Lebensjahre nicht an. Er pflegte sein Äußeres und seine Eitelkeit auch in besonderer Weise, schätzte Unterwürfigkeit und forderte von jedem übermäßigen Respekt vor seiner Stellung. Die drei Nachrichtendienste der Bundesrepublik, deren Koordination er vor wenigen Jahren als Staatsminister übernommen hatte, besaßen verschiedene Unterstellungsverhältnisse. Der Bundesnachrichtendienst war dem Kanzleramt unterstellt, der Verfassungsschutz dem Innenministerium und der MAD dem Verteidigungsministerium. Die drei Behörden hatten untereinander keine Aufsichts- und Weisungsbefugnisse. Theoretisch ließen sich die Aufgabenbereiche der drei Dienste zwar voneinander trennen, nicht jedoch in der praktischen Arbeit. Der Koordinator war per Organisationserlaß also keineswegs ein Chef aller drei Dienste. Doch auch hier war die Kluft zwischen Theorie und Praxis immer tief und breit. Der amtierende Beauftragte fühlte und benahm sich zeitweise gar wie der Leiter des ehemaligen Reichssicherheitshauptamtes.

Martin Bloßfeld zog mit den Fingerspitzen die Ärmel seines graublauen Zweireihers ein wenig hoch, ging dann noch einmal mit der rechten Handfläche über seine ohnehin schon glatt zurückgekämmten grauen Haare. Es wirkte wie ein Ritual, als wollte er Spannung und Unruhe aus dem Raum verbannen.

»Frau Sommerfeld, meine Herren. Ich beginne chronologisch, möchte zunächst jedoch darauf hinweisen, daß der Fall sich äußerst komplex entwickelt hat und daß uns leider einige Zusammenhänge auch noch nicht eindeutig klar sind.«

Bloßfeld machte eine kleine Pause.

»Um 15.12 Uhr ruft ein Rüdiger Strombach bei der Umweltentwicklungsgesellschaft an und verlangt nach Breuer. Sie finden eine Abschrift des Telefonats mit dem Geschäftsführer der UEG in Ihren Unterlagen. Nur so viel: Strombach gibt sich als Journalist des ›Westdeutschen Kuriers‹ aus, löchert den Geschäftsführer mit Fragen über ein chemisches Forschungslabor in England. Er hält Breuer ein neues, sensationelles Gutachten vor, dessen Erstellung die UEG finanziell unterstützt haben soll.«

Bloßfeld blätterte nur kurz in seinen Unterlagen, fuhr dann fort:

»Ich komme auf das Gutachten gleich noch genauer zu

sprechen. Ich will allerdings erst kurz bei Strombach bleiben. Nur vorab: Die finanzielle Unterstützung des britischen Labors durch die UEG ist nicht illegal. Aber – das werden Sie schnell erkennen – wird diese finanzielle Unterstützung des britischen Labors bekannt, könnte es einen schmerzhaften Bruch im deutsch-britischen Verhältnis geben.«

Bloßfeld blätterte erneut, suchte nach der Abschrift. Eine dicke Akte war bereits mit Gesprächsabschriften gefüllt. Seit drei Tagen wurde die Umweltentwicklungsgesellschaft, speziell deren Geschäftsführer Breuer, abgehört. Eine Genehmigung lag nicht vor. Bloßfeld hob entschuldigend die rechte Hand, senkte sie aber sofort wieder, als Leitner ihm das Papier von der Seite zuschob.

»Zurück zu Strombach. Er hat also Breuer gedroht, diese finanzielle Unterstützung des Labors publik zu machen. Ihm lägen, so behauptete er, sowohl eine Abschrift des geheimen Gutachtens als auch der Beweis vor, daß die UEG die Forschung unterstützt habe.«

Bloßfeld bemerkte die fragenden Gesichter, reagierte sofort.

»Wir wissen mittlerweile, daß Strombach geblufft hat. Mit dem Beweis, nicht mit dem Gutachten. Das existiert wirklich, und Strombach besaß es. Zudem muß er Breuer am richtigen Nerv getroffen haben. Denn sofort als Strombach auflegte, versuchte Breuer, Stolzenberg zu erreichen. Er hat ihn allerdings nicht an den Apparat bekommen. Das Gespräch mit Stolzenbergs Sekretärin, Doris Kerner, finden Sie ebenfalls als Abschrift.«

So ungeordnet Bloßfelds Vortrag war, so ungeordnet waren auch die Berichte, Abschriften und Anlagen in den Ordnern, die Leitner verteilt hatte. Ein nervöses Suchen begann. Kulitz und Sommerfeld hoben schließlich kopfschüttelnd die Brauen. Der Bundeskriminalist hatte die

Abschrift weit vorne, die Verfassungsschützerin ganz hinten entdeckt.

»Wir mußten Strombach überprüfen«, setzte Bloßfeld fort, vermied nun geschickt, den Koordinator anzuschauen. »Wir wußten zunächst absolut nichts mit den Fakten anzufangen. Das Labor, das Gutachten, die Unterstützung der UEG, die Drohung: Das alles ergab für uns keinen Sinn. Es war auch nicht der kleinste Hinweis auf einen Zusammenhang mit unseren Untersuchungen zu erkennen. Wir mußten also wissen, ob das Gutachten des Forschungslabors in irgendeiner Verbindung zu unserer Angelegenheit mit den Russen steht, ob unsere Arbeit gefährdet ist, zumal Breuer recht nervös reagierte. Wir mußten Strombach überprüfen. Dabei hat es dann einen Unfall gegeben. Leider mit tödlichem Ausgang. Doch dazu sollte lieber der Kollege Kellinghausen etwas sagen. Mir standen zu diesem Zeitpunkt in dem Gebiet keine Männer zur Verfügung.«

Bloßfeld blickte zum BND-Aufklärungschef hinüber, der gelassen, fast lässig auf seinem unbequemen Holzstuhl saß. Kellinghausen war ein Nachrichtendienstler der alten Schule. Als er von dem Unfall mit tödlichem Ausgang erfahren hatte, hatte er mit keiner Wimper gezuckt. Gemütsregungen kannte er nicht, zumindest beruflich nicht. Er war immer sachlich, wollte Fakten, haßte Schilderungen persönlicher Eindrücke und Meinungen. In Pullach nannten sie ihn hinter vorgehaltener Hand »den alten Fritz«.

»Strombach arbeitete zwar für den ›Westdeutschen Kurier‹, war aber kein Journalist«, begann Kellinghausen. »Einer meiner Leute im Ruhrgebiet ist sofort zu ihm gefahren. Ich habe zwar noch nicht seinen schriftlichen Bericht, habe aber mit ihm gesprochen. Er hat sich absolut korrekt verhalten. Nichts ließ darauf schließen, daß

Strombach noch im Haus war. Strombach war querschnittsgelähmt, saß im Rollstuhl, überraschte unseren Mann im Obergeschoß und ist dabei die Treppe hinuntergefallen. Es war ein Unfall.«

Kellinghausen blickte während seines letzten, besonders deutlich betonten Satzes für den Bruchteil einer Sekunde zu Bloßfeld. Der verstand den Blick sofort, ließ keine Pause für mögliche Nachfragen entstehen und setzte lückenlos mit seinem Bericht fort.

»Wir fanden bei Strombach einen achtzehnseitigen Computerausdruck, in dem dieses britische Gutachten detailliert beschrieben wird und Mutmaßungen über die Verbindung zu Breuer und zur Umweltentwicklungsgesellschaft aufgestellt werden. Wir wissen nun, daß das britische Gutachten mit der russischen Präsidentenwahl in keiner Form in Verbindung steht. Also, Rußland und das Briten-Gutachten sind zwei völlig verschiedene Paar Schuhe, die aber dem gleichen Besitzer gehören. Wir wissen allerdings nun auch, daß die UEG mehrere heiße Eisen im Feuer hat. Und ... die Unterstützung dieses Forschungslabors zeigt eindeutig, daß die Gesellschaft auch zu politisch gefährlichen Aktionen in Rußland fähig ist. Lars, bitte!«

Leitner saß stocksteif mit durchgedrücktem Rücken und hob den Kopf wie ein Dozent vor seiner ersten Vorlesung. Die Arme lagen parallel zur Aktenvorlage auf der Tischplatte. Er atmete kräftig ein.

»Das Gutachten, erstellt von einem nordbritischen, genauer gesagt, von einem schottischen Forschungslabor, beschreibt die mögliche Übertragung der Bovinen Spongiformen Enzephalopathie – besser bekannt als BSE oder Rinderwahn – auf den Menschen. Bislang gab es keinen Beweis für einen Zusammenhang zwischen der Rinderseuche und der unheilbaren Creutzfeldt-Jakob-Krankheit. Das Labor, das ›Seo‹, also das ›Spongiform Encephalopathy Advisory Office‹, bezeichnet in seinem Gutachten nun erstmals die Hirnschwamm-Übertragung vom Rind auf den Menschen als »höchstwahrscheinlich«. Das ›Seo‹ begründet dieses Ergebnis folgendermaßen: Die vermutlich krankheitsauslösenden Prionen – das sind im Hirn produzierte Eiweißstoffe –, diese Prionen wurden in Gehirnen von Verstorbenen in einer Form gefunden, die untypisch für die klassische Creutzfeldt-Jakob-Krankheit ist. Weiterhin starben die untersuchten Infizierten nach einem ungewöhnlich langen Leiden. Und die rhythmischen Entladungen der Hirnströme entsprechen nicht denen der im finalen Stadium der ...«

»Herr Leitner, bitte, kommen Sie zum Wesentlichen! Wir haben alle eine Kopie des Gutachtens und erleben gleich einen schönen Sonnenaufgang, wenn Sie weiter vorlesen.« Es war keine Bitte, die der Koordinator aussprach. Es war eine Anweisung, formuliert in der Härte eines militärischen Befehls.

Leitner drückte seine Wirbelsäule noch deutlicher nach vorn.

»Entschuldigung. Tatsache ist, daß dieses Gutachten noch nicht publiziert ist, daß nach unseren Erkenntnissen nicht einmal die britische Regierung davon Kenntnis besitzt.«

»Wie kam dieser Strombach an das Gutachten?« fragte der Staatsminister.

»Wir wissen es nicht«, antwortete Bloßfeld zügig, »Strombach wohnte in einer Art Hausgemeinschaft mit einem Redakteur des ›Westdeutschen Kuriers‹, einem gewissen Maximilian Wilhelms. Von ihm könnte er es bekommen haben. Das nehmen wir auch an. Aber das sind noch reine Vermutungen. Wichtig ist zunächst die Verbindung des britischen Labors zu Breuer. Strombach hat vermutet, daß die UEG das Forschungslabor finanziell großzügig unterstützt und deshalb eine vertrauliche Vorab-Information über das Ergebnis erhalten hat. Die Vermutung beruht auf einer einzigen Säule. Strombach muß viel Phantasie gehabt haben. Aber diese Säule ist, wenn auch äußerst wackelig, tragbar. Das Labor und das gesamte ›Seo‹ wurden stets von der britischen Regierung gebremst, erhielten kaum Gelder für ihre Forschungen. Kein Wunder! Ich muß hier wohl nicht betonen, welche Auswirkungen das uns jetzt vorliegende Gutachten auf den europäischen Binnenmarkt haben wird. Die Briten könnten ihr Roastbeef und Millionen von Rindern eingraben.«

Bloßfeld schaute nur kurz zu dem Koordinator und bemerkte sogleich dessen Stirnfalten.

»Also, die Wissenschaftler in Großbritannien waren auf jeden Pfennig angewiesen, gleich wo er herkam. Hinzu kam, daß einige Bundesländer, genaugenommen fünf, nämlich Bayern, Rheinland-Pfalz, Nordrhein-Westfalen, das Saarland und Brandenburg, bereits vor Monaten ein Einfuhrverbot für englisches Rindfleisch verhängt hatten. Und zwar aufgrund der Rinderseuche und übrigens gegen die Entscheidung des Bundesgesundheitsministers, der eine europaeinheitliche Einigung wollte. Das heißt, so schlußfolgerte Strombach, es herrschte von deutscher Seite ein großes Interesse, die Forschung voranzutreiben. Und das ›Seo‹ war darauf angewiesen.«

»Eine wirklich phantasievolle Theorie!« Der Koordinator hatte sich zurückgelehnt, verschränkte nun die Arme über dem Kopf. Man konnte ihm ansehen, daß seine Gehirnzellen auf Hochtouren arbeiteten. Wenn auch nur ein Funken der Strombachschen Theorie zutraf, waren womöglich höchste politische Kreise involviert.

»Eine Theorie«, wiederholte er.

»Aber durchaus möglich«, warf Bloßfeld ein.

»Ein bißchen sehr an den Haaren herbeigezogen, Herr Bloßfeld!«

»Stimmt! Wie Sie sagten: phantasievoll! Doch daß dieselbe Firma, diese kleine, deutsche UEG, in Rußland eine Revolution anstrebt, ist genauso phantasievoll – wenn nicht phantasievoller. Diese Phantasie nehmen wir allerdings so ernst, daß wir dafür einen Sonderstab gegründet haben, und das, obwohl wir nichts als russische Gerüchte haben. Diese Phantasie zwingt uns sogar dazu, daß wir mit russischen KGB-Agenten Hand in Hand spazierengehen müssen.«

Bloßfeld hatte schnell gesprochen und das »KGB« betont. Er weigerte sich vehement, die Sluzhba Vneshney Razvedki, die russische Geheimdienst-Nachfolgeorganisation SVR, beim Namen zu nennen. Für Bloßfeld hatte auch nach dem Bruch der Sowjetunion der KGB Bestand.

»Ich kann das Wort ›Vermutungen‹ nicht mehr hören.« Der Koordinator wurde laut. Trotz seiner recht schmächtigen Gestalt besaß er eine kraftvolle, dunkle Stimme, die selbst bei geringerer Lautstärke äußerst überzeugend klang. »Ich will Fakten. Was wissen wir Neues über den Grafen?«

»Nicht viel«, antwortete Kellinghausen fast gelangweilt und fügte leicht vorwurfsvoll hinzu: »Sie weigern sich ja immer noch, ihn anzuzapfen.«

»Herr Kellinghausen, von Stolzenberg ist Vorstandsvorsitzender einer der größten deutschen Firmen. Er ist Mandatsträger. Er ist ein ehemaliger Staatssekretär. Wollen Sie den auch die Treppe runterschubsen?«

Die Stimmung im Raum hatte ihren Siedepunkt erreicht. Die Blicke am Tisch schossen zwischen dem Staatsminister und dem Aufklärungs-Chef hin und her. Bloßfeld bewunderte den BND-Mann. Er hatte sich nicht gerührt, schaute eher gleichgültig vor sich hin und spielte weiter mit seinem Bleistift.

Kellinghausen brach dann schließlich auch die Stille: »Richtig. Aber die UEG ist nun mal eine hundertprozentige Tochtergesellschaft der ›Erdgas-Import‹, und deren Vorstandsvorsitzender Stolzenberg ist derjenige, der Breuer als Geschäftsführer eingesetzt hat. Zudem ist Stolzenberg derjenige, der seit Jahrzehnten engste Beziehungen zu Rußland hat. Über die ›Erdgas-Import‹ und früher eben als Staatssekretär. Nicht Breuer. Der ist nichts als ein Handlanger. Zwar ein Genie seines Fachs, aber eben nur ein Handlanger. Ich habe immer an den russischen Gerüchten gezweifelt, doch mittlerweile, nach dieser BSE-Geschichte, glaube ich fast daran. Die UEG ist nichts anderes als eine reine Tarnfirma, eine Handlanger-Gesellschaft, eine Exekutive, gleich ob für Wirtschaft oder Politik. Welche Punkte müssen wir Ihnen denn noch liefern, um aus dem Kanzleramt eine Genehmigung zu bekommen?«

Der Koordinator reagierte nicht. Es brachte nichts, sich um diese Uhrzeit mit Kellinghausen zu streiten. Er wandte sich an Bloßfeld. »Was weiß dieser Journalist vom ›Westdeutschen‹?«

»Maximilian Wilhelms?«

»Ja, was weiß der?«

»Wir wissen es nicht. Im ›Kurier‹ steht weder in der Post- noch in der Morgenausgabe eine Zeile über das BSE-Gutachten. So können wir annehmen, daß Strombach ihn nicht erreicht hat. Der Unfall Strombachs ist zwischen fünf und halb sechs passiert, also hätte Wilhelms noch genug Zeit gehabt, zu schreiben. Wir haben nach langer Überlegung vor zwei Stunden eine Fahndung nach ihm ausgeschrieben.«

»Mit welcher Begründung?«

»Unterstützung einer kriminellen, terroristischen Vereinigung, Landesverrat und Landfriedensbruch.«

»Und der Richter?«

»Hat blind unterschrieben. Ein Freund des Verfassungsschutzes.«

Bloßfeld konnte jede Frage beantworten, doch den Zweifel des Koordinators nicht ausräumen.

»Wir können einen Bericht über das Gutachten ohnehin nicht verhindern«, erklärte er deshalb. »Es wird in den nächsten Tagen veröffentlicht. Wahrscheinlich in England. Davon können wir ausgehen. Das einzige, worauf wir achten müssen, ist, daß Wilhelms nichts schreibt. Erstens muß vermieden werden, daß dieses Gutachten, das die britische Nation derb erschüttern wird, erstmals in deutschen Medien veröffentlicht wird. Aber, selbst wenn der ›Kurier‹ darüber schreibt, muß zweitens, und das ist noch viel, viel wichtiger, unter allen Umständen sichergestellt sein, daß die UEG da rausgehalten wird. Weder die UEG noch Breuer oder Stolzenberg dürfen in die Schlagzeilen geraten. Die UEG muß sich in Sicherheit wähnen. Anders kommen wir nie an sie heran. Sobald die UEG in die Schlagzeilen gerät, können wir einpacken. Von der finanziellen Unterstützung an das ›Seo‹, wenn sie so existierte, wußte nur Strombach und weiß vielleicht Wilhelms. Und wenn er es noch nicht weiß, wird er danach suchen, denn er hat das Gutachten schließlich Strombach gegeben. Er weiß also von der Brisanz des Gutachtens und wird deshalb einen Unfall zu diesem Zeitpunkt für völlig unwahrscheinlich halten. Unser Augenmerk muß dennoch auf die UEG gerichtet sein. Wir müssen Breuer den Rücken freihalten, sonst zeigt der uns nie, was an der Russen-Geschichte dran ist. Ich würde vorschlagen, wir vergessen das BSE-Gutachten erst einmal oder halten es zumindest vorerst im Hintergrund. Daß eine deutsche

Firma Forschungen im Ausland sponsert, ist letztendlich normal und kein Verbrechen.«

»Bis auf die Tatsache, daß es den ohnehin so europafreundlich gestimmten Engländern reichlich egal ist, ob es die Bundesregierung oder eine deutsche Firma war, die sie ins Dilemma gestürzt hat. Deutsche haben sich in ausländische Angelegenheiten gemischt. Deutsche setzen ein anderes Land unter größten Druck.«

Der Koordinator wurde sichtlich nervöser. Bloßfeld mußte schmunzeln. Ähnliche Worte hatte er keine sechsunddreißig Stunden zuvor in Prag aus einem russischen Mund gehört.

»Was wissen wir über Wilhelms?«

»Max Wilhelms ist neununddreißig Jahre alt, ist seit vierzehn Jahren beim ›Westdeutschen Kurier‹, hat dort auch sein Volontariat nach mehr oder weniger erfolgreichem Germanistik- und Politikstudium gemacht.« Bevor Bloßfeld antworten konnte, hatte Mechthild Sommerfeld bereits das Wort ergriffen. »Er zählte bis vor einigen Jahren zu den wenigen Journalisten, denen man Aufmerksamkeit schenken mußte, obwohl sie nur auf lokaler Ebene arbeiteten. Wilhelms war hartnäckig, verbissen, ein Bilderbuch-Vorzeige-Journalist, wie man ihn aus Fernsehserien kennt. Er hat einen landesweiten Leiharbeiter-Skandal aufgedeckt, einem Bürgermeister eine Unterschriftenfälschung nachgewiesen. Er hat mehrere Preise auf Landesebene und Bundesebene erhalten. Wie gesagt, bis vor einigen Jahren. Seitdem ist er abgesackt, verfolgt seinen Beruf nur noch halbherzig. Beim ›Westdeutschen Kurier‹ ist er seit acht Monaten in der Hauptredaktion zuständig für ...«, Sommerfeld atmete tief ein, »er ist zuständig für Europa.«

Bloßfeld kannte die Arbeit des Bundesamtes für Verfassungsschutz. Er wußte, daß die Behörde gut informiert war, ein Archiv vom Allerfeinsten besaß. Doch er hatte schon staunen müssen, als er die Sommerfeld gegen zehn Uhr angerufen, und sie sich keine Viertelstunde später mit den Details zurückgemeldet hatte. Wilhelms, so hatte ihm Sommerfeld versichert, sei weder rechter noch linker Extreme zuzuordnen, sei bislang auch nicht übermäßig aufgefallen. Dennoch besaß der Verfassungsschutz präzise Informationen über ihn.

»Kurz vor zwölf habe ich auch noch ein paar Informationen über diesen Herrn Wilhelms erhalten.« Es war das erste Mal, daß sich Klaus Kulitz in dieser Nacht zu Wort meldete. Der Sonderbeauftragte des Bundeskriminalamtes war allen sehr sympathisch. Der riesige, stattliche, aber nicht fettleibige Kerl hatte mit Bloßfeld schon mehrere Fälle bearbeitet. Wenn es eine die Nachrichtendienste übergreifende Angelegenheit zu behandeln gab, war Kulitz seit sechs Jahren zur Stelle. Er koordinierte die polizeilichen Landesbehörden, sah sich als Stütze und Hilfe, wollte jedoch nie an Entscheidungen mitwirken.

»Wilhelms ist der örtlichen Polizei ein Begriff. Er scheint sehr beliebt zu sein, auch unter den leitenden Kollegen. Er war drei Jahre Polizeireporter. Das heißt – das möchte ich hier nur zu bedenken geben –, daß wir den Jungen nicht einfach einkassieren können, ohne daß uns von der örtlichen Behörde oder der Landesbehörde Fragen gestellt werden.«

»Wir haben den Haftbefehl«, meinte der Koordinator.

»Nicht nur das«, ergänzte Mechthild Sommerfeld. Alle schauten sie an.

»Wir haben in der Fahndungsmitteilung auch auf die Gefahr des Schußwaffengebrauchs hingewiesen.«

»Bitte – was?«

»Nun, erstens liegt das bei der Anschuldigung nahe. Zweitens bewirkt es Aufmerksamkeit, und drittens signalisiert es Wilhelms' Freunden bei der örtlichen Polizei, daß er wohl doch nicht so ein braver Junge ist.«

»Aber ...«

»Das ist immer noch nicht alles«, unterbrach die Verfassungsschützerin mit trockener Stimme. »Im Haftbefehl ist vermerkt, daß bei Festnahme eine unverzügliche Überstellung zur zuständigen Dienststelle zu erfolgen hat. Sprich: zum BKA.« Sie schaute zu Kulitz.

»Ja, das ist richtig und auch schon abgesprochen. Es ist sichergestellt, daß immer ein Beamter in der Stadt sein wird, so daß Wilhelms bei einer Festnahme nicht großartig plappern kann.«

Der BKA-Mann hob ruckartig beide Hände, kramte dann in seinen Papieren. Er schien noch irgend etwas mitteilen zu wollen. Keiner unterbrach. In sechs Jahren hatte man sich an seine Unordnung gewöhnt. Nur der Staatsminister räusperte sich ungeduldig.

»Hier hab' ich's. Wilhelms hat mehrere Frauengeschichten am Laufen. Scheint nach Aussage einer Nachbarin, die in einem der Nachbarhäuser einen Krämerladen führt, ein kleiner Casanova zu sein. Eine seiner Liebschaften, sie soll eine engere Vertraute sein, heißt Katja Melzer. Sie ist seit kurzem Chefin vom Dienst beim ›Westdeutschen Kurier‹.«

»Wird sie überwacht?« fragte Bloßfeld.

»Noch nicht.« Kulitz schüttelte den Kopf.

»Und warum nicht, wenn ich mal fragen darf?« stieß der Koordinator hervor.

»Na, sie ist Journalistin aus der ›Kurier‹-Chefetage. Aber kein Problem«, nickte Kulitz plötzlich und zuckte dabei die Schultern, »dann kommen sie und der ›Kurier‹ auch auf die Liste.«

»Sind Sie wahnsinnig!« Der Koordinator tobte. »Melzer. Nicht der ›Kurier‹!«

»Na schön, dann übernehmen wir das«, stimmte Sommerfeld ein, und mit Blick zu Kellinghausen: »Ihre Behörde kann das ja wohl schlecht, oder?«

Es war in der Vergangenheit nicht oft vorgekommen, daß die Kompetenzfrage, die Diskussion um Abwägung der Grenzen der Nachrichtendienste so strittig war. Der BND konnte nicht ohne weiteres innerhalb der eigenen Staatsgrenzen agieren. Das Bundesamt für Verfassungsschutz hatte zwar die Aufgabe, Schutz zu bieten ›gegen Bestrebungen, die gegen den Zustand oder die Sicherheit des Bundes oder eines Landes gerichtet sind‹, durfte jedoch die Aufgaben der Polizei nicht schneiden. Das BKA wiederum träumte von amerikanischen Verhältnissen, da polizeiliche Aufgaben in Deutschland der Länderhoheit unterlagen. Bloßfeld verstand die Nervosität des Staatsministers. Dieser hatte auch gleichzeitig noch die politischen Gremien im Nacken. Ein Fehltritt, eine Veröffentlichung, und er konnte seine Koffer packen. Bloßfeld mochte ihn nicht, und er wollte nicht mit ihm tauschen.

»Herr Bloßfeld, halten Sie mich ständig auf dem neuesten Stand. Sie leiten auch weiterhin Informationen und Aufgaben zu den einzelnen Dienststellen weiter. Frau Sommerfeld, meine Herren, ich darf Sie noch einmal daran erinnern, daß bei jedem Schritt die Zuständigkeit überprüft werden muß. Sollten Sie auch nur annähernd Ihre Kompetenzen überschreiten müssen, geben Sie es an Bloßfelds Leute. Dafür sind sie da. Dafür haben wir die Gruppe eingerichtet. Des weiteren liegt mir eine Bestätigung des Kanzlers vor, daß in dieser Angelegenheit auch Bloßfelds Gruppe federführend ist. Sie wird übrigens morgen personell aufgestockt.«

»Bekommen wir davon eine Kopie?« unterbrach Sommerfeld. Das Bundesamt für Verfassungsschutz war eine dem Bundesministerium des Innern unterstellte Behörde.

Ihr Minister war ein Überkorrekter, ein Pedant, brutal bei Mißerfolgen, besonders bei Fällen, von denen er nicht unterrichtet worden war. Sie wollte sichergehen.

»Bekommen Sie«, schnauzte der Staatsminister. »Zuletzt noch zwei Dinge. Herr Kellinghausen, gibt es irgend etwas Neues aus Rußland?«

»Nein, Herr Staatsminister«, antwortete der alte Fritz fast schon übertrieben höflich, »nur, daß sich die Gerüchte verhärten. Die Monarchisten mobilisieren alles. Mittlerweile werden sie sogar von den Kommunisten ernst genommen.«

»Und zweitens, Frau Sommerfeld, was ist mit den Russen hier?«

»Entschuldigung«, unterbrach Bloßfeld, »aber ich habe Kutschnekov achtundvierzig Stunden Zeit gegeben, seine Leute abzuziehen. Er hat noch bis heute abend Zeit.«

Der Koordinator nickte, stand auf. Die Konferenz war beendet.

Bloßfeld und Leitner verließen das Bürogebäude gleichzeitig. Es war bereits kurz vor zwei. Die Straßen waren naß. Die Millionenmetropole Köln schien ausgestorben zu sein. Leitner hatte noch kurz mit der Sonderzentrale telefoniert. Wilhelms war noch nicht gefunden worden. Es lagen zwei Anfragen der nordrhein-westfälischen Landespolizeibehörde vor, eine aus dem Innenministerium Düsseldorf.

»Das hat Zeit bis heute mittag«, sagte Bloßfeld, »was hältst du von einer Currywurst?«

»Was hältst du von dem Haftbefehl?« stellte Leitner eine Gegenfrage. »Meinst du nicht auch, daß wir da etwas zu voreilig waren?«

Bloßfeld kannte den besorgten Ton in der Stimme seines Partners. Oft hörte er diese Besorgnis nicht heraus, doch wenn sie ihm zu Ohren kam, bestand Grund zu größter Vorsicht. Leitner besaß ein Gespür für aufkommende Desaster. Der Tonfall war ernst zu nehmen.

»Wegen des Vorwurfs des Landfriedensbruchs und der Unterstützung einer kriminellen, terroristischen Vereinigung hat die Polizei zunächst keinen Einblick in die Ermittlungen. Es existiert bei Verhaftung ein Überstellungsauftrag. Wilhelms ist in vielen kleinen Punkten korrupt, neigt zu Bestechungen. Er war ein guter Journalist, ist jetzt ein Säufer. Er hat alle Ideale verloren. Die Sommerfeld hat es mir vorhin gesagt. Das paßt doch alles zusammen. Was ist jetzt mit der Currywurst?«

»Richtig. Du sagst es. Er war ein guter Journalist. Lange. Wenn der sich in die Enge getrieben fühlt ...« Leitner sprach mit Absicht nicht weiter.

»Wir haben keine andere Chance. Wir können ihn nicht frei rumlaufen lassen. Ich habe mit Sommerfeld und Kulitz alles besprochen. Wir werden morgen mit allem nötigen Glanz und Gloria die Redaktion durchsuchen. Nur Wilhelms' Areal. Wilhelms wird als Privatperson gesucht. Nicht als Journalist. Beim ›Kurier‹ weiß man doch auch, daß er korrupt ist, oder ahnt es zumindest. Die werden einen Teufel tun, uns hinzuhalten. Macht sich sicherlich nicht gut für eine große Zeitung, wenn so ein Fall aus der Hauptredaktion publik wird. Tolle Schlagzeile: ›Führender ›Kurier‹-Redakteur unterstützt Terroristen!‹ Was ist jetzt mit der Currywurst?«

»Was ist, wenn Wilhelms die BSE-Geschichte ausposaunt? Auch eine tolle Schlagzeile.« Leitner gab keine Ruhe.

»Das ist mir scheißegal. Er ist Redakteur, zuständig für Europa. Irgendwelche blöden Briten, die Haß auf ihre Regierung haben oder hartnäckige EU-Gegner sind, könnten ihm das zugeschustert haben. Ist mir wirklich egal, ob er was schreibt. Hauptsache ist, er schreibt nichts über die

UEG, über Breuer, über Stolzenberg. Der Haftbefehl besteht nicht, weil wir eine Veröffentlichung dieses Rinderskandals verhindern wollen.«

»Wenn Wilhelms von Strombach aber ...« Leitner unterbrach sich und schaute zurück zum Haupteingang des Verfassungsschutz-Gebäudes. Der Koordinator eilte durch den breiten, hell beleuchteten Korridor auf die Tür zu. Leitner hob schnell den Autoschlüssel, warf ihn zu Bloßfeld hinüber und deutete auf die Panzerglastür.

»Los, ab zur Currywurst! Aber schnell!«

Beide lachten. Es war seit langem wieder das erste Mal.

10 Erst gegen 22.00 Uhr war es ruhig geworden. Die letzten Lichter waren gelöscht worden. Es herrschte eine beklemmende Stille, eine lauernde Atmosphäre. Jeder Schritt mußte sorgfältig gewählt und zuvor genaustens geplant werden. Sie hatte kein Auge zugetan, hatte immer wieder einen Blick auf den großen Zeiger ihrer kleinen, zierlichen Armbanduhr geworfen, ihn geduldig beobachtet und abgewartet, bis er dreimal die Runde vollendet hatte. Nun konnte sie sicher sein, daß das Haus und seine Bewohner in den Tiefschlaf gefallen waren. Anna drückte vorsichtig die Klinke ihrer Zimmertür hinunter. Millimeter für Millimeter öffnete sie die Eichentür und blickte in den dunklen, ruhigen Gang. Gespenstisch erschien er ihr, und Anna erinnerte sich erstmals wieder an die Worte der Kinder, die sie vor dem Spukschloß mit den Wölfen gewarnt hatten. Sie schloß die Tür hinter sich und schlich zur Treppe. Jede Stufe hatte sie sich eingeprägt. Die oberen waren sicher. Erst die achte und zehnte begannen zu knarren, wenn sie zu dicht am Geländer betreten wurden. Die andere Seite war weitaus unproblematischer. Dort konnte sie allerdings nicht mehr reagieren, falls Unerwartetes von unten oder oben nahte. Und für Überraschungen war das Haus gut.

Prinz Heinrich von Oranienbrug war der erste gewesen, der ihr nach dem Frühstück unerwartet gegenübergestanden hatte. Sie war vom Briefkasten an der Eingangspforte gekommen, hatte in einem kleinen Leinenbeutel mehrere Zeitschriften und Magazine die Anhöhe hinaufgetragen und hatte den hinteren Eingang benutzen wollen, um sich direkt ein Bild über die Zugänge zum Haus zu machen. In strenger Haltung entschuldigte Oranienbrug sich förmlich für die ersten Mißverständnisse, »die nun mal in einer doch für beide Seiten neuen Situation auftreten könnten«.

»Fräulein Anna«, lächelte er ihr ins Gesicht und drückte dabei seinen kranken Rücken durch, um ihr gegenüber an Größe zu gewinnen, »ich war so frei und habe mir erlaubt, die Liste von Josef für Sie etwas zu variieren. Es sind nicht viele Aufgaben hinzugekommen, aber ich bitte Sie, diese neuen nicht zu vernachlässigen. Sie sind auf Sie abgestimmt und machen Ihnen das Leben hier sicherlich angenehmer. Dazu kommen einige kleine Hinweise, die, ich würde sagen, auf die Gepflogenheiten dieses Hauses eingehen.«

Der Prinz reichte ihr den Zettel. Anna setzte zu einer Art Verbeugung an – zu einem angedeuteten Knicks vor dem Herrn – und lächelte zurück. Ihre Augen flogen quer über das kleine Blatt. Die Schrift des Prinzen war die nach dem deutschen Grafiker Ludwig Sütterlin benannte, die als Schreibschrift Ende der dreißiger Jahre in deutschen Schulen eingeführt worden war und nicht lange Bestand gehabt hatte. Anna sagte nichts, lächelte weiterhin und überlegte einen Moment, ob der Zettel eine weitere Prüfung darstellte. Sie dankte erst höflich, nachdem sie über dem Wort *Hinweise* das zweimal unterstrichene *Vertrauliche Anmerkungen* gelesen hatte. Vor jedem der Greise war sie gewarnt worden. Vor dem Prinzen und vor dem General besonders. Während der letztere aufgrund seiner außerordentlich ausgeprägten Skepsis mit besonderer Vorsicht zu genießen war, war Oranienbrug ständig auf der Suche nach einer Möglichkeit, sich zu beweisen. Auch jetzt war es offensichtlich, daß er das kleine Papier ohne Absprache mit den anderen entworfen hatte.

»Ich hoffe, Sie werden sich bei uns wohl fühlen«, zitierte der Prinz sie zurück, als sie mit den Zeitschriften und Magazinen gehen wollte. »Und ich hoffe, daß Sie uns ein wenig länger erhalten bleiben.«

»Ein wenig länger?« fragte Anna unschuldig, als habe sie die Anspielung nicht verstanden.

»Nun, wir sind schließlich auf kontinuierliche Mitarbeit angewiesen. Es ist nicht gerade einfach für uns, in der heutigen Zeit eine qualifizierte Arbeitskraft zu finden, die nicht nur dem altenpflegerischen Anspruch gerecht wird. Mir ist es ganz wichtig, Fräulein Anna, daß Sie sich hier wohl fühlen. Wenn Sie irgendwelche Sorgen haben, bitte, wenden Sie sich vertrauensvoll an mich.«

Der Prinz nickte. Damit war sie entlassen. Ihr war nicht entgangen, daß ihr Gespräch gleich von mehreren Seiten beobachtet worden war. Die Freiherren von der Schlei und von Lausitz standen vor ihren benachbarten Beeten und hatten ihren allmorgendlichen Streit für Minuten unterbrochen. Durch die Seitenfenster der Bibliothek war ebenfalls eine Gestalt schemenhaft zu erkennen. Es konnte nur Fürst Hermann-Dietrich von Ryn-Gladenberg gewesen sein, da der Baron sich gleich nach dem Frühstück in seinem Arbeitszimmer verschanzt hatte und Altmühl-Ansbach im Flur des hinteren Eingangs bereits auf sie wartete.

In der einen Hand hielt der General einen Stock, in der anderen ein Taschentuch, mit dem er mehrmals über seine verschwitzte Stirn rieb.

»Sie haben die Zeitschriften«, fragte er in militärischem Ton, versteckte sein vollgesogenes Tuch in der linken Jakkentasche und streckte ihr seine magere Hand entgegen.

»Welches Magazin bevorzugen Sie?«

»Ich bevorzuge keines, mein Kind«, antwortete Altmühl-Ansbach scharf, »es gibt kaum gute Zeitungen, Zeitschriften oder Magazine. Sie sind alle gleich.« Er nannte nicht den Grund für sein Urteil, denn er hätte eine seiner Schwächen preisgeben müssen. Es existierte kaum ein Printmedium auf dem bundesdeutschen Markt, das in solch großen Lettern gedruckt wurde, daß der General es noch mühelos hätte lesen können. Eine Schwäche, die er mit allen Herren des Hauses gemein hatte. Doch keiner von ihnen stand zu dieser sichtbaren Altersschwäche. Anna half ihm eher unbeabsichtigt aus der Klemme, in die er sich nun hineinmanövriert hatte. Sie holte wahllos vier Magazine aus dem Leinenbeutel. Der General griff schnell nach dem untersten und verschwand schleppenden Schrittes und auf den Stock gestützt.

»Sie dürfen es ihm nicht übelnehmen«, sagte Oranienbrug grinsend. Er war lediglich hinter den Pfeiler der Pforte getreten, hatte das Gespräch verfolgt, stand jetzt wieder in der hinteren Eingangstür, drehte sich nun aber um und setzte seinen Spaziergang ums Haus fort. Währenddessen malte Ryn-Gladenberg in der Bibliothek in seine neuangelegte Kladde fein säuberlich:

Die Dame, die sich uns bereits gestern abend völlig überraschend als Anna vorstellte, bringt einen erfrischenden Zug ins Haus. Sie gibt uns störrischen Streitenden einen neuen Sinn und verjüngt unsere Gedanken und unsere physische

Kraft. Oranienbrug konnte bereits sein Organisationstalent in voller Vielfalt unter Beweis stellen, hatte wieder einmal ohne Absprache einen Alleingang unternommen. Jeder weiß es. Doch keiner würde ihm dieses Vergnügen mißgönnen. Die Beete mit Kräutern und Blumen müssen von der guten Seele Josef seit heute morgen besonders auffällig geschmückt werden. Stritten sich die Züchter sonst über die Reihenfolge der Pflege – jeder wollte sein Beet zuerst behandelt wissen –, überfiel die Freiherren heute morgen eine starke Zurückhaltung. Jeder wartete ab und wollte hören, welche gärtnerischen Aufträge Josef vom anderen erhielt. Ich hingegen bin glücklich und zufrieden, wieder schreiben zu können. Lange habe ich Seiten mit Wiederkehrendem gefüllt. Nicht daß es mich langweilte, doch neue Gegebenheiten beleuchten Altbewährtes in anderem Licht, provozieren die Bildung neuer Schatten. Auch ich werde bei nächster Gelegenheit versuchen, den Kontakt zu diesem Fräulein Anna zu finden. Gleich, wer sie nun ist. Sorgen bereitet uns allen nur der Baron, von dem wir eine Antwort erwarten. Sie blieb bislang aus. Und sie ist noch nicht in Sicht.

An den Fußleisten der ersten Etage brannten kleine Notlampen, wie sie von Kinderzimmern bekannt sind. Sie waren einfach in Stromdosen gesteckt, in kürzeren und längeren Abständen. Sie wiesen den Weg zu den Toilettenräumen, mit denen das Haus reichlich ausgestattet war. Auch wenn einzelne Appartements nicht zu erkennen waren, hatte doch jeder der Bewohner ein eigenes kleines Reich. Dazu zählten ein Schlafraum, ein privater Empfangsraum sowie ein kleines Arbeitszimmer. Empfangsraum, Arbeitszimmer und Schlafraum waren miteinander durch Türen verbunden. Bad und Toilette stießen in einer Art Sackgasse an den Schlafraum an.

Anna sah in den Westflügel, dann in den Gang, der

direkt unter ihr Zimmer führte. Sie glaubte ein Schnarchgeräusch zu hören. Es schien vom Ende des Flures zu kommen, wo sich die Räumlichkeiten der Freiherren befanden. Anna schlich weiter. Die Stufen zum Parterre, zur Eingangshalle waren sicher. Am unteren Treppenabsatz mußte sie sich entscheiden. Zur Küche und zu den Diensträumen des Personals führte eine breite Tür unterhalb der Treppe. Der Eingang zum Speisesaal lag seitlich daneben. Genau gegenüber befand sich die Bibliothek, der Hauptaufenthaltsort der Herrschaften. Die Bezeichnung »Bibliothek« konnte aufgrund der hohen Bücherregale bestehenbleiben. Der große Raum war jedoch mehr ein Treffpunkt, ein Diskussionsforum, das wie das Haus eine Einheit darstellte und die speziellen Beschäftigungswünsche jedes einzelnen Bewohners erfüllte.

Als sie am späten Vormittag den Arzt aus Kelbra mit empfangen durfte, hatte sie erstmals die Möglichkeit, sich näher umzusehen. Die Bibliothek war in mehrere Sitzecken und Sitzkombinationen aufgeteilt. Hohe Sessel und stabile Stühle standen weitläufig verteilt um große, schmale, andere um kleine, aber dafür breitere Tische. Jeder der Alten schien ein bevorzugtes Terrain zu haben. An der hinteren Wand vor dem größten Fenster der Bibliothek war der Sitz des Generals, deutlich an den grauen, auf Pinsel und Farbe wartenden Zinnsoldaten zu erkennen. Der Tisch war nur auf einer Seite mit einer Plastikfolie abgedeckt. Auf ihr standen mehrere Töpfchen mit Lacken, feinen und groben Modellierpinseln und eine kleine, gewölbte Palette zum Mischen der Farben. Zwei Fenster weiter begann offenbar von der Schleis Gebiet. Ein Sessel war, etwas weiter vom Fenster entfernt so in Richtung Garten gestellt, daß der, der auf ihm saß, nur das noch im Winterschlaf liegende Rosenbeet und den Eingang zum Wintergarten sehen konnte.

Die Mitte der Bibliothek beherrschte ein starkes Schachbrett aus Granit. Die Figuren in elfenbeinfarbenem und schwarzgrauem Marmor hatten feine Züge. Sie waren preußisch, wie der Baron es liebte. Die Läufer glichen eindeutig den berühmten »langen Kerls« unter Friedrich Wilhelm I. Die Dame trug Handschuhe und Sonnenschirm, die Reiter keine Rüstung, sondern eine Gardeuniform. Die mit Abstand imposanteste Erscheinung war unumstritten der König, der mit Krone, Zepter und Reichsapfel versuchte, die preußische Sparsamkeit um sich herum vergessen zu machen. Der Herrscher zeigte sich, obwohl er pompös ausgestrahlt war, nicht zeitgemäß. Ein Kompromiß, den die Spieler bei der Anschaffung der Figuren wohl hatten eingehen müssen.

»Spielen Sie Schach, Fräulein Anna?« hatte der Prinz gefragt, nachdem sie ihm, Lausitz, Schlei und Ryn-Gladenberg die ersten drei Seiten aus der Tageszeitung vorgelesen hatte. Sie mußte meist nur die fettgedruckten Anfänge lesen, dann am Übergang zum Fließtext eine kleinere Pause machen und aufblicken. Wenn die vier Herren nickten, wechselte sie zum nächsten Artikel. Blieb ein Zeichen aus, las sie weiter. Keiner hatte ihr diese Gewohnheit erklärt. Dreimal hatten die Zuhörer sie unterbrochen. Beim vierten Mal blickte sie ganz von selbst auf. Beim sechsten Mal begriff sie, was Nicken und Stillschweigen bedeuteten.

Oranienbrug beantwortete die Frage selbst, bevor sie ansetzen konnte. »Verzeihung, natürlich spielen Sie Schach. In Ihren Adern fließt schließlich auch das Blut eines großartig schachspielenden Volkes.« Damit lehnte sich der Prinz wieder zurück. Anna vernahm ein deutliches Räuspern des Generals, für den die Bemerkung über die deutsch-russische Herkunft der neuen Pflegerin zu laut, zu früh, zu überraschend kam. General

Franz-Josef Graf von Altmühl-Ansbach saß in seiner Ecke und blätterte in einem Katalog, der Uniformen aus dem Dreißigjährigen Krieg zeigte. Dennoch hörte er jedes Wort, konzentrierte sich darauf, auch die Zeitungsartikel zu verstehen.

Anna nahm den Hinweis dankend auf, blätterte zur vierten Zeitungsseite um, fing jedoch nicht an zu lesen. Sie wollte das Gespräch vertiefen, wollte auf ihre russische Identität zu sprechen kommen. Sie wußte, daß die Herren das Thema reizte, daß sie ihre Fragen stellten, ja daß sie sie ausfragen wollten. Doch sie hätten nie den Anfang gemacht. Sie durfte sie auch nicht erkennbar locken.

»Nun, ich kenne die Regeln und spiele auch Schach. Doch in Rußland spielen Frauen und Männer nicht gemeinsam an einem Brett. Oft spielen wir gar nicht, sondern schauen uns die Partie aus einer gewissen Entfernung an. Zuschauen, so sagen die Russen, mache das Spiel oft reizvoller, sei ein größerer Genuß, als wenn man selbst spiele.«

Keiner reagierte auf ihre Worte. Nur Fürst Hermann-Dietrich von Ryn-Gladenberg schlug im Hinterhalt langsam und leise seine Kladde auf, suchte nach den letzten Eintragungen, nahm die Kappe seines Füllfederhalters vorsichtig ab und malte Buchstaben für Buchstaben:

Sie weiß zu schmeicheln, weiß, auf unebenstem Betonboden einen roten Teppich, auf dünnem Glasboden schwere Marmorfliesen zu legen. Sie hat in den letzten vierundzwanzig Stunden gelernt, die ungeliebte, aufhaltende Wahrheit geschickt zu verpacken, nicht mehr mit Lügen Höflichkeit vorzutäuschen. Sie liest aus der Zeitung mit stolzem, betontem Akzent und führt uns vor.

»Das beste Spiel heißt: Sieh zu! Ein deutsches Sprichwort«, sagte von der Schlei und wartete auf eine Reaktion. Die erschallte prompt aus der Generals-Ecke zwischen Taschentüchern und Zinnsoldaten, Katalog und Farbtöpfchen:

»Zuwenig und zuviel ist des Teufels Spiel. Ein anderes deutsches Sprichwort, lieber von der Schlei.«

»Kultur«, sagte Anna schnell, um die Spannung zu senken. Dabei blickte sie von der Titelzeile der Zeitung hoch und erkannte dann ihre vier Zuhörer der Reihe nach an. Sie wartete auf ein Zeichen. Es blieb aus. Sie wollte beginnen, doch Oranienbrug kam ihr zuvor.

»Lassen Sie es gut sein, Fräulein Anna! Die Kulturseiten beschränken sich heute nur noch auf dubiose Preise, die noch dubioseren Schauspielern oder Regisseuren verliehen werden. Premieren von guten, alten Stücken können wir nichts mehr abgewinnen. Das moderne Theater versucht immer mehr, modernste Gegebenheiten in zweihundert Jahre alte Dialoge zu drücken. Da werden halbe Hubschrauber auf die Bühne gebracht, Triebwerke von Militärflugzeugen bilden das Podest. Sitze werden aus dem Zuschauerraum herausgerissen, Kissen werden verteilt, um ein Gemeinschaftsgefüge zu symbolisieren. Dabei sind die Probleme der Menschen heute die gleichen wie vor fünfzig, hundert oder zweihundert Jahren.«

»Es sind nicht die gleichen Probleme«, widersprach von Lausitz energisch, »es sind die gleichen Ursachen, die immer wieder zu gesellschaftlichen, mitmenschlichen Problemen führen.« Für eine weitere Erklärung seiner Gedanken wurde dem Kräuterexperten die Möglichkeit gleich von zwei Seiten entzogen. Freiherr von der Schlei stieß urplötzlich ein »Jede Lösung eines Problems ist ein neues Problem« aus und fügte anschließend, mehr entschuldigend, noch hinzu: »Goethe.« Resoluter dagegen war wieder die Stimme des Generals, der nun versuchte, hinter seinen Malutensilien aufzustehen, den Stock jedoch so schnell nicht richtig zu fassen bekam.

»Es ist der Glaube, der fehlt«, sagte Altmühl-Ansbach feststellend, »und die Hoffnung, die daraus resultiert. Noch nie war ein Volk, ein Staat, so religionslos.« Er blickte auf Anna, die immer noch die Kulturseite aufgeschlagen vor sich liegen hatte. »Freiwillig religionslos. Nicht daß die Religionsausübung verboten sei«, ergänzte er sofort. »Länder, die Religion verboten, hatten noch nie eine Chance auf eine Zukunft. Das verbindet unsere Völker und Staaten, Fräulein Anna.« Dann wandte er sich seinen Mitbewohnern zu. »Probleme, gleich welcher Natur, entstehen aufgrund heidnischer Hoffnungslosigkeit. Das führte immer schon zum Hinvegetieren, zum gedankenlosen, ziellosen Sich-treiben-Lassen. Auch weltliche Veränderungen von Mächten, Herrschern, Kräften basierten immer auf einer starken, von der Religion geprägten Glaubensbasis. Nur diese Veränderungen, nur diese Mächte konnten bestehen, konnten Probleme lösen, konnten dafür sorgen, daß Probleme nicht übermäßig und konzentriert entstanden.«

Der General suchte nach einem frischen Taschentuch. Dazu mußte er seinen Stock beiseite legen. Er stützte sich an der Tischkante ab.

»Darf ich Ihnen neue Tücher holen?« fragte Anna schnell. Der schwitzende General überlegte einen Moment und schaute zu seinen Freunden. Sie sagten nichts. Sie nickten nicht. Altmühl-Ansbach dachte kurz darüber nach, was er in seinen Zimmern verbarg, und stimmte zu.

Anna erinnerte sich an die Räume. Sie fand die Taschentücher in der Schublade, die der General ihr beschrieben hatte. Sieben weitere hatte sie zuvor geöffnet, ohne etwas Auffälliges zu finden.

In der Bibliothek würde es ihr nun wahrscheinlich ebenso ergehen. Doch sie wollte sich im Schutze der Nacht zumindest einmal umschauen. Vor allem das Schreibpult des emsigen Fürsten weckte ihre Neugier. Sie wollte nicht spionieren. Sie wußte schließlich nicht einmal, wonach sie suchen sollte. Die Alten hatten schlicht ihr Interesse geweckt. Sie wollte sie kennenlernen, auch ihre spontane Bewunderung für die Greise verstehen können.

Nur weil der Schnee vor dem Haus das Licht des Mondes reflektierte, gelang es ihr, die Klinke der Bibliothekstür sofort zu greifen. Die Scharniere knarrten. Erst als sie die Tür geschlossen hatte, schaltete sie das Licht der schwungvoll gebogenen Standlampe an. Sie hatte sich die Position des Fußschalters gemerkt. Obwohl die Lampe aus den dreißiger Jahren stammte, war der Schalter nachträglich mit einem Dimmer ausgestattet worden. Sie drehte den Knopf zurück. Die Helligkeit nahm ab. Ihr erster Blick richtete sich zu den Fenstern. Die Vorhänge waren zugezogen worden. Die Räume des Barons lagen exakt über der Bibliothek. Er schlief immer mit geöffneten Vorhängen.

Anna schritt an der Leseecke vorbei, stand nun vor dem gewaltigen Granit-Schachbrett. »Schah mata«, erinnerte sie sich plötzlich an die ursprüngliche Bedeutung des Spielnamens und an deren Übersetzung: »Der König ist tot.« Sie vertiefte sich für einen Moment in die Positionen der Figuren. Sie hatte vor dem Abendessen kurz gesehen, daß von der Schlei gegen den General spielte. Die Partie dauerte nun den vierten Tag an. Bis zu zwei, manchmal drei Wochen, so hatte Josef beschrieben, säßen die Männer an einem Spiel. Anna wunderte es nicht, hatte sie seit ihrer Ankunft gerade einmal fünf Züge miterleben können. Sie kannte das Spiel gut, konnte sogar zurückverfolgen, wie die Partie eröffnet worden war. Sowohl von der Schlei als auch von Altmühl-Ansbach hatten mit dem Damenbauer eröffnet. Die ersten Figuren mußten ähnlich gezogen worden sein. Die Reiter waren vor die Bauerngrundlinie gesprungen. Anna erinnerte sich, wie Altmühl-Ansbach zum Springertausch angesetzt hatte. Durch ihn hatte er einen Bauern sowie an Tempo gewonnen. Sie erinnerte sich auch an das verborgene Lächeln des Hausherrn, der diesem Stadium der Partie wieder beigewohnt hatte. Ihm gefiel das abwartende Spiel von der Schleis, nicht das voreilige Drängen des Generals. Nach dem Austausch hatten beide Marmorreiter und Schleis grauschwarzer Damenbauer wie geplant neben dem Brett gestanden. Doch die Truppe des Generals war nun zersplittert, unorganisiert, desorientiert, während nur der »weibliche Sonnenschirm«, die Dame des Freiherrn, auf G 6 wartete und die linke Flanke von Elfenbeinweiß bedrohte. Alle anderen Figuren harrten abwartend in ihren Ausgangspositionen und bildeten eine geschlossene, bedachte Vereinigung. Gerade in dieser für eine Eröffnung entscheidenden Phase offenbarten die Spieler ihren Charakter, sowohl einander als auch den Zuschauern. Der Baron war defensiv und abwartend, von Lausitz liebte ebenfalls die Ruhe, aber auch den Reiz des Spiels. Ihm war anzusehen, daß nicht der Sieg für ihn das maßgebliche Kriterium war. Dies verband ihn mit von der Schlei, der unter allen Umständen versuchte, das Spiel in die Länge zu ziehen. Er genoß nicht nur den Verlauf, vielmehr die begleitende Kommunikation. Prinz Heinrich von Oranienbrug wiederum spielte Schach, weil es das Spiel der Könige war, weil er als einziger Bewohner des Hauses keiner weiteren, konkreten, favorisierten Freizeitbeschäftigung nachging. Etwas zurückgezogen beobachtete der Analytiker des Anwesens den Spielverlauf. Fürst Hermann-Dietrich von Ryn-Gladenberg spielte nie, notierte dafür jeden Zug in eine spezielle Kladde.

Läufer auf D 3, dachte Anna und ging, noch in Gedanken an die nächsten Züge, zu dem Pult des Fürsten. Sie konnte sich denken, daß der General weiter Druck ausüben und von der Schlei sich weigern würde, seine Verbände zu öffnen und Risiken einzugehen.

Das Pult, ein leicht schräg angewinkelter Schreibtisch im Biedermeierstil mit Schubladen, war abgeschlossen. Es war ein einfaches Schloß. Anna hätte es mit einer schlichten Haarnadel öffnen können. Doch sie verwarf die Idee, ohne sich über den Grund ihrer Entscheidung bewußt zu werden. Sie wollte sich eigentlich nur in Ruhe umsehen. Der Fürst würde ihre Fragen ohnehin in naher Zukunft beantworten. Sie sollte lernen, sie wollte die Greise studieren. Nicht wie eine Fachstudentin aus wissenschaftlicher Distanz, sondern von Grund auf. Sie ging auf die Bücherwand zu und dachte, Dame auf E 6 wäre bei Schleis zurückhaltender, genießerischer Spielweise die einzig sinnvolle Reaktion.

In diesem Moment wurde die Tür geöffnet.

Otto-Wilhelm Baron von Hinrichsburg blickte sie keineswegs überrascht oder entsetzt, sondern eher fragend an. Der Hausherr stand in dunkelbraunem Morgenmantel und braunbeige gestreiften Pantoffeln im Rahmen, sagte kein Wort. Nach einer Weile griff er zum Lichtschalter. Seine Augen taten sich mit der Umstellung an das grelle Licht deutlich schwer. Er schlurfte behäbig auf sie zu.

»Man hat mir schon berichtet, daß Sie sich für unser

Schachspiel interessieren«, begann er und deutete auf einen der Sessel. Der Baron wählte einen der höheren, steifen Stühle. Er dachte an das Wiederaufstehen. Anna wartete, bis er Platz genommen und seinen zu eng geschnürten Frotteemantel zurechtgerückt hatte.

»Schlei ist zu vorsichtig, Altmühl-Ansbach zu aggressiv und kurzsichtig, was meinen Sie, Fräulein Anna?«

»Ich denke, es kommt auf den Gegner an. Sie kennen sich nicht erst seit gestern, Sie kennen ihre Gewohnheiten, ihre Taktiken.«

»Das ist richtig. Um so bedauernswerter ist die Tatsache, daß wir unsere eigenen charakteristischen Spielzüge nicht ändern. Wir sind offen, kennen Schwächen und Stärken, versuchen sie nicht zu verheimlichen. Wir halten an unseren Prinzipien fest. Sie mögen alt wie wir sein, konservativ, vielleicht etwas zurückgeblieben. Doch wir stehen mit Stolz zu ihnen und ändern unsere Prinzipien nie. Ich weiß schon jetzt, wie sich das Spiel entwickeln wird, doch ich kann Ihnen den Sieger nicht nennen. Ob Aggressivität oder zurückhaltende Risikobereitschaft, ob übereifrige oder abwartende Züge, auch Schwächen können stark ausgespielt werden. Auch der Schwache kann den Triumph davontragen.«

Nur die Lippen des Barons bewegten sich. Der Körper erschien schlaff und leblos. Er wirkte schwach, doch der lebendige Geist spekulierte auf weitere Triumphe.

»Es ist in diesem Haus etwas ungewöhnlich, daß um diese Uhrzeit eine junge, neue Mitarbeiterin die Bibliothek besucht. Ich nehme an, daß Sie nicht die Figuren verschieben wollten. Sicherlich hatten Sie einen triftigen Grund, so spät noch hier vorbeizuschauen.«

»Herr Baron, ich gestehe, ich wollte aus der Bibliothek etwas mitnehmen, nicht stehlen, mehr borgen«, sagte Anna und versuchte ihr ehrlichstes Lächeln zu präsentieren, war aber sofort unschlüssig, ob diese Mimik sie nicht verraten würde. Der Baron hing zusammengesackt auf dem Stuhl, blickte sie nicht einmal an. »Mir sind heute nachmittag einige Ihrer Bücher aufgefallen«, fuhr Anna fort, »Sie haben mehrere Werke über Preußen geschrieben. Ich war zwar sehr müde nach diesem ersten Tag. Es war alles ja auch noch recht neu für mich. Doch ich konnte nicht einschlafen, habe nur ein bißchen gedöst. Als ich wieder wach wurde, wollte ich mich leise hinunterschleichen und eines Ihrer Bücher ausleihen. Ich wollte Sie eigentlich um Erlaubnis bitten, doch dazu gab es leider keine Gelegenheit. Ich hoffe, Sie sind mir nicht böse, und ich habe Sie nicht erschreckt.«

»Nein, nein, Fräulein Anna, das haben Sie nicht.«

»Konnten Sie auch nicht schlafen?«

»Doch ich konnte sehr gut schlafen, danke«, antwortete der Baron. Für Ihn war damit die Frage beantwortet. »Ich empfehle Ihnen Bernt Engelmann. ›Preußen – Land der unbegrenzten Möglichkeiten‹. Eines der detailliertesten und ehrlichsten Betrachtungen preußischer Geschichte. Es steht in der zweiten Reihe, schräg unter dem Rundfunkempfänger. Der dicke schwarze Band. Wenn Sie es gelesen haben, gebe ich Ihnen gerne ein Buch, das ich verfaßt habe. Wenn Sie mich dann jetzt nach oben begleiten würden, wäre ich Ihnen sehr dankbar.«

Anna nahm das Buch, schaute sich interessiert die Umschlagseite an. Kurz schlug sie es auf, blätterte durch bis zum Ende. Vierhundertfünfundzwanzig Seiten eng gedruckt ohne anschließende Anmerkungen, Quellennachweise und Personenregister. Sie wartete, bis der Baron sich erhoben hatte. Deutlich signalisierte er ihr, daß er das Licht löschen und die Tür schließen wollte. Anna lächelte weiterhin höflich, drückte rasch mit dem Fuß den Dimmschalter. Weder in der Eingangshalle noch auf der Treppe gab der Hausherr einen Ton von sich.

»Gute Nacht«, sagte Anna, als sich in der ersten Etage ihre Wege trennten.

11 Er hatte nicht bezahlt, hatte nur mit der Faust auf den Bierdeckel geschlagen, dabei Kelly angesehen und war rausgerannt. Sie wußte, daß er bezahlen würde. Ein Haftbefehl gegen Max Wilhelms? Lächerlich, dachte sie. Sie kannte den Journalisten des »Westdeutschen Kuriers« gut. Er war kein gewöhnlicher Gast. Er war mehr ein Freund. Pöbelei am Tresen, frauenfeindliche Witze in der Öffentlichkeit, vor allem gegen Blondinen, vielleicht im betrunkenen Kopf einige Beleidigungen weit unter der Gürtellinie, das ja. Aber ein Haftbefehl?

Max rannte raus in den Park, durch das Tal, wußte eigentlich nicht so recht, wohin er sollte. »Überlegen, ruhig werden«, ermahnte er sich. Es war der erste auf ihn ausgestellte Haftbefehl in seinem Leben. Er hatte zwar schon dreimal in einer Zelle gesessen – wegen Randale und um auszunüchtern, hatte auch schon mehrfach als Angeklagter vor Gericht gestanden, zuletzt wegen Fahrens ohne Führerschein, und dies auch noch leicht angetrunken. Aber ein Haftbefehl? Er dachte an Einstein, an den Brief, an den Anruf. Was hatte Oma Käthe gesagt? Einstein sei so anders gewesen. Was stand in dem Brief? Max setzte sich auf eine Parkbank. Sie war naß und kalt. Er blickte sich um. Verdammt, schoß es ihm durch den Kopf, ich verhalte mich schon wie ein Verbrecher, wie ein Gejagter! Er verhielt sich richtig. Er war ein Gejagter. Schlimmer: Er war ein Gejagter, aber kein Verbrecher.

An der südlichen Talzufahrt sah er Autoscheinwerfer.

Die Polizei war nun doch auf dem Weg ins »Tal«, dachte er sofort. Sie wußte, wo er zu finden war, hatte wohl der Kellnerin keinen Glauben geschenkt. Mit dem Leiter der K1 war Max eng befreundet. Er war monatlich zu den Stammtischen der Polizeiinspektion 3 gegangen, hatte sogar versucht, die ›Kollegen‹ zu überreden, den Stammtisch ins »Tal« zu verlegen. Das Licht verschwand. Er hatte sich geirrt. Er war wieder allein. Um diese Uhrzeit bewegte sich im Park nichts, nur das, was durch den Wind angetrieben und durch die Regenwürmer angelockt wurde.

Immer wieder dachte er an den Brief. Es konnte nur dieser eine Brief gewesen sein. Der anonyme Anrufer hatte darauf hingewiesen. Der zweite Brief, den er Einstein vor die Tür gelegt hatte, war eine offizielle Mitteilung gewesen. Hundert andere mußten diese Mitteilung bereits gelesen haben. Aber kein anderer außer ihm hatte heute nacht seinen besten Freund verloren.

Was hatte er gelesen? Er mußte sich erinnern. Er hatte die Briefe herausgerissen, dabei die Kuverts zerfetzt. In einem waren mehrere Blätter gewesen. Blätter in üblichem Format. Eine Schwarzweißkopie. Max schloß die Augen, sah das Deckblatt vor sich. Es war ähnlich aufgebaut wie ein Report, ein Bericht, eine Nachricht. Es war zum Teil in englisch verfaßt. Nicht komplett, aber zum Teil. Es war etwas Chemisches, etwas, das er nicht verstanden hatte. Deshalb hatte er diesen Brief auch für Einstein liegenlassen. Der hatte gewußt, wie man mit so etwas umgehen mußte. Bei allem, was er nicht verstanden, wo er kein größeres Interesse gezeigt, was endlos lange Recherchen in Archiven, in Lexika, in Akten bedeutet hatte, hatte er auf die Lust Einsteins zurückgegriffen, der in solchen Recherchen aufgegangen war. Max dachte an den Umschlag. Auf ihm stand *Europa-Redaktion*, eine Redaktion, die der »Westdeutsche Kurier« gar nicht besaß. In keinem Impressum wurde sie erwähnt. Poschmanns Idee war es gewesen, beim »Westdeutschen« einen Redakteur speziell für Europa abzustellen. Poschmann war es auch gewesen, der ihn auf den Posten angesprochen, um eine Bewerbung gebeten hatte.

Max überlegte. Immer wieder blickte er sich um, schreckte hoch, wenn er eine Bewegung verspürte, ein Geräusch hörte. Er mußte zurück in die Wohnung. Er mußte irgendwo schlafen. Er mußte noch einmal versuchen, Katja zu erreichen. Er stand, in Gedanken versunken, langsam auf. Vor Minuten hatte er sich nur schlicht besaufen wollen, nun war er stocknüchtern. Er blickte zurück über das Tal und auf die hügelreiche Umgebung. Auf jeder der Anhöhen wohnten Freunde, die keine Fragen stellen, die ihm helfen und ihr Bestes geben würden. Das nächstgelegene Haus war das seines Freundes Kalle, seines Zeichens cholerischer Friedhofsgärtner und hoffnungsloser Dartspieler. Letzteres verband sie eng. Bei ihm könnte er schlafen. Aber Max wußte, daß er nicht würde schlafen können.

Er dachte erneut an den Brief. Ein Briefkopf war über die gesamte Breite fett gedruckt. *Laboratorium* stand da in Kursiv-Schrift. Daran konnte sich Max nun erinnern. Dann war er nur noch über die Seiten geflogen.

Die Telefonzelle stand an der Ecke Ahrfeldstraße/Ruhrallee. Sie war nicht mehr im traditionellen Gelb gespritzt. Sie besaß bereits das neue zukunftsweisende Design der in Erwartung stehenden Aktiengesellschaft Telekom, in Graumetallic-Pink. Daher verweigerte sie auch die traditionelle Münze, die der gemeine Deutsche nun mal in der Tasche zu haben pflegte. *Kartentelefon* stand in dicken, weißen Lettern auf rotem Hintergrund, und das auch noch schräg mit einem Aufkleber auf die Scheibe gepappt. Max fluchte. Die nächste Zelle, die er freiwillig betreten wollte, die er einigermaßen unauffällig betreten konnte, lag mehr als drei Straßen weiter, ebenfalls an einer Allee, die als Hauptverkehrsstraße in die Stadt führte. Er rannte los.

Max schaute auf die Uhr. Kurz nach zwei. Er kannte Oma Käthes Telefonnummer auswendig. Mit einem Schuldgefühl drückte er verlegen die sechs Tasten.

Das Freizeichen erklang achtmal.

»Bauer.«

»Oma?«

»Wer ist da?«

»Ich bin's. Max.«

»Max«, stöhnte sie verschlafen, »Max, weißt du wieviel Uhr wir haben?«

»Ja, weiß ich. Oma Käthe, bist du wach, bitte, bist du wach?«

Aus der oberen Telefonmuschel knackte es, gluckste es, schluckte es.

»Ich habe kaum einschlafen können. Weißt du, er war ja schon fast wie ein Sohn. Ich habe doch alles für ihn gemacht. Er hat nur anrufen müssen, dann bin ich rübergegangen. Einstein wollte diese Staubsaugerbeutel, und ich habe sie ihm besorgt. Max«, wieder knackte es, gluckste es, schluckte es am anderen Ende, »ich konnte doch das Geschäft nicht so lange alleine lassen. Ich habe ihm ...«

»Oma, bitte«, unterbrach Max sie, »bitte, du mußt mir zuhören. Du mußt mir«, er zögerte, »und du mußt Einstein jetzt einen großen Gefallen tun. Jetzt!«

»Um diese Uhrzeit«, plärrte es aus der Muschel. »Und wieso Einstein? Der ist doch tot! Max, er ist tot. Einstein ist tot!«

Max schaute aus der Zelle. Das grün-weiße Fahrzeug mit dem unübersehbaren Blaulicht-Aufbau kam näher. Er spürte, wie sich seine Glieder verkrampften. Das Auto fuhr an dem beleuchteten Telefonhäuschen vorbei. Max kam sich vor, als stünde er einsam und verlassen auf einer Bühne. Die Scheinwerfer waren auf ihn gerichtet. Die Zelle war ein Präsentierteller.

»Oma, bist du auf Aufnahme?«

»Was?«

»Ob du wach bist? Bitte, es ist wichtig.«

»Das habe ich dir doch gerade gesagt. Ich bin wach. Übrigens war die Polizei bei mir und wollte wissen, was du machst, wo du dich rumtreibst, wann du gewöhnlich nach Hause kommst.« Sie sprach in einem leicht vorwurfsvollen Ton. Für sie war Max' Verhalten unvorstellbar. Wie konnte er nach dem tragischen Verlust seines Freundes den gewohnten Lebensrhythmus fortsetzen?

»Oma, ich muß in die Wohnung. Und nun, bitte, paß auf! Ich muß unerkannt in die Wohnung. Frag mich jetzt bloß nicht warum, bitte«, sagte er schnell und merkte, daß das ständige »Bitte« ihn selbst verunsicherte. Dennoch hielt er daran fest.

»Bitte, mach deinen Laden auf, sortiere einige Artikel von rechts nach links oder von oben nach unten, egal, was du machst, Hauptsache, du machst etwas. Dann geh in unsere Wohnung und warte! Bitte!«

Das Knacken, Glucksen und Schlucken blieb aus. Statt dessen hörte Max nur, wie der Bus an der Haltestelle vor der Zelle bremste.

»Oma, bist du noch dran?« Jede alte Frau hätte in diesem Moment die knisternde Nervosität erkannt. Auch mit Hörgerät.

»Ja, ja, ich bin noch dran. Ich ...«

»Hast du verstanden, was ich gesagt habe?«

»Ich wollte gerade antworten, daß ich es mache. Wenn du mich einmal aussprechen lassen würdest! Und könntest du mir auch noch sagen, warum ich das alles tun soll?«

»Ich sag' es dir gleich. Hab bitte Vertrauen! Vertraue mir! Bitte, vertraue mir«, preschte er vor und hängte den Hörer schnell auf. Bloß keine Fragen mehr, dachte er, und bloß keine Antworten. Je weniger Oma Käthe wußte, desto besser. Erklärungen würden sie nur in Unruhe versetzen, würden sie zur Umsicht zwingen. Sie würde sich wie in einem dieser kitschigen, amerikanischen Filme auf dem kurzen Stück vom Laden zum Haus vierzigmal umdrehen, vielleicht sogar noch mit einem Schleier über dem Kopf, so daß selbst eine läufige Straßenkatze sie aufmerksam beobachten würde.

Max kramte in der rechten Hosentasche. Dreißig Pfennig. Jetzt mußte er Katja anrufen.

Er rief nicht an.

Max steckte die Münzen wieder ein. Er öffnete die Zellentür und ging zurück in Richtung Park. Zwanzig Minuten, schätzte er, brauchte Oma Käthe, bis sie sich angezogen und ihre Zähne eingesetzt hatte. Dann mußte sie ins Geschäft, geschäftig tun und anschließend hinüber zu seinem Haus laufen. Insgesamt würde es also etwas länger als eine halbe Stunde dauern.

Zechensiedlungen aus der Zeit der Jahrhundertwende sind wie Kleinstdörfer, wie Oasen, abgeschnitten von der Umwelt. Der Bergmann der alte Schule kannte neben seiner Arbeit nur noch den Verein und sein Zuhause. Jegliche Freizeitbeschäftigung oder Erholung mußte an das Heim gebunden sein. Ob es der Garten hinterm Kellereingang oder der Taubenschlag im Giebel war. Diese Struktur erlaubte den Architekten und Landschaftsplanern, wenn es solche um die Jahrhundertwende schon gegeben hatte, daß die einzelnen Parzellen so ineinander verschachtelt waren, daß jeder sein Reich besaß, dennoch eine Verbundenheit erkennbar war. Die Folge dieser Konstruktion war ein Geflecht von Zäunen, die kleine Gassen bildeten und ein verwirrendes Labyrinth darstellten. Dieser Zustand kam Max Wilhelms zugute. Er kannte die Siedlung in- und auswendig. Er konnte sich blind durch die Nachbargärten stehlen, entlang der Bretterzäune schleichen, über sie klettern. Er wußte, wo die Laubendächer standen. Und er wußte, daß keine Überwachung seines Hauses von der Rückseite aus möglich war, dort, wo sich der Kellereingang befand und der Notschlüssel unter der Fußmatte lag.

Max schaute wieder auf die Uhr. Sie zeigte kurz vor halb drei. Er blieb stehen, kniff die Augen zusammen. Obwohl er sich plötzlich ganz nüchtern fühlte, zeigten Streß und Alkohol Wirkung. Max stockte kurz, rieb sich mit der Handfläche mehrfach übers Gesicht und kehrte um. Viel zu eilig und hastig, wie er fand, öffnete er zum zweiten Mal die graumetallic-pinkfarbene Zellentür, hob den Hörer ab und drückte die Tasten. Diesmal tat er dies allerdings nicht verlegen und schuldbewußt. Die Fingerkuppe schlug regelrecht auf die Tasten ein.

Er wartete.

»Ja«, stöhnte es verschlafen aus dem Telefonhörer.

»Wilhelms. Max Wilhelms. Paul, ich muß mit dir sprechen.«

»Das kann ich mir denken. Wo bist du?« Die Stimme des örtlichen Polizeipressesprechers klang plötzlich hellwach.

»Also weißt du, worum es geht.«

»Natürlich weiß ich es. Meinst du, es würde ein Haftbefehl gegen einen Journalisten ausgestellt, eine Fahndung ausgeschrieben, ohne daß die Pressestelle benachrichtigt wird?«

Paul Vogelsang hörte sich reichlich genervt an. Der

Kriminalhauptkommissar war Mitglied des Stammtisches der dritten Inspektion, kannte Wilhelms noch aus Zeiten, in denen dieser Polizeireporter bei der Lokalen und er Leiter der Sitte gewesen war und sie regelmäßig miteinander gesoffen hatten. Er war ein feiner Kerl, der den Job in der Pressestelle nur angenommen hatte, um dem Schichtdienst zu entfliehen. Journalistische, redaktionelle Kenntnisse besaß er nicht. Das Schreiben des täglichen Polizeiberichts fiel ihm auch noch nach zweieinhalb Jahren schwer. Doch von den Lokalredakteuren wurde er geschätzt. Paul Vogelsang war kein steifer Beamter, kein auf Bürokratie pochender Korinthenkacker. Er war ein lockerer, sympathischer Bulle. Immer für einen Scherz zu haben.

»Der Haftbefehl, was ist das für ein Haftbefehl?« fragte Max.

»Wo bist du jetzt?«

»Der Haftbefehl, Paul«, schrie Max jetzt und schlug mit den Fingerknöcheln ungeduldig gegen den Zellenrahmen, »was ist das für ein Haftbefehl? Ich habe, verdammt noch mal, absolut keine Ahnung, worum es geht! Was wird mir vorgeworfen? Paul, du mußt mir jetzt helfen!«

»Natürlich helfe ich dir, Max. Ich helfe dir. Sag mir, wo du bist! Oder noch besser, stell dich freiwillig. Das ist das beste. Und dann helfen wir dir. Alle.«

»Okay, ganz langsam, okay«, Max holte tief Luft, versuchte sich zu beruhigen. »Paul, du weißt von Einsteins ...«, er stockte, »von Einsteins Tod. Ja? Davon weißt du. Okay! Paß auf! Einstein war an einer Geschichte dran. An etwas ganz Besonderem, einem Skandal. Einem Riesenskandal. Paul, hörst du zu?«

»Ja, ich höre zu.« Diesmal klang die Antwort noch genervter.

»Ich glaube nicht, daß es ein Unfall war. Ich erstatte

Anzeige. Eine Anzeige gegen Unbekannt. Und die Leute, die an dem Skandal beteiligt sind, die Leute, die Einstein wohl erkannt und gesprochen hat, was weiß ich, diese Leute ...«

»Max«, unterbrach ihn Vogelsang bestimmt.

»Laß mich bitte ausreden, Paul, bitte! Diese Leute wollen mich irgendwie raushalten. Ich weiß nicht warum, Paul, was wird mir vorgeworfen? Wer hat den Haftbefehl ausgestellt?« Max sprach immer schneller, immer lauter.

»Was für ein Skandal ist das? Hast du Beweise?«

»Nein. Habe ich nicht.«

»Hast du irgendwelche Anhaltspunkte?«

»Nein, äh, das heißt, doch, ich habe welche. Ich habe einen Brief bekommen, da steht alles drin. Und ich habe einen Anruf bekommen. Heute nachmittag, also gestern nachmittag. Er hat gesagt, daß es ein Skandal sci und daß sich mein Le ...«

»Max, wer hat dich angerufen?«

»Weiß ich nicht. War anonym.«

»Hast du den Brief?«

»Nein.«

»Wo ist der Brief?«

»Ich weiß es nicht, Paul, ich weiß es nicht.«

Es hatte angefangen zu regnen. Der Wind hatte zugenommen. Die Tropfen kullerten an einer Seite die Scheibe hinunter. Max Wilhelms öffnete mit dem Knie ein wenig die Tür. Durch den dünnen Spalt wehte eine frische Brise herein. Er lehnte sich zurück und genoß die Kälte.

»Max, du behauptest, einen Brief zu haben, den du nicht hast. Irgendein Phantom ruft dich an und erzählt dir eine bewegende Geschichte. Max, ich verspreche dir, wir gehen allen Hinweisen nach. Allen. Bedingung ist, du stellst dich. Und zwar sofort. Wo bist du?«

»Paul, du sollst mir helfen. Nennst du das Hilfe?«

»Ich bin Polizist, vergiß das nicht! Ich bin Polizist. Tagsüber, nachts, und auch im Bett. Selbst wenn ich bumse, bin ich Polizist. Wir kennen uns, sind befreundet, aber ich bin Polizist. Verstehst du, Po-li-zist! Und gegen dich liegt ein Haftbefehl vor.«

Paul Vogelsang hatte recht. Er konnte nicht anders handeln. Wilhelms wußte es. Es war ein Versuch gewesen. Ein Versuch ohne Erfolg. Der Kriminalhauptkommissar würde ihm helfen. Doch dazu müßte er sich wirklich stellen. Er drückte sein Knie noch kräftiger gegen die Tür.

»Paul, ich bin in Köln, auf dem Weg nach Bonn«, log er, »hier sind diejenigen, die für Einsteins Tod verantwortlich sind. Ich muß morgen jemanden treffen. Glaube mir, ich habe nichts verbrochen. Morgen stelle ich mich. Aber erst muß ich noch etwas herausfinden. Paul, bitte, sag mir jetzt, was wird mir vorgeworfen?«

»Unter anderem Landfriedensbruch und Unterstützung einer kriminellen Vereinigung. Einer terroristischen Vereinigung.«

»Bitte was?« Der Journalist wollte seinen Ohren nicht trauen. Ohnehin hatte er nicht mehr erwartet, daß Vogelsang ihm die Vorwürfe nennen würde. Er hatte schon einige mögliche Anschuldigungen durchgespielt, hatte an Körperverletzung gedacht, eventuell gar an schwere Körperverletzung mit Todesfolge, falls man nun ihm den Tod Einsteins in die Schuhe schieben wollte. Doch an Landfriedensbruch und Unterstützung einer kriminellen, gar terroristischen Vereinigung hätte er trotz seiner oft bewiesenen blühenden Phantasie nicht gedacht.

»Das ist doch absoluter Blödsinn, Schwachsinn, Unsinn!« schrie Max fassungslos in den Hörer.

»Ist es nicht.«

»Sag mal, Paul, du glaubst doch den Quatsch nicht etwa?«

»Wir haben es schwarz auf weiß. Einen Haftbefehl, höchst richterlich ausgestellt. Und der wird, mein lieber Max, nicht einfach so locker ausgestellt. Da müssen Gründe, ja sogar hieb- und stichfeste Beweise vorliegen. Kein anonymer Anrufer, kein Brief, der irgendwann und irgendwo mal bei irgendwem in den Händen war.«

Max überlegte. So kam er nicht weiter. Wenn schon Vogelsang auf Distanz ging, hatte das etwas zu bedeuten. Er durfte sich nicht wehren. Er mußte Informationen bekommen, die ihm weiterhalfen. Vogelsang mußte ihm einen Hinweis geben. Einen Hinweis, der ihn weiterbrachte, wenn auch nur ein wenig.

»Was ist das für eine terroristische Vereinigung, die ich unterstütze oder unterstützt haben soll?«

»Keine Ahnung.«

»Wie? Du hast keine Ahnung?«

»Ich weiß es nicht. Das steht auf dem Haftbefehl nicht drauf.«

»Wer weiß es dann?«

»Max, stell dich, dann erfährst du es.«

»Was muß ich tun, damit Einsteins Tod untersucht wird? Ich bestehe darauf, daß es kein Unfall war.«

»Max, er ist die Treppe runtergefallen. Es tut mir leid, aber er ist gestürzt. Du bist doch derjenige, der sich jeden dritten Abend über seine Grobmotorik lustig machte. Erinnere dich mal bitte! Er ist die Treppe ...«

»Ist er nicht!« brüllte Wilhelms in den Hörer. »Paul, ist er nicht. Einstein ist tot. Gegen mich liegt ein Haftbefehl vor. Ich bekomme Drohanrufe in der Redaktion. Und das alles innerhalb weniger Stunden. Ich erstatte Anzeige. Hast du verstanden?«

In der Leitung herrschte Stille. Im Hintergrund war ein Schaben, ein Krächzen, ein Knautschen zu hören. Vogelsang war aus dem Bett gestiegen.

»Ich kümmere mich drum. Und du stellst dich!«

Max schickte noch ein »Danke« in den Hörer und legte schnell auf.

Die Ruhrallee mündete in die südliche Umgehungsstraße. Von ihr wiederum führten zwei Straßen auf die nördliche Anhöhe des Tals. Die Siedlung lag etwas versteckt und hatte nur eine Zufahrtsstraße von der City aus. Der Kohlenweg ging nach mehreren Windungen in eine zweispurige Ausfallstraße zu den östlichen Stadtteilen über. Wilhelms entschloß sich, ein Taxi anzuhalten. Er wollte die Zufahrtsstraße kreuzen, am Sportplatz aussteigen und den kleinen Pfad zur hinteren Parallelstraße bis zu den ersten Gärten nehmen.

Die mit grauem Lack gestrichenen Bretterzäune waren mehr Zeichen für Gebietsansprüche, als daß sie ungebetene Gäste hätten abhalten können. Sie waren wackelig und bewegten sich schon bei geringsten Windstößen unrhythmisch, aber lautstark. Wilhelms kannte die Finessen, wie sie zu öffnen waren. Einige mußten lediglich zur Seite geschoben, die meisten zuvor leicht angehoben werden. Er wußte, in welchen Gärten welche Hunde wachten. Er stieg über drei Verschläge, verschob zwei Latten und sprang über den Zaun des Nachbarn. Von hier aus konnte er sein Haus sowie Oma Käthes Laden sehen. In ihrer Wohnung brannte noch Licht. Ebenso im Geschäft. Bei ihm war noch alles dunkel. Sie war also noch nicht rübergegangen. Er schaute auf die Uhr. Lange konnte es nicht mehr dauern.

Der kleine Zeiger hatte die Ziffer drei knapp überschritten, als das Flurlicht im Haus Nummer 48 anging. Die alte Frau beleuchtete anschließend Max' Räume. Ihre Augen füllten sich am unteren Treppenabsatz mit Tränen. Dort hatte sie nicht einmal zwölf Stunden zuvor den leblosen Körper gefunden. Die zerschmetterte Hornbrille war über mehrere Stufen verteilt, der Kopf war weit nach hinten gebogen, und der Nacken war nicht mehr zu erkennen gewesen. Der rechte Arm hatte gebrochen zwischen Armlehne und Radaufhängung des Rollstuhls gelegen. Schluchzend ging Tante Käthe die Treppe hinauf, den Blick auf die Stufen gerichtet, als suchte sie nach einem letzten Zeichen des toten Behinderten. Oben angekommen, legte sie mehrere Schalter um, ging in die Küche und setzte sich auf den Stuhl, auf dem sie am Morgen mit Einstein Kaffee getrunken hatte. Die Alte erschrak, als sie plötzlich das Knarren der obersten Stufe hörte. Sie hatte auf das Quietschen der Kellertür gewartet. Der Ton war erbärmlich und reichte meist bis in den Dachgiebel hinauf.

»Hallo«, rief sie laut.

»Ich bin's«, flüsterte Max.

Als sie ihn erblickte, legte sie ruckartig den Zeigefinger auf die Lippen und zitterte. Der Mann, den sie sah, war nicht der Maximilian Wilhelms, den sie kannte. Oft hatte sie ihn angetrunken, besoffen, ja sogar sternhagelvoll gesehen. Doch das Gesicht, in das sie nun blickte, war verschwitzt und kreidebleich. Die dicken schwarzen Ränder unter den Augen stachen um so deutlicher hervor. Max verstand die Geste des zitternden Zeigefingers sofort, sagte nichts, schaute sich schnell in der Küche um. Es war der einzige fensterlose Raum des Hauses.

»Vor dem Haus steht ein Auto mit Polizisten. Als ich rüberkam, haben sie mich gefragt, was ich hier mitten in der Nacht mache. Ich habe geantwortet, daß ich nicht schlafen könne und daß ich mit dir sprechen wolle.«

Max starrte sie an. Oma Käthe schüttelte sofort den Kopf und winkte ab.

»Nein, mein Junge, mach dir keine Sorgen. Sie haben erklärt, du seist nicht zu Hause. Und ich habe dann erklärt, daß ich auf dich warten würde, weil du irgendwann ja garantiert nach Hause kommen müßtest. Hättest ja schließlich keine sauberen Sachen. Und ich habe sie angelogen und ihnen wirklich ganz ernsthaft erzählt, daß du immer frische Unterhosen anziehst. Die wissen ja nicht, daß du so eine ..., na, du weißt schon.«

Sie stand auf und ging zur Kaffeemaschine. Sie kannte jeden Schrank, wußte, wo die Filtertüten und das Pulver waren.

»Ich nehme an, dir kann ein Kaffee nicht schaden«, lächelte sie, und Max sah, wie dicke Tränen über ihre Wangen rollten. Er wollte sie gerne in den Arm nehmen, aber war mit seinen Gedanken zu weit entfernt. Er war übermüdet, erschlagen, gereizt und hilflos. Er wußte, daß er nicht über Nacht bleiben konnte. Sein Bett stand keine zwanzig Schritte entfernt. Während die immer hilfsbereite, sich oft zur Hilfe aufdrängende Oma von nebenan den Kaffee aufsetzte, öffnete er den Kühlschrank. Er hatte plötzlich Hunger. Ein Brot würde den Alkohol weiterhin neutralisieren und ihm etwas Kraft geben.

»Laß mich ganz kurz was zu essen machen«, sagte er entschuldigend, »ich muß erst mal meine Gedanken ordnen.«

Der Kühlschrank war gut gefüllt. In der Eierablage lagen sechs Filme für Farbdias und Schwarzweißfotos. Im unteren Schubfach keimten Zwiebeln und Kartoffeln. Darüber lag eine faltige Schlangengurke mit gräulichem Flaum. Die Abdeckung des Fachs fehlte. Auf dem Gitter unter dem komplett vereisten Gefrierfach lagen ein Flachmann Weizenkorn, drei Dosen Billig-Bier, ein umgefallener Becher Erdbeer-Joghurt. Der Haltbarkeitsstempel mit der Monatsangabe Februar war deutlich erkennbar. Max warf verärgert die Tür zu, griff in den oberen Küchenschrank, zerrte hinter Öl, Essig und Gewürzen eine Dose

Ravioli hervor. Mit Löffel, Curry, Dosenöffner und den Fleischnudeln bewaffnet, setzte er sich Oma Käthe genau gegenüber an den Tisch.

»Oma, bitte, ich meine, danke«, sagte er, als sie ihm die leere Tasse mit Unterteller herüberschob. »Du mußt mir helfen. Du mußt dich erinnern.«

Nun konnte sich die alte Frau nicht mehr zurückhalten. Riesige Tropfen kullerten aus ihren Augen. Fragen über Fragen folgten.

»Was ist eigentlich los? Warum steht die Polizei draußen? Warum haben die Beamten mir so viele Fragen über dich gestellt? Was geht ...«

»Bitte, Oma! Ich erkläre es dir. Und, bitte, hör auf zu weinen, sonst ...«, Max wußte nicht, was er sagen, wie er beginnen sollte. Käthe Bauer hatte einen Sohn verloren, einen liebevollen Menschen, der ihr stundenlang zugehört hatte, auch wenn es ihn kein bißchen interessiert hatte. Einstein hatte sie oft zum Wahnsinn getrieben, sie oft zum Lachen gebracht, ihr Komplimente gemacht und ihr das Gefühl gegeben, daß sie gebraucht wurde. Sie hatte seine Sachen gewaschen, gebügelt und gemangelt. Er hatte ihr versprochen, daß er immer für sie da sein würde. Einstein war selten in den Laden gegangen, hatte selten das Haus verlassen. Dennoch hatten sie eine enge Beziehung gehabt, die sich auf die obere Etage dieses Hauses beschränkt hatte, denn Max' Klamotten rührte die Oma nicht an. Max war ihr zu schlampig. Dennoch versprach sie immer, bei sichtbaren Ansätzen einer Besserung auch an ihn zu denken.

»Sie wollen mich verhaften. Okay, ich sag' es dir, schön der Reihe nach. Also, bitte, unterbrich mich nicht.«

Wilhelms fuhr sich mit der Handfläche mehrmals durchs Gesicht. Er spürte, wie die Lider schwerer wurden. Er wollte am liebsten nur schlafen. Doch hier konnte er nicht bleiben. Früher oder später würden die Beamten das Haus wieder auf den Kopf stellen. Dieses Haus war nicht mehr sein Haus.

»Du hast gesagt, daß Einstein so komisch gewesen sei, als du ihm diese Beutel brachtest«, begann er ruhig und drückte die scharfe Kante des Öffners in die Ravioli-Dose. »Ich weiß jetzt, nein, ich nehme an zu wissen, warum er so nervös war. Ich hatte ihm einen Brief, irgendein Dokument gegeben. Er sollte etwas für mich recherchieren. Einstein muß auf irgend etwas gestoßen sein. Nun wollen sie wissen, was ich darüber weiß.«

»Wer?«

»Die Polizei.«

»Und was weißt du?«

»Nichts. Einstein hat ja recherchiert. Ich habe ihm ...«

»Sag mal, du willst doch nicht etwa die Nudeln kalt essen?«

Käthe Bauer schaute fassungslos auf die Dose. Max hatte den Öffner einmal kreisen lassen, den Weißmetalldeckel hochgeklappt, Curry en masse auf die Oberfläche gekippt und begann nun umzurühren.

»Ich brauche irgendwas im Magen, Oma, und unterbrich mich nicht! Bitte!« Er drückte sein Kreuz durch, sagte noch einmal: »Bitte!« Der Rücken schmerzte. So oft wie in den letzten Stunden sagte er normalerweise das ganze Jahr nicht ›Bitte‹. Seine Muskeln waren verspannt.

»Ich weiß nichts«, setzte Max fort, »ich weiß nicht, worum es in dem Brief ging. Eigentlich weiß ich gar nichts. Ich nehme es nur an. Ich nehme eigentlich alles nur an. Das einzige, was ich weiß, ist, daß sie einen Haftbefehl – ja, du hast richtig gehört – daß sie einen Haftbefehl gegen mich haben. Sie wollen mir irgend etwas anhängen. Sie wollen mich aus dem Verkehr ziehen. Sie wollen etwas von mir wissen, was ich nicht weiß.

Oma, glaube mir, ich habe nichts angestellt, absolut nichts. Du mußt mir jetzt helfen. Was hat Einstein genau gesagt? Hatte er Papiere bei sich? Hast du einen Brief gesehen? Du mußt dich erinnern, an Details. Alles ist jetzt wichtig.«

Seine Stimme hatte einen flehenden Ton angenommen. Er drückte seinen Rücken wieder durch, wollte mit einem Strecken der Glieder seine Müdigkeit vertreiben. Ein Ravioli-Stück flog vom Löffel. Käthe Bauer saß ihm gegenüber und ließ ihren Blick von ihm auf die Kaffeemaschine wandern. Das dampfende Wasser preßte sich durch das Pulver.

»Er hatte einen Stapel von diesem Computerpapier auf dem Küchentisch. Er hat mit der Hand immer draufgehauen. Einen Brief habe ich nicht gesehen.« Sie überlegte krampfhaft. Details wollte Max hören. Was für Details? Was war wichtig? »Er hatte nicht einmal die Staubsaugertüten sehen wollen. Er erzählte etwas von einem Skandal, irgendwelchen Schiebereien, daß man Angst haben müsse und daß du ihn dafür alle Zeiten lieben würdest. Er hat für dich etwas gesucht, recherch ...«

»Recherchiert?«

»Genau. Das hat er für dich. Und er war ganz besessen, hat für dich eine riesige Geschichte gehabt.«

Das ›für dich‹ kam jedesmal lauter und vorwurfsvoller über ihre Lippen. Beim letzten ›Für dich‹ konnte sie die Tränenflut nicht mehr zurückhalten. Sie sprang auf, griff nach einem Lappen auf der Spüle und wischte die eine Ravioli samt Tomatensauce von der Tischplatte.

»Das bestätigt meine Theorie, daß Einstein was herausgefunden hat. Was noch?«

Die nächste Ravioli fiel vom Löffel.

»Die Polizei war mehrfach hier, Beamte von einer ganz hohen Stelle. Sie wollten über dich Dinge ...«

»Oma, bitte«, unterbrach Max, »bleib erst einmal bei Einstein. Die Papiere. Als du ihn gefunden hast, wo waren die Papiere, diese Computerpapiere?«

Die alte Frau riß ihre Augen weit auf, kniff sie dann zusammen, indem sie versuchte, die schlaffen Wangen zu straffen. Sie überlegte. Sie wollte dem Jungen helfen. Doch sie konnte sich nicht erinnern.

In den letzten zwölf Stunden war die Welt zwischen Kohlenweg 44 und Kohlenweg 48 aus den Angeln gehoben, war alles aus dem Ruder gelaufen. Das Schiff des Lebens trieb kieloben, war nicht mehr zu steuern. Einstein hatte sich so seltsam benommen, war erregt und nervös gewesen. Nun war er tot. Nun saß ihr der Wohnungsgenosse mitten in der Nacht gegenüber, stank nach Bier und Schweiß, verhielt sich wie Stunden zuvor Einstein. Sie erschrak, starrte ihn an.

»Mein Junge, paß auf! Paß bitte auf dich auf! Ich kann mich nicht erinnern. Es ging doch alles so schnell. Ich war so enttäuscht«, erzählte sie, und die Tränen kullerten, »und als ich ihn dann da liegen sah, Max, mein Herz, mein altes Herz ist fast stehengeblieben. Ich habe geschrien. Ich habe die Tür aufgerissen und geschrien. Dann kamen Golowskis rüber, danach der Italiener von drüben. Wie heißt er noch mal gleich? Und dann haben sie die Polizei und den Notarzt gerufen. Danach die Bestattungsmenschen. Da habe ich auf keine Briefe, Papiere oder irgendwelche Zettel geachtet.«

Der Kaffee war durchgelaufen. Käthe Bauer holte die Kanne, schenkte ein, erzählte weiter. Max ließ sie weitererzählen und ging in Einsteins Werkstatt. Er hörte jedes Wort, registrierte jedes Detail. Die Werkstatt roch wie immer nach Chemikalien, es war ein stechender Geruch. Obwohl hellbeleuchtet, war im Zimmer keine Lichtquelle zu entdecken. Die Halogenlampen waren hinter Blenden verborgen. Zwei kleine, hinter Regalen versteckte Abstellkammern spendeten zudem indirektes Licht. Die Regale waren so weit vorgestellt, daß die Eingänge nicht zu sehen waren. Die Öffnung zwischen den Gestellen war so breit gewählt, daß Einstein von beiden Seiten bequem mit seinem Rollstuhl ans Regal herangekommen war. Die Kammern waren die einzigen Plätze in seinem Leben gewesen, in denen Chaos geherrscht hatte. Einstein hatte seine Arbeit geliebt und sich daher nie von einmal angefertigten Programmen trennen können, auch wenn sie in der Computerwelt bereits als scholastisch galten. So hatte er eine der Kammern als archivarischen Abfalleimer gewählt.

Max schaute sich um. Er suchte nach Ausdrucken. Auf den ersten Blick erkannte er über fünfzehn Stapel, die säuberlich und nach einem für ihn nicht nachvollziehbaren System aufgereiht waren. Er wußte nicht, wo er suchen sollte. Er wußte nicht, wonach er suchen sollte. Die Bildschirme von drei verschiedenen Terminals bewegten sich. Bildschirmschoner, erinnerte er sich. Einstein hatte es ihm erklärt. Die Bewegungen sollten ein Einbrennen auf der Scheibe verhindern. Die Symbole waren unterschiedlich gewählt. Auf einem Schirm schossen Würfel mit Buchstaben und Zeichen unkoordiniert aus der Tiefe. Ein anderer zeigte Figuren. Zur Zeit sprang gerade ein Clown über die Bildfläche, fiel mehrmals, stand aber sofort wieder auf. Oma Käthe hatte aufgehört zu reden. Auch wenn sie alt war, ihre Gedanken immer öfter ausschweifend und immer mehr zusammenhanglos erschienen, hätte Max sie umarmen und stundenlang küssen können.

Der Passat hielt genau hinter dem dunkelblauen BMW.

Fast zeitgleich wurden die Türen der beiden Autos geöffnet.

»Walters«, stellte sich der VW-Fahrer in weißem Jackett als erster vor.

»Elßner, Richard Elßner. Ich weiß. Sie wurden uns bereits angekündigt. Wie lange brauchen Sie?«

»Schwer zu sagen. Soweit man mir erzählt hat, scheint dieser Strombach mehrere Computer zu haben. Ich denke, eine halbe bis dreiviertel Stunde.«

Ludwig Walters schaute zum Haus Nummer 48 hinüber, das einzige beleuchtete Haus am Kohlenweg.

»Ja, wir haben da ein kleines Problem«, deutete der Agent aus Bloßfelds Truppe Walters' Blick richtig. »Die Alte vom Laden, so eine Art Tante für Strombach und Wilhelms, konnte nicht schlafen, wollte auf Wilhelms warten. Sie sagte, er komme immer so spät nach Hause, sei garantiert irgendwo was trinken. Ich habe dem Chef schon mitgeteilt, daß wir dringend auch an ihr dranbleiben müssen. Wilhelms darf auf keinen Fall auf sie treffen.«

»Und was machen wir jetzt?« wollte Walters wissen.

Er zählte zu den typischen Modeaufsteigern des BND. Gerade einmal einunddreißig Jahre alt, hatte er einen Ruf erworben, den die Kollegen nicht gerade schätzten. Er war arrogant, eitel und überheblich. Der Nachrichtendienst war auf ihn aufmerksam geworden, als er mit sechsundzwanzig Jahren als Computer-Hacker enttarnt worden war. Walters hatte sich per Modem in mehrere Firmen eingeschlichen, Viren eingeschleust und Planspiele veranstaltet. Als er die zweijährige Haftstrafe verbüßt hatte, war der BND an ihn herangetreten. Mit gemischten Gefühlen.

»Wir gehen rein, kümmern uns liebevoll um die Alte. Und Sie beeilen sich ein bißchen.«

Elßner nickte kurz seinem Kollegen in dem BMW zu.

»Kommen Sie«, forderte er Walters auf.

Sie klingelten zweimal kurz. Sie mußten warten.

Käthe Bauer öffnete langsam die Tür. Sie hatte verheulte Augen, sah übermüdet und geschafft aus. Und sie zitterte.

»Ja, bitte?«

»Frau Bauer, entschuldigen Sie die Störung, aber wir dachten, wir schauen mal nach Ihnen. Dürfen wir reinkommen?«

Während Walters, eine Hand in der Hosentasche, mit der anderen eine kleine, schwarze Aktentasche haltend, eher gleichgültig blickte, lächelte Elßner ihr freundlich und besorgt zu. Er erkannte die Unentschlossenheit der alten Frau sofort.

»Außerdem haben wir noch einige Fragen an Sie«, fügte er deshalb schnell hinzu.

Käthe Bauer nickte und öffnete die Tür weit, drehte sich auf dem Absatz um und ging langsam, sehr langsam die Treppe hinauf. Die beiden Männer folgten.

»Möchten Sie einen Kaffee? Ich habe gerade frischen aufgesetzt.«

Als sie die Küche betrat, sah sie sofort, daß Max' Tasse leer in der Spüle lag. Auch die Ravioli-Dose und Equipment waren fort. »Mach auf, aber laß dir alle Zeit der Welt«, hatte sie nach dem Klingeln nur aus Einsteins Werkstatt vernommen. Wo war Max jetzt? Sie nahm langsam die Tasse aus der Spüle, wusch sie aus, holte eine zweite Tasse aus dem Schrank und füllte beide.

»Frau Bauer, das ist ein Kollege von der Sondereinsatzzentrale, äh, Kriminalkommissar Geißler. Er ist Spezialist in der Abteilung für Spurenermittlung. Ich hatte mich Ihnen ja schon draußen vorgestellt.« Er lächelte die alte Dame weiterhin mitfühlend an.

»Wir müssen uns von Strombach ein genaues Bild machen.« Der Agent spürte den aufkommenden Zweifel. »Das ist reine Routine, wissen Sie? Wenn ein bekannter Journalist, und das war Strombach ja schließlich, plötzlich einen Unfall hat, dann wollen wir wissen, was passiert ist. Ich muß Ihnen zudem leider eine schlechte, für Sie wahrscheinlich schockierende Nachricht überbringen. Wilhelms ist kein braver, guter Freund gewesen. Wir ermitteln gegen ihn schon lange wegen Korruption und Unterstützung einer äußerst kriminellen Vereinigung. Wir haben sogar einen Haftbefehl gegen ihn. Deshalb müssen wir schauen, ob er irgend etwas mit Strombachs Unfall zu tun hat.«

Käthe Bauer sagte nichts. Sie schüttelte nur den Kopf. Sie war verlegen. Sie war keine Schauspielerin. Sie dachte, es sei besser, nichts zu sagen. Jeder Satz könnte Max verraten. Sie fragte sich, ob er immer noch in Einsteins Werkstatt war. Sie stellte die Kaffeebecher auf den Küchentisch.

»Milch? Zucker?«

»Nein, danke, Frau Bauer, nur keine Umstände. Mein Kollege muß ohnehin noch einige Fotos von Strombachs Zimmern machen. Wir wollen, wissen Sie, genauestens über den Verstorbenen Bescheid wissen. Es muß ja für Sie wirklich ein Schock, ein ganz schlimmer Tag gewesen sein.«

Während Elßner ihr wieder vertraulich zulächelte, sich wie ein wünschenswerter Vorzeige-Schwiegersohn aus der Versicherungsbranche verhielt, griff sein viel jüngerer Kollege nach der Aktentasche und stand plötzlich auf.

»Ich weiß nicht, ob Sie das dürfen«, empörte sich die Oma und wollte trotz müder Knochen aufspringen.

»Schon gut, Frau Bauer, das hat schon alles seine Richtigkeit. Glauben Sie mir«, lächelte Elßner und nickte dem Mann zu, den er als Kriminalkommissar Geißler vorgestellt hatte.

Walters verschwand in Einsteins Werkstatt.

Max hatte alles mitbekommen, jedes Wort aus der Küche gehört, jede Bewegung des Computerspezialisten nicht klar, aber deutlich genug verstanden. Walters alias Geißler kniete nun vor dem ersten Monitor schräg gegenüber der Tür und hämmerte wie ein Organist im Konzertfinale auf die Tastaturen ein. Der Kriminalist hatte nach einem Stuhl, nach einer Kiste, nach irgendeiner Sitzgelegenheit gesucht. Dann war ihm eingefallen, daß der Raum einem behinderten Rollstuhlfahrer gehört hatte. Max hörte, wie der Mann auf den Knien von Terminal zu Terminal rutschte, mehrere Computer gleichzeitig bediente und Disketten und CD-ROMs wechselte. Max versuchte, seinen Atem unter Kontrolle zu halten und den Schmerz im rechten, unter seinem Hintern eingeklemmten Bein zu vergessen.

Als es geklingelt hatte, waren ihm gerade vierzig Sekunden Zeit geblieben. Vielleicht eine Minute. Er hatte schon mehrere Stapel an Ausdrücken in die linke Kammer hinter den Regalen geworfen, hatte sie zerknüllt, sie zu einem Berg geformt. Die Papiere türmten sich über Gestellen für CD-Hüllen, über alten Computer-Zeitschriften, über zerschnittenen Kabeln und auseinandergeschraubten Verbindungselementen. Max hatte trotz der drohenden Gefahr leicht grinsen müssen. Auch Einstein hatte seine schlampigen Seiten gehabt. Das Grinsen war Max jedoch schnell wieder vergangen. Plötzlich waren ihm seine Kaffeetasse und die Ravioli-Dose eingefallen. Auf Zehenspitzen war er noch einmal in die Küche gespurtet, hatte schnell sämtliche Hinweise auf seine Anwesenheit beseitigt. Als die Oma mit den

Beamten die Treppe hochgestiegen war, hatte er keine Zeit mehr gehabt, sich in einer einigermaßen gemütlichen Stellung unter dem Computerpapierberg zu verschanzen.

Geißler strapazierte weiterhin die Tastatur. Max versuchte ihn zu orten. Der Mann mußte nun in der Mitte der Werkstatt hocken. Alle erforderlichen Angaben und Aufträge hatte er wohl bereits eingetippt. Die Festplatten arbeiteten auf Hochtouren, Dateien wurden gelöscht, Gespeichertes wurde auf Disketten übertragen. Der Vorgang lief selbständig. Geißler gab seine hockende, beobachtende Stellung auf, schaute sich im dunklen, nach Chemikalien stinkenden Raum um. Max hörte die Schritte. Sie näherten sich jetzt den Regalen. Geißler nahm zwei, drei Gegenstände heraus, stellte sie aber sogleich wieder ordentlich an ihren Platz zurück. Dann ging er durch die Öffnung zwischen den Gestellen. Zwei weitere Schritte nach links, und er war in der Kammer – und entdeckte ihn. Max achtete darauf, daß sein Brustkorb sich während des Atemvorgangs nicht wölbte. Seine Glieder schmerzten, im rechten Bein hatte er kaum noch ein Gefühl.

»Ready to take off«, schallte es durch den Raum.

Ein Computer hatte über Lautsprecher gemeldet, den Arbeitsvorgang beendet zu haben. Geißler machte auf dem Absatz kehrt, hechtete zu dem lärmenden Terminal. In Sekundenfolge meldeten sich nun auch die anderen Elektrogehirne.

Dreißig lange Minuten vergingen, bis Geißler wieder in die Küche zurückkehrte. Jedesmal wenn Käthe Bauer während der letzten halben Stunde hatte aufstehen wollen, hatte Elßner sie zurückgehalten. Er hatte sich nach ihrem Geschäft erkundigt, ihr Komplimente gemacht, daß sie in ihrem Alter noch so viel arbeite, so viele leiste. Er hatte um neuen Kaffee gebeten, hatte von den lästigen Nachtschichten erzählt und davon, daß keiner bei der Polizei wirklich glaube, daß Max Wilhelms ein Verrückter, ein Verbrecher sei. Doch Dienst sei Dienst, und eine Aufgabe müsse erfüllt werden. »Es wird sich schon alles aufklären. Machen Sie sich keine Sorgen«, hatte er mehrmals gesagt, aber auch: »Unterschätzen Sie den Wilhelms nicht, Frau Bauer. Sie wissen ja, daß die meisten Kriminellen jahrelang in guter Nachbarschaft leben, ohne daß auch nur einer der nächsten Angehörigen etwas vermutet.«

Während Walters nun zum Gehen drängte, sich bereits verärgert zur Treppe bewegte, lächelte Elßner der Oma noch augenzwinkernd entgegen: »Nochmals danke, Frau Bauer, vielleicht sollten Sie jetzt auch nach Hause gehen. Sie wissen nun doch ohnehin, daß wir die ganze Nacht vor der Tür warten werden. Sobald sich Wilhelms blicken läßt, müssen wir ihn für einige Stunden mit zur Wache nehmen. Das werden Sie sicherlich verstehen. Und bitte, machen Sie nicht die ganze Gegend verrückt mit dem, was wir Ihnen jetzt anvertraut haben. Sie sind doch immer noch eine gute Freundin dieses Hauses hier, oder?«

Lächelnd verabschiedete er sich, lächelnd ging er. Ein Lächeln, ein leicht verschmitztes Lächeln, sah Oma Käthe in Max' Augen, nachdem die Haustür laut und deutlich ins Schloß gefallen war.

Es war noch einmal gutgegangen.

Max hielt seine flache Hand hoch. Oma Käthe sagte nichts. Der Redakteur schien mit dem Zeigefinger zunächst etwas in die Handfläche, dann etwas in die Luft zu malen, als ob er eine Zeichnung anfertigen wollte. Eine Planskizze. Ein Resultat, eine Summe, die er noch aus vielen Faktoren und Unbekannten errechnen müßte. Während der Kriminalist, Polizist, Beamte oder was immer er auch war, in Einsteins Leben gestöbert hatte, hatte Max sich das Archiv in seinem Kopf vorgenommen. Er war durch seine Erinnerungen gerast, durch seine Erfahrungen mit Einstein. Nach fünfzehn Minuten hatte er eine mögliche Lösung gefunden. Keine Lösung, die seine Welt wieder in Ordnung bringen konnte, doch einen möglichen nächsten Schritt. Er wollte aufspringen, war jedoch im eigenen Haus gefangen. Er blickte auf Oma Käthe, die immer noch nichts sagte. Max wußte, daß der Beamte ihr zugesetzt hatte. Er wußte, daß die alte Frau ihm, Max, vertraute und daß er ihr vertrauen konnte. Aber er wußte auch, daß einer alten Frau Sprüche über vertrauenswürdige Nachbarn, die sich später als Bestien herausstellten, zu schaffen machten. Oma Käthe zählte zu der großen Fangemeinde der Privatfernsehanbieter, die mit Schauergeschichten über Schwerstkriminelle aus kleinen, friedlichen Dörfern ihre höchsten Einschaltquoten erzielten.

Max dachte an Einsteins wenige Freunde. Er dachte an Liebesgeschichten, Familientragödien, Entjungferungen, die Einsteins engsten Freunden widerfahren waren, die der Freund ihm stets hautnah geschildert hatte. Die meisten Freunde hießen ›Diskdealer‹, ›Floprobber‹, Sigismund58d‹ oder ›Platonserbe‹, waren irgendwelche e-mail-Bekanntschaften, die selbst Einstein nur vom Display oder von der Soundkarte her kannte. Max suchte nach Freunden, die sich mit Einsteins Werkstattgeräten auskannten, die wußten, wie und wo er was abspeicherte. Der behinderte Freund hatte ihm einst erzählt, daß alle gelöschten Dateien in seinen Kindern wiederzufinden seien und nie verlorengehen könnten. Er dachte an Einsteins Zettelwirtschaft. Unzählige kleine Notizen schlummerten über Wochen in seinen ausgebeulten Hosentaschen. Dann fiel ihm die Uhr ein.

»Das ist es«, stieß er hervor. Er mußte die Timex-Datalink bekommen, Einsteins Microsoft-Armbanduhr, die direkt mit dem Computer verbunden war.

Den Zeitzähler hatte Einstein von der Redaktion zu seinem letzten Geburtstag geschenkt bekommen. Eigentlich war es das Werbegeschenk einer angesehenen Computerzeitschrift, mit dem sich gerne alle aus der Hauptredaktion geschmückt hätten. Einstein hatte sie dennoch bekommen. Sozusagen als Dankeschön für endlos-hoffnungslose Arbeiten, die er jedem abgenommen hatte, die keiner hatte erledigen wollen oder können.

Die Timex-Datalink war seitdem Einsteins ganzer Stolz, sein persönlicher Informationsmanager am Handgelenk. Neben einer Melodie, die sie stündlich ertönen ließ, beherrschte die kleine, kompakte Uhr noch weitere Phantastereien, die selbst den an moderne Technologie gewöhnten Normalsterblichen in Faszination versetzten. Termine, Telefonlisten, Aufgaben konnten vom Monitorbildschirm auf die Datenbank der Armbanduhr übertragen werden, ohne daß Kabel oder Zwischengeräte erforderlich waren. Max hatte nur fassungslos den Kopf geschüttelt, als Einstein seine Uhr circa dreißig Zentimeter vor den Bildschirm gehalten hatte, daraufhin fünf Sekunden ein statisches Muster weißer Linien über den Monitor geflackert war und anschließend der Text einer A4-Seite auf dem Display der Uhr Wort für Wort zu lesen gewesen war. Periodische Tonsignale zeigten den Empfang an, bestätigten das Ende der Übertragung. Einstein hatte immer auch längere Wortbeiträge, wichtige Gedanken überspielt. Max wußte, daß die Uhr eine Chance für ihn bedeutete. Er mußte Katja erreichen.

Er stand auf und gab, ohne ein Wort von sich zu geben, Oma Käthe einen Kuß auf die Wange: »Geh nach Hause, du Traumfrau. Und danke. Ich melde mich bei dir.«

Er lächelte ihr zu. Es war in diesem Haus das erste ehrliche Lächeln seit Stunden. Sie erkannte es und lächelte ebenfalls.

»Ach, noch was! Die Bestatter, die Einstein mitnahmen – die waren doch sicherlich schon bei Einsteins Mutter, oder?«

Käthe Bauer nickte. Ihr Lächeln starb abrupt.

»Und? Haben Sie alles?«

»Der Junge war schon ein Genie. Schade um ihn!« sagte Walters anerkennend. »Den hätte Ihr Büro auch kaufen sollen.«

»Ich will keine Lobeshymnen hören, sondern wissen, ob Sie alles haben.«

Ludwig Walters stieß schwungvoll die Hacken zusammen, stand innerhalb von einer Zehntelsekunde stramm und grinste über das ganze Gesicht. Dann sprach er übertrieben betont und mit ernster Miene. »Jawohl, mein Herr. Habe alle Eintragungen der letzten vierundzwanzig Stunden gelöscht, habe alle Dateiänderungen auf Diskette gespeichert. Habe vollen Einsatz gezeigt.«

Walters hob den rechten Arm und zeigte mit der linken Hand auf eine Tönung des weißen Jackettstoffs.

»Werde Ihnen die Rechnung der Reinigung zukommen lassen.«

Dann lachte er laut. Elßner reagierte nicht.

Wortlos gingen sie auf den dunkelblauen BMW zu. Der wartende Kollege senkte per Schalterdruck die Scheibe. Hinter dichtem Zigarettenqualm erschien sein Gesicht.

»Die Informationen sollen sofort zur Auswertung nach Aachen. Sie haben einen Kurier geschickt. Kommt gleich.«

Richard Elßner schaute zu Walters. Er wollte den arroganten Schnösel, den Möchtegern-»Sunny«, den miserablen Kabarettisten schnell loswerden.

Er hielt die Hand auf. »Die Disketten!«

»Und was ist mit der Reinigung?«

»Mir sind Ihre versifften Klamotten scheißegal. Die Disketten!«

Elßner sprach energisch. Energisch war auch die Bewegung des Computer-Spezialisten, der seinen Arm plötzlich hochriß und ihn Elßner dann grinsend unter die Nase hielt. Es ging Walters nicht um die Reinigung. Es ging ihm um Anerkennung, Gleichbehandlung, Respekt.

»Tomatensoße«, sagte er vorwurfsvoll. »Tomatensoße.«

Elßner blickte auf den Ärmel, suchte in dem schwachen Licht der Straßenlaterne nach einem Fleck, schüttelte verständnislos den Kopf. Dünne, rötliche, eher rosafarbene Streifen zierten kaum sichtbar den rechten weißen Jakkenärmel.

Es wäre alles gutgegangen. Es *wäre*, wenn nicht der wartende Kollege aus dem BMW heraus plötzlich diese recht spontane Frage gestellt hätte.

»Hat die Alte euch noch Spaghetti gekocht?«

»Quatsch«, rief Walters. Er konnte nicht weitersprechen. Elßner hatte plötzlich nach dem Ärmel gegriffen, ihn hochgezogen.

»Was?« brüllte Walters.

»Ist das wirklich Tomatensoße?«

»Nein, das ist Bullenscheiße!«

Elßner verstärkte den Griff auf Walters' Ärmel, ließ ihn nicht los. Die Alte hatte ihnen keine Spaghetti gemacht. Er hatte keine Tomatensoße gesehen. Nur die offene Dose Ravioli hinter der Kaffeemaschine. Er sah sie wieder vor sich. Ein Löffel steckte drin. Die Dose war fast voll. Ein Gewürzstreuer und ein Dosenöffner lagen weiter hinten in der Ecke. Der Gewürzstreuer lag auf der Seite, war nicht zugeschraubt. Einen Deckel hatte er nicht gesehen.

»Wilhelms ist im Haus«, sagte er ruhig. Dann fügte er laut und hektisch hinzu: »Los, komm!«

Elßner drückte Walters weg. Der Kollege, ein blasser Mittdreißiger mit blonder Dauerwelle, riß die Tür auf, sprang aus dem BMW und schaute Elßner fragend an.

»Tomatensoße trocknet innerhalb von Minuten, und eine Sechzigjährige frißt nachts um drei keine kalten Ravioli aus der Dose.«

Elßner griff in die Innentasche seiner Jacke, zog eine 226er hervor und checkte die Automatikpistole kurz.

»Sie bleiben hier«, befahl er Walters. Er spürte das Aufbegehren des Computer-Experten sofort. »Keine Diskussion! Sie bleiben hier! Verständigen Sie die Zentrale!«

In Sekunden legten die beiden Agenten aus Bloßfelds Einheit die Meter zum Hauseingang Nummer 48 zurück.

Max lächelte die Oma noch einmal liebevoll an. Seine Müdigkeit war wie eine Seifenblase zerplatzt. Er hatte ein Ziel vor Augen, das er so schnell wie möglich erreichen wollte. Die Uhr würde ihm Informationen liefern. Er sprang leise die Treppe hinunter, nahm nur jede zweite Stufe. Eine Hand auf das Geländer gestützt, meisterte er im Sturzflug die Kurve in Richtung Hinterausgang.

Das kräftige Schlagen mit der Faust gegen die Eingangstür und das Sturmschellen der Klingel setzten gleichzeitig ein.

Max erschrak, verlor den Halt.

Die Faust schlug weiterhin kraftvoll auf die Tür ein. Das Klingeln ertönte in Staccato.

»Aufmachen, Frau Bauer, Herr Wilhelms, sofort aufmachen! Polizei. Machen Sie auf!«

Max bewegte sich nicht, erstarrte, versuchte blitzschnell die Situation zu erfassen. Er durfte nicht weiter abwarten. Er mußte handeln.

Das Pochen an der Tür verstummte. Deutlich vernahm er, wie ein Schlüssel in das Zylinderschloß eingeführt wurde.

Während der Blonde auf die Tür eingeschlagen hatte, war Elßner der Bericht des BND-Mannes durch den Kopf geschossen, der die Kollision mit Strombach gehabt hatte. Zudem hatte er Käthe Bauer beim Betreten des Hauses beobachtet. Dieses Bild vor Augen, hatte er blitzschnell unter den Tannenbaum gegriffen und den Schlüssel sofort zu fassen bekommen.

Max rannte los, riß die Kellertür auf, jagte durch den Unterbau und schmiß alles hinter sich um, was er im Vorbeilaufen zu fassen bekam.

Die P 226 war schon im Flur. Dann der die Automatikpistole haltende Arm. Elßner folgte.

Von oben hörten sie hysterische Schreie, von unten ein lautstarkes Scheppern.

»Nach hinten«, schrie Elßner.

Die Dauerwelle verschwand. Elßner sprang die Kellertreppe hinunter. Max riß die Gartentür auf.

Lief er geradeaus und nahm das Laubendach, hätte er über zwei gestapelte Altölcontainer steigen müssen und wäre dann für mehrere Meter in einer langen, geradlinigen Gasse völlig ungeschützt gewesen. Das rechte Nachbargrundstück fiel ebenfalls aus. Ein kleiner Gang führte seitlich des Hauses vom Kohlenweg in den Garten. Max wählte also den linken Bretterverschlag. Er endete ungefähr in Kopfhöhe und bestand aus breiten Planken. Die Farbe blätterte ab. Bis auf eine Querstrebe in Hüfthöhe waren alle Balken morsch. Nur der eine konnte ihn tragen. Max griff über die Kante, stieg auf die Strebe und schwang das andere Bein über den Verschlag. In der Tür zum Haus sah er eine Gestalt mit ausgestreckten, nach vorne gerichteten Armen. In den Händen hielt sie eine Waffe.

»Polizei! Bleiben Sie, wo Sie sind«, schrie Elßner, schüttelte dabei seinen Fuß. In der Dunkelheit des Kellers war er gegen etwas Hartes gestoßen und gestolpert. Er hatte sich gerade noch abfangen können.

Max rutschte weiter über den Verschlag.

»Ich schieße«, schrie Elßner und zielte auf den Körper. Das Bein hätte er nicht sicher getroffen.

Max rutschte weiter.

Elßner zögerte. Noch ein Toter? Und diesmal einer, der nicht als Unfallopfer verbucht werden konnte? Der Schuß würde die Nachbarschaft, die Siedlung und die örtliche Polizei alarmieren. Und die würde wiederum die Presse informieren.

Max rutschte weiter, ließ sich fallen.

Die spitzen, steifen Äste des Oleanderbusches stießen in seinen Rücken. Seine Lederjacke in klassischer Collegeform war von der Brusttasche bis zum Ärmel gerissen. Am Gesäßteil seiner Jeans, am linken Oberschenkel und an den Knien klebte feuchter Lehm. Max rollte sich zur Seite auf das nasse Gras des Nachbarn, hörte den Sprung an die rückwärtige Plankenwand. Das Geräusch ertönte viel zu nah an der Hausmauer. Das Zerbersten der Querverstrebung schallte durch die Siedlung. Der darauffolgende, schmerzvolle Schrei ebenfalls.

Max sprang auf. Aus drei verschiedenen Richtungen vernahm er Hundegebell. Zwei Hunde konnte er bestimmen. Das schrille Keifen war der Protest des Dackels von Haus Nummer 56 a. Die dunkle, kräftige Hundestimme gehörte der Dogge vom alten Remplewski, einem der letzten noch tätigen Bergleute der Siedlung. Das Gebell war Max' Richtungsweiser. Er mußte zum Zwinger der Dogge. Er mochte die Dogge, mochte den alten Remplewski.

Das schmerzverzerrte Jammern hinter den Planken verstummte nicht. Max lief zur Laube, stieg übers Dach des angebauten Klos in ein von allen Seiten abgegrenztes Grundstück voll wuchernden Unkrauts. Für das Gelände fühlte sich niemand zuständig. Ein vierter Hund stimmte in das Gebelltrio ein. Dornen rissen nun auch das Rückenteil der Lederjacke auf.

Max schaute in seine Handfläche. Sie war blutverschmiert, wies aber keine Wunde auf. Er überlegte nicht, wo er sich geschnitten hatte, über welche Körperstelle er die Hand gelegt hatte. Er horchte. Vier Hunde. Sonst nichts. Der Dackel von 56 a schien anzugreifen. Eventuell einen weiteren Verfolger, der zwischen 56 a und 56 b versuchte, das hintere Gelände zu erreichen, dachte Max, hielt aber an dem Ziel Doggen-Zwinger fest.

Zwei weitere Zäune, eine Laube, eine zertrümmerte Planke. Er war am Ziel. Die Dogge bellte nun mehr aus Freude über den nächtlichen Überraschungsbesuch als aufgeregt, sprang im Kreis die Gitterstangen hoch und blieb plötzlich für Sekunden still. Es war neu für sie, daß der Käfig auch als Leiter genutzt werden konnte.

Max sah über den Verhau. Unter ihm bellte und sprang die Dogge wieder. Die Gasse war leer. Er mußte ihr nur zehn, zwölf Schritte folgen, dann rechts um die Ecke zur Kleingartenanlage sprinten. Dort war er endgültig in Sicherheit. Eine Hundertschaft hätte die Ausgänge nicht sichern können. Zudem war die Bezäunung zur Bahn-Gleisanlage seit langem lückenreich.

Max kletterte über die Holzwand. Der Kopf eines Nagels bohrte sich in seine linke Hand. Er sprang, kam sicher auf den Beinen auf. Er rannte zur Ecke und drehte sich nach rechts.

Der Mann, jung, adrett und in ein strahlendweißes Jakkett gekleidet, war genauso überrascht wie Max, als sie sich plötzlich Auge in Auge gegenüberstanden. Nur Max' Reaktion war die schnellere, die der Situation angemessenere. Während die weißen Jackettarme schützend nach oben schnellten, riß Max sein Knie blitzartig hoch. Er traf genau mittig unterhalb des Jacketts.

Walters sackte zusammen.

Max lief.

12

Der Architektur wichtiger Gebäude am Ende des zwanzigsten Jahrhunderts war zwar der Größenwahnsinn, nicht jedoch die Würde der Gotik eigen, sie erinnerte an die übertriebenen Kosten, aber nicht an die Schönheit des Barocks. Ein besonderes Beispiel dieser Bauart war das Bürohochhaus der »Erdgas-Import AG«. Über zwanzig Etagen spiegelnde Scheiben, alle fünf Stockwerke unterteilt durch hervorstehende weiße Metallrohre, die in regelmäßigen Intervallen Wasser abgaben, um den Efeu der Außenhaut zu benetzen. Das Gebäude besaß keine Ecken und Kanten. Es war in Form einer Niere gebaut. Der Architekt, dessen berufliche Erfolge sich bislang auf ein Praxiszentrum für zweitklassige Mediziner in Neu-Wulmsdorf sowie auf einen Kleinhandwerkerpark in Oberursel beschränkt hatten, hatte mit der Niere den achten Preis bei einem nicht erwähnenswerten Landeswettbewerb für moderne Architektur belegt. In der jüngsten Broschüre über die »Erdgas-

Import AG« war daraufhin sein Name gestrichen worden.

Die »Erdgas-Import« zählte uneingeschränkt zu den Wirtschaftsgiganten Europas. Zudem war die Aktiengesellschaft das bundesdeutsche Aushängeschild für vorzügliche wirtschaftliche Beziehungen zu Rußland. Siebenunddreißig Prozent des Erdgases in Deutschland waren im letzten Jahr allein aus russischer Förderung gekommen. Aus der gesamten ehemaligen Sowjetunion waren es rund vierunddreißig Milliarden Kubikmeter gewesen. Die »Erdgas Import« war ein Unternehmen der Energiewirtschaft. Sie verstand sich als Vermittler zwischen nationalen und internationalen Erdgasproduzenten und den Gasversorgungsunternehmen, Industriebetrieben und Kraftwerken. Seit den ersten Verträgen über russische Erdgasbezüge Anfang der siebziger Jahre hatte sich eine starke gegenseitige Abhängigkeit entwickelt. Die Sowjetunion als weltgrößter Erdgas-Exporteur war mehr und mehr auf westliche Devisen angewiesen und schätzte vor allem die harte Deutsche Mark. Die Aktiengesellschaft machte ohne große Beteiligung von Privatpersonen Profit. Sechzig Prozent der Stimmrechte auf der Hauptversammlung lagen in Händen einer GmbH, die aus ebenfalls mehreren namhaften deutschen Aktiengesellschaften bestand. Am meisten lag der »Erdgas-Import« jedoch die Stadt zu Füßen. Die Gewerbesteuern zwangen die Kommune zur Unterwürfigkeit.

Die oberen drei Etagen des nierenförmigen Gebäudes beherbergten die Geschäftsführung und den Vorstand. Beleuchtete Milchglasstufen verbanden die Geschosse. Boden und Wände waren in graubraunem, hellem Marmor gehalten. Die langen Korridore zierten Öl- und Aquarellgemälde von Bohrinseln, Pipelineanlagen und verschmutzten, verschwitzten Arbeitern, auf deren Schutzhelmen das Firmenlogo zu erkennen war. Das gigantischste Prunkbild in Öl zeigte eine Großrohrverlegung nahe der Felder um Medveshe in Westsibirien und hing hinter einer doppelt so großen Plexiglasscheibe. Jeweils am Ende der Gänge sowie auch an den Abzweigungen standen kleine Schreibtische für Wachdienst und Sekretärinnen der eigentlichen Vorzimmerdamen.

Doris Kerner hatte ihr Büro im vierzehnten Stock. Sie war zwar Angestellte der »Erdgas-Import« – Referentin mit Spitzengehalt –, doch ihr Dienstbereich lag vorwiegend auf Stolzenbergs Gut. So tauchte sie allerhöchstens zweimal die Woche auf, um ihrem Sekretär Anweisungen zu geben und um ihr zusätzliches Gehalt von der Firma zu rechtfertigen. In ihrem Büro wies nichts auf ein Energie-Dienstleistungsunternehmen hin. Der Raum war steril gehalten. Bilder haßte sie wie alle Dinge, die nicht funktionell waren.

Doris Kerner wußte, daß der Graf in einer wichtigen Besprechung war und darum gebeten hatte, für die nächsten zwei Stunden nicht gestört zu werden. Dennoch hatte sie zu Stolzenbergs Chefsekretärin, einem aufgetakelten und gutaussehenden Geschöpf, gesagt, sie solle ihn aus der Sitzung herausholen. Doris Kerner hatte das Recht dazu, brauchte keine Erklärungen abzugeben. So kam der Vorstandsvorsitzende der »Erdgas-Import AG« ihr nun auch entgegen, ohne sie verstimmt anzuschauen.

»Gut, Doris, nicht zu lange«, sagte er nur und ging wortlos mit ihr in das kleine Besprechungszimmer gleich nebenan. Er ließ sie vorgehen, schloß selbst die Tür. Der Raum hatte vier gigantische, bequeme Multifunktions-Ledersessel. Sie blieben unberührt. Die Funkuhr auf dem Sideboard zeigte 9.52 Uhr. An der Fünf fehlte das unterste Häkchen.

»Die Polizei hat seit heute nacht einen Haftbefehl gegen Maximilian Wilhelms, ausgestellt wegen Landfriedensbruch und Unterstützung einer kriminellen, terroristischen Vereinigung.«

Stolzenberg sagte kein Wort. Er stand mit auf dem Rücken verschränkten Armen an der Tür und rührte sich nicht.

»Die Polizei hat ihn noch nicht. Ich habe herausbekommen, daß der Verfassungsschutz den Haftbefehl ausstellen ließ.«

Der Graf regte sich immer noch nicht.

»Und ... wir werden heute abend wahrscheinlich auch wissen, was Strombach genau über Breuer, die UEG und die Verbindung zur ›Seo‹ herausgefunden hat. Wilhelms hat heute nacht Kontakt zu Katja Melzer aufgenommen. Er hat sie um Hilfe gebeten. Und ...«, Doris Kerner zögerte, als hätte sie eine Liste vor Augen und vergessen, hinter welchen Stichworten sie bereits einen Haken gemacht hatte, »und Wilhelms weiß nur von einem Gutachten, aber noch nicht einmal den Zusammenhang mit BSE. Auch nicht von Strombachs Anruf bei Breuer. Zumindest hat er der Melzer nichts davon angedeutet.«

»Sind wir weiterhin über jeden Schritt dieses Redakteurs informiert?« fragte von Stolzenberg.

»Ich denke schon. Wilhelms vertraut der Melzer blind. Er scheint in ihr eine Vertraute zu sehen. Sie dagegen ist zur Zeit auf ihn gar nicht gut zu sprechen. Sie hatten bis vor kurzem ein Verhältnis.«

»Gut.«

»Ich mache mir Sorgen«, sagte die Referentin schnell. Sie bemerkte, daß der Graf zurück in die Besprechung wollte. »Zuerst der Unfall, an den ich nicht so recht glaube. Nun, nach dem Haftbefehl gegen Wilhelms, glaube ich erst recht nicht mehr daran. Aber ich sehe keine Zusammenhänge. Das alles ergibt keinen Sinn. Vielleicht sollten wir die UEG-Aktivitäten erst einmal auf Sparflamme fahren.«

Der Graf schaute ihr direkt in die Augen. Seine Arme waren immer noch hinter dem Rücken verschränkt. Die Umweltentwicklungsgesellschaft war sein Baby, seine Idee. Sie machte es ihm möglich, eine alte Verpflichtung erfüllen zu können. Als Abschreibungsobjekt hatte er sie gegen viel Widerstand im »Erdgas-Import«-Vorstand durchgesetzt. Das kritische Gremium hatte letztendlich erst das wachsende Umweltschutzbewußtsein und -bedürfnis in Rußland überzeugen können. Um das ökologische Gleichgewicht in der polaren Tundra zu stabilisieren, hatte schließlich sogar die Europäische Union mit einem speziellen Fond geholfen. Eine Farce.

»Abwarten«, sagte Stolzenberg, »wir warten ab.«

»Der Haftbefehl könnte bedeuten, daß irgendein Staatsapparat bereits von dem Gutachten und der finanziellen Unterstützung des Gutachtens durch die UEG weiß.«

»Könnte sein.«

Stolzenberg drehte sich um und griff zur Türklinke, schaute Doris Kerner aber weiterhin an. »Halten Sie mich auf dem laufenden. Und halten Sie Kontakt zum ›Westdeutschen Kurier‹.« Er drückte die Klinke herunter.

»Noch etwas«, sagte die Referentin, »ich treffe mich nachher mit Breuer.«

Stolzenberg ließ die Klinke los und überlegte. »Wo?«

»Auf dem Gut.«

»Legen Sie ihm die Fakten dar. Er soll sich auch darum kümmern. Dafür wird er bezahlt. Und machen Sie ihm noch einmal ganz deutlich, daß der Zeitplan einzuhalten ist. Unter allen Umständen. Ich muß jetzt wirklich gehen.«

13 Hausmeister sind die Pfeiler einer jeden Einrichtung. Sie sind die Träger jeder Organisation, sie sind meist in der Lage, mit einem einzigen Knopfdruck sämtliche Arbeiten lahmzulegen. Dies halten sie sich stets vor Augen und wollen besonders geliebt, getröstet, bemitleidet und gleichzeitig hofiert werden. Bei einer solch optimierten Konstellation der Zuwendungen werden Hausmeister allerdings dann auch zwangsläufig zu Vertrauenspersonen, die zwar immer noch gefürchtet sind, dennoch die Stütze jeglicher Spezialoperation werden können.

Zwölf Jahre befand sich das Haus bereits im Besitz des Bundesnachrichtendienstes. Es war ein gewöhnliches Einfamilienhaus am Rande der Stadt. Aachen war aufgrund seiner günstigen Lage im Dreiländereck Deutschland-Belgien-Niederlande gewählt worden. Die gestählte Eingangspforte zierte ein Messingschild mit der Aufschrift *Demoskopisches Institut Michael Berg*, darunter etwas kleiner und kursiv graviert: *Aachen – Paris – Singapur*. Die Platte glänzte nicht, obgleich sie seit zwölf Jahren wöchentlich von Hans Höppner mit einem stumpfen Scheuermittel geputzt wurde. Es sollte sauber, gepflegt, aber nicht auffallend aussehen.

Gerade viermal war die schlichte Villa erst vom BND für besondere Operationen genutzt worden. Hausmeister Höppner, ein Agent des kalten Krieges besonderer Art, lebte während dieser Zeit auf. Je hektischer der Betrieb die Ordnung seines ›Objekts‹ störte, desto mehr stellte er die Bedeutung eines perfekt organisierten Haushaltes in den Vordergrund. Für Höppner war das die Basis jeden Erfolgs. Er war nicht Chef im Haus, aber Chef des Hauses.

Bloßfeld saß seit acht Tassen Kaffee an seinem Schreibtisch, und Leitner saß ihm seit sechs Tassen gegenüber.

Höppner braute anfangs den dicksten, stärksten, schwärzesten. Später wurde das Getränk immer transparenter. Höppner berief sich bei seiner Kaffee-Kochkunst auf das Schlagwort »Gesundheit«. Er nahm zu Beginn viel zuviel Kaffee, füllte anschließend jedoch nur Wasser nach, ohne die Tüte zu wechseln.

Lars Leitner schaute verschämt in die Tasse: »Bei der nächsten kannst du den Boden sehen.«

»Halb elf. Was erwartest du?« entgegnete Bloßfeld gelassen.

Sechs Stunden hatten beide geschlafen. Zweimal war Bloßfeld geweckt worden. Das »Demoskopische Institut« glich innerhalb seiner Mauern einem kleinen Hotel. Unten waren die Büroräume, im oberen Geschoß standen vier Doppelzimmer mit Duschen und Toiletten, drei Einzelzimmer sowie zwei spezielle Gästezimmer zur Verfügung. Sämtliche Räume waren mit einer Gegensprechanlage ausgestattet, die von der Zentrale im Eingangsbereich gesteuert werden konnte. Die Doppelzimmer dienten lediglich als Ruhezonen, während die Einzelappartements in gleicher Größe zusätzlich über Schreibtische und Computer verfügten.

»Ich sage Höppner gleich Bescheid«, nuschelte Bloßfeld und griff sich fest in sein schütteres Haar.

»Kellinghausen ist ein Idiot. Was hat er gegen dich?«

»Das ist eine alte Geschichte, Lars. Er meint wohl, er könne mir jetzt noch einmal so richtig zeigen, wer das Sagen hat«, antwortete Bloßfeld und lockerte den Griff.

Vor wenigen Minuten hatte das Bundeskanzleramt angerufen. Der Koordinator hatte dem Aktionsleiter mitgeteilt, daß Kutschnekov unmöglich zur Zeit Rußland verlassen könne, daß die Russen allerdings Bloßfeld für zwei Tage nach Moskau gebeten hätten. Bloßfeld wollte seine Leute jetzt allerdings auch nicht alleine lassen. Kutschnekov hatte über Kellinghausen den Vorschlag unterbreitet. Der BND-Abteilungschef hatte darauf im Kanzleramt angerufen. Gewöhnlich wurde der Koordinator jedoch außen vor gelassen, bis die Dienste sich über einen gemeinsamen Weg einig waren.

»Kellinghausen ist kein Idiot«, wurde Bloßfeld nun deutlicher, »er bezweckt damit nicht nur, offene Rechnungen mit mir zu begleichen.«

»Du glaubst doch nicht, daß er sich eine Chance ausrechnet, in Pullach Präsident zu werden?«

»Beim BND?« lachte Bloßfeld. »Nein, der will den Verfassungsschutz die Arbeit machen lassen und mich außerhalb unseres schönen Landes tätig sehen.«

»Begründung?« fragte Leitner kurz und blickte mürrisch in die Tasse.

»Kompetenzgerangel. Zuständigkeit. Politik. Er ahnt, vielleicht weiß er schon, daß in dem ganzen Gerangel deutsche Politiker mitmischen. Auf höchster Ebene. Da will er den BND raushalten. Würde ich auch machen.«

»Martin, Moskau! Warum Moskau, meine ich!«

Bloßfeld warf den Kugelschreiber auf den Schreibtisch, schrie laut »Hans Höppner«, dann leiser in Zimmerlautstärke: »Den Russen muß der Arsch auf Grundeis gehen. Kutschnekov hat mir in Prag schon zwanzigmal die Bedeutung guter Zusammenarbeit erklärt, mich auf die ersten Schritte einer neuen Epoche angesprochen und mir mindestens genausooft mit dem Kanzleramt gedroht. Er glaubt, ich nehme die Gerüchte nicht ernst. Übrigens denkt unser Mister Koordinator von mir dasselbe.«

»Und? Nimmst du sie ernst?«

»Lars, der russische Präsident hat zur Zeit die gleichen Chancen auf eine Wiederwahl wie du auf einen neuen, ordentlichen Kaffee. Nach letzten Hochrechnungen führen die Kommunisten eindeutig. Also, wie kann der amtierende Präsident noch aufholen? Wir haben aus Bonn erfahren – ja, aus Bonn, nicht aus Moskau –, daß er kurz vor der Wahl noch einige weitreichende Veränderungen vornehmen wird. Das heißt, er wird beispielsweise noch die Wehrpflicht für Dritt- und Viertsöhne abschaffen. Das gibt ihm sicherlich ordentlich Punkte. Zudem wird er mit den Tschetschenen im nördlichen Kaukasien verhandeln. Gibt noch einmal Punkte. Das heißt, er kann es mit den Roten und dem General vielleicht doch noch aufnehmen.« Bloßfeld grinste, hob dann schnell den rechten Zeigefinger. »Aber nun kommt das Gerücht, das uns seit Wochen auf Trab hält. Stell dir Folgendes vor: Tauchen die monarchistischen Parteien wirklich plötzlich aus der Versenkung auf, dann geht das nur zu Lasten des Präsidenten. Und wenn nur ein Splitter dieser monarchistischen Bestrebungen in Rußland wirklich von deutschem Boden kommt, kannst du dir vorstellen, was das bedeutet. Und den Gerüchten zufolge handelt es sich nicht um einen Splitter, vielmehr um eine Bombe. Gezündet von Deutschland aus. Gezündet von der UEG.«

»Gerüchte«, sagte Leitner.

»Gerüchte«, nickte Bloßfeld, »aber sie sind ernst zu nehmen. Du hörst dich schon fast wie unser Traumtänzer aus dem Kanzleramt an. Hat die UEG ihre Finger im Spiel, unterstützen Breuer und Stolzenberg die Monarchisten in Rußland, dann hat Kutschnekov recht. Der Kanzler kann noch so oft nach Moskau reisen und Wahlkampfhilfe für den russischen Präsidenten leisten. Es bringt nichts. Die russische Wahl wird von deutschem Boden gesteuert. Und das gegen den Präsidenten. Das heißt, da wird außerhalb der Regierung, außerhalb der legitimierten Politik massiv an der deutschen Ostpolitik gedreht.«

Die Tür wurde geöffnet.

»Kaffee, stimmt's?« grinste Höppner durch den Spalt. Er war ein kleiner, älterer Kerl mit Pomade in den Haaren. Bloßfeld und Leitner hatten ihn schon vor dem Aachener Hauskauf gekannt. Er hatte in der »Ersten« des BND gearbeitet, war beim Gegner aufgefallen, *zu sehr* aufgefallen. Mit vierzig Jahren war er zu alt für eine neue Eingliederung in den Geheimdienst gewesen, zu jung für einen Innenposten, zu kenntnisreich für einen plumpen Abschied.

»Hans, tu wenigstens noch drei Löffel drauf«, ordnete Bloßfeld schweratmend und mit hoffnungslosem Blick an. Er mochte Höppner und gab ihm deshalb stets auch kleinere nachrichtendienstliche Aufgaben, solange er dafür das Haus nicht verlassen mußte. Er durfte es nicht, er tat es dennoch.

»Wann fliegst du?« wollte Leitner wissen.

»Du.«

»Wie bitte?«

»Du fliegst, Lars. Du fliegst. Ich habe dem Alten gesagt, daß ich unmöglich weg kann, solange dieser Mistkerl noch frei herumläuft und die ganze Welt strubbelig macht. Gleichzeitig kann ich nicht irgend jemanden schicken. Es muß ja schließlich jemand sein, den die Russen und das Kanzleramt anerkennen.«

Leitner sagte nichts. Er überlegte, schaute dann überrascht auf seinen Monitor. Prozent-, Seiten- und Konfigurationsanzeigen wechselten, Softwarefenster wurden wild geöffnet und geschlossen. Das Programm besaß eine Dechiffriereinheit. Leitner wartete.

»Das kommt von Sommerfelds Leuten«, erkannte er.

»Und?« fragte Bloßfeld.

»Ist noch nicht komplett da. Muß aber was Längeres sein.« Leitner zögerte.

»Worüber machst du dir Sorgen?«

»Wilhelms, ich mache mir Sorgen um Wilhelms. Immer noch. Er ist Journalist und ein guter.«

»Er war ein guter.«

»Er ist ein sportlicher, gerissener Journalist. Elßner fällt wegen Knöchelverstauchung und Bänderdehnung vorerst aus. Walters liegt mit zerquetschten Eiern flach.«

Leitner blickte wieder zum Bildschirm.

»Hast du dir einmal darüber Gedanken gemacht, warum gerade dieser Wilhelms dieses BSE-Gutachten bekommen hat?«

»Habe ich«, antwortete Bloßfeld schnell, »und deshalb ist es so wichtig, daß wir den Jungen unter Kontrolle bekommen.«

Leitner drückte auf die Tastatur. Der Drucker zog selbständig drei Blätter ein.

»Also, Herr Bloßfeld«, begann er förmlich, »der Verfassungsschutz hat die Melzer am Haken, hat vor wenigen Minuten die Redaktion gestürmt und ...«

»Was?« unterbrach ihn der Chef.

»Nein, nicht gestürmt. Habe ich nur so gesagt. Sie haben Wilhelms' Büro durchsucht, nach Absprache mit Chefredakteur und Herausgeber. Beide haben zugestimmt, nachdem sie die Anschuldigungen offiziell mitgeteilt bekommen haben. Sommerfeld schreibt, daß der ›Kurier‹ nichts darüber berichten wird, ja sogar darum gebeten hat, daß andere Medien nichts davon erfahren. Sie trauen also Wilhelms durchaus zu, korrupt zu sein, Informationen verschachert und sich selbst bereichert zu haben.«

Bloßfeld lehnte sich zurück, schmunzelte und schüttelte leicht den Kopf. Hatte die Sommerfeld doch recht gehabt! Der »Westdeutsche Kurier« zählte mit zu den auflagenstärksten Tageszeitungen der Bundesrepublik, jedoch in der Presselandschaft nur zu den ›Berichtenden‹, nicht zu den ›Aufdeckenden‹. Die Monopolstellung im Revier erlaubte der Zeitung seit Jahrzehnten diese dürftige Art der Publikation. So bescheiden die Erfolge der Redaktionen und deren bundesweites Ansehen daher waren, so bekannt war dagegen die Rechtsabteilung des »Westdeutschen Kuriers«. Sobald ein Konkurrenzblatt in der Region auf dem Markt auftauchte, wurde geklagt. Die »Kurier«-Juristen kannten nur den Sieg.

»Gefunden hat man nichts«, fuhr Leitner fort. »Poschmann, Erhard Poschmann, so heißt der Chefredakteur, hat um lückenlose Aufklärung und um sofortige Benachrichtigung gebeten. Sommerfelds Leute schreiben allerdings auch, daß dieser Poschmann ein guter Freund von Wilhelms ist. Scheint sich wohl selbst in die Hose zu machen, der gute Mann.«

»Was ist mit Köln oder Bonn? Das hat er doch dem ... Sowieso erzählt. Wie heißt er noch gleich?«

»Vogelsang. Paul Vogelsang. Wir haben keine Anhaltspunkte. Das einzige, was wir wissen, ist, daß Wilhelms den Pressesprecher angerufen hat und ihm sagte, er müsse noch nach Köln oder Bonn. Wenn er das hinter sich gebracht habe, wolle er sich stellen. Da glaube ich nicht dran. Ich glaube auch nicht, daß er nach Köln oder Bonn gefahren ist. Vor allem nicht nach Bonn. Der Wilhelms ist da bekannt wie ein dreibeiniger Hund. Nicht weil er anerkannter Journalist ist, sondern weil er sich auf allen Partys rumtreibt. Auch wenn es nicht zu seinem Bereich zählt. Außerdem hat er bis heute nacht um vier noch mit uns hinter seinem Haus Katz und Maus gespielt.«

Der Drucker zog erneut Blätter ein. Bloßfeld schenkte ihm keine Beachtung. Mehrmals drehte er die Kappe seines Füllers ab, schraubte sie langsam wieder drauf. Er überlegte, machte sich mit Kreisen und Strichen eine Zeichnung auf der Schreibtischunterlage, knüpfte Verbindungen und strich sie wieder. Er schrieb *Strombach* in Großbuchstaben und machte einen Kringel um jeden Buchstaben.

»Was kann bei der Obduktion herauskommen?« fragte er.

»Das macht dir Sorgen?«

»Immerhin hat Wilhelms dem ... Wie heißt der Pressefritze noch?«

»Vogelsang.«

»Immerhin hat er dem Vogelsang gesagt, daß er nicht an einen Unfall glaubt. Also, was ist mit der Obduktion?«

Bloßfeld malte um *Strombach* immer größere und weiträumigere Kringel, bis er vor *Wilhelms* abrupt innehielt.

»Die Leiche ist vom Bestattungsunternehmen abgeholt worden. Kellinghausen hat den Bericht vorliegen«, sagte Leitner und suchte auf dem Sideboard neben seinem Bildschirm, »sein talentierter Mitarbeiter versichert, daß bei der Obduktion mit hundertprozentiger Sicherheit ein Unfalltod diagnostiziert wird. Kellinghausen hat übrigens bei der zuständigen Abteilung des Landeskriminalamtes einen fähigen Mitarbeiter. Das sagt er zumindest. Hoffentlich ist das nicht auch so ein ... Hundertprozentiger.«

Bloßfeld malte weiter Kringel.

»Hat die Sommerfeld die Gruppe aufgestockt?«

Leitner war die Gedankensprünge seines vorgesetzten Freundes gewohnt. »Hat sie. Acht Leute sind dabei, Wilhelms' Umfeld zu durchforsten, vier sind an der Melzer dran, weitere vier überwachen den Kohlenweg. Zwei halten den Kontakt zur Polizei, und fünf sind ...«

Die Tür wurde nicht geöffnet, sie wurde aufgerissen.

Mit drei Schritten war Ralf Dietmer, der im Hause für die technische Koordination verantwortlich war, am Schreibtisch und hielt Bloßfeld einen Zettel unter die Nase.

»Haben wir gerade aufgeschnappt«, sagte er schnell und verharrte dann in Lauerstellung. Dietmer war ein exzellenter Logistiker. Er hatte zuvor in der »Technischen« des BND unter Leitner gearbeitet. Als dieser das Angebot von Bloßfeld erhalten hatte, mit die Sondereinheit zu bilden, hatte er großen Wert darauf gelegt, Dietmer einzubinden.

Bloßfeld starrte auf das Papier, warf es Leitner rüber. Es war die Abschrift eines abgehörten Gespräches, das Breuer vor nicht einmal fünf Minuten von der UEG aus geführt hatte.

»Scheiße! Verdammte Scheiße! Wo ist die Melzer?«

»Noch in der Redaktion, Chef«, antwortete Dietmer.

»Wir müssen vorher da sein. Schicken Sie sofort zwei Leute zu Strombachs Mutter! Sofort!«

»Wen?« fragte Dietmer.

Bloßfeld überlegte nicht: »Ist mir egal. Hauptsache, wir sind zuerst da. Und achten Sie darauf, daß die Melzer nicht dazwischenfunkt. Notfalls haltet ihr sie auf. Auch egal, wie.«

Dietmer war schon fast aus dem Raum, da rief Bloßfeld ihn zurück. »Ralf, es ist nicht egal! Sieh zu, daß es Leute von uns sind. Schick nur eine Mitteilung an Kellinghausen und Sommerfeld. Zur Kenntnisnahme. Und unterstreiche das! *Zur Kenntnisnahme*!«

Leitner stand auf, ging um den Schreibtisch, stellte sich hinter Bloßfeld und holte einen Stift hervor. Er malte einen neuen Kreis auf Bloßfelds Schreibtischunterlage.

»Langsam wird es wirklich unübersichtlich. Woher weiß Breuer, woher weiß die UEG, daß die Melzer von

Wilhelms den Auftrag hat, zu Strombachs Mutter zu gehen? Und woher weiß die Melzer, daß in irgendeiner Uhr Informationen über Strombachs Recherchen gespeichert sind?«

14 Das Telefon klingelte. Das Klingeln ging durch Mark und Bein. Katja Melzer drehte sich um, zog die Bettdecke wieder über die Beine und schaltete das Licht über der Bettkommode an. Sie mußte sich kurz orientieren. Das schwache Licht blendete sie.

Sie griff zum Telefon. Sie konnte die Uhr nicht sehen.
»Bitte, häng nicht auf!«
Es war Max Wilhelms, und es war mitten in der Nacht, wahrscheinlich schon früher Morgen.
»Weißt du, wieviel Uhr es ist?«
»Kurz vor halb fünf.«
»Danke«, seufzte sie genervt, »bist du im Knast? Brauchst du frische Unterhosen? Seit wann? Brauchst du Geld, oder willst du mich einfach nur mit kaputtmachen?«
»Katja, du mußt mir zuhören. Einstein hat keinen Unfall gehabt. Einstein hat ...«
»Max, du bist betrunken. Du bist betrunken und wirst von der Polizei gesucht«, schrie sie nun, »du hast Scheiße gebaut.«
Sie hörte das Seufzen, sah das Verkrampfen seiner Faust. Sie kannte ihn. Sie wußte, daß er in Extremsituationen immer die Fäuste ballte und nach etwas suchte, worauf er schlagen konnte. Sie wußte aber auch, daß sie ihn nun nicht allein lassen konnte. Dafür war sie ihm noch zu eng verbunden. Doch sie wollte sich so tapfer wie möglich wehren.

»Wo bist du?«

»Katja, laß mich ausreden, ja? Hörst du? Laß mich ausreden! Ich war in der Wohnung. Mit Oma Käthe. Beamte sind gekommen. Während ich in Einsteins Rumpelkammer war, du weißt, die Kammer hinter seinen Regalen. Katja, das einzige, was sie gemacht haben, war, daß sie an seinen Computern hantiert haben. Sie haben irgend etwas gesucht, gelöscht. Ich weiß es nicht. Warum sollten sie das tun?«

»Vielleicht, weil sie nach dir suchen und Informationen über dich brauchen. Du weißt doch, was sie dir vorwerfen, oder? Was soll dieser ganze Quatsch mit Beamten, Rumpelkammer und Computern?«

»Katja, das ist es ja! Wenn sie etwas suchen, warum dann in Einsteins Werkstatt? Warum haben sie keinen Durchsuchungsbefehl und stellen alles auf den Kopf? Warum kommen zwei Leute, die das Haus bewachen, rein und hantieren am Computer rum?«

Katja setzte sich aufrecht, zog erneut die Bettdecke über ihre Beine. Sie waren schlank und frisch rasiert, dünnhäutig wie ihr ganzer Körper. Sie fror schnell.

»Katja, ich kann dir noch nichts Genaues sagen. Ich weiß nur, daß ich einen Brief bekommen habe. Du hast ihn mir Sonntag abend gebracht – vielmehr Einstein dagelassen. Diesen Brief habe ich Einstein gegeben und ...«

»Was denn? Ich dachte, ich hätte ihm den Brief gegeben. Du sprichst wirres Zeug.«

»Katja, erst hat Einstein ihn mir gegeben. Ich habe ihn gelesen, ihn Einstein zurückgegeben und Einstein gebeten, nachzuhaken.« Max sprach nun langsam und ruhig.

»Und was stand drin?«

»Ich weiß es nicht.«

»Du hast doch gerade noch gesagt, daß du ihn gelesen hast.«

»Ich habe ihn überflogen. Ich habe nichts von dem verstanden. Deshalb habe ich ihn ja auch Einstein gegeben. Ist doch auch egal!«

»Wenn du meinst.«

»Katja, hör zu. Einstein hat recherchiert. Er muß etwas Sensationelles herausgefunden haben. Oma Käthe sagt, er habe sich merkwürdig verhalten, so merkwürdig wie noch nie. Katja, du kennst die Oma. Sie redet nicht einfach daher. Einstein hat ihr gegenüber von einem Skandal gesprochen, einem Skandal, der ...«

»Einstein hat immer von einem Skandal gesprochen, selbst bei einem Nachbarschaftsstreit um Taubenmist«, unterbrach sie ihn forsch. Sie spürte den Druck in ihren Augen. Sie spürte, wie ihr die Tränen kamen, Tränen, die ihre übermüdeten Lider nicht länger zurückhalten konnten, Tränen um den toten Einstein, Tränen der Wut auf Wilhelms.

»Katja, wir sind doch Freunde. Wir sind doch immer noch ...«

»Was sind wir?« Die Chefin vom Dienst war samt Decke hochgesprungen. Sie saß nun aufrecht am Bettrand und hielt den Telefonhörer so fest umklammert, als wollte sie ihn würgen. Die Decke ließ sie fallen. Sie war nackt. Zu ihren Füßen lag das ausgezogene Nachthemd.

»Was sind wir, Max? Was? Du kommst und gehst und nimmst null Rücksicht auf mich. Du strapazierst meine Nerven, untergräbst meine Autorität, weil du meinst, du könntest nun alles machen, was du willst. Was sind wir, Max? Was? Ein Paar? Das wolltest du doch wohl nicht sagen, oder? Sie werfen dir Korruption vor, Bestechung! Du hast eine kriminelle Gruppe, eine gewalttätige Gruppe unterstützt. Und plötzlich ist die alte Freundin wieder da. Da erinnerst du dich plötzlich an mich. Wie praktisch! Was ist mit Einstein? Dein Freund stirbt, und du gehst in die Kneipe und läßt dich vollaufen. Besoffen rufst du mich dann an, und ich springe. Soll ich springen? Wohin? Sag es mir! Ich springe blind.«

Für wenige Sekunden herrschte Stille in der Leitung. Einsteins Tod hatte sie mehr mitgenommen, als sie sich zugestehen wollte. Katja Melzer wollte sich nie eigene Schwächen zugestehen. Diese Tatsache ließ sie nach außen hin besonders stark wirken. Doch wer sie kannte, konnte sie sehr tief verletzen und mit ihr spielen. Und Max Wilhelms kannte sie, was sie nur noch wütender machte.

»Dann tu es bitte für Einstein. Wenn du mir nicht glaubst! Du kannst mir ja vieles vorwerfen, aber das, meine Liebe, das kannst du wirklich nicht sagen. Und bitte, überlege mal, warum du so stinkig bist!«

Das Telefonat hatte noch länger als eine weitere Viertelstunde gedauert. Zehn Minuten waren mit Vorwürfen, ja sogar Beleidigungen verstrichen, waren voller Wut und Haß gewesen. Mehrfach hatte Katja Melzer damit gedroht, sofort aufzulegen. Wilhelms hatte sich daraufhin immer mehr verzettelt. Dennoch waren die letzten fünf Minuten für Entschuldigungen und konstruktive Vorschläge genutzt worden.

Das war vor fast zehn Stunden gewesen.

Nun saß sie in ihrem kleinen Peugeot und versuchte, sich Wort für Wort an das Telefonat zu erinnern. Sie war immer noch müde, sie war regelrecht geschafft. Sie hatte nach dem Anruf lange nicht einschlafen können. Gewissermaßen war sie während des ganzen Tages nicht richtig wach geworden. Max hatte plötzlich ohne Vorwarnung und völlig zusammenhanglos gefragt, was sie zur Zeit trage. Sie war verlegen, zu verlegen gewesen. Max hatte daraufhin wissen wollen, ob sie allein sei. Sie hatte ihn angelogen.

Einsteins Mutter wohnte etwas außerhalb der Stadt. Katja hatte versprochen, sie zu besuchen. Sie hatte nicht gewußt, wie stressig der Tag werden würde. Poschmann hatte sie schon auf dem Flur abgefangen. Er war schon früher in die Redaktion gefahren. Sie solle mit Niemeyer endgültig das Krebsproblem lösen. Seit über einer Woche nahm Oskar Niemeyer hemmungslos seine Krebsserie auf die »Ratgeber«-Seite, gleich ob »Familie, Gesundheit, Recht« oder »Urlaub« in der Kopfzeile zu lesen war. Wie immer mit gefalteten Händen begründete er seine Auswahl mit dem Argument, daß Kontinuität auch auf einer »Ratgeber«-Seite Leser binde. Bislang hatten sich die Kollegen darüber lustig gemacht. Doch eine Kurklinik für geheilte Krebskranke unter der Rubrik »Urlaub« zu behandeln, hatte das Faß zum Überlaufen gebracht. Katja wußte, daß Poschmann nur einen Satz sagen, sie dagegen vor Niemeyer ein ganzes Plädoyer halten mußte. Dennoch war sie zufrieden. Der Chefredakteur wollte ihr Autorität verschaffen. Das hatte sie dringend nötig.

Einsteins Mutter, Hertha Strombach, wohnte in einem der modernen, scheußlichen Wohnsilos, Plattenfertigbauten, acht bis zehn Stockwerke hoch. In der Anonymität der Wohnanlage vegetierten alte Menschen dahin – mit Blick auf einen kleinen trostlosen Spielplatz, der nur von Jugendlichen genutzt und regelmäßig zerstört wurde. Die Häuser gehörten einer Wohnungsgesellschaft, die mit einem ansässigen, namhaften Wohlfahrtsverband einen Vertrag geschlossen hatte. Alte, Gebrechliche, Behinderte wurden rund um die Uhr betreut. Zumindest wurde ihnen das Gefühl gegeben, betreut zu werden. Einstein hätte eine Nachbarwohnung in dem Silo haben können, hatte jedoch abgelehnt. Er hatte Max nicht allein lassen wollen. Er hätte sich ohne Max allein gefühlt.

Katja fuhr langsam die Zufahrtsstraße zu dem Ghetto hoch und suchte nach einem Parkplatz. Die wenigen Parkbuchten waren verschachtelt zwischen den Gebäuden angelegt. Für die Bewohner waren große Tiefgaragen gebaut worden. Die meisten waren nicht besetzt. Die meisten Besucher konnten nicht mehr Auto fahren, konnten sich kein Auto mehr leisten. Katja kannte die Siedlung, hatte in den letzten Jahren mehrere Reportagen und Berichte darüber gefertigt: über die Sozialgefahr, ausgehend von der Architektur, über die Programme des sozialen Brennpunkts, über Nachbarschaftsprojekte, Straßenfeste und die Wohlfahrtsgesellschaft. Das Ghetto war Vorzeigeobjekt für preiswerten Wohnungsbau, gleichzeitig Mahnmal für asoziale Architektur.

Zwischen zwei Tiefgarageneinfahrten war noch Platz. Katja parkte den Peugeot rückwärts ein. Hertha Strombach wohnte in der sechsten Etage. Katja schellte. Es wurde aufgedrückt. Die Gegensprechanlage funktionierte nicht.

Hertha Strombach stand bereits in der offenen Wohnungstür, als Katja aus dem Fahrstuhl trat. Die Mutter mußte die ganze Nacht geweint und kein Auge zugetan haben. Ihre Tränensäcke schimmerten verschwollen auf den faltigen Wangen. Sie blickte Katja an und sagte kein Wort. Sie wollte weinen, aber die Tränendrüsen gaben nichts mehr her. Die verschwollenen Tränensäcke hatten die beiden Frauen gemeinsam.

»Frau Strombach, mein herzlichstes Beileid«, sagte die stellvertretende Chefredakteurin und reichte der angeschlagenen Frau die Hand. Hertha Strombach ergriff sie, hielt sie fest, suchte Schutz, suchte Halt, zog Katja dankbar in die Wohnung.

Die Räume waren dunkel gehalten. Katja wunderte sich ein wenig, daß es solche Tapeten überhaupt noch gab: helle Muster – zum Teil in Blütengestalt – auf dunklem Hintergrund. Alles sah gepflegt aus. Jedes Tischchen war mit einem Spitzendeckchen, jedes Sofa mit einem Kissen aus Samt geschmückt. In der Mitte waren Falten eingeschlagen. Die Spitzen der Kissen zeigten steif und streng nach oben. Die Fensterscheiben waren klar und rein. Nicht einmal der Ansatz eines Tropfens oder eines Fingerabdrucks war zu erkennen. Katja war Einsteins Mutter erst zweimal begegnet, konnte sich aber an eine der besonderen Gewohnheiten der alten Dame recht genau erinnern. Sobald sie eine Unordentlichkeit erkannte, mußte sie beseitigt werden. Sie war krank und gebrechlich und konnte ihre Knochen nur noch schwer bewegen. Doch Unordnung ließ sie agil werden. Eine leergetrunkene Tasse mußte sofort gespült, ein Kratzer auf der Tischplatte sofort poliert, ein gerade einmal halbgefüllter Mülleimer sofort geleert werden. Die sauber geschlagene Kissenfalte war für sie das I-Tüpfelchen eines gepflegten Haushalts.

»Er war immer so trottelig, so unbeholfen, so unkonzentriert! Möchten Sie einen Kaffee, Fräulein Katja?« fragte sie und strich mit ihrer zittrigen Hand zwei überlappende Spitzendeckchen glatt.

»Lassen Sie ruhig, Frau Strombach. Machen Sie sich keine Umstände!« Katja lächelte teilnahmsvoll. »Ich bin eigentlich nur hier, um Ihnen mein Beileid auszudrücken. Wenn wir Ihnen irgendwie helfen können, sagen Sie bitte Bescheid. Haben Sie denn irgend jemanden, der Ihnen zur Zeit ein wenig hilft?«

Sie nickte nur und meinte: »Frau Kohler. Sie war immer für mich da. Ach, Fräulein Katja, sie ist ja auch nicht mehr die Jüngste! Sie sagt immer: ›Hertha, daß du das alles noch so schaffst!‹ Ich meine, es ist ja auch schwierig. Sie war gerade noch hier. Wollen Sie nicht wenigstens etwas Gebäck, Fräulein Katja?«

»Nein, danke.« Katja Melzer zögerte. »Max bittet Sie um einen Gefallen. Er ...«

»Ist das nicht schlimm? Was hat der Junge nur angestellt? Ich habe Rüdiger immer gesagt, daß mit dem Jungen etwas nicht stimmt«, platzte Hertha Strombach nun heraus, als hätte sie nur darauf gewartet, daß sie auf Max zu sprechen kamen. »Als die Beamten mir das von ihm erzählten, wollte ich es erst ja gar nicht glauben. Aber dann habe ich ihnen sagen müssen, daß der Max immer etwas draufgängerisch gewesen ist – kein Umgang für meinen Rüdiger. Aber er wollte es so gerne! Dabei, Fräulein Katja, hätte er es bei mir doch auch gut gehabt. Zumindest wäre er nicht so allein gewesen, nicht so oft allein ... und vielleicht wäre dann auch dieser schreckliche Unfall nicht passiert.«

Katja Melzer ließ sich auf einen der Sessel fallen und zog, ohne hinzuschauen, das Plüschkissen unter sich weg. »Was für Beamte?« fragte sie. »Was wollten die hier? Vor allem, was haben sie über Max erzählt?«

Hertha Strombach griff nach dem Kissen, legte es neben Katja, schlug eine Falte und zog die Ecken gerade. Dann öffnete sie eine verschnörkelte Schranktür und holte einen Teller mit Waffelgebäck hervor. Die Plätzchen waren, im Kreis überkantet, aufgereiht. In der Mitte waren sie gestapelt.

»Sie wollten ... sie wollten nur Rüdigers persönliche Sachen, die er bei sich trug, durchschauen. Das Beerdigungsunternehmen hatte sie ja schon vorbeigebracht. Das machen die immer mit den Sachen, die ein Verstorbener zuletzt bei sich trägt. Der nächste Verwandte kriegt die Sachen. Ja, und dann sagten die Beamten noch, daß sie nach Max suchen, weil er im Parlament Unsinn gemacht und Unterlagen gestohlen habe. Und Rüdiger habe vielleicht Informationen darüber gehabt. Irgendwelche Papiere oder Hinweise, natürlich nicht wissentlich. Max habe sie ihm vielleicht heimlich zugesteckt. Sie waren sehr nett und höflich. Und sie wollten seine Uhr.«

Katja schreckte hoch. »Die Computeruhr?«

»Ja, sie sagten, sie bräuchten sie, weil Rüdiger eventuell einige Informationen darin gespeichert habe, die für sie und für Max wichtig seien. Da seien eventuell wichtige Telefonnummern drin. Ich hatte den Eindruck, die Männer glaubten selbst nicht so ganz daran, daß Max was Böses gemacht hat. Ich denke, sie wollten ihm auch helfen.«

Katja wollte ihren Ohren nicht trauen. Max Wilhelms hatte sie schamlos ausgenutzt! Er wollte Informationen vor der Polizei verheimlichen und hatte sie benutzt. Er hatte ihr Glaubwürdigkeit vorgeheuchelt, hatte sich kniend von einer Telefonzelle aus erniedrigt, sie angefleht. Dieser widerliche Kerl hat es wieder einmal geschafft, schoß es ihr durch den Kopf, und sie preßte die Lippen zusammen. »In der Uhr steckt der Beweis für meine Unschuld«, hatte er kurz vor fünf am Morgen durch den Hörer geheult. Alle wichtigen Informationen habe Einstein in ihr gespeichert. Wenn er wirklich etwas Wichtiges, Skandalöses, Unglaubliches herausgefunden habe, dann sei es noch in dieser Uhr, hatte Max gesagt. Einstein habe in der Uhr immer überaus wichtige Informationen gesammelt, und er, Max Wilhelms, könne unmöglich zu Einsteins Mutter gehen, die mittlerweile ja wohl Einsteins Wertgegenstände haben müsse, die er zur Zeit des Unfalls bei sich gehabt hatte. Er müsse sich auf die Freunde verlassen, die sich immer auf ihn hätten verlassen können. Letztere Bemerkung hatte er gegenüber Katja dann schnell revidiert. Er hatte erkannt, daß er bei ihr damit in eine Sackgasse gerannt war.

»Was ist mit dieser Uhr?« riß Mutter Strombach Katja aus ihren Gedanken. »Was hat Rüdiger damit gemacht?«

Katja klärte sie kurz und knapp über die Fähigkeiten des Gehäuses auf und bat höflich um Verzeihung, daß sie so schnell wieder gehen müsse. Sie griff nach ihrer Tasche, reichte Einsteins Mutter mehr abwesend die Hand, lächelte mechanisch und schritt zur Wohnungstür. Im Eingang drehte sie sich plötzlich noch einmal um.

»Frau Strombach, eine Frage noch: Wer waren die Männer? War das Polizei?«

Hertha Strombach schaute verdutzt drein, versuchte, sich zu konzentrieren. Nach einer kurzen Pause sagte sie: »Ich glaube, es war Polizei, aber eine besondere Polizei. Sie haben mir einen Ausweis gezeigt. Doch nur ganz kurz. Aber sie sagten etwas von Landespolizeibehörde oder -einheit. Fräulein Katja, ich kann mich nun wirklich nicht mehr daran erinnern. Ist das wichtig? Rüdiger hatte nie etwas mit der Polizei zu tun. Als er fünf war, hatte er mal einen Fahrradunfall. Das war alles. Er war ein guter Junge. Kommen Sie zur Beerdigung? Ich weiß nur noch nicht, wann sie ist. Rüdigers Körper soll noch untersucht werden. Ich weiß nicht, was das soll. Aber ... kommen Sie, wenn alles geklärt ist, zur Beerdigung?«

Als Katja den Peugeot aus der Parklücke rangierte und anschließend mit Vollgas wütend zurück in die Innenstadt fuhr, bemerkte sie nicht die beiden Fahrzeuge, die sie verfolgten. Sie hatte sie auch auf dem Hinweg nicht bemerkt.

15 Dreimal mußte Josef an ihre Tür klopfen, bis sie ihm signalisierte, das Weckzeichen gehört zu haben. Draußen war es noch stockduster. Ein kalter Hauch zog durch den schmalen Fensterspalt. Anna hielt es immer etwas geöffnet, hatte das Angebot der zusätzlichen Stepp- und Wolldecken dankend angenommen. Sie brauchte die frische Luft, die von draußen ins Zimmer drang. Trotz des merkbaren, gewöhnungsbedürftigen Geruchs, den sechs alte, schwache, kranke Männer von sich gaben, wurden Bibliothek und Speisesaal nur früh morgens gelüftet, die Zimmer der Herren nur für kurze Zeit während des Frühstücks. Sonst blieben die Fenster fest verschlossen.

Anna gähnte und streckte sich. Sie drehte sich im Bett noch einmal auf die andere Seite und sah das dicke, schwarze Buch. Zwei Stunden hatte sie noch darin geblättert. Anfangs hatte sie wahllos Seiten aufgeschlagen und nur wenige Zeilen gelesen, dann hatte sie immer längere Absätze studiert, schließlich ganz von vorne begonnen.

Was ist preußisch?

So lautete die Eingangsfrage und die erste Kapitelüberschrift. Anna las es letztendlich bis zur letzten Zeile, wollte sie doch wissen, was die Greise, an deren Spitze der Baron, an dieser Epoche so faszinierte. Der Autor stellte seine Fragen präzise. Es waren ihre Fragen. War Preußen ein europäisches Gemeinwesen wie manches andere? Eine als Staat organisierte Kaserne? Ein als Kaserne organisierter Staat? Eine Ordnungsmacht im wahrsten Sinne des Wortes? Ein Anachronismus? Ein Alptraum? Ein Lebensstil? Vielleicht auch nur eine Fiktion?

Anna wollte Antworten, wollte eine Antwort für sich

finden. Sie wußte, daß Preußen für die Alten, die sie betreute, noch lebte, ebenso lebten noch seine Werte, seine Qualitäten, sein Maß und seine Maßlosigkeit. Preußen war für sie nicht tot. Auch nicht für den Schreiber des Buches. Der Experte gab den Greisen darin recht – Anna suchte vergeblich nach einem Enddatum Preußens. Es existierte nicht. Zumindest kein Datum, auf das sich alle Gelehrten, Historiker einigen konnten. Für die einen war es der 25. Februar 1947, als der Kontrollrat der Alliierten durch das Gesetz mit der Nummer sechsundvierzig die Auflösung des Preußischen Staates, seiner Zentralregierung und aller nachgeordneten Behörden erklärt hatte. Für andere war es fünfzehn Jahre zuvor, als Reichskanzler von Papen die letzte rechtmäßige preußische Regierung abgesetzt hatte. Wiederum andere nannten das Jahr 1918. Nach Abdankung des letzten Kaisers. Nahm man jedoch den Bezug zum Herrschergeschlecht, so mußte zwangsläufig der Todestag Preußens auf den 18. Januar 1871 fallen. An diesem Tag war Wilhelm I. im Spiegelsaal von Versailles zum Deutschen Kaiser gekrönt worden. Vierundzwanzig Stunden zuvor hatte er Bismarck gesagt, daß dieser Tag »der unglücklichste seines Lebens« werden würde, da er es sein würde, der dann das preußische Königtum zu Grabe trage. Anna merkte sich die Daten. Sie wollte die Meinung des Barons dazu hören, wollte ihn damit konfrontieren, wollte ihm auch durch ihre Kompetenz gefallen.

Der zweite Morgen ihrer Anwesenheit in dem Herrenhaus hatte für alle bereits eine Normalisierung gebracht. Josef hatte Anna mehrmals den Tagesablauf, ihren Plan erklärt. Die Liste des Prinzen ergänzte ihre Aufgaben nur. Sie hatte sofort erkannt, daß diese Liste nicht viel Mehrarbeit bedeutete. Sie sah, daß es sich vielmehr nur um eine Angewohnheit Oranienbrugs handelte, Spezielles zu fordern. So bat der Prinz beispielsweise um einen wöchentlichen Haarschnitt und um eine Neuaufteilung der Medikamentenausgabe. Statt wie bislang morgens die Pillen für den gesamten Tag in jedes Schächtelchen zu legen, sollte Anna nun dreimal täglich die Ausgabe vornehmen. Der Prinz hatte sich diese Raffinesse wie immer ausgedacht, ohne zuvor die anderen befragt zu haben. Er hielt es schlichtweg für eine Verbesserung. Die Tabletten und Sprays für den Notfall selbstverständlich ausgeschlossen. Denn bis auf ihn und den Baron liefen alle im Haus stets mit einem kleinen Nitro-Sprüher herum, um im Falle einer Herz- oder Kreislaufattacke sofort helfen zu können. Auch Josef hatte stets mehrere Sprüher in seinen Taschen.

Zwanzig Minuten hatte Anna für ihre persönliche Toilette Zeit. Dann mußte sie auf Abruf bereitstehen, bei Bedarf den Herren beim Anziehen helfen, sie auf dem Weg zum Speisesaal begleiten. Anschließend half sie Josef bei der Organisation des Haushalts und besprach mit der Köchin den Essensplan. Es gab bis auf das Grundnahrungsmittel Kartoffeln kaum etwas, das alle aßen. Auch in ihren Leibgerichten spiegelten sich die Charaktere der Alten und ihre Werte wider. Sie aßen zusammen, aber stets Unterschiedliches. Sie lebten zusammen, aber ohne ihre Eigenarten aufzugeben. Lausitz liebte Orangen, Altmühl-Ansbach haßte Mandarinen, Ryn-Gladenberg durfte generell keine Zitrusfrüchte zu sich nehmen. Er begründete es damit, daß die Säuremischung seiner Bauchspeicheldrüse es nicht mehr zuließe. Der Baron mochte dagegen sämtliche Speisen, konnte aber nicht kräftig beißen. Oranienbrug weigerte sich, Schweinefleisch auch nur anzuschauen. Die Köchin hatte viel zu tun und wurde dementsprechend entlohnt.

»Schön, daß Sie gerade kommen«, sagte Oranienbrug, als sie sich nach dem Frühstück im Foyer begegneten.

Mit Lausitz saß er auf einer alten, hölzernen Presbyterbank. Sie war aus schwarzem Edelholz. An den Seiten sowie am Kopf der hohen Rückenlehne befanden sich Schnitzereien von Tiergesichtern. »Wir wollten Sie ohnehin gerade rufen.«

Der Prinz bat sie, Platz zu nehmen. Anna holte von der gegenüberliegenden Wand einen Stuhl und wartete auf erneute Anweisungen. Sie wurde nicht enttäuscht.

»Ich wollte schon immer einmal wieder länger spazierengehen«, sagte Johannes Elias Freiherr von Lausitz zu ihrer Verwunderung. Sein Krankheitsbild ließ gerade einmal den Weg zu seinem Kräuterbeet zu. »Allein kann ich es jedoch auf keinen Fall.«

Anna lächelte und nickte, schaute dann zum Prinzen.

»Nein, nein, ich nicht. Für mich sind solche Anstrengungen nichts mehr«, reagierte Oranienbrug sofort auf ihren Blick, »ich wollte nur eine beratende Tätigkeit ausüben. Das Problem dieses Hauses ist nämlich seine Lage. Im Rücken ist das steile Gebirge, was für den guten Freiherrn von Lausitz unmöglich zu besteigen ist. Die Aue wäre als Ebene an sich gut geeignet. Sie besitzt nicht wenige Pfade. Doch ein Wald ist schon erforderlich. Und damit kann die Aue leider nicht dienen.«

»Wollen Sie nicht noch ein wenig warten, bis der Schnee zu schmelzen beginnt?« fragte Anna den Freiherrn mit besorgter Stimme. Sie liebte zwar den knirschenden Schritt auf tiefem Schnee, wußte jedoch, in welch miserablem Zustand sich Lausitz' Knochen befanden.

»Auch daran habe ich schon gedacht«. Es war Oranienbrug, der wieder einmal schnell antwortete und Lausitz nicht zu Wort kommen ließ. »Es gibt im südlichen Harz drei, vier, nette kleine Rundwege ohne Steigungen. Sie können natürlich auch oben auf die Burg fahren. Dort wird, so glaube ich, gestreut.«

Er überlegte einen Moment. Dann fragte er: »Fräulein Anna, haben Sie eigentlich schon einmal die Burg und das Denkmal besucht?« Auch ihr gab er keine Gelegenheit, etwas zu erwidern. Er kannte ihre Antwort. »Da sollten Sie zuallererst hinfahren. Ich werde mir erlauben, Sie zu begleiten.«

»Ich war auch schon lange nicht mehr oben«, sagte von der Schlei. Plötzlich stand er mit Josef in der Tür. Der Hausdiener trug zwei Rosenscheren. Trotz des Puderschnees über gefrorenen Wasserkristallen mußte er jeden Morgen mit den Freiherrn an die Beete gehen und nach dem Rechten sehen. Seit Wochen war nichts zu tun, durfte nichts berührt werden. Dennoch stritten die greisen Pflanzenzüchter, und Josef war aufgetragen worden, dem Streit beizuwohnen. Jeden Tag. Zur gleichen Stunde.

Oranienbrug verzog enttäuscht das Gesicht. Claus Maria Freiherr von der Schlei hatte ihm doch glatt sein Anliegen geraubt.

»Meine Herren«, erwiderte Anna und blickte, diplomatisch wie sie war, jeden kurz an, »ich wollte schon immer die Burg und das gewaltige Denkmal unter fachkundiger Leitung besuchen. Wenn ein so großes Interesse bei Ihnen besteht, schlage ich einen gemeinsamen Ausflug vor, der ...«

»Das ist unmöglich«, unterbrach der Prinz sie schroff, »General Altmühl-Ansbach und auch dem werten Baron ist das keineswegs zuzumuten. Zudem muß so ein Ausflug gut organisiert werden.«

»Wenn Sie das übernehmen würden«, sagte von der Schlei höflich. Er wußte, daß der Prinz sich nichts sehnlicher wünschte, als sich um die Organisation kümmern zu dürfen, sich jedoch nie und nimmer selbst für diesen Posten vorschlagen würde. Der Satz von der Schleis besaß schon einen gewissen Zynismus, doch der Freiherr meinte es ehrlich und genoß, Oranienbrug den Weg zu ebnen. Schlei war nie verletzend; er wurde von Woche zu Woche harmoniebedürftiger. Bis auf den traditionellen Streit mit Lausitz genoß er stets die Freude der anderen.

»Ich darf Ihnen, Fräulein Anna, gleich eine kleine Broschüre geben, damit Sie sich schon einmal einlesen können«, lächelte der Prinz nun. »Wie ich erfahren habe, lesen Sie sich gerade in das Preußentum ein. Das Denkmal wird Ihnen die gedruckten Worte über Ordnung, Macht, Fleiß, Tüchtigkeit und Disziplin bildlich verdeutlichen. Das Denkmal verkörpert unter anderem diese Tugenden. In nicht einmal mehr drei Monaten wird der hundertste Jahrestag der Einweihung des Denkmals gefeiert.«

Der Prinz stockte für einen Moment, und Anna schossen mehrere Gedanken durch den Kopf. Sie merkte der Betonung seiner letzten Äußerung an, daß Oranienbrug nicht daran glaubte, daß sie bis dahin noch im Hause helfe. War ihr Auftrag, ihr kurzes Intermezzo in diesem Haus so deutlich erkennbar? Mit diesen Gedanken erinnerte Anna sich gleichzeitig an die umstrittenen Daten des preußischen Endes. »Hundert Jahre Denkmal«, hatte Oranienbrug gesagt. Mit der Jahreszahl 1896 konnte sie zunächst nichts verbinden. Dann fiel es ihr ein. Sie hatte es gelesen. Kaiser Wilhelm I. war zwei Wochen vor seinem einundneunzigsten Geburtstag 1888 gestorben. Das Denkmal war zu seinen Ehren errichtet worden. Anna sagte nichts, schaute in die Leere und erinnerte sich, wie sie zum ersten Mal das gewaltige Monument auf dem Kyffhäusergebirge aus dem nach Osten gerichteten Fenster ihrer Kammer gesehen hatte. Bombastisch, majestätisch, unzerstörbar beherrschte es die südliche Flanke des Gebirges, dessen steile Ansätze gleich hinter den Ackern der Freiherren begannen. Es regierte über die Goldene Aue. Es war der Stolz der Region.

Oranienbrug ahnte nichts von ihren Fragen, bemerkte jedoch zu seiner Freude, daß Informationsbedarf bestand.

»Das Denkmal, die Burg, das Gebirge, ja der Name Kyffhäuser steht für Beständigkeit. Kyffhäuser beweist, daß alles wiederkehrt. Sie werden es schon noch erkennen, Fräulein Anna.«

So spontan die kleine Besprechung und Ausflugsplanung in der Eingangshalle begonnen hatte, so endete sie auch. Die Adligen schlurften und schlichen auseinander, als hätten sie sich nie mehr etwas zu sagen, als seien sie froh auseinanderzugehen, als legten sie größten Wert auf Ruhe und darauf, daß sie nun endlich wieder ihrer eigenen Wege gehen konnten. Ein paar Minuten später trafen sie sich allerdings erneut in der Bibliothek, in der Fürst von Ryn-Gladenberg seit Stunden qualvoll seine Kladde füllte und Altmühl-Ansbach Farbtöpfchen und Pinsel neu sortierte. Der General wollte zunächst den Niedersächsisch-Dänischen Krieg auf Zinn verewigen. Albrecht Wenzel Eusebius Wallenstein war einer seiner favorisierten Feldherren. Doch der »Friedländer«, Fürst von Sagan und Herzog von Mecklenburg, stattete seine Mannen mit Uniformen aus, die kein zittriger Pinsel nachempfinden konnte. So zog Altmühl-Ansbach den Böhmisch-Pfälzischen Krieg, den ersten von vier Kriegen des Dreißigjährigen, vor. Kurfürst Friedrich V. setzte auf eine schlichte Rotweißkombination ohne viel Geschnörkel. Währenddessen schrieb Ryn-Gladenberg auf Seite siebzehn:

Wir haben nicht darüber gesprochen, aber wir sind uns einig, das Mädchen unter allen Umständen so lange wie möglich halten zu wollen. Wir wollen sie mittlerweile genauso gern kennenlernen wie sie uns. Einige spüren angesichts ihrer kindlichen Züge nun das Alter. Leider ist es uns nicht mehr vergönnt, zu nächtlicher Stunde durch Treppenflure zu schleichen, um uns kundig zu machen. Doch wir bedienen uns anderer Mittel. Der General hatte lange mit sich ringen müssen, bis er die Tracht seiner Zinnsoldaten auf 1618 festlegte. Er dachte nur kurz an eine russische Uniform, um das Fräulein Anna damit konfrontieren zu können. Nicht nur, daß ihm der Katalog mit den exakten Farbkombinationen fehlte – er wollte sich als Skeptiker unseres Hauses nicht durch ihre Anwesenheit von seinen ursprünglichen Absichten ablenken lassen. Hauptgrund war jedoch, daß er ihr keine feindliche Gesinnung aufdrängen wollte. Dieses Bestreben ist auch bei uns anderen zu erkennen. Ein Streit zwischen mir und von Lausitz ist allerdings unausweichlich geworden. Sowohl auf meinem Schemel als auch auf meinem Pult fand ich heute Katzenhaare.

Erstmals seit ihrer Ankunft fanden die Sonnenstrahlen über der Goldenen Aue eine breite Lücke in der Wolkendecke, so daß der grelle Schein direkt auf ihr Tischchen fiel. Anna saß nun allein in ihrem Raum. Die Greise hielten ihren Mittagsschlaf, der pünktlich nach der Hauptmahlzeit zwischen der dreizehnten und der fünfzehnten Stunde des Tages angesetzt war. Anna versuchte, in ihrem geliehenen Preußenbuch voranzukommen. Es fehlte ihr jedoch die Konzentration. Immer wieder schaute sie den steilen Abhang des Kyffhäusers hinauf, an dessen Spitze das Monument thronte. Sie beschloß spontan, das Denkmal allein zu erobern, falls die Organisation des Prinzen zu viel Zeit in Anspruch nehmen würde. Oranienbrug hatte ihr die Faltbroschüre über »Die Burg Kyffhausen und das Kyffhäuserdenkmal« so gegeben, wie eine Großmutter ihrem Enkel Kleingeld zusteckt: heimlich, fast unheimlich. Sie schaute nun auf die Bilder und den Lageplan. Dann auf die Eingangsworte des Verfassers. Anna dachte, daß ihre Alten kein passenderes Haus für ihren Lebensabend hätten finden können.

Das Anwesen lag am Fuße des Berges, den »heimatverbundene Männer in patriotischer Überschwenglichkeit einst den deutschesten der deutschen Berge nannten«. Es lag im Schatten der drei Kyffhäuserburgen, »die wichtige Zeitzeugen für die Blüte- und Verfallsperiode der feudalen Ordnung« waren. Es lag unter der Obhut eines gekrönten Denkmals, das die Übermächtigkeit einer Nation und ihren Stolz darauf symbolisierte.

Anna nahm die Broschüre und breitete die fünffach gefalteten Seiten aus. »Kyffhäuser« bedeutete auf den ersten Blick Macht, Geschichte, Stolz auf Erreichtes, Erfahrung, Hoffnung, Trauer um Vergangenes, um Vergessenes, um verlorene Werte. Der Berg war sagenumwoben, mahnend und belehrend. Kyffhäuser konnte nach Aussage des Broschüren-Verfassers »Haus auf der Kuppe eines Berges« bedeuten. Anna gefiel dagegen die andere, ebenfalls erwähnte Deutungsvariante viel besser. Sie paßte besser zu ihrem neuen Wohnort. »Kiff« führte zum Begriff »Keifen« und dieser zum »Streit«. »Kyffhäuser« stünde demnach für »Streithaus«.

Auch das Burggebilde zeigte Parallelen zu der Hausgemeinschaft der Greise. Es war durch eigene Ringmauern in Ober-, Mittel- und Unterburg geteilt. Die Burgteile waren nicht gleichzeitig entstanden. Ihre Geschichte war ein Geheimnis. Schriftliche Überlieferungen setzten erst im Jahre 1118 und damit sehr spät ein. Sicher war nur, daß die mächtige Anlage der Verwaltung und Sicherung königlichen Krongutes im nördlichen Thüringen und südlichen Harz diente. In ihrer Blütezeit waren der Burg Kyffhausen unmittelbare Aufgaben zur Erhaltung der zentralen königlichen und kaiserlichen Machtbasis zugewiesen.

Die Burg war auf einem schmalen Sporn des Berges erbaut worden. Nur im Westen war dieser Sporn fest mit der Gebirgsscholle verbunden. Nach Norden, Osten und Süden fiel er jäh ab. Das kleine Gebirge war bekannt für die Fülle einzigartiger Schönheiten. Anna mußte an Lausitz' Vorlieben und Sehnsüchte denken. Die Natur hatte das Massiv nahezu verschwenderisch ausgestattet. Tiergemeinschaften und Vegetationsgesellschaften durften sich hier in bezug auf Mischung und Vielfalt mit dem Prädikat »besondere Einmaligkeit« schmücken.

Anna schaute von dem Prospekt auf, sah auf das Denkmal, das in dem Moment von der Sonne voll erfaßt wurde. Im Schein wirkte es gebieterisch, zumal die Umgebung im Schatten wartete. Schwarz-weiß waren die Farben Preußens. Hell-dunkel lag nun der Kyffhäuserberg da. Zwiespältig wie Sonne und Schatten war auch die Errichtung des Denkmals zu betrachten. Es entsprach einst einem Vorschlag deutscher Kriegervereinigungen, auf dem Kyffhäuserberg ein Denkmal zu Ehren Kaiser Wilhelms zu errichten. Der Bau verstand sich als ein Werk der deutschen Kriegerverbände, finanziert von ihnen, gefördert und wohlwollend propagiert von allen deutschen Monarchen, Fürsten und Regierungen. Der Architekt wußte das Glück eines Standortes in der Kyffhäuserlandschaft zu schätzen, wählte die Ruinenreste der ehemaligen mittelalterlichen Oberburg. Das Denkmal mit der überlebensgroßen Barbarossafigur und dem Reiterstandbild Wilhelms I., mit den Symbolfiguren für Geschichte und Wehrkraft, fügte sich ausdrucksstark in die Landschaft. Der Architekt nannte sein Grundanliegen:

Ein Erinnerungs- und Siegesmal der Nation, die Bestätigung des Dankes für den Gründer der deutschen Einheit, der Aus-

druck der Wehrhaftigkeit und Größe des neuen deutschen Kaiserreichs.

Rund vierhundert Maurer, Zimmerleute, Poliere und Steinmetze arbeiteten sechs Jahre für geringen Lohn unter härtesten, gefährlichen Bedingungen, um das von der unteren Ringterrasse aus einundachtzig Meter hohe Denkmal zu errichten. Siebenundfünfzig Meter hoch war allein der pyramidenförmig angelegte Turm, über sechseinhalb Meter die gewaltige Kaiserkrone ganz oben. Über die Steinfigur des Rotbarts Barbarossa war Wilhelm hoch zu Roß gesetzt worden, umgeben von einem Krieger und von einer sitzenden, vollbusigen Frau.

»Was macht das Mädchen?« fragte der Baron zur Verwunderung aller Mitbewohner. Josef stand mit dem Tablett in der Tür. Der Dampf heißen Tees stieg aus den Kannenöffnungen empor. Vier verschiedene Sorten mußten Nachmittag für Nachmittag zu Beginn des Bibliothektreffens aufgegossen werden. Der Duft des Tees war zugleich Zeichen, sich um das Schachbrett zu versammeln.

»Sie hat gelesen und ist dabei wohl eingeschlafen«, berichtete der Hausdiener und verteilte mit seinen langen Armen die Tassen.

»Ich möchte sie hier sehen«, sagte der Baron kurz und bündig.

Dem General, der gerade überlegte, ob er nun seinen weißen Läufer auch noch aus dem Schutz der Grundlinie heraussetzen sollte, um Schleis Dame zu bedrohen und seine linke Flanke zu sichern, fiel fast die Tasse aus der Hand. Keiner sagte einen Ton. Lausitz suchte nach seiner Katze, Oranienbrug biß sich auf die Unterlippe, Ryn-Gladenberg drückte Kladde samt Stift fest an seine Brust, als wollte er sie schützen. Nur von der Schlei grinste.

Die wenigen Worte des Barons verblüfften sie.

Es dauerte nicht lange. Das Klopfen an der Tür war deutlich zu vernehmen, störte jedoch die Ruhe keineswegs. Nach zwei Sekunden wurde die Tür geöffnet. Der Pflegerin war nicht anzusehen, daß sie geschlafen hatte. Ihre Kleidung saß akkurat, die Haare waren gekämmt, der Zopf war gleichmäßig geflochten. Sie bemerkte die Spannung im Raum.

»Fräulein Anna«, begrüßte der Baron sie höflich, »ich möchte Sie bitten, uns beim Tee Gesellschaft zu leisten. Ihr Interesse an Preußen und am Schachspiel hat uns neugierig gemacht.«

Der Prinz biß sich nun noch fester auf die Unterlippe. Der General holte ein frisches Taschentuch heraus. Ohne Vorwarnung setzte der Hausherr sie einer Konfrontation aus. Anna spürte die Verlegenheit.

»Ich darf Ihnen vielleicht zunächst gestehen, daß ich noch nicht sehr weit in dem Buch gekommen bin«, sagte die Pflegerin vorsichtig, um einer preußischen Befragung auszuweichen.

»Aber die Regeln des Schachspiels sind Ihnen doch vertraut«, erwiderte der Baron, »und uns würde schon interessieren, welche Figuren Sie beim jetzigen Stand des Spiels lieber übernehmen würden.«

Das Grinsen des Freiherrn von der Schlei erhielt fast jugendliche Züge. Von Lausitz vergaß die Suche nach seiner Katze, Ryn-Gladenberg den Ärger mit deren Haaren. Auf Altmühl-Ansbachs Stirn rollten mittlerweile kleine Tropfen, die das frische Taschentuch kaum noch aufzufangen wußte. Es waren Perlen der Angst. Er fürchtete, die Pflegerin könnte sich gegen seine Schachstrategie entscheiden und für die Figuren seines Gegners plädieren, dessen Spielpraxis dem Baron näherstand.

»Ich denke, es gibt unterschiedliche Taktiken und unterschiedliche Strategien«, erwiderte Anna unsicher. »Ich denke, es gibt beim Schach keine optimale Spielweise. Keine Taktik, keine Strategie ist vollkommen.«

»Welche Spielweise bevorzugen Sie, Fräulein Anna? Wir sehen hier doch zwei recht unterschiedliche vor uns.«

Der Baron sprach ruhig, sachlich, ohne die gewohnte Strenge. Doch Anna hörte die ultimative Aufforderung heraus, sich entscheiden zu müssen, auch wenn keine entsprechenden Worte gefallen waren. Sie blickte erneut auf das Granitbrett und erinnerte sich an die Züge, die sie letzte Nacht vorhergesagt hatte.

»Ich würde beide gleich gerne übernehmen«, sagte sie nun mit etwas mehr Sicherheit in der Stimme.

»Was hätt' ein Weiberkopf erdacht, das er nicht zu beschönigen wüßte«, zitierte von der Schlei plötzlich und unerwartet, dafür aber laut aus Lessings »Nathan der Weise« und blickte sogleich entschuldigend in den Raum. Alle schauten ihn erbost an, nur der Blick des Barons haftete auf den Figuren. Gewöhnlich waren es der General, der voreilig sprach und andere unterbrach, oder der Prinz, der sich frühzeitig in Szene setzte. Unüberlegt waren von der Schleis Zitate eigentlich nie. Unüberlegt war lediglich die Art, wie er mit seinem reichhaltigen Zitatenschatz haushaltete. Nur die Verteidigung seiner Rosen und das Äußern von Weisheiten anderer, von Sprichwörtern, Monologsequenzen aus Dramen oder politischem Geschwafel konnten ihn zu spontanen Attacken veranlassen.

Der »Weiberkopf«-Hinweis des Freiherrn barg nach dem ersten Schock jedoch auch eine Chance. Jeder in der Bibliothek wollte nun seine Ansichten zu Annas diplomatischer Entscheidung preisgeben. Nur der Fürst, die Kladde immer noch fest zwischen Unterarm und Brust gepreßt, schloß die Augen. Wie gerne hätte er jetzt seinen Füller gezückt, hätte sich Notizen gemacht. Höflichkeit und Anstand verboten es ihm jedoch. So zog sich Ryn-Gladenberg im ansetzenden Redeeifer der anderen fast unbemerkt ein wenig zurück. Er wollte zumindest versuchen, sich später an jedes Wort zu erinnern. Noch wichtiger als die Worte waren für ihn die Absichten, die versteckten Hinterhältigkeiten, die süffisanten Spitzfindigkeiten seiner Hausmitbewohner. Ohne die Lider wieder zu heben, schrieb er in Gedanken bereits den Adelstitel Oranienbrugs in seine Kladde. Ryn-Gladenberg wußte, daß der Prinz beginnen würde. So geschah es auch.

»Vielleicht haben Sie nicht nur geschickt geantwortet, Fräulein Anna, sondern auch klug entschieden. Sicherlich sind Unterschiede erkennbar. Aber sind nicht die Gemeinsamkeiten, die nur hintergründig zu erkennen sind, wichtiger?« Von Oranienbrug ließ offen, welche Gemeinsamkeiten er nun meinte. Anna sagte nichts, konnte nicht antworten. Sie hatte die Worte des Prinzen nicht verstanden. »Keiner hat ihn verstanden. Keiner wußte so recht, worauf er hinauswollte«, schrieb Ryn-Gladenberg im Geiste mit Er sah dennoch das einvernehmliche Nicken, die Zustimmung der anderen. Sie zählte dazu wie der Punkt am Satzende. Gleich, wer etwas sagte: Das Nicken folgte.

»Wichtig ist, einen Gegner zu haben«, rief Altmühl-Ansbach und rieb das nasse Taschentuch zusammengepreßt über den Oberschenkel. »Einen ebenbürtigen Gegner! Er darf nicht nur ein Rivale sein – kein Konkurrent wie beim Marathonlauf, wo das Ziel vorgegeben ist und die Strecke dorthin ebenfalls – er muß ein wahrer Gegenspieler, ein wahrer Kontrahent sein.«

Dem Nicken folgte eine kurze Pause. Jeder wartete auf von Lausitz' Worte. Doch der Freiherr hatte seine Katze gesichtet. Er nickte immer noch, war mit seinen Gedanken jedoch schon beim Kraulen der weichen, buschigen Nackenhaare.

»Der Gegenspieler macht das Spiel aus«, ergriff Oranienbrug wieder die Gelegenheit, schaute auf Altmühl-Ansbach und drückte seine Schulterflügel zusammen. Es schmerzte, und er lockerte die Anspannung sofort. Dann sah er zu Anna hinüber, die der Diskussion nicht mehr zu folgen wußte. »Doch noch wichtiger ist, ein Feindbild zu haben. Nur dann ist Kämpfen möglich. Ein Feindbild erhält man allerdings nur, wenn der Feind ausgemacht ist. Man muß sich dieses Bild schaffen. Es muß anders sein. Ist einem der Feind zu ähnlich, kann er kein Feind sein.«

»Das macht Schach ja so interessant«, mischte sich von Lausitz nun doch noch ein. Die Katze war unter eine Kommode geflüchtet. »Man hat den Feind vor sich, manchmal, ohne ihn zu erkennen. Er kann sich mit gleicher Taktik tarnen. Aber wir wissen genau, daß er zum Feind wird. Er muß zum Feind werden. Sonst kann er nicht siegen.«

Anna war glücklich, das Nicken zu sehen, war zufrieden, solange sie belehrt wurde. Hauptsache keine Fragen mehr. Keine Fragen, auf die die Alten auch eine Antwort hören wollten. Sie erkannte das Spiel, das Schachspiel, das sie mit ihr spielten. Die Greise wollten sie warnen. Auf ihre eigene Art. Das wurde ihr um so bewußter, als der Baron erstmals wieder aufblickte und seine Frage stellte. Eine der Fragen, die eine Antwort verlangten.

»Oft zeigen die unerfahrenen Sehenden den erfahrenen Blinden den Weg«, sagte der Hausherr und kaute dabei auf dem Mundstück seiner Pfeife herum. »Welche Chancen würden Sie einem Kampf geben, in denn Sie plötzlich mit einem Feind konfrontiert würden, den Sie nicht kennen, nicht sehen, von dessen Existenz Sie lediglich wissen? Welche Chancen sehen Sie, wenn Sie seine Existenz nur erahnen, eine Bedrohung fühlen? Würden Sie handeln oder abwarten?«

Alle starrten sie ungeduldig an. Anna mußte jetzt antworten. Sie hatte keine Zeit nachzudenken, keine Zeit, Hintergründe zu erfragen.

»Ich würde reagieren«, sagte sie spontan und erwartete Widerstand. Sie war in die Enge getrieben worden. Bei der Frage, ob sie Rosen liebe, und bei ihrer Verwunderung über die Schönheit der Aue, die noch früh morgens in düsterer Weite lag, hatte sie sich verraten, hatte sie sich enttarnt. Was hatte sie nun gesagt? Sie hatte zu einer Reaktion geraten. Bloß – auf welche vorangegangene Aktion? Die war doch gar nicht gegeben.

Sie lächelte erleichtert, als alle Herren in der Bibliothek nickten.

Auch der Baron nickte nun, obwohl er an die vielen offenen Fragen bezüglich des Fräuleins Anna dachte.

16 Alfred Sinasz erreichte sie wie immer drei Schritte vorm Parkplatz des Anzeigengeschäftsführers, kurz vor den Altpapiercontainern. Sie hatte einen schweren Tag mit drei Laufmaschen hinter sich, Alfred Sinasz eine Sitzung mit Kollegen der ersten Pförtnerriege und drei Flaschen Bier. Eingereiht wie eh und je, ihre Tasche samt Unterlagen unter einen Arm geklemmt, öffnete er ihr die Tiefgarageneinfahrt, fragte höflich nach dem Wohlbefinden, den neuesten Skandalen, dem aktuellsten Tratsch und selbstverständlich, wer wohl am morgigen Tag den letzten Bericht in den Umbruch schikken würde.

Auf Max, die Aktionen rund um das Fernbleiben des »Europa«-Redakteurs, sprach er sie nicht an.

Katja sagte nicht viel, lächelte nett und wünschte Alfred Sinasz noch eine gute Schicht. Sie warf Tasche und Unterlagen auf den Beifahrersitz und kämpfte sich mit der hakenden Kupplung die Tiefgarage hoch.

Vor der letzten Auffahrt zum Tor wartete sie zwischen den zwei gelben Kästen. Verbunden waren sie nur durch einen Lichtstrahl, der bei Unterbrechung das Tor öffnete. Während andere an den Kästen vorbeirasten, oben vor dem Tor warteten, bis es ganz geöffnet war, blieb Katja Melzer stets in der Lichtschranke stehen. Anfahren am Berg zählte nicht zu ihren Stärken.

Sie hatte gerade gestoppt, als er hinter dem Pfeiler hervorschoß.

Blitzschnell riß Max die Beifahrertür auf, drückte den Sitzrücken nach vorne, quetschte sich hinter der Lehne durch auf den Rücksitz und versuchte anschließend, seinen Körper in den Fußraum zu pressen.

Katja spürte ihren Pulsschlag in der Kehle.

»Max, was machst du?« schrie sie. »Bist du jetzt völlig verrückt geworden?«

Sie drehte sich um. Wilhelms' Kopf war hinter ihrer Rückenlehne. Sie sah nur die dreckige, tiefbraun beschmierte Jeanshose. Sie drehte sich weiter. Das Tor öffnete sich.

»Fahr los«, sagte er.

»Max, du spinnst.«

»Fahr los«, wiederholte er. »Ganz normal!«

»Und was ist, wenn ich's nicht tue?«

»Katja, bitte, ich erkläre dir gleich alles.«

»Jetzt.«

»Nein, jetzt nicht. Fahr endlich, verdammt noch mal! Und dreh dich nicht um!«

Das Tor stand offen. Sie legte den ersten Gang ein, gab Gas, ließ die Kupplung zu schnell kommen.

»Kannst du mir mal sagen, was ich jetzt machen soll?«

»Nichts sagen! Bitte, fahr einfach! Und dreh dich bloß nicht um!«

»Max, du spinnst wirklich.«

An der Ausfahrt der Tiefgarage fuhr sie links, bog an der Kreuzung rechts ab. Die Ampel vor der Umgehungsstraße stand auf Rot. Sie wollte sich wieder umdrehen, als der plötzliche Druck an ihrem rechten Oberarm entstand.

»Bleib ruhig! Dreh dich nicht um! Wir werden verfolgt. Bitte, Katja, dreh dich nicht um, schau in den Rückspiegel, wenn du mir nicht glaubst.«

»Max, du Idiot, ich habe mich zu Tode erschreckt. Was soll das alles?« schrie sie, wollte sich nun mit Gewalt nach hinten drehen, doch der Druck an ihrer Schulter wurde kräftiger. »Du Idiot tust mir weh. Ich drehe mich schon nicht um.«

Katja zitterte am ganzen Körper, allerdings mehr vor Wut als vor Angst oder Nervosität. Sie hielt den Kopf starr nach vorne gerichtet, schaute vom Innen- zum Außenspiegel, dann wieder zurück zum Innenspiegel. Vier, jetzt fünf Fahrzeuge standen hinter ihr. So viel konnte sie am Licht der Scheinwerfer erkennen. Auf der zweiten Spur neben ihr warteten drei Autos auf das nun auch für sie rettende Grün. Max lag nun nicht mehr halb auf dem Rücksitz, sondern im Fußraum davor. Nur die Hand, mit der er immer noch ihren Oberarm drückte, reichte deutlich über die Sitzfläche hinaus. Er mußte wirklich Angst haben.

»Fahr bitte weiter und dreh dich nicht um«, gab Max leise und ruhig, ja geradezu besonnen seine Anweisungen. Es fiel ihm schwer, denn er haßte es, sich zu wiederholen.

»Kannst du mir sagen, wie ich bei Rot fahren soll?« Es klang trotz des relativ gemäßigten Geräuschpegels wie ein Schrei. Katja riß kurz, aber heftig ihre linke Schulter nach vorn und befreite sich aus dem pressenden Griff.

»Wo soll ich jetzt hinfahren?«

»Weiß ich nicht, fahr erst einmal einfach weiter.«

Ihre Wut erreichte beinahe den sprichwörtlichen Siedepunkt. Ihre linke Hand umschlang das Lederlenkrad, die rechte klammerte sich am Schaltknopf fest. Die Ampel wechselte brav von Rot über Gelb auf Grün. Katja ließ den Peugeot-Motor aufheulen und die Kupplung langsam und schleifend kommen. Hätte die Scheibe nun gehakt, wäre der kleine Wagen einer Katze gleich über die Ampelmarkierung gesprungen.

»Prima, erst erschrickst du mich zu Tode, dann soll ich auf Verfolger achten, danach brichst du mir das Schulterblatt, und dann weißt du nicht einmal, wohin ich jetzt fahren soll. Max ...«, ihre Stimme hob sich, »du spinnst!« Sie atmete aus und versuchte, ihn durch den Rückspiegel zu sehen. Es gelang ihr nicht.

»Du glaubst mir kein Wort, nicht wahr?«

»Kein Wort, du Lügner! Das fragst du noch, du Spinner? Du hast wieder irgend jemanden gesucht, der so doof ist und auf deine Spielereien reinfällt. Du hast dir wohl gedacht, wen kann man denn mal so mitten in der Nacht überfallen, ihm etwas vorheulen, und wer ist dann so doof und macht, was ich will. Stimmt's? Komm bitte, sag jetzt bloß nichts! Ich bin im Bilde. So dämlich kann nämlich nur ich sein. Ich falle immer und immer wieder darauf rein. Auf dein Geplärre, auf dein Gesäusel. Du nutzt mich aus, du erpreßt mich, und ich falle immer, immer wieder darauf rein.«

Katja schüttelte den Kopf wild hin und her, als wollte sie Wilhelms wie eine Klette abschütteln. Im nächsten Moment fielen ihr die möglichen Verfolger wieder ein.

»Wahrscheinlich auch nur ein Hirngespinst, deine Verfolger, deine dich suchende, beschattende Armada«, fluchte sie und setzte den Blinker. Sie bog rechts in eine kleine Seitenstraße ein, fuhr im zweiten Gang langsam durch die sehr enge Gasse. An beiden Straßenrändern parkten Autos. Katja mußte sich wie ein Slalom-Fahrer hindurchschlängeln. Sie blickte mehrfach in den Rückspiegel und fluchte. Ihre Stimme stockte plötzlich. Sie war schon fast an der nächsten kleinen Kreuzung, als sie gleich zwei Fahrzeuge hinter sich in die Gasse einbiegen sah. Sie kannte das Gebiet recht gut. Es zählte zu den Ausläufern der alten Stahlwerke, die mittlerweile mit Millionen aus Landes- und Bundesmitteln saniert und restauriert worden waren, und in denen nun avantgardistische, pseudokulturelle Gruppen langweilige, aber dafür moderne Festivitäten organisierten. Alle drei Wochen fand in den alten Mauern eine Vernissage oder ein Theaterstück der Extraklasse statt. Katja fuhr stets durch diese Gassen, da sie so zum rückseitigen Parkplatz der Haupthalle kam, ohne die vielen Ampeln der Umgehungsstraße passieren zu müssen.

»Und?«, fragte Max. »Sprich mit mir.«

»Zwei Autos, du Spinner«, antwortete sie nun etwas ruhiger und bog links ab. Die Fahrzeuge folgten ihr. Sie setzte erneut den Blinker links, fuhr zurück zur Umgehungsstraße.

»Und?« fragte Max erneut.

»Verdammt, ich kann noch nichts ...«, sie zögerte. »Mist! O Gott, was habe ich bloß verbrochen? Du hast recht, du Großkotz, und jetzt sagst du mir bitte mal, was ich machen soll!«

Sie erreichte die Umgehungsstraße und wartete. Die Scheinwerferkegel im Rückspiegel wurden größer. Sie trat aufs Gaspedal, ließ langsam die Kupplung kommen. Diesmal hakte sie. Sie machten einen Satz nach vorne,

Katja riß das Lenkrad rum. Sie fuhren langsam auf der Umgehungsstraße weiter.

»Hast du nicht verstanden? Du sollst mir jetzt sagen, was ich tun soll – oder ich stell' das Auto hier ab, steige aus, halte die anderen Autos an und erzähle deinen Verfolgern eine Geschichte über Vertrauensmißbrauch, schamlose Ausnutzung und Spinnereien. Und dann erzähle ich ihnen auch, daß du mich dazu gezwungen hast, ihnen Beweismaterial gegen dich vorzuenthalten.«

»Was habe ich?«

»Du weißt genau, was ich meine. Die Uhr.«

Max verstand nicht, wollte jetzt auch nicht nachfragen. Er mußte erst einmal eine Möglichkeit finden, mit Katja in Ruhe zu sprechen.

»Fahr bitte weiter, okay? Dann hältst du an. Kurz bevor eine Ampel auf Grün wechselt, springst du auf den Beifahrersitz, ich komme nach vorne, und dann versuchen wir, sie abzuhängen.«

»Nein.«

»Wie – nein?«

»Ich habe nein gesagt.«

»Und warum?«

»Weil wir nicht in einem James-Bond-Film sind, du Oberspinner. Ganz einfach.«

»O Gott, hast du einen besseren Vorschlag?«

»Max«, Hoffnungslosigkeit und Resignation lagen in ihrer Stimme, »du hast sie nicht mehr alle. Die suchen dich, nicht mich.«

»Und warum verfolgen sie dann dich?« fragte er und erkannte selbst, wie arrogant das klang.

»Wahrscheinlich, weil ihnen irgend jemand gesteckt hat, daß ich eine blöde, dumme Pute bin, die immer wieder auf dich hereinfällt. Was weiß ich!«

In den Spiegeln waren die Fahrzeuge noch deutlich zu

erkennen. Sie sah nur die Scheinwerfer, hatte sie nicht aus den Augen gelassen. Ein Scheinwerferpaar war durch seine verhältnismäßig eng zusammenstehenden Leuchten besonders auffällig. Katja setzte erneut den Blinker und bog wieder in eine dieser engen Seitengassen ein. Sie erreichte die nächste Kreuzung und wollte Max gerade wieder anfauchen, als sie im Rückspiegel das Handgemenge erkannte. Der erste Wagen hatte sich weit hinter ihr quergestellt, hatte den anderen Wagen blockiert. Mehrere Personen waren auf der Straße zu erkennen. Katja wollte erst warten, die Szene beobachten, gab dann aber schnell Gas und bog mehrmals ab, bis sie auf dem rückwärtigen Parkplatz der ehemaligen Stahlfabrikationshalle den Peugeot-Motor abstellte und sich umdrehte.

»Was machst du denn jetzt schon wieder?« fauchte Wilhelms aus dem hinteren Fußraum.

»Keine Ahnung, aber der eine Wagen hat den anderen angehalten. Sie sind nicht mehr hinter uns.«

Sie drehte sich um, legte einen Arm über die Kopfstütze des Beifahrersitzes.

»So, mein Freund, jetzt raus mit der Sprache! Was hast du angestellt? Die verfolgen mein Auto, mich, nach Feierabend. Was ist es?«

Wilhelms quälte sich aus dem Fußraum. Er dachte an das seltsame Verhalten seiner Verfolger, konnte sich keinen Reim darauf machen. Er setzte sich auf der Bank aufrecht und schaute sich um. Katja hatte einen recht sicheren Platz zwischen anderen parkenden Fahrzeugen gewählt, weit von der Einfahrt entfernt. Als sie ihn nun sah, erschrak sie. Seine Haare waren schmierig, seine rechte Wange zerkratzt. Am linken Handgelenk trug er einen Verband. Lange Streifen getrockneten Blutes bedeckten auch seinen Unterarm. Auf seinem T-Shirt stand:

Fiji 1995 – Year of the Sea-Turtles.

Sie kannte den Aufdruck. Sie hatte ihn schon einmal gesehen. Allerdings hatte das T-Shirt damals die Brust eines von Max' Freunden aus dem »Tal« geziert. Er mußte es sich das geliehen haben.

»Ich habe doch versucht, es dir zu erklären. Einstein hatte einen Brief von mir. Ich weiß nicht, von wem er war. Ich weiß nur, daß ich ihm den Brief gegeben habe, daß Einstein recherchiert und irgend etwas herausgefunden hat. Ich weiß, daß Oma Käthe mir erzählt hat, daß Einstein sich noch nie so aufgeführt hat. Ich weiß, ich hab's gesehen, daß Polizisten – ich glaube, daß es Polizisten waren – daß die mitten in der Nacht an Einsteins Computer waren, und, Katja, noch eins: Ich weiß, daß mich jemand anonym angerufen hat und sich mächtig aufgespielt hat.« Max kniff die Augenlider zusammen. »Das war es, was mich auch letztendlich auf den Brief brachte. Katja, es paßt alles zusammen. Einstein hat was ausgekramt, einen tierischen Aufmacher, und deshalb brauche ich die Uhr.«

Er lehnte sich nach vorne, um der Freundin in die Augen schauen zu können. Sie drehte den Kopf weg.

»Die Uhr?« fragte sie zickig. »Kann es nicht sein, daß du die Uhr brauchst, weil einige Daten darauf sind, die dich eventuell noch mehr in die Scheiße reißen?«

»Hast du die Uhr?«

»Beantworte erst meine Frage! Was sind das für Informationen, die Einstein darin speicherte?«

»Ich weiß es nicht, deshalb will ich sie doch haben.«

»Max, hör endlich auf, mich anzulügen. Ich habe die Schnauze so voll davon! Was ist in der verdammten Uhr gespeichert? Was wußte Einstein davon? War er auch in die Sache verwickelt? Hast du ihn auch ausgenutzt, so wie du es ja noch immer mit mir versuchst?«

Katja Melzer sprach nicht. Sie schrie und fauchte nun. Sie keifte und schnauzte. Sie griff sich in die Haare, preßte die Fingerkuppen gegen die Schläfen, als wollte sie ihre Gedanken sortieren. Seit den frühen Morgenstunden war sie nicht mehr zur Ruhe gekommen, hatte permanent Streß gehabt, waren ihre Gedanken gejagt worden, hatten ihre Gefühle, ihre Unsicherheit, ihr Treiben zugenommen. Nach Max' Anruf hatte sie nicht mehr geschlafen, nur noch gedöst. In der Redaktion hatte sie Niemeyers Krebsleiden heilen und die Konferenz leiten müssen, während Poschmann samt Geschäftsführer und Herausgeber Max' Büro durchsucht hatte. Dreizehn Kisten hatten die Beamten mitgenommen, jedes Blatt war zuvor dem Chefredakteur gezeigt worden.

Sie waren nicht wie eine Truppeneinheit gekommen, in blaßgrüner Uniform und in grünweißen Mannschaftswagen, allen voran der Führer mit dem Durchsuchungsbefehl. Sie waren gekommen, als wären sie zu einer Pressekonferenz eingeladen worden. Sieben Männer in akkuraten Zweireihern und drei in modischer Kombination hatten zunächst höflich an der Bürotür des Herausgebers geklopft. Geschäftsführer und Chefredakteur waren hinzugezogen und ausreichend über den Vorwurf aufgeklärt worden. Der VW-Bus, ein Zivilfahrzeug, war schließlich wie jeder andere Zulieferer in den Hof gerollt, hatte schräg gegenüber des Altpapiercontainers geparkt. Jeder Schritt war gemeinsam und besonnen geplant worden. Poschmann, so hörte Katja später über den berühmten innerredaktionellen Flurfunk, habe sich gar mehrfach beim Herausgeber und den Fahndern für die Unordnung in Max' Arbeitsappartement entschuldigt. Das Büro des »Europa«-Redakteurs verdiente die Bezeichnung, da Wilhelms erster privater Einrichtungsgegenstand ein Kühlschrank gewesen war. Seine Minibar war stets gefüllt, gut sortiert, hatte ausreichend Platz – auch für größere Flaschen. Die Temperatur, darauf legte er größten Wert, wurde über ein spezielles Thermostat geregelt. Einstein hatte es gebastelt.

Von den sieben Beamten waren lediglich vier für die Büro-Durchsuchung zuständig. Die anderen waren höhere Mitarbeiter der örtlichen Polizei und des Bundesverfassungsschutzes. Ein Vertreter des Staatssekretärs aus dem Innenministerium des Landes schüttelte eigentlich nur Hände, versprach absolute Diskretion und lückenlose Aufklärung. Während der Durchsuchung lächelte man sich zu, fragte nach Erfrischungen und dankte höflich ab. Es war eine Farce.

Katja dachte gerade an Einstein und seine Mutter, als Max mit seinen Fingern in ihre Haare faßte. Der Griff war zärtlich, aber bestimmt. Katja ließ ihre Hände fallen.

»Max, was ist mit der Uhr? Was ist darin gespeichert?« fragte sie verzweifelt und erschöpft.

»Ich weiß es nicht. Deshalb muß ich sie doch haben. Ich habe nichts zu verheimlichen. Katja, wir können die Uhr gemeinsam ablesen. Dann siehst du, daß ich recht habe. Ich habe dich nicht ausgenutzt.« Er machte eine Pause, holte tief Luft und sagte: »Diesmal nicht. Ich gebe alles zu. Ich fühle mich schuldig, was dich angeht. Aber, Katja, diesmal habe ich keine Scheiße gebaut. Ich bin ... ich bin ... ich weiß zur Zeit selbst nicht, was ich bin.«

Zum ersten Mal drehte sie sich um und schaute ihm direkt in die Augen. Sie glänzten trotz der Dunkelheit in hellem Blau. Es waren diese unwiderstehlichen Augen, die sie so gut kannte, die sie so liebte. Jetzt waren sie aber untermalt mit breiten schwarzen Ringen, die um Ruhe und Schlaf flehten.

»Ich kann dir nicht glauben. Ich kann dir einfach nicht

mehr glauben. Wieso sollte die Polizei dann so ein großes Interesse an der Uhr haben?«

Mehrere Falten waren plötzlich auf Max' Stirn zu erkennen.

»Wie bitte? Wieso die Polizei? Wieso hat die Polizei Interesse daran? Wo ist die Uhr? Wo hast du sie?«

»Wirst du nervös?«

»Katja, wo, verdammt noch mal, ist diese Scheiß-Uhr? Hat das Beerdigungsunternehmen die Uhr zur alten Strombach gebracht, oder nicht? Los, sprich mit mir!«

Max ballte seine rechte Hand. Er dachte, daß Katja mit ihm spielen, ihn reizen und sich ein wenig an ihm rächen wollte. Er lehnte sich weiter nach vorn und preßte seinen Oberkörper zwischen die Vordersitze.

»Du warst doch bei Mutter Strombach, oder?«

»Ich war da.« Sie zögerte wieder einmal, diesmal länger. »Sie war auch da. Einsteins Mutter. Nur die Uhr nicht. Die hatte die Polizei vorher abgeholt. Dafür sind die Beamten extra zu Hertha Strombach gefahren. Nur für die Uhr.«

Max ließ sich auf den Rücksitz des Peugeots zurückfallen, gab keinen Laut mehr von sich, sondern schaute nur aus dem hinteren Seitenfenster. Die Hallenumrisse waren aufgrund der starken Bewölkung besonders gut zu erkennen. Die dichte Himmelsdecke reflektierte den Lichtkegel, der über der Stadt lag. Die Kulisse durchbrach die Reflexion, wirkte wie eine Festung, ließ andere Gebäude, auch die Hochhäuser und die Bürotürme im Hintergrund, zu Zwergen werden.

»Haben sie danach gefragt? Ich meine, hat die Polizei konkret nach der Uhr gefragt?«

»Hat sie«, antwortete Katja triumphierend, fühlte sich nun sicher, wußte, daß sie ihn endlich erwischt hatte. Seine Stille war ein Eingeständnis, und die Stille hielt an.

Katja machte mehrfach den Versuch, ihm Fragen zu stellen. Sie hatte sich mittlerweile beruhigt. Doch jedesmal, wenn sie Luft holte und zum Sprechen ansetzte, machte er eine abwehrende Handbewegung.

Nach ein paar Minuten, in denen er den Blick nicht von der Hallenkulisse abwandte, beugte Max sich wieder nach vorn und preßte sich, diesmal etwas weiter, zwischen die Vordersitze. Er faßte auch wieder nach ihrer Schulter, jedoch weniger kraftvoll als zuvor.

»Das macht Sinn. Das ist schlüssig«, stammelte er, »du hast es der Polizei gesagt.«

Katja drehte sich mit einem Ruck um. »Du spinnst. Jetzt spinnst du völlig. Hast du eigentlich deinen ganzen Grips versoffen?«

»Okay, es war falsch, was ich gesagt habe. Aber ... du hast es jemandem erzählt. Du hast jemandem erzählt, daß ich nach der Uhr suche, daß ich die Uhr brauche, daß du sie abholst. Und diese Person hat es weitergesagt. Und zwar der Polizei.«

»Max, du spinnst.«

»Katja.« Er drückte seine Hand etwas kräftiger auf ihre Schulter. »Du mußt es jemandem gesagt haben. Ich mache dir keinen Vorwurf, vielleicht war es sogar hilfreich. Aber du mußt es jemandem gesagt haben.«

»Nein, habe ich nicht. Wie kommst du darauf?«

»Nur ich wußte, daß Einstein in der Uhr mehr als nur Adressen speicherte. Nur ich habe einmal erlebt, daß er das machte. Nur ich bin auf die Uhr gekommen, und nur dir habe ich es gesagt.«

Katja wandte sich der Frontscheibe zu, blickte auf das Armaturenfeld. Sie wollte nicht glauben, was sie da hörte. Max' Stimme klang nachdenklich und ehrlich. Er kombinierte. Seine Stimme war so überzeugend wie immer, wenn er etwas wollte. Er besaß die Fähigkeit, sie geschickt einzusetzen. Seine Worte klangen nie überredend, sie waren immer einleuchtend, plausibel, klar.

»Poschmann«, sagte sie kaum hörbar, »ich habe es Poschmann erzählt. Er ist doch ein Freund von dir. Und mit irgend jemandem mußte ich doch sprechen.«

»Poschmann«, rief Max durch den Peugeot, »du hast es Poschmann erzählt?«

Katja schubste ihn mit dem Ellbogen aus der Lücke zwischen den Vordersitzen und drehte sich zu ihm um. »Was meinst du denn, wie toll das alles für mich ist? Ich erfahre von deinem Haftbefehl, erreiche dich besoffen im ›Tal‹, fünf Stunden später rufst du mich an, erzählst mir eine haarsträubende Geschichte und bittest mich, einer trauernden Mutter die Uhr ihres gerade verstorbenen Sohnes zu entlocken. Dann die Durchsuchung deines Büros. Und deine einzige Frage ist, warum ich es Poschmann erzählt habe. Frag dich doch mal selbst!«

Max wollte sie in den Arm nehmen. Sie weigerte sich, wehrte sich regelrecht.

»Wann hast du es ihm gesagt?«

»Heute morgen«, antwortete sie. Und es war nicht einmal eine Lüge.

17 Um aufzuleben und unaufhörlich konzentriert arbeiten zu können, brauchte Martin Bloßfeld Streß, Druck von seiten seiner Vorgesetzten und Unübersichtlichkeit. Unvorhergesehene Unfälle und dramatische Fehlschläge, die von Vorgesetzten meist schlichtweg als Katastrophe bezeichnet wurden, ließen ihn zum Spitzenmanager werden. Dieser Dienstagabend zählte unangefochten zu den spannungsgeladensten seiner nachrichtendienstlichen Laufbahn.

Seit Stunden kam Dietmer mit Hiobsbotschaften, warf ihm einen Ausdruck nach dem anderen auf den Tisch und knallte anschließend die Tür zu. Sekunden später drückte er die Klinke wieder runter und hielt ihm weitere Zettel vor die Nase. Ralf Dietmer war nunmehr die Nummer zwei im Hause. Leitner war auf dem Weg nach Moskau und Bloßfeld auf dem besten Weg, wahnsinnig zu werden. Der Kanzler hatte dem Koordinator am Nachmittag noch einmal mächtig Druck gemacht. Er hatte ihm ein Ultimatum gesetzt. Er wollte umgehend wissen, inwieweit seine Partei in die BSE-Gutachten-Affäre verwickelt war. Er wollte wissen, ob ein Zusammenhang zwischen dem Rindfleisch-Boykott einiger Bundesländer und der finanziellen Unterstützung der »Seo« bestand. Kellinghausen hatte gegen Nachmittag angerufen und vertraulich mitteilen lassen, daß es neue Überlegungen gebe, den Verfassungsschutz sofort gänzlich wieder von diesem Fall abzuziehen, sobald Wilhelms geschnappt würde. Der BND-Abteilungschef wußte, daß bei einer Panne, bei einer Veröffentlichung, bei einer möglichen parlamentarischen Untersuchung sein Kopf rollen würde. Der Staatsminister galt als aalglatt, als Opportunist. Deckung bot allein der Kanzler.

Bloßfeld schaute auf eine Kopie des BSE-Gutachtens. Sie war in der oberen Ecke geschwärzt. Darunter war eine Kopie von Strombachs Ausdruck, den er mit die Treppe hinuntergerissen hatte. Daneben lagen Abschriften der letzten Eintragungen in Strombachs Computern am Kohlenweg sowie eine kurze, aber übersichtliche Zusammenfassung dessen, was der Tote noch auf seine Timex-Datalink-Uhr übertragen hatte. Jede Zeile war bündig am Rand abgeschlossen. Die wichtigsten Passagen waren fett oder unterstrichen gedruckt. Der Mann wäre in der »Technischen« hervorragend aufgehoben gewesen, hatte

Walters gesagt. Mehrere Sicherungseinheiten waren so ineinander verschachtelt gewesen, daß selbst der computerhackende BND-Profi Schwierigkeiten gehabt hatte. Während der halben Stunde, in der er sich durch Strombachs Computer-Labyrinth gekämpft hatte, hatte Walters immer mehr Respekt, immer mehr Achtung vor der Intelligenz, vor der Kreativität des behinderten Computer-Genies gewonnen. Mit Ehrfurcht und vier gefüllten Disketten hatte er das Haus am Kohlenweg 48 verlassen. Mit unbeschreiblichen Schmerzen zwischen den Beinen die Siedlung.

Das Gutachten war in englischer Sprache verfaßt. Bloßfeld verstand trotz bescheinigter guter Englischkenntnisse kaum ein Wort. Die meisten Sätze bestanden aus Fachtermini, chemischen und biologischen. Er nahm Strombachs Übersetzung dankbar zur Hand und überflog die Seiten. Es war das achte Mal, daß er sie las, und immer wieder schüttelte er den Kopf. Wenn die Vermutungen der englischen Forscher auch nur annähernd zutrafen, die Folgerungen schlüssig waren, stand zunächst England, Großbritannien, später dann Europa eine Katastrophe ins Haus, die das Schreckgespenst AIDS in Vergessenheit geraten lassen würde.

Das bislang bekannte Durchschnittsalter der Opfer der Creutzfeldt-Jakob-Krankheit lag bei achtundsechzig Jahren. Bloßfeld hielt den Bericht in Händen, der besagte, daß in den letzten zwei Jahren aber zehn Briten an der CJK gestorben waren, die ihr zweiundvierzigstes Lebensjahr nicht erreicht hatten. Die Forscher vermuteten aufgrund der bekannten, zwölfjährigen Inkubationszeit, daß die zehn sich in den Jahren '82 und '83 infiziert haben mußten. In diesen Jahren war der Rinderwahnsinn allerdings noch nicht bekannt gewesen. Eine Seite des Gutachtens zeigte zusammengefaßte Rechenbeispiele. 1985 war es gerade einmal ein einziger Milchfarmer aus der Grafschaft Kent gewesen, der sich über das absonderliche Verhalten seiner Rinder gewundert hatte. Ein Jahr darauf registrierten die britischen Behörden bereits siebzehn kranke Rinder, 1987 waren es 486, 1990 an die 15.000. Das Gutachten war auf dem Stand vom 15. März 1996, also vom vergangenen Freitag. Bis dahin zählte Großbritannien 158.882 tote Tiere. 33.292 Farmen waren betroffen. Wenn die zehn Opfer der Creutzfeldt-Jakob-Krankheit sich wirklich so früh in den achtziger Jahren angesteckt haben sollten, würde bald auf der Insel ein Massensterben einsetzen. Denn inzwischen hatten die Engländer mehr als 1,5 Millionen BSE-infizierte Rinder verspeist. Jeder Brite durchschnittlich achtzig Mahlzeiten in den letzten acht Jahren.

Bloßfeld ballte die Faust, stützte seine rechte Wange auf und überlegte, wann er das letzte Mal Rindfleisch gegessen hatte. Er suchte nach der BSE-Anfrage der fünf boykottierenden Bundesländer. Sie hatten eine Übertragbarkeit von BSE auf den Menschen nie ausgeschlossen. Allein die geringste Möglichkeit einer Übertragung hatte sie zu dieser Vorsichtsmaßnahme greifen lassen. Die Zahlen vor Augen mußte Bloßfeld schlucken. Sein Hals war trocken. Über eine Million Tonnen Fleisch von Angus- und Hochlandrindern hatten die Briten seitdem in die gesamte EU geliefert. Mikrobiologen rechneten in dem Gutachten mit zehn Millionen Toten allein in den nächsten vierzehn Jahren.

Die Seiten waren gefüllt mit politischem Sprengstoff, parteipolitischem, innenpolitischem, europapolitischem. Bloßfeld war kein Politiker. Er haßte sie sogar. Nun um so mehr. Leitner hatte vor seinem Abflug nach Moskau sämtliche BSE-Unterlagen sortiert, hatte ihm einen noch druckfrischen Bericht vorgelegt. Gerade gestern hatte in der französischen Hauptstadt noch ein Fachsymposium zum Rinderwahnsinn stattgefunden, auf dem die Briten jegliche Hirnschwamm-Übertragung auf den Menschen bestritten hatten. Das Symposium war ohne sie zu Ende gegangen, da sie mittendrin zurück nach London zitiert worden waren. Kaum ein europäischer Wissenschaftler, Diplomat, Experte wußte, warum. In der Aachener Sonderzentrale ahnte jeder den Grund.

Bloßfelds Kopf rutschte vom stützenden Arm. Höppners Stimme krächzte durch die Gegensprechanlage.

»Herr Bloßfeld?«

»Was gibt's?«

»Ich sehe gerade über die Videoanlage das Urgestein aus Pullach vorfahren.«

»Was?« schrie Bloßfeld und hielt den Knopf der Sprechanlage gedrückt. Er wußte sofort, um wen es sich dabei handelte.

»Aufhalten, Hans, aufhalten. Ich komme sofort.«

Kellinghausen hatte anfragen lassen, ob der Chef der Sondereinheit abends noch im Hause sei. Daß er selbst sich nach Aachen bemühen wollte, hatte er jedoch mit keiner Silbe erwähnt. Bloßfeld schob die Unterlagen zusammen und überlegte. Das Besprechungszimmer war frei. Dietmer hatte sämtliche Übersichts- und Strategieskizzen auf Leitners Schreibtisch geworfen. Schnell nahm Bloßfeld noch einen tiefen Schluck dünnen, kalten Kaffee, rückte mehr dürftig als korrekt den Krawattenknoten zurecht und eilte zum Eingang.

Kellinghausen stand bereits im Flur und reichte Höppner Mantel und Schal.

»Das muß man Ihnen lassen. Sie sind immer für eine Überraschung gut.«

»Glauben Sie nicht, daß es mir Spaß macht. Wo können wir sprechen?« fragte Kellinghausen, während gleichzeitig seine Hand zur Begrüßung vorschnellte. Der BND-Abteilungschef war ein untersetzter Kerl mit Halbglatze und dem Ansatz eines Stiernackens. Seine wenigen Haare lagen meist ungepflegt kreuz und quer. Alles andere an ihm war allerdings maßgeschneidert.

Bloßfeld führte ihn in das Besprechungszimmer gegenüber Dietmers Logistik-Zentrale.

»Sie haben es sicherlich bereits gehört«, sagte Kellinghausen und ließ sich in den Ledersessel fallen.

»Ja, die Pannen häufen sich«, antwortete Bloßfeld.

»Hören Sie doch auf! Das wäre Ihnen genauso passiert.«

»Es war ausgemacht, daß die Kölner die Melzer beschatten«, erinnerte Bloßfeld ruhig. Er versuchte, sachlich zu bleiben, obwohl er triumphieren wollte. Gleich zweimal in zwei Tagen hatten sich die Männer des alten Fritz einen Klops erlaubt, den selbst der BND nicht unter dem Mantel der Verschwiegenheit behandeln konnte. Normalerweise wurden solche Pannen innerbetrieblich mit Rüffeln, Rügen oder sogar ungeachteten Abmahnungen aus der Welt geschafft. Schon Strombachs Unfall hatte eine komplette Wende der Angelegenheit zur Folge gehabt. Die doppelte Verfolgung der Melzer dagegen hatte sich als völlig dilettantisch erwiesen. Kellinghausens Leute hatten Schichtwechsel gehabt. Die ausgeschlafenen Kollegen hatten die Chefin vom Dienst gerade gewissenhaft verfolgen wollen, als sie gemerkt hatten, daß sich ein weiteres Fahrzeug dazwischenschob. Nach drei Abbiegungen war ihnen klar geworden, daß die Melzer nicht nur von ihnen beschattet wurde. Als sie erneut die Umgehungsstraße befahren hatten, hatten sich die BND-Männer vor das andere Auto gesetzt und es hinter der nächsten Abbiegung in einer kleinen Gasse gestoppt. Die Insassen, Mitarbeiter des Verfassungsschutzes, hatten in zehn Minuten einen erbosten Bericht geschrieben. Er lag Bloßfeld vor.

»Immerhin hat man meinen Leuten nicht die Eier weggetreten«, grinste Kellinghausen, »aber deswegen bin ich nicht hier. Es geht um Stolzenberg.«

»Der Koordinator hat klare Anweisungen gegeben«, sagte Bloßfeld und rieb sich, für Kellinghausen deutlich zu erkennen, mit dem rechten Daumen die linke Innenhandfläche.

»Ich weiß. Er will nun mal den Verfassungsschutz komplett da raushalten. Würde ich an seiner Stelle auch machen. Aber ...«, er zögerte, »wir sollten in dieser Angelegenheit zusammenarbeiten. Der Sommerfeld sitzt bald das Innenministerium im Nacken. Irgendwann kann sie den Fall nicht mehr geheimhalten. Und unser Spezi im Kanzleramt bekommt stündlich mehr Streßpickel. Also, er hat doch gesagt, er wolle Fakten und keine Vermutungen. Also liefern wir ihm die Beweise.«

Kellinghausen klopfte unaufhörlich mit dem Zeigefinger auf die Tischplatte. Bloßfeld lehnte sich weit nach vorn.

»Warum? Warum sind Sie hier?«

»Die Russen.«

Nun beugte sich auch der alte Fritz mit seinem untersetzten Oberkörper weit über den Tisch, zumindest so weit, wie es ihm möglich war. »Die Russen werden nicht länger nur von außen zuschauen. Die Wiederwahl ihres Präsidenten ist ernsthaft gefährdet, und der SVR vermutet immer mehr eine deutsche Einmischung.«

»Das ist nichts Neues.«

»Moment. Es gibt Neues. Unsere Leute in Moskau und Petersburg sagen, daß jetzt erst richtig Bewegung in die russische Bude gekommen ist. Die Anhänger der konstitutionellen Monarchie-Bewegung geben sich immer großschnauziger. Gestern abend hat es erstmals eine großangelegte öffentliche Versammlung in Petersburg gegeben, auf der der Führer der Bewegung die Bedeutung Deutschlands besonders erwähnt, die gemeinsame Historie gelobt und eine sichere, künftige Verbundenheit unserer Nationen vorausgesagt hat. Öffentlich und mehr als laut. So, daß der SVR die Mikrofone ausschalten konnte. Und dann noch etwas ...«, Kellinghausen unterbrach sich und kramte in seiner Tasche, zog dann ein Bündel Kopien heraus und warf sie aus dem Handgelenk in Bloßfelds Richtung. »Das wird nächste Woche Montag über zehn Seiten in einem der führenden deutschen Nachrichtenmagazine füllen.«

Bloßfeld kniff die Augen zusammen und grinste. Anfang 1988 hatte sich der Deutsche Presserat mit der Frage befaßt, ob es zulässig sei, daß Journalisten als V-Leute der Nachrichtendienste tätig wurden, und diese Frage eindeutig verneint. Kellinghausen erriet die Gedanken seines Gegenübers: »Die Journalisten haben etwas unbedarft und etwas zu öffentlich recherchiert. Sie haben sich uns geradezu auf einem Tablett präsentiert und uns gebeten, doch mal nachzufragen.«

Bloßfeld überflog die Seiten. Die fettgedruckten Überschriften lauteten:

*Des Zaren Geheimnis und Nachfolger
der Romanows doch in Sicht?*

Die wichtigsten Passagen waren mit einem Textmarker in Leuchtfarbe bereits gekennzeichnet worden. Das Magazin begründete seinen ausführlichen Bericht im ersten Abschnitt mit dem Wiederaufleben des Zarenkults in Rußland. Vor dem Moskauer Kaufhaus »Gum« wie auf dem Petersburger Newski Prospekt würden wieder viele voller Stolz die schwarzweißgoldenen Kaiserfarben tragen. Der Zaren-Doppeladler erscheine wie früher im Staatswappen und schmücke die Mützen der Generäle. Der Handel mit Romanow-Literatur und Romanow-Gemälden blühe wie nie. Der Absatz, der das Schicksal der letzten Zarin beschrieb, war mit einer anderen Leuchtfarbe markiert. Alexandra war eine ehemalige Hessen-Prinzessin. Gleiche farbliche Kennung hatten die Kapitel über mögliche Zaren-Nachfolgerinnen mit deutschem Blut.

»Und?« fragte Bloßfeld, während er die Kopien vor sich ablegte.

»Ich finde, das ist ein bißchen zuviel deutsch-russische Beziehung, die innerhalb weniger Tage da aufgekocht wird. Ein bißchen zuviel deutsch-russische Beziehung, die von der konstitutionell-monarchistischen Bestrebung in Rußland ausgeht. Und nun der Artikel hier.«

Bloßfeld hob die Brauen und stöhnte leise. »Kommen Sie! Das ist doch etwas zu weit hergeholt, oder? Außerdem ist es nur zu verständlich, daß die Presse darüber berichtet. Die Zaren-Fans haben nun mal deutlichen Zulauf zu verzeichnen. Das können wir sowieso nicht verhindern. Das ist auch nicht unsere Aufgabe.«

»Unsere Aufgabe ist es aber zu verhindern, daß Deutsche diese Zaren-Fans unterstützen«, sagte Kellinghausen besorgt über den immer noch deutlich erkennbaren Zweifel in Bloßfelds Stimme.

»Ob das überhaupt stimmt, ist noch die Frage. Der Artikel hier beweist zumindest gar nichts.«

»Stolzenberg ist mit Personen aus der Chefetage des Nachrichtenmagazins gut befreundet.«

»Herr Kellinghausen, Sie wollen mir doch nicht weismachen, daß ...«

»Ich will Ihnen gar nichts weismachen. Vermutungen.

Reine Vermutungen. Vermutungen, die der Koordinator ja nicht mehr hören will. Und Sie anscheinend auch nicht. Egal, ob da ein Zusammenhang besteht oder nicht, sicher ist doch, daß Stolzenberg die Schlüsselfigur ist.« Kellinghausen lehnte sich nun zurück und schüttelte den Kopf. Er konnte die Zurückhaltung Bloßfelds nicht verstehen. Er kannte Martin Bloßfeld als einen zu allen Seiten hin offenen Agenten, der normalerweise auch den leisesten Verdacht ernst nahm.

Kellinghausen nahm einen neuen Anlauf.

»Stolzenberg ist Vorstandsvorsitzender der ›Erdgas-Import‹. Er hat die Umweltentwicklungsgesellschaft ins Leben gerufen. Er hat Breuer als Geschäftsführer der UEG eingesetzt. Das ist eine Tatsache. Tatsache ist auch, daß die UEG an einem konkreten Projekt in Rußland arbeitet – viel zu engagiert. Und daß sie viel zuviel Geld investiert. Die UEG ist ...«

Kellinghausen unterbrach sich; er entdeckte auf dem Schreibtisch vor Bloßfeld die Fotos. Sie lagen neben der BSE-Akte. Er griff über den Tisch, schaute sie sich kurz an und legte sie Bloßfeld einzeln vor.

Zwei Tage waren die Aufnahmen alt. Kellinghausen hatte ebenfalls Abzüge erhalten. Sie zeigten einen alten Kolchose-Resthof, der durch mehrere bewaffnete Personen hermetisch abgeriegelt wurde. Baufahrzeuge und schweres Gerät waren zu erkennen. Auf keinem Foto waren außer dem Schutzpersonal Arbeiter zu sehen. Der Hof glich einer kleinen Festung. Fotografiert worden war er aus verschiedenen Perspektiven. Die Fotos waren unterschiedlicher Qualität. Der SVR hatte sie geschossen.

»Ich kenne die Fotos«, sagte Bloßfeld ruhig.

»Dann erklären Sie sie mir!«

Bloßfeld reagierte nicht.

»Warum macht sich die UEG auf dem Bauernhof so breit? Warum diese hohe Anzahl bewaffneter Schutzkräfte?«

»Angst vor der russischen Mafia? Vor Sabotage?«

»Unsinn.« Der alte Fritz wurde langsam wütend. »Da wird irgend etwas ganz Dickes geplant. Und das hat mit Stolzenberg und diesen russischen Zaren-Freunden zu tun. Glauben Sie's mir! Stolzenberg hat über die ›Erdgas-Import‹ seit Jahren beste Kontakte zu den Russen, ist gleichzeitig angesehenes Mitglied des Deutschen Adelskreises. Dieser Kreis pflegt seit über fünf Jahren gezielt den Kontakt zu den monarchistischen Spinnern in Rußland. Er versuchte immer wieder, die nationalistisch-konservative Stimmung im russischen Volk mit der Zaren-Rehabilitierung anzuheizen. Mir ist es egal, ob das Kanzleramt die Vermutungen hören will oder nicht. Wir müssen solchen Vermutungen nachgehen. Und die sind doch nun wirklich nicht mehr an den Haaren herbeigezogen.«

Bloßfeld stapelte die Fotos wieder, legte sie rechts neben die BSE-Akte.

»Und noch etwas«, fuhr Kellinghausen fort, »können Sie mir erklären, warum Breuer, dieser spitzfindige, gerissene UEG-Geschäftsführer, der nichts, aber auch gar nichts mit Politik zu tun hat, warum dieser vor drei Monaten plötzlich ehrenamtlicher Vorsitzender eines deutsch-russischen Kulturvereins geworden ist? Das stinkt doch zum Himmel.«

»Und wir haben absolut keine Ahnung, was auf diesem Bauernhof vorgeht?« fragte Bloßfeld.

»Haben wir nicht. Wir haben nicht einmal einen Ansatz. Wir kennen nur die ›Erdgas-Import‹-Pläne über den Bau eines Gas-Speichers und die Absichten dieses Kulturvereins, zeitgleich eine zerstörte Hammerschmiede wiederaufzubauen. Als Dankeschön dafür, daß die ›Erdgas-Import‹ in Rußland rumwühlen darf.«

»Wie paßt die BSE-Geschichte da rein?«

Kellinghausen zuckte die Schultern. »Ich weiß es nicht. Scheint nichts mit Rußland zu tun zu haben. Bislang hat keine Zeitung darüber berichtet. Auch im ›Kurier‹ steht morgen nichts. Offiziell ist Bonn noch nicht einmal darüber informiert, immer noch nicht. Soweit ich weiß, hat der Kanzler eine Abschrift des BSE-Gutachtens in der Schublade, hat sie allerdings noch nicht weitergegeben. Der wartet ebenfalls erst ab. Was soll er auch tun? Soll er, der große Europäer, das Schreiben den Engländern unter die Nase halten, ihnen eröffnen, sagen, daß in ihrem eigenen Lande geforscht wurde und daß der Forschungsbericht besagt, daß Großbritannien aussterben wird? Soll er auch noch hinzufügen, daß diese wunderbare wissenschaftliche Erkenntnis von Deutschen finanziell unterstützt, vielleicht maßgeblich finanziert wurde? Möglicherweise sogar mit Wissen einer Landesregierung, die seiner Partei angehört?«

Höppner kam plötzlich in der ihm eigenen Art ins Besprechungszimmer. Er klopfte an, obwohl die Tür bereits offen war. Er stellte ein Tablett mit Tassen und einer Thermoskanne auf den Tisch, drehte sich auf dem Absatz um und verschwand wortlos.

»Wer?« fragte Bloßfeld und schaute Kellinghausen direkt in die Augen.

»Sie.«

»Und wie?«

»Ich gebe Ihnen zwanzig Leute zusätzlich. Gute Leute, die sich in Politik und Wirtschaft auskennen und die sich keinen Patzer mit dem Verfassungsschutz erlauben werden. Stolzenberg muß angezapft und rund um die Uhr beschattet werden. Des weiteren müssen alle, mit denen er Kontakt hat, überprüft werden. Wenn Sie mehr Leute brauchen, bekommen Sie die.«

»Was macht Sie so sicher, daß ich darauf eingehe?« fragte Bloßfeld mißtrauisch.

»Weil Sie mich eigentlich schon darum gebeten haben.«

Bloßfeld wollte Kellinghausen unterbrechen. Der hob sofort die Hand, bat darum, ihn doch ausreden zu lassen.

»Sie haben mich schon darum gebeten, als Ihnen der Fall übergeben wurde. Erst nachdem Sie die Akten gelesen hatten, haben Sie Aachen als Sitz der Sonderzentrale gewählt. Wir sind ja nicht gerade weit entfernt von Stolzenbergs Gut. Eigentlich genau in Reichweite von Gut und ›Erdgas-Import‹.«

Bloßfeld grinste. Dem alten Fritz konnte auch er nichts vormachen. Dies waren seine Gedanken gewesen. Dies waren die entscheidenden Faktoren, die ihn Aachen zum Sitz hatten wählen lassen. »Und wenn der Verfassungsschutz, der Koordinator das spitz kriegt?«

»Dann rollt Ihr Kopf.«

Kellinghausen war schwer zu durchschauen, wußte oft von Hintergründen, die er nicht einmal seinen engsten Beratern mitteilte. Er war ein Spieler, ein Bluffer. Diese brutale Ehrlichkeit war man von ihm allerdings nicht gewohnt. Bloßfeld achtete ihn, verstand ihn. Er wußte, daß dieses Gespräch nie stattgefunden hatte und daß er im Falle eines Fehlschlags allein auf weiter Flur stehen würde. Er wußte es, und Kellinghausen wußte es auch.

»Wir treffen uns morgen früh wieder in Köln«, sagte Bloßfeld. »Ich werde anregen, daß die Sommerfeld ganz allein die Angelegenheit Wilhelms aus der Welt schafft, werde vorschlagen, daß sie einige Leute mehr an den Fall setzen kann. Wir, also Sie und ich, wir halten uns da ganz raus. Sommerfelds Leute sollen Bericht erstatten. Täglich, stündlich. Das ist alles. Wir hängen uns an Breuer, Rußland und an unseren Adligen. Haben Sie schon eine Entschuldigung für die Melzer-Aktion?«

»Haben wir«, sagte Kellinghausen erleichtert und blickte erstaunt auf die dunkle, fast schon nicht mehr flüssige Masse, die aus der Kanne tropfte. Höppner hatte den Kaffee frisch aufgesetzt.

18 Seit zwei Stunden saßen sie zusammen. Sie hockte wieder mit leicht angewinkelten, zusammengepreßten Knien auf dem Biedermeier-Stuhl, so daß die Füße nicht unter den Schreibtisch kamen. Er saß zurückgelehnt und sichtlich erschöpft im hohen Ledersessel. Dreizehn verschiedene Punkte waren sie konzentriert durchgegangen. Doris Kerner hatte wie immer äußerst gewissenhafte Vorbereitungen getroffen. Sie hatte eine Liste angefertigt, die sie ihm zuvor gezeigt hatte. Der Graf hatte nur genickt, dann wurde Punkt für Punkt abgehakt. Dabei hatte sie ihm stets neue, säuberlich gebundene Ordner in verschiedenen Farbtönen vorgelegt, kurze Erklärungen abgegeben – das Wichtige allerdings detailliert – und hatte dann geduldig auf Zustimmung, Ablehnung oder Fragen gewartet, die sie schnell und genau hatte beantworten können. Die Bewirtschaftung des Gestüts, die Rennpläne und die Verpflichtung der neuen Trainer hatte bislang die längste Zeit in Anspruch genommen. Dabei war gerade dieser Punkt Kerners Steckenpferd, mit dem sie auftrumpfen konnte. Der Graf verließ sich auf ihr Wort, ihre Meinung, ihr Gefühl – wenn dieses denn vorhanden war. Und bei Pferden war es vorhanden. Mit großer Fachkenntnis und Liebe zum Detail berichtete sie über die Fortschritte beim Training, über die zu erwartenden Siege, über das Heranwachsen der neun neuen Fohlen. Sie schilderte die Umstrukturierung der Boxen, die kostengünstigen Verpflichtungen neuer Profi-Jockeys und den Pflegeplan des Hofes. Sie wußte, daß der Graf diese Schilderungen liebte, sie brauchte, da er ohnehin viel zuwenig Zeit hatte, um sich um das Gestüt zu kümmern. Sie interessierte es eigentlich recht wenig, aber sie war verläßlich und dem überarbeiteten Dienstherrn ausführliche Schilderungen schuldig.

Dienstags abends fand immer eine Besprechung statt. Für mehrere Stunden saßen sie entweder im Fond seines 600er Daimlers, im Flugzeug oder der Bahn, im Büro der »Erdgas-Import« oder auf dem Gut zusammen. Egal, wo sie zusammenkamen – der Tag und die Uhrzeit standen fest. Genauso wie die maximale Dauer der Besprechung. Doris Kerner machte zuvor nur für sich einen kleinen Zeitplan mit verschiedenen Varianten. Hatte der Graf beim ersten Tagesordnungspunkt die meisten Nachfragen, erkannte sie mit einem Blick, welchen Punkt sie anschließend kürzer fassen mußte. Vier Fünftel der Zeit waren nun vorüber. Nur noch eine Zeile stand heute auf ihrem Konzeptpapier, die noch keinen Haken zierte. Für den letzten Punkt hatte sie eine halbe Stunde einkalkuliert. Sie hatte ihn bewußt nach hinten gesetzt, da sie Gelegenheit geben wollte, gründlich darüber nachzudenken. Eine Entscheidung war zu treffen, eine für Stolzenberg nicht einfach zu treffende Entscheidung. Und es ärgerte sie im stillen, daß sie nach all den Jahren, die sie für den Grafen arbeitete, immer noch nicht wußte, welche Verpflichtung ihn zu manchen für sie unverständlichen Entscheidungen trieb.

»Die Entscheidung für Wilhelms war richtig, auch wenn er uns künftig eventuell Probleme bereiten könnte«, begann Doris Kerner vorsichtig und versuchte, bedächtig in die Thematik einzusteigen. »Er hat uns einige

Fragen beantworten und neue Fakten aufzeigen können. Die wichtigste Erkenntnis ist jedoch, daß wir nun fast mit hundertprozentiger Sicherheit davon ausgehen können, daß Breuer abgehört wird. Wir wissen noch nicht exakt von wem, doch die Vermutung liegt nahe, daß es das Landes- oder Bundeskriminalamt beziehungsweise das Bundesamt für Verfassungsschutz ist. Die Möglichkeit, daß das Gestüt oder Ihr Büro mit Wanzen bestückt ist, kann ausgeschlossen werden. Dennoch habe ich den Sicherheitsdienst um Überprüfung gebeten.«

Doris Kerner machte eine kleine Pause. Sie strich über ihre Aufzeichnungen, um nicht regungslos wie der Graf zu bleiben.

»Nachdem wir vom ›Westdeutschen Kurier‹ erfahren haben, daß sich Wilhelms mit der Melzer unterhalten hat, sie darum gebeten hat, eine Computeruhr von Strombachs Mutter zu holen, habe ich Breuer angerufen. Noch vor unserem Treffen. Sie erinnern sich, daß ich Ihnen heute morgen schon ankündigte, daß wir heute abend mehr über Strombachs Recherchen wissen würden. Leider ist die Polizei oder die entsprechende Behörde der Melzer zuvorgekommen. Eigentlich müßte ich nicht ›leider‹, sondern ›Gott sei Dank‹ sagen. Das ist für uns nämlich endlich der eindeutige Beweis, daß Breuer abgehört wird.«

Stolzenberg regte sich wie zuvor nicht. Er saß immer noch weit zurückgelehnt und schaukelte ein wenig mit dem Sessel.

»Haben Sie Breuer informiert?«

»Ja, kurz. Ich habe ihn zu äußerster Vorsicht ermahnt. Und ich habe es vorgezogen, ihn für morgen früh in Ihr Büro zu bestellen.«

»Gut, was macht dieser Redakteur?«

»Er ist weiterhin auf der Flucht vor der Polizei, hat aber

ständigen Kontakt zu Katja Melzer. Wir können davon ausgehen, daß wir auf dem laufenden gehalten werden. Was wir nicht wissen, ist, wie lange Breuers Büro bereits abgehört wird und was der Grund für diese Abhöraktion ist.«

Stolzenberg nahm sich einen Füllfederhalter aus dem offenen Etui und machte sich einige Notizen. Die Feder bestand aus 750er Gold und war das Geschenk einer großen und angesehenen skandinavischen Raffinerie. Der Graf bekam ständig irgendwelche edlen Schreibutensilien geschenkt. Dieses Etui mochte er jedoch besonders. Sowohl der Federhalter als auch das Kugelschreiberset bestand aus einer schwarzen Metallegierung, war nicht schwer, lag aber wuchtig in der Hand.

»Ihre Einschätzung?« fragte er.

»Es gibt zwei Möglichkeiten«, antwortete sie und streckte ihren Rücken, »entweder sind Wirtschaftsspione oder der Bund an unseren Aktivitäten in Rußland interessiert, was nicht verwundert, da die UEG doch recht plötzlich ihre Geschäfte aufgenommen hat. Oder man hat die Recherche-Ergebnisse von Strombach zum Anlaß genommen, Breuer und die UEG näher unter die Lupe zu nehmen. Wenn letzteres zutreffen sollte, hat die Polizei, das Kriminalamt oder der Verfassungsschutz schnell reagiert. Die Abhörmikrofone dürften dann nicht länger als vierundzwanzig Stunden angebracht sein. Sollte es jedoch mit den russischen Aktivitäten zusammenhängen, könnten sie länger installiert sein. Dann haben wir ein zusätzliches Problem, da doch recht viele Informationen telefonisch übermittelt worden sind. Ich würde angesichts der Situation, in der wir uns befinden, sicherheitshalber von der unangenehmeren Möglichkeit ausgehen.«

Stolzenberg machte sich weitere Notizen, legte dann den Füller behutsam ins Etui zurück und stand erstmals während der Besprechung auf. Er wandte sich zum Fenster und blickte in den Garten.

»Gut, das Creutzfeld-Jakob-Gutachten wird morgen offiziell der englischen Regierung vorgelegt. Ich habe es heute im Laufe des Nachmittags aus München erfahren und war selbst ein wenig überrascht, daß das Labor das Gutachten so schnell veröffentlichen wird. Danach – davon können wir ausgehen – wird es auch der Presse zugänglich sein. Das heißt, daß Wilhelms und der ›Westdeutsche Kurier‹ dann für uns uninteressant geworden sind.«

Die Worte Stolzenbergs klangen so bestimmt, als habe er sie sich lange zurechtgelegt.

»Ich möchte nur, daß die UEG, daß Breuer, die Landesregierung und vor allem ich in keinster Weise mit dem Gutachten in Verbindung gebracht werden können.« Stolzenberg sprach nun scharf und akzentuiert. Es war fast wie eine Anordnung, obwohl er wußte, daß sich die Angelegenheit mit Wilhelms zu einem Selbstläufer entwickelt hatte, der nicht oder kaum noch zu steuern, geschweige denn aufzuhalten war.

»Wilhelms weiß immer noch nichts. Er weiß nicht einmal, worum es geht«, versuchte Doris Kerner ihren Chef zu beruhigen. »Wüßte er etwas, hätte er längst beim ›Westdeutschen‹ angerufen, einen Artikel geschrieben oder um Nachrecherche gebeten. So wie man mir Wilhelms beschrieben hat, würde der eine solche Geschichte nie vergessen, im Gegenteil – er würde sie immer mit dem nötigen Respekt behandeln. Auch heute noch. Zumal sein bester Freund tot ist.«

Stolzenberg lief nun unruhig zwischen Ledersessel und Gartenfenster hin und her. Doris Kerner hatte ihn erst zweimal dermaßen nervös erlebt. In beiden Fällen war es um das Gestüt, um Prachtexemplare seiner Zucht gegangen. Der Graf litt mit seinen Pferden. Zuletzt hatte einer der Pfleger beim Favoriten für den Aral-Pokal eine pustulöse Hautentzündung in einer der Fesselgelenkbeugen entdeckt und fälschlicherweise auf Pferdepocken getippt. Der Gestütsarzt hatte das Tier stundenlang untersucht und schließlich Mauke diagnostiziert, ein durch verschiedene Ursachen hervorgerufenes Ekzem, das jedoch nicht gefährlich war.

»Gut«, sagte er unerwartet und ergriff die Rückenlehne des Sessels mit beiden Händen. »Wenn er nichts weiß und wenn alles so stimmt, wie Sie es vermuten, dann bleibt eigentlich nur eins: Ich will, daß die Polizei oder wer immer hinter Wilhelms her ist, ihn auch kriegt. Er muß von der Bildfläche verschwinden. Wir wissen doch über den ›Kurier‹, wo er ist. Sorgen Sie dafür, daß die Polizei es auch erfährt.«

19 Die Qualität einer Redaktion ist nicht nur von der Kompetenz der Mitarbeiter abhängig, sondern auch von deren Flexibilität und deren Kampfbereitschaft. Letztere darf nicht nur nach außen gerichtet sein. Vor allem der Kampf innerhalb der eigenen vier Wände muß mit harten Bandagen ausgetragen werden. Dabei muß Sachlichkeit oberste Priorität haben.

Die Hauptredaktion des »Westdeutschen Kuriers« hatte von alldem nichts mehr aufzuweisen. Poschmann war müde, der Rest seiner Mannschaft wäre besser bei den anonymen Alkoholikern oder diversen Sekten aufgehoben gewesen. Die Ausnahme bildete Katja Melzer, in die Poschmann alle Hoffnungen setzte.

Seit zwei Tagen war allerdings auch seine Chefin vom Dienst nicht mehr ansprechbar. Ausschließlich gereizt lief sie durch die Gänge der Hauptredaktion, warf wütend die Türen zu und schnauzte die Kollegen an. Ringe, die auch durch die Schminke sichtbar waren, lagen unter ihren giftgrünen Augen, deren Lider schwer ware Poschmann fragte sie nur das Nötigste, um ihr Zeit zu lassen. Er wußte, wie schwer sie mit sich zu kämpfen hatte und daß sie immer noch an Wilhelms hing. Er wußte, daß es nicht gut für sie war, aber auch, daß Max sie brauchte.

Den ganzen Tag über hatte es Turbulenzen gegeben. Erstmals seit Monaten fehlte der »Europa«-Redakteur regelrecht, denn erstmals war Europäisches groß für die Titelseite eingeplant. Die Auslandsabteilung von Karlsen konnte Wilhelms' Bereich nicht übernehmen, war mit all ihren Gedanken immer noch auf Formosa. Jächter erkannte zum ersten Mal, daß die Briten nicht unter »weltweit« zu verarbeiten waren. Jo Sartor hatte seine Wirtschaftsseiten bereits um elf fertig vorgeplant und schrie nach Gerechtigkeit. Nur Niemeyer drängte sich als Ratgeber auf, wollte jedoch auf jeden Fall auch den Kehlkopfkrebs untergebracht bekommen. »Bei kleinen Tumoren bieten prinzipiell sowohl die Operation als auch die Strahlentherapie Aussicht auf Heilung«, sagte er.

Die englische Regierung hatte am Vormittag ein Statement abgegeben, daß Forscher im schottischen Hochland eine mögliche Verbindung zwischen der Rinderseuche BSE und der Creutzfeld-Jakob-Krankheit entdeckt hätten. Demnach sei nicht mehr auszuschließen, daß die Tierkrankheit auch auf den Menschen übertragbar sei. Die Nachricht schlug wie eine Bombe ein, die explodierte. Doch beim »Westdeutschen Kurier« nahm sich keiner ihrer an. Poschmann hörte die Nachrichten im Radio und traf Sekunden später auf dem Flur eine genauso hektisch wirkende Chefin vom Dienst. Beide suchten nach Redakteuren, die sich des Themas annahmen. Die Auslandsabteilung hatte neben der Aufarbeitung ihrer ostasiatischen Erkenntnisse genug zu tun. Dort stritt man sich seit einer geschlagenen Dreiviertelstunde mit den Mannen um Mischka und Reinhardt, wer nach den Kurdenkrawallen über die Diskussion um schärfere Ausländer-Gesetze schreiben sollte. Justizminister aller Bundesländer, Kirchenvertreter und Gewerkschaftler meinten, ihren Senf dazu abgeben zu müssen. Und »Inneres«-Chef Mischka argumentierte, die Kurden hätten angefangen. Ohnehin bestimme schon allein das Wort ›Ausländergesetz‹ zweifellos die Zuständigkeit.

Bei den Ministerien war kaum einer zu erreichen. Die Pressestellen vertrösteten die Anrufer und versprachen bei Klärung der Situation zurückzurufen. Staatssekretäre und andere Oberhäupter mit Kontaktgenehmigung zur Presse waren laut Vorzimmerdamen »gerade einmal nicht am Platz« oder versteckten sich für mehrere Stunden in Besprechungen. Der Gesundheitsminister stand in der Schußlinie. Fast wehrlos. Plötzlich wurde ihm von allen Seiten jahrelange Untätigkeit vorgeworfen. Die Länder, die zuvor auf dem Einfuhrverbot britischen Rindfleisches bestanden hatten, die vom Bundesgesundheitsminister persönlich streng gerügt worden waren, diese Länder triumphierten jetzt. »Ratgeber« Niemeyer triumphierte ebenfalls, da er sofort ins Archiv rannte und drei Spalten extra forderte. Der ›gute Onkel Oskar‹, wie er genannt wurde, hatte nach halbstündigem, hektischem Geschrei auf dem Flur der Hauptredaktion nun auch verstanden, worum es ging. »Die Leute wollen wissen, was sie noch essen können«, schrie er und verbarrikadierte sich in der großen Dokumentensammlung.

Die Mittagskonferenz war gespalten. Die alteingefahrenen Koalitionen in der Hauptredaktion hatten an diesem Mittwoch aber keinen Bestand. Sogar Mischka und sein siamesischer Innenpolitik-Zwilling Reinhardt waren unterschiedlicher Meinung. Poschmann erkannte sofort, daß der Streit nur des Streites wegen ausgefochten wurde. Man wollte ihm einmal mehr signalisieren, daß mit der CvD-Neubesetzung keineswegs frischer Wind in die Hauptredaktion gekommen war. Katja Melzer bemerkte es spätestens zu dem Zeitpunkt, als sich Sportredakteur Zingel mit Kulturredakteur Wolke und Jo Sartor verbündete. Sie erklärten, daß die Zeitung sich lächerlich mache, wenn sie drei Artikel mit Kommentar zum Rinderwahnsinn bringen würden. Schließlich stehe die Verleihung des Grimme-Preises an, Borussia Dortmund spiele in Amsterdam um Kopf und Kragen, und die Tatsache, daß der Kinderschutzbund ein generelles Tempo 30 in Städten fordere, sei weitaus bedeutender.

Über die gestrige Durchsuchung des »Europa«-Redaktionsbüros hatte im Laufe des Tages keiner mehr ein Wort verloren. Zumindest kein direktes. Der Vorwurf, daß Wilhelms eine kriminelle Vereinigung unterstützt haben sollte, war für die Kollegen nie und nimmer nachvollziehbar. Korruptes Verhalten, Verkauf von Informationen schon eher. Was das anging, hätte auch keiner in der Hauptredaktion für Wilhelms seine Hand ins Feuer gelegt. Stillschweigen war angesagt. Die Jüngeren trauten sich nicht, den Mund zu öffnen. Wilhelms war trotz seines Alters beliebt. Die Älteren fühlten sich durch die Korruptionsvorwürfe mit angeklagt, fühlten sich, auch wenn einige ihre weiße Weste täglich in der Konferenz oder auf dem Flur unaufgefordert präsentierten, mitschuldig. Lediglich Berthold Frömmert hatte kleinlaut erklärt, daß im Falle einer berechtigten Verurteilung doch den Nachwuchskräften eine Lektion erteilt werden müsse. Alle hatten dem wortlos, aber mit heftigem Nikken zugestimmt und auf Poschmann geschaut, der minutenlang Titten und Brillen auf die jüngste »Kurier«-Ausgabe gemalt hatte.

Frömmert war es auch, der nun kreischend über den Flur sauste und wild mit dem Zeilenlineal durch die Luft wedelte: »Als ob Sie das zu entscheiden hätten! Das wäre ja gelacht, wenn mittlerweile jeder hier malen könnte, wie er wollte.« Er rannte am Lieferantenaufzug vorbei und bemerkte nicht, daß die Tür einen schmalen Spalt offenstand.

Es lagen nur drei Meter zwischen der Aufzugtür und dem Raum des Redaktionspostjungen. Eigentlich war es kein Raum, es war mehr eine Zelle, schmal, vielleicht gerade einmal zweieinhalb Meter breit, was schon äußerst großzügig geschätzt war. Doch um vom Aufzug dorthin zu kommen, mußte man den Flur überqueren.

Die Uhr am Ende des Korridors, die drohend über Poschmanns Tür tickte, zeigte fünf vor vier. Frömmert war ins »Loch« gerannt, hatte die Tür zugeschlagen. Dies galt als sicheres Zeichen dafür, daß die Tür die nächsten fünf Minuten auch nicht mehr geöffnet werden würde. Denn wenn sich Frömmert unter Berufung seines Dienstalters erst einmal wutentbrannt beschwerte, holte er immer`weiträumig und unaufhaltsam aus.

Der Lieferantenaufzug lag ungefähr in der Mitte des Flures in einer breiten Einbuchtung, die nicht einzusehen war. Genutzt wurde er nur für den Wust an Büromaterialien, der täglich in einer Hauptredaktion verbraucht, verloren oder gestohlen wurde. Nach fünfzehn Uhr benutzte den Aufzug nur noch der Postjunge, ein dreiundzwanzigjähriger ungepflegter Typ mit vielen kleinen Pickeln im Gesicht. Eine Stunde dauerte seine

Runde durch die Redaktionen. Pünktlich zur vollen Stunde startete er in der Hauptpoststelle und zog dann seinen vorgegebenen Weg. Zweimal passierte er dabei die Hauptredaktion. Als er eingestellt worden war, hatten sich Kalthoff und Jächter ein Spielchen daraus gemacht, dem Neuling wichtige Informationen zuzustekken, die dringend weitergeleitet werden mußten. Erst nach zwei Wochen hatte dem Pickelgesicht dann »Ratgeber« Niemeyer gesteckt, daß er das doch bleiben lassen solle. Schließlich würde er sich doch langsam lächerlich machen, wenn er *a3-a5* und *b6-c4* mit oberster Priorität transportiere. Kalthoff und Jächter sollten gefälligst ihr Schachspiel in der Kneipe fortsetzen. Beide sprachen fast einen Monat nicht mehr mit dem Verräter von der »Ratgeber«-Seite.

Die Stahltür zum Aufzug öffnete sich weiter. Nur millimeterweise. Die Fingerspitzen an der Kante waren kaum zu erkennen. Auf dem Flur war es still. Lediglich bei den ›Ausländern‹ wurde gestritten. Max Wilhelms schaute auf seine Taschenuhr. Er hatte eine schwarze Baseballkappe tief in die Srirn gezogen. Er wußte, daß eine Verkleidung wirkungslos war. Jeder würde auffallen, vor allem jeder, der versuchte, sich so schnell wie möglich vom Aufzug in das Postzimmer zu stehlen. Poschmanns Tür war immer noch geschlossen. Die ›Ausländer‹ stritten sich immer heftiger. Max vernahm Stimmen, doch nur recht undeutlich. Sie konnten nicht vom Flur kommen. Er öffnete die Stahltür weiter, glitt durch den Spalt und stellte sich an den Mauervorsprung. Leicht beugte er sich nach vorn und versuchte, um die Ecke zu schielen. Wenn Marga Angelis jetzt ihre Tür aufreißen würde, wäre er verraten und verkauft. Doch die Chefin für »Buntes« ließ sich gewöhnlich nie zwischen drei Uhr und der Spätkonferenz blicken, sie hatte sich sogar öffentlich verboten, in dieser wichtigen Zeitspanne unnötig gestört zu werden.

Max schaute erneut auf die Uhr. Die Zeit drängte. Eigentlich hatte er keine mehr. Er biß sich auf die Unterlippe, verkrampfte seine Finger an dem Mauervorsprung, gab seinen Gliedern einen Ruck und sprang zum Postzimmer. Erst als er die Tür von innen leise geschlossen hatte, holte er tief Luft und ließ sich auf den kleinen Holzschemel fallen. Zwei vor vier. Hoffentlich war es noch nicht zu spät!

Katja hatte geweint, als er sie gestern zurückgelassen hatte. Sie hatte ihm Vorwürfe gemacht, geschrien, geweint, erneut geschrien und wieder geweint. Sie hatte um Verzeihung gebeten, daß sie ihm nicht mehr helfen konnte, hatte nach weiteren Wutausbrüchen plötzlich gefragt, was sie denn nun machen solle. Max hatte es ihr gesagt. Katja hatte es gemacht.

Sie war die einzige, so hoffte Wilhelms wenigstens, die zur Zeit wußte, daß er in der Zelle des Postjungen war. Poschmann wußte es zumindest nicht. Mehrfach hatte er ihr gesagt, auch ihm gegenüber kein Sterbenswörtchen zu erwähnen. Sie hatte es versprochen, so wie sie versprochen hatte, um Viertel vor vier sein Telefon auf den Apparat des Postjungen umzustellen.

»In zwei Tagen«, hatte er gesagt, »in zwei Tagen um dieselbe Zeit rufe ich wieder an«. Max hatte es immer und immer wieder durchgespielt, hatte sich Phantastereien hingegeben, hatte Luftschlösser gebaut und wieder einstürzen lassen. Er war überzeugt, jede Möglichkeit bedacht zu haben. Er mußte den anonymen Anrufer ausfindig machen. Er mußte sich mit ihm treffen. Er wollte ihm Geschäfte vorschlagen, schreiben, was er wollte. Der Anonyme könnte ihm sogar die Artikel vorschreiben. Er würde sie ungelesen in den Druck geben. Es war die einzige Chance, seine Unschuld zu beweisen, einen Komplott aufzudecken, in dem er nur ein Spielball war.

Der große Zeiger strich langsam, aber unaufhaltsam über die Zwölfer-Markierung. Es war Frühlingsanfang, doch es war eisig kalt, vor allem in dem Raum des Pickelgesichts, der seine Heizung aus kernkraftgegnerischen Gründen nie über Stufe zwei drehte. Max' Gesicht war dennoch schweißbedeckt. Er hat schon angerufen, schoß es ihm durch den Kopf. Er war zu spät. Viel zu lange hatte er in der Tiefgarage auf der Lauer gelegen, auf die Chance gewartet, sicher und unerkannt zum Lieferantenaufzug vorzudringen. Außer diesem langen und komplizierten Weg über den Hinterhof des Nachbargrundstücks und durch die Tiefebene war ihm kein anderer eingefallen. Die Redaktionen und Verlagsbüros waren von allen Seiten zu gut überwacht. Nur die Tiefgarage bot ein Schlupfloch. Der Weg zum Aufzugsschacht hatte mehr Zeit gekostet. Ihm blieb jetzt keine andere Möglichkeit. Er mußte weiter warten.

Die Tür bestand aus doppeltverklebtem Sperrholz, das auf beiden Seiten mit dünnem Kunststoff überzogen war. Frömmert kam aus Poschmanns Zimmer und lief jubilierend an der Posttür vorbei. Ihm war offenbar das Aufmacher-Foto der Fünften zugesprochen worden. »Weltweit« mußte ihres nun versetzt nach unten einplanen und würde deshalb kein Wort mehr mit Frömmert wechseln. Max wunderte sich über diese doch für die Redaktion ungewöhnliche Situation. Der Vorwurf gegen ihn und die Durchsuchung seines Büros schienen die Arbeit beeinflußt zu haben. Normalerweise wurden bei Streitigkeiten die Bürotüren geschlossen und Bestechungsversuche mit billigem Weinbrand unternommen. Weniger der Fotos wegen, eher zur Steigerung der Gemütlichkeit.

Der große Zeiger der Taschenuhr schlich mittlerweile

auf die Fünf-Minuten-nach-Markierung. Die Schweißperlen wurden größer, das Geschrei auf dem Flur wurde lauter. Max hatte das Telefon auf den Boden gestellt, saß, mit dem Rücken zum Fenster an den Tisch gelehnt. Die Schritte auf dem Flur konnte er spüren. Die Meute war auf dem Weg zur Konferenz. Das brachte ihm Ruhe. Einzige Gefahr barg noch der Postjunge, der gewöhnlich von der Hauptstelle direkt die Hauptredaktion anlief. Verdammt, warum rief der anonyme Kerl nicht an?

Sein Atem setzte für wenige Sekunden aus, als die Tür plötzlich geöffnet wurde. Er stockte, traute sich nicht auszuatmen. Das Pickelgesicht war viel zu früh dran. Er spürte seine Hand auf dem Hörer zittern. Wenn es jetzt klingeln würde, hatte er verloren.

»Max?«

Es war Katjas Stimme. Sanft und rettend. Sie schloß die Tür.

»Bist du verrückt? Ich habe fast einen Herzinfarkt bekommen«, flüsterte er und schielte um das Schreibtischeck.

»Alles klar«, sagte sie und grinste, als sie ihn auf allen Vieren hinter der Platte erblickte, »ich habe die Volontäre und Praktikanten mit eingeladen. Dem Postjungen habe ich ein Sonderpäckchen für die Druckerei gegeben. Du hast zehn Minuten Zeit.«

Sie trug einen dieser gestrickten Muster-Pullover und hatte ihn weit über die enge Jeans gezogen. Äußerst körperbetont, dachte er und ohrfeigte sich im selben Moment dafür.

»Danke«, zischte er kurz durch die Zähne und spitzte seinen Mund, wollte ihr andeutungsweise einen Luftkuß schicken. Sie sah es nicht mehr, hatte bereits die Kehrtwendung eingeleitet und verschwand, wie sie gekommen war: plötzlich.

Unerwartet plötzlich läutete nun auch das Telefon. Es war fünf nach. Das Klingeln dauerte nur den Bruchteil einer Sekunde an, da hatte Max auch schon den Hörer ans Ohr gerissen.

»Ja«, flüsterte er aufgeregt, den Mund dicht an der Muschel.

»Herr Wilhelms?« fragte die Stimme. Sie sprach deutlich und mißtrauisch.

»Ja, ja, ich bin's«, sagte Max schnell, »es hat sich viel getan. Bitte, lassen Sie mich aussprechen, ich kann nicht lange reden.« Dennoch wartete er für einen Moment auf eine Reaktion. Sie blieb aus.

»Sie hatten recht. Der Brief hat mein Leben geändert.« Max unterbrach erneut seinen Redeschwall, wollte eigentlich aufbrausen, wollte sagen, daß er es leid sei, als Billardkugel benutzt zu werden, daß er ihm, falls er ihn erwische, sämtliche Knochen brechen würde, daß er, dieser ›Anonymus Wer-weiß-was‹, seinen besten Freund auf dem Gewissen habe. Doch er schwieg für einen Moment.

»Sie müssen mir helfen. Man hat einen Haftbefehl gegen mich ausgestellt. Ich weiß nicht, warum, aber ich denke, Sie wissen es.«

Max holte tief Luft, wollte zu einem neuen Satz ansetzen, wollte kurz Einstein erwähnen. Die Stimme aus dem Hörer unterbrach ihn bereits im Ansatz.

»Es tut mir leid, was mit Herrn Strombach passiert ist. Das war nicht vorauszusehen. Und ich versichere Ihnen, daß wir damit nichts zu tun haben.«

»Wir?« fragte Max erstaunt und fast zu laut. »Was heißt das?«

»Herr Wilhelms, mir tut es schrecklich leid, aber Sie sind an dem Tod Ihres Freundes mitschuldig. Ich hatte Sie auf den Brief aufmerksam gemacht, hatte versucht, Ihnen die Bedeutung des Briefes deutlich zu machen. Sie – Sie allein – waren es, der ihm dennoch keine Beachtung geschenkt hat. Ihr Freund hat ...«

»Was heißt das?« unterbrach Max ihn scharf. »Heißt das, daß ich anderenfalls jetzt nicht mehr leben würde?«

In dem Moment, als er sie aussprach, bereute er die Worte bereits. Er wollte seinen Gesprächspartner nicht verärgern. Er wollte ihn um Aufklärung bitten und hätte ihn gleichzeitig am liebsten umgebracht. Er wollte sein journalistisches Leben in die Hände dieses Kerls legen und hätte ihn im selben Moment am liebsten die Treppe hinuntergestürzt.

»Mein lieber Junge, Sie sollten sich auf das besinnen, was Sie einmal gewesen sind. Wo ist denn Ihr Spürsinn, wo Ihr Engagement. Wo ist denn Ihre Fairneß?«

Wilhelms sagte nichts. Laut und hektisch atmete er in die Muschel. Er schaute auf die Uhr und überlegte. Der Junge würde jeden Moment hier auftauchen. Es hatte keinen Sinn, sich über Vergangenes zu streiten. Er wußte nun, daß dieser Kerl am anderen Ende der Leitung ihn kannte oder zumindest zu kennen glaubte. Er war ausgewählt worden, nicht zufällig ausgeguckt, sondern wohlüberlegt nach bestimmten, ihm noch völlig unklaren Gesichtspunkten ausgesucht worden. Der Mann, mit dem er sprach, kannte seinen Lebenslauf. Er kannte seine Gewohnheiten. Er kannte seine Probleme, seine Fähigkeiten, seine Kenntnisse.

»Ich muß aufhören«, sagte Max schnell, »ich werde gesucht. Es war schwierig genug für mich, hierhin zu kommen.«

»Ich weiß«, hörte er.

»Geben Sie mir eine Chance. Ich habe die Telefonnummer einer öffentlichen Telefonzelle. Bitte rufen Sie mich in drei Stunden dort an. Also um 19.00 Uhr. Bitte! Ich kann jetzt nicht mehr länger sprechen. Die Telefonzelle ist garantiert sicher. Hundertprozentig.«

Dreimal diktierte Max schnell die Nummer der Telefonzelle in den Hörer. Das vierte Mal nannte er sie etwas langsamer. Das fünfte Mal unterbrach er sich nach der zweiten Ziffer. Er hörte nur noch einen unterbrochenen Ton.

Eine ganze Weile – er wußte nicht mehr, wie lange – saß er noch reglos da, den Hörer auf die Schulter gelegt. Sein unbekannter Gesprächspartner mußte sich sicher sein, sehr sicher. Er mußte Möglichkeiten haben, das gesamte Spielfeld zu überblicken. Aber es war kein Spiel mehr. Einstein war tot. Gegen ihn, Max, war ein Haftbefehl ausgestellt worden. Seine Freunde oder die, die er dafür gehalten hatte, waren gegen ihn. Er hatte gegen Mittag noch einmal versucht, mit Vogelsang in der Polizeipressestelle zu telefonieren, hatte ihn gefragt, ob er ihm eine Chance geben würde. Paul Vogelsang hatte nur wiederholt gesagt, daß es ihm leid tue, aber daß ihm keine andere Wahl bliebe. Er habe alle Möglichkeiten, ihm zu helfen, sobald er sich stellen würde. Er hatte ihm gut zugeredet, das Versteckspiel endlich aufzugeben. Max habe ohnehin keine Chance, sich dem Zugriff der Polizei auf Dauer zu entziehen. Dann hatte er noch erwähnt, daß es eine Obduktion geben würde. Er habe dafür gesorgt. Danach hatte er aufgelegt. Ohne Verabschiedung, ohne ein weiteres Wort, das Max hätte aufbauen können.

Er schaute sich um, als wären fremde Augen auf ihn gerichtet. Sanft stellte er das Telefon zurück auf den Tisch und stand auf. Die Tür quietschte, doch nur ganz leise. Er lauschte. Auf dem Flur war es ruhig. Lediglich durch die dünnen Wände konnte er undefinierbares Stimmengewirr aus dem Konferenzraum wahrnehmen. Rasch riß er die Tür auf und rannte in die Einbuchtung. Gott sei Dank, der Aufzug war noch da! Er zog sich die Baseballmütze tiefer in die Stirn, öffnete die Stahltür, schlüpfte in die Kabine und blickte in zwei dunkle Augen.

20 »Es ist bewundernswert, mit welcher Liebe Sie Ihren kleinen Garten behandeln, selbst in einer Jahreszeit, in der es doch nicht viel zu tun gibt, außer abzuwarten.«

Anna hatte sich von hinten an Claus Maria Freiherr von der Schlei herangeschlichen, hatte aber besonders sanft gesprochen, um ihn nicht zu erschrecken. Der Alte stand mit auf dem Rücken gefalteten Händen vor seinem kleinen Beet. Die geschnittenen Stöcke der Rosen waren unter dem Schnee größtenteils nur schemenhaft zu erkennen. Sie hatte den Freiherrn längere Zeit beobachtet, wie er still und andächtig mit ledernen Halbstiefeln auf dem schmalen Weg gestanden und auf seine Zucht gestarrt hatte. Der Fellkragen seines Wintermantels war bis zu den Ohren hochklappte. Sie versuchte, sich in seine Gedankenwelt hineinzuversetzen, sich zu erklären, wieso die Blumen für ihn Mittelpunkt seines Lebensabends waren. Bis auf Oranienbrug und den Baron ging jeder Hausbewohner fast wie im Wahn einer bestimmten Freizeitbeschäftigung nach. Die Tätigkeiten unterschieden sich. So waren Lausitz' Kräuter und Schleis Rosen von der Jahreszeit abhängig. Ihre Gärten und ihre floristischen Schützlinge waren ihre Hoffnung, denn keiner wußte, ob er die Blüte- und Erntezeit noch miterleben würde. Die Katze und das Zitieren waren neben dem Streiten und dem Schachspiel das einzige, was ihnen übrigblieb.

»Nein, Fräulein Anna, was Sie denken, ist nicht richtig«, sagte von der Schlei und lächelte sie an. Sie fühlte sich ertappt, wußte nicht, wieso, fragte höflich nach.

»Was habe ich denn gedacht?«

»Oh, Sie haben einen alten Mann geknickt und nachdenklich vor der einzigen ihm gebliebenen Liebe gesehen. Einer Liebe, die vielleicht nie wieder für ihn blühen wird. Sie haben sich gedacht, daß das im Alter nicht viel ist. Aber Sie täuschen sich gewaltig.«

Er drehte sich zu ihr um und ging einen Schritt auf sie zu. Anna spürte, daß es ihn anstrengte. Der Mantel war schwer, und die Schuhe waren nicht gefüttert.

»Sicherlich. Ich liebe meine Rosen besonders, weil sie für mich die Liebe verkörpern, die unerreichbare Liebe und die Liebe, um die ich trauern kann. Vielleicht versuchte ich auch, das Hochgefühl einer Liebe, die mir nie vergönnt war, in Vollkommenheit zu erreichen. Aber ich liebe auch von Lausitz, der versucht, seine grauenvollen Kräuter und Gewürze gleich neben meiner Pracht hochzuziehen. Liebe und Natur vertragen sich schon. Uns trennt nur die Frage – und somit auch der Kampf –, was das Schätzenswertere ist.«

Anna reichte ihm den Arm. Der Freiherr nahm ihn dankend an.

»Auch Sie sind für uns in vieler Hinsicht ein Rätsel«, sagte er, »wahrscheinlich so, wie wir für Sie eines sind.«

»Rätsel müssen gelöst werden. Das ist der Trieb jedes Menschen. Wer will nicht seine Neugier befriedigen? Und ich gebe zu, daß ich sehr neugierig auf Sie alle hier im Hause bin. Man hat nicht oft die Möglichkeit, einer solchen geballten Ansammlung von Erfahrung und Weisheit zu begegnen.«

»Sie schmeicheln immer noch.«

»Ja. Es ist Schmeichelei, aber auch Unsicherheit.«

»Unsicher ist nur derjenige, der etwas zu verbergen hat. Was haben Sie zu verbergen, Fräulein Anna?«

Sie sagte nichts. Sie wußte nichts zu sagen. Nach der gestrigen Diskussion in der Bibliothek hatte sie sich fest vorgenommen, den Kontakt mit der gesamten Gruppe weitgehend zu vermeiden. Anna wollte das Einzelgespräch suchen. Sie hatte auf die Gelegenheit gewartet, mit von der Schlei beginnen zu können. Mit seinen Zitaten und seinen Rosen war er für sie die durchschaubarste Figur. Sie hatte sich getäuscht. Er hatte sie getäuscht. Kein Wort sprach er über seine Rosen. Kein Zitat war bislang gefallen. Vielmehr hatte er es verstanden, sie mit persönlichen Geständnissen über unerfüllte Liebe in Sicherheit zu wiegen, um nun ihr die Fragen zu stellen. Sie mochte gar nicht an die übrigen Personen des Hauses denken. Sie hatte sich vorgenommen, das Preußen-Buch bis zur letzten Seite zu studieren, dann eines der Bücher des Barons zu lesen. Abschließend wollte sie mit ihm darüber sprechen. Sie hatte in ihrer Ausbildung gelernt, Schriften auszuwerten. Der Hausherr stand aber ganz unten auf ihrer Kontaktliste. Ein intensives Gespräch mit ihm mußte am präzisesten vorbereitet werden. Das benötigte Zeit. Für heute standen zunächst von der Schlei, anschließend Altmühl-Ansbach auf ihrem Plan. Und sie verspürte erstmals einen Hauch von Angst.

Die Greise – gebrechlich, krank und auf Hilfe angewiesen – bedrohten sie, hatten es geschafft, sie innerhalb von drei Tagen in die Enge zu treiben. Sie konnten vernichtend sein, ohne auch nur an eine materielle Waffe zu denken. Die Alten besaßen eine andere Waffe, die weitaus gefährlicher war. Und sie war sich nun sicher, daß dieses Haus zu viel, viel mehr fähig sein konnte.

»Hat nicht jeder etwas zu verbergen?« fragte Anna zurück und wich damit einer Antwort aus. Sie hoffte auf ein Zitat, wollte ihm mit solchen Fragen den Weg dazu ebnen. Das Zitieren mußte eine Unsicherheit des Freiherrn ausdrücken. Sie mußte diese herbeiführen. Sie mußte ihn geschickt provozieren. Doch der Freiherr zitierte nicht. Er schaute auf seine schneebedeckten Stöcke und genoß den Moment.

Anna hatte auch heute die erste Runde verloren. Und sie wunderte sich. Sie hatte, nachdem ihr Plan aufgestellt war, von der Schlei eingehend studiert. Sie wußte, daß der Freiherr Ländereien im Frankenland, aber keine Erben besaß. Sein Krankheitsbild, seinen körperlichen und geistigen Zustand kannte sie ohnehin. Obwohl er Angehöriger des niederen Adels war, im Rang dem Grafen untergeordnet, war seine Geschichte im »Lexikon der deutschen Länder« festgehalten. Sie war überzeugt, ihn zu kennen. Immerhin hatten von der Schlei sowie General Graf von Altmühl-Ansbach die Marmorfiguren auf der Granitplatte so gezogen, wie sie es vorhergesagt hatte. Zug für Zug. Schlei war mit der Dame immer wieder ausgewichen, auch als der General nur seinen H-Bauern um ein Feld vorgerückt hatte.

Das Gespräch der Greise in der Bibliothek war ihr lange nicht aus dem Kopf gegangen. Es war keine Diskussion gewesen. Es war ein Schauspiel gewesen, speziell für sie inszeniert. Unterschiedliche Rollen waren besetzt worden. Der Feind. Der Gegner, dessen Existenz nur erahnt wird. Die Reaktion. War sie der Feind? Oder waren die Alten ihre Gegner? Glaubten sie, sie würde sie betrügen wollen? Oder hatten sie etwas Bestimmtes mit ihr vor? Josef hatte sie nur kurz auf das russische Blut in ihren Adern angesprochen, eher scherzhaft mit Blick auf Schnee und Kälte. Die Herren hatte es mit Blick auf das Schachspiel getan. Sie sprachen von Taktik und Strategie, die durchschaubar war. Und von Gemeinsamkeiten. Sie erinnerte sich an jedes Wort und wußte nun, wo sie ansetzen mußte.

»Ist es unhöflich, oder trete ich Ihnen zu nahe, wenn ich Sie frage, welche unerfüllte Liebe Sie ansprachen?«

»Nein. Keineswegs. Ich habe auf die Frage gewartet«, sagte von der Schlei und bat sie, mit ihm um das Haus zu gehen. Er stützte sich nun kräftiger auf ihren Arm, drückte und zog zugleich, um das Tempo zu bestimmen. »Die Liebe sollte zwar das höchste Gut sein, doch es gibt andere erstrebenswerte Ideale, die die gleiche Beachtung erfahren sollten. Im Alter ist nicht die Liebe der Vergangenheit das Entscheidende, auch wenn sie nie in Vergessenheit geraten wird. Es ist das Unerfüllte, die Hoffnungslosigkeit, im Alter Versäumtes nicht mehr aufholen zu können. Ihre Frage, Fräulein Anna, richtet sich nicht an mich. Sie richtet sich allein an das Alter und an die Zielstrebigkeit im Alter. Und ich versichere Ihnen, daß es letzteres in diesem Haus gibt. Hier existieren noch Ziele. Ob es die Ernte der Kräuter oder das Blühen der Rosen ist. Altmühl-Ansbachs Zinnsoldatenanstrich hat gerade einmal den Anfang des Dreißigjährigen Krieges erreicht. Oranienbrugs Organisationen werden Tag für Tag verfeinert. Ryn-Gladenberg wird mit seinem Schreiben nie ein Ende finden. Und ich versichere Ihnen auch, daß es neben den unterschiedlichen, persönlichen Zielen auch gemeinsame gibt.«

Von der Schlei atmete tief durch. Anna legte ihre Hand auf seinen Arm. Das Gespräch war beendet, das Ziel nicht erreicht. Das bemerkte und wußte sie. Der Freiherr hätte das gemeinsame Sinnen erklären können. Doch er ließ es offen, wie er auch die persönlichen Wünsche des Barons außen vor gelassen hatte. Woher sollte sie wissen, daß sie übereinstimmten? Sie wußte ja nicht einmal, wie lange sie noch am Fuße des Kyffhäusers bleiben konnte – durfte, mußte.

Sie hoffte nur, daß sie noch lange bleiben würde, denn sie hatte Achtung vor den Alten, vor ihren Stärken, vor ihren Schwächen. Und vor ihren gemeinsamen Zielen, egal, welche es nun waren.

21

Tiefgrauer Schneematsch lag zusammengeschoben am Rand der Landebahn. Leitner zog sich den Kragen höher, als er die Gangway hinunterschritt. Ein mit sibirischer Kälte gespeister Wind fegte frisch über Moskaus Flughafen Scheremetjewo Dwa. Das Hauptgebäude in einem dem Schneematsch ähnlichen Tiefgrau wirkte unter der düsteren Wolkendecke seltsam geschunden. Die einzigen Farbflecke bildeten die bunten Fahnen, deren Masten in metergenau gleichem Abstand die Ankunftshalle säumten. Dem Fahnenstoff war anzusehen, daß er Tag und Nacht jedem Wetter ausgesetzt war. Flaggen, deren grenzenlose Ausnutzung und Beständigkeit, hatten es den Russen seit eh und je angetan. Auch Scheremetjewo Dwa erhielt durch sie erst Leben. Leitner dachte an Wnukowo, den anderen Moskauer Flughafen, auf dem gewöhnlich die Kremlführung offizielle Staatsgäste empfing, und an das Fahnenmeer, das dort sicherlich behutsamer eingesetzt wurde.

Kutschnekov konnte nicht kommen. Er hatte seinen Referenten geschickt, einen baumlangen Typen mit Fellmütze.

»Sdrastwyti«, rief er mit einem breiten Grinsen im Gesicht, als er Leitner erblickte. Sogleich stürmte er hinter einer Kontrollkabine des Zolls hervor und schüttelte mehrfach Leitners Hand. Nach dreifacher Entschuldigung für die lange Wartezeit an der Paßabfertigung nahm er das Handgepäck des deutschen Gastes und führte ihn ungehindert durch weitere Kontrollpunkte ins Untergeschoß. Dort wartete ein kleinerer, schmutzigweißer Lada auf sie. Erst jetzt stellte sich der dürre Riese vor.

»Igor Rudolfowitsch Semitschalepin«, sagte er und schüttelte Leitner nochmals wild die Hand.

»Otschen prijatna«, stammelte dieser. »Sehr angenehm« bekam er auf russisch gerade noch hin. »Lars Leitner«.

Sie stiegen in den Lada. Die Sitze waren tief. Einige Federn waren zu spüren. Igor Rudolfowitsch mußte den Schlüssel mehrmals umdrehen, bis der Motor aufheulte. Der erste Gang klemmte. Kutschnekovs Referent grinste immer noch, während er im zweiten Gang anfuhr.

»Früher hatten wir alle einen Fahrer. Heute suchen wir uns die Fahrzeuge nicht nach Komfort oder Schnelligkeit aus, sondern danach, wie vollgetankt sie sind«, erklärte er, ohne sein Grinsen zu verlieren.

»So weit ich gehört habe, können Sie ja richtig froh sein, daß Sie überhaupt noch Autos haben«, sagte Leitner, wollte eigentlich scherzen, merkte aber sofort, daß er mit seinem ersten Satz auf russischem Boden gleich ein Fettnäpfchen betreten hatte. Er wollte sich gleich entschuldigen, doch Igor winkte ab.

»Lassen Sie! Sie haben ja recht. Der Unterschied zwischen SVR und Militär ist der, daß wir noch nicht unsere Waffen auf dem Schwarzmarkt verkaufen, wenn wir unseren Sold nicht rechtzeitig bekommen«, lachte er. Igor war sympathisch, sah die russische Wirklichkeit mit dem nötigen Humor. Er drückte den Schaltknüppel mit Gewalt in die vierte Stufe und gab Vollgas.

Der Flughafen Scheremetjewo Dwa lag fünfunddreißig Kilometer nordwestlich der Moskauer Stadtmitte. Für die zwanzig Kilometer bis zum äußeren Ring, dem Moskowskaja Kolzewaja, benötigten sie fast eine Stunde. Igor Rudolfowitsch bremste nur, wenn ein Ausweichen nicht mehr möglich war. Ansonsten zog er die Gegenfahrbahn einem Herunterschalten des Getriebes vor. Wenn er bremsen mußte, bedeutete dies meist auch Stillstand für mehrere Minuten. Lastwagen standen quer oder parkten in zweiter oder dritter Reihe. Am Straßenrand standen alle fünfzig Meter ältere Frauen, die Geschirr, Porzellan und Handarbeiten verkauften, oder jüngere Frauen, die Parfum, Schokolade oder ihren Körper anboten. Immer wieder waren Autos aus dem Westen zu sehen. »Mafiosi«, sagte dann Igor Rudolfowitsch und verzichtete für Sekunden auf sein Grinsen, »Rußland auf dem Weg zur freien Marktwirtschaft.«

Die Fahrt in die Hauptstadt führte durch viele Dörfer, Barackenansammlungen, kleine Industriegebiete, die immer dichter aufeinanderfolgten. Die steilsten Anhebungen bildeten die zahlreichen Schlaglöcher, die ein schnelles Fahren unmöglich machten. Schon weit vor den Toren Moskaus konnte Leitner im Dunst den gigantischen Fernsehturm erkennen. Er zerstörte die Fernsicht und stach ins deckende Grau. Mit 537 Metern war er die höchste Erhebung zwischen Polen und dem Ural, der Gipfel der neun Millionen Quadratkilometer großen russischen Tiefebene. Der Turm durchbrach die *Schirokaja natura*, die weite Natur. Sie bestimmte die Wesensart der Russen. Gefühlsausbrüche konnten so plötzlich auftreten, wie über Nacht auf klirrenden Frost heiße Sonnenstrahlen folgten. Grundlegende Veränderungen aber vollzogen sich langsam wie träge fließende Bäche.

Ab dem Belorussischen Bahnhof am Grusinskij Val fuhr Igor nur noch im zweiten Gang. Sie hatten sich bislang nicht viel unterhalten. Leitner beobachtete alles mit einer gewissen Faszination, während sein Chauffeur wirkte, als ob er eine Meisterprüfung zum Reiseleiter absolvierte. Dabei beschrieb er Moskau mit Liebe und Verachtung. Zwischen den tristen, farblosen Wollmänteln auf den Straßen fielen immer wieder wärmende, bunte Daunenjacken aus westlicher Produktion auf. An abblätternden Fassaden hingen blinkende Neonwerbeplakate. Am Tschaikowski-Konzertsaal an der Gorkogo Uliza wurde um Mercedes-Unfallfahrzeuge neueren Modells gefeilscht. Die Händler trugen Sonnenbrillen und dicke goldene Ketten. Das Revolutions-Museum an der Metro-Station Gorkowskaja war bekannter Treffpunkt für Kinderprostitution. Igor Rudolfowitsch wußte durch die Kenntnis von Verhaftungsquoten und der Höhe der üblichen Bestechungshonorare aufzufallen, kannte Namen der Bosse und ihre Hintermänner. Er führte durch das kriminelle Moskau wie durch einen neapolitanischen Bazar.

Das Hotel lag auf der Rückseite des Puschkin-Museums der Bildenden Künste. Der Teppich, der die Eingangsstufen zierte, mußte in der Vergangenheit einmal purpurrot gewesen sein. Zwei Portiers standen gelangweilt vor der untersten Stufe, die Hände in die wärmenden Manteltaschen gesteckt. Sie blickten auf den Lada und sahen sofort wieder weg.

»Hier hat es vor drei Tagen eine Schießerei gegeben«, wußte Igor zu erzählen und setzte das Zivilfahrzeug rückwärts gegen eine Absperrung. »Zwei Schmuggler-Organisationen, tippt die Miliz. Ist also für die nächsten paar Tage garantiert ruhig hier. Aber so lange bleiben Sie ja nicht.«

Das Hotel war eines der gehobeneren Kategorie. Das Foyer war modern eingerichtet. Tiefe Ledersessel standen um kleinere Glastische. In verschiedenen Sitzecken wurden Besprechungen vorbereitet. Leitner hörte Gespräche in englischer, deutscher und französischer Sprache. An der in Marmor gehaltenen Rezeption standen mehrere Dolmetscher bereit. Konservativ uniformierte Mädchen boten Getränke an. Leitner hatte sein Handgepäck auf ein für nur wenige Stunden reserviertes Zimmer bringen lassen. Er bat um Kofe.

»Kein Wodka? Sie fallen auf.«

Es war Kutschnekov.

Leitner kannte ihn nicht, doch sein Chef und Freund hatte ihn in Aachen auf den ersten Kontakt mit dem SVR-Offizier gut vorbereitet. Er erkannte ihn daher sofort. Ohne Ankündigung aus dem Hinterhalt mit Markenzweireiher und italienischen Schuhen. Bloßfelds Beschreibung stimmte haargenau.

»Iswenitje. Ich konnte Sie leider nicht persönlich abholen«, entschuldigte sich der Sonderbeauftragte des russischen Geheimdienstes brav.

»Kein Problem. Ich hatte eine äußerst interessante Fahrt«, versuchte Leitner in gleicher Manier zu reden. »Man fährt schließlich nicht alle Tage mit einem dermaßen gut informierten Reiseleiter durch Moskau.«

Kutschnekov verzog keine Miene, winkte einer der Uniformierten zu, bestellte Krasnoje, weißen Wein, dazu Jaizo Krutoe mit viel Ikra.

»Eier mit Kaviar«, wandte er sich dann belehrend an Leitner, »müssen Sie probieren. Nichts gegen Ihre Delikatessen zu Hause. Aber Eier, richtige, zu Kaviar passende Eier, die werden Sie nie machen können. Eierkochen ist eine Kunst. Eine Kunst, die nur Russen beherrschen.«

Dem Deutschen lag auf der Zunge zu sagen, daß er dafür stets auf vollgetankte Autos zurückgreifen könne. Doch er beherrschte ebenfalls eine Kunst. Nämlich die zu schweigen. So nickte er nur dankend und anerkennend.

Die Eier waren wirklich vorzüglich. Der Kaviar ebenfalls. Kutschnekovs Gesellschaft weniger. Der Offizier war gereizt, hatte mehrmals bedauert, daß Bloßfeld nicht kommen konnte, hatte mehrfach gefragt, ob Deutschland sich endlich der prekären Situation bewußt geworden sei. Kutschnekov schob die Eier samt Kaviar auf einmal in den Mund, kaute nur zwei-, dreimal. Während er mit der Zunge die verlorenen Fischeier aus dem Mundwinkel angelte, erzählte er über die jüngsten Versammlungen der ›neuen Zarenanbeter‹, wie Kutschnekov sie nannte.

»Haben Sie schon einmal etwas über die russischen Kompensationsverträge gehört, Herr Leitner?«

Die Frage forderte keine Antwort. Dementsprechend war sie auch gestellt worden. Kutschnekov ließ die Zunge weiter kreisen. »Sie wurden festgelegt von Peter dem Großen. Machen Sie sich nichts draus! Ich weiß es auch erst seit gestern genau.«

Der SVR-Abteilungschef für Sonderfälle stockte. Seine Finger mußten der Zunge kurzfristig Unterstützung leisten. Leitner empfand es nur als ekelhaft.

»Das sind die alten, zum größten Teil vergessenen Geschichtskenntnisse, mit denen die neuen Monarchisten wieder aufwarten«, erklärte Kutschnekov, während er nun die schwarzen Reststücke unter den Fingernägeln hervorpulte. »Sie haben die Liebe und Verbundenheit zu ihrem Volk wiederentdeckt, Herr Leitner, und meinen das nun kundtun zu müssen.«

Der Russe schaute in die beiden mittlerweile leeren Tassen, stand auf und bat Leitner mit einer knappen Handbewegung, ihm zu folgen. Igor, Sohn des Rudolfo, hatte bereits einem Taxi zugewinkt, einem älteren, aber größeren und bequemeren Modell, dessen Marke Leitner nicht kannte. Sie setzten sich gemeinsam auf den Rücksitz. Auch auf diesem meinte der Deutsche einige Federspitzen zu spüren. Er beobachtete mit Spannung die Hände des Taxifahrers. Der erste Getriebegang packte.

»Irgendwann um 1700 herum – ich habe mir das genaue Datum nicht gemerkt, hat der russische Zar mehrere Heiratsallianzen verordnet«, fuhr Kutschnekov fort. »Seine Stiefnichten wurden mit zwei Deutschen, einem von Kurland und einem von Mecklenburg vermählt. Seine eigene Tochter Anna mußte die Ehe mit einem von Holstein eingehen. Damit fing eigentlich alles an. Der Grundstein zu hundertfacher Blutsverwandtschaft mit Adligen Ihrer Nation war gelegt.«

»Lassen Sie mich raten«, unterbrach Leitner mit grober Höflichkeit, »der nächste Schritt war Katharina die Große.«

»Sie sollten die Fakten nicht ins Lächerliche ziehen, Herr Leitner. Die Zarin war eine gebürtige Sophie Friederike Auguste von Anhalt-Zerbst, ihr Gemahl, Zar Peter III., ein gebürtiger Karl Friedrich von Holstein-Gottorp. Die russischen Herrscher waren deutsch, und«, Kutschnekov unterbrach sich kurz, »von diesem Zeitpunkt an wurde das russische Blut der Zarenfamilie immer dünnflüssiger. Deutsche Gene dominierten.«

Der Taxifahrer drückte vehement auf die Hupe. Aus einem scheinbar liegengebliebenen Kleinlaster wurde das Frachtgut umgeladen. Zudem gab es vor den Toren der Metro-Station Dsershinskaja ein Handgemenge. Kutschnekov zeigte sich unbeeindruckt, suchte in seinen Unterlagen, holte schließlich eine Kopie heraus. Es war ein Stammbaum, der Lücken aufwies. Einige Linien waren jedoch schlüssig.

»Lassen Sie mich noch zwei Minuten Ahnenforschung betreiben, dann wissen Sie, warum ich Ihnen das alles erzähle«, sagte der SVR-Mann, »der Grund ist nicht nur, daß eine plötzlich in Erscheinung tretende nationalistisch-monarchistische Gruppe auf einmal Wahlkampf betreibt und deutsch-russische Verpflichtungen präsentiert.«

Kutschnekov hielt das Papier weit von sich gestreckt und suchte nach bestimmten Namen. Dann fuhr er mit dem kleinen Finger über eine geschlossene Linie.

»Sehen Sie, Herr Leitner, Zar Paul I. hatte zwei Frauen, die Tochter des Landgrafen von Hessen-Darmstadt und die Tochter des Herzogs von Württemberg. Und dann geht es hier weiter. Hochzeiten mit von Baden, von Sachsen-Weimar, mit dem Großherzogtum von Hessen und hier«, er zeigte auf eine andere Linie, »von Oldenburg, Sachsen-Altenburg, von Leuchtenberg. Gehen wir diese Linie weiter, bekommen wir wieder eine Verbindung zu Alexander III. und zum letzten Zaren Nikolaus II., dessen Gemahlin Alexandra eine von Hessen war. Und nun«, Kutschnekov hob die Stimme wie vor einem angestrebten, fast erreichten Höhepunkt, »bitte noch eine Sekunde! Die andere Linie, die fast parallel verläuft, diese Familie, der Schwager dieser Familie, ist ein von Hinrichsburg, der Ziehvater von Stolzenberg, den Sie gut kennen dürften.«

Damit lehnte sich Kutschnekov zurück, gab Leitner die Kopie und schenkte erstmals dem Handgemenge vor der Metro-Station Beachtung. Der Taxifahrer erreichte derweil endlich die Lücke zwischen dem liegengebliebenen Kleinlaster und der Gegenfahrbahn, mogelte sich so eben durch und fuhr auf sein Ziel zu. Das Außenbüro Kutschnekovs lag in einer Seitenstraße der Kirowa Uliza, an der sich auch das berühmte Majakowski-Museum erstreckte.

»Darauf haben Ihre jungen Zarenfreunde in den Versammlungen hingewiesen?« fragte Leitner skeptisch und gab die Kopie zurück.

»Natürlich nicht. Nicht auf von Hinrichsburg. Aber auf

die Ahnenfolge, auf den deutschen Einfluß. Auf die gemeinsame deutsch-russische Geschichte.«

Kutschnekov bat den Taxifahrer, die erste Straße rechts abzubiegen und durchs hintere Viertel zu fahren. Dann wandte er sich wieder Leitner zu.

»Lehrreich sind solche Veranstaltungen schon. 1881 Dreikaiservertrag, 1894 deutsch-russischer Handelsvertrag oder 1764 der preußisch-russische Beistandsvertrag mit Gründung der deutschen Wolgakolonien. Habe ich vorher nicht gewußt.«

Der Bürokomplex des SVR war ein ehemaliges Hotel. An den Wänden bildeten Schimmelpilze gewaltige Kolonien. Dafür hatte man auf Bilder verzichtet. Offenliegende, angerostete Rohre zierten die Decken der langen Gänge. Vor Ecken und Türen standen große, braune Stoffsäcke. Die meisten waren mit Flaschen gefüllt. Es roch nach Wodka und wenig Disziplin. Jeder Schritt hallte. Kaum eine Uniform saß korrekt. Das Büro war schlicht ausgestattet. Kutschnekov ging voraus, wurde von allen äußerst förmlich gegrüßt. Neben dem Aufgang zu den oberen Etagen öffnete er eine Tür. Die Klinke war locker. Dahinter befand sich ein kleines Besprechungszimmer. Mit Schimmel und ohne Bilder.

Der erste, den Leitner entdeckte, war Igor Rudolfowitsch. Der Deutsche runzelte voller Bewunderung die Stirn, schaute ihn fragend an.

»Ohne ersten Gang ist man nun mal schneller«, lachte der Referent und bat, Platz zu nehmen. Dann legte er ihm zahlreiche grobkörnige Fotos vor. Leitner erkannte den Bauernhof sofort. Auf einigen Bildern war übergroß das Firmenlogo der »Erdgas-Import« sowie das der Umweltentwicklungsgesellschaft zu sehen. Eine Luftaufnahme zeigte das Gebiet großflächig. Der alte Kolchosehof lag keine hundert Meter abseits einer größeren Verbindungsstraße. In unmittelbarer Nachbarschaft war die Ruine einer Wassermühle, einer ehemaligen Hammerschmiede zu erkennen. Ein dicker blauer Kreis war um sie gezeichnet. Kutschnekov suchte aus dem Packen eine Nahaufnahme der Gebäudetrümmer heraus.

»Das Objekt des deutsch-russischen Kulturvereins«, erklärte er. »Die Genehmigungen für die Sanierung der Wassermühle liegen seit zwei Monaten vor. Nicht jedoch die Grundstücksüberweisung. Bislang wurde noch kein Handschlag getan. Breuer sagt, er wolle warten, bis die UEG ihre Arbeit auf dem Resthof aufnehme. Man könne sich dann besser der benötigten Gerätschaften bedienen.«

Igor packte die Fotos zusammen, ordnete sie. Kutschnekov holte aus einem kleinen Schrank eine halbvolle Flasche Wodka. Eine Karaffe mit Wasser stand bereits auf dem Tisch. Die Gläser waren milchig.

Während zwei andere Mitarbeiter die Gefäße füllten, legte Kutschnekov die Fotos erneut auf den Tisch, dazu einige Unterlagen. Es bildeten sich verschiedene Päckchen, verschiedene Gruppen. Der SVR-Offizier legte anschließend einige Stapel enger zusammen, andere weiter auseinander. Dabei ließ er sich Zeit, rückte zwischendurch seinen Markenzweireiher zurecht.

»Die Hammerschmiede. Symbol für den Kulturverein«, sagte er und plazierte das Bild nach links außen. Daneben legte er das Firmenlogo der UEG, rechts eine Pipeline der »Erdgas-Import«. Darunter legte Kutschnekov gleich fünf Bilder nebeneinander. Sie zeigten Versammlungen, aufgebrachte, applaudierende Zuhörer, wild gestikulierende Redner. Der zaristische Doppeladler schaute grimmig, ja sogar regelrecht aggressiv von Anstecknadeln herab. Zuletzt wurde die Ahnentafel aus dem Taxi am Kopfende ausgebreitet.

Kutschnekov griff nach einem Glas, sagte aber kein

Wort. Seine Mitarbeiter schwiegen ohnehin, hatten sich nicht einmal vorgestellt. Igor Rudolfowitsch brach nach einer Weile das Schweigen, legte ein weiteres Blatt obenauf.

»Das gehört dazu«, sagte er. »Es sind die letzten Prognosen für die Präsidentenwahl. Die Kommunisten liegen weiter vorn. Es wird, wenn alles gutgeht, am 3. Juli eine Stichwahl geben. Falls es so kommt, wird der Präsident dem General des Kongresses Russischer Gemeinschaften einige Zugeständnisse machen, wird ihn als Stellvertreter nominieren und somit dessen Stimmen auf sich vereinigen können. Es wird knapp, sehr knapp. Aber es wird ausreichen – wenn nichts dazwischenkommt.«

Kutschnekov bemerkte Leitners Zögern, das Papier näher zu betrachten.

»Es sind keine schöngeredeten Zahlen«, versicherte er schnell, »ich weiß, was Sie denken. Der General hat mit seiner Kongreß-Partei bei den letzten Parlamentswahlen im Dezember nicht einmal die Fünf-Prozent-Hürde gemeistert. Aber wir rechnen mit über vierzehn Prozent. Wir haben dafür gesorgt, daß die großen demoskopischen Institute in Rußland diese Vorhersage nicht publizieren werden. Aber sie bestätigen hinter vorgehaltener Hand unsere Zahlen. Der Kongreß russischer Gemeinschaften wird als drittstärkste Partei bei den Präsidentschaftswahlen am 16. Juni hervorgehen. Stimmen, die dem Präsidenten im zweiten Durchgang den Erfolg bringen werden.«

»Die Ahnentafel«, sagte Leitner und zeigte auf das Papier, »der Bezug zu diesem Baron, zu von Hinrichsburg. Das ist alles sehr interessant und auch neu. Aber dafür haben Sie mich doch nicht herkommen lassen.«

Kutschnekov schob ihm ein gefülltes Glas mit Wodka über die klebrige Tischplatte und setzte sich ihm gegenüber. Igor und die zwei stummen Mitarbeiter reihten sich hinter ihm auf. Für Wasser zum Verdünnen des hochprozentigen Getränks war kein Platz mehr im Glas.

»Nein. Sie haben recht«, gab er zu und zog diesmal den Kragenansatz seines Zweireihers nach unten. Leitner hatte mittlerweile erkannt, daß es ein Zeichen für Kutschnekovs Nervosität war.

»Wir sind immer davon ausgegangen, daß es sich um einen Wirtschaftsboykott handelt, einen Anschlag auf die wirtschaftlichen Beziehungen, etwas, was die UEG betrifft, um uns irgendwie zu erpressen. Wir sind bislang immer davon ausgegangen, daß es um Energie ging. Wir hatten keine Idee. Wir tappten im dunkeln. Die Verknüpfung ›Erdgas-Import‹ und Umweltentwicklungsgesellschaft, Stolzenbergs und Breuers großes Interesse an gerade diesem Standort konnte nur eines bedeuten: In Rußland ist trotz der wirtschaftlichen Situation, die Sie kennen, eine Art Umweltbewußtsein entstanden. Dieses wachsende Umweltbewußtsein könnte uns bei Veröffentlichung bestimmter Unfälle, auf die ich nicht näher eingehen will, erheblich schaden. Also: ein Attentat? Möglich. Aber wo ist die Verbindung zu den Monarchisten? Stolzenberg würde nie etwas tun, das auch nur im geringsten die Kommunisten unterstützen könnte. Er haßt sie. Also: Vielleicht waren wir bislang auf dem völlig falschen Weg.«

Kutschnekov griff mit beiden Händen über den Tisch, schob Fotos und Papiere zusammen. Übrig blieb nur die Luftaufnahme des gesamten Gebietes.

»Das Gebiet scheint eine besondere Bedeutung zu haben. Nur welche? Die ›Erdgas-Import‹ hat zwei Verdichterstationen in der Nähe. Die eine sorgt für den Druck in Richtung Baltische Staaten, die andere für den in Richtung Minsk und Warschau. Die Genehmigung zum Ausbau und zur Nutzung des alten Kolchosehofes hat die

Firma vor Jahren beantragt. Sie will vor den beiden Verdichterstationen einen Untertagespeicher anlegen. Der Porenspeicher soll eine maximale Kapazität von achtzig Millionen Kubikmeter Arbeitsgas haben und fünfhundert Meter unter der Oberfläche liegen. Achtzehn Produktionsbohrungen sind vorgesehen.«

Kutschnekov winkte jemandem hinter seinem Rücken zu. Einer der Mitarbeiter verstand das Signal sofort, holte Prospekte heraus und legte sie Leitner vor. *Techniken der Versorgungssicherheit* stand auf der obersten Broschüre.

»Wir hatten vor Jahren der ›Erdgas-Import‹ zwei weitere, weitaus günstigere und besser zu bearbeitende Grundstücke für den Speicher angeboten. Die Firma hat abgelehnt. Sie bestand auf dem Kolchosehof, war von dem Standort nicht abzubringen. Warum?«

Kutschnekov nahm die »Techniken der Versorgungssicherheit« vom Tisch. Die Rückseite des Umschlags war bereits eine Verbindung mit der klebrigen Platte eingegangen.

»Also, die Genehmigungen sind erteilt, die Planungen abgeschlossen, der Hof ist belebt. Nun kommt die UEG ins Spiel.« Der Russe genoß seine belehrende Art. Seine Brust war geschwellt. Er saß aufrecht. So konnte er leicht auf Leitner hinunterschauen. »Die ›Erdgas‹-Tochtergesellschaft bezieht Quartier. Mit einem riesigen, personellen Aufwand. Begründet wird der Aufwand mit neuen klima- und umweltschützenden Leistungen. Erklärungen würden jetzt zu weit führen. Wichtig ist nur, daß sämtliche Arbeiten der UEG und damit auch zusätzliche Kosten nicht entstanden wären, wenn einer der Alternativplätze gewählt worden wäre. Also, warum dieser Aufwand? Die ›Erdgas-Import‹ hat trotz gegenteiliger Empfehlung unabhängiger Gutachter auf dem Kolchosehof bei der Wassermühle bestanden. Nur auf diesem

Kolchosehog.« Kutschnekov bemerkte, daß er sich wiederholte und sagte sofort: »Ich weiß, ich weiß! Aber es ist wichtig.« Dann richtete er den Zeigefinger zur Decke und mahnte so alle Anwesenden zu erhöhter Aufmerksamkeit. »Und jetzt kommt's. Als Bonbon saniert der deutsch-russische Kulturverein die verkommenen Gemäuer einer alten Wassermühle. Vorsitzender des Vereins ist bekanntlich seit kurzem der UEG-Geschäftsführer Breuer. Begründung für die Restaurierung ist, daß schließlich deutsche Bomben das ehemalige Schmuckstück aus vorindustrieller Epoche dem Erdboden gleichgemacht hätten. Eine Art Wiedergutmachung. Ein Geschenk an Rußland.«

Kutschnekov hatte die letzten fünf Sätze in einem Atemzug gesprochen. Nach dem letzten Wort schnappte er gierig nach Luft, schaute Leitner in die Augen, der nichts auf die Fakten zu sagen wußte. Er verstand die Zusammenhänge, wußte aber immer noch nicht, worauf der Russe hinauswollte. Der SVR-Offizier packte sich an den Kragen, hielt aber in der Bewegung inne. Er hatte während des letzten Zurechtrückens Leitners Mimik interpretiert.

»Herr Leitner, was ich Ihnen jetzt sage, ist eine Vermutung, eine Spekulation, die wir im eigenen Haus zunächst selbst nicht ganz ernst genommen haben. Doch zwischenzeitlich haben Untersuchungen und Durchsuchungen alter KGB-Archive ergeben, daß diese Vermutung zutreffen könnte. Sie werden verstehen, warum wir Sie nach Moskau eingeladen haben.«

Lars Leitner registrierte die Spannung in dem kleinen, schimmeligen Zimmer. Sie fand ihren Höhepunkt, als Kutschnekov Gläser und Flasche gleichzeitig zur Seite stellte, seinen Stuhl näher an den Tisch rückte und die Hände gefaltet auf die Platte legte. Bislang hatte er vermieden, die Ärmel seines Designer-Hemdes mit der klebrigen Tafel in Verbindung zu bringen.

Er beugte sich nach vorne. Er sprach ruhig, leiser, sachlich.

»Warum dieses Gebiet?« fragte Kutschnekov nochmals und preßte seinen Finger auf die eine Luftaufnahme. »Es gab nur zwei alte Leute in der gesamten Umgebung, die sich an eine Besonderheit erinnern konnten. Sie sprachen es ganz konkret an, als wir ihnen mitteilten, Deutsche würden bald in ihrer näheren Umgebung mit Bauarbeiten beginnen.« Kutschnekov war es nun egal, ob das Zurechtrücken seines Zweireihers als Nervosität gewertet werden konnte. Er faßte mit beiden Händen fest in den Stoff und zog daran, legte sie dann zurück auf den Tisch. »Zwei uralte Frauen erzählten uns, daß Deutsche schon einmal für reichlich Aufregung gesorgt hätten, als sie 1941 das Dorf überfielen. Aber, Herr Leitner, laut Truppenbericht war Deutschland nie in diesem Gebiet. Wir haben es den alten Weibern gesagt. Doch sie blieben bei ihrer Aussage. Es hat viel Arbeit gekostet, ihrer Erinnerung nachzugehen. Ich muß nicht erwähnen, daß es in diesen Jahren und auch später drunter und drüber ging, daß einige Akten, Vorgänge, ich sage mal so, verlorengegangen sind.«

Kutschnekov machte es dramatisch, ergreifend, fesselnd. Leitner wartete ab, sagte nichts. Es mußte wirklich etwas ganz außergewöhnlich Besonderes sein, da sich Kutschnekov zuvor schon für die Geheimhaltung entschuldigt hatte. Das war keineswegs seine Art. Bloßfeld riet in solchen Fällen zu höchster Aufmerksamkeit. Der Russe merkte es.

»Es ist keine Entschuldigung, Herr Leitner. Es ist eine Peinlichkeit sondergleichen. Daß wir Ihnen diese Peinlichkeit offenbaren, beweist unseren Wandel, zeigt unsere

Entschlossenheit, eine neue Ära der Zusammenarbeit mit Ihnen einzuschlagen.«

Kutschnekov wurde förmlich. Seine Mannen standen wie eine Eins hinter ihm, schauten würdevoll, streng-diszipliniert, willensstark. Ihr Offizier suchte nach weiteren Worten. Leitner hatte lange nichts gesagt, wollte auch gerade jetzt sein Gegenüber nicht unterbrechen. Er fühlte, wie schwer es Kutschnekov fiel, die richtigen Worte zu finden. Er fühlte, wie mit jedem weiteren Satz ein Stück seiner Würde bröckelte.

»Herr Leitner, unsere Nationen, die Geschichte unserer Nationen verbindet unter anderem, daß über viele Taten Stillschweigen herrschte und noch herrscht. Uns verbindet aber auch, daß Dogmen, Gesetze, Werte in kurzer Zeitfolge umgeworfen wurden, keine Bedeutung mehr hatten. Die Geschichte, die uns die zwei alten Weiber erzählten, haben wir nachrecherchiert. Wir haben in den letzten zwei Wochen viele Leute darangesetzt. Sie sehen, wir haben zwar kein Geld, aber Menschen, die arbeiten. Leider haben wir keine weiteren Leute gefunden, die die Geschichte der Alten bestätigen konnten. Sie sind alle tot. Alle Beteiligten. Ein ganzes Dorf. Alle tot. Die meisten erschossen. Der Geheimhaltung wegen.«

Kutschnekov mußte schlucken. Er schob Leitner eine mit vielen Stempeln versehene Aktenmappe hinüber. Die bedruckten Blätter bestanden aus dünnem Papier. »Bitte lesen Sie, ich muß einmal kurz raus. Es ist eine deutsche Übersetzung. Sie ist für Bloßfeld angefertigt worden. Ich bin gleich zurück.«

Kutschnekov verschwand ohne weitere Worte. Igor und die Stummen folgten ihm.

Leitner las.

Es war wie ein Kriminalroman geschrieben, allerdings äußerst sachlich. Es waren keine Stilblüten darin, doch die Handlung, die Fakten mit Daten und Ortsangabe waren spannend genug. Den Aussagen der alten Frauen folgten Fragen. Die Antworten stammten aus verschiedenen Archiven, aus Dokumenten, die der strengsten Geheimhaltung unterlagen. Die Antworten waren Mosaiksteinchen, die auf dreieinhalb Seiten wild zusammengewürfelt worden waren. Erst die letzte ordnete sie. Erst im letzten Absatz erhielt die Geschichte der alten Weiber, wie Kutschnekov sie nannte, einen Sinn.

Der SVR-Offizier kam rechtzeitig wieder – just in dem Moment, als Leitner die letzte Seite beendet hatte. Einen Augenblick dachte er daran, ob er von außen beobachtet worden war. Er schaute sich um, konnte jedoch nichts Auffallendes erkennen. Keine Kamera, kein Kabel. Außer der schirmlosen Glühbirne war nichts Elektrisches zu sehen. Der Gedanke verflog schnell. Leitner sah Kutschnekov mit großen Augen an. Die Situation mußte für ihn grauenvoll sein. Erstmals verspürte er für einen russischen Agenten Mitleid. Die Akte über ein solches Geschehen wäre ihm in Deutschland, obwohl er als Stellvertreter von Bloßfeld die diensteübergreifende Sonderabteilung leitete, nie vor Augen gekommen. Wenn die russischen Berichte stimmten, die Vermutungen sich als wahr erwiesen, war die Folge nicht nur das Bekanntwerden eines weiteren, grauenvollen Massakers in der sowjetischen Stalin-Ära. Auch die Deutsche Geschichte mußte umgeschrieben, ergänzt werden.

»Ich glaube, Herr Leitner, Sie wissen nun, worum es geht. Es sind Fakten, aber keine Beweise. Es sind, unseren Fall betreffend, immer noch reine Vermutungen. Wenn es stimmen sollte, stehen die Anfangsbemühungen einer Demokratie in Rußland auf dem Spiel. Sie können jetzt sicherlich auch verstehen, warum wir dies nicht per Fax schicken konnten. Der russische Präsident wird sich heute oder morgen noch einmal mit Ihrem Kanzler persönlich in Verbindung setzen. Wir bitten Sie, Ihre Archive in Deutschland durchzuschauen, um unsere Vermutungen auf ein solides Mauerwerk stützen zu können. Das alles unterliegt selbstverständlich strengster Geheimhaltung. Ich weiß, daß es schwierig sein wird, aber es darf nichts, aber auch gar nichts durchsickern. Wir beabsichtigen, falls wir innerhalb von achtundvierzig Stunden keine Beweise haben, die UEG und den Verein auszuweisen. Sie wissen, daß in Rußland mittlerweile wieder Eigentumsrecht herrscht. Die verstaatlichten Ländereien wurden zwar noch nicht gänzlich zurückgegeben, aber Eigentumsansprüche können erhoben werden, auch für Gegenstände, die vor der Revolution Eigentum waren.«

Leitner nickte, er verstand. Er schaute auf die Uhr. Er mußte die nächste Maschine bekommen.

»Achtundvierzig Stunden, Herr Leitner, oder wir schmeißen den Verein samt UEG aus dem Lande. Sie wissen, was das bedeutet. Auch für die ›Erdgas-Import‹. Für Ihr Land.«

Leitner nickte erneut, wollte zustimmend lächeln, doch eine freundlich-entspannte Mimik war nun unangebracht. Er stand auf, reichte Kutschnekov im Ansatz die Hand, streckte sie jedoch nicht gerade aus.

»Warum informieren Sie uns erst jetzt, wenn Sie es bereits seit zwei Wochen vermuten?«

»Wir wollten sichergehen. Zudem sind wir es in Rußland doch seit fast einem Jahrhundert gewohnt, alles selbst zu regeln, gleich, was es betrifft. Die Umstellung fällt uns da noch schwer. Außerdem mußte der Präsident persönlich seine Zustimmung geben. Soweit ich informiert bin, hat er über einige wenige Punkte bereits mit Ihrem Kanzler gesprochen. Näheres werden Sie sicherlich über Ihren Koordinator erfahren.« Nun mußte Kutschnekov grinsen. Er kannte das Verhältnis der Nachrichtendienste zum Staatssekretär. Dann lachte der Russe plötzlich. Igor Rudolfowitsch lachte mit.

Nur Leitner war nicht zum Lachen zumute.

22 Die Wucht, mit der er den alten Mann an die Wand des Lieferantenaufzuges schleuderte, wo er ihn dann zwischen Aluminium und Unterarm einklemmte, erklärte Max Wilhelms sich als einen ganz natürlichen Reflex. Als er die Tür aufgerissen hatte, hatte er den Mann nicht gleich gesehen. Erst als er schon in der Kabine gewesen war, die Tür sich selbständig zu schließen begann, hatte er die Augen gesehen und zugepackt. Alfred Sinasz röchelte stark, obwohl Max den Griff sofort wieder gelockert hatte.

»Willst du mich umbringen?« fauchte der Setzer ihn an. Es hallte durch den Aufzugsschacht.

Max legte seinen Zeigefinger auf die Lippen und flüsterte entschuldigend: »Alfred, nicht so laut! Woher soll ich wissen, daß du hier rumgeisterst?«

Sinasz schüttelte sich und faßte sich massierend an die Kehle. Dann röchelte er wieder, wollte etwas ausspucken, schluckte es jedoch hinunter. »Hat alles geklappt?« fragte er sichtlich verärgert.

»Ja, ich habe den Anruf bekommen. Alfred, sei nicht sauer. Alles klar?«

»Ist jetzt gut. Ja. Ich lebe noch. Wollte doch nur nachschauen, ob alles in Ordnung ist.«

Max nahm ihn liebevoll und dankbar in den Arm und drückte ihn leicht. Alfred Sinasz hatte ihm den Aufzug runtergeholt, hatte ihm zuvor auch den hinteren Eingang zur Studio-Tiefgarage geöffnet. Von dort war er in den hinteren Innenhof gelangt. Sinasz war immer vorausgegangen, hatte es äußerst spannend gefunden, den befreundeten Redakteur zu eskortieren.

In den letzten fünf Jahren fand kaum eine Ausstellung in der Stadt ohne Sinasz statt. Fast kein Drama, kein Lustspiel wurde im kleinen Foyer-Theater aufgeführt, ohne daß Sinasz es nicht von einem der besseren Plätze begutachtet hätte. Max Wilhelms und Alfred Sinasz hatten eine Symbiose besonderer Art gebildet. Freikarten für alle möglichen Spektakel wurden mit nützlichen Gegenleistungen honoriert. Der gute Kontakt des Setzers zur Pförtnerriege ermöglichte so unter anderem, daß Wilhelms trotz mehrfachen Verbotes und mehrfacher Beschwerde des Hausmeisters beim zuständigen Wachdienst immer noch einen Parkplatz im Innenbereich erhielt. Angesichts der verheerenden Parksituation um das Medienhaus herum war dies ein nicht zu unterschätzendes Privileg. Wilhelms' guter Kontakt zum Monteur hatte letztendlich auch das Einschleichen ins Hochsicherheits-Redaktionsgebäude ermöglicht.

In der Tiefgarage unterm Studiohaus herrschte zwischen 16.00 und 17.00 Uhr Hochbetrieb. Man nickte sich zu, stellte aber keine großartigen Fragen. Wer um diese Uhrzeit in diese Tiefen hinabstieg, wollte nur noch ins Auto und ab nach Hause. Sinasz geleitete Wilhelms zum hinteren Notausgang und versprach, jederzeit für ihn dazusein. Er wisse, so sagte er, daß Max ein guter Junge sei. Für Gauner und Kriminelle bekomme man im Alter ein gewisses Gespür und das hätte er bei Max noch nie gehabt.

Zum Abschied steckte der Monteur ihm einen Hunderter zu. »Kannst du sicherlich gebrauchen. Den kriege ich aber wieder.«

Die Telefonzelle, die Max ausgewählt hatte, um erneut

mit dem anonymen Informanten Kontakt aufzunehmen, lag in der Nähe des Hauptbahnhofes. Dieser war von den Redaktionsgebäuden aus zu Fuß in weniger als zehn Minuten zu erreichen. Max mußte nur am alten Güterverladehof vorbei, durch das kleine Geschäftsviertel mit Banken, Versicherungen und Einkaufspassagen. Er hatte noch zweieinhalb Stunden Zeit. Gewissenhaft hatte er die Telefonzelle am frühen Morgen ausgekundschaftet. Insgesamt dreizehn Zellen hatte er im Stadtgebiet ausfindig gemacht, die für ihn in Frage kamen. Sie mußten über eine eigene Rufnummer verfügen und in einer belebten Umgebung liegen. Zunächst hatte er sich für eine Zelle gegenüber des Münsters entschieden. Die großen Konfektionshäuser würden einen exzellenten Schutz bieten, hatte er gedacht. Tausende würden, gestreßt und mit Tüten voller Klamotten bepackt, vorbeiziehen. Doch der Münsterplatz war als Hauptumschlagplatz für Drogen bekannt. Immer wieder tauchten plötzlich uniformierte Polizisten und Zivilfahnder auf. Das Häuschen am Bahnhof war geeigneter.

Das kleine Stehcafé am Anfang der Fußgängerzone bot ihm die Möglichkeit, seinen Plan im Schutze hundert anderer Unbekannter noch einmal zu überdenken. Er mußte das Gespräch mit dem unheimlichen Informanten neu strukturieren. Er mußte dem Mann trauen, ihm erneut die Hand reichen. Als die heiße Tasse Kaffee endlich vor ihm stand, schaute er in den hohen, schmalen Wandspiegel. Er verzerrte sein Bild leicht. Max trug mittlerweile ein anthrazitnaturweiß-gestreiftes Sweatshirt mit Kapuze, einer Leiste mit Reißverschluß und Kordel. Darunter zwickte ein enges Poloshirt mit billigem Motivaufdruck. Die Jeans, die er anhatte, war sauber, aber ebenfalls mindestens eine Nummer zu klein. Sie zeigte deshalb seine Socken in voller Schönheit und kniff am Bauchnabel. Die

Kollektion stammte von Marc Webster, einem seiner vertrauten, verfeindeten Dart-Spieler aus dem »Tal«. Bei ihm hatte Max die Nacht verbracht.

»Komm rein, aber halt bloß die Schnauze«, hatte Marc zur Begrüßung gesagt, als Max gegen Mitternacht bei ihm geschellt hatte. Jeder im »Tal« wußte in der Zwischenzeit von dem Haftbefehl. Marc hatte ihm nur noch eine Decke zugeworfen und war dann wortlos wieder ins Bett gegangen. Max hatte tief geschlafen, war erst gegen acht auf der Couch aufgewacht. Da war Marc bereits gegangen. Nur das Sweatshirt, das Polohemd und die Jeans hatten auf dem Eßtisch gelegen – und auf der Küchenanrichte neben den Cornflakes ebenfalls ein Hunderter.

Hätte ich nicht gedacht, zwinkerte Max dem Wandspiegel zu und begutachtete seine Kleidung. In diesem Moment beneidete er Marc Webster. Der Lagerarbeiter, dessen Fähigkeiten sich aufs Gabelstaplerfahren und aufs Bedienen der TV-Fernbedienung beschränkten, führte ein geregeltes Leben. Morgens aufstehen, arbeiten, dann fernsehen oder im »Tal« saufen. Mehr kannte er nicht. Nie würde Marc in eine solche Situation geraten wie die, in der er, Max, nun steckte. Max Wilhelms dachte oft an die Naiven, Nichtwissenden, wenig Intelligenten. Und oft beneidete er sie. So, wie er nun Marc Webster beneidete, der ihm den Hunderter hinterlassen hatte.

Neben dem Wandspiegel waren zwei Metallrohre in die Wand eingelassen, die an der Decke auseinanderklafften. Von ihnen führten zwei Kettenstränge, an denen ein Monitor hing. Der Nachrichtensprecher behandelte in seiner Anmoderation erschreckende Neuigkeiten. Am oberen rechten Rand war diagonal eingeblendet: *Tagesthema*.

»Millionen Engländer sind in Angst. Nach jahrelanger Beschwichtigung hat die britische Regierung heute erstmals einen möglichen Zusammenhang zwischen dem sogenannten Rinderwahnsinn und der Creutzfeldt-Jakob-Krankheit beim Menschen eingeräumt«, sagte der Sprecher sachlich, ohne mit der Wimper zu zucken. Max hatte ihn auf den Berliner Medientagen kennengelernt. Dieser Sprecher konnte Kriege, Bombenattentate, Massenmorde, Vergewaltigungen und Flugzeugabstürze über Wohngebieten ankündigen, das alles äußerst sympathisch, nicht mit einem Lächeln, allerdings auch ohne ein bißchen Mitleid zu erwecken. »Aus London berichten unsere Korrespondenten«, erklärte er. Dann wankten und fielen mehrere Rinder über den Schirm. Immer wieder versuchten die Tiere aufzustehen, während die Reporter wie in der Schlußphase eines Fußballspiels kommentierten: »Sie werden sterben. Sie werden verbrannt werden müssen. Nicht irgendwo. Nicht irgendwie. Nur Spezialöfen können den tödlichen Erreger vernichten. Den tödlichen Erreger, den Millionen Briten, Millionen Europäer möglicherweise bereits in sich tragen«.

Max starrte auf den Monitor, versuchte, jedes Wort zu verstehen. Das Stehcafé war bis auf den letzten Tisch gefüllt. Er beobachtete zwischenzeitlich immer wieder die Leute. Keiner achtete auf die Nachrichten. Die meisten hatten Feierabend oder einen hektischen Einkaufsnachmittag hinter sich. Viele Tüten unter den Stehtischen waren prall gefüllt. Aus einer schaute die Ecke eines in Folie verpackten, tiefgefrorenen Steaks heraus.

»Auch der Bundesgesundheitsminister wurde von dem britischen Gutachten überrascht«, sagte der Sprecher und kündigte nun eine Direktschaltung nach Bonn an. Der Reporter vor dem Bundeskanzleramt lächelte in die Kamera und wartete auf eine einleitende Frage.

»Darf ich abräumen?«

Max zuckte zusammen. Eine ältere Frau mit dicken Beinen und einer äußerst häßlichen Schürze grinste ihn an.

Sie stand mit einem Tablett in der Hand in Lauerstellung und wartete ungeduldig auf eine Antwort. Max nickte nur und schaute auf die Uhr. Er nickte nochmals, bedankte sich höflich und ging.

Der Bahnhofsvorplatz war erst vor wenigen Monaten mit einer neuen Bepflasterung wieder eröffnet worden. Jahrelang hatten sich Städtebau- und Verkehrspolitiker der sozialdemokratischen Mehrheitsfraktion im Rat der Stadt mit Vertretern des Einzelhandelsverbandes gestritten. Der Platz sollte das attraktive Eingangstor zur Einkaufsmeile, ein Treffpunkt für Bürger, eine Arena für Festivals und exklusive Veranstaltungen werden. Gleichzeitig sollte er Drogenabhängigen aber keine Aufenthaltschancen geben. Überschaubar sollte er sein, versteckte Winkel und Skulpturen sollten vermieden werden. Vom Bahnhof kommend, sollten Besucher lediglich sofort die Moderne, den Reichtum und die Vielfältigkeit der Stadt erkennen. Letztendlich einigten sich die Vertreter von Wirtschaft und mündigen Bürgern auf einen leeren Platz mit teurem, nicht allzu auffälligem Muster. Wahllos angeordnete, verschiedene Laternen im Stil der Jahrhundertwende vervollkommneten den künstlerischen Aspekt. Die modernen Telekom-Zellen paßten kein bißchen in das nur nachts glitzernde Erscheinungsbild.

Max nahm vor der ausgewählten Telefonzelle Aufstellung. Drei solcher Zellen standen in einer Reihe. Direkt dahinter befand sich der Zugang zur U-Bahn.

Er ließ das Telefon zweimal klingeln.

»Wilhelms«, sagte er und fragte sich sofort, ob es richtig war, sich mit seinem Namen zu melden.

»Haben Sie die Nachrichten gesehen?« fragte die Stimme.

»Ja, habe ich«, antwortete Max nur und wartete ab.

»Dann wissen Sie nun, welche Geschichte ich meinte und was Sie verpaßt haben.«

Max stutzte nur für einen Moment. Dann war ihm alles klar.

»Das weiß ich jetzt«, erwiderte er, als hätte er die Rinderskandal-Story geschrieben. »Aber es gibt eine Menge, was ich noch nicht weiß. Warum haben Sie das BSE-Gutachten gerade mir geschickt?« Eigentlich wollte er fragen, woher sein Gesprächspartner das Papier hatte, wie er es bekommen hatte. Er wollte wissen, für wen der anonyme Mann arbeitete, wem er schaden wollte. Er fragte es nicht. Er wußte, daß er darauf ohnehin keine Antwort bekommen würde.

»Weil uns Ihr Stil gefällt, weil Sie uns als Person gefallen. Weil Sie ein guter Journalist sind oder es zumindest lange Zeit waren. Und wir wollten Ihnen eine Chance geben.«

»Sie wissen, wie meine Chancen jetzt aussehen«, sagte Max genervt. »Ich werde mit Haftbefehl gesucht, ich kann nicht mehr in meine eigene Wohnung, mein bester Freund ist tot, die Redaktion wurde durchsucht, und morgen ist die Geschichte Schnee von gestern. Da darf ich mich ja recht herzlich bei Ihnen für diese einmalige Chance bedanken. Wollen Sie mir nicht noch ein paar Chancen geben? Ich lebe ja schließlich noch.«

»Selbstverständlich geben wir Ihnen noch eine. Die Angelegenheit ist nämlich noch lange nicht abgeschlossen.«

Max haßte die Selbstsicherheit in dieser Stimme. Sein Gesprächspartner schien ganz genau zu wissen, daß er ihn dirigieren konnte, daß er, Max, keine andere Möglichkeit besaß, daß er nach jedem Happen, der ihm zugeworfen wurde, schnappen mußte. Um so bitterer war es, daß die Stimme ihm genau dies nun auch bestätigte.

»Herr Wilhelms, Sie haben doch keine andere Möglichkeit. Ich kann Ihnen nur nochmals versichern, daß wir nichts mit Strombachs Unfall zu tun haben. Wir sind auf Ihrer Seite. Sie müssen uns schon ein wenig vertrauen.«

»Vertrauen?« schrie Max in den Hörer, blickte sich schnell um und senkte die Stimme. »Vertrauen? Sie schikken mir einen Brief, der mich an den Abgrund der Existenz treibt, und ich soll Ihnen vertrauen?« Er zögerte und überlegte. Er wartete. Am anderen Ende blieb es stumm. »Sagen Sie mir, wer Einstein, ich meine, wer Strombach auf dem Gewissen hat!«

»Das wissen wir auch nicht. Aber wenn Sie zwei und zwei zusammenzählen, müßten Sie schon bald selbst darauf kommen.«

»Hören Sie mit diesen Spielchen auf! Mein bester Freund ist tot, und Sie stellen mir hier Rechenaufgaben.«

»Haben Sie sich schon einmal gefragt, warum gegen Sie ein Haftbefehl erlassen wurde? Ich sage Ihnen nur so viel: Ihr Freund Strombach hat bei seinen Nachforschungen in ein zweites Wespennest gestochen. Sie würden sagen, er hat ein zweites Faß aufgemacht. Er hat zu gut recherchiert und ist dabei einigen Leuten zu nahe gekommen. Ich kann Ihnen noch nicht mehr sagen. Nur so viel, daß es nichts mehr mit dem britischen Gutachten zu tun hat. Der BSE-Fall wird lange die künftige Europapolitik, die künftige Politik Europas prägen. Für Sie ist dieser Fall aber abgeschlossen.«

Die Betonung der Worte machte deutlich, daß er weiterhin instrumentalisiert werden sollte, daß ein weiterer Fall folgen würde. Er mußte mitspielen. Max merkte, daß er so nicht weiterkam. Er holte tief Luft und hielt die Sprechmuschel näher an den Mund.

»Ich habe verstanden. Sie bestimmen die Regeln. Helfen Sie mir weiter?«

»Natürlich tun wir das. Wir haben Sie doch nicht ausgewählt, um Sie auf halber Strecke alleine zu lassen.«

»Können wir uns darauf einigen, daß Sie mich jeden Tag unter dieser Nummer anrufen? Sagen wir, um dieselbe Zeit?«

»Darauf können wir uns einigen.«

»Was ist das für ein zweites Wespennest, ein zweites Faß, von dem Sie sprachen? Noch so eine Geschichte, die mein Leben ändern wird?«

Max hatte seinen Humor zumindest ein bißchen zurückerobert. Er mußte über seine Frage selbst leise schmunzeln. Sein Leben ändern? Sein Leben hatte sich bereits geändert. Um hundertachtzig Grad. Er hatte kein Zuhause mehr, hatte keinen Job mehr. Er wurde gesucht. War ein Krimineller. Aber er hatte auch seinen journalistischen Spürsinn zurückerobert. Oder der journalistische Spürsinn ihn?

Die Stimme bestätigte seine Frage. »Das zweite Faß? Es wird die BSE-Angelegenheit in den Schatten stellen.«

»Wie ist Strombach auf Sie gekommen?«

»Strombach wußte nichts von uns.«

»Aber er hat am Ende etwas mehr als nur das Gutachten in den Händen gehabt.«

»Er war gut.«

»Das bin ich auch«, warnte Wilhelms.

»Deshalb haben wir Sie ausgewählt.«

Max erkannte, daß er sich im Kreis drehte, daß er so nicht weiterkam. Er wollte sich auf das Spiel einlassen. Sein Anrufer war nicht sein Feind. Das sagte ihm sein Gefühl. Der Anonyme hatte aber auch keine Angst. Er war selbstsicher. Er verfolgte ein Ziel. Und dieses Ziel mußte auch Max' Ziel sein.

»Was soll ich jetzt tun?« fragte Max.

»Kennen Sie den Kreisauer Kreis?«

»Den was?«

»Den Kreisauer Kreis.«

»Nein, was ist ...«

»Den sollten Sie aber kennen«, hörte er. Danach drang wieder nur noch der unterbrochene Ton an sein Ohr.

Wilhelms war es als Journalist gewohnt, instrumentalisiert zu werden. Die Erfahrungen der letzten zehn Jahre hatten ihn gelehrt, aufmerksam und schnell zu erkennen, wenn es jemand versuchte. Er besaß einen Spürsinn dafür – und das Gefühl, mit diesen Versuchen umgehen zu können. Er hatte vor allem von Poschmann gelernt, sämtliche Bestrebungen, ihn als Medium zu nutzen, nicht von vornherein abzublocken. Er hatte gelernt auszuwählen, auf bestimmte Deals einzugehen, bestimmte Rollen zu übernehmen, solange er und die Zeitung davon profitierten. Dieses Wissen, dieses Gespür war nicht verlorengegangen, auch wenn er in den letzten Jahren immer mehr die Möglichkeit, die Vorteile der Korruption nutzte, sie letztendlich sogar suchte. Er erinnerte sich an dieses Wissen, an dieses Gespür, und wollte wieder darauf zurückgreifen.

Er verließ die Telefonzelle, ging zurück ins Stehcafé, vorbei an der Tüte mit dem tiefgefrorenen Rindfleisch. Der Nachrichtensprecher schaute immer noch teilnahmelos vom Monitor herab. Den Ton hatten die kaffeeausschenkenden Damen heruntergedreht. Nachrichten wollte keiner sehen, viel weniger hören. Über den Bildschirm rollte ein ganzes Gebäude. Max Wilhelms wußte, daß es eintausenddreihundert Tonnen wog, für fünf Millionen Mark um dreißig Meter versetzt worden war. Der Prunksaal, in dem Kaiser Wilhelm II. seine Berliner Herrenabende abgehalten hatte, stand einer Straße im Weg. Er hatte bereits zweimal im Terminplan der »Kurier«-Hauptredaktion, fünfmal auf der »Bunte«-Seite von Marga Angelis gestanden. Der dritte Anlauf, das Gebäude zu verschieben, schien nun geklappt zu haben.

Im Stehcafé interessierte aber auch dies keinen.

23 Die Zeitungen lagen über mehrere Tische verteilt. Sie bildeten einen Querschnitt durch den deutschen Blätterwald. Rechte, linke, christlich orientierte, nationale Zeitungen, Boulevardzeitungen. Sie alle hatten die Erkenntnisse, die Vermutungen, die Befürchtungen der britischen Forscher auf die Titelseite gesetzt. Die einen größer nach oben, andere kleiner nach unten oder nur als Einspalter an den Rand mit Hinweis auf Fortsetzung im Innenteil. Eine der größeren Skandalblätter hatte sogar das Foto eines fallenden Rindes farbig gedruckt. Darüber stand in dicken weißen Lettern auf schwarzem Hintergrund:

Tod durch Cornedbeef

Nur wenige Zeitungen erwähnten, daß fünf Bundesländer schon seit Monaten vor britischem Rindfleisch warnten. Einig waren die Zeitungen nur in einem Fakt: Der Bundesgesundheitsminister wurde angeklagt. Das Bundeskanzleramt schwieg wie immer. Und der Koordinator nahm die Ausgabe mit dem fallenden Rind und schmiß sie wutentbrannt auf den Tisch.

»Wie die Anfänger«, schrie er in den Raum. In solchen Momenten färbte sich sein dünnes, fahles Gesicht rötlich, und die Halsschlagader schwoll sichtbar an. »Ich kann es nicht fassen! Ich kann es wirklich nicht fassen! Da sitzt ein Schwein, das kalte Ravioli aus der Dose frißt, im Nebenraum, und keiner merkt's. Da springt derselbe Kerl nur Minuten später über einen Gartenzaun, und drei stehen dabei und gucken sich das Ganze an. Zu Strombachs Unfall sag' ich schon gar nichts mehr. Aber das ... das ist nun wirklich der Gipfel. Was haben Sie sich eigentlich dabei gedacht? Da fängt der eine den anderen ab, und die, um die es eigentlich geht, fährt ruhig und mutterseelenallein davon. Eine Journalistin, Herr Kellinghausen! Wir können glücklich sein, daß die so blind ist. Ich kann nur gratulieren. Machen Sie so weiter, und wir können den BND zumachen. Wir sind doch nicht im Kabarett.«

Der Staatsminister hatte zuvor kein Wort gesagt, war in den Raum gekommen, ohne auch nur jemanden zu grüßen. Er hatte sich an den Kopf des Tisches gesetzt, die Unterlagen ausgebreitet, war über die neuesten Berichte geflogen und hatte sich einen Überblick über die Postausgaben der Tageszeitungen gemacht. Erst als sich Bloßfeld, wie immer als letzter, hingesetzt hatte, war er aufgesprungen und hatte die Exemplare über den Tisch geschleudert. Der Tag mußte für ihn die Hölle gewesen sein. Dreimal war er zum Chef des Kanzleramtes zitiert worden. Der Fall schien immer mehr außer Kontrolle zu geraten.

Kellinghausen sagte zunächst nichts. Er fühlte sich nicht besonders angesprochen, was den Koordinator nur noch wütender machte. Es war wieder spät geworden. Die Datumsanzeige der Uhr zuckte schon, wollte den Donnerstag ankündigen.

»Es war ein Übermittlungsfehler, der nun mal vorkommen kann, wenn vier verschiedene Behörden, ohne Ihre Person als fünfte hinzuzuzählen, an einem einzigen, doch recht komplexen Fall arbeiten«, sagte schließlich der Chef der ersten BND-Abteilung. »Das Privatbüro von Stolzenberg hatte Breuer angerufen und mitgeteilt, daß Melzer auf dem Wege sei, eine Computeruhr abzuholen. Auf ihr waren, wie wir mittlerweile wissen, alle wichtigen Punkte noch einmal zusammengefaßt abgespeichert. Diese Information konnte das Büro von Stolzenberg nur aus der Redaktion haben. Das war für uns neu. Es gibt also eine direkte, enge Verbindung Stolzenberg – UEG – ›Westdeutscher Kurier‹. Wir mußten herausfinden, wer aus der Redaktion Breuer benachrichtigt hatte. Dabei hat es dann eine Überschneidung gegeben, da ja der Verfassungsschutz bereits die Melzer observierte.«

Fritz Kellinghausen sprach ruhig, sachlich, gleichmäßig wie eine Maschine, die Bilanz zog. Seine Stimme hatte nichts Überhebliches, Gleichgültiges, aber auch nicht den Ansatz eines entschuldigenden Tons. Der Koordinator winkte nur ab, drehte den Kopf und nickte Bloßfeld zornig zu.

Der reagierte sofort. Weniger aus Achtung vor dem Staatsminister, vielmehr um Kellinghausen aus der Schußlinie zu ziehen. Denn Kellinghausens Argumentationskette hörte sich zwar logisch an, doch die zeitliche Abfolge stimmte hinten und vorne nicht. Nur ein Themenwechsel konnte den Koordinator nun daran hindern, über Kellinghausens Worte intensiver nachzudenken. »Diese Überschneidung der Zuständigkeiten müssen angesprochen werden«, fand Bloßfeld einen einleitenden Übergang, »und ich habe auch schon Vorschläge ausgearbeitet, die ich gerne vorstellen möchte. Doch zunächst möchte ich Ihnen einen kurzen Bericht über das geben, was wir bislang zusammentragen konnten.«

Bloßfeld blickte sich um und hob eine dunkelrote Aktenhülle leicht an, die ein Helfer der Sommerfeld mit etwas zu deutlicher, untertäniger Verbeugung verteilt hatte. Der Koordinator spielte derweil auf der Tischkante mit den Fingern. Alle anderen hatten sich aufmerksam vorgelehnt. Nur Kellinghausen saß wie eh und je lässig zurückgelehnt da und zupfte an einem seiner vielen Nasenhaare.

»Wir haben es zunächst weiterhin mit zwei verschiedenen Ebenen zu tun. Die erste ist aufgeführt unter der Überschrift ›BSE‹. Sie haben alle die Zeitungen gesehen. Dies sind die Postausgaben. Wir können damit rechnen, daß in den Abonnenten-Ausgaben weitere Informationen und Kommentare stehen werden. Nach unseren jetzigen Informationen können wir aber auch genauso davon ausgehen, daß die Beziehung zu der UEG, beziehungsweise eine deutsche Mitfinanzierung des Forschungsprogramms nicht bekannt ist. Die vom Herrn Staatsminister geäußerten Vermutungen, daß die Politik involviert war, zumindest Kenntnisse davon hatte, hat sich dennoch leider bestätigt.«

Bloßfeld gab der Sommerfeld ein Zeichen. Es waren ihre Ergebnisse. Deshalb sollte sie sie auch präsentieren. Mechthild Sommerfeld schüttelte jedoch nur kurz den Kopf. Bloßfeld setzte fort.

»Uns liegen sichere Informationen aus dem bayrischen Gesundheitsministerium sowie aus der bayrischen Staatskanzlei vor, daß eine Stellungnahme zu der britischen BSE-Veröffentlichung bereits gestern verfaßt wurde. Der Bundesgesundheitsminister ist, wie Sie wissen, ein Mitglied der bayrischen Regierungspartei. Uns ist nicht bekannt, ob er davon nun zuvor Kenntnis hatte oder nicht. Dieses, Frau Sommerfeld, meine Herren, ist Fakt und möchte ich nicht kommentieren.«

Bloßfeld setzte an, um auf den zweiten, größeren Abschnitt überzuleiten, als der Koordinator ihn scharf unterbrach.

»Kommentieren ist auch nicht Ihre Aufgabe, Herr Bloßfeld.«

Die Halsschlagader des Koordinators schwoll an. Das Rot in seinem Gesicht schimmerte nun ein wenig lila. Martin Bloßfeld ließ erkennen, daß er den Zwischenruf gehört hatte, schenkte ihm aber nicht viel Beachtung. Er blätterte langsam, doch bestimmt die Seiten um und schaute zur Sicherheit in die Runde. Bis auf Kellinghausen suchten alle das entsprechende Blatt.

»Die zweite Ebene ist weitaus komplexer. Auf den ersten drei Seiten finden Sie eine straffe – und ich muß hier betonen – wirklich straffe Zusammenfassung. Im Anhang sind ausführliche Einzelheiten beschrieben sowie Kopien beigelegt. Des weiteren muß ich vorher darauf hinweisen, daß diese Unterlagen nicht mehr dem letzten Stand unserer Ermittlungen entsprechen. Sie wissen, daß der Kollege Leitner sich zur Zeit auf dem Rückflug von Moskau befindet. Ich habe vorhin mit ihm telefoniert. Morgen früh wird das Kanzleramt neu über unsere Zuständigkeiten und die Beteiligungen an gemeinsamen Konferenzen entscheiden müssen.«

Bloßfeld schaute zum Staatsminister hinüber, der seinen Hals massierte und zustimmend nickte. Sein nächster Blick traf sich mit dem der Sommerfeld. Sie wußte nicht, worum es ging, kannte jedoch die Situation. In früheren Fällen war es oft vorgekommen, daß alles aus dem Ruder lief, daß eine Beteiligung des Bundesverfassungsschutzes an Gesprächen nicht mehr möglich war. Die jetzige Angelegenheit schien ebenfalls eine Wende erfahren zu haben.

»Es gibt ernsthafte Überlegungen, sowohl die UEG als auch den deutsch-russischen Kulturverein zu verbannen«, fuhr Bloßfeld fort. »Die Russen haben ein Ultimatum von achtundvierzig Stunden gesetzt, das meiner Meinung nach jedoch auf das Wochenende ausgedehnt werden kann.«

Der Koordinator klopfte mit einem Kugelschreiber auf den Tisch. »Ich brauche hier nicht zu erwähnen, welche Auswirkungen diese Handlung wirtschaftlich und politisch haben wird. In den Anlagen finden Sie dazu einige Zahlen, Vertragshinweise und unter anderem eine Tabelle über die Erdgas-Abhängigkeit Deutschlands von den Russen.«

Bloßfeld machte eine Pause. Er bemerkte, daß Unruhe aufkam. Auch der Koordinator starrte Bloßfeld nun bewegungslos an. Zu gerne hätte er nach den Informationen gefragt, die Bloßfeld von Leitner erhalten hatte. Er kannte einige Ergebnisse, einige Untersuchungen der Moskauer Behörde. Das Kanzleramt war grob informiert worden. Der russische Präsident, ein Duzfreund des Kanzlers, hatte angerufen. Doch er wollte nicht unterbrechen, wollte nicht nachfragen, befürchtete er doch weitere politische Verwicklungen, die vielleicht zu deutlich angesprochen werden könnten.

»Zurück zu der Zusammenfassung«, bestimmte Bloßfeld leicht hektisch. Auch er hatte die Uhr im Auge. Auch er hatte einen Tag voller Streß und Mißerfolge hinter sich. Bloßfeld stufte jede Minute in die Rubrik »Mißerfolg« ein, die keine positive Veränderung brachte.

»Die monarchistisch-nationale Bewegung in Rußland hat sich sowohl in Petersburg und Moskau als auch in Swerdlowsk und Jaroslawl formiert. Diese erstmals großangelegte, offizielle Vereinigung wird in Moskau als Zusammenschluß der bislang nur splitterweise aufgetretenen monarchistisch-nationalen Bewegung bewertet. Das heißt, die Bildung einer gesamtrussischen Partei steht bevor. Was hat das mit unserem Fall zu tun?« fragte Bloßfeld, der eigentlich eher als rhetorische Niete bekannt war. Grund für die Frage war lediglich, daß er wieder umblättern mußte und ihm dabei die Seite aus den Fingerspitzen geglitten war. »Sowohl in Petersburg und Moskau als auch in Swerdlowsk und Jaroslawl wurde deutlich erwähnt, daß man auf ein bestimmtes Ereignis warte. Des weiteren kursieren überall verstärkt Gerüchte, daß die Hilfe aus Deutschland kommen wird, daß Deutsche das Ereignis schaffen. Die Russen sind sich hundertprozentig sicher, daß es mit dem Bauernhof zu tun hat, den die ›Erdgas-Import‹, die UEG und der deutsch-russische Kulturverein gekauft haben, beziehungsweise kaufen ließen. Der Käufer ist ein gewisser Andrej Swanjov, den Sie bereits kennen, der der Monarchie-Bewegung nahesteht – sehr nahe – und dem zugleich Beteiligung an der Petersburger Mafia nachgesagt wird.«

Bloßfeld blätterte erneut um. Diesmal feuchtete er seine Fingerspitzen mit der Zunge an. Es klang wie die Anweisung eines Dirigenten. Gleichzeitig wurden zehn andere Seiten entlang des Hufeisens umgeblättert.

»Neu«, sagte Bloßfeld, »ist auch, daß die Gerüchte um eine mögliche Zarennachfolgerin in Rußland aufgetaucht sind. Vor einer Woche, so versicherte mir Leitner am Telefon, sei davon noch keine Rede gewesen. Hinzu kommt – unglücklicherweise oder eventuell gezielt geplant –, daß ein großes deutsches Nachrichtenmagazin in der nächsten Ausgabe am Montag zehn Seiten über das Geheimnis der Zarennachfolge bringen wird.« Bloßfeld zögerte kurz. »Daß das Magazin den Bericht am Montag veröffentlicht, haben wir übrigens aus Rußland erfahren«, log er.

Nur Kellinghausen wußte, daß es nicht stimmte. Es war abgesprochen. Um einer weiteren Panne vorzubeugen, hatte Bloßfeld seinen Kollegen Leitner in Moskau davon unterrichtet. Der hatte diese Tatsache dann über verschiedene Drähte durchsickern lassen, so daß Kutschnekov ihm die Story nicht einmal zwei Stunden später brühwarm und hektisch als Neuigkeit serviert hatte.

»Bindeglied zwischen BSE und Rußland-Gerüchten sind die Umweltentwicklungsgesellschaft, der deutsch-russische Kulturverein in der Person von Breuer. Neben Breuer, oder besser *über* Breuer, steht Stolzenberg«, dabei sah Bloßfeld auf den Koordinator, der schluckte und sich sichtlich zurückhalten mußte. Aber er schwieg und massierte weiter mit Mittel- und Zeigefinger seine Halsschlagader.

»Er ist Breuers Chef, hat seit Jahrzehnten beste Kontakte zu Rußlands Wirtschaft, zur russischen Politik, zu den russischen Adligen ...«, der Leiter der Sondergruppe stockte nur kurz und verbesserte sich, »zu den ehemaligen russischen Adligen oder zu deren Sympathisanten. Des weiteren ist er, obwohl mittlerweile fest am Niederrhein ansässig, immer noch eng mit der Partei verbunden, die in Bayern die Regierung bildet. Ich brauche hier nicht zu erwähnen, was ich damit ausdrücken möchte. Was ich damit ausdrücken muß. Aber diese Fakten sind Ihnen ja ohnehin schon bekannt.«

Wieder streifte sein Blick den Koordinator, der nun unruhiger wurde und mehrfach Luft holte, aber immer noch nichts sagte. Er schluckte und wartete ab. Bloßfeld suchte in seinen Papieren, wo er anknüpfen konnte. Die Fakten rund um Stolzenberg waren nun wirklich bekannt. Er hatte sie bereits zwei Nächte zuvor ausführlich geschildert. Zudem wollte er die »Erdgas-Import« und die UEG nicht weiter thematisieren. Vor allem nicht vor Sommerfeld und Kulitz. Den BKA-Mann interessierte es ohnehin reichlich wenig.

»Ein weiterer Faktor ist der Journalist Maximilian Wilhelms. Er ist kein Bindeglied zwischen den beiden Ebenen, wird es auch nicht. Doch er hat von der Finanzierung des Forschungsinstitutes erfahren, zumindest sein Freund, der wie bekannt ... Nun, Sie wissen schon.« Bloßfeld hatte sich vorgenommen, auf keinen Fall mehr die Pannen zu erwähnen, an denen er und sein Team nicht ganz unbeteiligt waren. Er räusperte sich laut und suchte schnell – bereits zum zweitenmal innerhalb einer halben Minute – mit den Augen nach einer Fortsetzung auf dem vor ihm liegenden Papier. Doch es war der letzte Eintrag in seiner Zusammenfassung. Die nächste Seite beinhaltete bereits Ausführungen seiner Vorschläge, wie weiter zu verfahren sei. Er blätterte schnell um, diesmal wieder ohne die Fingerspitzen zu befeuchten. Der Koordinator kam ihm zuvor.

»Bevor Herr Bloßfeld uns jetzt seine Ideen erklären wird, möchte ich auch auf einige Fakten hinweisen, auf Fakten, die oberste Priorität haben.« Diesmal spielte er nicht zehnfingrig auf der Tischkante Klavier, sondern fummelte an seiner viel zu grell gehaltenen Krawatte herum. Er trug einen dunkelblauen Zweireiher, darunter ein weißblau-gestreiftes Hemd. Man konnte darüber streiten, ob der rote Seidenschlips dazu paßte.

»Erstens«, hob er seine Stimme, »werden die Grenzen der Zuständigkeiten aufgehoben.«

Mechthild Sommerfeld hob sofort ihren Zeigefinger und wollte unterbrechen. Der Staatsminister streckte ihr die flache Hand entgegen. »Es ist abgesprochen, Frau Sommerfeld. Der Bundeskanzler hat aufgrund der Situation sein Einverständnis gegeben. Es wird nur noch eine Sondereinheit geben. Eine einzige Sondereinheit«, wiederholte er, »die es in dieser Form bislang nicht gegeben hat. Die Sondereinheit wird von Martin Bloßfeld geleitet. Die Einheit wird ihre Mitarbeiter aus Verfassungsschutz, BND und BKA rekrutieren. So ist gesetzlich die Zuständigkeit gewahrt. Es hat zu viele Pannen gegeben, und ich hoffe, Sie sind sich der Bedeutung unseres Problems bewußt. Deswegen wird es weiterhin unsere Konferenzen geben, allerdings nur zur Kenntnisnahme der einzelnen Behörden.«

Die Sommerfeld zuckte noch immer mit ihrer rechten Hand, doch sie bekam keine Gelegenheit zu unterbrechen.

»Zweitens«, es klang fast wie eine Ermahnung, »wird es keine Berichte geben. Das heißt, daß sämtliche Informationen, die hier behandelt werden, vertraulich sind, streng vertraulich. Keine Druckvorlagen! Die Berichte unterliegen der höchsten Geheimhaltungsstufe. Das gilt auch, wenn Sie einer nicht dem Kanzleramt untergeordneten Behörde unterstehen. Das heißt in Ihrem Fall, Frau Sommerfeld, der Bundesminister des Inneren übt zwar weiterhin Ihre Dienst- und Fachaufsicht aus, nicht jedoch in diesem Fall. Es gibt dazu eine Aktennotiz des Kanzlers, die ich Ihnen zeigen werde, wovon Sie jedoch keine Kopie erhalten. Und drittens«, der Koordinator unterbrach sich kurz und suchte ein bestimmtes Papier aus den vielen Unterlagen heraus, »und drittens hat die Geheimhaltung über eine mögliche Finanzierungsbeteiligung an dem BSE-Gutachten absolute Priorität vor der Angelegenheit mit den Russen.«

Der Koordinator zog einen weiteren Zettel hervor. Bloßfeld konnte den Kopf nicht erkennen, ging jedoch davon aus, daß es ebenfalls eine Bestätigung des Kanzlers war. Er hatte entschieden. Das Verhältnis zu den Engländern war ihm also weitaus wichtiger als die Beziehungen zu den Russen. Der Regierungschef wollte unter allen Umständen nicht nur als Kanzler der deutschen Einheit, sondern auch als Macher, als Initiator der europäischen Einheit in die Geschichtsbücher eingehen. Er wußte, daß England einen Rindfleisch-Boykott nicht akzeptieren würde. Die Briten würden mit ihrem Vetorecht im Europa-Rat die Entwicklung der EU nicht nur aufhalten, sondern Bestehendes gefährden und die Europäische Union sogar in eine tiefe Krise stürzen. Bei Bekanntwerden einer deutschen finanziellen Beteiligung an den BSE-Forschungsarbeiten im schottischen Hochland – möglich auf Initiative von Politikern der Regierungspartei – stünde ein irreparabler Bruch mit der Insel bevor. Die Stabilität Rußlands dagegen, die Wiederwahl des amtierenden russischen Präsidenten lagen dem Kanzler zwar ebenfalls am Herzen, doch sein überaus großes Engagement im Osten war in letzter Zeit von den westlichen Partnern ohnehin nicht gerade begrüßt worden. Die westliche Welt konnte Einfluß auf den Ausgang der Präsidentenwahl nehmen, ihn jedoch nicht bestimmen. Bloßfeld fragte sich, ob der Kanzler die Entscheidung vor dem Telefonat mit dem russischen Präsidenten getroffen hatte. Er fragte sich, wie schnell der Kanzler wohl seine Entscheidung revidieren würde, wenn ihm Leitners detaillierter Bericht vorgetragen wurde.

Der Koordinator sortierte seine Blätter in der Reihenfolge, in der er seine Änderungen bekanntgegeben hatte. Die Halsschlagader schwoll ab. Das Gesicht nahm langsam wieder seine natürliche Farbe an. Die Anordnungen samt Bescheinigungen aus dem Bundeskanzleramt kamen für Bloßfeld zwar überraschend, doch nicht unerwartet. Als er die fünf Seiten mit Vorschlägen hinsichtlich des weiteren Vorgehens diktiert hatte, hatte er diese möglichen Anweisungen bereits mit in Betracht gezogen. Lediglich die Neuorganisation, die ihm das alleinige Kommando erteilte, hatte er nicht berücksichtigt. Schnell überflogen seine Augen die Zeilen, um abzuklären, ob und welche Pläne und Ideen dadurch hinfällig geworden waren.

»Breuer und die UEG werden weiterhin rund um die Uhr bewacht«, begann Bloßfeld, »und ...«, er unterbrach sich, denn er merkte, daß seine Pläne in den Grundsätzen nicht mehr stimmig waren. Er überlegte kurz. »Wenn ich die Sondergruppe leiten soll, muß sichergestellt werden, daß ich uneingeschränkten Zugang zum BKA und zum Verfassungsschutz habe.«

»Und wie soll das bitte funktionieren?« rief Mechthild Sommerfeld sofort leicht hysterisch aus.

»Also bitte«, ermahnte der Koordinator laut. »Wir befinden uns in einer außergewöhnlichen Situation. Das kennen Sie doch alle. Das ist Ihr Alltag.« Er schrie nun fast. Dabei schien sein schweinchenfarbener Kopf anzuschwellen, sein Hals zu verschwinden. »Ihr Alltag!« schrie er noch einmal. »Jetzt haben wir es erstmals mit einer, ja, ich kann fast sagen, global-politischen Bedrohung von deutschem Boden aus zu tun. Für diesen Fall sind Sie alle speziell ausgebildet und ausgewählt worden. Und jetzt beruft sich jeder auf Zuständigkeiten und Richtlinien? Soll ich Ihnen«, und dabei blickte er in die Runde und zeigte mit dem Finger auf jeden einzelnen am Tisch, »soll ich Ihnen – jedem einzelnen von Ihnen – persönlich aufzählen, wo Sie allein in den letzten zwölf Monaten Zuständigkeiten überschritten haben? Also bitte, kein Wort mehr über Zuständigkeiten! Aus jeder Behörde habe ich Akten ...«, das Wort »Akten« hatte er, weil es kurz war und nur aus zwei Silben bestand, Vokal für Vokal und Konsonant für Konsonant betont, »... Akten, die fadenscheinige Begründungen für Zuständigkeitsüberschreitungen beinhalten. Also, kommen Sie jetzt bloß nicht damit!«

Die Halsschlagader beruhigte sich, und Mechthild Sommerfeld, die bereits halb aufgestanden war, saß wieder und schaute grimmig und beleidigt auf die Unterlagen. Bloßfeld triumphierte. Kellinghausen hatte sich als einziger nichts anmerken lassen. Kulitz war mit den Gedanken schon zu Hause. »Globale Bedrohung«, hatte der Staatsminister gesagt. Er schien sich für recht wichtig zu halten.

»Also Breuer und die UEG sind unser Hauptziel«, setzte Bloßfeld erneut an. »Daneben werden wir verstärkt Jagd auf den Journalisten des ›Westdeutschen‹ machen. Zwei Gründe sprechen für diese Entscheidung. Erstens wissen wir dann endlich hundertprozentig, ob er Kenntnisse über die Zusammenhänge zwischen der UEG und dem BSE-Gutachten besitzt. Wie Sie hörten, ist es unser oberstes Anliegen, eine deutsche Finanzierungsbeteiligung an dem BSE-Gutachten zu verschweigen.« Es stand zwar nicht in seinen Ausführungen, aber es paßte traumhaft hinein. So sprach Bloßfeld es aus: »Und weiterhin können wir Wilhelms, falls er, wie mittlerweile zu vermuten ist, nichts davon weiß, wieder laufen lassen, um die UEG und Breuer zu verunsichern.« Die letzten Worte hatte Bloßfeld fast hinunterschlucken müssen. Eigentlich hatte er »UEG und Stolzenberg« sagen wollen. Er bekam noch rechtzeitig die Kurve. Doch der Koordinator wußte, was Bloßfeld verschluckt hatte.

»Wie erklären Sie ihm den Haftbefehl?« fragte die Sommerfeld. Sie hatte sich zwischenzeitlich wieder gefangen, saß souverän auf ihrem Schemel und blickte überzeugend selbstsicher in die Runde.

»Es wäre doch nicht das erste Mal, daß wir einen Brief oder eine Anschuldigung, gleich von wem, nehmen und fingieren. Wir wählen irgendeine rechtsextremistische Vereinigung aus und legen ihm eine Verleumdung mit deren Briefkopf vor. Wir sind doch angehalten, solchen Hinweisen nachzugehen. Wie wir seinen Lebenslauf kennen, wird Wilhelms lachen und dankbar sein, daß ihm eine solche Ehre widerfährt. Welcher Journalist wird denn heutzutage schon von rechtsextremen Gruppen so denunziert, daß der Verfassungsschutz es ernst nimmt.«

Bloßfelds Begründung hatte Hand und Fuß. Mehrfach in der Vergangenheit hatten BND und Verfassungsschutz Journalisten unwissend benutzt. Sie hatten ihnen meist über V-Leute aus politischen oder parlamentarischen Gremien Hinweise zukommen lassen. Sekretärinnen oder Schriftführer verplapperten sich gezielt, setzten erfahrene Reporter auf die falsche Spur. Es ging vor allem darum, daß die Journalisten sich dann für besonders wichtig hielten und sich in ihrer Wichtigkeit bestätigt fühlten. Gedruckt wurde letztendlich kaum etwas.

»Und wie bitte erklären wir Strombachs Unfall? Wilhelms glaubt doch nicht daran.« Die Sommerfeld gab nicht nach. In ihrem steifen, konservativen Kostüm wäre sie bei keinem Hausfrauennachmittag aufgefallen.

»Wir sagen, daß wir im Rahmen der Fahndung nach ihm selbstverständlich auch diesen Unfall überprüft haben. Er muß daran glauben, daß es wirklich ein Unfall gewesen ist oder daß es die Rechtsextremen waren, die ihm daraus einen Strick drehen wollten.«

Bloßfeld war durch und durch ein Junge des Bundesnachrichtendienstes. Die Sommerfeld wußte es und konnte sich damit nicht anfreunden. Ihre Kölner Behörde hatte gerade in den letzten Jahren oft mit ihm zu tun gehabt. Doch diese Skrupellosigkeit Bloßfelds war ihr noch nicht vertraut.

»Wenn ich kurz unterbrechen darf?« meldete sich Klaus Kulitz erstmals zu Wort und zeigte dabei wie ein Schüler brav auf. Er kramte in seinen (wieder einmal) nicht sortierten Papieren. »Wir müssen uns in diesem Zusammenhang auch über das Obduktionsergebnis unterhalten.«

Der Sonderbeauftragte des Bundeskriminalamtes hielt

ermahnend seinen Kugelschreiber in die Höhe. Er wollte, daß auch alle gespannt zuhörten, wenn er schon mal was sagte. Den Stift in der einen Hand, schob er mit der anderen Blatt für Blatt zur Seite. Er wurde fündig.

»Die Obduktion Strombachs hat ergeben, daß es ein Unfall ohne Fremdeinwirkung gewesen sein könnte. Der Querschnittsgelähmte hat sich bei dem Sturz das Genick gebrochen. Die Brüche an der Nase und im Kieferbereich können durch den Sturz erfolgt sein. Doch ...«, Kulitz' Kugelschreiber gewann an Höhe, »die Pathologen haben festgestellt, daß jemand kräftig an den Haaren an Strombachs Hinterkopf gezogen haben muß. Der Obduktionsbericht liegt der örtlichen Polizei noch nicht vor. Doch Wilhelms Freunde haben schon mehrfach nachgefragt. Vor allem dieser Pressesprecher Vogelsang.« Kulitz bemerkte, daß alle um das Hufeisen Versammelten gespannt auf das Fazit seines Vortrags warteten. Er freute sich darüber. Kein Augenpaar mahnte ihn zur Eile. »Der Obduktionsbericht liegt beim Landeskriminalamt in Düsseldorf. Noch haben wir die Finger drauf. Fragt sich nur, wie lange.«

Das letzte Wort schallte noch durch den Konferenzraum, da setzte Bloßfeld auch schon an.

»Können wir einen zweiten abfassen, ohne den Passus mit den Haaren?«

»Natürlich. Fragt sich nur wiederum, wer die Verantwortung dafür übernimmt.«

Kulitz blickte zur Sommerfeld. Die bekam hektische Flecken.

»Keiner«, sagte Bloßfeld sofort, »da sprechen wir gleich noch drüber. Ich will erst nur einmal wissen, ob es möglich ist.«

Bloßfeld wollte keine Möglichkeit zur weiteren Vertiefung der Diskussion geben, machte deshalb keine Pause.

»Wir haben achtundvierzig Stunden. Lassen Sie uns davon ausgehen. Achtundvierzig Stunden. Frau Sommerfeld, Sie ...«, er schaute der Z-Leiterin des Verfassungsschutzes direkt in die Augen, »Sie übernehmen ab sofort allein die Fahndung nach Wilhelms. Natürlich mit Hilfe des BKA. Aber Sie allein sind federführend. BND und meine Gruppe halten sich an die UEG und Breuer. Morgen früh erhalten Sie alle den nächsten Besprechungstermin. Wir werden zuvor Leitners Bericht und eine Entscheidung aus dem Kanzleramt abwarten müssen. Und eine Entscheidung wird fallen. Das kann ich Ihnen nach ersten Informationen aus Moskau schon sagen.«

Bloßfeld schlug die vor ihm liegende Akte zu, setzte sich aufrecht hin und drückte seinen Rücken durch. Die Konferenz war zu Ende. Kellinghausen packte mehr als glücklich ein. Seit drei Nächten schlief er in zwar erstklassigen, aber dennoch unbequemen Waggons der Bundesbahn. Seine Familie wohnte in der Schweiz. Sie war es gewohnt, daß er sich mehrere Monate nicht blicken ließ. Er schaute nur kurz zu Bloßfeld hinüber. Der verstand den Blick. Man wollte sich noch treffen. Als er schon fast die Panzerverglasung der Pförtnerkabine passiert hatte, rief ihm der Staatsminister von der Aufzugstür noch etwas zu. Bloßfeld wartete.

»Sie wissen, daß ich großes Vertrauen in Sie setze.«

Bloßfeld konnte nicht hören, ob es eine Frage, eine Drohung oder ein Bekenntnis war. Er überlegte auch nicht, wie seine Reaktion auszufallen hatte. Er nickte nur dankend und ließ den Koordinator stehen.

24
Kreisauer Kreis. Was immer das auch sein mochte, es war dafür zu spät gewesen. Um diese Uhrzeit hatte keine Bibliothek mehr geöffnet. Am nächsten Morgen, beschloß Wilhelms, würde er sich an die Arbeit machen. Erstmals seit Jahren verspürte er wieder ein Kribbeln unter den Nägeln. Er war müde, kaputt, doch voller Tatendrang. Er schaute auf die kleine Kioskecke der Tankstelle. Die ersten Zeitungen müßten jeden Moment eintreffen. Der Postausgabe ging gewöhnlich ein Vordruck voraus, der sich nicht wesentlich von dem ersten Hauptdruck unterschied. Einst waren diese Nachtausgaben als Probedruck genutzt worden. Zudem hatte man die Rotationsmaschinen so früh wie möglich in Gang bringen wollen. Schnell hatte man dann die Wirtschaftlichkeit erkannt, denn diese Vordrucke waren allabendlich vor allem in Kneipen sehr beliebt.

Max Wilhelms suchte nach Kleingeld, ergatterte die ersten Exemplare des »Westdeutschen«, des »Boten«, der »Post« und des »Anzeigers«, zahlte und suchte schnell das sichere Dunkel. Er war nicht ängstlich, doch manchmal brach die Übervorsicht noch durch. Die permanente Furcht aufzufallen, war allerdings gewichen. Hatte er anfangs noch vor jedem anrollenden Scheinwerfer gezittert, Menschen gemieden und hinter jeder Ecke eine drohende Gefahr befürchtet, war er mittlerweile lässig, seinem Empfinden nach schon etwas zu lässig. Er lief über belebte Plätze, setzte sich in überfüllte Gaststätten, ohne wie noch zwei Tage zuvor verängstigt hin- und herzuschauen. Als er die Telefonzelle gegenüber des Hauptbahnhofs verlassen hatte, war er zwei Uniformierten direkt in die Arme gelaufen. Er hatte so getan, als würde er sie nicht bemerken. Das war das Rezept aller Gauner, die er seit Jahrzehnten auf den Bildschirmen bewunderte. Und Max machte es ihnen nach.

Lange hatte er überlegt, die Stadt zu verlassen. Viel zu viele Leute kannten ihn hier. Selten konnte er durch die Innenstadt laufen, ohne daß er von jemandem gegrüßt wurde. Er entschied zu bleiben. Er kannte die Stadt, kannte jeden Winkel, hatte hier zuverlässige Freunde, die auch jetzt noch zu ihm hielten. Und er kannte die Bibliothek, in die er am nächsten Morgen gehen wollte. Donnerstags öffnete sie um zehn. Das reichte.

Alle Zeitungen hatten die Rinderwahn-Geschichte auf Seite eins gesetzt. Max schwang sich in den schmuddeligen Ford Escort, den er heute morgen von einem weiteren Trinkbruder aus dem »Tal« geliehen hatte. Er wohnte nur acht Häuser neben Marc Webster. Max war nach Verlassen seiner Schlafstätte in Richtung Bushaltestelle gestolpert und fast gegen den dunkelbraunen Escort gerannt. Mitten auf dem Bürgersteig hatte er geparkt. Sein Besitzer stand direkt dahinter. Max bekam das Auto, aber keinen weiteren Hunderter.

Die Zwölf-Volt-Leselampe war schwach. Er mußte sich konzentrieren, um die Zeitungszeilen deutlich zu erkennen. Der »Westdeutsche Kurier« hatte eine Agenturmeldung abgedruckt. Den Hintergrundbericht zierten Kürzel, die er nicht kannte. In dem dreispaltigen Artikel war dennoch eine Vignette eingebaut mit dem Hinweis: ... *von unserem Auslandskorrespondenten*.

Wilhelms erkannte sofort den Stil Niemeyers, dessen Auslandskenntnisse sich auf Teneriffa, Mallorca und Österreich beschränkten, der aber wohl die Agenturseiten zusammengebastelt hatte, ohne den Inhalt verstanden zu haben.

Der »Bote« schrieb:

Wahnsinnige Rinder treiben Europa in die Pleite!

Die Rechnung präsentierte das Blatt allerdings erst am Artikelende. Die Brüsseler Seuchenkasse sei nur mit hundertzwanzig Millionen Mark gefüllt. Europa habe sie als Vorsorge für kleinere Epidemien wie die Maul- und Klauenseuche oder die Schweinepest eingerichtet. Das Einäschern von über viereinhalb Millionen Rindern würde die Kasse jedoch frühzeitig sprengen.

In der »Post« hingegen hieß es:

Wahnsinnige Briten – glückliche Deutsche!

Ein Sprecher der zentralen deutschen Creutzfeldt-Jakob-Forschungsstelle an der Universitätsklinik in Göttingen beruhigte die Leser. Deutsche hätten keinen Anlaß, in Massenhysterie auszubrechen. Bisher sei die Seuche unter einheimischen Rindern nicht aufgetreten. Max Wilhelms erkannte sofort, daß die bundesdeutschen Printmedien von der Nachricht aus England überrascht worden waren, daß sich keine Redaktion wirklich auf das Thema vorbereitet hatte. Zu unterschiedlich waren die Schwerpunkte gewählt worden. Agentur-Informationen schienen jedoch reichlich übermittelt worden zu sein. Aber mehr als hundert, vielleicht hundertfünfzig Zeilen wollten Tageszeitungen zu einem Thema gewöhnlich nicht drucken. So mußten unwissende Redakteure aussuchen, welche Fakten, welche Zitate wichtig waren. Unvorbereitet ging dies meist in die Hose.

So druckte beispielsweise der »Anzeiger« nichts von der Beschwichtigung aus Göttingen, sondern entschied sich für die Überschrift:

Auch Deutsche (Rinder) bald wahnsinnig!

Unterstützt wurde diese Aussage wiederum von einem

Experten aus dem bayrischen Sozial- und Gesundheitsministerium. Der erklärte nämlich frank und frei, daß es sich kaum ermitteln lasse, wieviel englisches Rindfleisch denn nun tatsächlich in deutschen Fleischtheken lande. Liefere nämlich England Rindfleischteile nach Frankreich und würde dieses dann noch mal zerlegt werden, stehe in Deutschland auf dem englischen Steak plötzlich ein französischer Stempel.

Der »Westdeutsche Kurier« berichtete auf der Titelseite dagegen ganz sachlich. Niemeyer – wahrscheinlich noch im Krebs-Rausch – hatte sich auf Seite sieben wieder übertrieben wissenschaftlich ausgelassen:

Die krankheitsauslösenden Prionen sind in ihrer molekularen Struktur schwer zerstörbar, da sie Temperaturen von über zweihundert Grad Celsius sowie Formalin, UV- und Röntgenstrahlen überleben.

Max schüttelte angesichts dieser Satzkonstruktion nur den Kopf, legte die Zeitungen auf den Beifahrersitz und startete den Wagen. Zweimal mußte er den Zündschlüssel drehen, bis der Motor ansprang. Er wollte eine kleine Runde drehen, hatte sich verschiedene Ziele ausgesucht. Die meisten Straßen stadtauswärts waren aufgrund nächtlicher Bauarbeiten verstopft. Er wollte, obwohl er Staus haßte, keine Schleichwege benutzen. Er hatte erkannt, daß Ansammlungen Sicherheit bedeuteten – ob es Ansammlungen von Menschen, Autos oder Marktständen waren.

Zwei Stunden war er durch die Stadt gefahren, hatte in der Nähe des »Tals« geparkt und war zu Fuß hinter den Biergarten geschlichen, der zu dieser Jahreszeit noch verlaubt, verdreckt und verkommen im Winterschlaf lag. Er konnte Kelly durch das Fenster erkennen, hielt sich jedoch zurück. Zwei Tage war es erst her, daß er hier sein letztes Bier getrunken hatte. Er dachte an den Schmerz, den er hatte ertränken wollen, an Kelly, die ihn hatte gewähren lassen, an Katja, die ihn angerufen und ihm gesagt hatte, daß ein Haftbefehl gegen ihn vorliege. Max dachte an Einstein, den er jetzt nötiger brauchte denn je. Der behinderte Freund hätte sich des Kreisauer Kreises angenommen, hätte nach wenigen Stunden einen detaillierten Bericht geliefert. Die Ausdrucke wären bündig und fett gedruckt gewesen, das Wesentliche wäre unterstrichen oder farbig herausgestellt worden. Dabei hätte Einstein seine Werkstatt nicht verlassen.

Das »Tal« war sein fünfter und letzter Stop an diesem Mittwochabend. Er war durch den Kohlenweg gefahren, an der Redaktion vorbei. Anschließend hatte er eine Runde um den Häuserblock gedreht, wo Katja wohnte. Überall hatte er Fahrzeuge gesehen, in denen eine oder zwei Personen warteten. Er mußte manchmal lachen, wie tölpelhaft sich die Beamten teilweise plaziert hatten. Ein Wagen stand sogar direkt vor dem Kneipeneingang. Das »Tal« lag nun mal in einer Sackgasse, im letzten uneinsehbaren Winkel, wo nur eine Straßenseite mit Parkstreifen ausgestattet war. Im Kohlenweg standen sie tagsüber fast allein auf weiter Flur.

Vom »Tal« fuhr Max in die Südstadt. Von dort durch den Stadtwald zum Fluß hinunter. Vor Poschmanns Haus stand kein auffälliges Fahrzeug. Zweimal fuhr er vorbei, schaute aufmerksam in jeden parkenden Wagen. Die Straße war recht übersichtlich; sie war langgestreckt und leicht abfallend. Poschmanns BMW stand vor der Garage, doch das Haus lag im Dunkeln. Es brannte kein Licht, nicht einmal das neben der Eingangstür.

Max parkte den Escort schräg gegenüber der Einfahrt.

Die Parkboxen lagen zwischen Bäumen und Sträuchern, die verkehrsberuhigend in die Fahrbahn ragten. Er schraubte die Fahrerlehne zurück und versuchte, etwas zu dösen. Die schimmernde Leselampe wollte er nicht anmachen. Die Straße besaß kaum Laternen. Er wäre aufgefallen.

Poschmanns Haus war ein kleines Einfamilienhaus mit zwei Etagen, mit ausgebautem Dachgeschoß und kleinem angrenzenden Garten. Rechts und links des Vorgartens wucherten hohe Hecken. Der Chefredakteur war ein guter Deutscher, was die Sicherung des Eigentums betraf. Die Grenzen seines Grundstücks waren klar und für jeden erkennbar abgesteckt. Ein versehentliches Betreten war fast unmöglich. In die Platte vor der Haustür war eine Abtretmatte eingebettet, auf der in Kursivschrift *Willkommen* stand. Das Haus war eigentlich viel zu groß für eine Person. Poschmann hatte es gekauft, als er noch glücklich verheiratet und das zweite Kind unterwegs gewesen war. Nun fühlte er sich immer noch glücklich, war nicht mehr verheiratet, dafür aber schon vierfacher Vater.

Zweieinhalb Stunden mußte Max warten. Mehrfach waren ihm die Augen zugefallen. Mehrfach war er hochgeschreckt, als grelle Scheinwerfer den Escort passiert hatten.

Die Scheinwerfer, die sich ihm nun langsam näherten, erkannte er sofort. Der rote Peugeot stoppte hinter dem BMW, allerdings auf der Straße. Er bog nicht in die Garagenauffahrt ein. Max duckte sich und blinzelte über das Armaturenbrett. Deutlich konnte er erkennen, wie Poschmann sich von Katja verabschiedete. Er wollte zunächst seinen Blicken nicht trauen, doch er sah, wie sie sich küßten und lange umarmten – viel zu lange und viel zu leidenschaftlich.

Der Chefredakteur öffnete die Beifahrertür. Max hörte die Frage, ob sie nicht doch noch mit reinkommen wolle, nur undeutlich. Er sah Katja nach einem Wortwechsel, den er nicht verstanden hatte, plötzlich lachen. Dann fiel die Tür ins Schloß, und Katja fuhr ruckartig an. Poschmann schaute ihr nach, stand wie ein alleingelassener, vergessener Schuljunge am Straßenrand und winkte ihr hinterher. Dann ging er ins Haus.

Max wartete noch ein wenig und folgte ihm. Er hatte Katja schon lange nicht mehr lachen hören, dabei war es gerade ihr Lachen, das sie so reizvoll machte. Wenn sie lachte, wurden ihre ohnehin schon strahlenden, grünen Augen zu Saphiren. Max hatte dann immer das starke Verlangen gespürt, in sie hineinzutauchen, sich von ihnen endlos fesseln zu lassen.

Max blickte sich um. Die Straße war leer. Er schellte. Die grauenvolle Dreiklangimitation des Big Ben schallte durch die schwere Eichentür.

»Du?« erstarrte Poschmann. Als er die Tür geöffnet hatte, hatte er noch für den Bruchteil einer Sekunde gestrahlt. Er schien wohl gehofft zu haben, Katja hätte sich anders entschieden.

»Ich trage zwar keinen Rock, knutsche dich auch nicht, aber du kannst mich trotzdem reinlassen.«

Poschmann wich zunächst zögernd zur Seite. Dann wurde ihm klar, in welcher Situation er sich befand. Er packte Max am Kragen und zog ihn in den Flur. Mit der Ferse drückte er blitzschnell die Tür ins Schloß. Er befürchtete wohl, man könne ihn und Max beobachten.

Der Flur war ausgelegt mit einem Läufer. An den Enden befanden sich Messingstangen. Bilder von niederbayrischen Dörfern im Schnee, einem pfeiferauchenden Alpenhirten und einer süddeutschen Flußlandschaft hingen an der Wand. Modernstes Objekt war ein Stilleben von Paul Cézanne, ein Billigdruck, der weder in den Rahmen noch in den Flur paßte. Zwei Flaschen, ein Glas, vier Äpfel, ein hellblaues Tuch herumdrapiert, gegenüber weißen Dächern, zugefrorenen Seen und einem alten Ziegenhüter. Max dachte an die Hecken vor dem Haus, die Fußmatte, Big Ben. Erhard Poschmann war privat der letzte Spießbürger. Verhalten hatte er sich so nie.

Sie gingen ins Wohnzimmer. Max kannte sich aus. Früher, als Poschmann noch nicht Chefredakteur gewesen war, hatte er oft hier geschlafen. Er hatte auf den Nachwuchs aufgepaßt, hatte mit Poschmanns Ex-Frau geflirtet. Sie waren wie eine kleine Familie gewesen. Er war gekommen und gegangen, war jederzeit willkommen gewesen. Abends war immer für eine Person mehr gekocht worden. Meistens hatte Max es von weitem gerochen.

»Was zu trinken?« fragte Poschmann nervös.

»Nein«, antwortete Max und ließ sich in einen der breiten beigefarbenen Kunstledersessel fallen. »Wie lange geht das schon zwischen euch beiden?«

»Ich verstehe nicht«, wich Poschmann aus.

Max verkrampfte seine Finger und grub die Nägel ins Kunstleder. »Hör auf, du weißt genau, was ich meine. Also, Erhard, wie lange geht das schon?«

»Max, du hast es übertrieben. Das macht keine Frau auf Dauer mit.«

»Wie lange?« schrie Wilhelms ihn an.

»Drei Wochen, vielleicht vier.« Poschmann drehte sich um und ging zur Bar. Er nahm ein Kristallglas aus der Vitrine und füllte es mit Whisky. Er trank es fast in einem Zug leer.

»Was willst du? Du weißt, daß du mich damit ganz schön in Schwierigkeiten bringst.« Er stellte das Glas auf die Spiegelfläche und goß nach. »Reicht es nicht, daß die

Staatsanwaltschaft wegen dir schon in der Redaktion rumschnüffelt, daß sie Katja Tag und Nacht verfolgt? Willst du sie mir jetzt auch noch auf den Hals schicken?«

»Einstein hat dich an dem Nachmittag, an dem er gestorben ist, in der Redaktion angerufen. Er suchte mich und hatte eine Geschichte recherchiert. Worum ging es da?«

»Max, das ist zwei Tage her. Ich weiß es nicht mehr. Er hat ...«, Poschmann versuchte, nachdenklich zu wirken und schwenkte dabei sein Glas hin und her, »er hat dich gesucht. Aber worum es ging, hat er mir nicht gesagt.«

»Erhard, du lügst! Warum?« Wilhelms sprang auf, faßte sich immer wieder wild gestikulierend an die Stirn. »Warum? Du vergißt, mein lieber Freund, daß deine neue kleine Flamme mit im ›Loch‹ war. Und sie hat gehört, wie du sagtest, wörtlich sagtest: ›Ist ja ein dolles Ding.‹ Oder hat sie sich das aus den Fingern gesogen?«

»Einstein hat mir erzählt, daß er eine irre Geschichte hätte, einen Skandal, der Europa beeinflussen würde, vielleicht sogar die Europäische Union so belasten könnte, daß eine weitere gute Zusammenarbeit zwischen den Staaten kaum noch möglich wäre. Max, du weißt wie ich, daß Einstein immer Supergeschichten hatte. Er recherchierte gut, aber er übertrieb. Er übertrieb immer. Ich habe nicht richtig zugehört.«

»Jetzt will ich dir mal was sagen, Herr Chefredakteur. Einstein hatte das BSE-Gutachten bereits vor drei Tagen in der Hand.«

»Nein! Was du nicht sagst! Das ist mir seit heute morgen auch klar.«

»Hast du nicht gerade gesagt, du könntest dich nicht mehr daran erinnern?« Max wurde zynisch. »Aber das ist jetzt nebensächlich. Ich will wissen, warum du mich an die Polizei verpfiffen hast.«

Poschmann knallte sein Glas auf den Spiegel – etwas heftiger, und die Fläche wäre gesprungen. »Was habe ich gemacht?«

»Du hast dich bei deiner neuen Chefin vom Dienst im Bett gewälzt, als ich angerufen und sie gebeten habe, Einsteins Uhr von Mutter Strombach zu holen. Sie hat es dir erzählt, und du hast es der Polizei weitergegeben. Katja hat es mir lieb und brav erzählt.«

»Was hat sie dir erzählt? Daß ich die Polizei angerufen habe?«

Max schüttelte den Kopf und wendete sich ab von ihm. Dann sprach er ruhig: »Nein, daß sie dir von der Uhr erzählt hat. Du warst also der einzige, der außer Katja und mir von der Uhr wußte.«

Poschmann setzte sich aufs Sofa. Es war ebenfalls in diesem gräßlichen Kunstleder gehalten. Zwei Kissen, die farblich gar nicht zueinander, geschweige denn zum Sofa paßten, lagen an den Enden.

»Ich wollte dir helfen«, begann der Chefredakteur stotternd, »ich habe den Beamten, die in der Redaktion waren, einen Tip gegeben. Jahrelang haben wir mit der Polizei bestens zusammengearbeitet. Einige unserer Freunde wollen dir helfen. Dazu müssen sie aber wissen, wo du bist, was du machst. Deshalb habe ich es gesagt. Weißt du eigentlich, was ich vom Geschäftsführer zu hören bekommen habe, wie der Herausgeber mir im Nacken sitzt? Seit zwei Tagen? Fünfmal täglich ruft er an und fragt, ob sie dich endlich haben. Weißt du, was das für ein Licht auf die Zeitung wirft, wenn herauskommt, daß ein Redakteur der Hauptredaktion mit Haftbefehl gesucht wird, wegen Korruption, Bestechung, wegen Unterstützung einer kriminellen Vereinigung? Frag doch mal Katja, was sich in der Redaktion abspielt, wenn du meinst, du hättest noch einen so guten Draht zu ihr. Hat sie dir das auch erzählt?

Nirgendwo heißt es, daß Wilhelms gesucht wird. Es heißt, daß der Freund von Poschmann und Melzer gesucht wird.«

Poschmann griff erneut zur Flasche.

»Ja, ich habe der Polizei einen Hinweis gegeben. Auch um dir zu helfen. Was soll das ganze Wegrennen? Du reitest dich immer mehr in die Scheiße rein.«

Wilhelms wollte Poschmann nicht unterbrechen. Er wußte, daß der Chef ihn anlog, daß er nicht die Wahrheit sagte, ihm zumindest einiges verheimlichte. Er kannte ihn. Wenn Poschmann nervös wurde, hatte er eine Eigenart, die man Fremden schlecht beschreiben konnte. Doch Max erkannte sie. Und er erkannte sie jetzt deutlicher denn je. Er wußte, daß die Begründung nicht schlüssig war. Er wußte, daß es da ein Mosaiksteinchen gab, das das komplette Puzzle zerstören würde. Er hatte es in der Hand, wußte im Moment jedoch nicht, wo er es einordnen sollte. Oder er hatte etwas übersehen. Das war auch möglich. Max überlegte, aber er kam nicht drauf.

»Was willst du jetzt machen?« fragte Poschmann.

Max blieb ihm die Antwort schuldig. Der Chefredakteur wäre in diesem Moment der letzte gewesen, dem er seine Pläne offenbart hätte.

»Warum Katja, Erhard, warum gerade sie?«

»Das müßtest du doch am besten wissen.«

»Sie bumst gut, nicht wahr?«

»Max, was soll das?«

»Bumst sie etwa bei dir nicht gut?«

Poschmann antwortete nicht.

Max stand auf, verschränkte seine Hände wie zum Gebet und starrte ihn mit haßerfülltem Blick an. Dann drehte er sich um und ging zur Tür. Bevor er sie öffnete, drehte er sich noch einmal um, faßte sich ans Kinn und fragte: »Wenn du mir schon nicht sagen willst, wie sie bei dir bumst, kannst du mir vielleicht sagen, was der Kreisauer Kreis ist?«

»Nie gehört«, antwortete Poschmann. »Nie gehört.« Diesmal log er nicht.

25

Die Sekretärin füllte die Tassen, stellte die Thermoskanne mit frischem Kaffee auf den kleinen klappbaren Teewagen und vergewisserte sich noch einmal, ob das Porzellankännchen mit Milch nachgefüllt werden mußte. Sie war im Alter der Kerner und glich ihr in ihrer uneingeschränkten Zuverlässigkeit. Fünfzehn Jahre war sie bei der »Erdgas-Import«, hatte drei Vorstandsvorsitzende bedient und betreut. Während die Referenten und Vorstandsbeauftragten mit der Neubesetzung des Vorsitzendenpostens beständig wechselten, blieb sie als einzige Vertrauensperson in der obersten Etage und hielt vor den gewaltigen Eichentüren mit dem Firmenlogo die Stellung. Sie war loyal gegenüber jedem, der da kam.

»Nein, danke, das ist alles«, sagte Stolzenberg, nachdem die Sekretärin den Kaffee eingeschenkt und höflich gefragt hatte, ob sie noch etwas reichen dürfe. Sie tippelte hinaus und schloß lautlos die Tür. Sie hatte ihre Anweisungen und gab sie im Eingangsbereich des größten Büros des Hauses gewissenhaft weiter. Auf keinen Fall durfte die Besprechung gestört werden. Es sei denn, es käme für Breuer ein Anruf aus Rußland.

Die Anordnung war wie gewöhnlich vom Grafen zuvor kurz über die Freisprechanlage durchgegeben worden. So glich der Donnerstagmorgen einem durchschnittlichen Arbeitstag im März. Das Wetter war wechselhaft, unberechenbar. Konnte im ersten Morgengrauen noch ein hoffnungsvoller Sonnenstrahl entdeckt werden, mußte man Minuten später mit Schnee und Hagel rechnen. Die Straßen waren wie immer verstopft. Die meisten Scheibenwischer schmierten. Einige wenige Optimisten hatten die Winterbereifung bereits im Keller verstaut. Die Sekretärinnen quälten sich mit der Frage herum, ob der kurze Rock nicht doch noch zurückstehen mußte. Die Nagellackfarbe des Frühjahrs war ein dezentes Blaßrot, zum Glück nicht zu auffallend. Der Terminkalender war gefüllt und die Post wie immer zu spät.

Breuer saß am Ende des kleinen Konferenztischchens in der Nähe der Bar. Er war schon gegen sechs in sein Büro gefahren und hatte noch einmal die Unterlagen sortiert. Ihm war nicht entgangen, daß Stolzenberg gereizt war. Ein Fehler, eine Unschlüssigkeit in seinem Bericht, und der Graf würde einen seiner seltenen, cholerischen Anfälle bekommen. Seit drei Tagen hatte ihn nur die Kerner angerufen. Stolzenberg selbst hatte sich verbeten, persönlich angerufen zu werden. Breuer mochte Doris Kerner nicht besonders. Sie war zwar immer korrekt mit ihm umgegangen, hatte ihm gegenüber nie die Vertraute des Grafen herausgekehrt, eher die verständnisvolle Mitarbeiterin, die ihrer Pflicht nachkommen mußte. Doch sie war ihm zu undurchschaubar. Zudem fehlte ihr das nötige Fingerspitzengefühl. Und Spontaneität war für sie ein Fremdwort.

Etwas zu kräftig mit Druckerschwärze kopiert, lagen rund vierzig Zeitungsartikel auf dem Tisch. Alle in dreifacher Ausführung. Doris Kerner hatte im Morgengrauen in einem Bahnhofsgeschäft quer durch die Regale gegriffen, hatte säuberlich die BSE-Berichte und Kommentare ausgeschnitten. Obenauf lag, etwas verkleinert kopiert, da es sonst nicht auf eine Seite gepaßt hätte, die Titelstory des »Westdeutschen Kuriers«. Es waren zwar gerade mal fünfundsiebzig Zeilen, doch fünfspaltig gedruckt. Der Hintergrundbericht war weitaus länger, doch schwach geschrieben. Breuer hatte ihn zweimal lesen müssen, obgleich er in der BSE-Angelegenheit interne Kenntnisse wie kein anderer besaß. In einer wissenschaftlichen Fachzeitschrift wäre der Artikel besser aufgehoben gewesen.

»Der erste Akt ist abgeschlossen«, begann Stolzenberg und rieb sich unbewußt die Hände. »Die Politik wird sich nun um den Rinderwahnsinn kümmern müssen. Ich habe der Staatskanzlei gestern abend noch einmal versichert, daß die UEG, falls sie mit einer Finanzierung des britischen Labors in Zusammenhang gebracht werden sollte, allein dafür geradestehen wird. Ich habe München noch einmal die Fakten erläutert und darauf hingewiesen, daß die UEG ein europäisches Unternehmen mit Sitz in der Bundesrepublik ist. So ist es verständlich und schlüssig, daß wir Forschungsprojekte auch bei den Engländern fördern. Nur eines: Ich und die ›Erdgas-Import‹ wußten von nichts. So sind die Bayern auch raus aus dem Spiel.«

Stolzenberg schaute auf Breuer und wartete auf eine Reaktion. Der nickte lediglich und hob dabei zweifelnd die Mundwinkel. Der Graf erkannte es, griff nach seiner Tasse und nahm einen großen Schluck. Breuer und Kerner warteten ab. Sie kannten ihren Vorgesetzten und seine Gesten. Stolzenberg gab Zeichen, wenn er andere zu Wort kommen lassen wollte. Es waren keine direkten Aufforderungen durch Fingerzeige. Es waren vielmehr Blicke, Betonungen am Satzende oder Bewegungen seines Körpers.

»Gut«, sagte der Graf, »es ist abzusehen oder, besser gesagt, mir wurde zugetragen, daß bereits heute das Europäische Parlament einen Untersuchungsausschuß einberufen wird. Neben den Ihnen schon bekannten fünf

Bundesländern werden sich heute vier weitere einem Rindfleisch-Boykott gegen Großbritannien anschließen. Der Bundesgesundheitsminister wird sich diesem Boykott ebenfalls anschließen, wird jedoch noch ein paar Tage damit warten. Er wird ...«, Stolzenberg unterbrach sich kurz, »er muß zuvor noch ein wenig auf eine europaeinheitliche Lösung pochen, weiß jedoch jetzt schon, daß er spätestens in ein paar Tagen einen Rückzieher machen wird. Das heißt, die BSE-Seuche wird von uns weiter beobachtet, aber wir greifen nicht mehr ein. Unsere Arbeit ist getan. Es ist sicher, daß die Briten den Europarat boykottieren werden. Wir haben es ausgerechnet. Die zu erwartenden Ausgleichszahlungen für die Rinderschlachtungen sind nicht annähernd mit denen der letzten deutschen Schweinepest zu vergleichen. Das weiß Bonn, das weiß Europa, das wissen auch die Briten. Gut.«

Stolzenberg hatte immer einen dicken, grünen Dokumentenordner neben sich. Zwanzig dieser Ordner lagen auf mehreren Anrichten im Chefbüro. Sie waren nur durch verschiedene kleine Buchstaben am oberen rechten Ansatz des Umschlages zu unterscheiden. Einer der zwanzig Ordner lag neben ihm. Er öffnete ihn und holte mehrere zusammengeheftete Papiere heraus. Weder Breuer noch die Kerner brachen das Schweigen. Geduldig warteten sie ab, bis Stolzenberg sich einen Überblick verschafft hatte.

»Wir werden unverzüglich in die letzte Vorbereitungsphase eintreten«, sagte er und las weiter. Dabei hob er kurz die Augenbrauen und lehnte sich zurück. Es war eines dieser Zeichen, und Breuer entsprach der Aufforderung. Er begann vorsichtig, wurde im Laufe seiner Anmerkung lauter, bestimmter.

»Ich möchte darauf hinweisen, Herr Graf, daß wir zuvor einige Probleme aus der Welt schaffen müssen. Daß mein Büro abgehört wird, macht die Koordination recht schwierig. Ich kann schlecht alle russischen Partner über die Situation informieren. Außerdem können wir mittlerweile davon ausgehen, daß denen, die die UEG abhören, ohnehin schon klar ist, daß wir von der Abhöraktion wissen. Des weiteren habe ich aus Wologda erfahren, daß der russische Geheimdienst in der Region um den Resthof äußerst aktiv geworden ist.«

»Gut, Breuer, gut, sagen Sie mir lieber, wie weit wir sind«, wehrte der Graf ab.

»Die Maschinen sind alle eingetroffen. Wir haben das Sicherungspersonal auf hundertzwanzig Leute aufgestockt. Die Russen haben es ohne Probleme genehmigt. Wir hatten die kurzfristige Aufstockung mit der gestiegenen Gefahr von Wirtschaftskriminalität begründet und wollten die UEG-Untersuchungen und die Bohrungen nicht gefährden. Das russische Wirtschaftsministerium hat uns aus der Hauptdirektion des Gebietes einen Mitarbeiter abgestellt. Wir haben ihn selbstverständlich dankend angenommen. Das größte Problem ist jedoch, daß wir noch immer keinen endgültigen Bescheid über die Grundstückszuteilung der Hammerschmiede haben. Die Genehmigung liegt vor. Aber nicht die Grundstückszuteilung. Sie hätte eigentlich vor zwei Tagen bereits eintreffen müssen. Zumindest hat uns das die Regierung angekündigt. Unser Anwalt in Moskau hat versprochen, sofort Bescheid zu geben.«

Stolzenberg hob die Hand. Es hätte ein Dankeszeichen für den Bericht sein können. Aber Breuer kannte ihn mittlerweile so gut, daß er wußte, daß der Graf Ruhe brauchte, um nachzudenken. Er dachte schnell nach. Meist dauerte es nur wenige Sekunden, bis er darum bat, mit dem Bericht fortzufahren. Diesmal ließ sein Zeichen jedoch länger auf sich warten, denn während der ganzen Zeit behielt er die Hand oben, den Arm auf der Tischplatte abgestützt.

Wirtschaftliche Geheimdienstaktivitäten, politische Intrigen, Firmenerpressungen und Behördenbestechungen bedeuteten sicherlich Probleme – jedoch Probleme, die zu bewältigen waren. Der Bescheid über die Grundstücksübertragung der zerstörten Hammerschmiede war allerdings elementar. Solange der Moskauer Anwalt ihn nicht in Händen hatte, konnte das gesamte Projekt nicht gestartet werden. Der Wiederaufbau der Schmiede durch den deutsch-russischen Kulturverein hatte Priorität. Vorher durften die Hauptbohrungen für den Erdgasspeicher im Norden nicht gestartet werden. Die Maschinen mußten auf dem Kolchosehof zur Verfügung stehen.

»Wir haben die Aktion fast auf die Stunde genau planen können. Gestern abend ist einer der Bohrköpfe für die Probebohrungen nahe der ersten Verdichterstation gebrochen. Ein russischer Vorarbeiter, einer unserer Vertrauten, hat dafür gesorgt, daß es wie ein Unfall aussah. Die Reparatur wird über das Wochenende andauern. Das gibt uns einen Zeitaufschub von vier bis fünf Tagen.«

Helmut Breuer war ein Mann ohne Prinzipien. Der Graf verachtete ihn und seine skrupellose, logische Art. Breuer war sich dessen bewußt, aber es interessierte ihn nicht. Er war ein gefühlloser, kalt berechnender Management-Söldner, der mit seinen Fähigkeiten jedem zu Diensten war, der ihn reichlich dafür bezahlte. Breuer ließ sich demütigen, vor anderen schikanieren. Er widersprach nie. Doch bei aller bezahlter Rückgratlosigkeit konnte ihm Schleimerei oder bedingungslose Unterwürfigkeit nie vorgeworfen werden.

Für Stolzenbergs Pläne war Breuer unbezahlbar.

Vor dreieinhalb Jahren hatten sie sich auf einem Wirtschaftskongreß in Berlin getroffen. Helmut Breuer hatte damals für einen bekannten bundesdeutschen Automobilkonzern gearbeitet, hatte während des Kongresses dreist und öffentlich ostdeutsche Firmen zerstückelt und verschachert. Die Betriebe hatten größtenteils noch nichts von ihrem Untergang gewußt. Breuer hatte alles so geschickt eingefädelt, daß dem Verkauf der einzelnen Sektionen und somit der Zerstörung der Betriebe nichts mehr im Wege stand, daß die Anbieter einfach zugreifen mußten. Und sie hatten zugegriffen. Breuers Stärke war die Planung, die Logistik, das Wissen über perfekte Verhandlungsstrategien. Er war ein Mann, für den Auftrag Auftrag war. Er besaß keine Würde, keinen Stolz, keine Moralvorstellungen. Er war ein Mensch der Zahlen und der Konzepte, dem Stolzenberg normalerweise nicht einmal die Hand geschüttelt hätte. Doch er war genau der Mann, den Stolzenberg brauchte.

Vor zweieinhalb Jahren hatten sie den Vertrag perfekt gemacht. Der Graf entschuldigte die Entscheidung für Breuer vor sich selbst damit, daß es nur ein Vertrag auf Zeit war. Es galt, ein Ziel zu erreichen. Breuer mußte dafür den Kopf hinhalten. Und das Honorar rechtfertigte diesen Einsatz. Der Vertrag war mit einer monatlichen Grundpauschale dotiert, die bei Erfolg verdoppelt wurde. Die Zeit war nun gekommen. Der Plan konnte, *mußte* jetzt umgesetzt werden. Damit lag auch der Zeitpunkt, sich von Breuer zu trennen, in nicht mehr allzu ferner Zukunft. Beide erwarteten diesen Moment.

Der Zeitpunkt der Aktion war anfangs nicht von ihnen bestimmt worden.

Stolzenberg hatte damals, als sie sich einigten, lediglich den Rahmen grob vorgegeben, hatte von anderthalb bis vier Jahren gesprochen. Die Umsetzung mußte erfolgen wie bei der Firmenzerstückelung für den Automobilkonzern. Zahlreiche Faktoren mußten bis ins kleinste Detail mittelfristig vorbereitet werden. Scheinfirmen, Scheinvereine und Scheinvereinigungen mußten aufgebaut und in bestehende Systeme integriert werden. Das Finale mußte aber innerhalb einer Woche stattfinden. Mit dem Forschungsergebnis des »Seo« hatte es nun begonnen. Breuer, Stolzenberg und Kerner wußten, daß das BSE-Gutachten auch schon einige Tage früher hätte veröffentlicht werden können. Doch Breuer war der Macher, der bezahlte Spieler, der planende Präzisions-Experte. Er war einer, der über Leichen gehen konnte, hatte er einmal ein bestimmtes Ziel vor Augen. Die Bezahlung war erfolgsabhängig und gigantisch.

»Nachdem der Bohrer getauscht ist, werden zunächst nur zwölf Kipper und vier Raupen im Norden benötigt«, erklärte Breuer. Ihn zu beschreiben würde gar ausgewählten Diagnostikern schwerfallen. Psychologen, Psychotherapeuten, Pädagogen würden verzweifeln. Eiskalt und berechnend beschrieb er Unfälle und geplante Sabotagen. »Damit hätten wir bis Ende der Woche noch genügend Geräte und Fahrzeuge für die Schmiede zur Verfügung. Ihre Einsatzfähigkeit ist garantiert. Sie werden nicht benötigt. Es gibt zwei Zeitpläne. Die kürzere Frist wäre mir lieber. Dann müßten wir jedoch vor Montag mit dem Ausbaggern an der Wassermühle beginnen.«

»Welche Komplikationen könnte es noch geben?« wollte der Graf wissen.

»Welche Komplikationen? Die, die nicht mehr zu beheben sind? Ich bin für den Rinderwahn und die Hammerschmiede zuständig. Nicht für Ihre politischen Ambitionen.«

Stolzenberg reagierte nicht. Doris Kerner preßte die Lippen zusammen.

»Für das Ausbaggern benötigen wir anderthalb Tage im Vierundzwanzig-Stunden-Schichtbetrieb. Die Hebung des Schatzes wird achtzehn Stunden dauern. Die Sicherung durch die Schwertransporter und der Transport zum Resthof sechs bis sieben Stunden.«

So skrupellos Breuer war, so genau kannte er seine Ausarbeitungen. Ohne nur einmal in die Unterlagen geschaut zu haben, nannte er Zeitpunkte, Zeitdauer und die Anzahl der benötigten Gerätschaften. Er wußte, wie lange die Sprengungen dauern würden, wie viele Personen für die Sicherung der Ausgrabungsarbeiten eingesetzt waren. Allein für den Weg von der Hammerschmiede bis zum ehemaligen Kolchosehof waren hundert Bewaffnete geordert worden. Alles stand bereit. Nur Stolzenberg mußte noch die Flagge für den Zieleinlauf schwingen.

Die Flagge war schon erhoben.

Der Zeitpunkt war ideal; er hätte wahrlich nicht besser sein können.

Das Ergebnis der britischen Creutzfeldt-Jakob- und BSE-Forscher hätte als Vorabinformation zeitlich gesehen nicht günstiger eintreffen können. Breuer war froh, es in Händen zu haben. Er kannte Stolzenbergs Beweggründe, kannte seine Ambitionen. Ihn interessierten sie nicht. Doch Stolzenbergs Erfolg war auch sein Erfolg.

Nur zwei Daten waren für Breuers Überlegungen wichtig. Am 16. Juni würde die russische Präsidentschaftswahl stattfinden, in acht Tagen, am 29. März, würden sich die fünfzehn Staats- und Regierungschefs der Europäischen Union im italienischen Turin treffen, um die »Maastricht II-Gespräche« zu eröffnen. Dann sollte die EU in zwölfmonatigen Verhandlungen gründlich reformiert werden. Grundsteine für eine gemeinsame Außenpolitik der Union, für eine gemeinsame Verbrechensbekämpfung und für mehr Bürgernähe sollten gelegt werden. Entscheidender Punkt der Turiner Gespräche würde jedoch die Abschaffung des Veto-Rechts in wichtigen Fragen sein. Gerade die Briten hatten in den letzten Jahren reichlich von diesem Recht Gebrauch gemacht und hatten damit die europäische Politik, die gesamteuropäische Entwicklung gehemmt oder den Weg zu einer gesamteuropäischen Entwicklung verstellt. Nun war abzusehen, daß die Engländer diese Politik nicht nur weiterverfolgen, sondern noch verschärfen würden. Sie würden Europa scharf bremsen, vielleicht sogar stoppen. Wenn Stolzenbergs Informationen aus Bonn zutrafen, konnte es sogar sein, daß England nach einem Rindfleisch-Boykott des Bundesgesundheitsministers erst gar nicht in Turin antrat. Dem britischen Premier war dies durchaus zuzutrauen.

Breuer blickte mit Zorn auf die Kopie der »Kurier«-Titelseite.

So meisterhaft und geheim er die finanzielle Unterstützung des »Seo« organisiert hatte, so unglücklich verlief die Präsentation des BSE-Skandals. Geplant war, daß die englische Regierung die Ergebnisse des BSE-Gutachtens aus einer deutschen Zeitung erfuhr. Das hätte das britische Vertrauen zu Europa dann gänzlich zerstört. Es war anders gekommen. Zwar hatte der Kontaktmann aus der »Kurier«-Hauptredaktion zugesichert, Wilhelms sei der ideale Mann, er würde sich auf das geheime BSE-Gutachten nur so stürzen. Doch der »Europa«-Redakteur hatte sich als Niete, als Versager entpuppt. Breuer wertete dies dennoch nicht als seinen Mißerfolg. Die Kerner hatte die Verbindung zum »Kurier« gewählt, hergestellt und gehalten.

»Wir starten unverzüglich, sobald die Grundstückszuteilung für die Hammerschmiede da ist«, entschied der Graf. Er hatte genug gehört, wollte sich weiteren Themen widmen. Breuer hatte ohnehin keine politischen Interessen. Das wußte er. Das gab ihm die nötige Sicherheit. Das gab ihm Vertrauen in seinen Planungschef. Er holte ein weiteres Bündel mit Kopien aus der Mappe. Es waren ebenfalls drei Exemplare. Er gab zwei der Kerner, die eines unverzüglich an Breuer weiterreichte.

»Dies ist die Kopie eines Berichts, der am Montag in einem großen bundesdeutschen Magazin zu lesen sein wird. Er handelt von der Romanow-Nachfolge, von Zarenschätzen und von Hochstaplern. Er zeigt deutlich die stark keimenden, monarchistischen Bestrebungen auf. Es war nicht einfach, einige Freunde im Hause des Magazins dazu zu bewegen, Passagen zu ändern. Gleichwie! Ich hoffe, daß Sie, Herr Breuer, jetzt verstehen, warum die Zeit besonders drängt. Mir ist es gleich, wie Sie es hinkriegen. Setzen Sie die Leute in Rußland unter Druck. Wir brauchen die Genehmigung vor Montag.«

Damit legte Stolzenberg seine Exemplare zurück in die Mappe, unsortiert und nicht dahin, wohin sie eigentlich gehörten. Der Graf war es gewohnt, die Unterlagen einfach jeweils obenauf zu legen. Er war es auch gewohnt, daß Doris Kerner es schon richten würde, wie sie vieles in seinem Leben richtete.

»Letzter Punkt ist dieser Journalist. Wieso läuft der noch immer frei herum?« fragte der Graf zornig und schaute diesmal direkt auf seine Referentin.

»Maximilian Wilhelms wird bald kein Problem mehr für uns darstellen«, sagte Doris Kerner besonnen und mit einem leichten Lächeln. Sie schaute dabei auf Breuer, anschließend wieder zum Grafen, der sofort verstand.

»Gut, Herr Breuer, Sie halten Doris auf dem laufenden. Und benutzen Sie dieses verdammte Handy! Dafür haben Sie es.«

Breuer grinste, nickte und verbeugte sich ansatzweise, dachte aber das Gegenteil von dem, was seine Gesten und seine Mimik ausdrückten. Stolzenberg erriet die Gedanken und schüttelte verständnislos den Kopf. Breuer war sechsundvierzig Jahre alt. In diesem Alter war er anders gewesen, war er bereits Mitglied im Parteivorstand und Staatssekretär im Bundeswirtschaftsministerium gewesen. Hätte er sich damals aber auch nur eine solche Rückgratlosigkeit und Unverschämtheit erlaubt, wäre er heute nicht da, wo er jetzt war. Er stand zu dieser altväterlichen Einstellung, war sie ihn doch sein Leben lang streng gelehrt worden. Er hielt Werte hoch, die Beständigkeit hatten.

Als Breuer die Tür von außen geschlossen hatte, schaute Stolzenberg seine Mitarbeiterin an und ging auf sie zu.

»Gut«, sagte er, »und?«

»Poschmann ist sehr gewissenhaft. Er hat mich heute nacht um drei angerufen. Von einer Telefonzelle aus. Wilhelms war bei ihm. Poschmann hat nichts gesagt. Er hat gelogen, daß er der Polizei einen Tip gegeben hätte. Aber das ist nicht das Besorgniserregende.«

Sie stand vor dem Grafen wie ein Prüfling im ersten Semester. Ihr Lächeln war ehrlich. Doch die zusammengezogenen Brauen bewiesen, daß sie sich ernsthaft Sorgen machte.

»Wilhelms hat Poschmann gefragt, ob er etwas mit dem Begriff ›Kreisauer Kreis‹ anfangen könne.«

26 Der einundachtzigste Tag des Jahres war gerade einmal fünf Stunden und dreißig Minuten alt. So jung er war, so still war er auch. Das Herunterdrücken der Klinke und das Öffnen der Tür störten die Ruhe nicht. Auch die Schritte, die sich Zentimeter für Zentimeter vortasteten, waren nicht zu hören. Die dicken Läufer, die bis zur Schwelle führten, dämpften das Geräusch der Sohlen.

Das Gewicht auf ihnen war schwer, hielt Anna doch eine Tasche sowie einen Koffer in den Händen. Sie sah auf die Uhr und überlegte. Sie war spät dran, weil sie das Zimmer nicht unaufgeräumt hatte hinterlassen wollen. Sie überlegte einen Moment, zögerte, stellte aber dann doch die Koffer sanft auf den Teppichausleger und ging zurück ins Zimmer. Sie wollte noch eine kurze Nachricht hinterlassen. Eine sehr persönliche, die sie nicht hätte schreiben dürfen.

Als sie wieder an der Tür war, schaute sie noch einmal in die Innentasche ihrer braunen Lederjacke, um sicherzugehen, daß das Handy auch wirklich ausgeschaltet war. Sie hob den schweren Koffer und atmete ruhig durch. Auf dem Weg zur Treppe orientierte sie sich an den Notleuchten in den Steckdosen direkt über der Fußleiste. Sie dachte an die Stufen. Erst ab der ersten Etage bot der blaßrote Läufer mit den Messingstangen Sicherheit. Sie schlich hinunter, an der für sie immer noch unbekannten Ahnengalerie entlang. Für einen Moment kamen ihr starke Zweifel, in den vergangenen Tagen nicht genügend gefragt, nicht genügend gelernt zu haben.

Im Foyer, der kleinen runden Eingangshalle, blickte sie sich noch einmal um. Die dicke Tür zur Bibliothek erweckte Erinnerungen an seltsame Gespräche, die keine fünfzehn Stunden zurücklagen. Nach von der Schleis Ausführungen über seine Liebe und die Ziele der Alten, nach seiner Weigerung, sie mit Zitaten zu überschütten, hatte sie den Plan schon aufgegeben, jeden persönlich zu befragen. Ob in der Gruppe oder allein: Die Alten waren stark, stärker als sie. Lange hatte Anna sich später gefragt, warum die Greise, bis auf den Hausherrn, dann von selbst zu ihr gekommen waren. Hatten die anderen den Rosenfreund von der Schlei beobachtet und ihm nacheifern wollen? Oder war es nur ein Spiel, eines dieser strategisch fast perfekten, taktisch klug vorbereiteten Spiele, bei denen der Freiherr lediglich den Anfang gemacht hatte? Zumindest waren sie der Reihe nach zu ihr gekommen. Anna hatte sich gerade von von der Schlei verabschiedet, hatte sich höflich für das lehr- und aufschlußreiche Gespräch bedankt, da hatte Oranienbrug sie auch schon im Eingang abgefangen.

»Wenn es Ihnen recht ist, möchte ich gerne mit Ihnen den Plan für unseren Ausflug durchsprechen«, sagte der Prinz. »Denn nur gut vorbereitete Handlungen führen zum Erfolg.« Er holte gefaltete Papiere aus der Tasche seiner Strickweste. Er hatte mehrere Posten notiert, hatte die Vorgehensweise bestimmt. Der Ausflug mußte auf einen Werktag fallen, an dem nicht so viele Touristen die Burg besuchten. Zudem war der Spaziergang wetterabhängig. Zwei Tage vor Reiseantritt könne die konkrete Planung beginnen, meinte er, und er versprach, die Wettervorhersagen zu verfolgen. Ein Tag später müsse dann allerdings definitiv feststehen, wer an der Tour teilnehmen werde. Dementsprechend könne ein Personenkraftwagen oder ein Großraumtaxi bestellt werden. In der Kaiserpfalz Tilleda werde ein solches angeboten. Der Preis sei nicht viel höher. Das wußte der Prinz. Zu Weihnachten hatten sie auch ein Großraumtaxi für den gemeinsamen Kirchgang bestellt. »Auch der Baron ist mitgefahren«, erzählte Oranienbrug. Dann kam er auf die Strecke zu sprechen.

»Sie denken sicherlich, es sei ein leichtes, die Burg zu erreichen«, sagte der Prinz, »doch der direkte Sichtkontakt zu dem Denkmal täuscht. Es ist noch größer, noch gewaltiger, als Sie es sich von hier unten vorstellen. Und der Kyffhäuser ist kein gewöhnlicher Berg, kein gewöhnliches Gebirge. Er hat seine Tücken und seine Geheimnisse. Nicht nur, weil wir zunächst die Gegenrichtung einschlagen müssen. So ist es eigentlich immer. Kein Ziel kann über den direkten Weg erreicht werden.«

Er hob erst belehrend den dürren Zeigefinger, griff dann erneut in die Strickwestentasche und holte einen Plan des Kyffhäusers heraus. Er wies mit dem Zeigefinger auf eine nur undeutlich erkennbare Linie. Um von dem Anwesen die Burg und das Denkmal zu erreichen, mußten sie sich erst nach Westen wenden. Kurz hinter der Ortseinfahrt von Kelbra zweigte links eine Straße ab. Nach dem bekannten Ausflugshotel auf der linken Seite, in dem sich fast alle Burgbesucher nach historischer Unterrichtsstunde mit Käsesahnetorte und Kirschkuchen vollschlugen, und dem großen Billigkaufladen auf der rechten Seite machte die Straße zunächst nur eine scharfe Linkskurve und ging dann in steile Serpentinen über.

»Fünfzig Mark«, meinte von Oranienbrug, »für die Hin- und Rückfahrt mit Wartezeit. Mehr wird es nicht kosten.« Eine Beschreibung der Burganlage folgte. Vor dem großen Parkplatz der Hotelgaststätte »Burghof« gab es eine Auffahrt, die eigentlich für Besucherfahrzeuge gesperrt war. Doch die Angestellten ließen Älteren immer diese Möglichkeit offen. Das Taxi konnte also bis zu den Eingangstoren und dem Kassenhäuschen fahren, das direkt am Fuße des Denkmals lag. Hinter dem Monument kamen das Erfurter Tor, der Burgbrunnen und anschließend das kleine, aber sehr interessante Museum. Nach dem Touristenkiosk und den Toilettengebäuden folgten Torturm, Palas und Bergfried. Oranienbrug versuchte, sehr präzise zu sein, beschrieb die Oberburg wie ein Reiseleiter, der mittendrin stand. Auf die Beschreibung des Denkmals verzichtete er. Er fand es angemessener, dies vor Ort zu tun.

»Fräulein Anna, Sie werden erkennen und verstehen, daß eine perfekte Planung immer zum erfolgreichen Abschluß führen wird«, wiederholte er, faltete die Zettel wieder sorgfältig zusammen und steckte sie zurück in die Tasche. Anna verstand. Ihm ging es nicht um eine Besprechung des Ausflugs.

Der nächste, der sie wenig später um Zeit und Gehör bat, war Johannes Elias von Lausitz. Er tat besonders wichtig und heimlich, bat sie beinahe beschwörend um Verschwiegenheit. »Auch unter erfahrenen, weisen Männern gibt es zwischenmenschliche Probleme. Das ist nichts Außergewöhnliches. Da gleichen sich Menschen jeder Generation«, sagte der Kräuterfreund und Naturalist. Dann erzählte der Freiherr ausführlich über seine Zuneigung zu Katzen, die für ihn nicht nur schlichte Haustiere waren. »Katzen verkörpern insgesamt das, was Menschen allgemein fehlt, um ihre logische Kombinationsgabe zu perfektionieren. Die graziösen Bewegungen, gepaart mit Geschicklichkeit, die ausstrahlende Ruhe trotz ständiger Aufmerksamkeit. Sie besitzen das perfekte Frühwarnsystem«, meinte von Lausitz. »Es ist nicht angelernt, sondern angeboren.« Sie ließen sich streicheln, vermittelten Gelassenheit, seien letztendlich jedoch nie zu zähmen. »Die Annahme ist falsch, Katzen würden in den Tag hinein leben. Sie planen vor, denken zukunftsorientiert. Dabei sind sie sehr risikobereit, wenn sie ein Ziel vor Augen haben. Die großartigste Fähigkeit der Katze, Fräulein Anna, ist es jedoch, nach einem Fehler, einem Versagen, einem Sturz, einem Fall immer wieder auf den Beinen zu landen. Sicher, sanft, meist unverletzt. Das macht den Reiz aus, sich mit diesen Tieren besonders zu beschäftigen.« Von Lausitz erzählte nun mit großem Stolz über die Freuden, die er seiner Katze bereitete. Für ein Mädchen mit russischer Geschichte waren die Ansichten nur schwer nachzuvollziehen. Lausitz' Haß auf die moderne Menschheit war zu spüren. Während ein großer

Teil der Bevölkerung in seinem Geburtsland hungerte, berichtete der Freiherr ihr nun von Krabbencocktails, die er seinem vierbeinigen Liebling zu Ostern, Weihnachten, Neujahr und an anderen besonderen Tagen servierte. »Es ist keine Bestechung, um sie zu halten«, sagte er. »Katzen lassen sich nicht bestechen. Doch sie merken sich stets, wo es ihnen gut gegangen ist. Sie erkennen das Spezielle an. Man kann nicht nur sehen, man kann auch fühlen, wie das Tier genießt.«

Einen Namen besaß die Katze nicht. Sie benötigte auch keinen. Keiner rief sie. Josef hatte sie in Annas Gegenwart ein einziges Mal »Verdammtes Vieh« genannt. Das war jedoch in der Küche hinter verschlossenen Türen gewesen. Er war über irgend etwas recht sauer gewesen. Anna hatte nicht nach dem Grund gefragt. Josef wäre es peinlich gewesen, legte er doch gerade ihr gegenüber besonderen Wert auf Etikette.

»Es ist das schlimmste, was einem Tier angetan werden kann«, meinte von Lausitz. »In dem Moment, in dem es einen Namen erhält, raubt der Mensch ihm aus purem Egoismus ein Stück Freiheit, ein Stück Lebensqualität.«

Und damit war er bei seinem eigentlichen Problem angekommen.

»Ich weiß«, sagte er, »daß nicht alle in diesem Haus meine Zuneigung zu dem Tier teilen. Sie dulden es. Einige mehr, einige weniger. Einer ist kurz davor, es nicht mehr zu dulden. Denn die Katze haart, mehr als je zuvor.« Von Lausitz sprach ernsthaft bedrückt, mit einer gewissen Nervosität, als befände er sich in einer existenzbedrohenden Situation, die schnelles Handeln erforderte. »Ich bin an einem Punkt angekommen, an dem ich mich konkret entscheiden muß, ob ich meinen Prinzipien untreu werde. Ich habe die Anwesenheit der Katze bislang genossen, habe versucht, so wenig wie möglich in ihren

Lebensstil, in ihren natürlichen Lebensrhythmus einzugreifen. Würde ich ihr irgendwelche Mittel geben, die den Haarausfall verhindern – kämmen läßt sich eine Katze nicht, und Josef ist das auch nicht zuzumuten –, dann würde ich meine Grundsätze verraten.«

Anna verstand ihn, wie sie auch Oranienbrug und von der Schlei verstanden hatte. Von Lausitz wollte von ihr kein Rezept. Er wollte kein Ohr, um seine Sorgen loszuwerden. Er fragte sie auf seine Art, vielleicht sogar in Absprache mit den anderen, wann sie ihren Prinzipien untreu werde, wie charakterfest sie sei, ab welcher Grenze ihr Rückgrat zu brechen beginne. Daher dachte Anna nun auch nicht an das Katzenfell, sondern an die Formulierungen von Lausitz'. Er hatte keine Frage gestellt, keine Bitte geäußert. Vielleicht wollte er sie auch nur warnen.

Ryn-Gladenberg war dann der letzte der Greise, der sie gestern zur Seite genommen hatte. Er hatte nicht lange um den heißen Brei geredet, hatte sie nicht über Umwege zu seinem Thema geführt. Der Fürst war zügig auf sie zugegangen, als sie aus den Diensträumen gekommen war, und hatte ihr plötzlich eine seiner Kladden unter die Nase gehalten.

»Sie wollen wissen, warum ich schreibe?« fragte er direkt. Anna fühlte sich ertappt, erinnerte sich an den Moment in der nächtlichen Bibliothek, als sie überlegt hatte, mit einer Haarnadel das Pult aufzubrechen. Die Aufzeichnungen Ryn-Gladenbergs interessierten sie wahrlich am meisten. Er war der einzige, der alle Vorkommnisse festhielt. »Nein«, wäre die ehrliche Antwort gewesen, »ich will nicht wissen, warum Sie schreiben, sondern was Sie schreiben.« Sie erinnerte sich der Worte über Höflichkeit und Ehrlichkeit, besann sich der Fähigkeit der Greise, Unwahrheiten schnell zu erkennen. Sie wählte den Kompromiß. »Ja«, sagte sie, »ich würde schon gerne wissen, warum Sie schreiben, aber auch, was Sie schreiben.«

Fürst Hermann-Dietrich von Ryn-Gladenberg nickte anerkennend. Dabei beugte er den Kopf leicht zur Seite, und seine Mundwinkel schnellten zuckend nach oben. »Kinder schreiben Tagebuch, um sich mitzuteilen. Und wenn sie sich nur einem Stück Papier mitteilen. Sie wollen Gefühle festhalten. Politiker schreiben, um Erkenntnisse zu archivieren. Vielleicht für die späteren Memoiren. Friedrich der Große war nicht nur Regent und Feldherr. Er war auch Schriftsteller und Philosoph, korrespondierte mit Voltaire.« Ryn-Gladenberg zog seine Kladde zurück und umfaßte sie, als wollte er sie schützen. »Ich will mich mit keinem der Genannten vergleichen. Obwohl meine Ambitionen den ihren ähneln. Ich schreibe für mich. Ich schreibe für die Nachwelt. Was ich schreibe, Fräulein Anna, werden vielleicht auch andere erfahren. Ich hoffe es. Es wäre wünschenswert, aber es ist nicht sicher. Doch selbst wenn ich es unveröffentlicht mit ins Grab nehmen sollte, wird die Mühe nicht vergebens gewesen sein.«

Der Fürst wartete auf keine Reaktion. Er machte ganz deutlich einen Punkt, lächelte und ließ sie stehen. Er war nun mal kein Redner, kein Taktiker, kein Stratege. Er spielte kein Schach, kannte zwar die Regeln, beobachtete aber lieber in aller Ruhe und notierte. Er war auch kein Schauspieler. So konnte sich Anna des Eindrucks nicht erwehren, daß der Fürst dazu gedrängt worden war, ihr gegenüberzutreten. Weil er auch eine Figur in dem Stück war, das die Alten für sie inszeniert hatten.

Nach den Auftritten hatten sie sie gemieden. Am Nachmittag war es ruhig gewesen, obwohl eine gereizte Stimmung geherrscht hatte. Zu dem traditionellen Treffen in der Bibliothek war sie nicht gebeten worden.

Anna erledigte ihre Arbeit gewissenhaft, bekam nur so viel mit, daß erstmals seit ihrer Ankunft der Fernseher lief. Es war nur ein kleiner Apparat, der in der Schrankwand nicht auffiel. Die Köchin erzählte ihr später, daß eine Nachricht aus England gekommen sei, die besage, daß eine tödliche Rinderseuche auch den Mensch befallen könne. Sie hatte mitbekommen – selbstverständlich rein zufällig, da sie nie lauschen würde –, daß die Alten sich darüber gestritten hatten, ob sie weiterhin Kalbfleisch essen sollten oder nicht. Anna hatte die Meldung und einen Bericht darüber bereits im Radio gehört und konnte sich vorstellen, wie die Diskussion verlaufen war. General Graf von Altmühl-Ansbach war sicherlich als erster vorgeprescht und hatte als Skeptiker den völligen Verzicht auf jegliches Fleisch empfohlen. Lausitz hatte entgegnet, daß es schon immer Seuchen gegeben habe, daß sich die Natur auf ihre Art räche. Oranienbrug hatte sich angeboten, einen neuen Essensplan aufzustellen, der Alternativen aufzeige. Nur von der Schlei hatte ihr Alter und die lange Inkubationszeit angesprochen, war dann zu dem Ergebnis gekommen, daß sie weiterhin ruhig Rindfleisch genießen konnten. Zwei hatten sich nicht an der Diskussion beteiligt. Dessen war sich Anna hundertprozentig sicher. Der Baron hatte die ganze Zeit nur wortlos auf den Kamin gestarrt, und Ryn-Gladenberg hatte alle Meinungen aufgeschrieben und sie ausgewertet, um zu einem eigenen Ergebnis zu kommen, wenn er überhaupt ein eigenes Ergebnis erzielen wollte.

Durch die schmalen, hohen Fenster sah sie die Laternen von Sittendorf. Es würde nicht mehr lange dauern, dann würde die Morgendämmerung auch die Goldene Aue überfluten. Anna mußte sich beeilen. Sie hatte ein Taxi bestellt und der Zentrale gesagt, es solle auf keinen Fall versuchen, die Auffahrt hochzufahren. Der Griff des Koffers war rauh. Sie blickte noch einmal auf die Uhr. Ihre Neugier war gefährlich, doch sie wurde übermächtig. Anna stellte schnell, aber leise Koffer und Tasche ab und ging noch einmal in die Bibliothek. Ihre Neugier wurde mit einer kleinen Sensation gestillt. Von der Schleis grauschwarze Truppen waren zwar nicht aggressiv, aber dennoch sehr auffällig und unerwartet nach vorne gestoßen. Zwei Bauern taten sich auf der sechsten Linie hervor. Die Dame auf D6 kontrollierte beide gegnerischen Flanken. Der Freiherr war noch nicht bis zur fünften Reihe vorgerückt, doch zugetraut hätte Anna ihm diese plötzliche Offensive nie und nimmer. Die Positionen überraschten sie völlig. Nie hätte sie diese Züge, diese Entwicklung vorhergesagt. Sie kannte die Alten doch nicht! Keinen von ihnen! Auch nicht den General. Altmühl-Ansbachs Wehr stand wieder formiert; der König war durch Doppelläufer auf der D-Linie samt Turm gedeckt. Bis auf die vorwitzige F3-Dame, die lediglich vom Springerbauer geschützt, aber nicht angegriffen wurde, standen seine Krieger sicher; sie hatten sich sogar einen Vorteil erkämpft. Von voreiligen Zügen des Generals keine Spur mehr. Anna fragte sich, was die komplette Änderung der Taktiken und Spielstrategien ausgelöst haben könnte.

Eine Antwort würde sie nicht mehr bekommen. Sie ging zurück in die Eingangshalle, nahm Koffer und Tasche und öffnete leise die schwere Haustür. Sie mußte genau hinschauen, um das kleine Licht weit unten auf der Landstraße zu erkennen. Der Fahrer hatte die Scheinwerfer ausgeschaltet. Nur das Taxischild leuchtete noch. Sie war ein wenig traurig. Sie mußte gehen. Man hatte sie zurückgerufen. Man hatte Besonderes mit ihr vor.

Als sie dem Taxifahrer ihr Ziel genannt hatte, blickte sie ein letztes Mal hinauf zum Haus. Das Flurlicht brannte nun. Josef war aufgestanden und rückte, während er die

Stufen hinaufging, Kragen und Jackett zurecht. Er war noch nicht richtig wach und mußte mehrfach gähnen. Die Manschettenknöpfe hatte er vergessen. Er bemerkte es, wollte aber zunächst Anna wecken. Bislang hatte er zu ihr keinen innigen Kontakt knüpfen können. Seine Position im Haus verbot es ihm, auch wenn es ihn oft reizte. Sie war hübsch, besaß einen jungen, aufregenden Körper. Sie gefiel ihm, auch wenn ihre Kleidung sehr konservativ war.

Josef klopfte an ihre Kammertür. Er war es am vierten Morgen ihres Aufenthalts bereits gewohnt, daß sie nicht sofort reagierte. Er wußte, daß sie noch bis spät in die Nacht las. In dem Buch über Preußen, von dem er nichts verstand, das ihn auch nicht interessierte. Er interessierte sich ohnehin nicht für Geschichte, Politik oder Staatskunde. Ihn interessierten auch Rosenzucht, Kräuteranbau und die Trockendauer von Modellierfarbe nicht. Das einzige, was ihn interessierte, war, seine Aufgaben gewissenhaft ausführen zu können, so, daß kein Anlaß für Beschwerden bestand. Oranienbrug hatte ihn einmal mit einem Heinrich von Treitschke-Zitat konfrontiert: »Alle Gesellschaft bildet von Natur eine Aristokratie. Wie dem Staat gegeben ist ein Unterschied von Obrigkeit und Untertan. Die Masse wird immer Masse bleiben. Keine Kultur ohne Dienstboten. Es versteht sich doch von selbst: Wenn nicht Menschen da wären, welche die niedrigen Arbeiten verrichten, so könnte die höhere Kultur nicht gedeihen. Wir kommen zu der Erkenntnis, daß die Millionen ackern, schmieden und hobeln müssen, damit einige Tausende forschen, malen und dichten können. Das klingt hart, aber es ist wahr und wird in aller Zukunft wahr bleiben.« Josef hatte von alldem nichts verstanden. Es interessierte ihn auch nicht.

Das vierte Mal klopfte er nun an die Tür – kräftig, nicht

zu laut. Er wollte nicht poltern. Langsam öffnete er die Tür. Er traute sich nicht so richtig, dann aber schielte er ins Zimmer. Es war leer, das Bett war gemacht. Ordentlich über die Enden gefaltet, lag die Oberdecke da, als wäre das Bett in der Nacht nicht berührt worden. Josef schaute sich um. Auf dem Preußenbuch lag ein Zettel.

Eindreiviertel Stunde später hielt der Baron diesen Zettel am Frühstückstisch in der Hand. Die Nachricht von Annas plötzlicher, aber nicht unerwarteter Abreise hatte zu keiner spektakulären Verwirrung geführt. Altmühl-Ansbach hatte nur seine Salbe vermißt. Oranienbrug fehlten zwei Pillen. Vor von der Schlei lag das Schächtelchen mit Lausitz' Tabletten. Doch keiner beschwerte sich. Jeder wartete geduldig, daß der Baron das Papier weiterreichte. Das Frühstücksbüffet wurde solange nicht angerührt.

Ryn-Gladenberg bekam den Zettel zuerst. Er las die kurze Mitteilung, die Anna geschrieben hatte, zweimal:

Soweit Ihre gemeinsamen Ziele Menschliches und Mitmenschliches in Ihrem Sinne verfolgen, wünsche ich Ihnen Erfolg und Gutes.

»Sie hat gelernt«, sagte der Fürst und gab die Nachricht ohne weiteren Kommentar seinem Nachbarn.

27

Die Zentralbibliothek der Stadt hätte für die normalsterbliche, autofahrende Leseratte nicht ungünstiger liegen können.

Angesiedelt zwischen Bürokomplexen, dem Hauptbahnhof und der Einkaufsmeile, erstreckte sie sich über fünf Etagen. Im Untergeschoß befand sich ein Freizeit- und Spaßbad – eine dieser Vergnügungsoasen, die Mitte der achtziger Jahre überall aus dem Boden gestampft wurden. Dieses Bad mit Strömungskanal und zwei Wasserrutschen, die spiralförmig außerhalb des Gebäudes nach unten führten, machte jedoch über die Stadtgrenzen hinaus dicke Schlagzeilen. Denn bereits nach wenigen Jahren mußte das Spaßbad wieder geschlossen werden. Nicht nur, weil die Angestellten der umliegenden Großbanken mittwochs ab vierzehn Uhr statt der Aktienkurse mehr den etwas höher liegenden Saunatrakt beobachteten. Angesiedelt zwischen Bürokomplexen, dem Hauptbahnhof und der Einkaufsmeile, kam nun mal kein Wasserspaß auf. Zudem kosteten die Parkplätze fast mehr als der Eintritt. Das Bad war daher seit einigen Jahren geschlossen, das Wasser stand allerdings noch in den Bekken, da es für die Sprenkelanlage der Tiefgarage benötigt wurde.

Die Zentralbibliothek hatte zwar das Parkproblem übernommen, doch was das Sortiment anging, ließ sie kaum einen Wunsch offen. Über dreihunderttausend Sachbücher, dreiundzwanzigtausend Titel der Schönen Literatur sowie fünfundzwanzigtausend Kinder- und Jugendbücher waren in übersichtlichen Gängen nach einem übersichtlichen System geordnet. Kaum ein Fachgebiet war nicht vertreten. Komplettiert wurde das Reich des kompakten gedruckten Wissens durch über neunhundert Zeitungs- und Zeitschriftenabonnements. In Ecken, in den Seitengängen und hinter hohen Regalen versteckt, standen kleine Tische oder Tischgruppen mit gemütlichen Sesseln und Stühlen. Genau das, was Max Wilhelms nun benötigte.

Die Hotelfassade gegenüber dem Hauptbahnhof hob sich im Ton kaum von der Wolkendecke ab. Eine dichte Schicht zog über die Stadt, eine Front, die die Meteorologen erst für den Nachmittag angekündigt hatten. Max schaute auf die große Bahnhofsuhr. Zwanzig Minuten hatte er noch Zeit. Die Bibliothek öffnete erst um zehn. Vor den drei, in einer Reihe angeordneten Telefonzellen hatte sich eine kleine Schlange gebildet. Max ging in die U-Bahn-Passerelle. Gleich der erste öffentliche Fernsprecher war unbesetzt. Er schaute sich um, da der Apparat einfach an der Wand befestigt und nur mit Sichtblenden versehen war. Er wählte.

»Polizeipressestelle, Vogelsang«, meldete sich Paul freundlich und gut gelaunt.

»Institut für Landfriedensbruch und kriminelle Vereinigungen, Max Wilhelms.«

»Das findest du sehr lustig, was? Wo bist du?« Von Freundlichkeit und guter Laune war nichts mehr zu hören.

»Paul«, ermahnte ihn der Redakteur, »sag mir lieber, was du für mich herausbekommen hast.«

»Oh, entschuldigen Sie, Eure Hoheit, daß ich mich nicht zunächst nach Ihrem Wohlergehen erkundigt habe. Max, wir haben gerade noch über dich gesprochen. Du steckst immer tiefer drin.« Vogelsangs Stimme wurde ernst.

»Wieso? Was ist passiert?«

»Die Zuständigkeit wurde allein auf LKA und BKA gelegt. Wir sind fast außen vor, arbeiten nur noch zu.«

»Du hast gesagt, du wolltest mir helfen.«

»Du hast gesagt, du wolltest dich stellen.«

Paul Vogelsang reagierte sofort. Er mochte Wilhelms, hatte mit Kollegen lange über den »Kurier«-Journalisten gesprochen. Keiner von ihnen konnte sich so recht vorstellen, daß Max an derartigen verfassungswidrigen Straftaten beteiligt gewesen war. Daß er jedoch in irgend etwas Illegales hineingeraten war, stand für sie ebenfalls außer Frage. Wilhelms bewegte sich immer unbedacht und gleichgültig; er schenkte dem Gesetz nicht gerade große Aufmerksamkeit.

»Ich habe Anzeige erstattet«, sagte Max und fügte hinzu: »Gegen Unbekannt. Kannst du dich daran erinnern?«

»Du kannst nicht nachts beim Pressesprecher der Polizei anrufen, ihm eine Geschichte ohne Hand und Fuß präsentieren und Anzeige erstatten. Das zuallererst, mein Lieber.« Vogelsang machte eine Pause, wartete auf einen erbosten Zwischenruf, wie Wilhelms ihn immer ausstieß. Doch der Redakteur blieb stumm. »Und zweitens habe ich einiges weitergeleitet. Das Obduktionsergebnis ist vor wenigen Minuten an Harald gegangen. Du kennst ihn. Der Leiter des ersten Kommissariats. Und jetzt höre genau zu: Das Ergebnis liegt mir vor. Die Obduktion hat das LKA übernommen. Und da heißt es wörtlich: ›Unfall ohne Fremdeinwirkung‹.«

Wilhelms blieb immer noch stumm.

»Max, hast du verstanden? Unfall ohne Fremdeinwirkung.«

»Ja, ich hab's verstanden«, schrie Wilhelms nun, »ich kann es einfach nur nicht glauben. Sag mal, kann es sein, daß irgendwelche Leute im LKA ...«

»Sprich es bloß nicht aus!« drohte Vogelsang. »Komm erst gar nicht auf den Gedanken! Du wolltest dich stellen. Wann, Max, wann?«

»Was ist mit Poschmann?«

»Dem geht es besser als dir. Wann, Max?«

»Was ist mit Poschmann?« wiederholte Wilhelms, diesmal kräftiger.

»Was soll mit ihm sein? Der ist unserer Ansicht, daß es das beste für dich ist, du stellst dich, so schnell wie möglich. Aber er hält sich weitestgehend aus allem raus. Du weißt, daß er hinter dir steht. Aber was soll er auch machen? Er ist kooperativ, läßt uns unsere Arbeit machen.

Er hat mehrfach beteuert, daß er dich für äußerst loyal hält.«

»Aber er hat euch doch einen Tip gegeben.«

»Was für einen Tip?«

»Mit Einsteins Computer-Uhr.«

»Max, was für einen Tip? Was für eine Computer-Uhr?«

»Na, er hat euch doch zu Einsteins Mutter geschickt.«

»Wir waren nie bei Einsteins Mutter. Zumindest nicht, soweit ich weiß.«

»Wer war dann bei ihr?«

»Keine Ahnung. Wir sind doch gar nicht mehr federführend. Die Untersuchungen laufen hauptsächlich beim Verfassungsschutz und beim BKA, teilweise, aber nur teilweise beim LKA. Wir kennen die ja nicht einmal.«

Die Betonung war eindeutig auf ›wir‹ gelegt. Der Polizeipressesprecher war ein ruhiger Mann, der in schwierigen Situationen immer wieder durch seine Gelassenheit auffiel. Er glänzte durch Diplomatie, die auf Vertrauen und Verständnis basierte. Wilhelms merkte, wie Vogelsang zunehmend diese Charaktereigenschaften verlor.

»Du strapazierst unsere Freundschaft ganz ordentlich. Briefe, von denen du weder Inhalt noch Absender weißt, Lügen, Gerüchte. Ich erwarte von dir, daß du dich stellst.«

»Ich stelle mich. Versprochen. Aber erst ...«

»Daß du dich stellst, hast du mir schon Dienstag morgen um zwei Uhr erzählt.«

»Paul, hör zu! Es ist wichtig. Einstein hatte die BSE-Geschichte. Schon am Montag.«

»Schön für ihn. Und?«

»Deshalb bin ich in Schwierigkeiten. Davon handelte der Brief, von dem ich dir erzählt habe. Selbst wenn es ein Unfall gewesen ist, was ich nicht glaube ... Laß mich ausreden! Selbst wenn es ein Unfall gewesen ist, ist dieser

BSE-Brief der Grund für die Fahndung nach mir – seit Montag nacht.«

»Deine Phantasie möchte ich haben! Du hast zu viele Krimis gelesen. Wie oft wird von der Presse etwas vorab publiziert! Und Max, mal ehrlich, du? Wieso sollte dir oder Einstein so eine Geschichte zugespielt werden? Dem ›Kurier‹? Das glaubst du doch selbst nicht. Dem ›Kurier‹? Und dann auch noch dir?«

Wilhelms hatte die beiden uniformierten Beamten die ganze Zeit im Auge behalten. Mit einem Schäferhund patrouillierten sie die Passerelle. Er wollte sie nicht zu nahe an sich herankommen lassen, wollte nicht Hals über Kopf fliehen müssen. Er achtete auf jeden ihrer Schritte. Würden sie näher kommen, würde er auflegen und ruhig, normal, vielleicht ein wenig gestreßt wirkend gehen. Die Beamten blieben vor der schräg gegenüberliegenden Imbißbude stehen. Sie bekamen Kaffee gereicht. Sie zahlten nicht.

»Nehmen wir an, die ganze Sache ist von irgend jemandem aus unserem Umfeld gesteuert worden. Einstein hat es rausbekommen und hat ...«

»Alles klar, Max, jetzt kann ich es dir ja sagen. Der CIA und der Doppel-Null-Agent Seiner Majestät stecken dahinter. Darf ich dir mal kurz sagen, daß ein Fingerzeig von mir reichen würde, damit du hinter Gittern sitzt? Ich hätte schon lange herausbekommen können, von wo aus du telefonierst.«

»Das hast du aber nicht gemacht, oder?«

»Aber ich werde es jetzt tun.«

»Was ist, wenn eine Terroreinheit, Terroristen oder Radikale dahinterstecken?«

»Max«, brüllte Vogelsang nun durch den Hörer. Nichts war mehr von der sympathischen Ruhe und der Übersicht des Pressesprechers wahrzunehmen. Wilhelms überlegte, ob er sofort aufhängen sollte. Es machte nicht viel Sinn, weiterhin mit Vogelsang zu sprechen. Doch er mußte noch etwas erfahren. Er versuchte, sich zu beherrschen, und wollte, daß sich seine Ruhe auf den Pressesprecher übertrug.

»Ich habe da einen Hinweis bekommen. Ich hatte dir von dem anonymen Anrufer erzählt. Paul, was sagt dir die Bezeichnung ›Kreisauer Kreis‹?«

»Nie gehört.«

»Es muß eine Radikalengruppe oder Radikalentruppe sein. Vielleicht eine Wehrsportgruppe. Das siebte Kommissariat ist doch für politische Straftaten zuständig. Frag doch bitte nach, ja?«

Vogelsang antwortete nicht. Einen Moment überlegte Wilhelms, ob nun wirklich eine Fangschaltung aktiviert worden war. Er traute dem erregten Vogelsang jetzt alles zu. Der Chef der Abteilung für Presse- und Öffentlichkeitsarbeit des Polizeipräsidiums war zwar nicht mehr im Außendienst, nicht mehr an der Front, wie er es selbst nannte. Wilhelms war für ihn mehr als nur ein guter Bekannter. Doch Paul war durch und durch Polizist, ein Polizist mit Prinzipien. Einer, der an Gesetz und Ordnung glaubte.

»Das siebte Kommissariat müßte es wissen«, fuhr Wilhelms fort. Ihm war es wichtig, daß Vogelsang sich dahinterklemmte. Er mußte es nur oft genug erwähnen, dann würde es dem Kriminalhauptkommissar keine Ruhe mehr lassen. Er war neugierig, wollte immer über alles unterrichtet sein. »Kreisauer Kreis«, wiederholte Max, »wer ist für mich zuständig? LKA? BKA? Verfassungsschutz? Dann frag doch da mal nach!«

Einer der Uniformierten an der Imbißbude griff zum Funkgerät und hielt es dicht ans Ohr. Dann sagte er etwas zu seinem Kollegen. Der stellte die Tasse nicht ab. Er ließ sie regelrecht fallen. Beide schauten sich in der Passerelle um. Der eine nahm den Hund ganz kurz an die Leine. Der andere sah auch zu Max hinüber.

Wilhelms war sprungbereit, sah auf die Aus- und Zugänge der unterirdischen Passage: drei Rolltreppen, zwei Treppen. Ein Gang führte zu den U-Bahnsteigen, ein anderer in das Bankenviertel. Die Beamten setzten sich in Bewegung. Der Hund gab die Richtung vor. Sie eilten in Richtung Hauptbahnhof.

»Das paßt doch«, setzte Wilhelms wieder an. »Wenn der Kreisauer Kreis eine Radikalengruppe ist, dann steht er doch in Verbindung mit Landfriedensbruch und Unterstützung einer kriminellen Vereinigung. Dann ist doch alles schlüssig, was ich sage und was ich vermutet habe. Paul, ich muß es wissen.«

Paul sagte nichts mehr. Er wartete ab, schien mit sich zu ringen. Er hörte nur noch ein »Danke«, dann den Abbruch der Verbindung.

Wilhelms sah ihn vor sich, konnte sich ein Schmunzeln nicht verkneifen. Vogelsang saß fluchend an seinem Schreibtisch; er hielt den Hörer immer noch in der Hand. Er starrte ihn an. Er dachte an die verpaßte Chance, Max zu kriegen. Er zweifelte an seiner Polizistenehre. Und er überlegte, was der Kreisauer Kreis sein könnte.

Wilhelms tätigte noch zwei Anrufe. Es waren weitaus kürzere.

Die große Bahnhofsuhr zeigte kurz vor zehn. Er wollte noch etwas warten, wollte nicht der erste in der Bibliothek sein. Massen schützten. In zehn, fünfzehn Minuten würde sich eine Schlange vor dem »Buchrückgabe«-Schalter am Eingang gebildet haben. Er brauchte nicht anzustehen; er wußte, wo er nachfragen mußte.

Der Hauptbahnhof war schon lange nicht mehr nur ein Ort des Ankommens und Abfahrens. Mehrere Stände, kleinere Läden und Theken ragten in die untere Halle. Die Nichtseßhaften- und Drogenszene waren zum Münsterplatz vertrieben worden. Der frischgebackene junge Leiter des neuen ›Dienstleistungszentrums Hauptbahnhof‹ war radikal im Umgang mit Randgruppen. Mit der Eröffnung der modernen Ladenzeile erhielt ein größerer Wachdienst der Stadt einen Vierjahresvertrag. Die privaten Schutzmänner waren angehalten, auffälliges Gesindel mehrfach zu kontrollieren, es geradezu zu verfolgen. Hausverbote konnten sie leider nur schwer aussprechen, da der Hauptbahnhof immerhin noch eine öffentliche Einrichtung war. Das Konzept des ehrgeizigen, jungen Leiters ging aber auf. Die Geschäfte, obwohl vergleichsweise sehr teuer, freuten sich über die steigende Nachfrage.

Wilhelms bummelte durch die große Halle. An einer Wursttheke verteilte ein Lehrmädchen mit engem schwarzem Höschen kleine Handzettel. Max griff nach einem und dankte mit einem Lächeln. Auf dem Flugblatt war in der oberen rechten Ecke ein Farbfoto gedruckt. Ein Landwirt stand stolz vor einem Bauernhof, hatte die Arme vor der Brust verschränkt, grinste vertrauenswürdig und betont ehrlich. Daneben stand in großen, roten Buchstaben:

Mein Rindfleisch esse ich selbst!

Die Ladenkette, zu der auch die Wursttheke zählte, hatte schnell reagiert. Sie mußte gut vorbereitet gewesen sein. Gestern morgen war die Studie in London veröffentlicht worden. Heute wurde den Kunden deutscher Wurstmtheken die »Sechs-Punkte-Rindfleisch-Garantie« versprochen. Strengste Auswahl von deutschen Kälbern aus ganzjähriger Weide- und Mutterkuhhaltung bestätigte der »Prof. Dr. med. vet.« eines Instituts für Veterinär-Pharmakologie und Toxikologie in weißem Kittel auf der Rückseite des Blattes. Die Herkunft sei von Geburt an nachweisbar. Ständige neutrale Kontrollen auf allen Erzeugungsstufen würden dies sicherstellen. Der sechste Punkt der Garantie lautete: »Transport und Schlachtung ohne Streß«. Die Kunden der Hauptbahnhofs-Wursttheke waren zufrieden und überzeugt.

Wie Max erwartet hatte, reichte die Schlange bereits um Viertel nach zehn von der »Buchrückgabe« bis zur Eingangstür. Im angrenzenden Literatur-Café, direkt vor der Ausgabe, saßen mehrere Studentinnen mit Birkenstockschuhen vor ihrem Cappuccino. »Durch Rückbesinnung auf die eigenen Wurzeln können Frauen die Kraft eines neuen Selbstverständnisses erfahren«, sagte die eine. Die anderen nickten und forderten auch sogleich einstimmig das Wiederaufleben der uralten Tradition des Matriarchats, des machtvollen Frauseins.

An dem Informationstisch in der ersten Etage wartete ein älterer Mann darauf, daß der Bibliotheksangestellte zu ihm aufblickte. Der dachte jedoch nicht daran. Über seine äußerst intellektuell wirkende Halbbrille hinweg schielte er auf die Mikrofolien, schob sie im Schneckentempo über den Bildschirm. Max haßte es zu warten; er war es nicht gewohnt, sich in einer Schlange anzustellen. Dem alten Mann schien es nichts auszumachen. Max hätte ihn treten können, als er plötzlich vor sich hörte: »Lassen Sie sich nur Zeit. Ich habe keine Eile.« Er hätte die Worte auch sprechen können. Allerdings in einem anderen Tonfall.

Geschlagene vier Minuten dauerte es, bis der Alte seinen Wunsch äußern konnte. »Ich suche Bücher über die nativistische Beziehung zu Beginn der europäischen Kolonisation bei den Naturvölkern Afrikas«, sagte er flüssig, bedankte sich schon jetzt und verbeugte sich dreimal tief. Der Bibliothekar wußte nicht einmal annähernd, welche der Mikrofolien er ziehen sollte. Der Alte flüsterte ihm etwas über Ethnologie und Religionssoziologie über das Pult zu. Max hatte kein einziges Wort verstanden. Als er endlich an der Reihe war, grüßte er höflich und beherrscht. Der Bücherei-Angestellte lächelte dankend, nachdem er erfahren hatte, was Wilhelms wollte. Schließlich brauchte er nun nicht in den Folien zu suchen.

»Die Verfassungsschutzberichte finden Sie unter ›GKL‹. Das ist gleich hier rechts um die Ecke, zweiter Gang, auf der Rückseite.«

Die Berichte des Bundesministeriums des Innern standen in der obersten Regalreihe, gleich neben verschiedenen Werken des Bundesverfassungsgerichts. Nach einer größeren Lücke mit leeren Bücherständern folgten Publikationen über die Rote Armee Fraktion und weitere politische Widerstandsgruppen. Der jüngste Verfassungsschutzbericht stammte von 1994. Wilhelms wollte schon zurück an das Informationspult gehen, wollte fragen, ob der '95er Bericht verliehen war. Die Peinlichkeit ersparte er sich, indem er das '94er Werk herausholte und die Vorbemerkungen studierte. Da stand erklärt, daß der Jahresbericht immer erst im Mai des darauffolgenden Jahres veröffentlicht werde, die Broschüre gar erst ab August bezogen werden könne.

Max nahm das Buch und setzte sich an einen Tisch an der Fensterbank. Er konnte sich nicht mehr daran erinnern, wann er das letzte Mal in dieser Art recherchiert hatte. In den letzten Jahren hatte Einstein das für ihn übernommen, ohne dabei das Haus zu verlassen. Wahrscheinlich hätte der tote Freund nun auch nur »Kreisauer Kreis« in den Computer eingeben müssen und hätte sogleich die entsprechende Information bekommen. Max wußte es nicht genau. Er wußte nur, daß er sich jetzt durch viele Seiten durchkämpfen mußte und daß er keine Ahnung hatte, wo er anfangen sollte.

Er entschloß sich, zunächst die »Allgemeinen Vorbemerkungen«, die »Sicherheitsgefährdenden und extremistischen Bestrebungen von Ausländern« sowie das Kapitel über »Spionage« außer acht zu lassen. »Kreisauer Kreis« hörte sich eindeutig deutsch an. Wilhelms wollte mit dem Abschnitt über »Rechtsextremistische Bestrebungen« anfangen. Er traute dieser Radikalengruppe mehr zu als den Linksextremisten.

Der Verfassungsschutzbericht war auch für einen Laien verständlich aufgebaut. Bereits im zweiten Teilabschnitt waren Organisationen und Mitgliederstände aufgeführt. Dann folgten Gesetzesverletzungen mit erwiesenem oder zu vermutendem rechtsextremistischen Hintergrund. Max blätterte, las quer, suchte nach Namen, nach Begriffen. »Neonazismus«. »Skinheads«. Es folgten Aktivitäten ehemaliger Mitglieder verbotener Organisationen. »Wiking-Jugend e.V.« »Direkte Aktion Mitteldeutschland«. Auch unter »Sonstige Vereinigungen« fand er nichts.

Unter den Linksextremisten konnten die »Antiimperialistische Zelle«, die »Revolutionären Zellen«, die »Rote Zora« von vornherein außen vor gelassen werden. Der »Kreisauer Kreis« war nicht militant, zählte nicht zu den Aktionsforen, Autonomen oder Trotzkisten. Der nachmittägliche anonyme Anrufer klang gebildet, spießig, konservativ. Max Wilhelms fielen die fettgedruckten Worte ins Auge. »Kampf gegen Großmachtrolle der Bundesrepublik Deutschland«. Doch von »Kreisauer Kreis« war nichts zu lesen.

Er schlug die Broschüre zu. Kreis, sagte er sich immer wieder. In dem ganzen Verfassungsschutzbericht kam kaum das Wort »Kreis« vor. Dabei gab es so viele Kreise, die ihm spontan einfielen. Vielleicht war er auf dem falschen Weg, hatte die Suche von einer völlig falschen Seite begonnen. Kreise existierten in der Politik. Die Parteien, die großen Volksparteien hatten Kreise. Wenn sich Gruppen bildeten – Gruppen innerhalb von Parteien, Gremien, Fraktionen –, traf man sich gesondert. Man traf sich in Kreisen. Die rechten Sozis hatten den »Frankfurter Kreis«. Die besonders konservativen Christdemokraten den »Passauer Kreis«. Max erinnerte sich an seine Zeiten in der Lokalpolitik. Die damalige Mehrheitsfraktion im Stadtrat war gespalten gewesen. Einige Genossen hatten gegen den Fraktionsvorsitzenden agiert, hatten in konspirativen Sitzungen den finalen Rettungsschuß gegen ihren Chef geplant und sich in einer Kneipe getroffen, die »Holsterhauser Hof« hieß. Schon nach wenigen Wochen war der »Holsterhauser Kreis« ein fester Begriff in der Stadtpolitik und im Lokalteil des »Westdeutschen Kuriers« gewesen.

Kreisau mußte also ein Ort sein, eine Stadt, in der sich vielleicht Nazis, Wehrsporteinheiten oder Kommunisten gesammelt und formiert hatten. Wilhelms mußte nicht zurück zum Bibliothekar mit der Halbbrille. Auf dem Weg zum Verfassungsschutz-Regal hatte er die Atlanten entdeckt. Gruppe »GHA 7«. Er schaute nicht auf die Jahreszahlen. Er schnappte sich den dicksten Band. Wie in allen Atlanten war das Ortsverzeichnis hinten angehängt. Kreisbach-Österreich, Kreischa und Kreisfeld in Deutschland. Kein Kreisau. Vielleicht wurde es ja mit C geschrieben. Creil in Frankreich und den Niederlanden kam dem gesuchten Ort am nächsten.

Max Wilhelms stellte den Atlas nicht zurück. Er ließ ihn einfach liegen. Er war gefrustet, hatte sich mittlerweile zwei Stunden durch Hunderte von Seiten gekämpft. Die

Konzentration ließ merkbar nach. Die Augen taten ihm weh. Kreisau mußte ein Ort sein. Dessen war er sich nun sicher. Als er zum Treppenaufgang ging, kam ihm ein junges Mädchen entgegen. Er hätte das Lexikon unter dessen Arm nicht bemerkt, wenn das Mädchen nicht diese hochhackigen blauen Stiefel getragen hätte. »Brockhaus«, fiel ihm ein. Vierundzwanzig Bände, kleingedruckte Seiten, meterweise gesammeltes Wissen. Vielleicht hatten »Kreis« oder »Kreisau« noch eine andere Bedeutung.

Die Bände des Lexikons konnten nicht ausgeliehen werden. Sie standen genau gegenüber dem Informationspult. Obwohl sie dicht aneinandergepreßt waren, füllten sie fünf Regalbretter. H, I, J, K. Max zog den Band heraus, las auf Seite 464:

Kreis, der ...

Religionsgeschichtlich besaß er gleich mehrere Bedeutungen. Von der völligen Geschlossenheit strömten Kräfte aus. Hinweise auf die islamische Kaaba in Mekka, auf Rundgänge um Buddha-Statuen und den Flurumgang in Klöstern folgten. Der Kreis war Symbol der Zeit und Unendlichkeit, des Lebens und des Jahres. Ohr- und Nasenringe sollten die Körperöffnungen vor bösen Geistern schützen. »Kreis«, »kreisfreie Stadt«, »Kreistag«, »Kreishauptmann«, »Kreisausschüsse«. Max blätterte um. »Kreisabschnitte«, »Kreisbogen«, »Umfangs- und Peripheriewinkel«. Er wollte seinen Augen nicht trauen, mußte zweimal hinschauen. Zwischen »Kreis« und »Kreisbahngeschwindigkeit« stand fett gedruckt »Kreisauer Kreis«. Das »ei« war als Betonungshinweis unterstrichen.

Zweiundzwanzig Zeilen Beschreibung folgten. Wilhelms las sie dreimal. Erst überflog er sie schnell, dann studierte er sie langsam. Er hatte richtig kombiniert. Kreisau war der Name eines Ortes, jedoch nicht der einer

Stadt, eines Dorfes oder eines Gebietes. Es war der Name eines Hofes, eines Guts in Niederschlesien, im jetzigen Schweidnitz, das vielleicht gar nicht mehr existierte. Er hatte seine Suche doch an der richtigen Stelle begonnen. Der Kreis stand tatsächlich für eine politische Widerstandsbewegung. Er war jedoch für den '94er Verfassungsschutzbericht schon lange verjährt. Max schaute auf die große Tafel über dem Treppenaufgang: *Geschichte – Deutsche Geschichte. Gruppe MHA.*

Er überlegte nur kurz, ob er Vogelsang anrufen sollte, entschloß sich aber, erst weitere Informationen zu sammeln. Vier Stunden hatte er noch Zeit. Dann mußte er an der Telefonzelle sein. Er hatte die ihm aufgetragene Aufgabe erfüllt, hatte herausbekommen, was die Stimme von ihm verlangt hatte.

28 Das Archiv in seiner ursprünglichen Bedeutung war einst eine Einrichtung zur systematischen Erfassung, Erhaltung und Betreuung rechtlichen und politischen Schriftguts. Wohl die Faszination, auf Unmengen gedruckten oder handschriftlich festgehaltenen Wissens zurückgreifen zu können, ließ das archivarische Treiben schnell zur menschlichen Sucht werden. Der Mensch besann sich seines Sammlertriebs, begann jegliches Schrift-, Bild- und Tongut zu horten, bis daß die Räume platzten. Die Ordnung eines modernen Archivs stand unter dem Grundsatz der Provenienz, der Herkunft. Eine andere Möglichkeit, das aus der Registratur übernommene Prinzip der sachlichen oder territorialen Zugehörigkeit, hatte sich dagegen als wenig brauchbar erwiesen.

Deutschland besaß zwei Staatsarchive: das Bundesarchiv in Koblenz sowie das Deutsche Zentralarchiv der ehemaligen DDR in Potsdam und Merseburg. Die Tatsache jedoch, daß jede Gesellschaft, jeder Verein, jedes Ministerium, jede Gruppierung auf ein eigenes Archiv pochte, ja sogar das Recht auf ein eigenes Archiv beanspruchte, machte Bloßfeld die Suche nur noch schwieriger. Die Archivare in den Staatsarchiven waren ohnehin überlastet. Aus dem Innen- und Außenministerium wurden Sondereinheiten damit beauftragt, bundesweit in alten, verstaubten Blättern zu fahnden. Allein zehn Personen durchstöberten seit den frühen Morgenstunden das Archiv der Deutschen Gesellschaft des nationalsozialistischen Widerstands in Berlin. Mit konkreten, sachdienlichen Hinweisen konnte bislang keiner der Fahnder dienen.

Um 6.00 Uhr hatte Leitner ihn geweckt und hatte zaghaft an die Tür in der zweiten Etage der Aachener Sonderzentrale geklopft. Erstmals war Bloßfeld für die dunkle, dicke Suppe aus Höppners Kaffeemaschine dankbar. Zwanzig Minuten später war der Bericht Leitners fertig getippt und mittels Datenfernübertragung ans Kanzleramt übermittelt. Eine Kopie erhielt Kellinghausen, der in einem Gästezimmer des Verfassungsschutzes in Köln übernachtet hatte. Er stand mit seiner Behörde in Pullach weiterhin in engem Kontakt. Bloßfeld hatte ihm ein Zimmer im Demoskopischen Institut Berg angeboten. Doch der Nachrichtendienstchef der Aufklärung hatte Köln vorgezogen.

Nach der Übertragung von Leitners Informationen folgten endlose Telefonate. Erst mit Kellinghausen, dann mit dem Koordinator, dann wieder mit Kellinghausen. Das Bundeskanzleramt informierte erstmals – allerdings nur teilweise – die Fachministerien und bat um personelle Unterstützung. Dann überschlugen sich die Ereignisse. Minütlich trafen aus ganz Deutschland Informationen ein. Die Ticker, die Fax-, Btx- und DFÜ-Geräte arbeiteten auf Hochtouren. Hinzu kamen endlos lange Briefe von unterbezahlten und überqualifizierten Archivbetreuern, die nur allzugern zur Hilfe bereit waren, doch zunächst wissen wollten, worum es überhaupt ging. Sie verlangten mehr Anhaltspunkte, um gezielter forschen zu können. In allen Schreiben wurde darauf hingewiesen, daß selbstverständlich noch viele Unklarheiten über Vorkommnisse in der Vergangenheit herrschten, daß jedoch Verschwiegenheit nie zum Erfolg führe.

Klaus Kulitz war es, der dann um dreizehn Minuten nach zwölf Uhr aus dem Wiesbadener Bundeskriminalamt anrief und die Hiobsbotschaft übermittelte. Kulitz' Nachricht warf sämtliche Pläne, sämtliche Strategien um. Sie war der Beweis, das fehlende Mosaiksteinchen – der Zusammenhang, das jüngste Problem, das bislang größte Problem. Die Entscheidung fällte Bloßfeld nach Absprache mit dem Koordinator. Das nächste Treffen wurde kurzfristig auf 15.00 Uhr gelegt.

Das Besprechungszimmer lag in der zweiten Etage, im rückwärtigen Teil des Bundeskanzleramtes. Aufgrund der Ecklage und der Höhe hätte man gute Sicht auf den Bundeskanzlerplatz, einen Abschnitt der Adenauer Allee, das Palais Schaumburg und den Rhein gehabt. Automatisch gesteuerte, hochmoderne Vorhänge machten jedoch einen Ausblick unmöglich. Die Innenausstattung des Raumes beschränkte sich auf einen einzigen, aber dafür riesigen ovalen Tisch, um den zwanzig hochlehnige Ledersessel angeordnet waren. Von Projektoren und Leinwänden war nichts zu erkennen. Sie waren in der Decke und hinter dicken Holzverkleidungen eingelassen. Das Bedienungspult für die technische Apparatur wartete auf einem fahrbaren Beistelltischchen.

Bloßfeld war der Streß der letzten Tage, der letzten

Stunden anzusehen. Er wirkte gealtert. Seine Augen waren blutunterlaufen. Die kleinen roten Adern stachen aus dem Weiß deutlich erkennbar hervor. Die Lider hingen schwer. Er und Leitner schleppten sich und vier Koffer um das Oval. Höppner hatte in anderthalb Stunden wie ein Geisteskranker den Kopierer malträtiert. Die neuesten Kenntnisse mußten den Besprechungsteilnehmern schriftlich vorliegen. Bloßfeld wollte allerdings verhindern, daß die Vervielfältigung außerhalb seines Kontrollbereichs stattfand.

Der Kanzleramtsminister begrüßte keinen persönlich. Auf dem Weg von der Tür zu seinem Platz nickte er lediglich mehrfach jedem nervös zu. Dabei vollbrachte seine Gesichtsmuskulatur Höchstleistungen. Die Lippenlinie glich einer stets wechselnden Sinuskurve. Sie war Zeichen seiner momentanen Stimmung und schlug mal freundlich grüßend, mal bestimmt erwartend und mal nachträglich verärgert aus. Den Koordinator der Geheimdienste ließ er außer acht. Ihn hatte er bereits fünfmal im Laufe des Vormittags gesehen.

Der Chef des Kanzleramts war knapp sechzig Jahre alt und galt als überaus korrekt, fair und ordnungsliebend. Er wirkte wie eine Mischung aus Kellinghausen und dem Koordinator. Er war die Gelassenheit in Person, verlangte jedoch von seinen Mitarbeitern höchsten Einsatz und haßte Risiken. Markenzeichen des Ministers war seine dicke schwarze Hornbrille, die Karikaturisten bundesweit für ein Geschenk des Himmels hielten. Mehrfach hatten Berater ihn zum Kauf eines neuen Gestells zu bewegen versucht. Doch Hartnäckigkeit und das Festhalten an Prinzipien zeichneten den Minister aus.

Der Koordinator winkte Bloßfeld kurz zu. Der gab das Signal direkt weiter.

»Die Russen haben eine vage Vermutung, eine Theorie, für deren Stimmigkeit ihnen noch der letzte Beweis fehlt. Sie bitten uns um Unterstützung, wobei ›bitten‹ eigentlich das falsche Wort ...«, Leitner unterbrach sich und schaute zum Kanzleramtsminister hinüber. Der verzog jedoch keine Miene. Er war mit seinen Unterlagen beschäftigt. Dafür schüttelte der Koordinator neben ihm um so heftiger den Kopf, kurz und ruckartig. Leitner verstand.

»Wie Sie wissen, konzentriert sich alles auf die Umweltentwicklungsgesellschaft, die UEG, und die ›Erdgas-Import‹, die rund fünfhundert Kilometer nördlich von Moskau Verdichterstationen und Untertagespeicher bauen sowie ein ökologisches Forschungsinstitut eröffnen wollen. Gleichzeitig saniert der deutsch-russische Kulturverein eine ehemalige Hammerschmiede, eine Wassermühle, die während des zweiten Weltkriegs von deutschen Bomben zerstört wurde. Sie finden als Anlage eine Übersichtskarte des Gebietes«, Leitner blätterte kurz, »genau gesagt, als Anlage achtzehn. Es umfaßt das Gebiet vom Beloje-See im Nordwesten, Selota im Nordosten – bis zur Stadt Wologda im Süden. Anlage neunzehn ist eine Karte kleineren Maßstabs und zeigt das Gebiet zwischen den beiden Flüssen Suchona und Kubena.«

Leitner blätterte zurück, blickte dabei immer wieder rund um das Riesen-Oval. Er wollte den Besprechungsteilnehmern Zeit geben, sich in dem Wust von Papieren zurechtzufinden. Er fuhr umgehend fort, da er sah, daß keiner nach den beschriebenen Anlagen suchte. Ohnehin schien sich jeder anderen Teilen des Berichts zu widmen.

»Ich brauche nicht zu erwähnen, daß die Unterlagen der Russen strengster Geheimhaltung unterliegen. Die vorliegenden Informationen sind auch in Rußland nur äußerst wenigen Verantwortlichen in hohen Geheimdienstkreisen bekannt. Das, womit wir es hier zu tun haben, könnte die Geschichte von Rußland und Deutschland verändern.«

Die Pause, die Leitner nun machte, war beabsichtigt. Es war ihm gleich, ob die Zuhörer sie billigten. Kutschnekov hatte mit ihm lange über Vertrauensvorschuß, Risiken und Abhängigkeiten gesprochen. Vor wenigen Jahren noch wäre eine Zusammenarbeit in dieser Form und mit diesem Zündstoff unvorstellbar gewesen. Es war nicht Leitners Aufgabe, diese brisante Situation speziell zu verdeutlichen. Doch er hatte dem Russen versprochen, sich dafür einzusetzen.

Alle blickten jetzt gespannt auf den Moskau-Besucher.

»Das winzige Dorf Ustje an der Kubena, südwestlich der ›Erdgas-Import‹-Basis – des Ihnen bereits bekannten ehemaligen Kolchosehofes – wurde im Oktober 1941 von deutschen Truppen überfallen. Laut russischen Frontberichten waren deutsche Truppen aber nie bis dorthin vorgedrungen. Das bestätigen auch unsere Archive. Im Oktober '41 war die Wehrmacht bis zu der Linie Leningrad-Volchov-Tichvin-Novgorod vorgerückt. Weiter nicht. Die Stadt Tichvin liegt diesem Dorf Ustje noch am nächsten. Aber auch von Tichvin ist es noch knapp vierhundert Kilometer entfernt. Vierhundert Kilometer Luftlinie, zwischen Ustje und Frontlinie.«

Leitner wartete einen Moment ab. Diesmal assistierte ihm Bloßfeld. Sein Chef holte eine größere Faltkarte heraus und breitete sie auf dem Tisch aus. Sie zeigte die Frontveränderungen der Heeresgruppe Mitte und der Heeresgruppe Nord vom 7. Oktober bis zum 5. Dezember 1941. Die von Leitner beschriebene Frontlinie war rot gekennzeichnet. Das Dorf Ustje war aufgrund seiner geringen Bedeutung nicht erfaßt. Ein tiefblauer Kreis markierte seine ungefähre Lage. Zwischen roter Linie und blauem Kreis hätte ohne weiteres der Länge nach ein Holzlineal gepaßt.

»Was hat es damit auf sich?« fragte Leitner. Auch er war bekanntlich nicht der geborene Rhetoriker. »Wie können deutsche Wehrmachtssoldaten ein von der Front vierhundert Kilometer entferntes, mickriges Dorf überfallen? Und warum? Seit heute morgen werden auch bei uns sämtliche Archive durchsucht. Wir haben bislang noch keinen Hinweis auf einen solchen Überfall gefunden. Also, warum ist die Überfallmeldung, die eigentlich nur auf Berichten von zwei noch lebenden alten Frauen in Ustje basiert, so interessant?«

Leitner schluckte. Nun hatte auch Bloßfeld ihn von der Seite taxiert. Er nahm sich vor, keine weiteren rhetorischen Fragen zu stellen, sondern sich auf die vorliegenden Fakten zu beschränken.

»Die Russen haben nachgeforscht und in ihren Archiven zurückgehaltene geheime Dokumente gefunden. Zwei Wochen haben sie benötigt. Frau Sommerfeld, Herr Minister, meine Herren«, Leitner hob seine magere Hand, »es ist eine Theorie. Aber«, er holte tief Luft, »im Oktober 1941 standen deutsche Truppen vor den Toren Moskaus. Stalin ordnete den Auszug der Regierung an. Die komplette Sowjetführung samt diplomatischem Korps zog um. Nach Kujbyschew. Sämtliche Schätze, aus Museen, aus Kirchen, aus dem Kreml und ehemaligen Zarenhäusern wurden ebenfalls in einer Blitzaktion aus der Hauptstadt gebracht. Unter anderem wurden mehrere Zugwaggons nach Archangelsk ans Weiße Meer gebracht. Geplant war, einen Teil des Zarenschatzes von dort aus nach England zu transportieren.«

Der Kanzleramtsminister hatte seine Mappe mit den Berichten, Fotos und kopierten Anlagen beiseite geschoben. Mit den Fingerspitzen spielte er an seinem sehr stark ausgeprägten Doppelkinn. Ab und zu griff er sich mit der anderen Hand in den Nacken. Sein Blick wechselte von der Frontkarte über Bloßfeld zu Leitner und kehrte zurück zur Frontkarte. Es war abzusehen, wie Leitner seinen Bericht fortführen würde.

»Sie alle kennen die Gerüchte, die Legenden vom verschwundenen Zarenschatz. Die Palette ist da sehr breit. Sie reicht von geheimen Bunkern Stalins bis hin zu Banktresoren in Amerika oder Konten in der Schweiz. Tatsache ist jedoch, und dies ist erwiesen und von Experten bestätigt worden, daß Kronen und Juwelen in mindestens dreistelliger Millionenhöhe verschwunden sind.«

Leitners Stunde war gekommen. Immer hatte er den Drang, seine Berichte auszuschmücken. Immer war er unterbrochen worden. Er liebte nun einmal das Detail. Er liebte es mitzuteilen, was er wußte, wieviel er herausgefunden, wie tief er sich in ein Thema eingearbeitet hatte. Diesmal wurde er von keinem unterbrochen. Auch nicht, als er wieder in rhetorische Floskeln verfiel.

»Ich will Sie nicht mit der Aufzählung von wertvollen Kultur- und Kunstschätzen langweilen. Nur um einige Beispiele zu nennen: Unter den – sagen wir mal – ›vermißten‹ Gegenständen sind mehrere goldene emaillierte Eier aus der Werkstatt des berühmten Goldschmieds Carl Fabergé. Fast siebenhundert Jahre älter – sie stammt aus dem zwölften Jahrhundert – ist eine vermißte Ikone, die der berühmten ›Gottesmutter von Wladimir‹ ähnelt. Der Unterschied besteht eigentlich nur darin, daß der Rahmen der vermißten Ikone aus Perlen, Saphiren und Almandinen besteht, die in vergoldetem Silber eingelassen sind. Es existiert keine Liste, zumindest keine exakte Aufstellung der verschwundenen Schätze. Sicher ist nur, daß die Rurikiden im fünfzehnten und sechzehnten Jahrhundert, von Iwan dem Großen bis Fjodor I., viele Evangeliar-

Einbände für die Verkündigungs-Kathedrale im Kreml bestellt hatten. Die meisten dieser Einbände gelten ebenfalls seit dem Krieg als vermißt.«

Die Augen der Zuhörer wurden immer größer. Ihnen schwebte bei jeder Beschreibung ein immenser Geldbetrag vor. Leitner bemerkte dennoch, daß er mit seinen Ausführungen zu weit abschweifte. Zu gerne hätte er noch den mit kunstvollen Niellierungen verzierten goldenen Kelch erwähnt und über den goldenen Doppelköcher von Zar Michael Fjodorowitsch gesprochen. Gerne hätte er darüber aufgeklärt, daß Zar Alexej Michailowitsch Mitte des siebzehnten Jahrhunderts nicht nur einen Almaznyi-Thron mit Medaillons aus Rubinen, Diamanten und persischen Türkisen erhalten hatte. In Leitners Kopf spukte die rhetorische Frage herum, wer denn wisse, wo der zweite Teil des Pferdegeschirrs geblieben war, den Katharina im Jahre 1775 von Sultan Abd al-Hamid nach Abschluß eines Vertrages, der den ersten russisch-türkischen Krieg beendete, geschenkt bekam. Er wollte ausschreien: »Wo sind denn die Buketts mit den phantastischen Edelsteinen, deren Feuer, Glanz und Farbenspiel in fast unvorstellbarer Vollendung die Augen und Herzen eines Volkes verblendeten?« Statt dessen merkte Lars Leitner ein Räuspern neben sich. Es klang nicht ermahnend. Es sollte vielmehr daran erinnern, wo und in welcher prekären Situation er sich gerade befand.

»Miniaturkutschen, deren Räder mit schimmernden Platinstreifen beschlagen sind, haben ...«

»Herr Leitner, bitte.« Es waren die ersten drei Worte des Koordinators, der, während er sie aussprach, zum Kanzleramtsminister schaute, um in seiner Ermahnung bestätigt zu werden. Der Minister regte sich allerdings kaum.

»Fazit«, setzte Leitner von neuem an, »ist, daß neben

diesen Kunstschätzen viele Truhen mit Gold und Edelsteinen sowie etliche Gemälde, Meisterwerke aus der großen Sammlung Katharinas, fehlen. Alles wertvolle Schätze, deren Verbleib ungeklärt ist.«

Leitner lehnte sich zurück. Während Kellinghausen zum dritten Mal nach der Kaffeekanne griff und Sommerfeld zum fünften Mal ihre Fingernägel auf Risse kontrollierte, stellte der Minister die Frage, auf die alle warteten.

»Meine Herren«, sagte er und schaute dabei auf Leitner und Bloßfeld, da sie für ihn ein Team waren, »Sie wollen also behaupten, daß deutsche Wehrmachtssoldaten in einer entscheidenden Phase des zweiten Weltkriegs vierhundert Kilometer hinter die Frontlinie gelangen konnten, dort einen Zug mit Gold, Diamanten und wertvollsten Kunstschätzen überfallen, diese Schätze vergraben haben und dann friedlich wieder in Richtung Heimat gezogen sind? Und dies alles ohne Wissen der Heeresleitung? Oder zumindest, ohne daß es irgendwo festgehalten wurde? Und gleichzeitig wollen Sie sagen, daß die ›Erdgas-Import‹, die UEG oder wer auch immer – daß diese Firmen oder Vereine nun den Schatz heben wollen?«

Die Stimmlage verriet, daß eigentlich ein ›Das glauben Sie doch selbst nicht‹ hätte folgen müssen. Bloßfeld reagierte sofort.

»Wir glauben nichts, und wir behaupten auch nichts«, sagte er bestimmt. »Ich äußere keine Vermutungen mehr. Wir haben einige Fakten zusammengetragen. Fakten, die allein aus unseren Archiven stammen. Die russischen Vermutungen und Hinweise möchte ich absichtlich zunächst einmal außen vor lassen.«

Bloßfeld brauchte nicht in seinen Unterlagen zu suchen. Während des Vortrags des Kollegen Leitner hatte er bereits die Seiten herausgesucht. Er hatte mit der Reaktion des Kanzleramtschefs gerechnet. Wäre die Frage nicht von ihm gestellt worden, hätte sich der Koordinator zu Wort gemeldet. Nicht so förmlich, sicherlich auch in einem anderen Tonfall, doch die Frage hatte kommen müssen. Bloßfeld war darauf vorbereitet gewesen.

»Tatsache ist, daß ein größerer Teil des Zarenschatzes vermißt wird. Tatsache ist auch, daß ein größerer Teil des Schatzes zur Verschiffung nach England transportiert wurde. Das, Herr Minister, geht aus deutschen Unterlagen hervor, nicht aus russischen. Das Führerhauptquartier wußte von dem Zug nach Archangelsk. Weiterhin ist richtig, daß das für den Schatztransport bereitstehende Schiff am 17. Oktober 1941 planmäßig in Archangelsk ablegte. Nur ...«, Bloßfeld hob die Stimme, »das Schiff kam nie in England an.«

Der Chef der diensteübergreifenden Sondereinheit legte das Blatt zur Seite, nahm ein anderes zur Hand und hielt es dicht vor seine Augen.

»Das Deutsche Reich wußte von dem Transport und hat auch gehandelt.« Jetzt wurde Bloßfeld förmlich, schlug mit der rechten Handfläche nachdrücklich auf ein Buch, das er zuvor für alle sichtbar vor sich plaziert hatte. »Ich verweise auf die ›Chronik des Seekrieges 1939-1945‹, herausgegeben vom Arbeitskreis für Wehrforschung. Dort steht wörtlich auf Seite hundertdreiundsiebzig unter dem Datum 18. Oktober 1941 ...« Er schlug die »Chronik« auf und las:

»Im Eingang zum Weißen Meer operieren die deutschen U-Boote U 132 und U 576. Am 18.10. greift U 132 (Kapitänleutnant Vogelsang) bei Kap Gorodeckij einen kleinen Küstenkonvoi an und versenkt den Dampfer Argun (3.487 BRT) und später ein unbekanntes Schiff.«

Der Minister schwankte zwischen Lob und Tadel, Lob für die gute, lückenlose Recherche, Tadel für die Unverfrorenheit, ihm ein solches Märchen aufzutischen. Bloßfeld hielt eine Hand hoch, um seine Bitte zum Ausdruck zu bringen, in seinem Bericht fortfahren zu dürfen. Der Minister nickte, wirkte allerdings skeptisch.

»Ich kenne Ihre Fragen, Herr Minister. Wir haben nicht nur genau wie Sie gezweifelt, wir haben sogar zunächst darüber gelacht. Auch wenn Sie die Ausführungen meines Kollegen Leitner nicht gerade informativ fanden, möchte ich dennoch zwei Fragen stellen. Wahrscheinlich die, die Sie ebenfalls gerade auf den Lippen haben. Erstens: dieses unbekannte Schiff. War auf ihm der Zarenschatz? Ich weiß die Antwort nicht. Aber Deutschland wußte von der Verschiffung. Der Schatz ist nie in England angekommen. Also ist es durchaus möglich, daß die Deutschen dieses Schiff gezielt abschießen ließen. Zweitens: Wieso hat man eine solche wertvolle Fracht nicht besonders beschützt? Herr Minister, sie wurde beschützt! In der ›Chronik des Seekrieges‹ finden wir folgenden Eintrag ...« Bloßfelds rechte Hand tippte erneut auf das Buch.

»*Zwischen dem 14. und 20.10.1941* – Sie erinnern sich, am 18., einem Samstag, wurde das unbekannte Schiff versenkt – *operieren vor der norwegischen Polarküste das britische U-Boot Tigris und die sowjetischen U-Boote K1, SC-402, SC-401, M-172 und M-174.*«

Für Bloßfeld war der Bericht nun schlüssig. Sicherheitshalber fügte er noch schnell eine weitere Frage hinzu: »Wenn das kein Begleitschutz ist, was ist es dann?«

Der Kanzleramtsminister hatte die Frage nur noch am Rande mitbekommen. Während der Aufzählung der sowjetischen U-Boote hatte er sich zum Koordinator gebeugt und ihm etwas ins Ohr geflüstert. Ein kurzes Gespräch, das die anderen Besprechungsteilnehmer ausschloß, folgte. Bloßfeld erkannte, daß der Minister zu derselben Schlußfolgerung gekommen sein mußte wie er selbst, als er die Fakten vor Stunden vorgetragen bekommen hatte. Kellinghausen winkte ein wenig verkrampft. Er wollte den Süßstoffspender für seinen Kaffee.

Minister und Koordinator beendeten ihr kurzes Gespräch. Leitner war wieder an der Reihe.

»Bislang stammen alle Hinweise und Fakten aus unseren Archiven und bestätigen die These, daß ein Schiff, beladen mit dem Zarenschatz, von einem deutschen U-Boot versenkt wurde. Aber«, sagte Leitner, »da ist noch dieser mysteriöse deutsche Überfall auf dieses kleine Dorf.«

Kellinghausen ließ den Spender fallen. Alles blickte für einen Moment zu ihm. Doch den alten Fritz interessierte dies reichlich wenig. Er begann damit, die herausgefallenen Pillen ordentlich und nach einem nur ihm bekannten Schema aufzusammeln.

»Nun zu Rußland«, setzte Leitner wieder an. »Die Russen haben mir gegenüber in Moskau erstmals offengelegt, daß der Zug mit dem Zarenschatz gar nicht in Archangelsk angekommen ist. Das geht aus geheimen Unterlagen hervor, die erst jetzt, nein, die *uns* erst jetzt bekanntgegeben wurden. Das heißt, daß das Schiff – das angeblich so wertvolle und streng bewachte Schiff – eigentlich nichts an Bord hatte.«

Der Minister schlug energisch seine Mappe auf und suchte nach der entsprechenden Stelle in seinen Unterlagen. Er hatte die Akten überflogen, hatte diesen Passus wohl überschlagen.

»Des weiteren haben die Russen in ihren Archiven Dokumente und Befehle gefunden, daß Stalin und der damalige NKWD-Chef Berija in genau dieser Woche, der dreiundvierzigsten Woche des Jahres 1941 eine konzentrierte Säuberungsaktion in und um dieses kleine Dorf Ustje sowie in höheren Militär- und NKWD-Kreisen veranlaßt haben.«

Hätte er nicht einmal zwei und zwei zusammenzählen können, wäre er sicherlich nicht Minister geworden. Die Fakten sprachen für sich. Er konnte zwei und zwei zusammenzählen. So war Leitners folgendes Resümee eigentlich überflüssig.

»Die konzentrierte Säuberungsaktion und die Aussagen der beiden alten Frauen, der Augenzeuginnen, lassen die Russen nun vermuten, daß wirklich deutsche Truppen den Zug in Höhe des Dorfes Ustje überfallen haben. Es ist bislang eine Theorie, die letztendlich aber den Schluß nahelegt, daß sich der vermißte Zarenschatz noch auf russischem Boden befindet und vermutlich in, an oder unter der zerstörten Wassermühle vergraben wurde. Es ist des weiteren anzunehmen, daß die UEG, der deutsch-russische Kulturverein mit Hilfe der UEG und der ›Erdgas‹-Import diesen Schatz bergen will.«

Leitner blickte nur kurz zum Minister, der mit zusammengekniffenen Augen überlegte. Dann schaute er mehr hilfesuchend zu Bloßfeld. Der strapazierte ebenfalls sein Gehirn, überlegte, wie er am besten die noch bestehenden Unstimmigkeiten ausräumen konnte. Der Kanzleramtsminister kam ihm zuvor.

»Wenn das Schiff leer war, wenn das Schiff den Zarenschatz aus dem Zug in Archangelsk nicht an Bord genommen hat«, er überlegte, während er sprach, »warum wurde dann das Schiff so streng bewacht? Das ergibt keinen Sinn.«

»Weil die Deutschen den Zug ohne Hilfe aus Rußland nie und nimmer hätten überfallen können.«

Kellinghausen saß wie immer lässig zurückgelehnt auf dem Sessel und gab plump, aber prompt und einleuchtend Antwort. Leitner und Bloßfeld schauten sich an. Sie hätten die Frage nie so schnell beantworten können. Kellinghausen konnte.

»Ist doch klar. Nachdem der Zug nicht in Archangelsk angekommen war, wußten die Russen, daß die Deutschen und ihre eigenen Leute an dem Schatzraub beteiligt waren. Sie wußten also auch, daß die Deutschen von dem Transport nach England Kenntnis hatten. Hätten sie das Schiff nicht ablegen lassen, hätten sie zugeben müssen, daß der Überfall geglückt war. Einschleusen in ein Land kann man alles und jeden. Etwas rauszuholen ist schwieriger. Das heißt also, da nur ein paar Tage dazwischen lagen, daß die Russen noch immer die Möglichkeit in Betracht zogen, die Täter plus Schatz auf dem Rückmarsch zu fassen. Logisch!«

»Wenn das für Sie alles so logisch ist, Herr Kellinghausen«, der Minister wurde böse, der BND-Abteilungschef hatte ihn regelrecht vorgeführt, »dann erklären Sie mir doch mal, wie es deutschen Wehrmachtssoldaten nach diesem Überfall gelungen ist, zurück hinter die Frontlinien zu kommen? Schließlich weiß – zumindest nach Ihrer Theorie – Graf von Stolzenberg etwas über das Versteck des Schatzes.«

»Ganz einfach«, sagte Kellinghausen und erweckte während dieser und der folgenden Bemerkung nicht einmal den Anschein, sich im Sessel aufrichten zu wollen, »entweder hat es mindestens ein einziger geschafft, hinter die Frontlinie zurückzukommen, oder es war von vornherein geplant, den Schatz dort zu verstecken, und Stolzenberg hat es irgendwie herausbekommen.«

Der Minister winkte ab. Das war ihm dann doch etwas zu weit hergeholt.

»Es gibt einige weitere Hinweise, daß die Theorie der Russen und die Annahmen von Herrn Kellinghausen stimmen«, versuchte Bloßfeld, die Besprechung wieder auf eine sachliche Ebene zu bringen. »Und diese Hinweise sind nicht in der Vergangenheit zu finden.«

Er hatte sich während Kellinghausens letzten Ausführungen Stichworte gemacht. Sie waren nicht ausgeschrieben. Es waren vielmehr Hieroglyphen, unleserliche Kürzel. Fünf davon standen untereinander.

»Hinweise«, betonte Bloßfeld noch einmal, »keine Beweise. Doch unterm Strich zusammen mit denen von 1941, zusammen mit denen, die wir allein aus unseren Archiven haben, sind es nicht gerade wenige. Hinzu kommen die Aussagen der beiden Frauen, die Tatsache, daß der Zug nicht angekommen ist, sowie die Säuberungsaktion. Doch nun zur Gegenwart.«

Er ordnete seine Hieroglyphen.

»Nehmen wir an, die russische Theorie stimmt, und Stolzenberg will mit der UEG den Schatz heben. Was sind mögliche Begleiterscheinungen? Die nationalistisch-monarchistische Bewegung in Rußland, mit der Stolzenberg über den Deutschen Adelskreis eng verbunden ist, formiert sich. Die Bewegung verkündet, daß Hilfe aus Deutschland kommt. Alte Verbindungen zu Deutschland werden wiederentdeckt und proklamiert. Das, Herr Minister, ist alles geschehen, und das ist noch nicht alles. Wir dürfen die Tatsache nicht verkennen, daß in Rußland erst seit kurzem wieder ein Eigentumsrecht existiert, daß der Schatz per Gesetz auf jeden Fall einem rechtlichen Nachfolger Nikolai Romanows zugeteilt würde, soweit es einen solchen gibt. Und zuletzt dürfen wir nicht vergessen, daß Gerüchte über eine mögliche Zarennachfolgerin aufgekommen sind. Die Gerüchte brodeln in Rußland und zeitgleich – bitte, zeitgleich – erscheint am Montag im führenden bundesdeutschen Nachrichtenmagazin ein Bericht über zehn Seiten. Und wie lautet die Überschrift? Das Magazin fragt in der Überschrift: ›Lebt Anastasia?‹«

Je mehr Hinweise Bloßfeld auflistete, desto grantiger wurde er. Er konnte nicht verstehen, wieso sich der Minister gegen diese Theorie so wehrte. Gewiß war der Fall außergewöhnlich, komplex, kompliziert. Aber es war ein Fall wie jeder andere, mit Hindernissen und Mißerfolgen. Bloßfeld dachte einen Moment daran, daß der letzte entscheidende Hinweis, das I-Tüpfelchen, noch fehlte. Er hatte es absichtlich zurückgehalten. Dennoch konnte Bloßfeld den Kanzleramtschef nicht verstehen. Warum weigerte er sich so, die Fakten zu addieren und das Resultat zu akzeptieren?

Sie beide hatten einen Beruf, der sie nun mal zu vernünftigem, ruhigem und besonnenem Umgang mit Hiobsbotschaften verpflichtete. Sie beide waren gewohnt, daß Unvorhergesehenes, ja sogar Unglaubliches ihren Alltag bestimmte. Sie beide mußten sich täglich neuen Streßsituationen stellen, mußten zwar mit Gefühl – mit Fingerspitzengefühl – handeln, durften Fakten, die schwarz auf weiß vor ihnen lagen, jedoch nicht schlicht als lächerliche Märchen abtun. Auch wenn es ihnen oft lieber gewesen wäre. Skandale sowie deren Bewältigung und deren Vertuschung gehörten zu ihrem Leben.

Bloßfeld und Kellinghausen schauten sich spontan an, suchten in ihren Blicken nach neuen Wegen, den Minister zu überzeugen. Beide wußten, daß sie nicht nur dem Staat dienten, sondern oft auch der Regierung mit ihren ureigensten Parteiinteressen. Kellinghausen hatte zwei Kanzler, zwei verschieden gefärbte Regierungskoalitionen, zwei extrem unterschiedliche Richtungen der Geheimdienstarbeit kennengelernt. Unterschlagung von Millionen, Diebstahl, Raub, Erpressung mittels internationaler Organisationen oder Sondereinheiten im eigenen Haus war er gewohnt. Mit Bloßfeld gemeinsam hatte er Fälle bagatellisiert, verfälscht, fingiert. In einem der letzten Fälle war beiden viel zu spät klargeworden, daß sie eine internationale Parteispendenaffäre in Millionenhöhe gedeckt hatten. Kellinghausen, Bloßfeld und Co. hatten im Namen des Volkes bestochen und im Auftrag des Staates und für dessen Sicherheit viele Leben ruiniert. Die amerikanischen Bestseller über eigenwillige CIA-Aktivitäten, die nicht einmal ansatzweise auf einer legalen Ebene stattfanden, die von deutschen Lesern zwar kopfschüttelnd, aber regelrecht begeistert verschlungen wurden, waren inhaltlich sicherlich oft weit hergeholt. Doch Kellinghausen, Bloßfeld und viele führende Geheimdienstler in der Bundesrepublik wußten, daß sie in ihrer Tendenz stimmig waren, daß auch auf deutschem Boden unglaubliche Phantastereien Realität waren. Kein Staat, der ein ausgeprägtes, langjähriges Geheimdienstsystem besaß, konnte sich dagegen wehren. Die Dienste waren gezwungen, im geheimen zu operieren. Allein diese Tatsache machte es letztendlich unmöglich, sie zu überprüfen. Daran konnten auch die direkte Unterstellung, die Angliederungen an verschiedene Bundesministerien nichts ändern. Der BND war gewiß nicht mit dem amerikanischen CIA, dem britischen MI 6 oder dem israelischen Mossad zu vergleichen. Jede Verfassung, jedes Grundgesetz bot den Geheimdiensten unterschiedliche Chancen, unterschiedliche Entwicklungsmöglichkeiten. Auch die Entwicklung in die Unkontrollierbarkeit, die Selbstverwaltung, die Selbstbestimmung. In Deutschland war ein Staat im Staat garantiert nicht möglich. Lücken existierten dennoch viele, in denen sich BND und auch MAD ordentlich austoben konnten. Bloßfeld dachte an den Zarenschatz, an die

Russen, an den NKWD, den KGB, den SVR. Er mußte innerlich schmunzeln. Im Arbeitszimmer des BND-Präsidenten, im Haus siebenunddreißig der Pullacher Behörde, hing immer noch eine Weltkarte an der Wand, auf der DDR und UdSSR eingezeichnet waren. Bloßfeld erinnerte sich an Vergangenes, dachte an die Politik, dachte an die Zukunft. In wenigen Wochen würde der Bundesnachrichtendienst vierzig Jahre alt werden. Feierlichkeiten waren keine geplant. Es war abzusehen, daß das offizielle Bonn nicht einmal gratulieren würde. Zum fünfundzwanzigsten Geburtstag hatte es noch eine riesige Feier gegeben. Im März '81 war sogar der damalige Bundespräsident nach Pullach gekommen. Das Geschenk zum diesjährigen Jubiläum würde dagegen aus dem Bundesfinanzministerium kommen. Dieses hatte ohne nette Verpackung die Vorgabe gemacht, daß bis zum Jahr 2000 insgesamt zwanzig Prozent der sechstausendeinhundertsechsundachtzig Haushaltsstellen des BND abgeschafft werden mußten. Bis zur Jahrtausendwende standen allerdings nur hundertachtzig Pensionierungen an. Bloßfeld zählte zum Glück dazu.

Lars Leitner verspürte die aufkeimende Aggression seines Partners deutlich. Er kannte seine Abneigung gegen politische Führungspersonen, die der Realität nicht ins Auge sehen konnten – selbst wenn sie die unerfreuliche Wahrheit auf einem silbernen Tablett präsentiert bekamen. Leitner wußte, daß Bloßfeld jedes weitere Wort später leid tun würde. Er suchte nach dem Magazinartikel und besann sich seiner für viele zu detaillierten Ausführungen. Jetzt waren sie angebracht.

»Das Magazin druckt über mehrere Seiten den Streit um die Gebeine der 1918 ermordeten Zarenfamilie«, begann Leitner und versuchte nun, den Blickkontakt mit dem Kanzleramtsminister zu vermeiden. »In diesem Zusammenhang wird immer wieder auf den gerade auflebenden Zarenkult und auf die abwartende nationalistisch-konservative Stimmung im russischen Volk verwiesen. Der Streit geht um die weitere Vorgehensweise, die Behandlung der Zarengebeine. Immer lauter werden die Forderungen nach einer offiziellen Beisetzung in der Familiengruft von St. Petersburg. Die Entscheidung liegt beim russischen Präsidenten, der sich bislang weigert. Würde er einer offiziellen Beisetzungszeremonie zustimmen, würde er die Mörder der letzten Romanows und damit auch den Auftraggeber Lenin schuldig sprechen. Das würde natürlich den Nationalkonservativen und dem Zarenkult einen weiteren Schub geben. Am 16. Juni sind Wahlen. Das dürfen wir nicht vergessen. Und wir dürfen nicht vergessen, daß Stolzenberg beste Verbindungen zu vielen Führungspersonen des Magazins besitzt.«

Leitner machte eine kleine Pause. Er suchte nach dem nächsten Punkt in seinen Ausführungen, dem Streit um das Zarenerbe. Denn neben den verschwundenen Schätzen sollten noch rund vierhundert Millionen US-Dollar bei amerikanischen Banken deponiert sein. Seit 1920 nutzten dieses Wissen viele, viele Hochstapler. Am kommenden Montag würden es auch Millionen von Magazinlesern wissen. Leitner wollte es der Runde im Kanzleramt wieder gerne genauestens erzählen. Hindernisgrund war eine kleine Büroklammer, die sich selbständig gemacht, von den Kopien gelöst hatte und damit den akkuraten Detailspezialisten in den Wahnsinn trieb.

Bloßfeld hatte sich beruhigt, legte zum Zeichen seiner Stimmungswandlung eine Hand auf Leitners Arm, der hektisch die Kopien sortierte.

»Herr Minister, Frau Sommerfeld, meine Herren«, begann Bloßfeld aufs neue, setzte die förmliche Anrede wieder bewußt an den Anfang, »die Hinweise aus Rußland haben Sie bereits gehört. Seit heute morgen, seit dem frühen Morgen, sind unzählige Personen dabei, Indizien zu suchen, die diese Theorie stützen oder widerlegen. Eine Liste über die Zuständigkeiten liegt Ihnen vor. Nur so viel: Das größte personelle Kontingent stammt aus den drei Fachministerien. Die Schwierigkeit bestand darin, die Aufträge so zu verteilen, daß ein schlüssiges Ergebnis nur in unseren Räumen erkennbar wird. Für die Gebiete, in denen eine solche Auftragsspaltung nicht möglich war, hat der Kollege Kellinghausen mir vierzig Leuten aus seiner Abteilung zusätzlich unterstellt. Sie arbeiten gerade sechs, sieben, zum Teil acht Stunden. Und wir sind bislang zu folgenden Ergebnissen gekommen.«

Bloßfeld zog aus dem vor ihm liegenden Stapel eine speziell markierte Akte hervor, schlug sie auf und verschaffte sich einen kurzen Überblick. Dabei ließ er den Blick nicht über die Anwesenden schweifen. Er wollte seinen Bericht nun zu Ende bringen, wollte keine Gelegenheit zu Zwischenfragen oder Kommentaren geben. Er war froh, daß sich zumindest der Koordinator bislang zurückgehalten hatte.

»Der SVR hat meinem Kollegen Leitner eine Ahnentafel präsentiert, die zeigt, daß Stolzenbergs Ziehvater, ein gewisser Otto-Wilhelm Baron von Hinrichsburg, um fünf Ecken mit dem Haus Gottorp-Romanow verwandt ist. Das sind viele, sehr viele, wenn man die Heiratsallianzen betrachtet. Fakt ist jedoch, daß dieser Baron von Hinrichsburg mit fünf weiteren adligen, greisen Herren in einer Art privatem Altenheim wohnt, am Kyffhäuser. Und wir haben von Mitarbeitern vor wenigen Minuten erfahren, daß seit Sonntag ein russisches Mädchen dort wohnte, die seit heute morgen plötzlich verschwunden ist. Und keiner weiß, wohin.«

Für das letzte Indiz hatte sich Bloßfeld nur ein Stichwort handschriftlich notiert. Fairerweise wollte er den vorläufigen Bericht nicht selbst zu Ende bringen. Er zwinkerte zur linken Seite hinüber, wo auch sogleich ein wirres Kramen in den Unterlagen begann.

»Und zweitens«, sagte Bloßfeld nun gedehnt, um dem nachfolgenden Berichterstatter die Chance zum Sortieren zu geben, »und das hat uns zu der Entscheidung geführt, dieses Treffen unter Einbeziehung aller beteiligten Gremien und Behörden kurzfristig im Kanzleramt einzuberufen ...«, Bloßfeld blickte noch einmal nach links, »Herr Kulitz, bitte.«

»Wilhelms hat sich gemeldet«, rief der Sonderbeauftragte des Bundeskriminalamtes in den Raum. Er war nervös. »Wilhelms hat sich bei Vogelsang, dem örtlichen Polizeipressesprecher gemeldet. Nur so viel vorweg: Wir hatten der örtlichen Behörde das geänderte Obduktionsgutachten geschickt. Also ... Wilhelms sprach mit Vogelsang und meinte, daß er das Opfer einer radikalen Gruppe sei. Deshalb sei auch das Bundesamt für Verfassungsschutz gegen ihn tätig. Wilhelms war sich dessen sicher und erzählte Vogelsang, daß er auch wisse, um welche radikale Gruppe es sich handele. Es sei der Kreisauer Kreis. Das habe ich natürlich sofort weitergeleitet.«

»Kreisauer Kreis«, setzte Sommerfeld lückenlos fort, »ist uns kein Begriff. In den Verfassungsschutzberichten ist seit deren Herausgabe von einer solchen Gruppierung nichts erwähnt. Auch in unseren Archiven haben wir nichts gefunden. Der Begriff ›Kreisauer Kreis‹ ist nie aufgetreten.«

Bloßfeld verdrehte die Augen. Kellinghausen grinste. Leitner schüttelte den Kopf. Kulitz hatte die Chance gehabt, die entscheidende Mitteilung zu machen. Er hatte sie nicht genutzt. Bloßfeld schob das handgeschriebene Blatt zur Seite und zog den getippten Bericht vor.

»Wir sind zunächst gar nicht darauf gekommen, weil auch wir in rechts- und linksextremistischen Kreisen, unter Radikalengruppen und terroristischen Vereinigungen gesucht haben – da, wo Wilhelms den Kreis vermutete. Dabei steht der Kreisauer Kreis in jedem zweitklassigen Lexikon. Entscheidend dabei ist, daß der Name von Wilhelms kommt, daß Wilhelms bis dato nur in die BSE-Angelegenheit involviert war, daß der Kreisauer Kreis uns aber weit in die Vergangenheit zurückführt. Und zwar, Herr Minister, genau bis ins Jahr 1941. Bis in das Jahr des Zugtransportes nach Archangelsk. Bis in das Jahr des angeblichen Überfalls deutscher Wehrmachtssoldaten auf das Dorf Ustje. Indem er nach dem Kreisauer Kreis fragt, – nennt Wilhelms uns das Jahr 1941.«

Der Kanzleramtsminister beugte sich wieder zum Koordinator hinüber. Im Raum herrschte absolute Stille. Jeder konnte erkennen, daß der Kanzleramtschef über diesen Zusammenhang vorab nicht informiert gewesen war. Der Koordinator hatte versucht, ihn zu erreichen, hatte jedoch nur der Sekretärin den Termin für das Treffen durchgeben können.

»Der Kreisauer Kreis«, begann Leitner plötzlich – er schien stolz zu sein, sein Wissen anbringen zu können –, »war im Grunde ein Vorläufer, der zum 20. Juli 1944 zum Attentat des Claus Schenk Graf von Stauffenberg auf Hitler führte. Historiker nennen zwar immer den Januar 1943 in bezug auf den Kreisauer Kreis. Doch in dem für uns interessanteren Jahr 1941 liegen die Wurzeln, der Beginn des Kreisauer Kreises. Ich muß jetzt etwas weiter ausholen«, sagte Leitner, und die Freude in seinem Gesicht strahlte über das Oval des Tisches, »aber es ist notwendig, und ich bitte Sie, vor allem auf die Namen und die Beziehungen zu Rußland zu achten.«

Lars Leitner rieb sich nacheinander alle zehn Finger und streckte sie anschließend. Ein Pianist hätte nicht eindringlicher um Ruhe und Aufmerksamkeit bitten können. Gleich vier engbedruckte Papiere lagen vor ihm. Die wichtigsten Passagen waren mit Textmarker in vier verschiedenen Tönen gekennzeichnet. Die Farbe bestimmten Prioritäten. Je nach Interesse konnte er so ausführlicher oder straffer berichten. Leitner wußte nicht, daß eine der engsten Vertrauten Stolzenbergs nach dem gleichen System arbeitete.

»Am 8. Januar 1943 trifft sich in Berlin-Lichterfelde, in der Wohnung des Grafen Peter Yorck von Wartenburg, eine Handvoll Männer, die unzufrieden mit dem NS-Regime und mit dem Kriegsverlauf sind. Arrangiert hat dieses Treffen der vierzigjährige Fritz-Dietlof Graf von Schulenburg, Sohn eines Generals des ersten Weltkrieges, überzeugter Preuße und Potsdamer, ein Bewunderer des Soldatenkönigs und Friedrich des Großen. Schulenburg war leidenschaftlicher Verfechter national- und sozialrevolutionärer Ideen, studierte Staats- und Rechtswissenschaften und wurde ›der rote Graf‹ genannt. 1931 war er demonstrativ der NSDAP beigetreten und hatte sich als Vorkämpfer einer ›nationalen Befreiung vom Versailler Diktat‹ sowie als Bereiter eines eigenständigen Weges zum ›deutschen Sozialismus‹ profiliert.«

Leitner sah nur kurz auf. Die Pferde waren wohl ein wenig mit ihm durchgegangen, doch keiner machte den Anschein, ihn aufhalten zu wollen. Dennoch nahm er sich vor, etwas konkreter zu werden.

»Seit Mitte 1941«, betonte er deutlich, »verfolgte von Schulenburg bereits Pläne, das NS-Regime nach gewonnenem Krieg im Innern zu reformieren. Er war ein prinzipieller Gegner der parlamentarischen Demokratie und Verfechter eines autoritären Staatswesens, doch er war nicht gewillt, sich kritisches Denken verbieten zu lassen.«

Leitner hob eine Hand. Es war unnötig. Jeder hörte gespannt zu.

»Ende 1941 sprach er sich entschieden dagegen aus, daß Hitler den Kampf im Osten nicht nur gegen den Bolschewismus, sondern auch gegen das russische Volk führte.«

Leitner senkte die Hand, legte sie jedoch nicht auf den Tisch, um jederzeit erneut um Aufmerksamkeit bitten zu können. Er wußte, daß er die Hand zwei Absätze weiter wieder brauchen würde.

»Schulenburg kannte Peter Graf Yorck von Wartenburg aus Studienzeiten; Yorck war ebenfalls überzeugter Preuße, glühender deutscher Patriot und Hitlergegner. Seit 1942 hielt Yorck, ein Nachfahre des berühmten Generals gleichen Namens aus der Zeit der Befreiungskriege, engen Kontakt zum oppositionellen Kreisauer Kreis und zu dessen führendem Kopf, dem Grafen Moltke. So nahm an diesem Tag im Januar '43 auch der fünfunddreißigjährige Rechtsanwalt Helmuth James Graf von Moltke, ein direkter Nachfahre des legendären Feldmarschalls Helmuth Graf von Moltke, des Siegers von Königgrätz und Sedan, an der Besprechung in Berlin teil.«

Leitner schluckte kurz und überflog die letzten Zeilen schnell noch einmal. Es war zu offensichtlich. Mittlerweile mußte wohl jeder bemerkt haben, daß er eigentlich nur wörtlich aus einem Buch zitiert hatte. Gewöhnlich war es nicht seine Art, Buchstabe für Buchstabe abzutippen. Doch Wolfgang Venohrs »Patrioten gegen Hitler« enthielt die ausführlichste Beschreibung des Kreisauer Kreises, die er auf die Schnelle hatte finden können. Dennoch blieb es im Raum ruhig. Alle warteten gespannt auf ein Ende.

»Der Kreisauer Kreis«, sagte Leitner und fügte mit schlechtem Gewissen hinzu: »Damit bin ich auch schon fast am Ende – also, der Kreisauer Kreis lehnte das Hitler-Regime strikt ab, verurteilte schärfstens die NS-Maßnahmen gegen Juden, Polen und Russen und diskutierte leidenschaftlich die künftige Bestrafung von Rechtsschändern nach Beendigung des Krieges. Der Kreisauer Kreis bekannte sich zum Christentum und zu einer ethisch fundierten Volksgemeinschaft. Er verwarf den schwächlichen Parteienstaat. Der Kreis setzte sich aus schlesischen Jung-Aristokraten zusammen.«

Der Zeitpunkt war gekommen, die Hand wieder zu heben. Leitner streckte sie nicht auf einmal ganz in die Höhe. Er tat es etappenweise. Mit jedem Namen stieg sie höher empor.

»Unter anderem aus Moltke, Graf Yorck, Horst von Einsiedel, Karl Dietrich von Trotha. Viele des Kreisauer Kreises«, der Arm war inzwischen gestreckt, »hatten schon seit Ende der zwanziger Jahre Kontakt zueinander; sie hatten sich in der ›Schlesischen Jungmannschaft‹, einem Zweig der bündischen Jugend, kennengelernt. Der Gruppe«, und damit schloß Leitner, »gehörten auch zwei uns bekannte Männer an. Ziehvater Baron von Hinrichsburg und Ernst-Friedrich Graf von Stolzenberg, der leibliche Vater unseres ›Erdgas-Import‹-Freundes.«

Die letzten Worte verschluckte er. Sie hatten ihm auf der Zunge gelegen, und er hatte sie nicht mehr zurückhalten können. Stolzenberg war sicherlich auch mit dem Kanzleramtsminister befreundet. Leitner wußte es nicht genau, doch er nahm es an. Er kannte den Lebenslauf Stolzenbergs, erinnerte sich, daß dieser als Staatssekretär im Bundeswirtschaftsministerium mit dem jetzigen

Kanzleramtsminister zusammengearbeitet haben mußte. Zudem waren beide in gleichen Parteigremien gewesen, hatten unter anderem zeitgleich im Parteilandesvorstand gesessen.

Es schien während dieser Konferenz mittlerweile Bloßfelds wichtigste Aufgabe zu sein, den Kollegen, Partner und Vertrauten zu retten. Er begann die Rettung mit einer sehr wichtigen Zusatzbemerkung.

»Dieser Ernst-Friedrich Graf von Stolzenberg war Kommandant der Heeresgruppe Nord in Rußland und ist unseren Informationen zufolge Mitte Oktober 1941 im Fronteinsatz gefallen. In der Zeit des Schatztransportes nach Archangelsk.«

Bloßfeld lehnte sich zurück, faltete seine Hände und schaute dem Kanzleramtsminister direkt in die Augen. Er wollte nicht noch einmal alles zusammenfassen, wollte kein Fazit formulieren. Der Minister mußte verstanden haben, worum es ging, welches Gesamtbild die einzelnen Mosaiksteinchen ergaben. Bloßfeld war der langen Beschreibungen, Erklärungen auch müde. Er wollte das weitere Vorgehen.

»Wir müssen Wilhelms kriegen«, sagte er und blickte zur Organisationschefin des Bundesverfassungsschutzes hinüber. Doch nur für einen Moment, eigentlicher Adressat war der Kanzleramtsminister. Und nur der.

»Wir müssen Wilhelms kriegen. Woher kennt der den Bezug? Woher hat er den Namen ›Kreisauer Kreis‹? Er muß den Zusammenhang kennen. Arbeitet er vielleicht mit Stolzenberg zusammen? Er ist Journalist und anscheinend immer noch ein verdammt guter. Wir müssen zugeben, daß wir uns in ihm getäuscht haben. Oder er hat uns getäuscht. Er wußte vom BSE-Gutachten. Er weiß nun von den Ereignissen des Jahres 1941. Und wahrscheinlich, höchstwahrscheinlich, weiß er auch von den Plänen rund um den Zarenschatz, von den Plänen rund um den Kolchosehof. Der Junge ist geschickt. Der schreibt nicht. Nicht einmal über den BSE-Skandal. Der wartet ab. Der weiß, daß viel mehr dahintersteckt. Wir brauchen Entscheidungen!«

Der Kanzleramtsminister hatte verstanden und drückte die gespreizten Finger zusammen. Er überlegte und nickte dann. »Gute Arbeit«, sagte er, »Sie haben alle gute Arbeit geleistet. Aber Sie können sich denken, daß ich keine Entscheidung treffen kann. Jetzt nicht.«

Der Kanzleramtsminister senkte die Hände. Die Fingerkuppen berührten sich immer noch. Lediglich die Daumen strichen über seinen Bauch.

»Ich muß wissen, ob Stolzenberg und sein Ziehvater – wie heißt er noch gleich?«

»Hinrichsburg«, Leitner war der Schnellste, »Baron von Hinrichsburg.«

»Ob Stolzenberg und dieser von Hinrichsburg die Schatzhebung an der Wassermühle alleine planen oder ob da noch andere dahinterstecken.«

Erstmals war es ausgesprochen worden. Schnell und unkompliziert. Der Koordinator erschrak ebenfalls. Auch wenn es alle zuvor gewußt hatten – ausgesprochen war es nun Realität. Nur der Kanzleramtsminister hatte es aussprechen können. Andere Privilegierte hatten nicht den Mut dazu gehabt, wieder andere durften es nicht aussprechen. Jedenfalls nicht laut.

»Wir müssen uns damit abfinden: Der Kreisauer Kreis lebt. In einer Neuauflage«, stellte der Minister noch einmal klar. Statt ihm dankend zuzunicken, ihm zuzulächeln oder ihm irgendein anderes Zeichen zu geben, schauten die meisten immer wieder auf den Koordinator. Die Blicke waren verletzend. Der die Dienste koordinierende Staatsminister hätte nicht die Neuauflage des

Kreisauer Kreises bestätigen können, doch er hätte schon viel früher klare Worte finden, Entscheidungen treffen können. Er war dazu nicht imstande gewesen. Der Chef des Kanzleramtes hatte es ihm nun vorgeführt, hatte ihn vorgeführt.

»Der Kreisauer Kreis lebt«, hatte er gesagt und hatte mit vier Worten die komplexe Problematik, die schwierige Situation analysiert. »Ich will«, sagte der Minister nun, »daß alles über den Kreisauer Kreis herausgefunden wird, was unsere Archive hergeben. Und ich will Vorschläge, wie wir weiter vorgehen. Des weiteren will ich eine Einschätzung der Situation. Von jedem von Ihnen.«

Die Blicke richteten sich wieder und wieder auf den Koordinator. Nun schaute auch der Minister ihn fragend an. Er verstand angesichts des Ermittlungsstandes die Ruhe nicht, blickte dann in die Runde und deutete die Zurückhaltung richtig. Er reagierte prompt, und seine Worte wirkten zum zweiten Mal innerhalb weniger Minuten befreiend:

»Ihre Einschätzung darf auch auf Vermutungen basieren. Hätten Sie schon weit früher Vermutungen geäußert, kombiniert – kombinieren dürfen, wären wir wahrscheinlich schon weiter.« Nun konnte sich der Kanzleramtsminister der weiteren guten Zusammenarbeit mit den Diensten und Kriminologen sicher sein.

Kellinghausen knüpfte an. Er saß nun aufrecht, nicht mehr lässig nach hinten gelehnt. Nur noch wenige Süßstoffpillen waren um seine Unterlagen verstreut. Er hatte nicht alle eingesammelt, denn er wollte durch ständige Handbewegungen nicht unnötig stören.

»Der Kreisauer Kreis war eine Gruppe Adliger, die mit dem Regime, mit dem Führer unzufrieden waren. Der Kreis wollte die Politik ändern. Auf nationaler und internationaler Ebene. Er wollte Deutschland in eine neue Rolle zwingen und die Verbindung zu den Russen stärken«, sagte Kellinghausen und hielt plötzlich inne. Jeder wartete auf eine Fortführung, doch der BND-Mann schwieg. Er war geschickt, wollte nichts aussprechen, wollte jedem die Gelegenheit zum Weiterspinnen geben. Seine Gedanken waren klar erkennbar.

Adlige, hochangesehene Persönlichkeiten, Politiker und Wirtschaftsbosse probten erneut den Führermord, den Kanzlermord, wollten die bundesdeutsche Europapolitik aufhalten, zerstören. Die Verschwörer waren wie vor fünfundfünfzig Jahren kritische Denker, Verfechter eines autoritären Staatswesens und an einer Verbindung mit Rußland interessiert. Von Schulenburgs ersten Plänen bis zum Stauffenberg-Attentat am 20. Juli 1944 vergingen drei Jahre. Auch die jetzige Aktion des Kreises war von langer Hand vorbereitet. Stolzenberg war der neue Schulenburg. Doch in dem Ecksaal des Bundeskanzleramtes herrschte Einigkeit darüber, daß Stolzenberg nur die Spitze des vernichtenden, scharfkantigen Eisbergs war. Hinter den Plänen, die nun die in vielen Jahren aufgebaute Politik zerstören sollten, steckte eine kleine Armee aus Partei und Wirtschaft. Ihre Waffen waren Intelligenz, Strategie, Wissen.

»Sie wollen sagen, daß es ein großangelegtes Komplott ist.«

»Was haben wir?« fragte Kellinghausen und gab sofort die Antwort. »Wir haben mehrere Institutionen, Gesellschaften, Vereine, Adelsbeziehungen, die sich auf eine Person beziehen: auf Stolzenberg. Wenn ich jetzt immer Stolzenberg sage, meine ich damit ein schwammiges Gebilde, eine Art Netzmittelpunkt, von dem sämtliche Aktivitäten ausgehen. Ich meine nicht die Person Stolzenberg. Denn eine Person kann das alles nicht planen. Es würde auch keinen Sinn ergeben. Denn was ist das Motiv? Es kann nur ein Motiv sein, das eine Richtungsänderung in der Politik anstrebt, und diese Richtungsänderung läßt sich letztendlich nur durchsetzen, wenn die Truppen bereitstehen, wenn Unterstützung gesichert ist. Wir wissen bisher nur von den Vorbereitungen.« Kellinghausen hatte während seines Redeschwalls ununterbrochen mit einer der letzten Süßstoffpillen gespielt. Nun suchte er weitere, um Zeit zu gewinnen und seine Gedanken zu ordnen.

»Die Gruppe Stolzenberg, nein, noch besser, der Stolzenberger Kreis unterstützt ein Forschungsinstitut, das Englands Fleischindustrie vernichtet, das damit wiederum die Europäische Union erschüttert und deren Politik blockiert. Der Stolzenberger Kreis unterstützt weiterhin die nationale, die monarchistische Bewegung in Rußland, die die deutsch-russischen Beziehungen vertiefen soll. Das alles macht nur Sinn, wenn einflußreiche Kreise aus Politik und Wirtschaft hinter diesen Bestrebungen stehen. Ich glaube, daß BSE und Zarenfreunde, daß Rinderwahn und Schatzhebung eine Initialzündung bedeuten. Sie sind der auslösende Moment. Die Veröffentlichung des BSE-Gutachtens war Teil eins, die Schatzhebung und die Unterstützung der russischen Monarchisten ist Teil zwei.«

Die Süßstoffpillen waren nach dieser Kurzansprache Kellinghausens zu einem geschlossenen Gebilde formiert, deren Ausläufer in zwei Richtungen wiesen. Sommerfeld, die Kellinghausen am nächsten saß, hatte nur auf die Pillen geschaut. Alle hatten ihr ansehen können, daß sie versuchte, den Drops Namen zu geben. Wenn sie leicht mit den Schultern zuckte, war es ein deutliches Zeichen, daß sie mit der Position der zuletzt gelegten Pille nicht einverstanden war.

Kellinghausen interessierte das jedoch recht wenig. Er

hatte seine Ansprache abgeschlossen und signalisierte es, indem er sich wieder im Sessel zurücklegte.

»Ich gebe dem Kollegen Kellinghausen recht«, sagte nun Bloßfeld. Er hatte während der letzten Minuten wieder mehrere Seiten handschriftlich mit Hieroglyphen versehen. »Nur, ich gehe einen Schritt weiter. Sie wollten auch mögliche, vage Theorien hören, Herr Minister. Das Ziel, so glaube ich, ist nicht der Kanzlersturz. Der Kanzler sitzt viel zu fest im Sattel, und es gibt zur Zeit keine Alternative für ihn in der Regierungspartei. Nein. Das Ziel ist, ihn zu einer neuen Europapolitik zu zwingen. Stolzenberg, Herr Minister, ist Mitglied Ihrer Partei. Und in Ihrer Partei, das wissen Sie besser als wir alle, gibt es seit längerem Stimmen, die die Europapolitik des Kanzlers nicht gutheißen. Nehmen wir an, der Zarenschatz würde gehoben, die Monarchisten bekämen Aufwind.« Bloßfeld dachte kurz nach. Er wollte in seinem Konzept keinen Fehler einbauen, wollte es bündig und verständlich vermitteln. »Dies würde bedeuten: weg von der bisherigen Europapolitik, hin zu engeren Verbindungen mit Rußland. Denn BSE hat den Weg dafür geebnet. Es ist doch abzusehen, daß die Engländer vorerst alles in Europa blockieren werden.«

»Sie machen einen entscheidenden Denkfehler, Herr Bloßfeld«, griff der Minister ein. »Eine starke Präsentation der Monarchisten geht bei den Wahlen zu Lasten des russischen Präsidenten. Die Kommunisten würden dann ohne weiteres siegen. Das kann nie und nimmer Ziel dieser Leute sein.«

»Wir sind immer davon ausgegangen, daß es zu Lasten des Präsidenten geht. Was ist aber, wenn die Monarchisten, die ja grundsätzlich die parlamentarische Demokratie nicht ablehnen, die ja an sich, ich sage es einmal so, zunächst die konstitutionelle Monarchie anstreben, wenn diese Monarchisten den Präsidenten bei der zweiten Wahl in Rußland – bei der Stichwahl – unterstützen würden? Der Präsident wäre gezwungen, ihre Bedingungen zu akzeptieren. Er würde sie hoffähig machen. Das reicht doch fürs erste.«

Bloßfeld selbst fand seine Ausführungen reichlich wirr. Aber sie waren schlüssig. Er hätte vielleicht Leitner seine Ideen vortragen lassen sollen. Der hätte sie sicherlich weit ausführlicher beschrieben. Leitner sah Bloßfelds Miene, deutete sie jedoch falsch. Er dachte, ein Zeichen erkannt zu haben, und setzte an.

»Und wir haben noch Wilhelms«, sagte er und vernahm schon während der Namensnennung den Seufzer seines Kollegen. »Wie immer der Journalist auf den Kreisauer Kreis gekommen sein mag – er ist im Bilde. Er wußte von Englands Rindern, er weiß von Rußland.«

Bloßfeld hob beide Hände. Leitner verstand. Der Partner wollte nun zu einem Ende kommen. Die Fakten lagen auf dem Tisch. Im Bundeskanzleramt konnten sie nicht arbeiten. Die Aachener Zentrale hingegen quoll mittlerweile sicher vor Arbeit, vor neuen Informationen über.

»Herr Minister, wir brauchen eine Entscheidung. Eine politische Entscheidung.«

Der Kanzleramtschef beugte sich wieder zum Koordinator hinüber. Diesmal allerdings nur ansatzweise. Er zitierte den Nachbarn eher zu sich. Erneut folgte ein kurzes, stilles Gespräch. Der Ton war offenbar sachlich, da sich das Gesicht des Koordinators nicht verfärbte. Auch seine Halsschlagader schwoll nicht erkennbar an.

»Suchen Sie weiter nach Hinweisen, bleiben Sie an Stolzenberg dran«, sagte der Minister schließlich. »Verhindern Sie unter allen Umständen, daß er irgendwie aktiv werden kann. Durchleuchten Sie jeden, der mit

Stolzenberg in Verbindung steht. Auch in der Politik. Überprüfen Sie alles, was sich in seiner Nähe bewegt. Doch, um Himmels willen, erlauben Sie sich keinen Fehler! Es darf nichts, aber auch wirklich gar nichts durchsickern. Keiner darf bemerken, daß er auf unserer Liste steht. Bloßfeld, Sie sind mir dafür verantwortlich. Sie allein. Alle anderen stehen außen vor.« Der Kanzleramtsminister drohte mit dem Zeigefinger. »Weiterhin: Halten Sie die Russen hin. Keine Informationen über den Kreisauer Kreis. Keine Informationen über Wilhelms an die Russen. Keine Informationen an Ministerien, Politik, Aufsichtsbehörden. Sie haben gestern bereits die Kopien über die Aufhebung der Dienste- und Behörden-Zuständigkeiten erhalten?«

Der Koordinator nickte kräftig, gab aber keinen Laut von sich.

»Ich versuche so schnell wie möglich, einen Termin beim Kanzler zu bekommen.« Der Minister schaute auf seine Rolex. Eine echte, kein Imitat. »Wir haben jetzt 16.00 Uhr. Ich würde sagen, wir treffen uns ...«, er überlegte, »um 23.00 Uhr, in sieben Stunden, wieder hier. Alle.« Dabei schaute er zweifelnd auf Bloßfeld, Leitner und Kulitz. Doch die drei nickten zustimmend. Sie hatten allein über eine Stunde Fahrt zu ihren Büros.

»Und bitte«, sagte der Minister wie in einem Schlußplädoyer, während er aufstand, »versuchen Sie bis dahin, Wilhelms zu kriegen. Das hat nun wirklich oberste Priorität. Setzen Sie alle verfügbaren Kräfte daran. Er darf keinen Kontakt zum ›Westdeutschen Kurier‹ oder zu irgendwelchen anderen Medien aufnehmen.«

29

Wolkenkratzer machen noch lange keine Metropole, zweiundfünfzig Vororte noch lange keine Weltstadt aus. Diese Überzeugung vertrat Max Wilhelms genauso standhaft wie die Auffassung, daß Mitarbeiter des öffentlichen Dienstes lahme und unmotiviert waren. Für ihn verkörperten Beamte Spießigkeit, Faulheit und Bestechlichkeit. Straßenbahnfahrer waren arrogant und hinterhältig. Müllmänner fühlten sich wie Götter und wuchsen zu den größten Erpressern, wenn sie Weihnachten keinen Extra-Obolus erhielten. Diese Einstellung hatte grundsätzlich nichts mit einem Vorurteil gemein. Es war eine Erfahrung, die er in jahrelanger journalistischer Tätigkeit gemacht hatte.

Die Erfahrung von wenigen Stunden sollte die langsam gewonnene jedoch aus den Angeln heben. Der städtische Mitarbeiter am Informationspult der städtischen Zentralbibliothek saß in der ersten Etage eines städtischen Wolkenkratzers. Trotz dieser denkbar schlechten Voraussetzungen schaffte es der beamtete Informant, den »Europa«-Redakteur des »Westdeutschen Kuriers« zu begeistern. Wilhelms war, nachdem er in der Gruppe »MHA – Deutsche Geschichte« nichts gefunden hatte, mit dem »Brockhaus« unterm Arm zum Pult gewandert, hatte nicht warten müssen, sondern war sofort drangekommen. Begeistert von dem Fund, hielt er dem Bibliothekar die vierhundertsiebenundsechzigste Seite des Bandes vor, zeigte auf den *Kreisauer Kreis* und bat höflich und freundlich um Unterstützung. Max stank mittlerweile recht ordentlich nach Schweiß, doch seine Begeisterung sprang wie ein Funke auf den Stadtmitarbeiter über. Der wußte nicht, daß sein Gegenüber seit einigen Nächten seine Wohnung nicht mehr betreten konnte und sich weigerte, in Kaufhäusern Unterwäsche mit Kreditkarte zu bezahlen. Der Bibliothekar setzte alle Hebel in Bewegung, nahm mehrere Folien aus den kleinen Schubladen vor sich und forschte nach gedruckten Werken, Ziffern, Buchstaben, Gruppenordnungen.

»Wissen Sie«, sagte er, während die ersten Zahlen und Striche auf den Schmierzetteln erschienen, »daß ich Hobby-Historiker bin? Ich sage Ihnen, Geschichte ist das, woraus wir lernen können. Mein Spezialgebiet, wenn ich das mal so sagen darf, ist der zweite Weltkrieg und die Zeit während des Krieges.« Mit allen erdenklichen sprachlichen Verrenkungen versuchte er den Nationalsozialismus zu umschreiben. Max Wilhelms störte es nicht. Der Beamte konnte zwei Dinge auf einmal tun. Er konnte von sich und seinem Hobby schwärmen, pausierte dabei aber keineswegs bei der Suche nach den entsprechenden Werken. »Die Zeit ist doch unumstritten die bewegendste«, begann der Bibliothekar sich zu rechtfertigen, »das heißt nicht, daß der erste Weltkrieg – ich meine natürlich die Zeit um den ersten Weltkrieg – nicht interessant gewesen ist. Aber mal ehrlich, da fand ja relativ wenig statt.«

Mit vier Zetteln bewaffnet, geleitete er Max eine Etage höher. Ein älterer Mann, garantiert schon Pensionär, wollte ihn noch kurz aufhalten. »Entschuldigen Sie bitte, können Sie mir nur rasch sagen, wo Sie etwas über Dampfmaschinen, vor allem alte Dampfmaschinentechnik haben?« Für die Information, die er daraufhin erhielt, bedankte sich der Pensionär auch brav. Der Informationschef der Zentralbibliothek hatte pflichtbewußt geantwortet: »Warten Sie gefälligst, bis Sie dran sind. Ich komme gleich zurück.«

Nie hätte Max gedacht, daß es so viele Bücher allein zum Thema »20. Juli 1944« geben würde. Eine komplette, bis auf den letzten Platz gefüllte Regallänge nahmen die Titel in Anspruch. Einer Großstadt würdig, dachte er. Der verbeamtete Begleiter setzte noch einen drauf. »Wenn es nicht ausreichen sollte, dann habe ich unten noch die entsprechenden Telefonnummern der Gesamthochschule. Es sind nur fünfzehn Minuten Fußweg von hier. Aber ich denke, für den Anfang, für einen ersten Einblick in das Thema, finden Sie bei uns eine recht fundierte Auswahl.«

Wilhelms bedankte sich nicht. Er nickte nur geistesabwesend und nahm wenig wählerisch den ersten Block gleich auf einmal aus dem Regal – sieben Bücher, dicke und dünne, große und kleine. Max packte das erste und das letzte Buch, drückte die Hände zusammen und zog den gesamten Verband heraus. In keinem Buch blieb der Kreisauer Kreis unerwähnt. Teils wurde er nur angeschnitten, teils detailliert beschrieben. In einem der umfangreichen Werke standen gar Zitate von Mitgliedern des Kreises. Max studierte sie genau, verstand aber nicht, was sie mit dem englischen Rindfleischgutachten zu tun hatten. 1944 war der Mediziner Hans Creutzfeldt fünfundfünfzig Jahre alt gewesen. Das war der einzige Zusammenhang, den Max aus seinem »Brockhaus«-Studium ziehen konnte. Sein anonymer Auftraggeber hatte erwähnt, daß Einstein ein zweites Wespennest angestochen, ein zweites Faß aufgemacht hatte. Dennoch mußte es irgendeine denkbare Verbindung geben. Sonst wäre Einstein nie und nimmer darauf gekommen. Der tote Freund war ein Logiker, ein Mathematiker gewesen, der außerhalb seiner Computerwelt, außerhalb der Hausarbeit nicht kreativ, nicht schöpferisch gewesen war. Er war alles, nur nicht phantasievoll gewesen. Dateien, Programme und Staubsaugerbeutel, die nicht einhaken wollten – damit hatte er arbeiten können. Doch hinter all dem steckte ein logisches, physikalisches Prinzip.

Wilhelms versuchte, so viele Informationen wie möglich über den Kreisauer Kreis zu bekommen. Bei jeder kleinsten neuen Erkenntnis grübelte er über eine mögliche Verbindung. Das einzige, was er sich vorstellen konnte, war, daß eine Gruppe versuchte, im Hintergrund zu agieren. Das wäre schlüssig. Er dachte daran, daß eventuell ein Geheimbund das BSE-Virus in die Welt gesetzt haben könnte. Als AIDS aufgekommen war, erinnerte er sich, hatte es viele Theorien über dessen Entstehung gegeben. Sogar das amerikanische Pentagon war in die Schußlinie geraten. Keiner hatte genau gewußt, wer es gewesen war, doch irgend jemand hatte öffentlich geäußert, das Pentagon hätte mit biologisch-bakteriellen Waffen experimentiert. Dabei wäre das Virus ausgebrochen. Wilhelms dachte an die Alistair McLean-Romane, die er als Jugendlicher verschlungen hatte. »Der Satanskäfer« war ein solches Buch, das von tödlichen Viren handelte. Dreimal hatte er es gelesen. Er wußte, daß Einstein es nicht gelesen hatte. McLean-Romane gab es noch nicht auf Diskette oder CD-ROM. Max schüttelte den Kopf, verwarf die Idee. Es gab keine Verbindung. Vielleicht war er wieder auf einer völlig falschen Fährte. Vielleicht existierte doch ein Kreisauer Kreis in der extremistischen Szene. Diese Aktionsgruppen nahmen doch gewöhnlich Namen aus der Vergangenheit, aus der unmittelbaren oder der weitläufigeren Geschichte an. Die Rechten hatten Befreiungsgruppen für Lueger, Hess oder die Boxheimer Pläne. Die Linken bildeten Brigaden für Kamenew, Bucharin, Spartakus und Jogiches. Wenn ihnen keine Namen mehr einfielen, hielt Lew Dawidowitsch Trotzki her. Der Gründer des südrussischen Arbeiterbundes und spätere Journalist war zur Namensgebung einer gewaltbereiten Gruppe schon immer gut gewesen. Mittlerweile nannte sich jeder, der mit dem Kommunismus unzufrieden war, aber dennoch seine Ideale als Kommunist nicht abwerfen wollte, Trotzkist. Trotzkist, was immer es noch bedeutete,

bedeutete auch die permanente Revolution. Und das war gut für jeden Namen.

So könnte es auch mit dem Kreisauer Kreis sein, dachte Wilhelms und erschrak, als er auf die Uhr sah. Er hatte sich in die Bücher vertieft, hatte erstmals seit langer Zeit wieder interessiert recherchiert. Er mußte sich beeilen. Die verabredete Telefonzelle wartete nicht weit entfernt.

Das Klingelzeichen ertönte mit dem letzten Schwung des großen Zeigers in die Senkrechte. Der kleine Zeiger der Bahnhofsuhr schlummerte an der vierten Markierung.

»Ja«, sagte Max und schaute sich um. An der Bude mit den Reibeplätzchen herrschte Hochbetrieb. Die Frau mit der fettigen Schürze schrie nach Kartoffelpuffer-Nachschub.

»Vorsichtiger geworden, Herr Wilhelms?«

»Sie wissen doch, wer dran ist. Sie wissen doch, daß ich von Ihnen abhängig bin. Ich möchte Ihnen einen Vorschlag machen. Ich verspreche Ihnen alles, was Sie wollen. Aber ich muß mich persönlich mit Ihnen treffen.«

Max mußte den Gesprächspartner zu einem Treffen zwingen. Er wußte nur nicht, wie. Er hatte nichts in der Hand, was er ihm bieten konnte. Er versuchte zu pokern, hatte sich ausgemalt, warum gerade er ausgesucht worden war. War vielleicht der Unbekannte mit der männlich-gebrochenen Stimme auch abhängig von ihm, von seinem Tun?

»Sie werden mich treffen. Keine Sorge, aber dafür ist es noch zu früh. Sie sind noch nicht soweit.«

»Wann bin ich soweit? Und wofür muß ich wie weit sein?« wollte Wilhelms wissen. Er wollte es wieder aggressiv in den Hörer brüllen. Doch er hatte sich an das Spiel gewöhnt, hatte sich auf das Spiel eingelassen. Nun galt es, die Spielregeln in Erfahrung zu bringen und sich ihnen langsam, Schritt für Schritt anzupassen. Doch es dauerte alles viel zu lange, und das gefiel ihm nicht. Er konnte aber auch nichts antreiben oder beschleunigen. Er wußte ja nicht einmal, was er antreiben sollte.

»Ist es möglich, daß wir uns künftig zweimal täglich sprechen?« fragte er und erhielt als Antwort nur die Gegenfrage:

»Wissen Sie, was der Kreisauer Kreis ist?«

»Sagen wir einmal so: Ich habe Antworten parat. Aber nach einer groben Auswahl, denke ich, daß es sich um die Gruppe von Schulenburg und Yorck von Wartenburg handelt.«

Wilhelms zitterte. Er haßte Quizsendungen; er hatte sich mit seiner Großmutter immer den »Großen Preis« im zweiten Programm anschauen müssen. Die Oma hatte den Quizmaster heiß und innig geliebt und vor jeder Antwort die gestellte Frage an Max weitergegeben.

»Sie kommen langsam wieder in Form, Herr Wilhelms. Es gibt nur einen Kreisauer Kreis. Sehr gut.«

Max sagte zunächst nichts, er wollte nicht übertreiben.

»Was ist mit einem persönlichen Treffen?«

»Mit der Zeit, junger Freund, mit der Zeit.«

»Wann?« fragte er wieder und fügte hinzu: »Ich habe bald die Nase voll. Sie wissen doch sicherlich, daß ich gute Beziehungen zur Polizei habe.« Er sprach es aus und das Zittern wollte nicht aufhören. Als das letzte Wort über seine Lippen gekommen war, tat ihm die Bemerkung schon leid.

»Sie haben sehr gute Beziehungen zur Polizei.« Die Stimme blieb ruhig, besonnen. Den Sprecher machte nichts nervös. Er war sicher, unangreifbar, ungreifbar.

»Was hat der Kreisauer Kreis mit dem BSE-Gutachten zu tun?«

»Habe ich gesagt, daß er etwas damit zu tun hat? Hatte

ich Ihnen denn nicht erklärt, daß die BSE-Angelegenheit nun von unseren Politikern in Bonn, Brüssel, Straßburg und London übernommen wird?« Max schaute fassungslos auf den Hörer, hielt ihn dafür etwas vom Ohr weg. Sein Gesprächspartner entschuldigte sich geradezu für die Tatsache, daß er, Max, immer noch an den Rinderwahnsinn dachte. Max war schlicht sprachlos; er mußte seine Gedanken neu ordnen. Er hatte kaum Zeit gehabt, sich auf das Telefonat, die wichtigste Konversation des Tages, vorzubereiten. Zu lange und zu intensiv hatte er in die Bücher geschaut. Wofür, fragte er sich und auch den unbekannten Anrufer.

»Was soll das mit dem Kreisauer Kreis?«

»Ich will Sie vorbereiten, mein Junge, damit Sie verstehen, was passiert. Ihr Journalisten schreibt immer, ohne die Hintergründe zu kennen. Ihr bekommt eure Zeilenanzahl genannt und versucht, alles hineinzupacken, was euch vorgegeben wird. Das Wichtige, den Grund, die Ursache, die Glut jeden Feuers laßt ihr allerdings außer acht.«

»Sagen Sie mir, was der Kreisauer Kreis ist!« Max wurde nachdenklich. Seine Einschätzung war richtig. Der Mann hatte nicht gelogen. Er, Max Wilhelms, war auserkoren. Und er wußte nun auch, von wem. Nur Poschmann konnte derjenige sein, der ihn als Instrument vermittelt hatte. Es waren Poschmanns Worte, Poschmanns Einschätzung des Journalismus.

»Sie wissen es doch bereits. Sogar genau, wie mir scheint. Sie haben uns wirklich nicht enttäuscht!«

»Schön, daß Sie zufrieden sind«, sagte Max und setzte alles auf eine Karte. »Wer hat mich ausgewählt?«

Er erhielt keine Namen, aber die Bestätigung.

»Sie werden es erfahren, wenn die Zeit reif ist.«

»Wann ist sie reif? Wozu reif?«

Er hatte Fragen über Fragen. Er erhielt an diesem Donnerstag keine Antworten mehr.

»Als nächstes lernen Sie bitte Graf von Stolzenberg kennen, und konfrontieren Sie ihn mit dem Kreisen der Raben. Ich wiederhole es nur einmal. Konfrontieren Sie Graf von Stolzenberg mit dem Kreisen der Raben. Herr Wilhelms, Sie stehen dicht vor unserer Begegnung. Sie brauchen diese Telefonzelle nie wieder zu betreten.«

Dann hörte Wilhelms nur noch das Klacken einer Telefongabel, die heruntergedrückt wurde.

30 »Wo ist diese verdammte Grafik«, schrie die Chefin vom Dienst genervt. Sie hatte Mischka auf dem Gang erkannt. Schnell und zielstrebig war er an ihrer offenen Tür vorbeigehuscht. Offenbar hoffte er, nicht gesehen zu werden. »Wo, Herr Mischka, wo?« schrie sie erneut. Eine Reaktion des Redakteurs für Innenpolitik blieb aus. Katja Melzer schaute auf die Uhr. Es war schon kurz vor sechs. Auf dem Bildschirm flimmerte die erste Seite der Freitagsausgabe. Alles war ausgemessen und paßte. Die Mühe hatte sich gelohnt. Die Seite gefiel ihr besonders gut.

Mit Brachialgewalt hatte sie sich durchgesetzt und trotz wütender Beschimpfungen des Jächter-Frömmert-Sartor ein Agenturfoto des Flugzeugträgers »Independent« von Seite eins geschmissen. Die USA konzentrierten in Asien den größten Flottenverband seit dem Vietnamkrieg, und Jächter, Frömmert und Sartor zogen sämtliche Register, um ihr Gewaltschiff mit Kanonen auf der Titelseite durchzusetzen. Katja hatte sich allerdings schon früh für das Bild des deutschen Eiskunstlaufpaares entschieden, das bei der Weltmeisterschaft im kanadischen Edmonton die Silbermedaille gewonnen hatte. Es war gefühlvoll, konzentriert, wirkte dennoch ausgeglichen und zeigte Akrobatik in perfekter Eleganz. Poschmann hatte sich wieder einmal aus dem Streit herausgehalten. Unterstützung hatte sie nur von Zingel und Kingler erhalten, denen es eigentlich immer völlig gleich war, was unterm Kopf des »Kuriers« zu sehen war. Hauptsache, es war sportlich und bunt und besaß eine Unterzeile, die auf seine Innenseiten hinwies.

Immer mehr gut verdienende Arbeitnehmer verlassen aufgrund der schnell steigenden Beitragssätze die gesetzlichen Krankenkassen. – Bonn will den Kündigungsschutz für Kleinbetriebe lockern. – In der Regierungskoalition gibt es Ärger über die Neuverschuldung in Milliardenhöhe.

Für die CvD beinhaltete die Titelseite eine gute Mischung. Aufmacher war jedoch eindeutig der dreispaltige Artikel von Siegfried Reinhardt über die Angst der Europäer vor dem Rinderwahnsinn. Groß, fett und breit auseinandergezogen waren die Lettern der Überschrift. Sie stachen regelrecht ins Auge. Statt Fotos von hinkenden, fallenden, sich quälenden Rindern waren nur die Köpfe des Bundesgesundheitsministers und des Bundeslandwirtschaftsministers zu sehen. Katja Melzer wollte die Grenze des schlechten Geschmacks nicht überschreiten.

Sie dachte kurz an Wilhelms, an den Schreibstil des verhinderten »Europa«-Redakteurs. Reinhardt war nicht schlecht, aber er schrieb immer trockener als Wilhelms. Während seine Kollegen aus der alten Hauptredaktions-Garde »Action« auf Fotos verlangten, hätte Katja sich gerade in bezug auf die BSE-Geschichte mehr Spannung im Text gewünscht. Tödliche Viren im Rindfleisch interessierten jeden, waren Tagesthema in Büros, auf Baustellen, in S-Bahnen und an Bratwurstständen. Beim »Westdeutschen Kurier« war das Thema während der Konferenz schlicht mit der Bemerkung »Erste Seite, sechzig Zeilen mit Vermerk auf Berichte auf der ›Hintergrund‹-Seite, dort vierspaltig halbe Höhe« abgehakt worden. Reinhardt hatte keine Zeile über besorgte Verbraucher geschrieben. Seine Helden waren die besorgten Politiker in Bonn, die Europa retten wollten.

Während aus Angst vor der Rinderwahn-Übertragung auf den Menschen im Laufe des Tages immer mehr Länder ein Importverbot für britisches Rindfleisch erließen, blieben die zuständigen Bundesminister in Bonn ruhig, forderten ein EU-einheitliches Vorgehen und sprachen sich gegen nationale Alleingänge aus. Lang und breit erklärten die Minister ihre Forderungen zum Schutze des Verbrauchers. Nicht nur die Einfuhr von Fleisch und Fleischerzeugnissen aus Großbritannien müßte untersagt werden, auch der Import von Tiermehl, Innereien, Arzneimitteln und Kosmetika. »Das allerdings nur, wenn die EU gemeinschaftlich vorgehe.« Frankreich, Belgien, Schweden, Portugal und die Niederlande fanden die deutsche Idee ebenfalls überaus lobenswert, hatten aber vorsichtshalber den Fleischerzeugern von der Insel schon einmal im Alleingang die rote Karte gezeigt.

Mischka lugte um den Türpfosten und grinste. Die Chefin vom Dienst lächelte zurück. Wut spiegelte sich in den giftgrünen Augen. Ein großes Loch auf Seite eins mußte noch gestopft werden.

»Wo, Herr Mischka, ist die Grafik?«

»Keine Ahnung. Ich glaube, Reinhardt hat sie Niemeyer gegeben. Oder sie ist irgendwie auf der ›Hintergrund‹-Seite gelandet. Reinhardt ist aber schon weg. Und ich bin's eigentlich auch schon.«

»Es war aber doch abgesprochen, die Zeichnung auf die Seite eins zu nehmen.«

»Ja, aber da sind doch bereits die beiden Ministerköpfe. Deshalb hat Reinhardt sie wohl rübergegeben. Entschuldigung, aber ich muß jetzt wirklich, ja?«

Damit war Mischka auch schon verschwunden, und Melzer blieb mit ihrem Loch auf Seite eins allein zurück. Gereizt gab sie die Kürzel der »Ratgeber«-Seite ein und durchsuchte das Computerregister. Niemeyer hatte die Grafik ohne Vermerk gelöscht. Sie mußte also als Kopie bei ihm aufgetaucht sein. Katja rief die fünfte Seite auf. Die Zeichnung war als Aufmacher dreispaltig in fünfundzwanziger Höhe eingeplant. Zu sehen war das Profil einer Kuh. Eingezeichnet waren Darm, Magen, Leber, Galle, Milz und Bauchspeicheldrüse. Darüber zog sich das Rückenmark wie eine lange, dürre Gräte vom Schwanz bis zum Gehirn. Die Kuh war eingerahmt von Schaf und Mensch. Dicke, schattierte Pfeile und mehrere Kästchen mit Erklärungen füllten die Grafik. Darunter war vermerkt:

Bovine Spongiforme Enzephalopathie (BSE).

Niemeyers Mannschaft hatte zwar wieder einmal recht kastenförmig, geradlinig und ohne jegliche Phantasie und Auflockerung layoutet, doch Katja war zufrieden. Das Bild vermittelte anschaulich die mögliche Übertragung und informierte ausreichend über die Entstehung der vermuteten Seuche. Unter den Hinterkufen des Schafes stand:

Die Schafskrankheit Scrapie ist auf Tierarten übertragbar.

Über dem Pfeil, der auf die Kuh zeigte, war vermerkt:

*Schafskadaver werden in der
Kraftfutterproduktion verwendet.*

Der zweite Pfeil führte von der Kuh zum Menschen. Die Erklärung stand in einem Kästchen:

Creutzfeldt-Jakob, BSE und Scrapie gehören der gleichen Erreger-Familie (TSE) an. Die Übertragung von BSE auf den Menschen wird in Großbritannien nicht ausgeschlossen.

Katja schaute nur kurz auf den Text. Im Bericht der Londoner Kollegen wurde Beryl Rimmer zitiert, deren achtzehnjährige Enkelin als bisher jüngstes Opfer der Krankheit galt. »Endlich ist mit dem Lügen Schluß«, hatte die Angehörige auf die Enthüllungen der britischen Regierung reagiert. »Ich stecke in einem Netz von Lügen und Korruption, das sich immer mehr verdichtet und in dem ich bald ersticke«, hatte dagegen Max Wilhelms ihr vor rund einer halben Stunde am Telefon gesagt. Sie, Katja, zählte er mit zu den Lügnern.

Auf Beschimpfungen folgten Versöhnungsversuche. Forderungen und Bitten waren durchsetzt von Beleidigungen und Ironie. Poschmann sei Initiator oder zumindest Mitinitiator der ganzen Fahndungsaktion gegen ihn, meinte Wilhelms. Sie, Katja, gehe mit einem Verräter ins Bett, der sie nur ausnutze. Den Grund dafür konnte er jedoch nicht nennen. Noch fehlten ihm die Beweise, aber er sei der Wahrheit näher denn je.

Katja konnte sich nicht auf das Loch auf Seite eins konzentrieren. Zu viel war geschehen. Zunächst hatte Einsteins Mutter verstört bei ihr angerufen, sich tausendmal für die Störung während der offiziellen Bürozeiten einer Redaktion entschuldigt und um Unterstützung gebeten. Sie wollte die Freigabe der Leiche erwirken. Katja mußte mehrmals nachfragen, bis sie überhaupt verstand, worum es ging. Aber wie sollte Hertha Strombach es ihr auch erklären, da sie es ja selbst nicht verstand.

Ein Anruf bei Vogelsang brachte dann die Aufklärung. Um sicherzugehen, daß es wirklich ein Unfall gewesen war, habe die Behörde eine Obduktion veranlaßt, erklärte Paul Vogelsang. Diese habe nun klar ergeben, daß Einstein einen tödlichen Unfall ohne Fremdeinwirkung erlitten hatte. Der Polizeipressesprecher entschuldigte sich mit dem Hinweis, daß es Max gewesen sei, der auf dieser Untersuchung bestanden habe, daß er, Paul, jetzt endgültig die Schnauze von den extravaganten Phantastereien des »Europa«-Redakteurs voll habe und daß er sich persönlich mit Hertha Strombach in Verbindung setzen wolle. Die Leiche sei bereits freigegeben.

Drei Minuten nach dem Telefonat mit Vogelsang kam Poschmann in ihr Büro, schloß die Tür und setzte sich nur mit einer Pobacke auf ihren Schreibtisch. Er wirkte nervös und überarbeitet. Er hatte diesen mitleiderregenden Blick. Sie kannte seinen Terminkalender. Bis auf eine kurze Besprechung mit dem Herausgeber und einem Vorstellungsgespräch für das nächste Volontariat hatte er keine zeitgebundenen Verpflichtungen gehabt.

»Vogelsang hat gerade mit mir gesprochen«, sagte er und wunderte sich über die Reaktion.

»Mit mir auch.«

»Wann?«

»Vor drei Minuten.«

»Ich sehe schon. Er hat nichts gesagt, nicht wahr?«

»Erhard, was hat er mir nicht gesagt?« Katja wurde sauer. Sie haßte dieses langsame Vortasten des Chefredakteurs. Er war genau das Gegenteil von Max, der immer gleich zur Sache kam, für den »Diplomatie« und »Einfühlungsvermögen« Fremdwörter waren. Vielleicht hatte sie sich deshalb mit dem Chefredakteur eingelassen. Vielleicht suchte sie das Gegenteil von Wilhelms, um von ihm loszukommen.

»Nach Max wird gefahndet ...«

»Erhard«, giftete sie nun.

»Bundeskriminalamt und Verfassungsschutz haben die Fahndung ausgedehnt und konzentriert. Vogelsang hat mir das erklärt. Es gibt bei der Polizei wohl mehrere Stufen, und Max hat die oberste erreicht.«

»Was heißt das?«

»Das heißt, daß sie alle möglichen Kontaktpersonen überwachen. Rund um die Uhr. Vogelsang hat es mir fairerweise mitgeteilt. Er mußte sich vorher dafür die Erlaubnis holen. Ich habe daraufhin mit dem Landesinnenministerium telefoniert. Dort hat man es mir noch einmal bestätigt und mich um Verständnis gebeten. Einzelne Personen würden überwacht, hieß es. Nicht die Redaktion.«

»Und was bedeutet das jetzt konkret?«

»Daß du und ich und alle, die mit Max irgendwie Kontakt haben könnten, observiert werden. Wir persönlich seien nicht Gegenstand der Ermittlung, hat das Ministerium gesagt. Es gehe ganz allein um die Chance, Max zu kriegen.«

Katja erwidert nichts, sie sah Poschmann eine Weile nur an und starrte dann gedankenverloren auf den Monitor, auf dem immer noch die »Hintergrund«-Seite mit der BSE-Grafik zu sehen war.

»Ich weiß nicht, in was sich der Junge da reingeritten hat, aber wir können nicht mehr so tun, als ob er nur ein einfacher Mitarbeiter von uns wäre.« Poschmann griff nach ihrer Hand. Sie zog sie ruckartig zurück. »Katja, ich weiß, daß er sich mit dir in Verbindung setzen wird. Du mußt mir sagen, wo er ist. Du mußt es mir sagen, damit ich der Polizei helfen kann. Der Ruf der Redaktion und der Name der Zeitung stehen auf dem Spiel.«

Sie hatte nichts entgegnet, und Poschmann hatte sie nach längerem Schweigen verlassen.

Sie wußte nicht, wie sie sich verhalten sollte. Als CvD war sie in einer Position, in der sie Verantwortung für den Ruf der Redaktion und den Namen der Zeitung hatte. Man erwartete von ihr, daß sie dieser Verantwortung Rechnung trug. Sie wurde der Verantwortung entsprechend bezahlt. Andere konnten sich zurücklehnen und abwarten. Sie mußte, wenn sie konnte, handeln.

Ihr Handeln bestand darin, daß sie all ihre Vorsätze vergaß, als er anrief. Sie hörte ihm zu. Sie entschuldigte sich sogar anschließend, daß sie ihm von dem Verhältnis mit Poschmann nichts erzählt hatte. Nach versöhnenden Worten berichtete Max ihr dann genau von seinen Gesprächen, seinen Recherchen. Viel zu genau. Viel zu lange.

»Überwachung aller Kontaktpersonen«, hatte der Chefredakteur gesagt. Erstmals versuchte sie, sich in Wilhelms' Gedankenwelt hineinzuversetzen, in seine Nöte, seine Hoffnungen, seine Abhängigkeit von Freunden und seine Ängste. Erstmals dachte sie kurz an die Überwachung, an die Großfahndung von oberster Priorität und an das Telefonat, das vielleicht, nein, das mit Sicherheit viel zu lange gedauert hatte.

Sie stand auf und ging zum Treppenflur. Das große Archiv lag eine Etage tiefer. Ludger Dörr erwartete sie bereits.

Der Raum war vierunddreißig Meter und zweiundfünfzig Zentimeter lang. Der Archivar kannte die Maße so genau wie die Ordnung und das System der riesigen Dokumentensammlung. Fettleibige Personen hatten ihre Schwierigkeiten, sich durch die engen Regalgassen zu kämpfen. Werner Kalthoff von »Westen aktuell« litt latent und stillschweigend an Klaustrophobie, weigerte sich daher hartnäckig, das Reich Dörrs zu betreten. Nicht nur jede bislang erschienene Ausgabe des »Kuriers« war dort gebunden und in dreifacher Ausfertigung archiviert, dasselbe galt auch für die direkten Konkurrenzprodukte seit 1953. Jedes Blättchen, jede Postille, fast jedes gedruckte Exemplar des Reviers wurde erfaßt, gekennzeichnet und eingereiht. Hinzu kamen wichtige Magazine mit bundesweiter Verbreitung sowie einige wenige Klatschblätter. An den meist wöchentlich erscheinenden Magazinen und an den »Kurier«-Ausgaben arbeiteten täglich zehn Mitarbeiter, die Artikel nach Sachgebieten katalogisierten, Fotos und Berichte ausschnitten und vervielfältigten. Gelang es dem Bundeswirtschaftsminister bei einer Chinareise, mehrere Aufträge nach Deutschland zu holen, obwohl er die Menschenrechtssituation in Fernost angesprochen hatte, schnippelte der entsprechende Gehilfe Foto und Bericht aus, kopierte beides für die Schubladen »Personen«, »China«, »Außenpolitik«, »Wirtschaft allgemein«, »Wirtschaft speziell« sowie »Menschenrechte«. Das machte er gewissenhaft und in doppelter Ausführung. Einmal für das große Archiv, einmal für die Regalreihe mit der passenden Jahreszahl.

Trotz des riesigen Aufwandes, mit dem der »Westdeutsche Kurier« seine Sammlung pflegte, fehlte der Abteilung jegliche moderne Ausstattung. Ludger Dörr, ein Journalist der alten Schule, weigerte sich strikt, einen Computer für die Katalogisierung in die Räumlichkeiten aufzunehmen. Zudem weigerte er sich, junge Kollegen einzuarbeiten, die der neuesten Technologie den Vorzug gaben. Ein gutes Archiv brauche keine Maschinen, war seine feste Überzeugung. Für ihn lebte die Sammlung und mußte stets den journalistischen Anforderungen standhalten, den Änderungen der Gesellschaft Rechnung tragen. Diese Änderungen konnte ein Computer nicht erfassen. Dörr hatte eine gewöhnliche Journalistenkarriere hinter sich und war lange Redakteur für Auslandspolitik gewesen. Er war für Poschmanns Vorgänger nach der dritten Entziehungskur jedoch nicht mehr tragbar gewesen. Indem Dörr mit der Leitung des Archivs beauftragt wurde, konnte sich die Hauptredaktion seiner entledigen, ohne sich vorwerfen zu müssen, ein weiteres Leben ruiniert zu haben. Jächter war ständiger Gast in der »Blätter-Kneipe«. Gastwirt Dörr war über die rege Nachfrage im Archiv und an seiner Privatbar hoch erfreut. Katja Melzer hatte er erst zweimal begrüßen dürfen.

»Ah, die Chefin vom Dienst auf Recherche«, lachte er sie freundlich an, als sie die Tür hinter sich ins Schloß fallen ließ. »Da wollen wir mal schauen, was wir so haben. Wofür brauchen Sie es denn?«

Ludger Dörr war ein kleiner, untersetzter Frühsechziger mit Halbbrille und Mondgesicht, das in seiner ganzen Fülle vernarbt war. Trotz der Risse und Krater wirkte er jedoch nicht häßlich, eher geschändet und erfahren. Sein ständiges »Wir« war eine seiner besonderen Eigenarten. Krankenschwestern, Altenpflegerinnen und Kindergärtnerinnen konnten da nicht mithalten. Die zweite Eigenart war seine unstillbare Neugier. Dörr rückte nichts heraus, ohne genauestens über die Hintergründe, die geplanten Themen informiert zu sein. Lügen erkannte er sofort, duldete sie aber.

»... Der Name ist im Zusammenhang mit den Bonner Reaktionen auf den britischen Rinderwahn-Skandal aufgetreten. Ich habe auch nur Stichpunkte bekommen, aber, wenn er etwas hergibt, wollen wir mit ihm ein Interview für die Samstagsausgabe führen. Da fahren wir die BSE-Angst noch einmal ganz groß.«

Die CvD sprach sicher und ernsthaft. Sie hatte nicht einmal gelogen. Dörr kaufte ihr die Erklärung auch ab und verschwand hinter seinen Regalen.

Es dauerte nicht lange, bis er mit mehreren Hängeakten, Hängemappen und Hängekuverts zurückkam. In Dörrs »Blätter«-Kneipe hing das meiste an speziellen Gestellen. Wie eine Schublade konnte das Metall-Gestänge aus der Regalwand gezogen werden.

»Möchten Sie einen Schluck trinken, Frau Melzer? Sie wissen doch, beim alten Dörr braucht keiner zu verdursten.«

Katja hob verzweifelt und genervt die Augenbrauen, lächelte dann jedoch den Archivar an und schüttelte dankend, aber bestimmt den Kopf. Sie nahm die zwei ersten Blätter aus der Personenmappe. Sie waren handbeschrieben und verwiesen auf die jüngsten Eintragungen und Änderungen. Ein drittes Blatt, maschinell bedruckt, zeichnete einen kurzen Lebenslauf mit den wichtigsten Daten.

Sie nahm die ganze Mappe, setzte sich auf einen sperrigen, wackeligen Schemel an der Tischreihe vor der Fensterbank und las:

Friedrich August Graf von Stolzenberg, geboren am 10. Juni 1932 in Fürstenwalde bei Berlin. Vater Ernst-Friedrich Graf von Stolzenberg war Heereskommandant, gefallen. Mutter Karla Maria, geborene von Sassnitz, gestorben bei Bombenangriff 1945. Drei Geschwister. Karl-Günter (gefallen), Klaus Werner (in Kriegsgefangenschaft verstorben), Heidemarie.

Die Chefin vom Dienst griff, ohne hinzuschauen, nach einem Blatt Papier und einem Kugelschreiber. Bislang hatte sie noch nichts Auffälliges gelesen. Max Wilhelms hatte sie angefleht, auch auf die kleinsten Details zu achten. Stolzenberg, so meinte er, sei die Schlüsselfigur. Der »Kurier« müsse ein paar Unterlagen über ihn besitzen. Der »Kurier« besaß nicht nur ein paar Unterlagen, sondern eine Menge. Zwei Personalakten waren gefüllt, sie drohten zu reißen. Dörr, der sich ungefragt neben die Chefin vom Dienst gesetzt hatte und nun dabei war, sich selbst einen kleinen Überblick zu verschaffen, fragte sofort: »Wie ich sehe, haben wir auch noch einiges auf den ›Bunte‹-Seiten, im ›Sport‹ und massenweise aus der ›Wirtschaft‹. Sollen wir uns die auch mal angucken?«

Katja nickte nur und las weiter. Dieser Graf von Stolzenberg hatte wahrlich eine imposante Karriere hinter sich. Jura- und Wirtschaftstudium in Berlin. Studium der russischen Geschichte und Sprache. Promoviert zum Wirtschaftsjuristen. Seit 1952 Mitglied der Christdemokratischen Partei. 1958 Umzug nach Bayern und nun Mitglied der Christlich-Sozialen Partei. Sekretär für osteuropäische Beziehungen im Bayrischen Wirtschaftsministerium. 1963 Professur für osteuropäische Wirtschaft an der Universität München. Zwei Jahre später Staatssekretär im Wirtschaftsministerium. Mit Einführung des achten Kabinetts der Bundesrepublik Deutschland ging im Rahmen der großen Koalition das Wirtschaftsministerium an die Sozialdemokraten. Stolzenberg schied damit aus, wurde Geschäftsführer der Firma »Erdgas-Import«. Später Vorstandsvorsitzender. Kauf eines verschuldeten Schlosses, Hofes mit Gestüt am Niederrhein bei Aachen. Verweis »BDD88/7«, »9AA56/93«, »SP3844-8« ...

Melzer schob das Blatt zur Seite und legte es über die Kopien, mit denen sich der Chefarchivar gerade beschäftigte. Sie zeigte auf die Kürzel.

»Was bedeuten diese Verweise?«

»Das sind verschiedene Sachgebiete, Reihenfolgen, Hinweise auf Spezialthemen. Das ›SP38‹ heißt, daß der Junge irgendwo im Bereich Pferdesport aufgetreten sein muß. ›SP‹ verweist auf ›Sport‹. Die ›38‹ ist die Nummer der Sportart. Und ›38‹ steht für Pferdesport.«

Dörr sagte es, als ob seine Verweisbezeichnungen schon in der Grundschule zum Lehrstoff zählen würden. Dabei schaute er die Chefin vom Dienst nicht an. Er suchte, stöberte in seinen Kopien weiter, stellte aus der Personenmappe ein Potpourri zusammen und legte es Katja vor.

Sie achtete nur auf die Überschriften, überflog bei Interesse das Kleingedruckte.

Sigismund gewinnt Großen Preis von Hallenberg – Doppelerfolg für Gestüt Stolzenberg. Staatssekretär vertieft Rußlandverbindung – Graf von Stolzenberg setzt auf Ost-Rohstoffe. Erdgas-Import hat Milliardenvertrag unter Dach und Fach – Graf von Stolzenberg unterschrieb in Moskau.

Die Berichte aus der Personenakte waren ungeordnet, stammten aus den Jahren 1983, 1977, 1969 und von den Seiten »Buntes«, »Sport«, »Ausland«, »Wirtschaft«, »Hintergrund«. Katja wunderte sich, daß der Graf ihr noch nie aufgefallen war. Als Max von ihm erzählt hatte, hatte sie an eine umständliche, zeitaufwendige Recherche gedacht. Sie breitete einen weiteren dünnen Stapel über die gesamte Breite des Tisches aus, so, daß die Kopien einen Fächer bildeten. Auf diese Weise wollte sie sich eigentlich nur einen ersten Überblick verschaffen.

Sie sah das Foto. Sie riß es aus dem Stapel. Sie erstarrte. Sie hielt die Kopie dicht vor ihre Augen, blickte auf

Datum, Überschrift und den fetter gedruckten Anreißer, dann auf die Bildunterschrift. Katja Melzer suchte nach einer plausiblen Erklärung, nach einer Verbindung. Sie legte das Blatt ab, blickte aus dem Fenster auf den Innenhof und sah Sinasz eilig und gestreßt am Container vorbeilaufen. Sie kniff die Augen zusammen, wie sie es immer tat, wenn sie sich stark konzentrieren mußte.

»Na, das ist doch ...«, rief Dörr überrascht aus, als er das Foto obenauf liegen sah. »Frau Melzer, Sie können doch ...«

Die Chefin vom Dienst hob ruckartig die Hand. Der Archivar verstummte sofort.

»Herr Dörr, holen Sie mir alles – alles, was Sie über von Stolzenberg finden!«

»Aber, Frau Melzer, wir können doch ...«

»Herr Dörr, bitte, suchen Sie! Und noch etwas: Haben wir das Foto noch?«

Der Archivar nahm die Kopie und betrachtete das Datum und die verschiedenen Kürzel auf der Rückseite. »Müßten wir haben«, sagte er. Sein Blick ähnelte dem eines skeptischen Wärters. Das Archiv war Ludger Dörrs Leben, das er vor jeder Verletzung, vor jedem Angriff auf seine Ganzheit schützen wollte. Er ging bis zur obersten Geschäftsführung und zögerte nicht, bei Poschmann täglich bis zu fünfmal vorstellig zu werden, wenn Bilder und Originale fehlten. Gewöhnlich durften die Kollegen nur mit Kopien den Raum verlassen.

Dörr brachte weitere Stapel. Staatssekretär, Vorstandsvorsitzender, Ost-Experte, Adliger, Gestütschef, Initiator von Wohltätigkeitsbällen des Deutschen Adelskreises: Stolzenberg tauchte regelmäßig im »Kurier« auf; er fand immer wieder auf anderen Seiten Erwähnung, meist nur in kurzen Einspaltern, hin und wieder aber auch in dreispaltigen Berichten auf der Reportagen- oder Wirtschaftsseite. Im Sportteil waren seine Pferde bekannt, doch nur selten strahlte der Graf auf einem Foto neben Roß und Reiter mit Kranz und Pokal. Katja überflog alle Veröffentlichungen. Sie wollten kein Ende nehmen. Dörr brachte neues Material und wurde langsam sauer, ermahnte sie mit jedem neuen Packen, sie solle bloß die Stapel nicht durcheinanderbringen. Er kenne Frauenwirtschaft und auch Frauenversprechen, auf solche Dinge zu achten. Dörr nahm, wie es sich für einen Archivar gehörte, kein Blatt vor den Mund. Für ihn bedeuteten Frauen zwischen seinen Regalen schlicht Chaos und Katastrophe. Ohnehin war für Dörr der Journalismus ein reiner Männerberuf.

Sie fand vier weitere Fotos, bat kopfschüttelnd um Kopien. Ihr Verdacht hatte sich bestätigt. Max Wilhelms' Verdacht hatte sich bestätigt. Das vernarbte Archivarengesicht rannte hektisch durch den Raum. Vom Tisch zum Kopierer und zurück. Und wieder und wieder. Er erledigte alles anstandslos. Hauptsache, die neue Chefin vom Dienst verlangte nicht nach weiteren Originalen.

Katja Melzer schaute auf die Uhr, nahm schnell das Originalfoto, rannte ins Treppenhaus, sprang die Treppen hinauf. Fast hätte sie Niemeyer umgerannt, der seine »Ratgeber«-Seite für Samstag schon in der Hand hielt. Sie hätte ohne weiteres auch unverändert in einer Fachzeitschrift für Metzger abgedruckt werden können. Auf dem langen, schmalen Gang der Hauptredaktion kam ihr Werner Kalthoff mit einer für die Morgenausgabe modifizierten »Westen aktuell«-Seite entgegen. Sie erkannte sofort das dürftige Layout sowie die vielen Fragezeichen und Löcher im unteren Teil. Kalthoff grinste, freute sich wohl, sie endlich gefunden zu haben. Er holte tief Luft, setzte an und streckte dabei beide Arme nach vorne. Die Seite mit den Fragezeichen flog ihr entgegen. Katja Melzer blieb nicht stehen, legte vielmehr einen Schritt zu und fauchte ihn nur an: »Jetzt nicht!«

Berthold Frömmert erschrak Sekunden später wie Kalthoff kurz zuvor. Die Tür zum »Loch« stand offen. Poschmanns Sekretärin war schon gegangen. Donnerstags nahm sie ihre Ausgleichsstunden, ausgerechnet an dem Tag, an dem die Redakteure gewöhnlich länger blieben, um die dicke Samstagsausgabe vorzubereiten. Der Freitag sollte schließlich als Wochenendanfang streßfrei bleiben.

Der dienstälteste Redakteur lag halb über dem großen, großväterlichen Eichenschreibtisch. Der Chef und Frömmert grinsten unverschämt bis zu den Ohrläppchen. Letzterer mußte wohl wieder einen seiner Witze weit unter der Gürtellinie zum besten gegeben haben. Die Chefin vom Dienst schaute den Redakteur für Unterhaltung, Fernsehen und Wochenendseiten wütend an.

»Raus«, sagte sie.

Frömmert regte sich nicht, grinste nur noch mehr.

»Raus«, schrie sie nun.

Berthold Frömmert wollte empört reagieren, blickte aber zunächst fragend zu Poschmann. Der wies nur kurz mit dem Kopf zur Tür. Der Alt-Redakteur verstand, sagte nichts, nuschelte nur erbost irgend etwas Unverständliches.

Katja knallte die Tür hinter ihm zu. Ihre Gesichtszüge waren kalt. Ihre grünen Augen versprühten Gift. Sie glänzten. Es waren Tränen der Wut.

»Max hat dich erreicht«, sagte Poschmann und lehnte sich zurück. Seine Stärke war es, in besonders brisanten Situationen Ruhe zu bewahren.

»Ja, Erhard, er hat mich erreicht. Ich wollte das alles nicht glauben. Ich habe mich dagegen gewehrt, es zu glauben. Ich wollte ihm nicht helfen. Was bist du nur für ein Schwein, Erhard Poschmann? Du liegst mit mir im Bett, heuchelst Liebe und väterlichen, partnerschaftlichen Schutz, und was tust du in Wirklichkeit? Du nutzt mich aus! Ja, verraten hast du mich! Verraten und verkauft wie eine Billignutte.«

Poschmann schwieg.

»Du Schwein«, sagte sie leiser und kopfschüttelnd. Ihre Wut kämpfte gegen die Verzweiflung und Fassungslosigkeit über so viele Lügen, so viel skrupellose Arroganz an. Katja fühlte, wie ihr die Tränen kamen, und versuchte, auch sie zu unterdrücken. Sie sah Einstein, sah sich vor genau diesem Schreibtisch sitzen. Der behinderte Freund hatte angerufen, hatte Poschmann von der BSE-Geschichte erzählt. Sie hörte Poschmann wieder sagen, daß es ja »ein dolles Ding« sei. Die Wut siegte über die Verzweiflung und Fassungslosigkeit, besiegte ihr aufkeimendes Selbstmitleid. Sie war ein Spielzeug gewesen, mehr nicht.

»Ja«, schnaubte Katja, ohne die Zähne auseinanderzunehmen, »ich habe zuerst gedacht, vielleicht hat Erhard das mit der Uhr von Einstein verraten. Er wollte Max, seinem guten, alten Freund Max, helfen und hat der Polizei einen Tip gegeben. Vielleicht hatte er seine Gründe, mir nichts davon zu sagen. Vielleicht wollte er mir das ganze Theater ersparen, mich nicht weiter in die Sache hineinziehen. Vielleicht war es einfach sein großes Verständnis. Vielleicht wollte er mir ersparen, daß ich weiter zwischen die Fronten, zwischen Max und ihn gerate.«

Sie schüttelte heftig den Kopf und konnte die Tränen nicht länger zurückhalten. Sie schämte sich ihrer.

»Du hast der Polizei keinen Tip gegeben, Erhard. Nicht der Polizei«, stammelte sie. »Du steckst noch viel tiefer drin. Warum? Was hat Max, was hat Einstein entdeckt? Hat einer von ihnen herausgefunden, daß du derjenige bist, der korrupt und bestechlich ist – nicht Max?«

»Moment mal, Katja. Da komme ich jetzt nicht ganz mit.«

Der Chefredakteur klang besonnen, nachdenklich. Er hatte sich ein wenig nach vorn gebeugt. Zum ersten Mal sah er ein kleines Licht am Horizont. Ihm kam der Gedanke, Max habe Katja absichtlich oder unabsichtlich auf eine falsche Fährte gelockt. Vielleicht wollte der »Europa«-Redakteur sich auch nur, ohne irgend etwas gegen ihn, Poschmann, in der Hand zu haben, für seine Beziehung zu Katja rächen. Poschmanns Gesicht wirkte plötzlich entspannter. Es hielt nur für Sekunden vor.

»Vogelsang hat Max gesagt, daß du nie mit der Polizei gesprochen hast. Aber, Erhard, das ist noch nicht alles«, sagte sie und knallte das Foto und die Kopien aus dem Archiv auf den Tisch.

Poschmann riß die Augen auf. Er sah sich mehrfach strahlend mit von Stolzenberg in der noblen Privatloge der Pferderennbahn stehen, dann wieder neben ihm auf dem jährlichen Presseball in Bonn. Das Originalfoto zeigte ihn auf Stolzenbergs Feier zu seinem fünfzigsten Geburtstag. Die beiden Männer umarmten sich beinahe wie gute alte Freunde.

»Wer ist dieser Stolzenberg?«

»Woher ...« Poschmann war nicht fähig, eine konkrete Frage zu formulieren. Er starrte nur auf das Foto, auf Katja, auf die Kopien, dann wieder auf Katja. Er war kreidebleich. Er versuchte krampfhaft, seine Gedanken zu ordnen, fragte sich, wie Wilhelms auf Stolzenberg gekommen war. Max konnte unmöglich einen Zusammenhang kennen.

Er hatte Wilhelms unterschätzt. Er hätte es wissen müssen. Er hätte eigentlich stolz sein müssen. Wilhelms war sein Schüler. Poschmann suchte nach Möglichkeiten, nach Verbindungen. Er fand keine.

»Wer ist er, Erhard? Wer ist dieser Stolzenberg? Ein Mafioso? Hat er Einstein auf dem Gewissen? Hast du ihn auf dem Gewissen? Bist du mit mir ins Bett gegangen, um Max unter Kontrolle zu haben, um zu wissen, wo Max ist?«

Das Klingeln des Telefons störte. Doch Poschmann hob zögernd den Hörer von der Gabel. Der Anruf ersparte ihm eine direkte Antwort.

»Ja, einen Moment«, sagte er und deckte die Sprechmuschel mit der Handfläche ab. »Dörr vom Archiv. Hat wahrscheinlich noch weitere Fotos gefunden.« Er reichte ihr den Hörer.

»Herr Dörr? Melzer hier.«

»Sie hatten mich doch gefragt, ob mir das ›Kreisen der Raben‹ etwas sagen würde. Ich habe nachgedacht und etwas gefunden. Ich erinnere mich deshalb, weil es in einer Überschrift stand. Vor zwei Wochen im ›Boten‹. Auf der Kulturseite. Ich habe es Ihnen kopiert.«

»Danke, Herr Dörr«, antwortete sie leise, um ihre Erregung zu verbergen. Sie überlegte kurz. Sie hatte Poschmann nicht aus den Augen gelassen und sah, wie er mit sich kämpfte. »Wie lange sind Sie noch im Archiv?« fragte sie. Sie wollte den Chefredakteur jetzt nicht alleine lassen. »Gut. Ich komme gleich runter«, sagte sie nun wieder lauter und legte auf.

Poschmann nahm die Kopien und legte sie nebeneinander vor sich. Er schien sie zu sortieren. Katja erkannte aber kein System. Die Reihenfolge ließ weder eine zeitliche noch eine themenbezogene Ordnung erkennen. Sie wartete ab. Sie hatte alles gesagt. Weitere Worte würden nur vorwurfsvoll, beleidigend oder kränkend sein. Immer wieder schaute sie auf die Uhr, ein Weihnachtsgeschenk der Sparkasse mit kleinem Firmenlogo. Poschmann und Wilhelms verband vieles.

Der Chefredakteur brach das Schweigen.

»Ich erkläre dir alles. Ich habe dich nicht ausgenutzt«, sagte er und hörte in seiner Stimme die Entschuldigung. Es war keine Lüge. Doch er hatte sich Katja zu Nutzen gemacht, sich die Beziehung, ihr Vertrauen zu Nutzen gemacht. Sie hörte es ebenfalls heraus. »Ich erkläre dir alles«, wiederholte er sich, »sag mir nur, woher Max ..., wie Max auf Stolzenberg gekommen ist.«

»Ich weiß es nicht. Er hat es mir nicht gesagt«, log sie. Max hatte ihr alles erzählt, jede Kleinigkeit seiner Recherchen. Er hatte von den Gesprächen aus der Telefonzelle am Hauptbahnhof berichtet, von seinen Erfahrungen als Gejagter, von seiner Unsicherheit und von seiner Abhängigkeit. Er hatte ihr zwischen Vorwürfen und Beschimpfungen, zwischen Bitten und Anklagen erklärt, daß es sein letzter Versuch sei, daß sie ihm Glauben schenkte. Sie hatte sich geweigert. Nun glaubte sie ihm. Sie glaubte an ein abgekartetes Spiel, glaubte an Max' Unschuld, an fingierte Vorwürfe im Haftbefehl und daran, daß Einsteins Tod kein einfacher Unfall gewesen war. Und sie glaubte nun auch – sie wußte es nun –, daß Erhard Poschmann die Drahtzieher kannte, daß er seinen Freund und Mitarbeiter zur Marionette gemacht hatte. Sie hatte Angst, daß er auch sie an unsichtbaren Fäden kontrollierte. Und sie hatte immer mehr die Befürchtung, daß das Telefonat mit Wilhelms zu lange gedauert hatte.

»Er ist dein Schüler«, sagte Katja, »dein Partner, dein Freund. Trotz aller Leichtsinnigkeit und Faulheit ist er ein guter Journalist geblieben.«

»Ich habe ihn unterschätzt«, gestand Poschmann ein.

Die Chefin vom Dienst beruhigte sich ein wenig. Sie versuchte ihre Gefühle zu unterdrücken, wollte sich keinen Ausbruch mehr erlauben. Jede Unsachlichkeit würde

Poschmann davon abhalten, ihr die Hintergründe zu erläutern.

»Ich habe Stolzenberg Mitte der sechziger Jahre kennengelernt«, begann der Chef. »Ich muß gestehen, daß er mich schon damals fasziniert hat. Er war mit vierunddreißig Jahren der jüngste Staatssekretär in Bonn. Zwischen uns entwickelte sich keine enge Freundschaft, doch wir pflegten seitdem einen intensiven und regelmäßigen Kontakt. Du hast ja die Fotos gesehen. Er lud mich zu Empfängen, zu Bällen seines Adelskreises ein. Ich hatte Zugang zu vielen Veranstaltungen, die ich ohne ihn nie hätte besuchen können. Als Journalist erhielt ich Informationen, nach denen andere sich die Finger leckten. Vor über einem dreiviertel Jahr hat er mir dann ein Angebot gemacht.«

Poschmann lehnte sich wieder zurück, schob die Kopien von sich.

»Sicherlich, er wollte den ›Kurier‹ für seine Zwecke nutzen. Aber ich habe zugesagt. Er wußte, daß dieses BSE-Gutachten irgendwann kommen würde. Er versprach mir, daß der ›Kurier‹ es zuerst bekommen würde. Exklusiv. Du weißt, wie sich alle Medien europaweit, weltweit auf die Geschichte gestürzt haben. Und dieser BSE-Skandal wird noch über Jahre die Gemüter erregen und die Presse beschäftigen. Wir hätten es exklusiv gehabt, hätten es der britischen Regierung, hätten es Europa präsentiert. Kannst du dir das vorstellen? Der ›Kurier‹ mit so einer Sensation?«

Katja zeigte sich unbeeindruckt. Sie wollte nicht darüber nachdenken, ob sie für diese Absprache, dieses Vorgehen oder diese Pläne Verständnis haben sollte. Sie wollte erst einmal nur die Hintergründe erfahren, wollte wissen, warum wirklich nach Max gefahndet wurde.

»Stolzenberg macht dir dieses Angebot nicht, weil er

dich besonders lieb hat oder weil er mit dir gerne auf Rennbahnen geht, Erhard.«

»Er wollte, daß das Ergebnis des Gutachtens vor Bekanntgabe in England in einer deutschen Zeitung erscheint. Eine deutsche Zeitung sollte der englischen Regierung das Forschungsergebnis präsentieren. Ich habe ihm zugesichert, daß im ›Kurier‹ nicht mit einer einzigen Zeile erwähnt wird, woher wir das britische Gutachten haben.«

»Woher hatte Stolzenberg es?«

»Ich weiß es nicht. Ich habe ihn nicht gefragt. Er hätte es mir nicht gesagt.«

»Es war also alles von langer Hand geplant. Jeder Schritt«, kombinierte Katja laut und versuchte, sich still zu erinnern. Sie dachte an den Briefumschlag, mit dem alles begonnen hatte, den Briefumschlag, den sie Einstein Sonntag abend auf die Küchenanrichte gelegt hatte. *Europa-Redaktion* hatte draufgestanden. Poschmann schrieb immer *Europa-Redaktion* auf Unterlagen, die für Max bestimmt waren. Er hatte die »Europa«-Redaktion geschaffen. Vielleicht wollte der Chefredakteur seinem langjährigen Weggefährten wirklich zu Ruhm und Ehre verhelfen. Es war stimmig. Der »Kurier« wäre für zwei Tage in aller Munde gewesen. Bundesweit. Europaweit. Weltweit. Ihr fielen plötzlich so viele Fragen ein. Wie paßte Einsteins Tod da hinein? Wie kam es zu dem Haftbefehl gegen Max? Was war bei der Umsetzung der Pläne schiefgegangen? Sie versuchte, die Bedeutung der Computer-Uhr in das Netz der Intrigen einzubauen. Auch dieser Verrat Poschmanns ergab nun einen Sinn. Der Chef wollte seine Verwicklung in Stolzenbergs Aktivitäten unter allen Umständen geheimhalten. Die Männer bei Hertha Strombach mußten demnach Stolzenbergs Leute gewesen sein. Sie dachte an Dörrs Anruf und spürte, wie ihre Spannung wuchs. Was war das ›Kreisen der Raben‹? Was hatten die Vögel mit dem Rindfleisch-Skandal zu tun? Sie mußte ihre Gedanken, ihre Fragen ordnen. Poschmann ließ ihr die Zeit. Sie würden sicherlich nicht gestört werden. Frömmert war garantiert schon durchs ganze Haus gelaufen und hatte ihren Ausbruch, ihr Gekreische übertrieben geschildert. Es war ihr gleich. Sie versuchte ein Muster zu erkennen, wollte eine klare Linie in die Vorkommnisse, die Überraschungen der letzten vier Tage bringen. Sie ordnete die Geschehnisse aus ihrer Sicht, dann aus der möglichen Sicht von Max. Poschmann ließ sie außen vor.

»Warum legte Stolzenberg so großen Wert darauf, daß eine deutsche Zeitung den Briten das Forschungsergebnis präsentiert?« fragte sie schließlich ein wenig zögernd. Eigentlich interessierte sie anderes mehr.

»Stolzenberg gehört zu einer Gruppe bei den Christdemokraten, zu einer mittlerweile sehr starken und immer noch wachsenden Gruppierung, die mit der Europa-Politik des Kanzlers, ihres Parteivorsitzenden, nicht mehr einverstanden ist. Ihrer Auffassung nach treibt der Kanzler das gemeinsame Europa zu stark an und verkauft dabei Deutschland. Für die Gruppe, in der auch viele bedeutende Persönlichkeiten aus Banken, Großkonzernen und der Wirtschaft vertreten sind, kommt die Einführung der Euro-Währung zu schnell. Sie wollen die Maastrichter Verträge unter allen Umständen verhindern, zumindest deren Einhaltung verzögern. Der Kanzler pocht allerdings auf die gemeinsame Währung, er will sie auf Biegen und Brechen durchsetzen und läßt, wie man weiß, keine kritischen Stimmen innerhalb der Partei zu. Obwohl bekannte, anerkannte Volkswirtschaftler davor warnen.« Poschmann machte eine kurze Pause. »Daß es unter den Christdemokraten Stimmen gegen die EU, gegen die herrschende EU-Politik und gegen den Euro gibt, ist bekannt – nicht bekannt ist aber die Stärke, das Potential, das dahintersteckt. Diese Leute arbeiten im Hintergrund, sie sind Drahtzieher, die nur im geheimen agieren. Sie sind sehr einflußreich, doch nur solange sie unerkannt bleiben. Stolzenberg ist der Kopf der Gruppe.«

Der Chefredakteur zögerte. Er wollte seiner Geliebten und Chefin vom Dienst nicht mehr sagen, hatte sich jedoch schon so weit vorgewagt, daß es kein Zurück mehr gab. Seine Hoffnung war, Katja die Hintergründe aufzuzeigen, ihr zu beweisen, zu versichern, daß er in keiner Weise mit Einsteins Tod und mit dem Haftbefehl gegen Max zu tun hatte. Mehrfach hatte Stolzenbergs Referentin, eine unscheinbare, streng konservativ wirkende Frau, ihm versichert, daß der Graf nichts davon wisse, daß er sich selbst die Zusammenhänge nicht erklären könne.

Poschmann fuhr in seiner Erklärung fort: »Wäre zuerst in einer deutschen Zeitung erschienen, daß dieses Forschungsergebnis existierte – ein britisches Gutachten –, wäre es der englischen Regierung sehr schwergefallen, zu beweisen, daß sie nichts davon gewußt hatte. Das war die Idee, die dahintersteckte. Der BSE-Skandal an sich wird die EU schwächen, auf die Probe stellen, wird sie in ihren Fundamenten erschüttern. Eine erste Veröffentlichung in deutschen Zeitungen hätte die europäische Idee in die tiefste Krise seit den deutsch-französischen Verträgen gestürzt.«

Der Giftgehalt in Katjas Augen verlor an Konzentration.

»Der ›Kurier‹ zerstört Europa für eine Titelgeschichte«, sagte sie zynisch und schüttelte dabei verständnislos den Kopf. »Und dafür war Max genau der Richtige. Ein ›Europa‹-Redakteur, der ohnehin nichts von Europa hielt. Nur,

Erhard, es ist alles nicht so gekommen. Was ist bei eurem Superplan schiefgegangen?«

»Max«, antwortete Poschmann schnell. »Max. Er hat am Sonntag Auszüge des BSE-Gutachtens bekommen. Er hat es vergessen, nicht beachtet. Du hast ihm die Auszüge Sonntag abend gebracht. Max hat sie dann Einstein gegeben. Ich habe ihn Montag nachmittag noch einmal so richtig getreten, habe ihn fast mit der Nase drauf gestoßen. Ich habe ihm gesagt, daß ich etwas von Europa auf der Titelseite sehen wolle. Doch das einzige, was dieser Faulenzer gemacht hat, ist, eine Agenturmeldung umzuschreiben. Ich wollte ihm eine Chance geben. Ich wollte ...«

»Eine tolle Chance!« unterbrach die CvD ihn forsch. Als sie es ausgesprochen hatte, tat es ihr schon leid. Sie mußte sich beherrschen. Sie wollte Poschmann reden lassen.

»Ich wollte ihm eine Chance geben«, wiederholte der Chefredakteur und meinte es ehrlich. »Als Einstein hier anrief, war Max bereits aus dem Haus. Wahrscheinlich trinken, aber nicht im ›Tal‹. Ich hatte vorher dort angerufen. Ich dachte, es sei nicht so tragisch, wenn die Geschichte einen Tag später veröffentlicht werden würde. Dann geschah Einsteins Unfall. Du weißt, wie sich seine übertriebene Hektik manchmal äußerte. Und dann wurde gegen Max Haftbefehl erlassen.«

Poschmann wartete auf eine Reaktion. Sie blieb aus.

»Katja, du mußt mir glauben, daß ich darüber nicht mehr weiß. Stolzenberg kann sich auch keinen Reim darauf machen. Er hat es mir versichert. Alle Beteiligten stehen vor einem großen Rätsel.«

Das grüne Gift in Katjas Augen gewann wieder die Oberhand. Es wirkte sich auf ihre Stimme aus.

»Einer, der mit einer der größten deutschen Tageszeitungen spielt wie mit Lego-Steinen, der mit Riesenkonzernen, Banken, Wirtschaftsgiganten und ein paar verstörten Politikern versucht, Europa kaputtzumachen, der eine versichert dir, nichts damit zu tun zu haben. Und du glaubst das Ammenmärchen?«

Katja wollte ihm sagen, daß Einstein eine vom BSE-Skandal offenbar völlig unabhängige Affäre entdeckt hatte. Max hatte es ihr erzählt. Er hatte es ihr mehrfach erzählt. Die ersten Male hatte sie nicht zugehört, nicht zuhören wollen. Sie hatte ihn als Spinner bezeichnet. Nun erinnerte sie sich an jedes Wort. Und jedes paßte, jedes erhellte die Zusammenhänge ein wenig mehr. »Da ist ein zweites Wespennest. Ein dickeres, zweites Faß. Ein Riesenskandal. BSE ist Hühnerkacke dagegen«, hatte Max versichert. Einstein mußte zudem eine Verbindung zwischen dem Forschungslabor und Stolzenberg herausgefunden haben. Vielleicht hatte er gar Beweise auf Disketten gehabt. Oder er hatte seine eigenen Schlußfolgerungen zu früh herausposaunt. Katja war immer schon von Einsteins Arbeitsweise begeistert gewesen, von der Art, wie er sich in Themen eingearbeitet, wie er nachgebohrt und wie er sich mit Ergebnissen nie zufrieden gegeben hatte. Doch sie kannte auch seine voreilige Art. Poschmann hatte mit seiner Beschreibung recht: Einstein war oft übertrieben hektisch gewesen. Katja erinnerte sich an mehrere Fälle. Vor allem an einen. Es war vor gut einem halben Jahr gewesen, als die Polizei die Räume eines Studentenwohnheims nahe der Universität gestürmt hatte. Tagelang hatten sich Juristen in der Presse über die Rechtmäßigkeit des Einsatzes gestritten.

Auch der »Westdeutsche Kurier« wollte damals der akademischen Auseinandersetzung Rechnung tragen, ohne die Belange der Studenten zu vernachlässigen. Einstein kniete sich zweieinhalb Tage in das Thema rein und legte der Hauptredaktion schließlich achtundvierzig engbedruckte Seiten vor. Er ließ keinen Betrachtungsaspekt aus, ließ verschiedene Gelehrte mit verschiedenen Ansichten und verschiedenen Ansätzen zu Wort kommen. Fallbeispiele folgten. Abschließend gab Einstein empfehlend ein eigenes Urteil ab, wo die Grenzen des Schutzbereiches und die Unverletzlichkeit der Wohnung zu ziehen seien. Nachdem er die achtundvierzig Seiten in mehreren Exemplaren dem »Kurier« übermittelt hatte, rief der behinderte Freund dann viertelstündlich in der Redaktion an, wollte wissen, ob seine Ausführungen ausreichend seien, ob er weiter recherchieren solle, wer nun etwas schreiben und wann es gedruckt würde. Er war hektisch, übertrieben hektisch. Einstein machte noch tagelang die gesamte Hauptredaktion verrückt, sogar Marga Angelis, die absolut nichts mit der Angelegenheit zu tun hatte. Einstein ließ keinen aus.

Die Grenze im BSE-Fall hatte Einstein wohl auch überschritten. Die Gruppe der Europagegner drohte anscheinend aufzufliegen. Aber diesmal legten die von Einstein Überprüften das Recht nach eigenem Ermessen aus. Mit Rechtsprechung, mit Gesetzen war ihnen nicht beizukommen.

In Katjas Hirn öffneten sich Tore. Sie sah die Bilder der oft vermuteten, der in vielen Fiktionen beschriebenen, der gigantischen und heimlichen Macht im Staat. Diese Macht besaß Handlanger, die für sie die Schmutzarbeit erledigten. Poschmann zählte dazu wie auch die wahrscheinlich falschen Beamten, die in der Nacht von Montag auf Dienstag die Dateien in Einsteins Werkstatt gestohlen hatten, die Käthe Bauer und Max Wilhelms kennengelernt hatten. Katja dachte an das große Interesse an der Microsoft-Uhr, an die Männer, die die Uhr unter einem Vorwand bei Hertha Strombach abgeholt hatten, an Poschmann, der es verraten, und an sich, die es dem

Chef erzählt hatte, nachdem sie miteinander geschlafen hatten. Bei diesen Gedanken und Erinnerungen verspürte sie eine plötzliche Übelkeit. Der Chefredakteur widerte sie an. Sie fühlte sich schmutzig. Auch sie war eine Verräterin.

Immer mehr Puzzleteile paßten zusammen, langsam entstand ein Bild. Max Wilhelms wußte von alldem nichts. Sie mußte ihm auf irgendeinem Weg mitteilen, welcher Macht er gegenüberstand. Eine kleine Gruppe von Politikern und Wirtschaftsbossen kontrollierte Behörden, konnte sogar Staatsapparate steuern. Der Haftbefehl ergab einen Sinn. Es mußte für die Verantwortlichen eine Leichtigkeit sein, Fakten zu schaffen, die Max' Beteiligung an einer kriminellen, terroristischen Vereinigung bewiesen.

Katja drehte sich um und griff nach der Türklinke.

»Was willst du jetzt machen?« fragte Poschmann.

Sie kam zurück, beugte sich weit über den Schreibtisch. Dann ergriff sie mit einer Hand den kompletten Telefonapparat und knallte ihn ihm vor die Brust.

»Ruf an, Erhard! Sag deinen Freunden, daß ich Max suchen werde. Sag's ihnen. Vielleicht ist ja noch eine Titelstory drin. Und ein Haftbefehl gegen mich dürfte doch wohl auch kein Problem sein. Macht doch auch Sinn, wenn ich nun versuche, Max zu helfen. Ich stehe auf Landfriedensbruch.«

Dann ging sie.

Ihre Gedanken kreisten immer noch um das viel zu lange Gespräch mit Max Wilhelms. Ein Kreisen, das ihr Angst machte. Wie das Kreisen der Raben, von dem sie immer noch nichts wußte.

Sie war gespannt auf die Raben.

Ludger Dörr wartete bereits.

31 »Sie war aufmerksam und geschickt«, sagte von der Schlei und brachte schnell eine wenig bekannte Goethe-Weisheit an, um seine Beurteilung zu untermauern und hervorzuheben: »Aufmerksamkeit ist die höchste aller Fertigkeiten und Tugenden.«

»Sie besaß Einfühlungsvermögen«, ergänzte von Lausitz. Altmühl-Ansbach fügte ein schlichtes »Sie war hilfsbereit« hinzu. Den Abschluß machte Prinz von Oranienbrug: »Ich denke, wir haben ihr geholfen.«

Alle nickten.

Der Tag war fast wie ein gewöhnlicher Donnerstag verlaufen. Der reguläre Ablauf hatte sich zeitlich nur ein wenig verschoben. Mittagessen und Mittagspause mußten mit halbstündiger Verspätung beginnen, der Tee zu Beginn des nachmittäglichen Treffens wurde sogar eine Stunde später serviert. Dementsprechend verzögerte sich auch das Abendessen, auf das die Herren nun in der Bibliothek warteten. Sie saßen um das Schachbrett herum. Nur der Baron und der Fürst fehlten.

Josef hatte alle Hände voll zu tun gehabt. Nicht nur, daß er die Aufgaben von Anna hatte übernehmen müssen. Er hatte auch nach einer neuen Pflegerin suchen müssen, was ihm noch reichlich Probleme bereitete. Die beiden Anwärterinnen, die er zuletzt dem Hausherrn vorgeschlagen hatte, stellten ohnehin nur eine Übergangslösung dar. Die eine wohnte in Kelbra, die andere in Tilleda. Sie würden stets nach Hause fahren. Die Bewohner legten jedoch großen Wert auf eine permanente Betreuung. Für mehrere tausend Mark waren medizinische Spezialgeräte angeschafft worden. Das noble Privat-Altenheim verfügte sogar über eine Maschine zur Notbeatmung. Anna hatte in den drei Tagen das Haus einmal »eine kleine Klinik« genannt.

Schlei und Altmühl-Ansbach starrten auf das Brett.

Lausitz suchte nach der Katze, Oranienbrug nach Zettel und Stift. Ihm war gerade wieder etwas eingefallen, wie das Wohlbefinden im Haus künftig verbessert werden konnte. Solche Eingebungen mußte er immer sofort festhalten, da er bemerkte, daß seine Vergeßlichkeit zunahm.

Die dunkle Dame hatte ihre Position nur geringfügig verändert. Die weißen Figuren waren soweit wie möglich zurückgezogen worden. Der Damenbauer des Generals stand in vierter Linie allein, war aber nicht bedroht. Es zeichnete sich seit einigen Zügen keine neue Entwicklung mehr ab. Beide Seiten warteten ab, schienen mit ihrer Stellung zufrieden zu sein. Auch Altmühl-Ansbach drängte nicht.

Mit defensiver Gelassenheit war während des Tages jeder seiner Beschäftigung nachgegangen. Die Freiherren hatten sich am Gartenbeet getroffen und sich ernsthaft, aber vergnüglich gezankt. Der General hatte seine Farben für die Schlacht am Weißen Berg angerührt, wo 1620 Ferdinand nach seiner Wahl zum Kaiser mit Unterstützung Spaniens und der Liga Böhmen niedergezwungen hatte. Nur der Prinz hatte sich auf die Suche nach einem neuen Aufgabengebiet gemacht. Den Ausflug wollte Oranienbrug nun nicht mehr organisieren. Zum Schrecken der Köchin war er plötzlich zwischen Herd und Salatbar aufgetaucht und hatte sie über eine Seuche bei britischen Rindern und über die vielfältigen Möglichkeiten bei der Erstellung eines gesunden Speiseplans belehrt.

»Du machst dir Sorgen?« fragte Ryn-Gladenberg. Der Fürst saß, während die anderen sich in der Bibliothek gegenseitig zunickten, mit dem Baron in dessen kleinem Arbeitszimmer. Die zwei Stühle, die um den runden Tisch gruppiert waren, wirkten im Vergleich zum massiven Schreibtisch mickrig. Der Fürst und der Baron hatten sich unauffällig zurückgezogen. Es kam nicht häufig vor. Ryn-Gladenberg war der einzige, der den Baron duzte. Wenn sie mit den anderen zusammen waren, vermieden beide geschickt jede persönliche Anrede. Dabei war ihre lange und enge Freundschaft allseits bekannt.

»Ich mache mir Sorgen um Stolzenberg«, gab der Baron zu. Obwohl der Stuhl ein steifes Polster besaß, saß er mit herunterhängenden Schultern und schlaffem Rücken da. »Er ist nervös, ungeduldig und mißtrauisch. Er hat heute dreimal angerufen und nachgefragt, ob etwas Außergewöhnliches vorgefallen sei.«

»Was hast du geantwortet?«

»Ich habe erwähnt, daß das Mädchen gegangen ist, daß sie uns vorher noch schriftlich für unsere gemeinsamen Ziele Glück gewünscht hat. Ich habe ihm gesagt, daß demnach heute nichts Außergewöhnliches vorgefallen sei.«

»Er wußte von Anfang an, daß er auserwählt ist«, winkte Ryn-Gladenberg ab, »und ich denke, es ist normal, daß kurz vor einem Ziel Nervosität aufkommt. Hat Josef dich unterrichtet?«

»Ja, hat er«, antwortete von Hinrichsburg. »Aber ich messe dem keine besondere Bedeutung bei. Was ist schon passiert? Jemand hat versucht, ihn auszufragen. Und? Du weißt doch, was die Leute über uns reden. Sie sind in Jahren der kommunistischen Tyrannei zu ungebildeten Individuen verkommen und freuen sich, Aussätzige am Rande ihres Städtchens zu haben. Sie haben nicht viel Gelegenheit zu plappern und zu lästern.«

Der Fürst drehte seinen Kopf und schaute dem Baron zweifelnd in die blutunterlaufenen, kranken Augen.

»Du glaubst, es war ein Einheimischer?«

»Nein, das glaube ich nicht.« Der Baron lächelte ein wenig. Auch das Heben der Wangen kostete ihn Kraft.

»Aber darüber mache ich mir keine Sorgen. Josef ist wie Stolzenberg vertrauenswürdig. Beide sind uns, wie viele, einiges schuldig.«

32 Er vernahm das Quietschen der Reifen zeitgleich mit dem Geräusch, das das Auflegen eines Hörers in einer Telefonzelle begleitete. Max' Zufriedenheit wich innerhalb von Sekunden – Sekunden, die er sich im nachhinein nicht erklären konnte. Die quietschenden Reifen waren an der Vorderachse eines kleinen Fiat Puntos montiert. Eine Mutter zog ihr Kind an einem Arm von der Straße. Das Kind mußte spontan und unüberlegt anderen Fußgängern über die mittlerweile schon rotblinkende Ampel gefolgt sein. Der Fahrer des Punto schaute zu Max, der sich instinktiv umsah.

Ein Mercedes älteren Baujahrs, ein Ford Transit Lieferwagen, ein VW-Passat und ein recht demolierter Suzuki-Jeep stoppten fast gleichzeitig. Max sah zurück zum gelben Punto. Der Fahrer suchte nach einer Parkmöglichkeit auf dem Seitenstreifen. Der Mercedes hatte bereits einen Platz in den Buchten gefunden, die den Expreßgut-Hallen gegenüberlagen. Er parkte rückwärts ein. Der Fahrer des Suzuki-Geländewagens drehte die Scheibe hinunter und diskutierte heftig mit einem Taxifahrer. In der näheren Umgebung des Transits bewegte sich nichts. Alles erschien ganz normal. Zu normal.

Das Telefonat mit Katja war ergiebig gewesen. Max mußte wissen, wer Stolzenberg war. Er mußte wissen, warum sie ein Verhältnis mit Poschmann angefangen hatte, obwohl er es sich denken konnte. Er wollte kitten, was zu kitten war. Er durfte die Freundin nicht verlieren. Jetzt nicht. Er mußte ihr Vertrauen zurückgewinnen. Nicht seines starken sexuellen Triebes wegen. Auch nicht, weil sich sein Leben mit Katja so problemlos und einfach gestalten ließ. Die Beziehung war immer streßlos gewesen, hatte den nötigen Beigeschmack von Romantik gehabt, war nur mittelfristig zukunftsorientiert gewesen. Er liebte sie auf seine Art. Sie drängte nie. Sie fragte nie. Sie ließ ihn tun. Er genoß ihre Nähe dann, wenn er sie brauchte. Oft hatte sie ihre Beziehung als »Affäre« bezeichnet. Es störte ihn nicht, obwohl er wußte, daß sie mehr verlangte, ja geradezu nach mehr schrie.

Erhard Poschmann, der Mann, den er nun »Verräter« nannte, war das genaue Gegenteil von ihm. Max hatte die Gründe für Katjas Flucht in Poschmanns Arme längst erkannt, hatte ihr diese Erkenntnis zwischen Fragen und Bitten immer und immer wieder präsentiert. Eingepfercht in die übelriechende Telefonzelle, umgeben von Junkies und Pennern, hatte er ihr nochmals alle Fakten, die er mittlerweile zusammengetragen hatte, ausführlich dargestellt, hatte ihr von dem Anruf des anonymen Ratgebers erzählt, der Person, die behauptete, ihn ausgewählt zu haben. Er hatte ihr endlich glaubhaft machen können, daß es eine Aktion gegen ihn war, in der die örtliche Polizei nur Handlanger spielte. Seine Freunde aus dem Präsidium konnten ihm nicht mehr helfen. Sie kannten nur den Haftbefehl, den Grund für die Fahndung nach ihm. Unterstützung einer kriminellen, terroristischen Vereinigung und Landfriedensbruch. Der Haftbefehl konnte nur von einem Richter erstellt worden sein. Das bedeutete, daß die Leute, die hinter ihm her waren, Macht und Mittel besaßen, Fakten zu schaffen, die sogar einen Richter überzeugen konnten. Diese Leute mußten in der Hierarchie weit oben sitzen oder zumindest auf dieser Stufe gewaltigen Einfluß ausüben können.

Die Jahre als Polizeireporter machten sich plötzlich bezahlt. Die Kenntnisse, die Erfahrungen aus mehreren, teils langweiligen Jahren Polizeiberichterstattung weckten in Max blitzartig einen Instinkt, den er nicht so recht bestimmen konnte. Er fühlte sich auf einmal unwohl.

Eine hochschwangere Frau stand vor der Telefonzelle und blickte ihn grimmig an. Sie wartete schon länger. Max lächelte ihr zu, hielt ihr die schwere Zellentür weit auf. Aus den Augenwinkeln beobachtete er genau das Treiben um die Hauptbahnhofsnordseite, behielt die unverdächtigen Fahrzeuge und die Bewegungen auf dem gegenüberliegenden, neubepflasterten Laternenplatz im Blick. Der Fahrer des Transits hatte eine Karte oder eine lange Auslieferungsliste herausgeholt, die er studierte. Wilhelms konnte es nicht genau erkennen. Er weigerte sich, den Kopf in diese Richtung zu drehen. Zwischen Geländewagen und Taxistand wurde immer noch heftig gestritten. Der Punto hatte eine Parklücke gefunden. Der Mercedes war plötzlich leer.

Max versuchte sich zu konzentrieren. Er mußte handeln und mußte gleichzeitig die Frage beantworten, welcher seiner Instinkte ihn gerade warnte. Er konnte nicht beides gleichzeitig tun. Er war überfordert. Für den Bruchteil einer Sekunde dachte er an die Nacht vor drei Tagen. Keine sechzig Stunden war es her, daß er vor sich nähernden Autoscheinwerfern, vor Hundebellen, vor unbekannten Menschen – waren es Jugendliche oder alte, bucklige Frauen – Angst gehabt hatte. Es waren Erinnerungen an die ersten Momente eines neuen Lebens, eines Lebens auf der Flucht. Doch er durfte sich jetzt nicht in Erinnerungen verlieren.

Die Verärgerung der Schwangeren nahm zu. Erst hatte sie lange warten müssen. Nun hielt der auf sie verstört wirkende Mann noch immer die Zellentür weit auf. Max ließ den Griff nicht los. Er sah die beiden Männer am

Rolltreppenaufgang zu den Bahnsteigen. Der eine hatte eine Zigarette im Mund. Der andere wollte ihm Feuer geben und versuchte, sein Feuerzeug anzuzünden. Vergeblich. Ein leichter Wind zog durch die Passage. Der Raucher hielt mit den Fingern der linken Hand die Zigarette, seine rechte schlummerte in der Jackentasche. Er machte keine Anstalten, sie zum Schutz vor dem Wind herauszuholen. Max blickte vom Rolltreppenaufgang zum Jeep hinüber. Der Fahrer des vorderen Taxis war nun ausgestiegen und fuchtelte wütend mit seinen Händen, winkte seinen Kollegen zu, bat um Unterstützung im Kampf gegen den dreisten Geländewagenfahrer, der auf dem Droschkenplatz wohl nur auf seine Freundin wartete. Ein alltäglicher Streit, ein alltäglicher Vorgang auf der Nordseite des Hauptbahnhofes. Auch Wilhelms hatte sich hier schon mehrfach mit der Chauffeur-Zunft angelegt. Die Taxifahrer besaßen Hoheitsrecht auf der Spur vor den Eingängen zur U-Bahn und den Stolz, dieses Recht gegen jeden Eindringling gemeinschaftlich zu verteidigen. Das Privileg der Vorfahrt machte sie nicht nur wichtig, sondern gab ihnen auch die Gelegenheit, ihre Langeweile mit alltäglichen Streitigkeiten zu überbrücken und ihren Frust über die langen Wartezeiten loszuwerden.

»Könnte ich jetzt endlich telefonieren?« fragte die Schwangere und versuchte, sich an ihm vorbeizudrängeln.

Max Wilhelms sagte nichts. Plötzlich begriff er die Situation. Er verstand, was sein Instinkt ihm sagen wollte. Er verstand das Signal, das ihn zur Vorsicht mahnte.

Er ließ die Klinke los und ging drei, vier Schritte auf eine Gruppe zu. Mehrere ältere Frauen hatten nur wenige Meter von der Telefonzelle entfernt gewartet, waren nun im Begriff, ihre Koffer zu heben und in Richtung Bahnsteig zu gehen.

»Darf ich Ihnen helfen, junge Frau?« fragte Max eine von ihnen und setzte dabei sein charmantestes Lächeln auf. Die Alte erschrak zunächst ein wenig. Ihre Begleiterinnen lächelten erst sie, anschließend ihn an. Sie gaben der Angesprochenen ein Gefühl der Sicherheit. Die Alte nickte dankend.

»Das ist sehr nett von Ihnen. Es gibt ja doch noch junge Kavaliere«, stellte sie fest, ließ den Koffergriff los, umfaßte aber gleichzeitig den Riemen ihrer Handtasche fester. Die ungewohnte Höflichkeit eines schlichten Passanten verunsicherte sie dennoch.

Unsicher war auch Max Wilhelms, der nun inmitten der kleinen Schar in die Bahnhofshalle schritt. Er war unsicher, ob er nicht plötzlich zu übervorsichtig handelte. Er war kein Gauner, kein Krimineller, kein Unterwelterfahrener. Aber er war ein Gesuchter, der in den letzten Tagen immer unachtsamer geworden war, ein Gejagter, der sich nun endlich seiner Kenntnisse der Polizeiarbeit bedienen konnte. Diese Kenntnisse hatten ihn auch die Nähe der Frauen suchen lassen. Erstmals hatte er lange mit Katja telefoniert. Zu lange. Er hatte nicht im Traum daran gedacht, daß die Redaktion abgehört werden könnte. Die Autos, die gleichzeitig an der Nordseite des Hauptbahnhofs vorgefahren waren, waren so unauffällig wie die Fahrer gewesen. Letztere hatten jedoch eine Gemeinsamkeit besessen, die einen Instinkt in ihm wachgerufen hatte, den er bis dahin nicht an sich gekannt hatte.

Sie waren alle zwischen achtundzwanzig und vierzig Jahre alt. Max sah ihnen trotz verschiedenster Kostümierung die Sportlichkeit an. Da wurden die Erinnerungen an die Stammtische der Kommissare und Einsatzleiter, der Polizeilehrer und Sondergruppenführer plötzlich wieder wach. Und da fiel ihm die Antwort auf seine Frage ein, woran die Männer eines Sondereinsatzkommandos zu erkennen seien. »Gar nicht. An nichts«, hatte damals einer der zuständigen Kriminalhauptkommissare stolz und sicher zwischen dem achtzehnten und dreiundzwanzigsten Bier geschwärmt, hatte freudestrahlend erzählt, daß in bestimmten Fällen gar eine Kosmetikerin bereitstehe, die die jungen Burschen in verwahrloste Trinkbrüder verwandeln könne. Einzige Merkmale seien, so hatte einer der Stammtisch-Kommissare ungeschminkt preisgegeben, das Alter und die Sportlichkeit. Max erinnerte sich, daß er den selbstsicheren Beamten in seine Schranken hatte weisen wollen. Er hatte ihn gelöchert, hatte ihn ausgequetscht, hatte nach Möglichkeiten gesucht. Mehr um ihm und seinem SEK die Verwundbarkeit vor Augen zu halten.

Der Stammtisch war Vergangenheit. Die Erinnerung an das lehrreiche Streitgespräch stieg nur noch bruchstückhaft in ihm auf. Achtundzwanzig bis vierzig Jahre alt und sportlich, schoß es ihm immer wieder durch den Kopf.

»Wir fahren an die Mosel«, sagte die Frau neben ihm. Sie hielt die Handtasche immer noch fest umklammert.

Max lächelte sie fortwährend an und nickte den anderen Damen der Reihe nach zu.

»Mosel. Wie schön! Deutsches Eck. Traumhaft! Wirklich«, meinte er, ohne sich seiner Worte bewußt zu sein. Er achtete nur auf sein Umfeld. Weder im Punto noch im Transit war momentan jemand zu erkennen. Auch der Raucher stand nun allein an der Säule. Den Mercedes und den VW konnte er nicht mehr sehen. Er blickte nach vorne in Richtung Südausgang, schleppte den leichten Koffer brav, aber sehr langsam die Treppe hinauf zur oberen Passage. Von dort führten beidseitig jeweils acht Aufgänge zu den Bahnsteigen.

»Bernkastel-Kues«, sagte die Frau freundlich und wunderte sich sichtlich, wie ein so junger Mann Schwierigkeiten mit dem leichten Koffer haben konnte. »Bernkastel-

Kues. Eine nette kleine Pension etwas außerhalb von Bernkastel-Kues. Aber ganz nah an der Mosel.«

»Wenn wir vorbereitet sind, brauchen wir vier Minuten bis zur Stadtmitte«, hatte der Kommissar gesagt. Das Sondereinsatzkommando lauerte in einem südlichen, an die City grenzenden Stadtteil auf dem Gelände der Landespolizeischule. »Wenn wir nicht vorbereitet sind, dann auf keinen Fall länger als eine halbe Stunde.«

Aufmerksam beobachtete Max weiter sein Umfeld, während die Frau an seiner Seite ihm »Bahnsteig fünf« ins Ohr schrie. Ein Pärchen schlenderte ihnen Arm in Arm entgegen. Sie hatte den Kopf auf seine Schulter gelegt und flüsterte etwas mit verliebter Miene. Beide waren Anfang Dreißig. Dennoch glich sie bereits mehr einer Tonne. Er hingegen sah wie jemand aus, der nach einem schweren Unfall gerade aus dem Krankenhaus entlassen worden war. Alle anderen Personen, die Max sah, liefen hektisch umher, waren zu alt oder zu jung oder hatten andere sichtbare Gebrechen. Nur für einen kurzen Moment lachte Wilhelms über seine plötzliche Ängstlichkeit, seine aus dem Nichts entstandene Vorsicht. Dann besann er sich der Situation, in der er sich seit Tagen befand, und empfand seine Gedanken, seine übertriebene Vorsicht als gut.

»Der Zug kommt erst in sieben Minuten«, sagte die Alte

»In acht«, krähte ihre Nachbarin sichtlich sauer darüber, daß nicht ihr Koffer getragen wurde.

Max wollte den Griff nicht einfach lockern, ihnen einen schönen Tag und einen schönen Aufenthalt an der Mosel wünschen und von dannen ziehen. Er entschloß sich spontan, den Koffer bis zum Bahnsteig zu tragen. Die Altweibergruppe hatte es verdient. Zumal auch die Kofferbesitzerin nun Vertrauen gewann und der Handtasche die Freiheit gab.

Der Bahnsteig war nicht voll. Unter dem großen A, das unter der verrosteten Dachträgerkonstruktion baumelte, wartete eine weitere Gruppe älterer Herrschaften. So weit mußte er zum Glück nicht gehen. »Sektion B«, kreischte eine der Frauen, die sich damit schnell zur Organisatorin ernannte. Max stellte den Koffer ab und spulte sein Wunsch- und Abschiedsrepertoire ab.

»Viel Spaß an der Mosel. Gern geschehen. Tschüs.« Max lächelte ein letztes Mal und ging. Er sah den Puntofahrer die Treppe heraufkommen. Die verliebte Tonne mit dem häßlichen Freund hatte den anderen Aufgang gewählt. Sie standen nun am Bahnsteig-Kiosk und flüsterten sich immer noch zärtliche Worte zu. Max stutzte nur einen Moment. Hatte sein Instinkt doch nicht versagt? Er setzte an, wollte endgültig die Gleisanlage verlassen. Der Chauffeur des Transit hatte ein markantes Gesicht, das Max, einmal gesehen, nie mehr vergessen würde. Ob mit schützendem Kartenwerk vor der Brust oder ohne.

Wilhelms drehte sich auf dem Absatz um, schritt mit halb erhobenen Armen zurück zu den schützenden Damen. »Wissen Sie was«, sagte er im Brustton der Überzeugung, »Sie stehen hier mit so vielen Koffern, müssen alle in den Zug steigen, und ich habe so viel Zeit. Ich warte mit Ihnen und trage Ihnen die Koffer in den Zug. Nicht ins Abteil, aber zumindest die steilen, engen Stufen hoch bis in den Wagen.«

»Wie aufmerksam« und »Das muß doch nicht sein« und »Ach, ist das nett« kreischte es in quiekendem Sopran übermäßig betont von allen Seiten. Während einige Frauen auf ihn einredeten, daß es kaum noch Respekt vor dem Alter gebe, ließen sich andere über die Reise aus, über die Mosel und über die Pension in Bernkastel-Kues, nicht direkt in Bernkastel-Kues, dafür aber ganz nah an der Mosel.

Sieben Minuten hatte Wilhelms Zeit, die Situation zu studieren, sie zu erfassen und zu meistern. Jetzt galt es, schnell die Erinnerungen zu aktivieren. Die Tips und Tricks des alkoholisierten Polizei-Stammtisch-Planspiels von damals mußten umgesetzt werden. Es konnte kein Zufall mehr sein. Das häßlich-runde Doppel am Kiosk vielleicht, aber nicht die beiden Fahrer. Max weigerte sich, über einen Fluchtversuch nachzudenken. Er wollte erst einen weiteren Beweis seiner Vermutung sehen. Auf dem gegenüberliegenden Bahnsteig erkannte er den Mann mit dem kaputten Feuerzeug. Er hatte nun einen Koffer bei sich, der Max zuvor nicht aufgefallen war. Zwei Gleise trennten ihn von dem Beamten.

Jetzt war alles klar.

Acht Personen und ein Führer, erinnerte sich Wilhelms, machten ein Sondereinsatzkommando aus. Jede Person konnte den anderen über Funk Beobachtungen, Bewegungen mitteilen. Weder Ohrstöpsel noch Mikrofon waren zu erkennen. Lediglich in einer Hand, das wußte Max, mußten die SEK-Profis einen kleinen Druckschalter betätigen können, um die Funkverbindung herzustellen.

Er nickte erneut den Frauen der Gruppe zu. Sie quasselten immer noch auf ihn ein, lobten ihn und schwärmten von der Mosel und dem Alter. Ob die Hände nun wartend in Jacken- oder Manteltaschen steckten oder nicht – zwei offene Handflächen konnte er bei keinem der möglichen SEK-Beamten sehen. Skepsis stieg in ihm auf. Zum Vergleich sah er sich nach anderen Händen um. Nicht einmal eine der neben ihm stehenden Frauen zeigte ihm zwei offene Handflächen. Und diese Damen hatten garantiert keinen Druckknopf zu verbergen, mit dem sie eine Funkverbindung herstellen konnten.

»An der Mosel sind die Menschen noch offen, ehrlich und naturverbunden«, meinte die Dame, deren Koffer Max getragen hatte, und fragte: »Finden Sie nicht auch?«

»Ja, ja, das stimmt«, sagte Wilhelms und schaute auf die Bahnsteiguhr. Noch sechs Minuten. Ein Gesamtbild aus verschiedenen und – solange sie für sich allein standen – nichtssagenden Fakten zu schaffen, daran hatte er in den letzten Tagen gearbeitet. Jetzt mußte er dasselbe noch einmal auf einer anderen Ebene tun. Ein Puzzle der anderen Art. Diesmal unter Zeitdruck. Er mußte Fragen stellen und versuchen, sie zu beantworten. Fragen wie beispielsweise: Waren jene Personen nun wirklich Mitglieder eines Sondereinsatzkommandos? Wenn ja, wie viele Gruppen hielten sich am Bahnhof, im Bahnhof auf? Warum hatten sie noch nicht zugegriffen?

Immer wieder dachte er an den Stammtisch, an die Selbstsicherheit des angetrunkenen, redseligen Kommissars. »Eine Person? Eine Gruppe. Acht Mann plus Führer. Mehr brauchen wir garantiert nicht«, hatte er gelacht, »wenn es etwas Wichtiges ist, vielleicht zwei Gruppen. Aber das ist auch schon das höchste der Gefühle.«

Max Wilhelms nickte und nickte, lächelte und grinste, schüttelte den Kopf und verbeugte sich leicht, ohne den Frauen auf dem zugigen, aber zuglosen Bahnsteig zuzuhören. Er dachte an Einstein, Katja, Poschmann und den anonymen Anrufer. Er dachte an den Kreisauer Kreis und das Kreisen der Raben. Und er dachte an die Strategie und an das Wesen einer guten Recherche. Er hatte gelernt, daß nicht die Fragen und deren Antworten das Entscheidende waren. Vielmehr war es die Reihenfolge der Fragen. Ein durchdachter Aufbau war die Grundlage. Durch eine erste Antwort konnten sich viele, im Hinterkopf wartende Fragen erübrigen.

Waren sie vom SEK? Um die Frage zu beantworten,

hätte sich Max bewegen, die möglichen SEK-Beamten beobachten müssen. Das wollte er nicht. So entschied er sich für die Frage: Warum haben sie noch nicht zugegriffen?

Während die Frauen, die mittlerweile einen Kreis um ihn gebildet hatten, detailliert beschrieben, mit welchem Proviant sie sich für die Fahrt zur Mosel eingedeckt hatten, überlegte Wilhelms, wen die SEK-Leute in ihm sahen. Er wurde mit Haftbefehl gesucht. Sie kannten sein Foto, seine Personenbeschreibung. Sobald sie ihn erblickten, würden sie sich auf ihn stürzen. Es sei denn ... Nein, das konnte nicht sein! Obwohl – er war eine Gefahr. Terroristische Vereinigung, hieß es. Er war laut Haftbefehl eine Gefahr, von ihm konnte also eine Gefahr ausgehen, eine direkte Gefahr. Die Sondereinsatzkräfte stürzten sich nicht auf ihn. Vielleicht, weil auf dem Haftbefehl ein weiterer Vermerk stand, der sie daran hinderte. »Gewalttätig. Vorsicht Schußwaffe!« wäre ein solcher Vermerk gewesen.

»Oberste Priorität eines jeden SEK-Einsatzes gegen eine mobile Person ist der Schutz Unbeteiligter«, war damals am Stammtisch im Tonfall einer Laudatio gepredigt. Wilhelms erinnerte sich nun wieder an den belehrenden Monolog des Kommissars. »Vergiß alle Filme, Max, der Schutz der Bevölkerung hat immer Vorrang, ist immer wichtiger. Vergiß die Bücher, in denen beschrieben wird, wie durch die Menge geschossen wird, wie sich alle auf den Boden werfen, um die Schußlinie freizugeben. Soll ich dir ... Nein, das darf ich nicht. Aber ich könnte dir viele, viele Geschichten erzählen, in denen Beamte, auch SEK-Kollegen, vorzeitig – zum Teil von einer auf die andere Minute – ihre Uniformen an den Nagel hängen mußten, weil sie zu früh zugegriffen hatten. Den Befehl ›Polizei – stehenbleiben – Hände hoch‹ kannst du vergessen.

Wenn wir wissen, daß einer eine Waffe hat, warten wir ab. Wir haben Zeit. Wir warten, bis wir an ihn herankommen. Wir reagieren nur. Agieren ist nicht möglich. Wir warten, bis er allein ist und hundertprozentig überwältigt werden kann. Unsere Kollegen, meine Männer, sehen auch solche Filme. Aber glaube mir, keiner würde seinen Beruf aufs Spiel setzen. Keiner.«

Max überlegte konzentriert, führte mehr unbedacht seine Hand in die Jackentasche. Sie war tief und ausgebeult. Die Frauen schwärmten gerade von Schnittchen mit Leberwurst und Frikadellenbrötchen. Eine erzählte stolz, daß sie eine Thermoskanne mit gutem Bohnenkaffee dabeihabe. Spätestens beim ersten Moselausflug würde man für ihre umsichtige Planung dankbar sein. In der Jackentasche fühlte Max mehrere Kugelschreiber und einen gefalteten Stenoblock. Er besaß keine Waffe, hatte noch nie eine in der Hand gehabt. Doch nun ließ er die Hand in der Tasche. Es konnte nicht schaden.

Der nächste Schritt, den er machen mußte, war, sich einer neuen Gruppe anzuschließen. Er spielte mit dem Gedanken, mit in den Zug zu steigen. Der Zug fuhr über Duisburg und Köln nach Koblenz. Er könnte unterwegs aussteigen, vielleicht die Notbremse ziehen und auf offener Strecke das Weite suchen. Doch gelänge es nur einem der SEK-Leute, mit in den Zug zu steigen, und davon konnte er ausgehen, wäre er, Max, beim Verlassen des Zuges allein, nicht mehr im Schutz der Masse. Das Risiko durfte er nicht eingehen. Er mußte warten und schaute auf die Thermoskanne, die ihm nun unter die Nase gehalten wurde. »Für die Reise das beste. Ganz neu und preiswert aus dem Discountladen.«

Die Zugmaschine schlich an ihnen vorbei. Die Bremsen der Waggons quietschten laut. Die Räder standen noch nicht still, da wurden auch schon die ersten Türen geöffnet. Auf der linken Seite stiegen einige Männer mit Aktentaschen und ein paar Jugendliche mit Springerstiefeln und Irokesenhaarschnitt aus. An der nächsten Waggontür in Richtung Bahnhofshallenausgang sah Max einen alten Herrn mit Stock. Als dieser die letzte Stufe gemeistert hatte, drehte er sich auf dem Bahnsteig wieder um. Nun waren die Vorderräder eines Kinderwagens zu erkennen. Max reagierte sofort, ließ die Frauengruppe wortlos stehen und rannte zu der offenen Tür. Beinahe hätte er den Mann samt Stock umgerissen.

»Entschuldigen Sie, ich mache das schon«, sagte er und griff mit einer Hand entschlossen nach dem vorderen Gestänge des Kinderwagens. Die Mutter strahlte. Der Mann mit dem Stock wandte sich ab. Max hob den Kinderwagen an, ließ die andere Hand aber in seiner Jackentasche. »Ich darf Ihnen sicherlich auch noch die Stufen zur Bahnhofshalle hinunterhelfen?« fragte er. Die Mutter dankte.

Die Situation war eindeutig, als er mit dem Kinderwagen die Halle erreichte. Ein kurzer Rundblick genügte. Der Zigarettenraucher fuhr gerade die Rolltreppe hinauf, sein Kollege mit dem kaputten Feuerzeug herunter. Sie grüßten sich nicht. Die Fahrer des Mercedes, Transit, Punto und Passat sah er nicht. Max ließ das Gestänge los. Die vier Schüler, die an ihm vorbeischlenderten, kamen ihm wie gerufen. Er mußte nur in der Nähe mehrerer Menschen bleiben, die sehr jung oder sehr alt waren. Auf den SEK-Anspruch der Sportlichkeit wollte er sich nicht mehr verlassen. Die Tonnen-Frau mit dem häßlichen Liebhaber hatte es bewiesen.

Die Schüler gingen in Richtung Fußgängerzone. Max hängte sich an drei Sekretärinnen, dann an zwei ältere Männer. Sie trugen die Uniform des regionalen Verkehrsbetriebes. Er ging so lange mit ihnen, bis sich neue Möglichkeiten ergaben. Sein Ziel stand fest. Der Stammtisch-Polizist hatte es ihm vorgegeben.

Zweihundertneunundneunzig Kanäle standen den Ordnungshütern zur Verfügung. Das Sondereinsatzkommando einigte sich vor jeder Aktion auf eine Basis-Funkfrequenz. Jeder konnte mit jedem sprechen. Jeder konnte jeden hören. Doch nicht immer und überall. Max wußte es.

Trotz modernster Technik wirkten bestimmte bauliche Konstruktionen hinderlich. So existierten verschiedene Ebenen, verschiedene Schleifen, verschiedene Zwänge. Gelang es dem Menschen jederzeit, schnurlos von der Antarktis zum Nordpol zu telefonieren, Sonden in Richtung Mars zu schicken und einzelne Gene aus der DNA zu isolieren, so gelang es der bestausgerüsteten Polizeistaffel nicht, auf ein und derselben Frequenz Kontakt langfristig zu halten. Ging der Fahnder in die U-Bahn-Passage, mußte er einen neuen Kanal wählen. Die Leitstelle mußte über die Basisfrequenz die Umstellung vermitteln. Diesen Umstand nutzte Max nun aus.

Für den vor einem SEK Flüchtenden gab es keinen geeigneteren Ausgangspunkt als den Hauptbahnhof, speziell dessen Nordseite. Zwei Rolltreppen führten von hier zu der unterirdischen Passage. Von diesem Gang aus zweigten weitere Wege ab. Einige führten zu dem neugestalteten Laternenplatz mit verschiedenen Ausgängen, zur Hauptbahnhofssüdseite, zum Hauptpostamt oder zur unteren Bahnhofshalle. Von dort gelangte man wiederum zu acht verschiedenen U-Bahnsteigen, die noch eine Etage tiefer lagen und eine weitere Frequenz beanspruchten. Diese Halle besaß wiederum sechs Ausgänge, auf der östlichen Seite über drei Etagen, auf der westlichen sogar über vier, zählte man den kleinen Knick mit, an dem der Zeitungskiosk stand. Die wohl beste Flucht ermöglichte jedoch der unterirdische Zugang zu einem großen Kaufhaus am nördlichen Ende der Passage. Hinter der Tabak-, Buch- und Musikabteilung rollten zwei verschiedene stählerne Treppen zu sechs Obergeschossen. An zwei Wänden existierten Aufzüge, die Lieferantenaufzüge nicht mitgezählt. Das Kaufhaus konnte oberirdisch von drei Straßen betreten werden. Der größte Vorteil eines Flüchtigen bestand allerdings in der Tatsache, daß aufgrund der dicken, verwinkelten Betonwände eine Funkverbindung der Verfolger überhaupt nicht mehr möglich war. Die U-Bahnsteige und die angrenzenden unterirdischen Passagen dagegen waren noch mit sogenannten Schleifen ausgestattet. Sie besaßen Relais-Stationen, die der Architekt für den Fall einer Brandkatastrophe mit hatte einplanen müssen. Diese Stationen fehlten jedoch im Kaufhaus.

Wilhelms stand auf der Rolltreppe zur ersten Passage, umgeben von einigen Frauen, die sich mit ihren vollgestopften Plastiktüten abplagten. Aus einer baumelte das Preisschild einer Seidenbluse, als hätte die Käuferin es absichtlich stolz heraushängen lassen. Er drehte sich um und schaute nach oben. Er erkannte den mit den Taxifahrern streitenden Jeep-Fahrer sofort. Er wollte ihn nicht aus den Augen lassen. Er wußte, daß der Verfolger in die Innentasche greifen mußte, um den Kanal zu wechseln. Der Mann trug eine Baseballmütze und eine schwarzweiß karierte, kanadische Holzfällerjacke, wie man sie zur Zeit oft in der City sah. Er drehte sich ebenfalls um und schaute nach oben. Max wußte, daß er in diesem Moment den Kanal wechselte.

Die Frauen gingen nicht ins Kaufhaus. Sie schlugen die Richtung zu den U-Bahnsteigen ein. Keine zwanzig Meter entfernt war der Aufgang zur Hauptpost. Links daneben befand sich ein weiterer Aufgang zum Durchgang der Zwischenetage, die unter dem Laternenplatz lag. Wilhelms dachte nur einen Moment an die Möglichkeit, den Durchgang zu benutzen. Doch kein Mensch hielt sich zur Zeit auf der Treppe auf. Keiner steuerte in diese Richtung. Er durfte jetzt nicht alleine sein.

Die wandelnden Plastiktüten verlangsamten den Schritt. Max griff nun auch mit der zweiten Hand tief in die Jackentasche, als ob er nach etwas suchen würde. Ein Mann auf Inline-Skatern fuhr auf ihn zu. Er war Ende Dreißig, hatte streng zurückgekämmtes Haar, schmale Wangen und war unrasiert. Auch wenn Max hätte schwören können, daß der Sportliche nicht einmal wußte, was SEK bedeutete, wollte er sichergehen. Wilhelms drängte sich zwischen die Plastiktüten und bat sofort um Entschuldigung. Die rollenden Schuhe flitzten vorbei. Am Ende der Passage stand die Tonne und hielt ihren häßlichen Freund im Arm.

Die wartenden Kunden an der Öko-Saftbar kamen Max wie gerufen, ebenso die beiden Postboten, die nach getaner Arbeit zurück zur Hauptstelle eilten. Er trennte sich von den liebgewonnenen Plastiktüten und der Seidenbluse samt Preisschild, mischte sich nur kurz unter die wartende, gesundheitsorientierte Kundschaft und schloß sich den müden Postboten an. Das Wichtigste war nun, die Etage zu verlassen, die Verfolger zu zwingen, erneut die Frequenz zu wechseln. Während er noch über diesen Plan nachdachte, bemerkte Max, daß er einen Fehler gemacht hatte. Die Boten würden nur eine Etage überbrücken müssen. Der Eingang der Hauptpost lag direkt am Ende der Rolltreppe. Einmal im Gebäude, war er gefangen. Die sieben Schüler, drei Pärchen und ein Single, waren ein Geschenk Gottes. Zudem liefen sie direkt auf das Kaufhaus zu. An der Drehtür wartete allerdings bereits der Zigarettenraucher aus der Bahnhofshalle.

Nun kam es drauf an. Hatte ihm der angetrunkene, profilneurotische Kriminalhauptkommissar nach dem zwanzigsten Bier die Wahrheit gesagt? Würde der Beamte zugreifen? Max mußte es darauf ankommen lassen. Es gab kein Zurück für ihn. Kein Zurück, dachte er. Kein Zurück. Wie oft hatte er in den letzten Tagen an die beiden Worte gedacht. Er schaute sich blitzschnell um. Weit und breit war keine Menschenansammlung zu erkennen. Ein Mädchen mit zwei Silberringen im rechten Ohr und einem im linken Nasenflügel trat aus der Drehtür. Er sah die Chance umzukehren. Er entschied sich für die Gruppe. Die Drehtür kam näher. Die ersten beiden Schüler versuchten, gemeinsam reinzugehen. Der Zigarettenraucher sprach ihn lächelnd und überaus freundlich an.

»Haben Sie Feuer?«

Max verkrampfte deutlich beide Hände in den Jackentaschen.

»Nein. Tut mir leid«, sagte er bestimmt und drängelte sich sofort zwischen das zweite und dritte Pärchen.

Die Drehtür lag hinter ihm, er blickte sich um und begann zu rennen.

Dann schaute er nicht mehr zurück. Die engen Gassen zwischen den Wühltischen waren belebt. Erst als er die zweite Rolltreppe erreichte, blickte er wieder in Richtung Drehtür. Je höher die Treppe ihn trug, desto besser konnte er sehen. Der Zigarettenraucher war noch an den Büchertischen am Eingang. Er mußte wohl oder übel vor der Drehtür warten, um Rapport zu geben. Das benötigte Zeit. Zeit, die Max nun zugute kam.

Zwei Sondereinsatzkommandos, so schätzte Wilhelms, waren ihm auf der Spur, wußten nun, wo er sich aufhielt. Das waren sechzehn Personen, die – und das war sein Vorteil – nicht in Funkverbindung standen. Das Kaufhaus war verwinkelt, bestand aus dicken Betonmauern. Pfeiler,

Rolltreppen, Vorsprünge, wo er auch hinsah. Vier, vielleicht fünf seiner Verfolger kannte er. In der dritten Etage warb eine schrille Mittfünfzigerin für ein multifunktionelles Küchenschneidegerät. Für nur neunzehn Mark neunzig. Der Lippenstift paßte weder zum Nagellack noch zum Kostüm. Dennoch waren die umstehenden Hausfrauen begeistert. Ein Ehemann langweilte sich zu Tode. Die Gruppe versperrte den Gang zur Parfümerie-Abteilung. Überall von der Decke hingen Schilder herab. Darauf stand:

»*Jetzt erst recht!*«

Max wollte nicht weiter nach oben fahren. Jede weitere Etage, jede weitere Rolltreppe bedeutete einen Schritt weiter in die Falle. Er sah an einer Wand schwarze, rote und pinkfarbene Damendessous. Vier Drehstände waren umlagert. Das mußte sein Ziel sein. Sportliche achtundzwanzig- bis vierzigjährige Männer würden hier auffallen. Ebenso weibliche Tonnen in häßlicher Begleitung. Dessous würden ihr auch nicht mehr viel helfen.

Max lächelte die jungen Mädels an und griff wahllos in den Drehständer.

»Für meine Frau. Geburtstagsgeschenk. Irgendwie ja auch für mich«, sagte er und freute sich selbst, daß er seinen Humor nicht verloren hatte. Seine Nachbarinnen grinsten eher verschämt, als daß sie lächelten. Max hielt eine lila Kombination mit schwarzem Saum in den Händen. Slip, Strumpfbänder und Wonderbra. An dem Halbbüstenhalter mit hebendem Gestänge funkelten undefinierbare Glitzerelemente. Während die Damen abwechselnd auf ihn und die Kombination schielten, beobachtete Wilhelms Treppe, Rolltreppe und Aufzüge. Einige Pärchen, einige Mittdreißiger, weibliche und männliche, bewegten sich auf der dritten Etage. Keine und keinen von ihnen hatte er zuvor gesehen.

Sie griffen nicht zu. Das SEK blieb in abwartender Haltung. Das wußte er nun und hielt auch weiterhin sicherheitshalber mindestens eine Hand in der Jackentasche. Doch das war auf Dauer auch keine Lösung. »Wir machen ihn mürbe. Wir haben Zeit. Alle Zeit der Welt. Manchmal geben wir uns auch absichtlich zu erkennen. Nicht alle, aber einige von uns«, hatte der Kommissar nach dem vierundzwanzigsten Stammtisch-Bier gesagt. »Wir haben da unsere Konzepte. Wir wissen, ob und wann wir ihn in Sicherheit wiegen, ob und wann wir ihm deutlich zu erkennen geben, daß wir hinter ihm her sind.«

Max war sich sicher, daß es für ihn nur eine Chance gab. Er mußte sich bewegen. Er mußte mobil bleiben. Nicht nur innerhalb des Gebäudes, auch außerhalb. Er durfte den Fahndern, den Verfolgern keine Chance geben, sich zu sammeln, sich zu organisieren, miteinander zu kommunizieren. Er mußte in der Nähe von Gruppen bleiben. Er mußte Menschen suchen, die er begleiten konnte. Dabei mußte er mindestens eine Hand in der Jackentasche lassen. Und er mußte aufhören, sich innerlich darüber zu amüsieren. Denn immer wieder fragte er sich, wie jemand auf die Idee hatte kommen können, daß er, Max, eine Waffe hatte. Doch nun war Wilhelms diesem Jemand dankbar. Denn diese Idee war zur Zeit seine Versicherung, vielleicht sogar seine Rettung.

Er hängte die Dessous-Kombination zurück an den Ständer. Am liebsten hätte er sie gekauft. Für Katja, die er zurückerobern wollte. Zwei Frauen bewegten sich zur Kasse. Die Zahltheke lag nahe der Aufzugstür. Durch das hohe, schmale Gitterfenster sah er Licht. Die Aufzugkabine wartete auf ihn, lud ihn geradezu ein. Seine Spontaneität, seine rücksichtslosen, unüberlegten Gewaltakte hatten ihn so oft in die Misere getrieben. Irgendwann mußte diese Spontaneität doch zum Erfolg führen. Er überlegte nicht. Er handelte. Er mußte schließlich handeln. Er mußte sich bewegen. Und er bewegte sich.

Die Aufzugstür war schwer. Max riß sie nicht auf. Er öffnete sie betont ruhig wie jeder Mann, der nach einer Weile einer Dessous-Abteilung und peinlichen Blicken entkommen wollte. Und wieder blickte er wie rund sechundzwanzig Stunden zuvor in zwei Augen. Diesmal gehörten sie jedoch nicht einem befreundeten Zeitungsmonteur, sondern waren eingefaßt in ein markant-sportliches Gesicht, das zwischen achtundzwanzig und vierzig Jahre alt war.

Das Gesicht gehörte einer Frau. Und er war allein mit ihr.

33

Der vor die Brust gepreßte Telefonapparat löste bei Poschmann einen Schmerz aus, den er sichtbar zu unterdrücken versuchte. Katja interessierte das recht wenig. Sie knallte die Tür zu. Sollte der Chef in seinem »Loch« reagieren, wie er wollte! Ihr war es gleich, wen er nun anrief. Ob seinen Freund, diesen Grafen, diesen Europa-Boykotteur, diesen Wirtschaftsintriganten, oder dessen Hintermänner, Partner und Spielgefährten. Sie wollte nur raus aus diesem Spiel, wußte jedoch, daß sie nun mehr denn je in die Partie eingebunden war. Nun kannte sie Hintergründe, die sie gefährlich werden ließen, die aber auch für sie gefährlich wurden. Während sie über den leeren Flur lief, dachte sie an Einstein. Auch er war Mitwisser gewesen, hatte eine Gefahr bedeutet. Jetzt war er tot.

Katja mußte Max finden. Er hatte Informationen. Sie hatte Informationen. Zusammen konnten sie ein Bild erstellen, das vielleicht erstmals klare Linien aufwies. Sie nahm sich fest vor, ihn nicht um Verzeihung zu bitten. Höchstens dafür, daß sie ihm nicht vertraut hatte, daß sie an die Vorwürfe im Haftbefehl geglaubt hatte. Nein, eigentlich hatte sie nie daran geglaubt. Aber sie war ehrlich gegenüber sich selbst. Sie hatte Korruption und auch eine Beteiligung an einer kriminellen Vereinigung in Zusammenhang mit Max nie für unmöglich gehalten.

Katja überlegte, wo sie mit der Suche anfangen sollte. Polizei, Verfassungsschutz und Bundeskriminalamt waren hinter dem »Europa«-Redakteur her. Die Großfahndung lief. Sonderkommissionen waren gebildet. Sie wußte, daß Max sich nicht versteckte. Er arbeitete hart, hatte sie immer wieder mit neuen Fakten und neuen Recherche-Ergebnissen konfrontiert, sie um Mithilfe gebeten. Ihr blieb nur eines übrig. Sie mußte im Büro auf seinen Anruf warten. Doch diese Möglichkeit kam für sie nicht in Betracht. Katja wollte nur raus aus den Redaktionsräumen, weit weg von der Zeitung, für die sie jahrelang voller Stolz gearbeitet hatte. Sie wollte raus aus dem Sumpf der Korruption, raus aus dem Filz, den Intrigen, den Machenschaften. Sie wollte weit weg von Poschmann.

»Sie werden sich letztendlich als Journalist nie dagegen wehren können, eine meinungsbildende Person zu sein«, erinnerte sie sich plötzlich wieder an die Worte eines ihrer Dozenten im Volontärkurs, eines alten Redaktionschefs im Ruhestand, der gestanden hatte, seine ersten Artikel im Dritten Reich geschrieben zu haben, der anschließend bei einer der ersten Nachkriegszeitungen Karriere gemacht hatte. Nur einen einzigen Gastvortrag hatte er vor ihrer Gruppe gehalten. »Kein Bericht ist objektiv. Kein Satz ist objektiv. Keine drei Wörter. Eine Reportage muß zudem gefühlvoll sein, muß Gefühle übermitteln. Ihre Aufgabe soll es ja auch sein zu bewegen, zu fördern und zu bremsen. Doch wehren Sie sich unter allen Umständen dagegen, von Kräften, von Mächten instrumentalisiert zu werden. Letztendlich werden Sie sich auch dagegen nicht wehren können. Jeder wird versuchen, Sie zu mißbrauchen. Gehen Sie bewußt darauf ein, werden Sie gewinnen, sicherlich gewinnen. Aber Sie werden auch verlieren. Sie werden kein Journalist mehr sein. Sie degradieren sich zum Schreiber, zum Schreiber für andere.«

Katja Melzer erinnerte sich oft an die Worte des Dozenten. Zweieinhalb Stunden hatte sie mit weitaufgerissenen Augen vor ihm gesessen. Keiner der Volontäre hatte sich Notizen gemacht. Keiner hatte auf die Uhr gesehen. Gefesselt und voller Ideale hatten sie seinen Worten gelauscht. Schon damals war ihr bewußt gewesen, daß das Berufsethos des Journalisten, die Journalistenehre der Nachkriegszeit, der Stolz der berichtenden Zunft seit langem nur noch vegetierte. Auch die Worte des Dozenten waren Erinnerungen. Sicherlich gab es noch Zeitungen, Zeitschriften und Magazine in der Bundesrepublik, die größten Wert auf saubere Recherchen, auf ausgewogene, sachliche Berichte, auf umfangreiche Hintergrundinformationen und angemessene Kritik legten. Der »Westdeutsche Kurier« zählte nicht dazu. Nun war ihr Arbeitgeber sogar in der untersten Schmierkategorie angelangt. Immer wieder spürte die Chefin vom Dienst, die Stellvertreterin des Chefredakteurs, wie ihr Tränen in die Augen traten. Sie rollten nicht die Wangen hinunter. Es waren Tränen der Wut und der Enttäuschung. Enttäuschung darüber, daß einer mit allen spielte – auch mit ihr. Gerade zu diesem einen hatte sie besonderes Vertrauen entwickelt. In seine Arme war sie geflüchtet. Bei ihm hatte sie Trost gesucht.

In ihrem CvD-Raum blickte sie nun auf den Monitor.

Sie sah die Grafik und das immer noch klaffende Loch auf Seite eins. Sie schaltete den Computer aus und zögerte nur einen Moment, als ihr Blick auf das Telefon fiel. Nein, sie wollte nur raus und Wilhelms suchen.

Die Beziehung zu Max war nie eine gewöhnliche Liebesbeziehung gewesen. Während der Monate, die sie miteinander schliefen, wußte sie kaum, wo er war, was er tat. Feste Zeiten kannte Maximilian Wilhelms nicht. Er kam und ging, wie er wollte. Seiner Spur zu folgen war selbst für seine Partnerin äußerst schwierig.

Katja erkannte nun ihren Vorteil und den Vorteil des Gesuchten. Keine Polizei, keine Macht der Welt konnte jemanden ausfindig machen, der einen so unsteten Lebenswandel führte, der einen so großen Freundeskreis besaß, der so unterschiedliche Menschen kannte. Sie aber kannte seine Freunde, auch die, auf die er sich verlassen konnte. Dieses Wissen wollte sie nutzen.

Sie nahm ihre Tasche und ging. Der Flur war leer. Nur aus Niemeyers Raum vernahm sie Gekreische. Sie konnte nicht genau sagen, ob es Lob oder Tadel ausdrücken sollte. Sie rannte die Treppe hinab, drückte die erste Türklinke hinunter. Ludger Dörr stand mit einem Glas in der Hand an die vorderste Regalwand gelehnt.

»Na, dem Chef haben Sie ja ordentlich eingeheizt«, sagte er und grinste über den Glasrand hinweg.

Katja stutzte. Dann grinste auch sie, allerdings mehr abfällig, und schüttelte den Kopf. Der redaktionsinterne Flurfunk mußte auf Hochtouren gearbeitet haben. Berthold Frömmert, den sie so derbe aus dem Chef-»Loch« verwiesen hatte, mußte sämtliche Trommeln geschlagen haben. Gewöhnlich dauerte es nämlich ein wenig länger, bis Dörr die Neuigkeiten über Streitigkeiten und Liebschaften im Verlag erfuhr.

Der Archivar schaute sie weiter über den Glasrand hinweg an und freute sich offenbar nicht nur über die Auseinandersetzung im Chef-Büro, sondern vielmehr über die Tatsache, daß er der erste war, der mit der Rebellin darüber sprechen konnte.

»Worum ging's denn?« fragte er locker und direkt, wippte dabei nun ungeduldig mit seinem Glas. Er konnte es nicht abwarten, den neuesten Tratsch zu erfahren, um dann seinen Beitrag zum Flurfunk leisten zu können.

»Dienstlich, Herr Dörr, dienstlich.« Die Chefin vom Dienst wollte ihm keine Möglichkeit zur Nachfrage geben. »Was haben Sie für mich?«

»Hat es was mit diesem Stolzenberg zu tun?«

»Herr Dörr, was haben Sie für mich?«

»Ich hatte Ihnen ja schon am Telefon gesagt, als Sie mit dem Chef ... äh, nun ... Sie wissen ... ich meine, ich habe mich erinnert. An die Überschrift.«

Dörr gab Katja Melzer eine Kopie.

»Ist aus dem ›Boten‹. Kulturseite. Vor zwei Wochen erschienen. Aber ich weiß nicht, ob Ihnen das weiterhilft«, meinte er zweifelnd.

Katja riß ihm die Seite regelrecht aus der Hand. »Konfrontieren Sie Stolzenberg mit dem Kreisen der Raben«, so hatte Max ihr die Aufforderung des anonymen Anrufers geschildert. Die Überschrift war in mindestens Vierundzwanzig-Punkt-Schrift vierspaltig gedruckt und stach sofort ins Auge. Sie und der folgende Artikel paßten so eben auf die DinA4-Seite. Die Überschrift lautete:

Hundert Jahre Kyffhäuser-Denkmal – und die Raben kreisen immer noch um den Sagen-Berg.

Der fettgedruckte Vorspann machte es trotz eines in ihren Augen schlechten Schreibstils noch deutlicher:

Das Kreisen der Raben um den sagenumwobenen Kyffhäuser wacht auch hundert Jahre nach der Einweihung des gigantischen Denkmals zu Ehren Kaiser Wilhelms I. über den Schlaf Barbarossas. Der soll nämlich, obwohl 1190 im kleinasiatischen Salef ertrunken, im Gebirge südlich des Harzes schlummern, bis die Raben vom Kyffhäuser fliehen. So spannend und unglaublich die Geschichte der Rabensage ist, so unglaublich spannend ist auch die Geschichte des Denkmals ...

Katja überflog die nächsten Zeilen. Vier Spalten halbe Höhe mit eingeklinktem zweieinhalbspaltigen Bild beschrieben anschließend den Bau und den ewig herrschenden Streit um das Denkmal. Denn schon zur Zeit der Errichtung des Monuments war auf Studenteninitiative ein provokativer Gegenbau auf der nordwärts gewandten Ruinenseite der Rothenburg geplant worden. Der progressive Nachwuchs hatte eine »Minikyffhäuser-Ausgabe« mit Bismarckturm und Balustrade geschaffen, auf daß der arme, denkmallose Reichskanzler ebenfalls zu Ehren kam. Bismarck war für die Studenten nämlich der, der die deutsche Nation einte, nicht der Kaiser.

Hundert Jahre Denkmal – hundert Jahre Streit

stand in einer Zwischenspalte fetter gedruckt und schwarz umrahmt.

Nach dem Mißbrauch zu Hitlerzeiten wollten die Russen das Denkmal sprengen. Mit der deutschen Wiedervereinigung trafen sich wieder immer mehr nationalistische Gruppierungen rund um das Kyffhäuserdenkmal.

Katja suchte Zeile für Zeile ab. Aber über das Kreisen der Raben fand sie kein weiteres Wort.

»Haben wir ...?«

»Haben wir«, unterbrach sie Dörr.

Die Chefin vom Dienst schaute ihn verblüfft an. »Was haben wir?« fragte sie gereizt. Sie wollte um mehr Informationen über die Raben-, Kyffhäuser- oder Barbarossa-Sage bitten, egal, welche Bezeichnung die Legende nun offiziell besaß. Sie wollte in Lexika oder Geschichtsbüchern suchen, wollte die Hintergründe des Kreisens der Raben erfahren.

»Die Gedichte«, antwortete der Archivar brav und grinste.

»Was für Gedichte?«

»Na, die über das Kreisen der Raben. Das war es doch, was Sie suchten.«

Dörr stellte sein Glas auf die Fensterbank und ging zu seinem zweiten Schreibtisch zwischen der vierten und fünften Regalwand. Es dauerte nicht lange, da kam er mit zwei weiteren Blättern zurück.

»Paßten nicht mehr auf die eine Seite«, erklärte er, »sie standen in der sechsten und siebten Spalte untereinander.« Dörr warf noch einen schnellen Blick auf die Zettel und reichte sie der Melzer nacheinander. »Einmal Friedrich Rückert und einmal Emanuel Geibel.«

Katja las zuerst das Rückert-Gedicht:

Der alte Barbarossa,

Der alte Barbarossa,
Der Kaiser Friederich,
Im unterird'schen Schlosse
Hält er verzaubert sich.

Er ist niemals gestorben,
Er lebt darin noch jetzt;

Er hat im Schloß verborgen
Zum Schlaf sich hingesetzt.
Er hat hinabgenommen
Des Reiches Herrlichkeit,
Und wird einst wiederkommen
Mit ihr, zu seiner Zeit.

Der Stuhl ist elfenbeinern,
Darauf der Kaiser sitzt;
Der Tisch ist marmelsteinern,
Worauf sein Haupt er stützt.

Sein Bart ist nicht von Flachse,
Er ist von Feuersglut,
Ist durch den Tisch gewachsen,
Worauf sein Kinn ausruht.

Er nickt als wie im Traume,
Sein Aug' halb offen zwinkt;
Und je nach langem Raume
Er einem Knaben winkt.

Er spricht im Schlaf zum Knaben:
Geh hin vors Schloß, o Zwerg,
Und sieh, ob noch die Raben
Herfliegen um den Berg.

Und wenn die alten Raben
Noch fliegen immerdar,
So muß ich auch noch schlafen
Verzaubert hundert Jahr.

Friedrich Rückert (1788 – 1866)

Katja nahm die zweite Kopie:

Friedrich Rotbart. Von Emanuel Geibel (1815 – 1884)

lautete die Überschrift. Während sie auch die folgenden Reime las, kehrte Dörr gelassen zu Glas und Kühlschrank zurück. Als sie den letzten Vers erreicht hatte, führte sich der Archivar gerade seinen dritten Drink hektisch zu Gemüte und stolperte fröhlich und voller Stolz über seinen Fund auf sie zu.

»Und? Zufrieden?«

»Ja, sehr, Herr Dörr, sehr. Gute Arbeit. Danke.«

»Hm, wer hat denn wieder Bockmist gebaut?«

Ludger Dörr ließ keine Ruhe. Die Zufriedenheit der Melzer galt es auszunutzen. Wann hatte er schon einmal die Gelegenheit, als erster das Flurfunk-Programm zu gestalten? Der Archivar erkannte das Zögern und entschloß sich blitzschnell, der Chefin vom Dienst noch etwas mehr Honig um den hübschen Mund zu schmieren.

»Manchmal deckt Poschmann seine alten Knacker etwas zu sehr, nicht wahr?« sagte er, obwohl er es wahrlich nicht so meinte. War er, Dörr, doch gerade mit den alten Knackern am besten befreundet; sie waren seine besten Kunden in der Archiv-Kneipe.

Katja mußte nun trotz aller Wut schmunzeln.

»Herr Dörr«, schüttelte sie den Kopf, »aus mir bekommen Sie nichts raus. Es sei denn, Sie lösen mein Problem.«

»Was für ein Problem?« hörte sie ihn noch fragen. Doch da war sie schon an der Tür.

Der Flur war leer. Sie steuerte direkt den Hofausgang an. Einen Moment dachte sie an die Möglichkeit, Max könnte sie erneut an ihrem Auto abfangen. Wenn nicht, wollte sie ins »Tal« gehen. Zu seinen Freunden, zu seinen Saufkumpanen. Der Gerüstbauer, der Arzt, der Friedhofsgärtner und der Lagerarbeiter kamen ihr in den Sinn. Sie saßen garantiert an der Theke. Doch sie war nicht sicher, ob sie ihr etwas sagen würden, auch wenn sie etwas zu sagen hätten.

Katja öffnete die Hoftür. Der erste, den sie plötzlich aus der Ferne hörte, war der alte Monteur für besondere Aufgaben ohne speziellen Aufgabenbereich.

»Frau Melzer«, rief Sinasz ihr von der Seitentür der Pförtnerloge aus aufgeregt zu. Als er sie weit vor dem Altpapiercontainer erreichte, wippte er nervöser denn je mit dem Oberkörper.

»Bitte, Alfred, fragen Sie mich nicht auch noch, was für ein Problem ich habe. Zwischen mir und Poschmann ist alles in Ordnung. Alles«, setzte sie zickig und aggressiv hinzu. Um ihre Worte zu unterstreichen, hob sie drohend die Hände.

»Nein, nein, Frau Melzer«, flüsterte Sinasz plötzlich geheimnisvoll und griff in seine Hosentasche. Dabei schaute er sich mehrfach um. Auf der Treppe zum benachbarten Studiogebäude des Lokalsenders schwatzten einige Jungredakteure. Zwei Anzeigenverkäufer gingen zu ihren parkenden Autos. Sinasz zögerte immer noch, machte es äußerst spannend. Dann zog der Fahnenmonteur der alten Schule schnell ein Handy heraus und versuchte, es ihr heimlich zuzustecken. Fast wäre Sinasz, der immer noch nervös wippte, dabei das Telefon aus den Händen geglitten.

»Sie wissen schon, von wem«, flüsterte er weiter.

Katja verstand sofort. »Weiß er, wer Stolzenberg ist, was das Kreisen der Raben bedeutet?«

»Ich kann Ihnen nicht mehr sagen«, blieb Sinasz die Antwort schuldig, drehte sich ungeschickt auf dem Absatz um und ging ziellos in Richtung Redaktionsgebäude.

Das war Max Wilhelms, wie sie ihn einst kennengelernt hatte, wie er in den zahllosen Erzählungen, die über ihn kursierten, beschrieben wurde, dachte sie. Er hatte seine Kreativität, seine Weitsicht, seinen Instinkt wieder gefunden. Er dachte mit, spielte mit, wollte auf eigene Faust die Hintergründe seiner, Einsteins und nun auch ihrer Misere aufdecken. Sie mußte jetzt abwarten. Sie konnte ihm entscheidend helfen. Er würde anrufen, sich mit ihr in Verbindung setzen. Sie konnte ihm dann die Schlüssel zur Lösung des Problems überreichen.

Katja steckte das Handy zunächst in die Handtasche, zog es dann aus Angst, sie könnte das Anrufsignal überhören, sofort wieder heraus. Die Brusttasche ihrer Jacke war ein besserer Ort. Bevor sie es hineinschob, schaute sie auf das Display. Fünf Balken waren am unteren rechten Rand zu sehen. Sie hoffte, daß die Streifen die Empfangsqualität anzeigten. Sicher wußte sie allerdings nur, daß das Gerät eingeschaltet war.

Auf dem Weg zu ihrem Peugeot kam ihr auf der ersten Ebene der Tiefgarage Mischka in seinem blauen 3er BMW entgegen. Er bremste zunächst scharf, als wollte er noch mit ihr reden, winkte dann jedoch und fuhr nur grinsend an ihr vorbei. Katja blickte hoffnungsvoll auf die Pfeiler, als erwartete sie einen plötzlich dahinter hervorspringenden Wilhelms.

Die Kupplung hakte kaum. Zwischen Tor und Straße wartete sie einen Moment und suchte nach ihren Beschattern. Zwei Fahrzeuge fielen ihr auf. In beiden saß je eine wartende Person. Eine von ihnen erkannte sie. Es war der Fotograf fürs Lokale. Katja gab Gas und ließ die Kupplung sanft kommen. Sie steuerte die Umgehungsstraße an, bog rechts ab, ohne den Blinker zu setzen. Bei der nächsten Möglichkeit wendete sie verbotenerweise auf die Gegenspur. Der Rückspiegel zeigte Katja keine Verfolger. Beim Passieren der Stichstraße, an der die Verlagsgebäude lagen, stiegen die ersten Befürchtungen in ihr hoch. Beide Fahrzeuge parkten weiterhin in abwartender Stellung. Die Autobahnauffahrt versprach Sicherheit. Katja trat das Gaspedal durch, schaute erneut in den Rückspiegel, bremste scharf und fuhr in eine kleine Gasse, eine Firmenzufahrt, dann über den angrenzenden Hof. Sie kannte den Schleichweg von früher, als sie noch rund um ihre Arbeitsstätte auf der Jagd nach Parkplätzen gewesen war. Durch die verwinkelten Einbahnstraßen rund um den naheliegenden Fernsehturm steuerte sie den Wagen wieder langsamer. Aber ein Verfolger war nicht auszumachen. Sie überlegte kurz und zügelte sogleich auch ihre Freude über diese Entdeckung. Sie bereitete ihr nunmehr Sorgen. »Alle werden überwacht«, hatte Poschmann gesagt, »alle, mit denen Max in Verbindung stehen könnte.« Das Telefonat mit Max hatte sehr lange gedauert. Zu lange.

Katja blickte auf ihre Hände. Sie zitterten. Sie wußte, daß mit dem glühenden Arbeitseifer, der in Max wieder erweckt worden war, gleichzeitig auch seine Unvorsichtigkeit gestiegen war. Denn Wilhelms war risikobereit, selbstsicher, oft zu selbstsicher. Er mußte ihr das Handy vorher besorgt oder einen Freund damit beauftragt haben. Katja fühlte, daß sie ihn geschnappt hatten. Und sie fühlte wieder, wie ihr Tränen in die Augen traten. Sie mußte Vogelsang anrufen, vielleicht auch Max' Anwalt. Oder sie mußte das tun, was ihr wie Wilhelms schwerfiel. Sie mußte sich beherrschen und schlicht abwarten.

34

»Bloßfeld ist nicht überfordert«. Der Koordinator schüttelte nachdrücklich den Kopf. Dabei fummelte er unaufhörlich an seinem Revers herum. »Nein, er ist schon der richtige Mann. Das Problem ist, er kann nichts, aber auch gar nichts ohne das Wissen von Kellinghausen und Sommerfeld tun. Das bremst ihn. Und das bremst uns.«

»Das sind ja ganz neue Sprüche von Ihnen. Bislang waren Sie doch gegen ihn.«

»Ich war nie gegen ihn.«

»Sie haben ...«

»Ich war nie gegen Bloßfeld«, unterbrach der Koordinator sein Gegenüber, scheute aber sogleich dessen Reaktion.

Der Kanzleramtsminister schnellte leicht vor. Er haßte es, unterbrochen zu werden. Er verabscheute den Koordinator ohnehin, nicht als Person, vielmehr seine Funktion. Gespräche mit ihm bedeuteten stets nur Schwierigkeiten, Streß und viel Arbeit, von der er auch so schon genug hatte. Positive, vielversprechende Nachrichten hörte man in seiner Gegenwart kaum.

»Ich war immer gegen diese dienstübergreifende Einheit«, erklärte der Staatsminister sofort seinen Einwand. »Das ist richtig. Ich war aber nie gegen Bloßfeld. Diese Einheit funktioniert nur, wenn sie über den Diensten steht – nicht neben ihnen. Die übergreifende Einheit muß eigenständig arbeiten. Im Ausland, ja, im Ausland können wir immer wieder auf teure Privatagenten zurückgreifen. Aber bei uns? Ich habe davor gewarnt, daß solche Fälle eintreten werden.«

Der Kanzleramtsminister lehnte sich wieder zurück. Schon allein der Sessel, in den er mehr gebettet war, als daß er darauf saß, erweckte den Eindruck von Macht, Gewalt, Autorität. Die Rückenlehne reichte über den Nakken hinaus. Es war beabsichtigt, daß sein Gegenüber nur auf einem zwar teuren und bestens gepolsterten Stuhl saß, aber immerhin nur auf einem Stuhl.

»Wie hat Bloßfeld reagiert?« fragte er.

»Wie soll er reagiert haben? Ich habe ihm gesagt, er solle einen Alleingang nicht scheuen. Ohne Rückendeckung. Er hat es schon verstanden. Ich habe ihm deutlich gemacht, daß wir in bestimmten Situationen Bundesverfassungsschutz und BND außen vor lassen müssen. Ich habe ihm auch gesagt, daß die Meinung bestehe, daß schon viel zu lange gewartet wurde. Er weiß, daß er allein steht und nur mir unterstellt ist. Und er weiß auch, daß sein Kopf rollen wird, falls etwas schiefgeht.«
Der Kanzleramtschef rieb sich die Augen und massierte mit Daumen und Zeigefinger fest das Nasenbein. Fünfundzwanzig Minuten hatten sie noch Zeit, bis Verfassungsschutz, Bundesnachrichtendienst und Bundeskriminalamt Entscheidungen hören wollten. Entscheidungen waren längst gefallen, sie waren jedoch nicht für alle Ohren bestimmt. Auch nicht für die der Dienste-, Gruppen- und Kommissionschefs. Politische Aufträge hatten sie zu erfüllen, politische Entscheidungen umzusetzen. Politische Beweggründe und Hintergründe, Absprachen, Verhandlungen, Geschäfte hatten sie dagegen nicht zu interessieren.
Der Kanzler persönlich hatte vor wenigen Stunden nochmals mit dem russischen Präsidenten telefoniert. Schnell waren sie zu einer Einigung gekommen. Der Kanzleramtsminister hatte sich ein Lächeln nicht verkneifen können, als er von dem Ergebnis erfahren hatte. Schien die Situation am Vormittag noch relativ hoffnungslos zu sein und unaufhaltsam in ein Desaster zu treiben, hatten zehn Minuten sachlicher, bilateraler, telefonischer Beratung eine Wende ermöglicht. Der russische Präsident konnte sich nun der Unterstützung und des Stillschweigens von deutscher Seite sicher sein. Der Bundesrepublik hatte er dafür eine Zusage erteilt, die der Kanzler noch in seiner Legislaturperiode als großen Er-

folg werten konnte. Nur noch ein Problem galt es auszumerzen. Und das hieß Wilhelms.

»Der Haftbefehl ist aufgehoben?« fragte der Kanzleramtschef.

»Nein, nur die Großfahndung. Nach dem Einsatz des SEK am Hauptbahnhof hat sich das erledigt.«

Der Koordinator griff nach seiner Aktentasche, einem schwarzen, kantigen Diplomatenkoffer mit zwei billig wirkenden Zahlenschlössern. Das Aussehen trog. Die Tasche beinhaltete modernste Sicherheitstechnik, war ausgestattet mit Peilsendern und konnte mit einem kleinen, mobilen Tresor verglichen werden. Der Schlitz für die kodierte Magnetkarte lag unter der Griffmanschette. Während der Koordinator den Koffer öffnete, lugte er auf den Schreibtisch des Kanzleramtschefs. Mehrere aufgeschlagene Dokumentenordner stapelten sich auf der linken Seite. Einige zusammengeheftete Papiere waren ausgebreitet. An den oberen rechten Enden waren Stempel, handschriftliche Abkürzungen und Unterschriften zur Kenntnisnahme zu erkennen. Der Koordinator holte langsam eine Mappe heraus und suchte nach einem freien Platz, um sie zu öffnen.

»Wilhelms hat schlicht seine Ortskenntnisse und sein Wissen über die Polizei und die Vorgehensweise des Sondereinsatzkommandos genutzt. Im Kaufhaus war eine Kommunikation des SEK nicht mehr möglich. Eine Verkäuferin hat ihn durch den Lieferantenaufzug, anschließend durch die Warenausgabe herausgeschleust. Es war nicht klug, Wilhelms Schußwaffengebrauch vorzuwerfen.«

Mit dem Unterarm schob der Koordinator eine kleine Lederschatulle mit Schreibutensilien und Heftklammern beiseite und öffnete die Mappe.

»Bloßfeld hat nicht viel Zeit«, mahnte der Kanzleramtsminister, »ich hoffe, er weiß, was er mit Wilhelms zu tun hat.«

»Davon können Sie ausgehen.«

»Zu Stolzenberg. Kanzler und Generalsekretär sind sich einig, daß weder die Partei noch Stolzenberg mit der gesamten Angelegenheit offiziell konfrontiert werden dürfen. Allein die Erwähnung unseres Problems wäre schon ein Eingeständnis, daß diese europaboykottierende Gruppe existiert.«

Der Minister schob die Dokumentenordner auseinander und zog aus dem zweituntersten ein Blatt hervor. Der Kanzler hatte ihm bestätigt, schon länger von Aktivitäten einer europafeindlich gestimmten Gruppierung in Partei, Fraktion und befreundeten Wirtschaftskreisen gewußt zu haben. Zumindest sei er bereits mehrfach vor sich organisierenden Europa-Gegnern gewarnt worden. Der Kanzler weigerte sich allerdings einzugestehen, daß er den Einfluß und die Stärke der Rebellen unterschätzt hatte.

»Wilhelms ist korrupt und erpreßbar. Das ist unsere Chance«, sagte der Kanzleramtsminister. Er wollte nicht abwarten, bis der Koordinator sein Papier gefunden hatte. »Stolzenberg und die gesamte Truppe, die dahintersteckt, bedeuten zumindest kein unlösbares Problem mehr. Die Genehmigung für die Restaurierung der Hammerschmiede wird mit einer triftigen Begründung zurückgezogen. Die UEG wird in Rußland vorerst auf Eis gelegt – hingehalten. Stolzenberg wird bei einem Scheitern seiner Aktion in Rußland kein Aufsehen erregen. Er kann es sich nicht leisten.«

Der Minister machte eine Pause.

»Daß er das BSE-Labor unterstützt hat«, er machte eine wegwerfende Handbewegung, »daß das BSE-Gutachten veröffentlicht ist, das reicht ihm. Die Regierung hat übrigens heute nachmittag beschlossen, bereits morgen früh ebenfalls ein generelles Einfuhrverbot für britisches und Schweizer Rindfleisch zu verhängen. Geplant war dies zunächst für Montag. Der Kanzler hat das Einfuhrverbot vorgezogen. Stolzenberg hat seinen Erfolg und Europa seine Krise. Aber eine Krise, die wir meistern können.«

Der Minister verschwieg, daß das Durchsetzen der Notverordnung auch eine kleine Krise zwischen Kanzler und Gesundheitsminister ausgelöst hatte. Letzterer konnte das plötzliche Umschwenken seines Regierungschefs nicht verstehen – pochte schließlich gerade dieser stets auf eine europaeinheitliche Lösung, da die EU für den Verbraucherschutz zuständig war. Die Bonner Notverordnung betraf lebende Rinder, Rindfleisch und Tiermehl. Pressesprecher hatten mehrere Stunden an einer schlüssigen Erklärung gefeilt. Geeinigt hatte man sich letztendlich darauf, daß »nach der neuen, fundamental anderen Risikobewertung ein nationaler Alleingang sinnvoll« sei. Nur so könne auch wirklich ausgeschlossen werden, daß in Deutschland Menschen mit der tödlichen Krankheit infiziert würden. Die Empfehlung, bis zu fünftausend bereits aus Großbritannien importierte Rinder und deren Nachkommen zu schlachten, sollte aus taktischen Gründen das Landwirtschaftsministerium aussprechen.

Das Telefon klingelte. Der Kanzleramtschef nahm ab. Der Koordinator, der immer noch suchte, hörte nur: »Soll reinkommen.«

»Leitner.«

»Leitner?« fragte der Koordinator erstaunt. »Wieso Leitner?«

Der Kanzleramtsminister schwieg, klappte einige Dokumente zu und schob die Papiere vor sich zusammen.

»Was sagen wir ihm?«

»Erst einmal muß er uns etwas sagen.«

Das Klopfen an der Tür war nur zaghaft. Gleich darauf wurde auch schon die Klinke heruntergedrückt. Leitner trug eine dicke Mappe, lächelte und grüßte förmlich. Dann nahm er ohne Aufforderung neben dem Koordinator Platz.

»Bloßfeld kann nicht kommen. Wir sind ganz nah an Wilhelms dran.« Lars Leitner hatte einen fast entschuldigenden Tonfall. Er liebte es, die Führung der Einheit zu übernehmen, die Organisation zu vertreten. Bloßfeld hatte stets Vertrauen zu ihm. Zudem signalisierten Leitners Auftreten und das Fernbleiben Bloßfelds, daß die Einheit dem Journalisten wirklich dicht auf den Fersen sein mußte.

Eine Stunde hatten sie über die neue Situation, die neue Kompetenz beraten, waren noch einmal konzentriert jede Information durchgegangen. Akte für Akte, Seite für Seite. Bloßfeld hatte Leitner klare Anweisungen gegeben, welche Fakten er zurückhalten sollte. Er befürchtete erneute Kurzschlußhandlungen, zu wenig durchdachte, zu viele spontane Aktionen aus Bonn und Köln. Gleich, wie weit Bloßfeld vorankäme: Leitner sollte auf jeden Fall eine Viertelstunde vor der Konferenz im Kanzleramt die neuesten Informationen bekanntgeben. Bloßfeld wollte damit verhindern, daß der Ermittlungsstand Sommerfeld und Kellinghausen, aber auch Kulitz erreichte.

»Wir haben mehrere Gruppen gebildet und in der kurzen Zeit gute Ergebnisse erzielen können, zum Beispiel, was das Mädchen in dem Altersheim des Barons von Hinrichsburg betrifft.« Leitner öffnete die Mappe und schob die Unterlagen des Koordinators, ohne zu fragen, zur Seite. Der Staatsminister reagierte darauf nicht.

Leitner holte ein Foto heraus, an das drei Seiten geheftet waren. Es war das Portrait einer hübschen Frau mit einem gewaltigen geflochtenen, schwarzen Zopf.

»Anna Plechanowa. Alias Carina Lubassow. Alias ...«, Leitner unterbrach sich, wollte sich nicht wieder in zu vielen Details verlieren. »Gehört zu Kutschnekovs Leuten. Kutschnekov hat es uns angesichts der neuen Situation, der neuen Art der Zusammenarbeit bestätigt. Seine Zusage, in dieser Angelegenheit alle Agenten von deutschem Boden abzuziehen, hat er damit nicht eingehalten. Ich gebe jedoch zu bedenken, daß die Plechanowa bereits Sonntag bei Hinrichsburg und den anderen Alten eingetroffen ist und ihnen schon zwei Tage vorher anvisiert worden war.«

Leitner zog zwei Kopien des Berichts hervor und reichte sie weiter.

»Die Kurzvisite der Plechanowa in Kelbra beweist allerdings auch, daß die Russen viel, viel früher über den mißglückten Zarenschatztransport nach Archangelsk, über die Verbindung Stolzenberg-Hinrichsburg-Kreisauer Kreis wußten. Nicht erst seit gestern. Sonst hätten sie die Plechanowa ja nicht zu den Alten an den Kyffhäuser geschickt.«

Kanzleramtsminister und Koordinator sagten kein Wort. Sie überflogen die enggedruckten Zeilen des Berichts.

Mit einer überaus großzügigen Entschädigung zuzüglich eines längeren bezahlten Auslandsaufenthaltes war eine langjährige Altenpflegerin des adeligen Altersheimes am Kyffhäuser von den Russen überzeugt worden, fristlos zu kündigen. Vor ihrem Auszug hatte sie noch die Deutschrussin Anna Plechanowa als Nachfolgerin wärmstens empfehlen müssen. Mittwoch nacht wurde die Agentin dann plötzlich abgezogen. Ihre Deckung drohte aufzufliegen.

Leitner ließ den Vorgesetzten Zeit, überflog ebenfalls noch einmal das Papier und schmunzelte verstohlen.

Die Plechanowa hatte ihnen den ganzen Tag über große Kopfschmerzen bereitet. Mitarbeiter des Stabes hatten gar vermutet, sie könnte die angekündigte mögliche Zarennachfolgerin sein. Alle Spekulationen wurden überprüft. Tatsächlich war die Pflegerin jedoch so plötzlich verschwunden, weil die Russen ihr Abzugsversprechen einhalten wollten. Durch eine noch nicht ermittelte Quelle des BND oder Verfassungsschutzes mußten sie erfahren haben, daß auch Köln, Pullach, Aachen und Bonn auf das Hinrichsburgsche Anwesen am Kyffhäuser aufmerksam geworden waren und eine Überprüfung veranlaßt hatten. Kutschnekov wollte eine Konfrontation und eine Gefährdung der neuen Zusammenarbeit auf jeden Fall verhindern.

»Sie war also mehr als drei volle Tage bei Hinrichsburg«, stellte der Koordinator fest. »Irgendwelche Erkenntnisse?«

»Keine verwertbaren. Kutschnekov hat uns versprochen, umgehend einen Bericht zu schicken.«

»Irgendein Kontakt zu Stolzenberg?«

»Nein. Kein Kontakt«, antwortete Leitner brav und fügte geschickt hinzu: »Wir haben mittlerweile Hunderte von Hinweisen, aber noch nicht einen einzigen stichhaltigen, lupenreinen Beweis, daß Stolzenberg wirklich der Drahtzieher ist. Nicht einmal in der BSE-Angelegenheit.«

»Doch, haben wir«, widersprach der Koordinator, schaute sofort mehr entschuldigend als fragend zum hohen Ledersessel. Der Kanzleramtschef schüttelte kaum merklich den Kopf und beugte sich über die Schreibtischunterlage.

»Herr Leitner«, sagte er leise und äußerst ruhig, »wir haben seit kurzem Beweise. Nur so viel: Wir haben vertrauliche Informationen aus der Politik, daß Stolzenberg über Breuer und die UEG das britische Labor finanziell unterstützt hat. Das wissen Sie bereits. Aber: Die Finanzierung lief über Deckkonten in der Schweiz, so daß nie und nimmer der Bezug Labor – UEG, also Gutachtenergebnis – Deutschland für die Briten nachvollziehbar sein wird.«

»Meinen Sie, die Briten sind dümmer als Strombach? Eine ganze Nation mit Fachleuten schafft nicht, was ein behinderter Rollstuhlfahrer über drei Computer geschafft hat?«

Der Kanzleramtschef ging nicht auf Leitners Fragen ein, sondern lehnte sich wieder zurück in seine Lederschale. Er erwähnte auch nicht, daß die Informationen aus höchsten, bayrischen Politkreisen stammten, daß die UEG sogar finanzielle Unterstützung aus dem Land der Weißwürste erhalten hatte. Aus einem speziellen Umweltfond waren seit Bestehen der »Erdgas-Import«-Tochter Gelder in sechsstelliger Höhe an Breuer geflossen. Der bayrische Ministerpräsident hatte nicht nur seinen Segen dazu gegeben, sondern konkreten Beistand bei der Vermittlung geleistet. Leitner ahnte, daß ihm gegenüber einiges zurückgehalten wurde. Es kümmerte ihn wenig.

»Zu Hinrichsburg und Co.«, sagte er, zog ein weiteres zusammengeheftetes Bündel heraus und verteilte die Kopien. »Dieses Papier beinhaltet eine Liste der Bewohner des Hinrichsburg-Anwesens. Lebenslauf, Beziehungen, Auffälligkeiten. Die Liste wird, so hoffe ich, morgen bereits mit den Erkenntnissen der Plechanowa ergänzt. Auffällig ist, daß bis auf zwei Hausbewohner, einen gewissen General Franz-Josef Graf von Altmühl-Ansbach und einen Johannes Elias Freiherr von Lausitz, alle Bewohner auf höherer Ebene in der Politik mitmischten. Die einen früher, die anderen später. Alle in dem Haus sind aber seit über zehn Jahren nicht mehr politisch in Erscheinung getreten, besitzen keine Ämter mehr. Eine kleine Ausnahme bildet lediglich Prinz Heinrich von Oranienbrug, der ehrenamtlich noch im Vorstand des Deutschen Adelskreises sitzt.«

Leitner suchte nach den Beziehungen des Barons von Hinrichsburg. Er hatte sie sich markiert. Einen Moment überlegte er noch, ob er nicht doch auf die komplette Palette seiner Recherche-Ergebnisse eingehen sollte. Für ihn waren sie alle wichtig. Nur in der Gesamtheit konnte ein Bild der Gruppe der alten Adligen entworfen werden. Die Gemeinsamkeiten waren nicht auf den ersten Blick zu erkennen, doch es gab sie. Leitner entschloß sich schweren Herzens, auf eine Schilderung zu verzichten. Er befürchtete, vom Koordinator ermahnt zu werden, und hoffte darauf, daß sich seine politisch sehr eingespannten Chefs die Zeit zum Studieren des Papiers einfach nehmen würden.

»Zu Hinrichsburg«, leitete er über, hielt die vierte Seite hoch und wies auf den dritten Absatz hin. »Er ist der Ziehvater von Friedrich August von Stolzenberg. Der leibliche Vater, Ernst-Friedrich Graf von Stolzenberg, ist, wie Sie wissen – ich bitte noch einmal auf die Jahresangabe zu achten –, Ende 1941 an der Ostfront gefallen. Der Vater war Heereskommandant und eng mit von Hinrichsburg befreundet. Über seinen Tod und darüber, wo genau er gefallen ist, existieren keine konkreten Angaben. Kurz nach seinem Tod, also drei Jahre vor dem Tod der Mutter, nahm Hinrichsburg den damals neunjährigen Friedrich-August von Stolzenberg auf.«

Leitner blätterte um, wollte die fünfte Seite hochhalten, zog sie jedoch schnell wieder zurück. Er kam sich lehrmeisterhaft vor. Er schielte kurz zum Koordinator hinüber und erkannte, daß dieser schon längst die fünfte Seite zur Hand genommen hatte. Dennoch fuhr er fort.

»Mit neun Jahren zog Stolzenberg also zu Hinrichsburg

ins Tal der Goldenen Aue an den Kyffhäuser. 1947, mit fünfzehn Jahren, folgte er dem Baron nach Bad Wildungen an die Edertalsperre. Dort wohnte er jedoch nicht lange. Hinrichsburg schickte ihn auf ein Internat in Hessen-Lichtenau. Anschließend wurde er ...«

»Ich denke, den weiteren Werdegang des Grafen Stolzenberg kennen wir alle, Herr Leitner.« Der die Dienste koordinierende Staatsminister sagte es nicht vorwurfsvoll. Er schien Leitner eher auffordern zu wollen, endlich zu den Erkenntnissen über Hinrichsburg zu kommen.

»Sie haben recht.« Leitners Stimme hatte einen leicht unterwürfigen Klang. »Wie bereits erwähnt, war Baron von Hinrichsburg eng mit dem Vater Stolzenbergs befreundet und ... Beide waren nach unseren Erkenntnissen hundertprozentig Mitglieder des Kreisauer Kreises. Hinrichsburg ist übrigens immer noch sehr einflußreich. Er war vor dem Krieg ein hohes Tier in der Zentrums-Partei, trat 1933 aus, trat 1949 der Christdemokratischen Partei bei. Eine politische Karriere hat er nach dem Krieg jedoch nie angestrebt. Er hat sich ihr trotz mehrfacher Aufforderung verweigert.«

Leitner blickte kurz über den Seitenrand auf Kanzleramtschef und Koordinator. Beide waren in das Papier vertieft. Er wartete ab und sah, wie beide fast gleichzeitig umblätterten. Das Team, das er persönlich mit der Untersuchung des Barons von Hinrichsburg beauftragt hatte, hatte gute Arbeit geleistet. Nachdem die ersten Ergebnisse vorgelegen hatten, hatte Bloßfeld sogar darauf bestanden, daß einige der Bücher, die Hinrichsburg geschrieben hatte, quergelesen wurden. Bloßfeld wollte sich ein genaues Bild von dem Baron machen. Es galt nicht nur, Personen kennenzulernen, sondern auch, nach möglichen Motiven zu suchen. Leitner hatte die Anordnung zunächst als überzogen bewertet. Nur wenige Stunden später hatte er Bloßfelds Spürsinn bewundert.

Als Leitner nach Bonn gefahren war, hatten an die zehn Bücher auf seinem Schreibtisch gelegen. Neun handelten von Preußen. Alle waren unter den historischen Sachbüchern anerkannte Werke von besonderem Wert. Allein von Hinrichsburg hatte zu einer eigenen Bewertung des »preußischen Prozesses«, wie er es nannte, gefunden. Auf den Umschlagseiten seines Werks wiesen selbst renommierte Zeitungen anerkennend darauf hin, daß Hinrichsburgs Anschauung der gemeinen Historikeransicht widerspreche. Ein Beispiel: Während in den Schulbüchern Kurfürst Friedrich Wilhelm als Bauherr Preußens bezeichnet wurde, da er es gewesen war, der zwischen Rhein und Memel die Grundlage für einen einheitlichen Staat geschaffen hatte, erwähnte von Hinrichsburg ihn nicht einmal. Die Verwaltungs-Zentralisierung Friedrich-Wilhelms war für`den Baron schlicht unerheblich. Die einzigen Taten des Großen Kurfürsten, die er für erwähnenswert hielt, waren die, daß unter ihm die Macht der Stände beschnitten wurde, daß der Kurfürst den Aufbau eines stehenden Heeres im Kampf gegen den Adel veranlaßte, daß er den Führer der ostpreußischen Adelsopposition, Oberst von Kalckstein, nach einem Hochverratsprozeß 1679 in Memel hinrichten ließ. Hinrichsburg war Adliger durch und durch und haßte jeden, der sich gegen den Adel auflehnte. Für ihn war das Feudalsystem die einzig denkbare Basis für gesellschaftlichen Fortschritt. Leitner dachte an das zehnte Buch auf seinem Schreibtisch, ein Werk über die »Notwendigkeit und Verpflichtung des Adels«. In ihm beschrieb von Hinrichsburg die Anfänge des 1919 gegründeten Deutschen Adelskreises, eine Reaktion auf die Ratifizierung des Artikel einhundertneun der Weimarer Verfassung, der den Adel nach 1848 erneut als

Stand aufhob, lediglich die Adelsbezeichnung als Teil des bürgerlichen Namens weiterbestehen ließ. Als Vorwort für das Buch hatte der Baron ein Zitat Heinrich von Treitschkes gewählt, obwohl dieser aus einer sächsischen, traditionsgemäß antipreußisch eingestellten Offiziersfamilie stammte:

»Alle Gesellschaft bildet von Natur eine Aristokratie. Die Sozialdemokratie kennzeichnet den Unsinn ihrer Bestrebung schon durch den Namen. Wie mit dem Staat gegeben ist ein Unterschied von Obrigkeit und Untertan. Die Masse wird immer Masse bleiben. Keine Kultur ohne Dienstboten. Es versteht sich doch von selbst, wenn nicht Menschen da wären, welche die niedrigen Arbeiten verrichten, so könnte die höhere Kultur nicht gedeihen. Wir kommen zu der Erkenntnis, daß die Millionen ackern, schmieden und hobeln müssen, damit einige Tausende forschen, malen und dichten können. Das klingt hart, aber es ist wahr und wird in aller Zukunft wahr bleiben. Mit Jammern und Klagen ist hiergegen nichts auszurichten. Der Jammer entspringt auch nicht der Menschenliebe, sondern dem Materialismus und dem Bildungsdünkel unserer Zeit.«

Das Buch wurde bis Anfang der achtziger Jahre aufgelegt.

»Der Kreisauer Kreis gibt uns zwar einen Hinweis auf 1941, Herr Leitner, aber warum stellen Sie plötzlich von Hinrichsburg so in den Mittelpunkt? Also ehrlich, was steckt dahinter?« fragte der Kanzleramtschef, drückte sich noch tiefer in den Sessel und bat den Koordinator mit einem Blick um Unterstützung. Der nickte auch sofort heftig.

»Wilhelms.«

»Wilhelms?«

»Ja, der Journalist«, erklärte Leitner, verstand dann jedoch plötzlich die Ungereimtheiten, an denen sich die

Minister störten. »Wilhelms hat nach dem Kreisauer Kreis gefragt und uns damit einen Hinweis auf 1941 gegeben. Der Junge ist gut. Er hat uns schon wieder einen Tip gegeben. Wir haben einen Mitschnitt von einem Gespräch, das Wilhelms mit der Chefin vom Dienst des ›Westdeutschen Kuriers‹ geführt hat. Es ist ein bißchen lang. Ich will es Ihnen jetzt auch nicht vorspielen. Weil das Gespräch so lange dauerte, konnte das Sondereinsatzkommando überhaupt erst mobilisiert werden. Nur so viel: Die wichtigste Passage des Telefonats ist ...«, Leitner suchte erneut in der Mappe, gab die Suche aber sofort wieder auf. »Wilhelms hat die Melzer gebeten, alles über Stolzenberg und das Kreisen der Raben herauszubekommen.«

»Das Kreisen der Raben?« fragte der Kanzleramtschef.

»Wilhelms erzählte ihr, daß er Stolzenberg mit dem Kreisen der Raben konfrontieren müsse.«

»Und was hat das ...«

»Das Kreisen der Raben bezieht sich auf den Kyffhäuser. Der Sage nach soll im Kyffhäuserberg der alte Barbarossa schlafen. Über dem Berg kreisen die Raben, um ihn zu bewachen. Oder so ähnlich. Stolzenberg, Kyffhäuser, Hinrichsburg.«

Der Koordinator warf seine Unterlagen auf den Schreibtisch und sah Leitner direkt in die Augen. »Wenn Wilhelms jetzt auch schon Stolzenberg und seine Beziehung zu Hinrichsburg kennt, dann ...«

»Kennt er nicht«, unterbrach Leitner ihn vorsichtig. »Wir haben die Melzer, die CvD des ›Westdeutschen Kuriers‹, seit dem Anruf voll unter Kontrolle. Sie kann kein Gespräch führen, keinen Schritt tun, ohne daß wir es wissen. Sie hat bislang keinen Kontakt zu Wilhelms aufgenommen, hat ihm nichts mitteilen können. Sie weiß auch nicht, worum es geht«, log er. Leitner wußte, daß Katja Melzer das »Kreisen der Raben« entschlüsselt hatte, daß sie auf der Suche nach Wilhelms war, um ihn zu informieren. Er wußte, daß er darüber kein Wort verlieren durfte. Bloßfeld hatte ihm streng befohlen, diese Information zurückzuhalten. Der Leiter der diensteübergreifenden Einheit befürchtete einen weiteren fingierten Haftbefehl, eine weitere Großfahndung, eine weitere überhastete Aktion, eine Einmischung des Verfassungsschutzes. Er wollte, daß die Melzer in Ruhe gelassen wurde. Sie war der einzige Anhaltspunkt. Wilhelms würde sich früher oder später mit ihr treffen müssen.

Das Telefon klingelte. Der Kanzleramtschef hob verärgert den Hörer von der Gabel.

»Für Sie«, sagte er zu Leitner.

Bis auf wenige Bestätigungen und kurze Nachfragen blieb es ruhig. Keiner traute sich, das Gespräch zu unterbrechen. Der Koordinator spielte unaufhörlich mit einem Kugelschreiber. Der Kanzleramtschef nahm sich noch einmal die Unterlagen vor. Aber er las sie nicht. Er lauschte jedem gesprochenen Wort. Leitner ließ sich dagegen Zeit, machte sich einige Notizen. Dann legte er den Hörer auf, schob seine Zettel zusammen und schloß die Mappe.

»Wilhelms hat Stolzenberg angerufen.«

Es blieb weiterhin still. Niemand stellte eine Frage. Leitner ballte die Fäuste im Schoß, griff sich anschließend ans Kinn. »Wir haben nur die Aufzeichnungen von Stolzenbergs Privatanschluß. Wir bekommen den Mitschnitt gleich rübergefaxt. Nur so viel vorab: Wilhelms hat Stolzenberg angerufen und ihn gefragt, ob die Raben immer noch kreisen. Stolzenberg ist wohl zunächst nicht darauf angesprungen. Wilhelms hat das Kreisen der Raben noch zwei weitere Male erwähnt. Dann hat Stolzenberg reagiert und ihm eine andere Telefonnummer gegeben. Sie ist bereits überprüft. Ein Mobiltelefon, angemeldet auf die UEG. Stolzenberg bat, erst fünfzehn Minuten später unter dieser Nummer anzurufen.«

Lars Leitner schielte heimlich auf die Halsschlagader des Koordinators. Das Pulsieren war deutlich zu erkennen, doch die gewohnte Verhärtung und Verfärbung des Halses blieb aus. Auch der Kanzleramtschef blieb ruhig, drückte sein Kreuz nur noch tiefer in das Leder. Durch das Fenster war eine Buche zu erkennen, die sich im Wind bog. Meteorologen hatten Sturm vorausgesagt, jedoch erst für die Morgenstunden. Jeder im Raum wußte, daß es Stunden dauern würde, um ein Gespräch über ein Mobiltelefon aufzeichnen zu können.

»Dieser Wilhelms«, ergriff der Kanzleramtschef schließlich das Wort, »er weiß über BSE Bescheid, er weiß vom Kreisauer Kreis und von 1941. Er weiß von Stolzenberg, dem Kreisen der Raben, wahrscheinlich von Hinrichsburg. Dieser Kerl weiß alles. Woher? Verdammt! Er ist uns immer einen Schritt voraus. Und wir, wir haben verdammt noch mal keine Ahnung, woher er das alles weiß.«

»Er weiß nichts von Hinrichsburg«, versicherte Leitner noch einmal glaubwürdig.

»Und wieso nehmen Sie das an? Bislang wußte er alles.«

»Er hat die Melzer um Informationen gebeten, weil er Stolzenberg, den er gar nicht kennt, mit ›irgendeinem Vogelverhalten‹ konfrontieren soll. So zumindest drückte er sich aus. Wilhelms weiß von nichts. Deshalb hat er die Melzer doch angerufen. Und die Melzer hat nichts rausgefunden, hat keinen Kontakt zu ihm aufgenommen. Also hat Wilhelms Stolzenberg auf Verdacht angerufen. Wilhelms weiß nichts vom Kyffhäuser, nichts von Hinrichsburg. Das geht aus dem Gespräch hervor. Er pokert.«

»Er pokert besser als wir.«

»Ihm werden irgendwelche Karten zugeschoben.«

»Verdammt noch mal«, wurde der Kanzleramtschef nun wütend, »dann finden Sie raus, von wem!«

Leitner schaute bewußt lange auf die Uhr, die über der Tür tickte. Es war kurz vor zehn. Sommerfeld, Kellinghausen und Kulitz waren mit Sicherheit schon im Konferenzraum im Untergeschoß. Er war kleiner als der in der zweiten Etage, war in den späten Abendstunden jedoch kaum gebucht. Einen Blick zum Kanzleramtsleiter wollte Leitner vermeiden. Er verstand die Nervosität des Politikers. Seit Tagen spielten sie im Aachener Demoskopischen Institut Berg Möglichkeiten durch, suchten Verbindungen, Gegensätze, Gemeinsamkeiten. Auf riesigen Tafeln standen in verschiedenen Farben Namen, Organisationen und Gesellschaften. Manche Bezeichnungen tauchten sogar mehrfach auf. Es war der Versuch, zwischen aktiv Beteiligten und möglichen Sympathisanten zu unterscheiden. Linien, durchgezogene und unterbrochene, stellten Verbindungen dar. Auch hier machten unterschiedliche Farben klar, welche Beziehungen bekannt und bewiesen waren und welche nur vermutet wurden. An allen vier Ecken stachen doppelt unterstrichene und umkreiste Fragezeichen ins Auge. Linien führten zu *Wilhelms*. Er mußte einen Informanten ausfindig gemacht haben, der ein enger Vertrauter von Stolzenberg war. Dessen war sich das Team um Bloßfeld und Leitner sicher. Es gab keine andere Möglichkeit. Die meisten tippten auf einen Politiker, einen Europa-Politiker, dessen Pflicht es eigentlich gewesen wäre, die Europa-Politik voranzutreiben. Ungereimtheiten existierten dennoch weiterhin viel zu viele. Stolzenberg war zu erfahren, um einer Person alles anzuvertrauen.

Leitner blickte auf. Er hoffte nur, daß die Minister das Band, das das Gespräch zwischen Wilhelms und der Melzer wiedergab, nicht hören wollten. Auf diesem Band erklärte der »Europa«-Redakteur des »Westdeutschen Kuriers« nämlich genau, von wem er die Informationen hatte. Von einem mysteriösen anonymen Anrufer – von einer weiteren Person, die noch mehr Ungereimtheiten aufkommen ließ.

Bloßfeld hatte deshalb auch angeordnet, darüber absolutes Stillschweigen zu bewahren.

»Es ist zehn«, sagte der Kanzleramtschef endlich und nickte Leitner zu. Der verstand, schob seine Unterlagen zusammen, stand auf und verließ das Arbeitszimmer. Für wenige Sekunden herrschte Stille.

»Er hat von Bloßfeld Anweisungen bekommen.«

»Natürlich«, bestätigte der Koordinator, »Bloßfeld und Leitner arbeiten seit Jahren zusammen. Er hat uns nicht alles gesagt, aber er wird gleich in der Besprechung noch weniger sagen. Da bin ich sicher. Wie lange können wir Bloßfeld noch Zeit lassen?«

»Wir müssen ihm alle Zeit der Welt lassen. Wir haben keine andere Chance. Außerdem hängt es doch gar nicht mehr so sehr davon ab, wann wir ihn kriegen. Alles hängt davon ab, ob wir Wilhelms zum Schweigen verpflichten können. Und das rechtzeitig. Andererseits denke ich, daß wir noch Zeit haben. Wilhelms sind genau wie uns noch zu viele Zusammenhänge unklar. Sonst hätte er die Geschichte schon längst veröffentlicht.«

»Das stimmt. Aber wieviel fehlt ihm noch? Wann findet er das letzte Mosaiksteinchen? Und wann wirft er uns dann alles vor die Füße?«

35

Sie war bei Käthe Bauer, von der sie erfuhr, daß Einstein Montag vormittag nun endlich beerdigt werden würde. Sie war bei Marc Webster, der ihr mit 2,07 Promille erklärte, daß ihm vor wenigen Stunden ein Zwei-Zentner-Gestell von den Gabeln seines Staplers gerutscht sei und er fast das Zeitliche gesegnet habe. Sie trank im »Tal« ein Bier, wurde am Eingang sofort von Kai Schumann, einem stolzen Dauerarbeitslosen aus der Gerüstbauerbranche, gefragt, ob er während Max' Abwesenheit dessen Dartpfeile benutzen könne. Keiner hatte jedoch Wilhelms gesehen, keiner hatte etwas von ihm gehört. Zumindest schwieg das »Tal«.

Ziellos fuhr Katja nun durch die leeren Straßen der Stadt. Auf mögliche Verfolger achtete sie kaum noch. Anfangs hatte sie im Sekundentakt Innen- und Außenspiegel malträtiert, hatte jedoch niemanden entdecken können. Es war kurz nach halb elf. Der Frühling war gerade einmal siebenundzwanzig Stunden alt, doch von Frühlingsgefühlen, über die sie angesichts des Jahreszeitenwechsels eine kurze, liebevolle Glosse geschrieben hatte, spürte sie nichts. Die Nacht war wie die vorangegangenen: naßkalt, deprimierend, trostlos. Katja genoß es, durch die Dunkelheit zu fahren; sie sog die kühle Feuchtigkeit regelrecht in sich auf. Alles um sie herum entsprach ihrem Zustand. Der Himmel litt und weinte mit ihr.

Der große Volvo-Kombi vor ihr bremste scharf, rollte dann langsam auf den seitlichen Parkstreifen. Ein Junge – er war ganz offensichtlich noch keine achtzehn Jahre alt – löste sich rasch aus dem Schatten des gewaltigen Brückenpfeilers. Er hatte ein osteuropäisches Gesicht und trug eine amerikanische Baseball-Jacke mit leuchtender Aufschrift. In gebückter Haltung steuerte er auf den Volvo zu. Aus den Peugeot-Lautsprechern dröhnte

Dangerous von Roxette. Katja griff zu Kugelschreiber und Notizblock. *Stricher – Innenstadt – Lokales* wollte sie aufschreiben, doch nach der ersten Silbe warf sie die Schreibutensilien zornig auf die Instrumentenablage. Der »Kurier« konnte ihr vorerst gestohlen bleiben. In den letzten Stunden hatte sie sogar mehrfach eine Kündigung in Erwägung gezogen, hatte schon die ersten Zeilen ihres Schreibens vorformuliert. Nun wollte sie Poschmann nur noch anrufen und ihn, ohne ihm Vorwürfe zu machen, um eine Beurlaubung bitten. Drei Wochen, vielleicht nur zwei. Auf jeden Fall mindestens erst einmal eine.

Die Ampel vor der Abzweigung zum Frischezentrum zeigte Rot. Hinter ihr lag die Brücke, die quer über das Gelände einer großen Chemiefabrik führte. Der stechende Geruch verschwand nur bei starkem, langanhaltendem Regen. Die Stadtverwaltung und weitere Aufsichtsbehörden versicherten bei Redaktions-Anfragen immer, daß Betrieb und Emissionen absolut ungefährlich seien.

Das Auto links neben dem Peugeot bremste sanft. Auch rechts kam unauffällig ein Fahrzeug zum Stehen. Katja wunderte sich nur kurz, dachte aber nicht weiter darüber nach. Sie hatte immer angenommen, daß auf der rechten Seite nur ein breiter Fahrradweg die Straße säumte, doch sie blickte nicht hinüber. Dann ging alles sehr schnell. Zu schnell, als daß sie hätte reagieren können.

Der Wagen links beschleunigte plötzlich so stark, daß seine Reifen durchdrehten. Katja warf den Kopf instinktiv nach links, um das Treiben des wahnsinnigen Fahrers zu verfolgen. Sekunden später flog ihr Kopf nach rechts. Jemand hatte die Beifahrertür aufgerissen, saß nun bereits halb auf dem Sitz neben ihr. Dieser Jemand hielt entschuldigend beide Hände hoch. Er trug einen unmodernen, dunkelgrauen Trenchcoat. Sein Gesichtsausdruck verriet freundliche, beruhigende Zurückhaltung. Seine Haare waren streng zurückgekämmt. An der rechten Wange war eine gut verheilte, aber breite Narbe zu erkennen, die bis zum Kinnansatz reichte. Katja preßte ihren Rücken gegen die Innenverkleidung der Fahrertür. Die Türentriegelung konnte sie so nicht erreichen. Sie suchte mit der linken Hand nach dem kleinen Griff. Das Fahrzeug, das sie von der Aktion des freundlich blickenden Narbengesichts abgelenkt hatte, hatte sich mittlerweile vor dem Peugeot quergestellt. Der Fahrradweg war wieder frei. Das zweite Auto stand nun hinter ihr. Sie schrie.

»Frau Melzer, darf ich einsteigen?«

»Verdammt, Sie sitzen doch schon! Wer sind Sie?« kreischte Katja.

»Bloßfeld, Bloßfeld ist mein Name. Ich arbeite für eine Polizei-Sondereinheit auf Bundesebene.«

Der Mann hielt weiterhin die Hände weit hoch und signalisierte so deutlich, daß von ihm keine unmittelbare Gefahr ausginge. Katja verringerte den Druck gegen die Fahrertür, schaute Bloßfeld nun aus zusammengekniffenen Augen fassungslos an. Der Sonderagent beobachtete sie ebenfalls genau. Vier Fotos hatte er von ihr gesehen. Zwei zeigten die Chefin vom Dienst des »Westdeutschen Kuriers« auf dem letzten Presseball in Bonn. Die anderen hatte Dietmer ihm aus der Zeitung kopiert. Die Fotos gaben sie allerdings nur schlecht wieder. Obwohl sie nun verängstigt und geschockt neben ihm saß, war sie hübscher, graziöser, zerbrechlicher, aber auch energiegeladener. Ihre grünen Augen blitzten ihn aus nunmehr nur noch schmalen Lidspalten an. Die Wangenmuskeln waren gespannt, die Lippen zusammengepreßt. Bloßfeld erkannte, daß die rötlichbraunen Haare gefärbt waren. Am Haaransatz gingen sie ins Blondbraune über.

»Darf ich nun einsteigen?« wiederholte Bloßfeld seine

Frage, obwohl die Fahrerin ihn schon äußerst grob darauf aufmerksam gemacht hatte, daß er bereits im Wagen saß.

»Habe ich überhaupt eine Wahl?«

»Nein«, lächelte Bloßfeld charmant, »nein, ich glaube nicht.«

Die Ampel wechselte auf Grün. Bloßfeld erkannte, daß Katja Melzer den Schrecken verdrängt, den Schock verarbeitet und sich entspannt hatte. Sie rückte nun wieder zurück hinter das Steuer. Dabei zerrte sie ihre Handtasche unter Bloßfelds Gesäß hervor. Er hatte sich halb draufgesetzt.

»Entschuldigung«, lächelte er weiterhin. »Ich hoffe, da war nichts Wertvolles ...«

»Ich weiß nicht, wo er ist«, unterbrach Katja ihn, »ich weiß nicht, wo er ist! Also, was wollen Sie?«

»Mit Ihnen sprechen.«

»Worüber?«

»Was glauben Sie denn?«

»Na, super«, lachte Katja und klatschte mit einer Hand auf ihren jeansumhüllten Oberschenkel, »eine Quiz-Show am Abend! Wie nett! Und das in meinem Auto. Wollen Sie mich verarschen, Mister Bond?«

Bloßfeld sagte nichts, ließ nur langsam die Hände sinken und schloß bedächtig die Beifahrertür. Anschließend hob er erneut eine Hand, klopfte mit dem Knöchel des Mittelfingers zweimal gegen die Frontscheibe. Der sie blockierende Wagen vor ihnen rollte an. Die Ampel wechselte von Grün über Gelb auf Rot.

»Was nun?« fragte Katja ruhig.

»Laden Sie mich auf einen Kaffee ein?«

»Bei mir?«

»Gute Idee.«

»Sie haben sie doch nicht alle! Wie haben Sie mich eigentlich gefunden?«

»Frau Melzer, es gibt zwei Möglichkeiten. Wir beide sind offen und ehrlich zueinander oder ich muß aus Gründen der Staatssicherheit ...«

»Staatssicherheit? Das habe ich doch schon mal irgendwo gehört.«

»... oder ich ziehe Sie aus Gründen der Staatssicherheit aus dem Verkehr. So einfach ist das. Sie können entscheiden. Mir persönlich wäre die Offenheit und Ehrlichkeit lieber.«

Katja suchte nach Worten, wollte ihm die »Staatssicherheit« noch mehrfach vorhalten. Doch sie mußte sich beruhigen. Sie mußte die Situation einschätzen und meistern. Sie mußte sie als Chance wahrnehmen, sie nutzen. Nun hob auch sie die Hand, bat um ein wenig Zeit, um ihre Gedanken ordnen zu können. Wer war dieser Mann? Für wen arbeitete er? Wie hatten er und seine Leute sie gefunden?

»Sie haben meine Frage nicht beantwortet, Mister Bond.«

»Bloßfeld.«

»Schön, Herr Bloßfeld. Und?«

»GPS.«

»Was – GPS?«

»Global Position System. Ein Navigationssystem, das den Standort Ihres Fahrzeugs auf zehn Meter genau bestimmt. Jederzeit. Wird bei BMW und Mercedes mittlerweile fast in jede größere Karosse eingebaut. Wir haben Ihnen einen solchen GPS-Empfänger mit Spezialsender in der Tiefgarage des ›Kuriers‹ eingebaut. Ich weiß nicht einmal, wo. Wahrscheinlich neben dem Kühler, mit einem kleinen Antennenkabel durch den Kühlergrill. Wir wußten jederzeit, wo Sie sich aufhielten.« Bloßfeld wartete ab. Er sah die Wut in Katja Melzers Augen. »Ich habe Ihnen gesagt, daß ich es vorziehe, offen und ehrlich zu sein.«

»Dann darf ich ja wohl auch davon ausgehen, daß Sie meine Wohnung bereits durchsucht haben, daß Sie meine getragenen Höschen durchwühlt haben und daß sich mehrere Bullen daran aufgegeilt haben, ja?«

»Ja, aber wir waren nur ganz kurz in Ihrer Wohnung, um Ihr Telefon anzuzapfen.«

Katja ließ sich gegen die Rückenlehne fallen. Sie erwiderte nichts. Ohne mit der Wimper zu zucken, erzählte der ältere Mann neben ihr, daß er in ihrer Wohnung gewesen war, Mikrofone angebracht hatte und wieder herausmarschiert war. Er sagte kein entschuldigendes Wort. Kein Bedauern war in seiner Stimme zu hören. Der Mann war sich sicher. Er mußte eine starke Rückendeckung besitzen – oder die Gabe, perfekt bluffen zu können.

»Was ist, wenn ich mich weigere? Ich meine, wenn ich einfach sitzenbleibe, nichts tue und sage?«

»Das würde uns natürlich vor ein Problem stellen, mit dem wir noch nie konfrontiert worden sind«, antwortete Bloßfeld mit einem Lächeln.

Die Ampel wechselte wieder auf Grün. Katja zögerte. Der Wagen vor ihr fuhr an. Sie wartete. Der ältere Mann neben ihr wartete mit ihr. Sie legte den ersten Gang ein und ließ die Kupplung schnell kommen. Die Vorderreifen quietschten kurz.

»Die Kupplung hakt manchmal.«

»Was ist nun mit dem Kaffee?«

»Aber gerne«, antwortete Katja übertrieben höflich. »Vielleicht erzählen Sie mir erst einmal, wer Sie sind. Polizei-Sondereinheit im Dienste der Staatssicherheit hört sich wirklich spannend an.«

»Sie glauben mir nicht?«

»Wissen Sie, ich habe in den letzten paar Tagen ganze Herden von Pferden vor der Apotheke kotzen sehen. Und auch viele Bullen, die keine waren.«

»Sie wollen einen Beweis, daß ich zu den Guten gehöre? Können Sie haben. Sie haben heute nachmittag einen Anruf von Wilhelms bekommen. Er wollte wissen, wer Stolzenberg ist, da er ihn mit dem Kreisen der Raben konfrontieren soll.«

»Darauf kann mittlerweile sogar unser angetrunkener Archivar gekommen sein.«

»Auch darauf, daß das Gespräch um siebzehn Uhr und zwölf Minuten begann? Oder daß Wilhelms Sie dreimal fragte, ob Ihr Chefredakteur besser im Bett sei als er? Oder ob Sie mit ihm auch diese Bettspielchen gemacht hätten, wo Sie sich mit Stiefeln gestreckt ...«

»Es reicht«, schrie Katja und trat fest auf die Bremse. Die Bushaltestelle kam ihr wie gerufen. Der Peugeot rollte aus. Katja zog die Handbremse bis zum äußersten Anschlag und schaltete den Motor aus.

»Es reicht! Haben Sie verstanden?«

»Sie wollten einen Beweis.«

»Sie sind also von den Guten? Den guten Guten? Den Guten, die Redaktionstelefone abhören? Den Guten, die in fremde Wohnungen einbrechen?«

»Wenn es Gute gibt, dann ja, dann zähle ich dazu. Zumindest wollen wir Wilhelms helfen.«

»Helfen? Was ist mit dem Haftbefehl? Der Fahndung? Der Fahndung, die oberste Priorität hat?«

»Frau Melzer, Ihr Freund Max Wilhelms hat mehr entdeckt als das BSE-Gutachten. Er hat ...«

»Ich weiß. Das hat er mir, wie Sie ja wissen, schon am Telefon gesagt.«

»Richtig. Aber er hat Ihnen verschwiegen, was er entdeckt hat. Er hat eine Verbindung zu Personen und Gesellschaften hergestellt, die seit einigen Jahren Wirtschaftskriminalität und illegale Schiebereien in großem Stil betreiben.« Bloßfeld sprach ruhig und sachlich. Er war auf jede Frage vorbereitet, hätte jede blitzschnell und schlüssig beantworten können. Er hatte den Dialog lange vorbereitet. Das konnte er. Er wußte, mit welchen Bemerkungen er schließen mußte, um die nächste Frage zu provozieren. Er wußte aber auch, daß er bei der CvD auf alles gefaßt sein mußte. Sechs- oder siebenmal war er das abgehörte Telefonat mit Wilhelms durchgegangen. Die Melzer glänzte durch spontane Gedankensprünge. Das verband sie mit Wilhelms.

»Frau Melzer, uns ist es gelungen, an diese Gruppe heranzukommen. Wir haben zwei Mitarbeiter einschleusen und die Gruppe in Sicherheit wiegen können. Nun ist aber Ihr Freund aufgetaucht. Und ...«, Bloßfeld machte eine kleine Pause, wollte Melzers Reaktion genau erfassen, »Sie wissen, daß Ihr Freund sich manchmal recht ungeschickt verhält. Die Gruppe ist auf ihn aufmerksam geworden und will ihn aus dem Verkehr ziehen. Deshalb der Haftbefehl. Frau Melzer, die Gruppe ist zu allem fähig. Ihr Freund ist in größter Gefahr. Wir müssen ihn finden. Er gefährdet sich und unsere Operation.«

»Weiß Poschmann davon?«

»Wieso Poschmann?«

Katja überlegte.

»Nur so«, sagte sie leise. Sie mußte ihre Fragen kontrollieren.

»Für welchen Staatssicherheitsapparat arbeiten Sie genau?« Ihre Stimme wurde selbstsicherer.

»Es ist eine übergreifende Sondereinheit. Ich arbeite für die Bundesrepublik, aber auch für die Europäische Union. Seit Jahren werden Tonnen an verbotenen Gütern importiert und exportiert. Die EU gibt Millionen dafür aus, daß bestimmte Richtlinien befolgt, bestimmte Grenzwerte und Bestände eingehalten werden. Der Absatz von subventionierten und verbotenen Produkten ist dementsprechend lukrativ. Auch vor dem jetzt veröffentlichten BSE-Gutachten war es strengstens untersagt, Fleisch von gefährdeten Rindern zu vermarkten. Bei seinen Recherchen muß Wilhelms auf mehrere Transporte gestoßen sein, auf Transporte von Fleisch, das bereits als vernichtet deklariert und demnach subventioniert worden war. Wilhelms oder sein Freund Strombach.«

Bloßfeld hatte die Antwort schon auf den Lippen. Die Frage mußte kommen. Er wollte sie so schnell wie möglich aus der Welt schaffen. Katja Melzer enttäuschte ihn nicht. Die Frage kam.

»Strombach ist tot. Wollen Sie mir sagen, daß ...«

»Es war das erste, das wir veranlaßt haben, als wir davon erfuhren: eine gewissenhafte, genaue Untersuchung. Auch wir haben nicht an einen Unfall geglaubt. Ein Unfall zu diesem Zeitpunkt war zu unwahrscheinlich. Wir haben Strombachs Körper von Experten obduzieren lassen. Wir haben die besten Experten der Spurenermittlung antanzen lassen, haben nachts in Strombachs Computern gewühlt. Wir sind jedem Hinweis nachgegangen. Doch, Frau Melzer, so unglaubwürdig wie es klingt: Es war ein Unfall.«

Bloßfeld wollte Eingeständnisse machen, wollte die Frage, wer Max nachts durch die Hintergärten gejagt hatte, direkt mitbeantworten. Die Eingeständnisse sollten Vertrauen wecken. Doch Katja wollte sich mit der Unfalltheorie nicht zufriedengeben, auch wenn sie die Worte des Agenten als glaubwürdig einstufte. Sie dachte an Max' Erzählungen über Einsteins mißlungene Toiletten-Turnübungen, sah den behinderten Freund – trotz dicker Glasbausteine vor den Augen – in Küche, Flur und Bad gegen sämtliche Ecken, Kanten, Schränke fahren. Andererseits hatte Einstein sich aber sogar bei seinen spektakulärsten Stürzen nie ein Haar gekrümmt.

»Könnten es Stolzenbergs Leute gewesen sein?« fragte sie nachdenklich.

Bloßfeld zögerte. Wenn die »Kurier«-Chefin von der Totschlag-Theorie nicht abzubringen war, wollte er für sie zumindest Stolzenberg als Feindbild aufbauen.

»Ich weiß es nicht«, antwortete er langsam, »denkbar ist alles. Aber wenn, dann war es ein Profi. Wir haben keine Anhaltspunkte gefunden.«

»Und die Uhr?« fragte Katja plötzlich.

»Was für eine Uhr?«

»Die Computeruhr, die Sie oder Ihre Leute von Strombachs Mutter holten.«

»Keine Ahnung. Wir waren nie bei Strombachs Mutter. Ich müßte es wissen«, log Bloßfeld. Blitzschnell kombinierte er. Jetzt mußte er Interesse zeigen. »Was für eine Computeruhr, Frau Melzer? Das könnte sehr wichtig sein.«

Katja holte tief Luft. Sie spürte deutlich, wie Wut in ihr aufstieg, grenzenlose Wut. Das alles ergab plötzlich für sie einen Sinn. Poschmann hatte Kontakt zu Stolzenberg. Das hatte er zugegeben. Stolzenberg zählte mit weiteren Wirtschaftsgiganten zu den EU-Gegnern. Das hatte der Chefredakteur ebenfalls bestätigt. Die Wirtschaftsbosse waren demnach auch für die Schiebereien verantwortlich, hinter denen Bloßfeld her war. Deshalb hatte sich der alte Mann auch in ihr Auto gezwängt. Max hatte Stolzenberg am Telefon erwähnt. Und sie war sich nun sicher, daß Poschmann Stolzenberg oder einen seiner Verbündeten angerufen hatte, um ihnen von der Computeruhr zu berichten.

»Einstein – ich meine, Rüdiger Strom ...«

»Wir kennen seinen Spitznamen.«

»Also gut. Einstein hatte eine Computeruhr, auf die er wichtige Daten vom Computer übertragen konnte. Max glaubte, daß weitere Informationen darin gespeichert seien. Ich sollte sie von Einsteins Mutter holen. Aber als ich dort ankam, waren schon Männer bei ihr gewesen und hatten die Uhr abgeholt. Einsteins Mutter sagte, es seien Beamte gewesen, Beamte von einer höheren Behörde.«

Bloßfeld hob schnell die Hand. »Wie, Frau Melzer, konnten diese falschen Beamten von der Uhr erfahren?«

»Ich weiß es nicht«, log nun auch Katja. Am liebsten hätte sie geschrien: »Von Poschmann!« Doch sie wiederholte nur kopfschüttelnd: »Ich weiß es wirklich nicht.«

Durch den Innenspiegel blendeten sie plötzlich Scheinwerfer. Immer wieder blitzten die Fernlichtstrahler auf. Der Fahrer des Linienbusses war erregt. Versperrten doch der rote Peugeot und der dunkelblaue Passat seitlich dahinter seine Haltespur. Bloßfeld beugte seinen Oberkörper nach vorne, suchte den besten Winkel, um in den Außenspiegel auf der Beifahrerseite blicken zu können. Er sah deutlich das Zeichen seiner Kollegen. Er verstand. Keine Nachricht von Leitner aus Bonn. Keine aus Aachen.

Der Bus fuhr an. Genau neben ihnen ertönte das Horn. Dem Hupton folgte eine verletzende Geste des Fahrers.

»Was ist das Kreisen der Raben?« fragte Katja ohne Vorwarnung.

Bloßfeld stutzte einen Moment.

»Kommen Sie«, sagte Katja, »so geht das Spiel. Ich habe Ihnen etwas erzählt. Jetzt sind Sie dran.«

»Es ist der Deckname des Verteilerkreises für illegale EU-Transporte.«

»Sind Sie sicher?«

»Was meinen Sie?«

Katja nahm ihre Tasche zur Hand, öffnete sie, suchte kurz und zog dann mehrere Kopien heraus. Sie blätterte sie durch und gab Bloßfeld ein Blatt.

Der Chef der Sondereinheit las die erste Zeile dreimal.

Er fluchte innerlich. Entweder hatte die Melzer die ganze Zeit gewußt, daß er die Unwahrheit sagte, oder sie wollte ihm einen Hinweis geben. Er mußte nachdenken. Er schaute sie verblüfft an.

»Lesen Sie«, forderte Katja ihn auf, »lesen Sie!«

Bloßfeld starrte aug die Kopie. Er kannte den Text, tat jedoch so, als überflöge er Zeile für Zeile. Dadurch gewann er Zeit.

Friedrich Rotbart
Von Emanuel Geibel (1815-1884)

Tief im Schoße des Kyffhäusers
bei der Ampel roten Schein
sitzt der alte Kaiser Friedrich
an dem Tisch von Marmelstein.

Ihn umwallt der Purpurmantel,
ihn umfängt der Rüstung Pracht,
doch auf seinen Augenwimpern
liegt des Schlafes tiefe Nacht.

Vorgesunken ruht das Antlitz,
drin sich Ernst und Milde paart;
durch den Marmortisch gewachsen
ist sein langer goldner Bart.

Rings wie ehrne Bilder stehen
seine Ritter um ihn her,
harnischglänzend, schwertumgürtet,
aber tief im Schlaf, wie er.

Heinrich auch, der Ofterdinger,
ist in ihrer stummen Schar,

mit den liederreichen Lippen,
mit dem blondgelockten Haar.

Seine Harfe ruht dem Sänger
in der Linken ohne Klang;
doch auf seiner hohen Stirne
schläft ein künftiger Gesang.

Alles schweigt, nur hin und wieder
fällt ein Tropfen vom Gestein,
bis der große Morgen plötzlich
bricht mit Feuersglut herein;

Bis der Adler stolzen Fluges
um des Berges Wipfel zieht,
daß vor seines Fittichs Rauschen
dort der Rabenschwarm entflieht.

Aber dann wie ferner Donner
rollt es durch den Berg herauf,
und der Kaiser greift zum Schwerte,
und die Ritter wachen auf.

Laut in seinen Angeln dröhnend
tut sich auf das ehrne Tor:
Barbarossa mit den Seinen
steigt im Waffenschmuck empor.

Auf dem Helm trägt er die Krone
und den Sieg in seiner Hand;
schwerter blitzen, Harfen klingen,
wo er schreitet durch das Land.

Und dem alten Kaiser beugen

*sich die Völker allzugleich
und aufs neu zu Aachen gründet
er das heilge Deutsche Reich.*

Bloßfeld legte die Kopie nieder und blickte sie weiterhin unschlüssig an.
»Nein? Können Sie damit nichts anfangen?« fragte Katja. »Ich habe noch ein weiteres Gedicht und einen Zeitungsbericht aus dem ›Boten‹. Da kommen die kreisenden Raben etwas deutlicher vor. Wollen Sie es lesen?«
Im Peugeot blieb es still.
»Ich will Ihnen etwas sagen, Herr Bloßfeld – oder wie immer Sie auch heißen: Die Wiedergabe meines Telefonats mit Wilhelms hat mich sehr, sehr beeindruckt. Muß ich wirklich zugeben. Auch Ihr offenes Zugeständnis, in meine Wohnung eingebrochen zu sein. Aber die Geschichte mit den illegalen Rindfleischtransporten kaufe ich Ihnen nicht ab. Sie können mich aus dem Verkehr ziehen, wenn Sie wollen. Bitte schön! Dann müssen Sie mich aber auch sofort um die Ecke bringen. Denn vergessen Sie eines nicht: Ich bin eine leitende Redakteurin bei einer der größten deutschen Tageszeitungen.«
Bloßfeld verzog keine Miene. Sie hatte ihm nicht geglaubt. Dabei waren seine Ausführungen glaubhaft gewesen. Die einzelnen Fakten bildeten ein Bild mit nur wenigen Unbekannten. Katja Melzer mußte längst mehr wissen. Warum hatte sie ihm dieses Gedicht präsentiert? Warum das, in dem der Kyffhäuser erwähnt wurde? Warum nicht das andere, in dem das Kreisen der Raben wörtlich vorkam? Er durfte sich die CvD nicht zur Gegnerin machen. Er mußte ihr Vertrauen gewinnen. Nur über sie kam er an Wilhelms heran. Er griff in die Innentasche seines Trenchcoats.
Katja atmete auf, als sie ein kleines Mobiltelefon in sei-

nen Händen erkannte, und dachte kurz an das, das sie seit geraumer Zeit in ihrer Jackentasche trug.

»Rufen Sie an«, sagte Bloßfeld und hielt ihr das Telefon hin.

»Wen?«

»Die Auskunft. Lassen Sie sich die Nummer vom Bundeskanzleramt in Bonn geben!«

»Bitte was?«

»Bundeskanzleramt. Bonn.«

Während Katja die Nummer der Auskunft wählte, nahm Bloßfeld einen Kugelschreiber sowie einen kleinen Notizblock von der Ablage und reichte ihr beides. Auf dem Deckblatt stand:

Altfahrzeuge – Recycling – Sartor – Wochenende.

Katja schrieb schräg darunter:

Null – zwei – zwei – acht. Fünf – sechs ...

Bloßfeld ergriff plötzlich ihren Arm. »Warten Sie! Ich gebe Ihnen eine Durchwahl.«

Sie wollte eigentlich den Befehlen dieses Mannes nicht gehorchen. Irgend etwas hielt sie davon ab, ihm Glauben zu schenken. Sie hatte sich noch einmal das Gespräch mit Poschmann ins Gedächtnis gerufen, der immer nur von politischen Ambitionen Stolzenbergs gesprochen hatte. Nie von wirtschaftlichen. Poschmann war ein Verräter des Journalismus, ein Judas der »Kurier«-Hauptredaktion. Und Stolzenberg ein Verräter seiner Partei. Katja traute beiden – auch ihrem Chef und Liebhaber – jetzt noch viel mehr zu. Aber Profitgier schloß sie aus. Ohne weiter darüber nachzudenken, hatte sie spontan eines der Gedichte herausgezogen. Doch damit mußte sie ihren ungebetenen Beifahrer in die Enge getrieben haben. Sie wollte die Situation möglichst sinnvoll nutzen. Der Mann konnte sie aus dem Verkehr ziehen. Das war eindeutig. Aber irgend etwas hinderte ihn daran und zwang ihn zu Kompromissen, zu einer Zusammenarbeit mit ihr.

»Was jetzt?«

»Nun wählen Sie die Nummer. Lassen Sie sich mit dem Besprechungszimmer verbinden, in dem der Kanzleramtsminister ist. Werden Sie gefragt, wer Sie sind, sagen Sie, daß Sie vom ›Berg‹-Institut anrufen. Dann verlangen Sie dringend Herrn Leitner!«

Bloßfeld hatte die Grenze überschritten. Er wußte, daß er in diesem Moment erstmals die Verbindung zur Politik, zur hohen Politik offen auf einem Tablett präsentierte. Er hatte keine andere Chance mehr. Ihm blieb nur zu hoffen, daß Leitner die Situation richtig einzuschätzen wußte.

Lars Leitner war wieder seiner Liebe zum Detail verfallen und berichtete chronologisch über die geschichtliche Entwicklung des BSE-Boykotts. Daß er sich wiederholte, störte ihn recht wenig. Er begann im Jahr 1990, als bereits das elftausendste Rind in Großbritannien im Wahn gestorben war. Nun erst hatte Brüssel die Ausfuhr der Insel-Rinder verboten, allerdings nur derjenigen, die dort geboren und älter als sechs Monate waren. Leitner wollte gerade den April des Jahres ansprechen, die Einführung der Meldepflicht, das Exportverbot von Hirn, Rückenmark und Milz, als die kleine Leuchtdiode am Telefon des kleinen Konferenzraums aufblinkte. Der persönliche Referent des Koordinators nahm fast lautlos und sehr langsam den Hörer ab. Zunächst flüsterte er etwas ganz leise in den Hörer, räusperte sich dann für alle hörbar. Leitner unterbrach seinen Redefluß bei der verbotenen Milz.

»Für Sie«, sagte der Referent entschuldigend.

Leitner wirkte überrascht, stand auf und ging um die

Tischreihe. Der Referent schrieb währenddessen eine kleine Notiz, schob sie dem Koordinator hinüber. Der las und gab den Zettel sofort weiter.

»Ja«, meldete sich Leitner. Der ersten Zustimmung folgten drei weitere. Im Konferenzraum hätte man nun das Fallen einer einzigen Süßstoffpille auf den Parkettboden hören können. Alle warteten gespannt.

»Nun, das ist er«, meinte Leitner schließlich. »Wenn Sie wirklich noch einen letzten Beweis wollen, fragen Sie ihn, worauf er plötzlich Appetit bekommt, wenn nachts in Köln das Ungeheuer naht! Er müßte ›Currywurst‹ sagen.«

»Currywurst«, sagte Bloßfeld und grinste. »Bin ich nun einer der Guten?«

»Sind Sie sicher, daß aus dem Kanzleramt nur Gutes kommt?« stellte Katja spontan die Gegenfrage. »Was meinen Sie, Herr Bloßfeld? Offen und ehrlich, wie Sie es vorgeschlagen haben.«

»Ich glaube an unser System und an die Notwendigkeit meiner Arbeit.«

»War das ehrlich?«

»Ja.«

»Auch das, was Sie mir über das Kreisen der Raben erzählt haben?«

»Nein.« Bloßfeld machte eine entschuldigende Handbewegung. »Zumindest war nicht alles erfunden.«

»Es hat nichts mit Wirtschaftskriminalität zu tun, nicht wahr? Mehr mit einem politischen Streich?« Katja Melzer bedauerte die letzte Frage schon. Sie wollte nicht zugeben, daß sie sich auf sehr dünnem Eis bewegte. Sie pokerte zu hoch und wollte schnell eine weitere Frage stellen. Bloßfeld kam ihr allerdings wieder zuvor.

»Frau Melzer, es ist doch offensichtlich, daß Sie mehr

wissen. Ich weiß es. Sie wissen es. Also wissen Sie auch, daß Ihr Freund Wilhelms wirklich in großer Gefahr steckt. Hören wir auf mit dem Spiel. Sie müssen mir vertrauen, und ich muß Ihnen vertrauen.«

Katja starrte durch die Windschutzscheibe. Auch Bloßfeld sagte nun kein Wort mehr. Er wollte abwarten. Er wollte sie auf keinen Fall weiterhin drängen. Katja Melzer – das wußte er aus einer Sommerfeld-Akte – war keineswegs mit Wilhelms zu vergleichen. Sie war nicht chaotisch, spontan und emotionsgeladen. In ihrem Job galt sie als berechnend, abwägend. Sie haßte es, Risiken einzugehen. Sie war mehr der Typ, der redigierte und dirigierte. Ihr Schreibstil war konservativ, meist wenig spannend. Dafür ließ er aber selten Fragen offen.

»Ich lade Sie zu einem Kaffee ein«, sagte sie plötzlich, drehte den Zündschlüssel um und ließ die Kupplung diesmal besonders sanft kommen. »Sie beantworten mir meine Fragen. Alle. Soweit Sie es dürfen und können. Und Sie verraten mir zuerst, was Sie von mir wollen!«

»Einen Kontakt zu Wilhelms.«

»Um ihn zu verhaften?«

»Nein, nein. Ich will mit ihm reden. Ich allein. Ganz allein. Sie können ja dabei sein, wenn Sie wollen.«

»Worüber möchten Sie mit ihm sprechen?« fragte Katja mißtrauisch.

»Über das, was er herausbekommen hat. Wir können eine Veröffentlichung sowieso nicht mehr verhindern. Ich will mit ihm reden, ihn über die Hintergründe aufklären. Und ich will ihn bitten, diese Geschichte noch etwas zurückzuhalten ...«

»Aus Gründen der Staatssicherheit.«

»Ja. Um unsere Operation nicht zu gefährden. Er wird es verstehen.«

Im Fernsehen lief die Wiederholung einer Talkshow vom Nachmittag. Vier Mittdreißiger und eine ältere Dame stritten zum Thema »Fetischismus«. Ein Homosexueller im Latexdreß mit Metallnieten rund um die Brustwarzen prangerte gerade vehement die Verletzung der Menschenrechte an, klopfte sich dabei ständig auf die rasierten, nackten Oberschenkel. Bloßfeld schaute nicht zu. Er saß zurückgelehnt auf dem roten Ledersofa und döste. Die letzten anderthalb Stunden hatten ihn Kraft gekostet. Hochkonzentriert hatte er das Gespräch lenken müssen. Die Chefin vom Dienst des »Westdeutschen Kuriers« hatte ihm ihre perfekte journalistische Ausbildung und ihre brillanten Kenntnisse in der Interviewführung bewiesen. Bloßfeld war froh, daß sie sich nun zurückzog. Sie wollte sich erst etwas frisch machen und anschließend ein paar Minuten auf dem Bett ausstrecken.

Als sie ihre Wohnung, eine kleine, aber feine, helle Mansarden-Suite mit großen Fenstern, betreten hatten, hatte Katja sich zunächst überall genau umgeschaut. Sie hatte nach Veränderungen gesucht. Die Schublade unter dem Bücherbord stand vor. Das besagte nichts. Keine Schublade in ihrer Wohnung war korrekt geschlossen. Keine Schranktür war fest im Schloß verankert. Sogar die Tür des Umluftherdes war leicht angewinkelt. Katja war durch alle Räume geeilt, hatte aber nichts entdecken können.

Auch sie fühlte sich psychisch und physisch leicht angeschlagen. Sie spürte Anspannung und Müdigkeit, als sie ihre Glieder auf dem Bett ausstreckte. Die Schlafzimmertür stand einen Spaltbreit offen. Ins Wohnzimmer konnte sie nicht sehen. »Was ist das für eine Gesellschaft, die nicht akzeptieren kann, daß Gummi- oder Ledermasken erregend wirken?« hörte sie nur und war zufrieden.

Sie hatte den Fernseher eingeschaltet. Sie wußte, daß Max anrufen würde. Ihr Jackett mit dem Handy hatte sie nicht abgelegt.

Es klingelte.

Beim zweiten Klingeln riß Katja die Schlafzimmertür auf. Der Griff knallte gegen den Kleiderschrank. Das Telefon stand auf einem kleinen, gläsernen Wohnzimmertisch neben dem roten Sofa. Ein drittes Mal schellte es nicht.

»Ja?« schrie Katja in den Hörer.

»Ich bin's«, hörte sie deutlich die Stimme des flüchtigen »Europa«-Redakteurs. Katja schüttelte desorientiert den Kopf, blickte auf Bloßfeld, der ruhig und zurückgelehnt auf dem Sofa ausharrte. Dann stieß sie hervor:

»Max, mein Telefon ist angezapft, und ein Regierungsfritze ist hier. Warum hast du nicht über ...«

»Ist egal, Katja. Sag nichts! Antworte nur! Hast du die Infos?«

»Ja, Max, aber ich habe doch ...«

»Ich habe auch neue Infos. Katja, glaubst du mir jetzt?«

»Ja«, sagte sie ehrlich und beruhigend.

»Paß auf! Zwanzig Sekunden sind vorbei. Ich rufe gleich wieder an. Von woanders.«

Katja drückte schnell mit einer Hand auf die Telefongabel, ließ wieder los und wartete auf das Freizeichen. Dann wählte sie die Nummer des CvD-Büros beim »Kurier«, wartete und legte auf.

»Das ist unnötig«, sagte Bloßfeld, der sie genau beobachtet hatte. »Ist die Leitung unterbrochen, können wir sie nicht mehr zurückverfolgen.«

Aus dem Fernseher schrie eine ältere Dame plötzlich »Sündenpfuhl« und »Schweine«. Katja griff nach der Fernbedienung und schaltete ab.

»Es wird etwas dauern«, setzte Bloßfeld fort. »Wilhelms ist klug. Er wird eine andere Zelle suchen.«

»Er hat mich gefragt, ob ich ihm glaube. Er hat gesagt, daß ...«

Katja stockte. Das Telefon klingelte erneut. Sie griff nach dem Hörer.

»Max, du hast ... Ist für Sie.« Katja reichte den Hörer weiter. Bloßfeld sagte zweimal »Ja«, einmal »Geht nicht«. Dann gab er ihr den Hörer zurück.

»Der Anruf war zu kurz, um ihn zurückzuverfolgen. Und sie fragten, ob Sie ihn beim nächsten Anruf nicht etwas hinhalten könnten.«

Katja blickte verstohlen auf das Handy in ihrer Jackettasche. Vielleicht wollte Max die Verfolger nur in Sicherheit wiegen.

»Er wird wieder anrufen«, sagte sie.

»Er wird Sie bitten, sich mit ihm zu treffen.«

»Woher wissen Sie das?«

»Aus Erfahrung.«

»Und da wollen Sie dabei sein.«

»So ist es.«

»Kein Problem. Ich werde es ihm allerdings vorher sagen.«

»Das wäre sehr dumm«, Bloßfeld schüttelte den Kopf.

»Oh, Sie drohen mir?«

»Nein, Frau Melzer. Nein, ich drohe Ihnen nicht. Das ist Ihre Entscheidung. Sie können es ihm sagen. Nur bedenken Sie eines: Falls er dann einem Treffen mit Ihnen und mir nicht zustimmt, wird er alleine weitermachen. Er wird Kontakt mit der Gruppe aufnehmen. Und wir können ihm nicht mehr helfen. Wir können ihn nicht schützen. Er wird der Gruppe ausgeliefert sein. Und ich kann Ihnen nicht sagen, wie es enden wird. Es ist Ihre Entscheidung.«

»Sie werden ihn doch auch – wie nannten Sie es? – aus dem Verkehr ziehen.«

»Nein, das werden wir nicht. Wir wollen ihm ein Angebot machen. Ich habe es Ihnen doch schon erklärt. Wir wollen mit ihm zusammenarbeiten.«

»So? Und warum sollte ich Ihnen das glauben?«

»Weil wir mittlerweile auch keine andere Chance mehr haben. Wilhelms hat in der Zwischenzeit so viele wichtige Erkenntnisse zusammentragen können. Wir sind auf seine Informationen angewiesen. Und Folter, Frau Melzer, gibt es in Deutschland nun wirklich nicht mehr.«

»Aber Sie können jemanden aus dem Verkehr ziehen.«

»Für kurze Zeit? Ja. Das ist möglich. Aber wie gesagt: Wir sind auf seine Informationen angewiesen. Zudem ist Wilhelms der Gruppe bekannt. Er könnte, ohne aufzufallen, direkten Kontakt mit ihr aufnehmen. Vielleicht erwarten diese Leute es sogar. Wir decken ihn.«

Die Klingel des Telefons wurde zum dritten Mal innerhalb von zehn Minuten aktiviert.

»Ja?« sagte Katja nachdenklich.

»Ich muß dich treffen«, hörte sie Wilhelms. »Kennst du noch das Würfelspiel, das ich dir beigebracht habe?«

»Welches?«

»Mein Gott, Katja, wie viele habe ich dir denn beigebracht?«

»Ach das! Ja.«

»Um diese Uhrzeit treffen wir uns dort, wo ich dir – und jetzt hör genau zu – wo ich dir die Liebe zur Stadt erklärt habe. In meinem alten, braunen Benz. Erinnerst du dich? Wir haben uns einen Sonnenaufgang angeschaut.«

»Ja.«

»Meinst du, du schaffst es, allein zu kommen?«

Katja zögerte, blickte auf Bloßfeld. Der schaute auf die offenen Schubladen, auf den stahlblauen Teppich. So leuchtend der Boden erschien, so deutlich hob sich jede kleine Fluse von ihm ab.

»Katja, was ist? Meinst du, du schaffst es?«

»Ja, ja, das klappt«, sagte sie spontan und biß sich auf die Unterlippe.

Sechsundzwanzig Sekunden hatte dieses Telefonat gedauert.

36 »Legen Sie sich noch etwas hin!«

Die Stimme Bloßfelds klang aus den Lautsprechern leicht verzerrt. Der Mann am Steuer des silbergrauen Mercedes 500 SE drückte schnell nacheinander zwei Tasten. Während das Band im Rekorder zurückspulte, schaute er kurz hinüber auf die Beifahrerseite. Der Sitz fehlte. An einer speziellen Vorrichtung waren Computer, Drucker, ein Fax sowie mehrere Telefone installiert. Dazwischen standen ineinander geschachtelte Ablagen mit Papieren. Das Band stoppte automatisch. Fünfmal hatte er es bereits gehört. Immer wieder bis zu dem »Legen Sie sich noch etwas hin«. Eine Qualitätsminderung durch die Funk-Übermittlung war kaum erkennbar. Selbst leisere Nebengeräusche konnten zugeordnet werden.

Auf dem oberen, kleineren Computermonitor flackerte plötzlich eine Zahlenkombination. Der Fahrer griff zum mittleren Telefonhörer.

»Ja«, meldete er sich kurz.

»Haben Sie alle Informationen erhalten?«

»Ja.«

»Und? Können Sie bestätigen?«

»Wird Probleme geben«, antwortete der Fahrer nüchtern und trat kraftvoll aufs Gaspedal, um einen Lkw zu überholen.

»Welche Probleme?«

»Zu kurze Vorbereitungszeit, unbekanntes Gelände.«

»Das ist im Honorar berücksichtigt.«

Der Fahrer schwieg, lenkte den Mercedes wieder auf die rechte Spur. Eine Viertelstunde hatte er noch bis zu seinem Ziel zu fahren.

»Wie lange brauchen Sie für eine Entscheidung?« hörte er.

Er sah auf die Uhr. Es war kurz nach zwei.

»Drei Stunden«, sagte er.

»Das ist viel zu lange. Falls Sie ablehnen, könnte ich nie und nimmer für Ersatz sorgen.«

»Das ist Ihr Risiko. Drei Stunden«, reagierte der Mercedes-Fahrer kaltschnäuzig.

»Noch etwas: Das Mädchen denkt noch immer, das Mobiltelefon sei von Wilhelms. Falls es neue, wichtige Informationen gibt, überspielen wir sie sofort.«

Der Mann steckte den dünnen Hörer zurück in die Halterung. Drei Stunden würde er mindestens brauchen. Er war ein Profi. Die Begriffe »Glück« und »Zufall« existierten in seinem Wortschatz nicht. Er kannte nur das Wort »Präzision«.

37 Die Vorbereitungen waren seit Tagen getroffen. Mit dem Signal aus dem Kreml mußten nur noch die bereitstehenden Truppen aktiviert werden. Als Erfolg konnte daher bislang lediglich der ruhige und problemlose Ablauf gewertet werden.

Punkt vier Uhr Moskauer Zeit wurde das Signal gegeben. In der Führungsriege überraschte es niemanden. Die anderen wußten ohnehin nicht, worum es ging. Sie hatten ihre genauen Befehle. Mehr benötigten sie nicht. Der Zeitplan mußte unbedingt eingehalten werden. So setzten sich keine Viertelstunde nach vier Uhr schon die ersten

Bergepanzer, Bagger und Raupen in Bewegung. Eskortiert wurden sie von Lastkraftwagen und knapp fünfhundert Soldaten des Bezirksregiments. Fünfunddreißig Kilometer, so war es festgelegt worden, mußten die Fahrzeuge durchschnittlich in der Stunde zurücklegen. Die Strecke führte zunächst an einem kleinen, zugefrorenen Fluß entlang. Die Straße war vor langer Zeit einmal asphaltiert worden. Der Teer wies nun weite Risse, tiefe Krater und steile Wellen auf. Als die Kolonne sich zu den Feldern hinaufschleppte, wurde der Belag etwas besser. Auf den letzten fünfzehn Kilometern setzte sich eine Spitzengruppe deutlich ab. Acht Lkw mit über dreihundert Soldaten sicherten die Zufahrt. Jeder der Uniformierten trug ein Maschinengewehr. Der Planungsstab rechnete zwar nicht mit einem Eingreifen von seiten des gegenüberliegenden ehemaligen Kolchosehofes, doch das Präsentieren von Stärke sollte die ebenfalls massiv bewaffnete Festung der benachbarten UEG und »Erdgas-Import« zusätzlich einschüchtern.

Um 5.15 Uhr hatten die letzten Kettenmaschinen ihre Stellung bezogen. Jeder Arbeiter kannte seine Aufgabe. Sogar die Raupen- und Baggerführer waren Einheiten unterstellt. Von sechs Gruppen wurde das Gebiet abgesichert. Eine Gruppe plazierte sich mitten auf dem einzigen Zufahrtsweg. Während die ersten riesigen Scheinwerfer mit gigantischen Teleskoparmen an Höhe gewannen, die ersten Drehversuche der Generatoren wieder verstummten, wurde ein erstes Problem sichtbar, dessen sich jedoch keiner so recht annehmen wollte. Durch den Druck der Bergepanzer und Raupen hatte der Verbindungsweg seinen natürlichen Halt verloren und drohte nun seitlich abzurutschen. Der Beobachtung wurde nur in Form einer schlichten Meldung Rechnung getragen.

Die Dieselgeneratoren liefen erneut an. Schwermütig

beschleunigten sie ihre Umdrehungen. War die optimale Drehzahl erreicht, liefen die Generatoren beinahe gleichmäßig. Arbeiter, Fahrer, Soldaten und Offiziere hielten sich plötzlich die Hände schützend vor die Augen. Oder sie drehten sich mit dem Gesicht nach unten ab. Die Scheinwerfer leuchteten nun erstmals die zerfallene Hammerschmiede, das alte zerbrochene Flußbett, durch das schon lange nur noch ein Rinnsal floß, sowie die seitlichen Anhöhen aus. Die weite Mulde aus Geröll, Sumpfboden und Buschwerk wirkte in der eisigen Kälte wie ein Paradies. Das Eis der Rinne, die Kristalle der schroffen, kleinen Felsen glitzerten angesichts der mächtigen Beleuchtung wie wertvollste Edelsteine, die das Licht eigenwillig reflektierten. Das letzte noch standhafte Rudiment der Hammerschmiede, eine mannshohe Mauer, an die zwanzig Meter lang, stach nun aus dem gefrorenen Matt heraus. Sie wirkte gebieterisch. Kaum ein Soldat wußte, was einst hinter diesen Mauern produziert wurde. Die Arbeiter, die mit ihren Maschinen aus der näheren Umgebung angeheuert worden waren, kannten die Ruinen, zumal viele von ihnen beim Aufbau des alten, direkt in der Nachbarschaft gelegenen Kolchosehofes mitgeholfen hatten. Doch auch unter ihnen schätzten nur wenige den Ort, der einst ein Meisterstück russischer Wasserkrafttechnik beherbergt hatte.

Die Schmiede lag in einem kleinen, schmalen Tal. Die östliche Erhebung war weitaus höher als die westliche. Während die westliche allmählich in das für den Anbau besser geeignete Halbsumpfland überging, war der Aufstieg zur Spitze des gegenüberliegenden Hügels mühsam. Geröll und Büsche, lockerer, brüchiger Boden und lose Wurzeln zwangen zu bedächtigem Vorgehen. Die sechs Männer, die nun die ersten Meter beschritten, waren dementsprechend vorsichtig. Jeder zehnte Fußabdruck wurde von ihnen markiert. Später sollten an nochmals zu bestimmenden Stellen kleine Bohrungen erfolgen und Stein- sowie Bodenproben entnommen werden. Alle sechs Männer kamen aus Moskau, waren Wissenschaftler und sollten schnellstmöglich herausfinden, inwieweit eine Sprengung am Rande des Tals zu einem Bruch des Hügels führen könnte.

Fünfundvierzig Minuten vergingen. In dieser Zeit war erstmals das gesamte Gelände grob mit Sonden abgetastet worden. Die ersten Raupen und Bagger konnten demnach nun endlich starten. Vor den mächtigen Schaufeln lief jeweils eine kleine Schar mit spezielleren Detektoren. Die Männer waren zu äußerster Vorsicht ermahnt worden. Bei dem geringsten Hinweis auf verborgene metallische Gegenstände sollte die Arbeit unverzüglich eingestellt werden. Der Einsatzleiter für die innere Mulde war gleichzeitig Koordinator. Minütlich tauschte er sich mit seinen neun Kollegen aus, gab Ergebnisse, Ankündigungen und Vorbereitungsempfehlungen an die Leitstelle weiter, die in dem letzten der drei Großraumcontainer untergebracht war. Wie eine Wagenburg waren die Containerfahrzeuge längs aufgereiht; sie boten leichten Schutz vor den eisigen Nordwinden und dem tosenden Rattern der Generatoren.

In der mittleren Metalltür des hinteren Wagens erschien eine Frau, die wild mit den Armen gestikulierte. Auch die strenge braungraue Uniform mit steifer, breiter Koppel konnte ihre zierliche Figur nicht verbergen. Ihre Augen waren dunkel und standen weit auseinander. Über die rechte Schulter fiel ein gewaltiger geflochtener Zopf, der bis zum Brustansatz reichte. Die Frau winkte immer heftiger. Doch Kutschnekov sah sie nicht.

Seit einer halben Stunde stand er mit dem Rücken zur Leitstelle auf einer kleinen Anhöhe inmitten des westlichen, äußeren Muldenrandes. Seine Hände waren tief in den mit Fell gefütterten Manteltaschen vergraben. Auch er hatte den Zivilanzug abgelegt, hatte die italienischweichen Schuhe gegen russisch-harte Springerstiefel getauscht. Kutschnekov fror, doch er versuchte nicht, sich aufzuwärmen. Er blieb reglos stehen, nur seine Augen bewegten sich hin und her. Selten mußte er den Kopf drehen, um auch die Arbeiten am Rand beobachten zu können. Er war zufrieden.

Viereinhalb Stunden hatte die gestrige Dienste-Besprechung zur Situation in Rußland gedauert. Wieder einmal waren in russischer Manier russische Probleme routiniert behoben worden. Punkt für Punkt. Nach kurzen Informationen über die Vorbereitungen auf das nächste G 7-Treffen, der Auswertung jüngster Wahlprognosen und der ersten Beurteilung eines gemeinsamen Arbeitskonzeptes mit dem weißrussischen Geheimdienst hatte Kutschnekov wie üblich einen Überblick über die Ereignisse rund um den Kolchosehof geben sollen. Nach den ersten drei Worten war er allerdings zurückgepfiffen worden. »Alles unter Kontrolle«, hatte sein Vorgesetzter gesagt, mit dem er sich zuvor nicht mehr hatte absprechen können. »Hat sich alles erledigt«, hatte der Chef erklärt, »Sie bekommen grünes Licht. Sie können schon einmal Richtung Norden fliegen. Spätestens wenn Sie landen, habe ich auch die letzten Genehmigungen aus dem Kreml.« Als er sich verabschiedet hatte, hatte ihm der Chef noch kraftvoll auf die Schultern geklopft. »Kutschnekov, dann können Sie endlich mal alles platt machen und so richtig rumwühlen.«

Seit über einer Stunde wühlte eine kleine Armee nun herum, erste Schichten waren abgetragen, Kabel und Sprengsätze für die erste Detonation in der oberen nördlichen Mulde waren vorbereitet, doch gefunden hatte man bislang nichts. Neun- oder zehnmal hatte bislang einer der vielen Detektoren zur Vorsicht gemahnt. Es waren stets alte, verrostete Eisenteile gewesen, die den Alarm ausgelöst hatten. Einmal brach sogar Jubel aus. In der inneren Mulde gleich neben den letzten Mauerresten schlug ein Zeiger bis zum Anschlag aus. Mehrere Männer stürzten sich auf den Glücklichen, der keine Ahnung hatte, was er da gefunden hatte. Ihm war schließlich nicht einmal bekannt, wonach er suchte. Bei einer Überprüfung stellte sich heraus, daß der Detektor beschädigt war.

Ein junger Arbeiter mit Rollkragenpullover, Fellmütze und dicker, offener Wolljacke winkte Kutschnekov mit einer Hand zu. Mit der anderen zeigte er über ihn. Kutschnekov verstand und sah die uniformierte Frau in der Tür stehen.

»Leitner«, schrie sie wiederholt und streckte eine Faust nach oben. Nur ihr kleiner Finger und der Daumen waren gestreckt. Dann hielt sie den Daumen ans Ohr und legte gleichzeitig den kleinen Finger auf ihre schmalen Lippen.

Es dauerte etwas, bis Kutschnekov die mobile Baracke erreichte. Den Raupen ließ er geduldig die Vorfahrt. Auch wenn er den direkten Aufstieg zur Leitstelle problemlos gemeistert hätte, wählte er den weniger steilen, aber längeren Aufgang um den sechsten Scheinwerferständer herum. Ohne die Frau anzuschauen, stieg er in den Container, schob einen Stapel Pläne zur Seite und setzte sich auf den Tisch.

»Leitner?« schrie er in den Hörer, während er seine schmutzigen Stiefel auf einen sauberen Stuhl plazierte.

»Ja«, sagte Leitner. Er war aufgrund des unerwarteten Geschreis aus Rußland völlig überrascht.

»Moment, hier ist es so laut. Warten Sie.«

Kutschnekov gab der Frau ein Zeichen, die Tür zu schließen. Als sie den Auftrag rasch ausführen wollte, schnellte Kutschnekov mit einer Hand vor und signalisierte ihr wortlos, sie solle sich Zeit lassen. Die Frau wartete ab. Kutschnekov überlegte. Dann nickte er ihr zu. Sie schloß die Tür.

»Ganz ruhig, Herr Leitner, wir haben noch nichts gefunden.«

»Ganz ruhig?« fragte die Stimme aus dem Westen. »Ganz ruhig? Was ist mit den achtundvierzig Stunden, die Sie uns versprochen hatten? Ist das das sprichwörtliche russische Ehrenwort?«

»Ich weiß nicht, wovon Sie sprechen.«

»Hören Sie auf, Kutschnekov! Bei der UEG, Stolzenberg und der ›Erdgas-Import‹ stehen die Telefone nicht mehr still.«

»Ja, aber das war doch abzusehen, oder nicht?«

»Was ist mit unserer Vereinbarung?« Leitners Stimme wurde immer gereizter, aggressiver.

»Ich weiß immer noch nicht, wovon Sie sprechen.« Kutschnekov blieb ruhig. Zwischendurch lächelte er sogar hin und wieder die junge Frau an, die ihm in den letzten sechs Tagen einen großen Dienst erwiesen hatte.

»Ich spreche von einer Absprache«, schrie Leitner nun, »von einer verdammten Absprache.« Er kannte die Verhandlungsergebnisse, die das Kanzleramt in Gesprächen mit dem Kreml erzielt hatte, nicht im Detail, jedoch im größeren Rahmen. Als er davon erfahren hatte, hatte er sofort den Koordinator gewarnt: »Damit sind die Russen in Sicherheit, nicht jedoch die deutschen Behörden.« Er hatte zu bedenken gegeben, daß die Russen nun ohne weiteres die Hammerschmiede begutachten könnten. Nur vier Stunden später hatte ihm dann der Koordinator die Hand geschüttelt und hatte ihn zu seiner genialen logischen, aber auch einfühlsamen Kombinationsgabe beglückwünscht. Leitner hatte sich noch länger gefragt, ob er sich geschmeichelt oder verarscht fühlen sollte.

»Ich spreche von einer verdammten Absprache. Achtundvierzig Stunden haben Sie uns zugesagt. Achtundvierzig Stunden, in denen Sie ...«

»Herr Leitner«, schrie nun plötzlich auch Kutschnekov in den Hörer. Das zweite Mal sprach er den Namen wieder ruhiger. »Herr Leitner, was machen wir denn?«

»Sie haben uns ...«

»Wir haben Ihnen ein Ultimatum gestellt. Ja? Wir. So. Was für ein Ultimatum? Wir haben gesagt, wir schmeißen in achtundvierzig Stunden die UEG raus und behindern die ›Erdgas-Import‹ erheblich. Machen wir das? Nein. Wir werden es auch nicht machen. Nicht jetzt. Und auch nicht in achtundvierzig Stunden, wann immer die auslaufen sollten. Ich weiß nicht einmal mehr, wann das war – oder ist.«

Leitner dachte an Bloßfeld, an die vielen kleinen und großen Probleme, an die vielen noch offenen Fragen, an die vielen Ungereimtheiten. Er dachte mit Neid an die Russen, die sich nun in einer Situation befanden, die mit russischen Methoden weitaus einfacher zu bewältigen war.

»Es war aber auch Zusammenarbeit vereinbart worden. Schnellster Informationsaustausch. Keine Wahnsinnsalleingänge«, entgegnete Leitner ruhiger, aber immer noch deutlich zu laut. Bloßfeld war so nah an Wilhelms wie nie zuvor. Stolzenberg und Breuer, Schlüsselfiguren und Verbindungspersonen wurden rund um die Uhr überwacht. Alles hatte sich innerhalb von vierundzwanzig Stunden eingeschliffen. Erstmals klappte die Koordination zwischen den Behörden. Nachfragen wurden nur noch über Aachen abgewickelt. Die Besetzung und Durchforstung der Hammerschmiede konnte eine dramatische Änderung zur Folge haben. Seit einer Stunde standen die Telefone nicht mehr still. Treffen wurden organisiert. Auch bei der UEG. Auch bei der »Erdgas-Import«. Auch auf dem Gestüt. Treffen, die nicht mehr zu verfolgen waren. Leitner befürchtete überhastete Reaktionen, die auch Bloßfelds Kontakt zu Wilhelms gefährden könnten.

»Die Entscheidung hat der Präsident persönlich gefällt«, sagte Kutschnekov. »Ich bin davon ausgegangen, daß Ihr Kanzleramt informiert wurde. Aber das kennen Sie ja. Russische Bürokratie. Herr Leitner, ich halte Sie auf dem laufenden. Ich muß jetzt wirklich wieder raus.«

Kutschnekov legte wie ein Sieger auf, nahm die Stiefel vom Stuhl und stand auf. Er schlug den Kragen hoch und wollte gehen.

»Vikenti«, hielt die Frau ihn zurück, ergriff dabei zärtlich, aber bestimmt seinen Oberarm. »Irgendwie habe ich ein ungutes Gefühl.«

Kutschnekov blickte ihr direkt in die Augen. Er verstand ihre Sorgen. »Ich weiß, was du denkst. Wir wären ihnen erstmals einen Schritt voraus.« Er machte eine Pause. »Aber irgendwann überholen die Jüngeren die Älteren. Irgendwann immer. Wie jetzt.«

38 Nur bei genauem Hinsehen, nur wenn das Licht im spitzen Winkel einfiel, mehr die Fläche streifte, denn sie anstrahlte, nur bei Bewegungen durch böigen Wind oder Vibrationen durch Fußtritte war das volle Farbenspektrum des Bodens zu erkennen. Die Oberfläche – verölt, verkohlt, verschmiert – glänzte dann plötzlich für Sekunden schillernd. Der Mann hatte in der vergangenen Nacht die unzähligen kleinen Streifen in Regenbogenfarben im Schein der vergilbten, meist zerschlagenen Notlaternen lange beobachtet. Jetzt sah er erstmals einen breiten, farbenprächtig schimmernden Streifen auf dem Boden, der durch natürliches Licht hervorgerufen wurde.

Wie in den Stunden zuvor begann es nun auch wieder leicht zu regnen. Es waren nur einzelne Tropfen, die fielen. Schlugen die größeren in seichten Pfützen auf, erzeugten sie keine Ringe, keine Wellen. Die kleine Fläche bebte lediglich beschwingt und beruhigte sich sofort wieder. Es war kein klares Wasser. Es war dicker, öliger Schlamm. Der Mann stemmte sich aus der Hocke langsam hoch. Ein Stiefel versank dabei in einer der Schlammpfützen. In dem langen Bündel, das ihm locker über die Schulter hing, befand sich sein Hab und Gut. Er glich dem besonders tragischen Exemplar eines Penners, Nichtseßhaften, Obdachlosen der Stadt, trug einen langen, grauschwarzen Stoffmantel, eine Stoffmütze in gleicher Farbe und graue Wollhandschuhe, deren Fingerspitzen abgeschnitten waren. Seine Hose, sein Mantel, sein Gesicht, seine Haut waren so schmutzig wie das Gelände der stillgelegten Zechenanlage, auf der er mittlerweile seit dreieinhalb Stunden herumirrte. Er ging torkelnd auf die Metalltreppe zu, umfaßte das Geländer mit starkem Griff und zog sich die verrosteten Stufen hoch. Einige besaßen riesige Löcher. Nur noch am Rand war der Auftritt sicher. Der Mann wirkte stark übermüdet, stark angetrunken. Doch der Schein trog. Sein Kopf war klar, seine Gedanken waren konzentriert. Jedes kleinste Detail nahm er wahr; er speicherte es regelrecht, wenn er es als wichtig eingestuft hatte. Und wichtig war fast jedes Detail.

So störte es ihn gewaltig, daß der zähe, tiefschwarze Schlamm dick an seinen Sohlen haftete. Doch dagegen konnte er nichts machen. Auch nicht gegen die vom Geländer abblätternde Farbe. Der rotbraune Schutzlack, der Türen, Fensterrahmen und Stahlträger stellenweise noch zierte, hatte komplett versagt. Es gab keine Stelle, die nicht angerostet war. Oft bröckelten mit den Farbpartikeln auch kleinere oder größere Teile des Geländers ab. Er fluchte, da er Spuren hinterließ.

Bei den oberen acht Stufen nahm er nur jede zweite. Sein langes Bündel saß nun fest am Rücken; es schlug nirgendwo an. Die Tür zum Schachtgebäude war nur angelehnt. Um 3.25 Uhr war sie noch verschlossen und durch Spinnweben versiegelt gewesen. Er hatte das Zylinderschloß innerhalb von Sekunden mit einem gekrümmten Eisenstift geknackt. Im Gebäude, aus dem der Förderturm mit seinen gigantischen Rädern im Top weit herausragte, war es stockfinster. Die Fenster waren zubetoniert oder durch fünf, sechs, an manchen Stellen sogar sieben Holzschichten gesichert. Die kleine Taschenlampe leuchtete den Weg nicht aus. Der Mann kannte ihn mittlerweile gut. Der dünne Lichtstrahl bewegte sich zielsicher durch die breiten Gänge und großen Hallen. Waren die Wände innerhalb der Stahlkonstruktion nicht schlicht und schmucklos verzementiert, waren sie gekachelt. Während er eine kleinere enge Rundtreppe sicher und schnell hinaufschlich, glaubte er noch den Geruch von schweißtreibender Arbeit wahrzunehmen. Er dachte an seine Aufgabe, die weniger schweißtreibend, vielmehr nüchtern und radikal war. Nachdem er die oberste Etage erreicht hatte, nahm er den Übergang zum größten Gebäude der ehemaligen Zeche. Hier benötigte er keine Taschenlampe mehr. Hier waren die Fenster milchig oder zerschlagen. Deutlich sah er die Gestelle der breiten Förderbänder zur Sieberei, Wäsche und Verladung. Nur teilweise waren sie demontiert. Die Antriebsaggregate schienen sogar noch unzerstört zu sein. In der vierten und fünften Reihe waren die Fensterscheiben ebenfalls zerschlagen. Er sah auf die Uhr. Viertel nach sechs. Vorsichtig trat er an die Glassplitter heran, lehnte sich an den schmalen Vorsprung der Fensterreihe und lugte hinaus in Richtung Sonnenaufgang, der ihm in den letzten Stunden die meisten Kopfschmerzen bereitet hatte.

»Wir saßen in seinem alten, braunen Mercedes auf der Zeche und haben uns dann den Sonnenaufgang angeschaut«, hatte die Frau gesagt. Er hatte das Tonband immer und immer wieder zurückgespult, hatte nach weiteren Anhaltspunkten gesucht. Für einen einzigen zusätzlichen Hinweis hätte er der ihm verhaßten Kirche sogar eine Kerze gespendet. Doch ihm blieb nur der Sonnenaufgang. Und somit zwei mögliche Plätze, die die Zielperson gemeint haben könnte. Denn nur zwei Standorte ermöglichten den freien Blick nach Osten. Alle anderen Punkte des Zechengeländes waren durch Gebäude, Ecktürme der Bandbrücken oder durch alte Bergehalden vom Sonnenaufgang abgeschirmt.

Sie werden sich zwischen Kraftzentrale und Kesselhaus, Kokskohlenturm, Kokslöschanlage und Sieberei treffen, war er sich fast sicher. Auf diesen Platz konnte ein Fahrzeug ohne Probleme rollen. Hier führte ein breiter Korridor über die Gleisanlage in Richtung Osten. Der andere Platz, der in Frage kam, lag zwischen Schachtturm, Turmfördermaschine und dem zweiten Eckturm zum Kesselhaus. Doch um dorthin zu gelangen, hätte ein Wagen zuvor gleich über vier Gleise fahren müssen. Das war zu unwahrscheinlich. Der Zuweg hinter den Koksöfen und der Wäsche war durch einen hohen Maschendrahtzaun gesperrt.

Der Mann blickte auf die noch im Dunst liegende Sonne und schüttelte leicht den Kopf. Um vier Minuten nach sechs war sie aufgegangen. Er hatte diesen Zeitpunkt gekannt, schon kurz nachdem er den Auftrag übernommen hatte. Er war äußerst wichtig für ihn. Sonnenuntergang 18.24 Uhr, Mondaufgang 7.24 Uhr, Monduntergang 22.14 Uhr. Vor drei Tagen war Neumond gewesen. Auch diese Daten kannte er. Sie waren zwar ohne Bedeutung. Dennoch hatte er die Informationen routinemäßig eingeholt. Lichteinfälle und mögliche Lichtreflektionen mußten in seinem Job vorab immer genauestens erfaßt werden. Gleiches galt für das Wetter. Der jüngste Bericht versprach Auflockerung der Wolkendecke, Chancen auf Sonnenperioden, elf bis zwölf Grad. Wind aus Südwest. Zum Glück stetig und nur in leichten Böen. Auch schwacher Seitenwind konnte seine Arbeit beeinflussen.

Drei Stunden hatte er verlangt, um eine Entscheidung treffen zu können. Er hatte sich mit den Örtlichkeiten vertraut gemacht, war anderthalb Stunden durch die stillgelegten Werkstätten, über die Bandbrücken, unter der Sieberei, dann quer durch die Kokslöschanlage gelaufen. Fünf verschiedene Ebenen hatte er ausgemacht, letztendlich nur drei für ihn in Frage kommende Fluchtwege bestimmt. Einer führte durch den unteren Kanal der Koksrampe, zwei durch das Schachtgebäude. Nach drei Stunden hatte er angerufen und mit einem spürbar schlechten Gefühl im Magen zugesagt.

»Bei diesen vagen Angaben kann ich Ihnen aber unmöglich eine Garantie geben«, erinnerte er sich seiner mahnenden Worte. Doch der Auftraggeber vertraute ihm. Er wußte, daß er ihm besonders heikle Fälle übertragen konnte. Er war bislang nie enttäuscht worden.

Der Mann griff nach den Gurten, zurrte sein langes Bündel noch strammer am Rücken fest. Nach dem Übergang und der Kohlenwäschehalle mußte er eine weitere steile, enge Leiter hochklettern. Die Treppe zur oberen Bandbrücke war verschlossen. Er versuchte, so sanft wie möglich aufzutreten. Jeder Schritt auf dem wackeligen Metallgitter schallte durch das Gebäude.

Die obere Bandbrücke führte von der Sieberei und Wäsche über zwei Ecktürme zur Kraftzentrale und zum Kesselhaus. Der Kontrollraum am Förderbandanfang war fast ideal für die Ausführung seines Auftrags – falls die Zielperson auch wirklich diesen Platz gemeint hatte. Vier Fenster hatte der Raum. Zwei nach Osten, zwei nach Norden. Die Eckfenster waren gebrochen. Sie mußten nicht mehr zerschlagen werden. Er hatte bereits beim ersten Betreten des Raums die unteren gebrochenen Scherben herausgenommen. Die Öffnung an der Fensterkante war weit genug. Eine alte Bank davor war als Auflage geradezu perfekt.

Der Mann ging in die Hocke, nahm gleichzeitig sein Bündel ab, legte es vorsichtig auf die Bank und öffnete es. Das Steyr-Mannlicher SSG war in zwei dicke Tücher gewickelt. Er zog es langsam heraus. Er schätzte das moderne Scharfschützengewehr vor allem wegen seines geringen Gewichtes. Trotz des schweren Matchlaufs lag das Gewicht unter vier Kilogramm. Damit zählte das SSG mit dem dunkelgrünen, unverwüstlichen Kunststoffschaft weltweit zu den beliebtesten Sniper Rifles. Nachteilig wirkte sich das geringe Gewicht lediglich beim Rückstoß aus. Für die Arbeit im schwierigen Gelände aber war es ideal. Die Verriegelung erfolgte durch sechs Verriegelungswarzen in der Hülsenbrücke. Das Magazin faßte fünf Patronen. Der Mann legte das Gewehr auf die Bank und nahm das Zielfernrohr heraus. Er schaute auf die Uhr. 6.30 Uhr. Eine halbe Stunde hatte er noch Zeit. »Um sieben«, hatte die Frau zu ihrem Begleiter gesagt.

Jeder Handgriff saß. Fast blind schob er das schwarze Präzisionsgerät in die Prismaschiene. Wie das Repetiergewehr war auch das Zielfernrohr der Marke »Schmidt &

Bender« speziell für die Situation ausgewählt. Die hochwertige Optik lieferte dem Schützen ein helles, kontrastreiches und farbneutrales Bild. Das Absehen zur Zielerfassung war von einem Deputy Sheriff namens Robert Bryant entwickelt worden und hatte sich bei vielen Armee- und Polizeieinheiten gerade in Streßsituationen als ausgesprochen anwenderfreundlich und effektiv erwiesen. Das P1-Bryant-Absehen war zentriert, blieb auch bei extremer Beanspruchung der Höhen- und Seitenverstellung immer in der Mitte des Sehfeldes. Der Kreis mit dem Fadenkreuz hatte einen Durchmesser von fünfzig Zentimetern auf hundert Meter. Vertikale Linien auf dem horizontalen Balken halfen nicht nur bei der Kompensation von seitlichen Windabweichungen, sondern konnten auch beim Schießen auf bewegliche Ziele als Vorhaltemaße benutzt werden. Drei konische Balken der Strichplatte erleichterten zudem das Visieren bei schlechten Lichtverhältnissen.

Der Schütze verrückte ein letztes Mal die Bank, preßte dann den Kunststoffschaft gegen die rechte Schulter und zielte in Richtung Kraftzentrale. Die Lichtverhältnisse waren akzeptabel. Unter dem eigentlichen Absehen zur Zielerfassung waren treppenartige, waagerechte Striche angebracht, die eine einfache und somit schnelle Ermittlung der Entfernung zum Ziel ermöglichten. Zwischen dem Steyr SSG und der verbarrikadierten Eingangspforte zur Kraftzentrale lagen knapp zweihundert Meter. Er legte das Gewehr wieder ab, wählte statt der zwölffachen die zehnfache Vergrößerung. Wenn er eine bessere Umfeldbeobachtung benötigte, zog er diese Einstellung vor. Er legte erneut an.

Bis auf einen Streifen von zwanzig Metern entlang der drei Kessel vor der Zentralwerkstatt konnte er den Platz komplett überblicken. Direkte Sonnenstrahlen hatten sich noch immer nicht durch den morgendlichen Dunst kämpfen können. Über den Korridor der Gleisanlage hinweg sowie an drei anderen Stellen konnte er das Treiben auf der vorbeiführenden Hauptstraße beobachten. Er erkannte noch deutlich die Personen an der Trinkhalle, die fast fünfhundert Meter entfernt lag. Hundertfünfzig Meter südlich des Kiosks stoppte gerade eine Straßenbahn. Er schwenkte zurück zur Zentralwerkstatt, dann zur Kraftzentrale. Er spürte, daß leichter Wind aufkam, und wollte wieder zur Trinkhalle blicken. Auf halbem Weg stockte er plötzlich. Ein kleiner, roter Peugeot war nur für Sekunden zwischen den zwei achteckigen Kühltürmen zu sehen gewesen. Nun war der Wagen hinter dem Kesselhaus verschwunden, mußte in den nächsten Sekunden aber wieder vor der Zentralwerkstatt auftauchen.

Der Mann schaute überrascht auf sein Handgelenk. 6.35 Uhr. Er legte das Gewehr schnell, aber sanft ab und holte ein kleines Kästchen aus seinem Bündel. Es beinhaltete fünf speziell angefertigte 308-Patronen. Neben Nitrozellulose besaß das Treibladungspulver einen besonders hohen Anteil an Nitroglyzerin. Das Teilmantelgeschoß hatte einen Rundkopf. Er nahm nur eine einzige Patrone heraus. Dann schloß er das Kästchen wieder und legte es zurück in sein Bündel.

Nur die Scheinwerfer zerstörten das dunkle Nichts. Die hohen Mauern rechts und links von ihnen wirkten bedrückend. Sie bildeten eine gespenstische Gasse. Immer wieder lagen verrostete Metallungetüme, Gestänge und Gestelle auf dem Boden. Die Schlaglöcher waren tief. Sie waren, wenn überhaupt, nur recht spät zu erkennen. Katja war erstaunt, wie sicher Max seinen Mercedes durch das Labyrinth lenkte, wie wendig er den Schrott umfuhr.

Gezielt und schnell steuerte er auf große Hallen zu, drehte erst im letzten Moment vor der Mauer ab. Er fuhr über Gleisanlagen, kannte jeden Zentimeter, wußte genau, wo er welches Hindernis am besten überwinden konnte. Sie saß beeindruckt, aber auch verängstigt auf dem Beifahrersitz und sagte lange Zeit kein Wort. Sie hatten sich wieder gestritten. Nun versuchte Max, sie mit einem lehrreichen Ausflug endlich überzeugen zu können.

»Du wirst es beim ›Kurier‹ nie und nimmer zu etwas bringen«, hatte er gesagt. »Deine Artikel sind miserabel, deine Reportagen schlecht und ohne Gefühl. Und weißt du, woran das liegt? Du kennst diese Stadt nicht. Du liebst sie nicht. Und deswegen schreibst du auch an den Leuten vorbei, für die du schreibst. Du mußt sie bewundern, denn sie sind bewundernswert.«

Sie wußte, daß er teilweise recht hatte. Sie haßte die Stadt und ihre Bewohner wirklich. Für sie war die Metropole Provinz. Die Menschen waren spießig und engstirnig. Kultur hörte an der Stadtgrenze auf. Genauso wie modernes Leben. Für sie vegetierten die Bürger nur vor sich hin. Keine Spontaneität, keine Attraktivität, nichts Liebenswertes. Arbeiten ohne Vergnügen. Nach Feierabend oder an den Wochenenden zog sie es vor, die Stadt so schnell wie möglich zu verlassen, nach Düsseldorf in die Altstadt oder zu Konzerten nach Köln zu fahren. Die Straßencafés dort waren gefüllt. Musikanten und Clowns vermittelten Lebensfreude. Das Ruhrgebiet war dagegen uninteressant, machte ihr keine Angebote. Es war trübe, grau und geschmacklos. Sie wollte es in ihrer Freizeit meiden. Sie lebte in der Stadt, weil ihr Arbeitgeber ihr nur hier eine Chance gab.

Max fühlte sich immer persönlich angegriffen, wenn sie diese Meinung laut äußerte. Diesmal war sie mit ihrem Unmut zu weit gegangen. Er hatte sie ins Auto verfrachtet, um ihr nun ein für allemal das Besondere der Stadt zu zeigen, um ihr den faszinierenden Lebensmut, die Kreativität, die Ideen, die Kraft und die Schönheit der Stadt zu präsentieren. Max liebte diese Stadt wirklich; er war stolz auf sie. Er nahm das trostlose, unattraktive Erscheinungsbild zwar wahr – es war für ihn allerdings nur das Ergebnis einer komplett verfehlten Lokalpolitik der letzten Jahre. Auch wenn die Metropole den Strukturwandel gemeistert hatte – sie hatte dabei ihre Einwohner vergessen. Mit Schwung fuhr er über zwei Gleise und anschließend gut vierzig Meter parallel der Streckenführung, um dann zwei weitere Schwellen kreuzen zu können. Plötzlich trat er kräftig auf die Bremse. Die Räder blockierten. Katja blickte sich um. Sie standen inmitten des riesigen, leeren Zechenareals. »Bis zum Sonnenaufgang wirst du verstehen, warum ich so denke«, hatte Max gesagt.

Das war vor acht Monaten gewesen.

Nun befuhr sie zum zweiten Mal das Gelände. Diesmal allein. Die Sonne war bereits aufgegangen. Sie fuhr langsam um den Förderturm herum, vorbei an den großen Hallen. Sie wußte nicht mehr genau, welche Arbeit in welchem Gebäude verrichtet worden war. An das Kraftwerk, die Koksöfen und die Wäsche mit der Sieberei konnte sie sich noch erinnern. Auch an die Hymne, die Max damals gesungen hatte. Insgesamt zweiundfünfzig Zechen hatten in der Stadt einst Kohle gefördert. In der Hochzeit Anfang der fünfziger Jahre siebenundzwanzig Zechen gleichzeitig. Heute arbeitete nicht ein einziger Bergmann mehr in der Stadt. Sie fuhr langsam um die Kraftzentrale herum und erinnerte sich genau an den Morgen vor acht Monaten. Er war einer ihrer bewegendsten Tagesanfänge mit Max gewesen. Sie hatte gestaunt, war beeindruckt gewesen von seinem Fachwissen, von den Zahlen über Fördermengen, Belegschaften und Unfälle, von seiner Beschreibung der Arbeit und der Menschen. Max hatte über die schwierigen Verhältnisse durch Hitze, Nässe, Lärm und Staub, über die gefahrvollen, langen Anmarschwege, die Sorge vor der Abbauhammerkrankheit und über die ständige Angst vor Schlagwetterexplosionen berichtet. Er hatte Vorgänge geschildert, als wäre er nie woanders tätig gewesen als unter Tage. Er hatte sein Mitgefühl für alle verstorbenen Kumpel ausgesprochen. Katja wußte immer, daß Max ein hervorragender Schauspieler war, doch dieses Mitgefühl, diese Trauer hatte sie ihm abgenommen. Der »Europa«-Redakteur war ein Kind des Reviers, er fühlte sich mit der Region verbunden. Sie war von seinen Reden beeindruckt gewesen und hatte ihn und seine Liebe zu dieser Stadt zum ersten Mal verstanden. Vor allem aber war sie an diesem Morgen vor acht Monaten von dem Sonnenaufgang beeindruckt gewesen. Nie würde sie den Moment vergessen, als die leuchtende Kugel mit klarem Rand zwischen den Bergehalden über den Gleistrassen aufgetaucht war.

Den großen Gasbehälter mit der Zentralwerkstatt ließ sie rechts liegen, steuerte um das Kesselhaus herum und fuhr nun auf die Gleisanlage zu. Die Wäsche und Sieberei auf der rechten Seite waren weit von ihr entfernt. Ihr gegenüber stand der erste Eckturm der Bandbrücke, die Wäsche und Kraftwerk verband. Max war damals mit seinem Mercedes über die Gleise gefahren. Auch sie fuhr nun an die Gleise heran und suchte nach einer Möglichkeit, sie sicher zu überqueren. Sie stoppte direkt vor den ersten Schienen. Die Schwellen waren zu steil. Ihr Peugeot würde nie und nimmer unbeschadet die Gleise passieren können. Sie schaute die Trasse entlang in Richtung Sonne, dann auf den Beifahrersitz, auf dem das Funkgerät lag. Bloßfeld hatte ihren Vorschlag akzeptiert, erst mit Max alleine zu sprechen. Sie wollte ihm zunächst ihr Vertrauen aussprechen und ihm dann ihre Hilfe anbieten. Sie wollte ihn über die Machenschaften Poschmanns aufklären, über den Verrat an ihrer Zeitung berichten. Sie wollte ihn über Stolzenberg und die EU-boykottierende Gruppe informieren, ihn schließlich auf die Komplexität hinweisen und ihm seine Hilflosigkeit vor Augen führen. Max war allein. Er hatte außer ihr keine Vertrauensperson, die ihn dem Ziel, gleich wie es aussah, ein Stück näherbringen konnte. Sie wollte ihm das Angebot machen, Hilfe zu holen. Denn Hilfe konnte sie ihm anbieten. Sie wollte ihm Bloßfeld vorstellen.

Katja schaute sich um. Sie stand mit ihrem Auto völlig frei auf dem Areal. Sie fühlte sich unwohl. Max meinte die Zeche, sicherlich, aber nicht genau den Platz, an dem sie sich versöhnt, an dem sie ihn und seine Worte verstanden hatte. Sie wollte nach dem Funkgerät greifen und Bloßfeld fragen. Sie zögerte und zog die Hand zurück. Sie blickte zurück zur Kraftzentrale und zum Kesselhaus. Das Gebäude besaß keine Einbuchtungen, Vorsprünge oder Überdachungen. Es war wie ein großer Klotz, ein Riesenquader mit glatten Flächen. Nur die Stufen zur Eingangshalle standen etwas vor.

»Frau Melzer«, kam es aus dem Funkgerät.

Sie antwortete kurz.

»Ist alles in Ordnung?«

»Ja, ja«, sagte Katja, »ich frag' mich nur gerade, wo ich hin soll. Ich stehe hier ja mitten auf dem Gelände.«

Erst in den Morgenstunden hatte sie Vertrauen zu dem Sonderbeamten gefaßt. In den wenigen Nachtstunden hatte sich eine Beziehung entwickelt, die sie nicht einzuordnen wußte. Der väterliche Mann hatte ihr eine Schulter, eine Hand, eine Hoffnung geboten, die sie sonst nirgendwo mehr fand. Bloßfeld hatte sich nach ihrer Zusage mehrfach bedankt. »Wir beide sind in der gleichen Situation. Nein, nicht wir beide. Wir drei«, hatte er gesagt. »Auch ich bin mit meinem Latein am Ende. Hätten Sie nicht zugesagt – ja, ich hätte Sie für kurze Zeit aus dem Verkehr gezogen. Aber ehrlich: Das hätte die Sache nur noch viel schwieriger gemacht. Frau Melzer, Sie waren meine letzte Hoffnung.« Dann hatten sie sich darauf geeinigt, kurzfristig eine Zweckgemeinschaft einzugehen, um ihre Ziele zu erreichen. Bloßfeld hatte ihr offen gestanden, hoch gepokert und oft etwas dazugedichtet zu haben. Als er anschließend das Kreisen der Raben mit der Vernetzung herrschender Intrigen erklärt hatte, hatte sie ihm geglaubt. Sie wußte nun, daß es um eine politische Schweinerei ging. Manchmal war ihr aufgefallen, daß sich Bloßfeld gar verschluckte, daß er dann bemerkte, daß er ihr zuviel erzählt hatte. Sie genoß sein Vertrauen. Sie glaubte ihm und seinen Versprechungen. Ganz allein wollte er mit Max sprechen und ihm danach die Entscheidung überlassen, ob er mit ihm zusammenarbeiten wollte oder nicht. Sie glaubte Bloßfeld, weil er ein Mann mit Stil, Charisma und Charakter war. Er saß an der Schaltstelle. Ganz oben im Kanzleramt. Nun mußte sie nur noch Max überzeugen, daß auch er ihm vertraute. Sie wußte, daß es nicht einfach werden würde.

»Fahren Sie doch einfach zum Eingang des Gebäudes zurück, das hinter Ihnen liegt. Da haben Sie zwar nur eine Wand. Aber Sie können das Terrain besser überblicken und fühlen sich wenigstens etwas geschützt.«

Katja ließ das Funkgerät wieder neben sich auf den Beifahrersitz fallen und legte den Rückwärtsgang ein.

»Katja, machen Sie es, wie Sie es meinen! Seien Sie Sie selbst! Das ist am besten«, hörte sie ihn wieder aus dem kleinen Lautsprecher rufen. Bloßfeld hatte sie erstmals mit Vornamen angesprochen.

Mit dem Heck zuerst parkte sie den Peugeot schräg vor

die Stufen der Kraftzentrale. Sie überlegte, ob sie den Wagen nicht doch lieber an der rückwärtigen Seite abstellen sollte. Dort hatte sie Schutz von zwei Seiten. Doch Schutz wovor? »Seien Sie Sie selbst«, hatte Bloßfeld geraten. Sie schaltete den Motor aus und stieg aus. Ihr Blick fiel auf das Jackett, in dem das Handy immer noch stumm wartete. Bei all dem neu gewonnenen Vertrauen hatte sie Bloßfeld nicht erzählt, daß Max ihr das Mobiltelefon über Sinasz hatte zukommen lassen. Warum auch?

Sie spürte, wie ein leichter Wind aufkam. Sie war zu früh. Ihre Armbanduhr zeigte 6.40 Uhr.

Als der Wagen wieder zwischen Gasbehälter und Kraftzentrale auftauchte, hatte er ihn genau im Visier. Schnell stellte er das Zielfernrohr erneut auf die zwölffache Vergrößerung ein. Die Frau im Auto konnte er genau erkennen. Sie war jung, hübsch, zierlich und hatte kurze rotbraune Haare. Und sie war allein. Ihr Begleiter mußte zuvor ausgestiegen sein, mußte sich aber noch irgendwo in unmittelbarer Nähe aufhalten. Er überlegte kurz, ob er das Gelände erneut mit Hilfe des Zielfernrohrs absuchen sollte. Doch er rückte schnell von dieser Idee wieder ab. Er wollte die Frau genau beobachten. Sie mußte wissen, wo ihr Begleiter steckte. Sie würde mit Sicherheit des öfteren in seine Richtung schauen und sein Versteck somit verraten.

Der Peugeot fuhr zielstrebig auf die Gleisanlage zu. Vor den Schienen stoppte er. Er hatte den Kopf der Frau voll im oberen Teil des Absehens. Sie wirkte orientierungslos. Sie schien nach einem weiteren Weg, nach einem Übergang über die Gleisanlage zu suchen. Er war diese Strecke in der vergangenen Nacht mehrfach abgegangen, hatte keinen passablen Übergang gefunden. Er wurde nervös, doch das Gewehr lag weiterhin ruhig an der Schulter. Fuhr die Frau weiter oder stieg sie aus und lief über die Gleise auf den anderen Platz, hatte er verloren. Er wartete und atmete erleichtert auf, als sie den Rückwärtsgang einlegte. Ihr Begleiter mußte es ihr geraten haben. Sie stand in Verbindung mit ihm. Das Funkgerät hatte er erkannt.

6.40 Uhr. Sie war viel zu früh. Sie parkte den kleinen Peugeot mit dem Heck zuerst vor dem Eingang der Kraftzentrale. Sie stieg aus und blickte mehrfach zur Zentralwerkstatt hinüber. Dort mußte der Begleiter stecken. Er suchte mit dem Schmidt & Bender das Gebäude ab. Es lag keine dreißig Meter vom Kesselhaus entfernt. Drei größere Tanks versperrten die Sicht auf den Haupteingang. Zwei weitere Eingänge und ein großes Tor waren geschlossen. Er wußte, daß noch zwei weitere Türen auf der Rückseite lagen. Sie waren zwar verschlossen, doch er wußte auch, daß der Begleiter ein Profi war, für den verschlossene Türen das gleiche Problem wie für ihn darstellten: nämlich keins.

Die Fenster der Zentralwerkstatt waren bis auf fünf Scheiben im Obergeschoß zertrümmert. Er gab die Suche auf. Der Begleiter der Frau würde sich früh genug zu erkennen geben. Der Mann kannte das Aussehen des Begleiters nicht. Er kannte nur die Stimme vom Tonband. Der Begleiter war schon älter. Er sprach ruhig, erfahren, routiniert. Das Visier erfaßte wieder die Frau. Sie war die drei Stufen hinaufgegangen und wartete nun. Sie hatte sich an die Pforte gelehnt. Jetzt drehte sie sich um und strich mit der Hand prüfend über den Rahmen. Ihre Finger blieben sauber.

Nun richtete er das Gewehr wieder auf einen der drei kurzen Abschnitte, die den Blick auf die Hauptverkehrsstraße freigaben. An der Trinkhalle wechselten zwei Flaschen Bier den Besitzer. An der Straßenbahnhaltestelle warteten drei ältere Damen, zwei Kinder, ein Arbeiter im Mechaniker-Overall. Er stellte erneut auf zehnfache Vergrößerung um und wandte sich wieder den Stufen der Kraftzentrale zu. Er mußte warten. Er konnte warten. Lange. Ohne den Lauf des Steyr-Mannlicher SSG auch nur für eine Sekunde zu senken.

Die Steindecke der Mauer war uneben, feucht und somit sicherlich nichts für empfindliche Pobacken. Gerald Rexing dachte nicht darüber nach. Er war an der Trinkhalle gewesen, hatte ein kleines Schwätzchen gehalten und sich eine Zeitung und zwei Flaschen Bier gekauft. Nun saß er auf dem nassen Gestein, öffnete seine alte Aktentasche aus den sechziger Jahren, holte ein eingewickeltes Butterbrot heraus und öffnete die erste Flasche Bier. Die Mauer lag an der Hauptverkehrsstraße, die die nordöstlichen Stadtteile mit der City verband. Sie war kniehoch und bog sich leicht von der Straße fort, bildete somit den Übergang zur Einfahrt des ehemaligen Zechengeländes. Die Schachtanlage war in den sechziger und siebziger Jahren die größte des Ruhrgebiets gewesen. In drei Schächten war gleichzeitig gefördert worden. Gerald Rexing kannte weder die Geschichte noch die Bedeutung der Zeche. Dennoch blickte er voller Respekt zu den Rädern des stählernen Förderturms hinauf, der hinter ihm als letztes Rudiment einer großen Industrieepoche unverwüstlich emporragte. Rexing nahm einen tiefen Schluck aus der Flasche, popelte erst kurz in der Nase, dann im rechten Ohr. Darauf folgte der nächste Schluck. Beim kräftigen Biß in das Schwarzbrot`mit Leberrolle fiel ein Stück Pelle mit Butter auf seine dreckige Kordhose. Rexing verrieb das Fett mit dem Ärmel, ohne hinzuschauen. Bevor er die Zeitung aufschlug, nahm er einen weiteren Schluck. Unter dem Kopf der Seite stand in großen Lettern:

BRITISCHE RINDER TREIBEN EUROPA IN DEN WAHNSINN!

Er überflog die Zeilen, las, daß die Briten die Schlachtung ihres gesamten Rinderbestandes von mehr als elf Millionen Tieren in Erwägung zogen. Sieben Milliarden Mark würde allein diese Massenschlachtung kosten. Interessanter empfand er schon die Schilderung über den Leidensweg der menschlichen Opfer. Der Schreiber hatte sämtliche Register gezogen, hatte mit Wut und Entsetzen über unverantwortliche Politiker die Krankheit einer neunundzwanzigjährigen Britin beschrieben, die im letzten November an der Creutzfeldt-Jakob-Krankheit gestorben war. Sie war in der fleischverarbeitenden Industrie tätig gewesen, hatte plötzlich unter Depressionen gelitten, die schließlich sogar zu Selbstmordgedanken geführt hatten. Detailliert hatte der Berichterstatter über immer häufiger auftretende Anfälle und unkontrollierbare Wahnsinnsausbrüche geschrieben, bis die Frau dann »endlich« ins erlösende Koma gefallen war.

Gerald Rexing biß wieder in seine Leberrolle und erfreute sich an dem farbigen Bild des amerikanischen Flugzeugträgers »Independent«, der mit jungen, stolzen Soldaten in Richtung Taiwan auslief. Daß die Bundesregierung den Kündigungsschutz für Kleinbetriebe lockern wollte, interessierte ihn dagegen gar nicht. Auch nicht, daß laut Weltgesundheitsbehörde WHO im vergangenen Jahr drei Millionen Menschen an Tuberkulose gestorben waren. Mehr Interesse hingegen schenkte er dem grauen Audi 100, der schon seit längerem ihm gegenüber auf der anderen Straßenseite halb auf dem Bürgersteig parkte. In ihm saß ein Mann, der ebenfalls genüßlich in ein Brötchen biß. Rexing war der Wagen schon aufgefallen, als er von der Bude gekommen war. Da hatte der Fahrer jedoch noch nicht mit dem Frühstück begonnen, hatte vielmehr hektisch und nervös ins Telefon gequasselt.

»Tja, so ist das Leben«, sagte Gerald Rexing laut zu sich selbst, »um diese Uhrzeit gemütlich und lange in einem graumetallic lackierten Audi 100 sitzen, telefonieren und frühstücken. Das möchte ich jetzt auch. Was der wohl für einen Job hat?«

Rexing schüttelte heftig den Kopf, biß noch einmal in die Leberrolle, packte die nicht angebissene Hälfte der Stulle ins Papier ein und stand auf. Die halbvolle Flasche Bier stellte er hinter die Mauer. Er schaute auf die Uhr. Viertel vor sieben.

Der Audi parkte gut zwanzig Meter vor einer Straßenbahnhaltestelle. Acht Personen warteten dort inzwischen ungeduldig. Zehn Meter dahinter stand eine Telefonzelle, an der gerade zwei jugendlich wirkende Rowdies in schwarzen Lederjacken und blitzsauberen rotweißen Schals vorbeigingen. Ihr lautes Gejohle »Ola, ola, la, wir sind wieder da« störte Rexings musikalische Empfindsamkeit. Mit dem Butterbrot in der rechten Hand, der Aktentasche in der linken überquerte er langsam die Straße. Er erreichte gerade den vorderen linken Kotflügel des Audi, als die schaltragenden Krawallmacher den hinteren rechten passierten. Gerald Rexing blickte zum Fahrer, grüßte mit seiner Stulle, zeigte auf die lauten Fußballfans und machte eine abfällige Handbewegung. Der Audifahrer grüßte und lächelte verständnisvoll zurück, hob ebenfalls sein Brötchen. In dem Moment riß der jüngere der beiden Rowdies die Audi-Beifahrertür auf. Der erschrockene Fahrer ließ das Brötchen fallen, griff blitzschnell in seine Jacke. Doch bereits zu spät. Der Rot-Weiß-Fan hielt ihm die 226er Pistole direkt unter die Nase. Der zweite Lederjackenträger war mittlerweile in den Fond gesprungen.

Gerald Rexing ging wortlos und unbekümmert an dem Audi vorbei und nahm nur noch in den Augenwinkeln wahr, daß sich der Wagen in Bewegung setzte. Er schritt zügig weiter in Richtung Telefonzelle. An der Straßenbahnhaltestelle fragte ihn eine ältere Frau nach der Uhrzeit.

»Gleich zehn vor sieben«, sagte er höflich und machte dabei eine kleine Verbeugung.

In Bloßfelds Elitetruppe nannte man ihn den »Gentleman«.

Vor zehn Jahren hatte er erstmals drei Wochen auf ihr geschuftet. Er kannte jedes Gebäude der Zeche, jeden Arbeitsvorgang vom Abbau unter Tage bis zur Verladung hinter der Kokerei. Hier hatte er die Treue von Arbeitnehmern, die Verbundenheit mit dem Arbeitgeber, den Stolz auf die Zunft und die ehrliche Freundschaft unter den Kumpeln unmittelbar erfahren. Vor zehn Jahren hatte er über die Zeche seine erste Langzeitreportage gemacht. Vor vier Jahren, als feststand, daß die letzte Zeche der Stadt nun auch der modernen Energietechnik und der Subventionsverweigerung Bonns zum Opfer fallen würde, hatte er alles darangesetzt, noch einmal drei Wochen dort arbeiten zu dürfen. Mit Trauer hatte er schließlich die Grubenlampe an seinem Helm zum letzten Mal ausgeschaltet und sich geschworen, die Erinnerungen und Gefühle weiterzugeben.

Max Wilhelms schaute aus dem zerbrochenen Fenster des Kesselhauses. Die fünf Steilrohrkessel von insgesamt dreitausend Quadratmetern Heizfläche, die hinter ihm lagen, hatten über fünfzig Jahre lang hundertachtzig Tonnen pro Stunde verfeuert. An beiden Seiten des Hauses erstreckten sich Flügelbauten, die die Zentralpreßluftanlage beherbergten. Sie hatte den gesamten Luftdruckbedarf der Zechenanlage gedeckt, sowohl über als auch unter Tage. Im nördlichen Flügel standen noch zwei gut erhaltene Hochdruckluft-Kompressoren, die zusammen neuntausend Kubikmeter Preßluft je Stunde mit einem Enddruck von zweihundertzehn Atü produziert hatten. Max kannte die Zahlen, die Daten, die Geschichte, die Anfänge, Änderungen und Schließungsbedingungen der Zeche genau. Jeden, der die Region und ihre Menschen, seine Stadt und seine Kumpel nicht verstand, führte er hierhin. Auch Katja hatte er hier letztendlich überzeugen können. Leider hatte sie sich geweigert, ihm nach einem traumhaften Sonnenaufgang in die verlassenen Zechengebäude zu folgen. Dabei war das Betreten der Gebäude recht ungefährlich. Die Gitterböden waren trotz des zum Teil fingerdicken Rostes immer noch stabil. War man einmal in ein Gebäude gelangt, konnte man bis auf die Zentralwerkstatt, das zweite Schachtgebäude und das Ventilatorenhaus jeden Raum, jede Halle der gesamten Anlage erreichen. Zwischen den einzelnen Arbeitsstätten, den verschiedenen Segmenten gab es kaum Absperrungen. Lange Bandbrücken ermöglichten einen sicheren, sogar bei Regen trockenen Übergang.

Max wollte seine Ortskenntnisse nutzen, wollte den Schutz der Mauern vorerst nicht verlassen und machte sich auf den Weg zum ersten Eckturm, der Kraftzentrale und Sieberei verband. Von dort hatte er den besten Überblick. Von dort konnte er Katja beobachten. Er wußte, daß sie ängstlich und stets übervorsichtig war. Aber er wußte auch, daß sie gerissen war und in Streßsituationen über sich selbst hinauswuchs, daß mögliche Verfolger bei ihr kaum eine Chance hatten.

Das Zechengelände war verlassen. Bis auf einen angetrunkenen Penner, der in der Nacht verzweifelt nach einer Bleibe gesucht hatte, hatte Max niemanden gesehen. Er hatte den Obdachlosen lange beobachtet, hatte sogar kurz mit dem Gedanken gespielt, ihn anzusprechen. Doch plötzlich war er verschwunden. Er hatte wohl ein Nachtlager in der Kohlenwäsche gefunden.

Um kurz nach zwei hatte er das Areal betreten und war über die Verladestiegen des zweiten Eckturms zur Kokslöschanlage in das innere System geklettert. Sein jüngstes Auto, eine alte, klapprige Ente, hatte er zuvor hinter einer Trinkhalle an der vorbeiführenden Hauptverkehrsstraße abgestellt. Er war müde und erschöpft. Sein Kopf brummte. Er konnte keinen klaren Gedanken mehr fassen. Seine Glieder schmerzten. Er war hungrig. Und vor allem durstig.

Mehrfach hatte er versucht, die letzten vierundzwanzig Stunden Revue passieren zu lassen. Lückenlos war es ihm nicht gelungen. Zu viel war geschehen. Er hatte Katja mit Poschmann erwischt, hatte den Chef anschließend zur Rede gestellt. Am Vormittag die Bibliothek, dann das Gespräch mit dem anonymen Anrufer, der ihn nun auch im Stich gelassen hatte. Das Telefonat mit Katja hatte ihm wieder etwas Hoffnung gemacht, das Sondereinsatzkommando hatte ihm schließlich jedoch erneut seine Einsamkeit gezeigt. Eine schlichte Verkäuferin hatte ihn aus dem Labyrinth des Kaufhauses geführt. Zwei Stunden war er dann ziellos durch die Innenstadt geirrt, hatte sich in Spielwarenläden und Haushaltswarenabteilungen versteckt. Am Ende hatte er gar nicht mehr auf seine Schritte geachtet. Beinahe automatisch war er nur noch kleinen Gruppen gefolgt. Hausfrauen, Geschäftsleuten, Verkäuferinnen, Kindern, Rentnern. Noch nie zuvor war ihm aufgefallen, wie viele fünfundzwanzig- bis vierzigjährige sportliche Menschen – und damit mögliche SEK-Beamte – in der Stadt lebten. Jeder von ihnen konnte Gefahr bedeuten. Und sie waren überall.

In der Nordstadt hatte er einen Linienbus genommen und war erstmals ein wenig zur Ruhe gekommen. Nur zwei Begriffe hatten ihn noch beschäftigt. Der Name »Stolzenberg« und die Raben. Die Vögel, das wußte er, würden weder er noch Katja orten können. Also mußte Stolzenberg sein Ziel sein. »Lernen Sie ihn kennen!« hatte der Unbekannte ihm befohlen. Er hatte nicht gesagt, Max solle sich über ihn informieren. Nein. Max sollte ihn kennenlernen. Persönlich. Und ihn dann mit dem Kreisen der Raben konfrontieren.

Er hatte versucht, Katja und Vogelsang zu erreichen. Vergeblich. Dafür war Kai Schumann zu Hause gewesen, der ihn auch sofort von der Endstation der Buslinie abgeholt hatte. Der kleinwüchsige, großschnäuzige Spinner aus dem »Tal« hatte ihm enorm weiterhelfen können, auch wenn er wie gewohnt endlos dumme Fragen gestellt hatte. Max hatte dringend Geld und ein neues Auto gebraucht. Schumann hatte, wie es sich für einen guten Arbeitslosen gehört, zwei Fahrzeuge. Eine Ente und einen VW-Bus. Zudem hatte Max dem arbeitslosen Gerüstbauer vor einiger Zeit sein altes »Who is Who« geschenkt. Vielmehr hatte er es beim Skat an ihn verloren. In diesem Buch standen alle berühmten Persönlichkeiten Deutschlands. Stolzenberg mußte eine berühmte Persönlichkeit sein. Als Drahtzieher eines Skandals, der die Europa-Politik umschrieb, und als Graf stand er mit Sicherheit im »Who is Who«.

Schumann hatte ihn, wie erwartet, mit Fragen bombardiert. Mit endlos dummen Fragen. Dennoch hatte Max keine halbe Stunde später triumphierend mit der Faust in die Luft geschlagen und gejubelt. Im »Who is Who« stand wörtlich:

Stolzenberg, Friedrich August Graf von, geb. Fürstenwalde 10. Juni 1932, Vorstandsvorsitzender Erdgas-Import AG.

Ein fast lückenloser Lebenslauf schloß sich an. Max hatte die Ausführungen über Stolzenbergs steile Karriere gar ein zweites Mal gelesen. Die Folge waren wieder zermürbende Gedankenspiele gewesen. Lange hatte Max noch an seiner spontanen Entscheidung gezweifelt. Aber Katja war nicht zu Hause gewesen, hatte ihm keine neuen Informationen geben können. Zudem war es nicht seine Aufgabe, die Raben ausfindig zu machen, sondern lediglich Stolzenberg kennenzulernen. Sicherlich zu voreilig hatte er nach dem Telefonhörer gegriffen. Drei Anrufe hatten zum Kontakt geführt. Die Auskunft hatte ihm die Telefonnummer der »Erdgas-Import« gegeben, eine fleißige Sekretärin die Nummer von Stolzenbergs Referentin. Die wiederum hatte zunächst auch unsinnige Fragen gestellt und ihn dann gebeten, in fünf Minuten noch einmal anzurufen. Viereinhalb Minuten später hatte sich Stolzenberg unter derselben Nummer persönlich gemeldet, hatte zunächst so getan, als könnte er mit dem »Kreisen der Raben« nichts anfangen. Schließlich hatte er Max gebeten, weitere fünfzehn Minuten zu warten und eine Handynummer zu wählen.

Das war nun auch schon über acht Stunden her.

Jetzt erreichte er über den schmalen Gang seitlich des Förderbandgestells den Eckturm. Seine Augen glänzten. Max grinste. Durch den unteren Spalt der zerschlagenen Fensterscheibe strahlte ihn der rote Peugeot an. Er suchte das Terrain mit den Augen ab. Katja konnte er nicht entdecken. Dann sah er für den Bruchteil einer Sekunde einen Teil von ihr. Sie stand an die Eingangspforte zur Kraftzentrale gelehnt. Max wollte nach ihr rufen. Er hatte schon tief eingeatmet, als er zögerte. Er erinnerte sich an seinen wiedererwachten Instinkt, der ihn schon am Hauptbahnhof gewarnt hatte. Er wollte noch etwas warten. Katja war ohnehin zu früh.

In geduckter Haltung, halb hinter einem Träger versteckt, schielte er durch das Loch. Es war die einzige Chance, sich einen Überblick zu verschaffen, sich zu vergewissern, daß sie wirklich allein war. Die intakten Fenster, die noch nicht durch Steinwürfe herumstreunender Kinder und Jugendlicher zerstört worden waren, bestanden aus geriffeltem Milchglas. Der Platz zwischen Kraftzentrale, Zentralwerkstatt, Gasbehälter, Wäsche, Sieberei und dem Eckturm, in dem er sich aufhielt, war leer. Auch am Schlot hinterm Kesselhaus, auf dem breiten Korridor der Gleistrasse und zwischen Schacht- und Ventilatorgebäude war keine Bewegung auszumachen. Max dachte an den Penner. Er schlief wohl noch den Schlaf des Gerechten. Irgendwo in der Sieberei oder Wäsche. In letzterer hatte auch er schon einmal ein Nickerchen gemacht. Hinter einer der Grobkornsatzmaschinen und dem Ventilatorschacht der zweiten Nachentstaubung. Für einen Moment fragte er sich, ob er jetzt mit ihm tauschen wollte.

Max sah noch drei weitere Male durch den Schlitz, ging dann eilig über die Bandbrücke zurück zur Kraftzentrale. Von dort gelangte er durch den nördlichen Flügel des Kesselhauses, entlang der Hochdruckluft-Kompressoren in den Stationsraum. Die Fensterreihe neben der Seitentür war komplett demoliert. Die Holzlatten ließen sich durch leichten Druck verrücken. Katja hatte weitere Informationen. Wichtige Informationen. Informationen, die ihm vor dem verabredeten Treffen mit Stolzenberg weiterhelfen konnten. Max rannte, achtete nicht auf das laute Getöse, das er dabei in den hohlen Hallen verursachte. Er stieg durch den Holzverschlag auf das Geländer der Wendeltreppe. Es war tragfähig genug. Er schaute auf die Uhr. Fünf vor sieben. Sie ging, glaubte er, etwas vor. Nur noch wenige Schritte trennten ihn von Katja. Er schaute auf die Ecke des Kraftzentralgebäudes. Um sie mußte er nur noch herumgehen. Zu den drei Kesseln, die keine zwanzig Schritte vor ihm lagen, sah er nicht.

Scheiße. Bloß nicht jetzt, schoß es Leonhardt Schurenkamp durch den Kopf. Ganz langsam zog er die Hand aus dem Jackett hervor. Er fluchte. Er hatte es nicht erkannt. Neunundvierzig Jahre war er alt. Vierundzwanzig Jahre davon war er als Privatdetektiv tätig. Seit fünfzehn Jahren war sein Name nicht mehr in den »Gelben Seiten« zu finden. Seine Kunden blätterten nicht in Telefonbüchern. Jetzt, zum Abschluß seines fast bestbezahlten Auftrags, mußte ihm diese Panne passieren. Er war zu beschäftigt gewesen, hatte erstmals seit Stunden etwas essen wollen. Ohnehin hatte er zur Zeit nur in seinem Audi warten müssen. Die Melzer hatte bis auf den kurzen Funkkontakt mit Bloßfeld nicht mehr gesprochen. Das Handy mit dem Abhörmikrofon und dem kleinen Sender hatte er gestern abend übervorsichtig, hektisch und flüsternd dem alten Zeitungsmonteur übergeben. Sein Auftraggeber wußte, daß der alte Monteur ein Vertrauter von Wilhelms war und auch die Melzer ihn kannte.

»Geben Sie der neuen Chefin vom Dienst den Apparat«, hatte er dem alten Mann gesagt, »ist von Max. Er wird sie anrufen. Aber sagen Sie ihr um Gottes willen kein Wort. Kein einziges. Max will es so. Am besten sagen Sie nur, sie wisse schon, von wem das Handy sei.«

Der gutgläubige Monteur hatte seine Aufgabe bestens erfüllt. Zwei, drei, vielleicht vier Stunden, hatte Leonhardt Schurenkamp gedacht, würde er die Melzer begleiten können. Zumindest so lange, bis Wilhelms wirklich Kontakt mit ihr aufnahm. Daß sie ihm gegenüber das Handy nicht erwähnt hatte, hatte die Sache geradezu perfekt gemacht, hatte aber auch zwölf Stunden ununterbrochene, konzentrierte Arbeit bedeutet. Sein Auftraggeber wollte laufend informiert werden. Wie auch der Finalist, dem er nachts die Informationen besorgt hatte und der nun auf dem Zechengelände auf sich allein gestellt war.

Der nett grüßende Mann mit dem Butterbrot und der alten Aktentasche hatte ihn abgelenkt. Im ersten Moment hatte der Privatdetektiv die Situation völlig falsch eingeschätzt. Den ersten Gedanken, er sei Opfer eines Überfalls trunkener Fußballrowdies geworden, ließ er nun fallen. Die 226er war eine gängige Profi-Pistole. Während er nun also langsam die Hand aus der Innentasche zog, hörte er vom Rücksitz seines Audi den zweiten Rot-Weiß-Fan in ein Funkgerät sprechen. Sein Partner auf dem Beifahrersitz winkte nur mit der Neunmillimeter-Sig-Sauer, signalisierte, Schurenkamp solle sich beeilen.

»Los, mein Freund, starten und losfahren. Zügig, aber vorsichtig!« befahl der Lederjackenträger.

Leonhardt Schurenkamp drehte den Zündschlüssel. Gleichzeitig hallte es aus dem kleinen Lautsprecher auf der Beifahrerkonsole, zwar leicht verzerrt, aber deutlich und laut hörbar: »Mist! Verdammter Mist!«

Es war eindeutig die Stimme von Katja Melzer.

Die Lederjacke drückte ihm die Pistole an den Hals. Der Hintermann verlangte nach sofortiger Verstärkung.

Schurenkamp wußte, daß sie nun innerhalb von wenigen Minuten den Audi komplett auseinandernehmen würden.

Der kleine Zeiger der Uhr berührte schon den Rand der Siebener-Markierung.

Der Finger lag seit mehreren Minuten am Abzug, ohne jedoch Druck auszuüben. Den Lauf seines Steyr-Mannlicher SSG bewegte der Schütze nur minimal. Voll konzentriert hielt er die Frau in seinem Absehen fest. Nur um ihre Bewegungen, ihre Blicke zu studieren. Irgendwann mußte sie ihm einen Hinweis geben, wo der Mann namens Bloßfeld sich versteckt hielt. Doch Katja Melzer schaute wie eine Wartende auf unbekanntem Terrain neugierig in alle Richtungen, zweimal sah sie auch direkt zu ihm hinauf.

Während sie auf der obersten Stufe hin- und herging, als wollte sie unaufhörlich die Breite der Pforte abmessen, versuchte sie, ihre Gedanken zu ordnen. Sie blickte zum Förderturm, zum Kokskohlenturm, zur Wäsche und Sieberei und wollte sich an die Arbeitsprozesse erinnern, die Max ihr einst ausführlich erklärt hatte. Strebbau, steile Lagerung, Füllortbühne. Mehr fiel ihr nicht ein. An die Zahl fünfzehntausend konnte sie sich noch genau erinnern. Das war die Anzahl der Förderwagen, die täglich in der Wipperhalle über der Sieberei geleert worden waren. Fünfzehntausend Wagen täglich. Fünfzehntausend war auch die Zahl, die Einstein ihr bei Umstellung des Redaktionscomputers genannt hatte. Doch sie wußte nicht mehr, in welcher Einheit er gerechnet hatte. Giga, Kilo, Mega, Micro ... Ihre Gedankensprünge nahmen zu. Sie trauerte plötzlich um den behinderten Freund, spürte erneut, daß ihr Tränen in die Augen traten, ließ anschließend die Zeche wieder lebendig werden und lachte plötzlich über den »Alten Mann«. So wurde ein verlassener, abgesperrter, versetzter oder zu Bruch geworfener Grubenbau genannt. Dann kam sie schließlich über Berthold Frömmert und Marga Angelis zurück zum »Kurier« und somit zu Wilhelms. Sie nahm sich fest vor, ihn nicht zu umarmen. Sie wollte ihn vernünftig, sachlich und zurückhaltend auf den Kontakt mit Bloßfeld vorbereiten. Sie lehnte sich zurück an den inneren Pfeiler des Pfortenzugangs und fluchte laut. »Mist! Verdammter Mist!« Der Pfeiler war klebrig und gab ihre Jacke nur widerwillig wieder frei.

Ihr Kopf war nun am linken oberen Rand des Absehens. Am rechten Ende des breiten Horizontalstrichs baumelte die Jacke. Die Frau klopfte mit einer Hand das Rückenteil sauber und fluchte weiter. Bloßfeld war zwischenzeitlich durch die westliche Seitentür der Zentralwerkstatt ins Freie gehuscht, stand nun geduckt an der Rückseite des zweiten Kessels, beobachtete ebenfalls die verzweifelte, sinnlose Säuberungsaktion der Jacke und konnte sich ein Grinsen nicht verkneifen. Er trat einen Schritt zurück, blinzelte durch den schmalen Spalt zwischen dem zweiten und dritten Kessel. Max Wilhelms erkannte er sofort. Zügig ging der flüchtige »Europa«-Redakteur auf die Kessel zu. Nur noch wenige Meter hatte er zurückzulegen. Dann mußte er nur noch um die Ecke bis zur Pforte gehen. Bloßfeld war keine zwanzig Meter von ihm entfernt. Seine Muskulatur war angespannt. Er hatte der Melzer versprochen, auf ihr Zeichen zu warten. Aber er hatte ihr auch versprochen, allein mitzukommen. Er wollte sie nicht enttäuschen. Die rund dreißig Männer seiner Elitetruppe, die seit gut anderthalb Stunden in Zivil auf dem Zechengelände und drumherum warteten, hatten ihre Anweisungen. Sollte einer von ihnen vorzeitig auf Max stoßen, durfte keine

Kontaktaufnahme erfolgen. Die Anweisung war eindeutig. Bloßfeld rechnete sich bessere Chancen aus, wenn er über Melzer Wilhelms' Vertrauen gewinnen konnte. Auf den Einsatz der Elitetruppe wollte er nur im Notfall zurückgreifen.

Er hatte den Gedanken noch nicht zu Ende gedacht, da vernahm er die übereifrige Stimme aus dem Ohrknopf. Schon nach der Anrede wußte er, daß plötzlich der Notfall eingetreten war.

Bloßfeld griff blitzschnell nach seiner Waffe. Es war eine Neunmillimeter-Sig-Sauer. Jeder in der Einheit trug das Modell. Sechzehn Schuß konnten aus dieser Waffe abgefeuert werden. Einige hatten eine siebzehnte Patrone im Lauf.

»Ich übernehme Wilhelms. Ihr gebt Deckung und sucht«, flüsterte er klar und deutlich in ein kleines Mikrofon unter dem Revers seines Jacketts. Bloßfeld machte sich dünn und zwängte sich durch den Spalt zwischen den Kesseln. Sein Finger berührte den Abzug.

Zeitgleich verkrampfte sich auch der Finger am Trigger des Steyr-Mannlicher SSG. Ruckartig hatte sich die Frau umgedreht; sie blickte nun starr in Richtung Zentralwerkstatt. Er rückte den Lauf leicht nach links, erfaßte voll den jungen Mann, der eilig auf sie zuging. Dann stoppte dieser plötzlich und riß ebenfalls seinen Körper herum. Seine Arme schnellten hoch. Er taumelte rückwärts auf die Frau zu. Den Schaft nun fester an die Schulter gedrückt, rückte der Scharfschütze den Lauf weiter nach links, erkannte eine weitere Person. Es war eindeutig Bloßfeld. Der Mann war älter, hatte schütteres, glatt zurückgekämmtes Haar. In der Hand hielt er eine Automatikpistole. Bloßfeld schrie etwas. Er konnte es nicht verstehen. Auch die Frau schrie nun hysterisch. Er richtete den Gewehrlauf wieder zurück auf sein Ziel. Wilhelms sprang wild umher, fuchtelte dabei mit den Armen in der Luft herum, wollte erst hinter den Pfeiler der Pforte flüchten, dann Bloßfeld entgegenlaufen. Schließlich machte er mehrere Schritte zurück. Immer wieder korrigierte der Mann die Richtung des Gewehrlaufs. Er konnte das Ziel nicht richtig fassen. Wieder und wieder schoß der Körper aus dem mittleren Kreis des Absehen heraus. Er hatte keine andere Möglichkeit. Nun mußte er abwarten. Wieder korrigierte er. Der Druck des Fingers am Abzug wurde kräftiger. Er mußte eine Entscheidung treffen. Bloßfeld kam immer näher. Dessen Pistole schien Wilhelms' Bewegungen zu dirigieren. Die Schreie der Frau erreichten nun auch den Kontrollraum oberhalb der Wäsche. Plötzlich blieb Wilhelms starr stehen. Durch das Zielfernrohr konnte der Mann nun auch die Pistole und Bloßfeld sehen. Er war dicht an Wilhelms dran. Er dachte nicht darüber nach, warum er noch zögerte. Vielleicht war es die unerwartete Aktion Bloßfelds, die er noch verfolgen wollte. Der Sicherheitsbeamte, Verfassungsschützer oder was immer er auch war, schlug auf einmal mit der Pistole in Richtung Wilhelms' Kopf. Der »Kurier«-Redakteur reagierte. Blitzschnell krümmte der Mann den Abzugsfinger. Der Schaft des Steyr stieß gegen seine Schulter. Als er das Zielfernrohr wenig später wieder justiert hatte, sah er noch beide Männer fallen. Er suchte gezielt nach Hinweisen, ob er Wilhelms getroffen hatte. Nur kurz. Denn plötzlich folgten weitere Schüsse. Um ihn herum zersprangen die Fensterscheiben.

Als er um die letzte Ecke bog, sah er sie auf den Stufen

zur Kraftzentrale. In einer Hand hielt sie ihre Jacke. Mit der anderen schlug sie auf sie ein.

»Katja«, rief er erleichtert und stürmte auf sie zu.

Sie lachte ihn an. Nur ganz kurz. Dann verzog sie mit einem Mal das Gesicht. Ihre Augen waren plötzlich weit aufgerissen. Ihre Lippen klafften entsetzt auseinander. Sie schaute an ihm vorbei.

»Nein«, schrie sie, »nein, nein!«

Max drehte sich auf dem Absatz um und sah direkt in die Mündung der Waffe, die der ältere Mann mit gestrecktem Arm auf ihn richtete. Instinktiv riß er seine Hände hoch. Hinter sich hörte er Katja weiter schreien.

»Bloßfeld, Sie Schwein. Sie sind ein Schwein, Bloßfeld!«

Max sprang hin und her, wollte fliehen, sah keine Chance. Katja kannte den Mann, hatte ihn hierhergeführt. Sie hatte ihn verraten, verkauft, ausgeliefert. Max tat zwei Schritte auf den ersten Eingangspfeiler zu. Er war zu weit entfernt, um ihm Schutz bieten zu können. Einen Moment überlegte er, ob er auf den Mann zugehen sollte. Vielleicht würde er nicht ohne weiteres schießen. Er ging auf ihn zu. Die Waffe zielte nun genau auf seinen Kopf. Max taumelte zurück und versuchte dabei immer der Schußlinie auszuweichen.

Bloßfeld sah Wilhelms Reaktion genau voraus. Es war seine Chance. Bewegte er die Waffe nach links, wich der »Kurier«-Redakteur nach rechts aus. Genauso erfolgte die Bewegung umgekehrt. Das war gut. Er mußte Wilhelms in Bewegung halten.

Bloßfeld hatte keinen Moment gezögert. Es hatte für ihn nur die eine Konsequenz gegeben, die auf die Informationen aus seinem Ohrknopf folgen konnte. »Melzer trägt seit Stunden 'ne mobile Wanze. Wahrscheinlich ist ein Killer auf Wilhelms angesetzt. Er muß auf dem Gelände sein«, hatte er von der Einsatzzentrale erfahren. Als

Wilhelms dann auf seine Chefin vom Dienst zustürzte, hatte Bloßfeld keine andere Wahl mehr. Er mußte die Zielperson des möglichen Killers aus dem Schußfeld bringen. Für lange Diskussionen und Erklärungen war keine Zeit. Immer wieder, und vor allem deutlich sichtbar, versuchte Bloßfeld neu zu zielen. Er tat so, als legte er stets von neuem an. Das brachte Wilhelms in Schwung. Doch die Bewegungen wurden immer rhythmischer. Spätestens jetzt konnte ein professioneller Sniper sein Ziel genau erfassen. Bloßfeld mußte an Wilhelms rankommen. Er zielte direkt auf seine Stirn. Diesmal setzte er nicht mehr neu an.

»Bleiben Sie stehen, Sie Idiot!« Bloßfeld mußte schreien. Das Gekreische der Melzer hörte nicht auf.

Wilhelms erstarrte. Bloßfeld mußte handeln. Er war dicht an ihm dran. Sehr dicht. Es gab nur wenige Punkte, von denen der Schütze schießen konnte. Er mußte Wilhelms decken. Gleichzeitig durfte Wilhelms nicht in seiner starren Haltung verharren. Kurz entschlossen hob er seine Sig-Sauer und schlug sie mit voller Wucht in Richtung Wilhelms' Schädel.

Max erkannte die Absicht des Alten in dem Moment, als dieser die Pistole hob, um zum Schlag auszuholen. Reflexartig duckte er sich, drehte den Körper zur Seite und sprang auf den Mann. Der schmetterte seine Waffe auf ihn ab. Haarscharf verfehlte er Max' Gesicht. Beide konnten ihr Gleichgewicht nicht mehr halten. Im Fall, eng aneinandergepreßt, hörten sie den Schuß. Katja kreischte immer lauter, griff sich in ihre rotbraunen Haare und zog daran, so fest sie konnte. Sie war nicht mehr Herr ihrer Sinne. Auch sie sackte nun, den Rücken an den Pfeiler gedrückt, in sich zusammen und harrte für Sekunden in der Hocke aus. Dann ließ sie die Hände gänzlich auf den Boden sinken. Von allen Seiten hörte sie Schüsse. Fünf, sechs Männer waren plötzlich aus dem Nichts aufgetaucht, standen auf einmal hinter Ecken, Gestellen, Kesseln und Tanks und schossen auf die oberste Etage der Wäscherei.

Max kam als erster wieder zur Besinnung. Bloßfeld, so jedenfalls hatte Katja ihn gerufen, lag halb auf ihm. Er versuchte, ihn festzuhalten. Max sah einen weiteren Mann mit Maschinenpistole auf sich zurennen. Er sah aber auch die Neunmillimeter, die Bloßfeld bei seinem Sturz verloren hatte. Sie lag gleich neben seiner Schulter. Max drehte sich und griff nach der Waffe. Der Mann auf ihm versuchte nicht, ihn zurückzuhalten. Die Maschinenpistole kam näher. Max preßte den Pistolenlauf gegen Bloßfelds Schläfe und drückte ihn dann von sich, um wieder Bewegungsfreiheit zu erhalten. Bloßfeld schrie. Erst jetzt sah Max, daß der Alte auf der rechten Seite zwischen Schulter und Brust stark blutete. Der erste Schuß mußte ihn getroffen haben.

Auf dem Zechenareal herrschte fast wieder absolute Stille. Einige der schießwütigen Kerle rannten in Richtung Sieberei und Wäsche. Vier andere hielten ihre Läufe weiterhin auf die oberste Etage der Wäsche nahe des Förderbandanfangs gerichtet. Einer quatschte pausenlos in ein Funkgerät, gab schnell, aber nicht hektisch Befehle. Zwei Läufe zielten direkt auf Wilhelms.

»Runter damit, ich schieße«, schrie Max. Sein Finger umschlang verkrampft den Abzug der 226er. Die Mündung preßte er weiterhin fest gegen Bloßfelds Schläfe. »Runter damit, los!« schrie er wieder.

Keiner sagte etwas. Keiner bewegte sich. Bloßfeld war es, der die Stille brach.

»Macht, was er sagt!« befahl er.

Die zwei zögerten. Ein dritter kam nun hinzugelaufen.

»Runter mit den Dingern«, wiederholte Bloßfeld, »ist

schon in Ordnung. Sichert das Gelände ab! Ich will hier keine Bullen sehen.«

Ruhig, sachlich, aber stöhnend gab er seine Befehle. Die Männer mit den Maschinenpistolen gehorchten zu Max' Erstaunen sofort, senkten ihre Waffen, blieben aber in Bereitschaft. Bloßfeld legte langsam seine linke Handfläche auf die immer stärker blutende Wunde und schaute Wilhelms fragend an. Dann blickte er zu dem Kerl mit dem Funkgerät.

»Dietmer soll Kulitz oder Köln anrufen! Macht eine Drogenrazzia oder einen Schieberkrieg daraus! Keine Presse, keine Bullen! Informationen nur über Kulitz oder Köln!«

Der Mann am Funkgerät quasselte sofort los. Bloßfeld schaute wieder zu Wilhelms, dann auf seine Wunde, wandte den Blick schließlich weit nach oben. Die Pistole konnte er nicht sehen. Nur den Griff der Waffe. Doch er spürte deutlich den Druck an seiner Schläfe. Wie auch das Zittern von Max' Hand. Es übertrug sich auf seine Kopfhaut.

»Und nun?« fragte er ihn.

»Was nun?« schrie Max ihn an. Dann rief er nach Katja. Sie antwortete nicht.

»Katja, verdammt, Katja!« rief er wieder. Sie war auf die Knie gesunken und lehnte am ersten Pfeiler auf der obersten Stufe. Ihre grünen Augen waren blutrot unterlaufen. Sie zitterte ebenfalls und weinte außerdem. Max empfand kein Mitleid. Er spürte nur, daß sein Herz vor Wut fast schmerzhaft schlug. Auf den Bahnsteigen, in der Bahnhofspasserelle und im Kaufhaus hatte er noch über die schwachsinnige Annahme des SEK gelacht, er könne eine Waffe tragen und somit eine Gefahr für die Öffentlichkeit darstellen. Der Gedanke war für ihn einfach absurd gewesen, auch wenn er ihm die Flucht ermöglicht und das

SEK daran gehindert hatte, ihn festzunehmen. Nun saß er mit einer Automatik auf veröltem Boden und bedrohte einen Beamten – einen hohen Beamten, der Befehle geben konnte und zu allem Übel auch noch stark aus einer Schußwunde blutete. Katja war daran schuld. Nein, Mitleid hatte er nicht mit ihr!

»Reiß dich zusammen!« schrie Max zu ihr hinüber. »Du hast uns schließlich diese Scheiße eingebrockt.«

»Das stimmt nicht«, sagte Bloßfeld leise, aber dennoch so laut, daß Katja es vernehmen konnte. Sein Gesicht war dabei schmerzverzerrt. »Ohne Katja wären Sie jetzt tot, mein Freund. Und ohne mich und meine Männer auch. Man hat auf *Sie* geschossen. Sie waren das Ziel. Sie sind der Vollidiot, der sich zusammenreißen sollte.«

»Was? Wovon reden Sie?«

»Sie waren doch so überaus schlau und haben Stolzenberg mit dem Kreisen der Raben konfrontiert. Wir haben das Gespräch abgehört. Das ganze Theater hier ist nichts als Stolzenbergs Reaktion auf Ihren Anruf, Sie Vollidiot! Was glauben Sie eigentlich, was das hier für ein Spiel ist?«

Max glaubte an gar nichts mehr. Nur noch an das, was er sah. Und das war nicht viel.

Fünf Männer mit Maschinenpistolen standen nun um ihn und Bloßfeld herum, der immer noch halb auf seinen Beinen lag. Einer trug einen Mechaniker-Overall. Sein Nachbar war wie ein verkappter Hippie gekleidet, der alten Flower-Power-Zeiten nachtrauerte. Die anderen glichen seriösen Bürgern, die einer geregelten, aber unterbezahlten Arbeit nachgingen. Aus der Sieberei war lautes Geschrei zu hören. So plötzlich es einsetzte, so plötzlich verstummte es auch wieder. Katjas Schluchzen ging Max auf die Nerven. Ihr hatte er als einzige noch blind vertraut. Sie war seine Hoffnung gewesen. Nun kniete sie immer noch bewegungslos auf der Treppe und sagte keinen Ton. Immer wieder drückte er die Pistole abrupt gegen Bloßfelds Stirn, als wollte er sich selbst daran erinnern, in welcher Situation er sich befand.

Aus der Ferne hörte er mehrere Polizeisirenen, die lauter wurden.

»Wer sind Sie?« fragte Max.

»Bloßfeld.«

»Das weiß ich.«

»Sondereinsatzkommando in Verbindung mit dem Bundes ...«

»Er arbeitet für eine Einheit, die direkt dem Kanzleramt unterstellt ist«, fiel Katja ihm ins Wort. Sie war aufgestanden und zu den beiden noch immer halb am Boden liegenden Männern gegangen. Nah heran traute sie sich allerdings nicht. Die Maschinenpistolen machten ihr angst. Sie fürchtete eine weitere Kurzschlußreaktion, die in einen Kugelhagel ausarten konnte.

Die Polizeisirenen verstummten.

»Er hat mich beim Kanzleramt in Bonn anrufen lassen. Ich habe gewählt. Sie haben mir seine Identität bestätigt.«

»Warum hast du ...«

»Ich wollte erst mit dir allein reden. Ich wollte dich davon überzeugen, daß er dir helfen kann«, sagte sie. Dann wandte sie sich Bloßfeld zu. »Und Sie? Sie haben mir in die Hand versprochen, allein mitzukommen.«

»Ich habe Ihnen vor allem versprochen, Wilhelms zu schützen. Ebenfalls in die Hand. In dem Moment, als er auftauchte, habe ich erfahren, daß möglicherweise ein Killer auf ihn angesetzt ist. Sollte ich ihn denn einfach in die Falle – ins Schußfeld – tappen lassen?«

»Der Killer ist von Stolzenberg geschickt worden?« wollte Max wissen.

»Haben Sie noch andere Feinde, die Ihnen nach dem Leben trachten?« fragte Bloßfeld zurück.

Max lockerte den Druck der Pistole an der Schläfe des Bundesbeamten. Er überlegte, achtete aber auf jede Regung Bloßfelds. Wie paßte das alles zusammen? Stolzenberg hatte ihm die zweite Telefonnummer gegeben und ihn um eine Viertelstunde Zeit gebeten. Unter der neuen Telefonnummer hatte sich ein anderer Mann gemeldet, der sich sofort zu einem Treffen bereit erklärt hatte. Er hatte Max sogar die Wahl von Ort und Zeitpunkt überlassen. In sechs Stunden wollten sie sich treffen. Mit Stolzenberg. Katja hätte ihm bis dahin genug Informationen gegeben, notfalls noch besorgen können. Er dachte an den Brief in seiner Hosentasche. Darin hatte er alle Erkenntnisse, alle Geschehnisse der letzten fünf Tage sorgfältig und ausführlich beschrieben. Alles seit Sonntag abend, als Katja Einstein die Post gebracht hatte. Max kniff die Augen zusammen. Etwas stimmte nicht. Es gab eine Ungereimtheit. Er grübelte, ließ die letzten Aktionen Revue passieren. Plötzlich verstärkte er wieder den Druck an Bloßfelds Schläfe.

»Woher wußte der Killer denn, daß ich mich hier mit Katja treffe?« fragte Max. Und an Katja gewandt: »Oder hast du es noch ein paar anderen dahergelaufenen Typen erzählt?«

»Sie muß einen mobilen Mikrofonsender bei sich tragen. Meine Kollegen haben den Empfänger überrascht. Er hat Katjas Gespräche über mehrere Stunden aufgezeichnet.«

Katja zuckte zusammen, schlug ruckartig mit beiden Händen auf Jackentaschen, Hosentaschen und Gesäßtaschen.

»Das Ding kann so groß wie ein Knopf sein«, fügte Bloßfeld hinzu.

»Das Handy!« rief Katja.

»Was für ein Handy?« wollte Max wissen.

»Na, das, was du Sinasz gegeben hast.«

»Ich habe Sinasz kein Handy gegeben.«

»Sinasz hat mir gesagt, es ist von ... Poschmann!«

»Von Poschmann?«

»Nein, er sagte, es sei von dir. Aber ... Poschmann ist der einzige, der in diese Affäre verwickelt ist und der weiß, daß Sinasz unser gemeinsamer Freund ist.«

Bloßfeld hob langsam seine blutverschmierte Hand. Die Wunde blutete nicht mehr so stark. Er zeigte auf den Overall-Mechaniker, nickte anschließend zu Katja Melzer hinüber. Der Mechaniker senkte seine Maschinenpistole noch weiter und bat Katja um das Handy. Mit den Worten »Wird gecheckt« verschwand er.

»Poschmann! Sie haben mich schon einmal nach Poschmann gefragt«, sagte Bloßfeld zu Katja. Dann drehte er sich zu Wilhelms um, so langsam, daß dieser mit der Pistole an seiner Schläfe folgen konnte. »Wir sollten uns wirklich allmählich mal unterhalten.«

»Geht es?« fragte Max und schaute auf den handgroßen Blutfleck.

»Ja, was soll ich sagen?« antwortete Bloßfeld, während er auf die Pistole wies.

»Okay, dann fahren wir los.«

»Was machen wir?«

»Wir fahren.« Max versuchte aufzustehen und Bloßfeld beim Aufstehen zu helfen, ohne den Druck der 226er zu lockern.

»Katja, du fährst«, sagte er. »Erst mal weg hier.«

Die Männer mit den Maschinenpistolen rührten sich nicht. Sie drohten ihm weder mit den Waffen, um ihn aufzuhalten, noch gingen sie ihm aus dem Weg. Der Kollege mit dem Funkgerät drehte sich ab, redete nun noch schneller. Max bemerkte Katjas Zögern.

»Komm, du hast keine andere Chance. Wir nehmen ja auch deinen Freund hier mit.«

Katja war über Max' aggressiven Ton nicht überrascht.

Überrascht waren allerdings die Kollegen Bloßfelds, die fast gleichzeitig über die mobile Einsatzleitstelle einen eindeutigen Befehl erhielten. Eine Fahrt des Peugeots sei unter allen Umständen zu verhindern. Dabei dürfe letztendlich selbst auf Bloßfeld keine Rücksicht genommen werden.

39

Seit langem warten deutsche Politiker und deutsche Medien die endlose, zermürbende und stets radikaler werdende Diskussion über das Kurdenproblem, die Krawalle und die offenbar innenpolitische Hilflosigkeit einfach leid. Mit Genuß stürzten sich deshalb alle, die etwas zu sagen hatten oder auch nicht, auf den Rinderwahn-Skandal. Der Erfolg des BSE-Gutachtens war demnach weitaus schneller eingetreten, als es die Leute, die das Gutachten unterstützt hatten, erwartet hatten.

Deutschland hatte nun doch ein absolutes Importverbot für Rindfleisch, lebende Rinder und Tiermehl aus Großbritannien verhängt. Der Bundesgesundheitsminister wollte von seiner ursprünglichen Vorgehensweise, von einem EU-einheitlichen Vorgehen, nichts mehr wissen. Getreu Adenauers Motto »Was geht mich mein Geschwätz von gestern an?« sprach er überzeugend und in allen Medien von einer neuen, fundamental anderen Risikobewertung, die einen nationalen Alleingang auf jeden Fall sinnvoll mache. Nur ein Importverbot könne letztendlich ausschließen, daß die Menschen in Deutschland mit der tödlichen Krankheit infiziert würden.

Die Medien feierten bundesweit seinen Sinneswandel. Für sie stand ohnehin fest, daß sich der Rinderwahn auf den Menschen übertrug. Boulevardzeitungen warnten nicht mehr nur vor dem Genuß jeglichen Rindfleischs, sondern empfahlen auch dringend, auf Lippenstifte zu verzichten. In ihnen könne die Krankheit genauso lauern. Daß das großbritische Institut lediglich einen Zusammenhang zwischen BSE und der tödlichen Creutzfeldt-Jakob-Krankheit eingeräumt hatte, ging im Eifer der Berichterstattung völlig unter.

Die Medien lebten auf. Was die Kurdenkrawalle nicht schafften, machte der Rinderwahn-Skandal möglich. Außenpolitik ließ sich endlich mit den Problemen der Menschen vor Ort, den Problemen des Otto Normalverbrauchers, des Arbeitskollegen verbinden. Kein Blatt zwischen Flensburg und Garmisch-Partenkirchen verzichtete auf die Reportage zum Thema »Der Metzger um die Ecke«. Fleischverkäuferinnen und Fleischkäufer wurden interviewt. Ihre Gedanken, ihre Ängste, ihre Zuversicht spiegelten die Blauäugigkeit des deutschen Volkes wider. Die Fleischkäufer setzten auf Vertrauen, »weil wir ja schon immer hier gekauft haben«, Metzger und Verkäuferinnen sprachen hinter der Wursttheke von »bewährten Großhändlern kontrollierter EU-Betriebe« und von der »guten, deutschen Lebensmittelüberwachung zur Herkunftskontrolle«.

Wichtiger für die heimlichen BSE-Gutachten-Finanzierer aus Deutschland waren jedoch die Aussagen und die Entwicklung der plötzlich besonders bürgernahen, um die Menschen besorgten Politiker. Ihr System, ihre Beziehung zu den Wählern und den Medien verselbständigten sich. War der Abgeordnete aus der fünften Reihe gestern noch in aller Munde gewesen, da er es zum Schutze des deutschen Konsumenten gewagt hatte, ein sofortiges Importverbot für britisches Rindfleisch zu fodern, mußte der Kollege aus der sechsten Reihe heute schon die Lippenstifte in das Verbot mit einbeziehen, um Aufsehen zu erregen. Ganze zwölf Stunden später stand nämlich das Embargo. Doch die Ängste der Konsumenten mußten weiter ausgenutzt werden. Es trat ein, was beabsichtigt gewesen war: Die britisch-deutsche Beziehung und die EU wurden scharf attackiert.

Um auch aus der achten Parlamentsreihe noch zu glänzen, wurden Zahlenspiele entwickelt. Politiker, die noch nie in Erscheinung getreten waren, forderten plötzlich vor laufenden Kameras und im Blitzgewitter der Fotografen, die europäische Idee neu zu überdenken. Wenn die Engländer, wie erwartet, viereinhalb Millionen Rinder töteten, müßte die EU fast fünfeinhalb Milliarden Mark zahlen. Die deutschen Steuerzahler würde dieses doch rein britische Schlachtproblem glatte 1,6 Milliarden Mark kosten. Komischerweise setzten sich nun auch noch EU-Parlamentarier in Szene. Mit EU-schädigenden Äußerungen. Einige erinnerten sich plötzlich daran, daß es London gewesen war, das vor nicht einmal zwei Jahren großschnäuzig auf einer nur fünfzigprozentigen Kostenübernahme der niedersächsischen Schweineschlachtung durch die EU bestanden hatte. Das sei genug, hatten die Briten damals gemeint. Nun verlangten sie aber einen achtzigprozentigen EU-Anteil an den Kosten der Rinder-Massentötung.

Stolzenberg genoß diese Art der Verselbständigung, und er genoß es zur Zeit auch, im Fond seines 600er Daimlers zu sitzen und dem Radio zu lauschen.

Nachdem das »Morgenmagazin« bereits die Seuchenübertragung aus medizinischer und subventionspolitischer Sicht beleuchtet hatte, wurde nun das europäische System als solches angegriffen. Ein Stolzenberg nicht bekannter Politiker aus dem bayrischen Raum mit stark bayrischem Akzent forderte im Zusammenhang mit BSE sogar eine Neufestsetzung der gesamten EU-Beiträge. »Darüber muß dringend diskutiert werden«, erklärte der Bayer empört, »es kann doch nicht angehen, daß Deutschland mit riesigem Abstand zu den größten Nettozahlern gehört. Seit der Einheit nehmen wir in der EU-Wohlstandsskala nur einen mittleren Platz ein, zahlen aber dieses Jahr rund zweiundzwanzig Milliarden Mark an Brüssel.« Der Bayer wurde noch lauter. »Frankreich dagegen zahlt netto nur eine Milliarde Mark, England sechseinhalb Milliarden. Wir zweiundzwanzig.« Dann schoß der Süddeutsche sich auf Belgien, Spanien, Dänemark und Luxemburg ein, die netto keinen Pfennig bezahlten, sondern zu den reinen Empfängerländern gehörten. Er endete seinen Monolog mit: »So kann Europa nicht funktionieren.«

Stolzenberg erfreuten die letzten Worte besonders, doch Genugtuung empfand er nicht. Probleme war er gewohnt, aber keine Niederlagen. Und die Hiobsbotschaften, die ein Mißlingen ankündigten, häuften sich.

Daß dieser verfluchte »Kurier«-Redakteur ihn gestern abend gestört, ihn auf den Kyffhäuser hingewiesen hatte, hatte er noch verkraftet. Kurz vor zehn Uhr hatte Kerner ihn durchgestellt. »Wilhelms, Westdeutscher Kurier«, hatte er sich förmlich vorgestellt. »Ich denke, Sie wissen, wer ich bin. Ich möchte mich gerne mit Ihnen über das Kreisen der Raben unterhalten. Herr von Stolzenberg: Kreisen die Raben noch?« Zunächst hatte Stolzenberg nicht gewußt, was der Quatsch sollte. Doch Wilhelms hatte beharrlich an dem Thema festgehalten. »Sie wissen schon, was ich meine. Das Kreisen der Raben.« Dann hatte er verstanden und sofort reagiert. Wilhelms wollte mit ihm über Hinrichsburg, Oranienbrug, Ryn-Gladenberg und die anderen sprechen. Er kannte also den Zusammenhang. »In fünfzehn Minuten, Herr Wilhelms«, hatte er schnell gesagt und ihm die Nummer von Breuers Handy durchgegeben. Dabei hatte er nicht nervös, nicht überrascht gewirkt, eher so, als hätte er nichts anderes erwartet. »Wilhelms ist gut«, hatte sein Freund Poschmann ihm versprochen. Vielleicht war er jedoch zu gut. Stolzenberg verspürte dennoch keine Panik; er war sogar dankbar für den Anruf. Breuer hatte seit längerem seine Anweisungen bezüglich des »Europa«-Redakteurs, hatte ihn bisher jedoch nicht fassen können. Als der UEG-Geschäftsführer dann gegen 6.00 Uhr heute morgen angerufen und mitgeteilt hatte, daß die Russen mit gewaltigem militärischen Aufgebot und schwerem Gerät die Hammerschmiede besetzten, hatte Stolzenberg allerdings sofort alle Termine für den Tag abgesagt.

Die Zehn-Uhr-Nachrichten brachten das Rindfleisch-Importverbot als Aufmacher. Neu war, daß die Briten als Reaktion auf das Embargo eine Blockadepolitik in der EU ankündigten. »Informationen aus London zufolge«, sagte der Sprecher, »will Großbritannien künftig von seinem Veto-Recht regen Gebrauch machen und damit eine gemeinsame EU-Politik vorerst unmöglich machen. Die EU-Blockadepolitik, so war aus britischen Regierungskreisen zu vernehmen, soll sogar so weit reichen, daß auch die Beschlüsse behindert werden, für die sich Britannien bislang immer selbst stark gemacht hat.«

Die zweite Nachricht behandelte den Zusammenzug des US-Flottenverbandes vor Taiwan. Stolzenberg bat seinen Chauffeur, das Radio auszuschalten. Er lehnte sich zurück und schloß die Augen. Bis Kelbra mußten sie noch rund eine halbe Stunde fahren. Kurz vor den südlichen Ausläufern des Egge-Gebirges hatte der Schneefall eingesetzt. Zunächst lagen nur einige alte graue Klumpen am Wegesrand. Dann nahm das Weiß auf den Feldern zu, bis es auch den Fahrweg dicht und dick säumte.

Die Autobahn führte bis Kassel. Der Chauffeur nahm die Abfahrt Hedemünden. Nach Witzenhausen führte die Bundesstraße an der Werra entlang. Von dort ging es dann nur noch im Schneckentempo vorwärts. Lkw und Schwertransporte quälten sich durch die engen Gassen von Heiligenstadt, Worbis und Pustleben. Die B 80 war trotz ihrer teils steilen Windungen und ständigen Überlastung die einzige akzeptable Verbindung von Kassel nach Halle und Leipzig. Arenshausen war das erste Dorf, das im Gebiet der ehemaligen sowjetisch besetzten Zone lag. Heiligenstadt hieß die erste größere Ansiedlung. Jeder Ort zeichnete sich durch eine Vielzahl von Gebrauchtwagenhändlern entlang der Durchfahrtsstraße aus. An den rissigen Mauern der kleineren Läden und Betriebe hingen vielfach die in Schreibschrift gemalten verwitterten Namensschilder herunter, oder sie waren halbherzig überstrichen. Reflektierende Schilder an Kreuzungen wiesen stolz auf neue Einkaufszentren oder große Billig-Discountläden hin. Immer wieder kam die Karawane zum Stillstand. Die Decke der Bundesstraße wurde abschnittweise ausgebessert. Auf Strecken von fünfzig, manchmal sogar zweihundert Metern arbeiteten bei diesen Witterungsverhältnissen aber nur noch die Ampelanlagen beidseitig der Baustelle. In einigen Ortschaften glich die Fahrbahn dagegen einem Flickenteppich. Hier waren bislang nur die schlimmsten Schlaglöcher beseitigt worden. Von der Hauptstraße zweigten rechts und links enge Gassen ab. Einige waren mit Kopfsteinpflaster belegt und noch von hohen, steil und kantig abgesetzten Bürgersteigen gesäumt. Andere dagegen waren bereits saniert und neu gestaltet. Die Übereifrigkeit der Planer stach sofort ins Auge. Die verkehrsberuhigten, mit rötlichen Platten ausgestatteten Straßen paßten nicht im geringsten zu den grauen, verwitterten, heruntergekommenen Fassaden der Häuser, die dennoch einen eigentümlichen Charme besaßen.

Ungefähr alle vierzehn Tage fuhr Stolzenberg nach Kelbra. Meist suchte er sich für den Besuch bei den Greisen den Sonntag aus. Die Fahrt heute war nicht geplant gewesen. Dreimal hatte Doris Kerner ihn angerufen. Das erste Mal um 6.00 Uhr. Die Hiobsbotschaften wollten nicht abreißen.

Von Berga aus wechselten sie auf die Bundesstraße 85 nach Kelbra. Der Stausee im Süden vermittelte den Eindruck, nun in eine andere Welt zu reisen. Die Straße war säuberlich vom Schnee geräumt. Von Lastkraftwagen war nichts mehr zu sehen. Vereinzelt kamen ihnen Pkw entgegen. Am Ortseingang von Kelbra, gleich hinter der Brücke über die Helme, lag ein kleines, gemütlich aussehendes Gasthaus. Die Mechanikerwerkstatt daneben bot keine Gebrauchtwagen an. Erst an der Abbiegung nach Tilleda war zu erkennen, daß sich auch in Kelbra bereits Stadtplaner, Verkehrsexperten und Architekten ausgetobt hatten. Die neugepflasterte Einkaufsstraße war menschenleer. Dafür herrschte hektische Betriebsamkeit auf dem großen Parkplatz vor dem Billig-Supermarkt. Das Café-Hotel gegenüber glänzte mit einer neuen Fassade. An der Tür eines kleineren Ladens in einem modernen Klinkerbau stand dick:

Räumungsverkauf

So, wie die nördliche Einfahrt Kelbras faszinierte, begeisterte auch die östliche Ausfahrt. Vor ihnen lag die Goldene Aue mit ihren riesigen Feldern in unbeflecktem Weiß. Nördlich erhoben sich die südlichen Ausläufer des Harzes. Ihnen gegenüber befand sich das mächtige Kyffhäusergebirge. Das Denkmal zu Ehren Kaiser Wilhelms I. hatte Stolzenberg schon weit vor Kelbra sehen können. Jedesmal wenn er auf den kleinen Ort zufuhr, suchte er nach dem gigantischen, pyramidenförmigen Sockel mit der großen Krone. Für ihn war das Denkmal ein Zeichen für Heimat und Ankommen. Nun, da sie die letzte Straße in Richtung Tilleda befuhren, dachte er erstmals wieder an die kreisenden Raben, auf die der »Kurier«-Redakteur Wilhelms ihn gestern abend angesprochen hatte.

Er hatte die Legende schon in früher Kindheit gekannt, als der Baron ihn als Ziehsohn angenommen hatte. Die Sage reichte bis ins 13. Jahrhundert zurück, war eigentlich nach dem Tode von Barbarossas Enkelsohn, Friedrich II., und dem Zerfall des Stauferreiches entstanden. Das Volk sehnte sich damals nach geordneten Verhältnissen und zweifelte so mehr aus Hoffnung an dem Ableben Friedrichs II. Alte Überlieferungen über den wiederkehrenden Kaiser lebten auf. Erst viel später übertrug sich die Sage vom Enkel auf den Großvater Barbarossa. Tief schlafend, der Bart mittlerweile durch den Marmortisch gewachsen, warte er auf den Moment, da die Raben den Kyffhäuserberg verließen. So erzählte die Sage.

Die Auffahrt zum Anwesen war nicht geräumt. Gegen Mitternacht hatte auch hier leichter Schneefall eingesetzt, jedoch nur für wenige Stunden. Alte Spuren waren noch zu erkennen. Nur zwei parallellaufende frische Fußspuren wiesen darauf hin, daß der Zufahrtsweg heute schon benutzt worden war. Der Chauffeur stoppte an der Kreuzung und änderte die Einstellung des Automatikgetriebes. Ohne Sorge, er könne die Anhöhe womöglich nicht bewältigen, trat er gefühlvoll aufs Gaspedal. Langsam und behäbig kroch der schwere Daimler durch den Schnee.

Josef stand steif in der Tür. »Die Herren erwarten Sie

bereits, Herr Graf«, sagte er mit einer zu tiefen Verbeugung und bat um den Mantel.

Stolzenberg trat in die Eingangshalle.

Die Tür zur Bibliothek war nur angelehnt. Kein Ton war aus dem Saal zu vernehmen. Niemand sprach. Fürst von Ryn-Gladenberg schrieb am Pult in seine Kladde. General von Altmühl-Ansbach blätterte desinteressiert in einem leicht vergilbten Uniformen-Katalog. Von der Schlei genoß eine heiße Tasse Tee. Der zweite Freiherr des Hauses, von Lausitz, schaute aus dem Fenster und hielt nach seiner Katze Ausschau. Nur Prinz Heinrich von Oranienbrug und der Baron saßen mit hängenden Schultern und Blick auf die noch glühenden Reste des abendlichen Kaminfeuers nebeneinander und ruhten sich aus. Alle wirkten müde.

Während des Frühstücks, bei dem eine neue Auftisch-Variante Oranienbrugs sorgfältig geprüft worden war, hatten sie lange angeregt debattiert. Der Prinz hatte neben einem Lob für seine Ausarbeitungen hören wollen, ob angesichts der derzeitigen Situation nicht doch noch ein Ausflug zum Denkmal ins Auge gefaßt werden sollte. Lausitz hatte dann die Nutzung des Beetes seitlich des Grundstückes geregelt sehen wollen. Da Anna es nun nicht mehr bestellen konnte, mußte eine andere Regelung getroffen werden, fand er. Der angestrebte, prompt folgende Streit mit von der Schlei hatte sieben Minuten gedauert und war zur Freude beider Freiherrn ohne Ergebnis vertagt worden. Altmühl-Ansbach hatte sich dann noch schnell als Personalchef empfohlen, hatte Oranienbrug bei der Auswahl der neuen Pflegekraft zur Seite stehen wollen. Nach bereits zwanzig Minuten waren alle obligatorischen Themen des Tages abgehandelt gewesen. Nun hatte endlich über Stolzenbergs Rußland-Projekt beraten werden können. Letztendlich hatte es auch darüber keinen Beschluß, keine einstimmige Anweisung, keine Empfehlung gegeben. Die Entscheidung lag ohnehin allein beim Baron, der seine Gedanken selten preisgab. Auch heute hatte er nur stumm um Ratschläge gebeten.

Stolzenberg trat in die Bibliothek, ging direkt auf Hinrichsburg zu und verbeugte sich, wie Josef sich Sekunden zuvor vor ihm verbeugt hatte.

»Herr Baron«, sagte er, drehte sich dann langsam um dreihundertsechzig Grad und fügte hinzu: »Meine Herren!«

»Friedrich August, nimm bitte Platz!«

Der Baron sprach ruhig und leise. Seine Lider hingen schwer. Das rechte Bein unter der Steppdecke zitterte. Die Pfeife in der rechten Hand war schon lange verloschen. Ryn-Gladenberg war der einzige in der Bibliothek, der sich noch bewegte. Hektisch, aus Sorge, etwas zu versäumen, kritzelte er in seine Kladde:

Da sitzt er nun – der nichtswissende, nichtsahnende Junge – im guten Glauben, seine Pflicht bestens erfüllt zu haben. Wie schwer wird es sein, ihm diese Niederlage als Sieg darzustellen! Wir alle hoffen zumindest, daß er nun Genugtuung für den Tod seines Vaters empfinden wird, daß er sich nun voller Stolz als Sohn sehen wird, in dem Bewußtsein, den Weg seines Vaters beschritten, seine Aufgabe fortgesetzt und vollendet zu haben.

Der Graf blieb noch einen Moment stehen. Er wartete, bis auch Altmühl-Ansbach seinen Katalog zur Seite legte und sich zur Bibliotheksmitte schleppte. Ryn-Gladenbergs Pult stand in der Nähe des Schachspiels, und Stolzenberg wußte, daß der Fürst es nicht verlassen würde, da er immer und überall Aufzeichnungen machte. Er wollte das Wort ergreifen, doch der Baron hob kurz die Hand, die

die Pfeife hielt, ohne dabei den Arm von der Lehne zu nehmen.

»Friedrich August, bevor du uns Neuigkeiten mitteilst, gleich welche es sind, laß mich nur sagen, daß wir alle mehr als zufrieden sind, daß wir stolz auf dich sind. Du hast wilhelminisch gehandelt. Mit Fleiß, Tüchtigkeit, Disziplin und Ordnungssinn. Pflichterfüllung und Ehre waren dein Maßstab. Der Erfolg, auch wenn du ihn jetzt vielleicht nicht erkennen wirst, ist da, wird kommen. Und es ist dein Erfolg und der deines Vaters.«

Otto-Wilhelm Baron von Hinrichsburg machte eine kleine, andächtige Pause. Ihm fiel das Reden sichtbar schwer, und er hätte es lieber einem anderen überlassen. Stolzenberg wartete ab. Er sah, daß der Ziehvater noch nicht geendet hatte.

»Die Rindfleisch-Akte«, fuhr von Hinrichsburg schleppend fort, »hätte nicht besser plaziert werden können. Und auch die russischen Pläne haben bereits einen unerwarteten zusätzlichen Erfolg gebracht.«

Schnell hob er die Pfeife wieder ein paar Zentimeter. Der Baron spürte den Wunsch Stolzenbergs, ihn an dieser Stelle zu unterbrechen.

»Als dein Vater auserwählt wurde, mit befreundeten russischen Diktaturgegnern den Schatztransport zu überfallen, wußte er genau, daß selbst bei einem Gelingen der Aktion ein sichtbarer Erfolg seines Handelns noch lange nicht eintreten würde. Hitler war zu diesem Zeitpunkt noch der größte Feldherr aller Zeiten. Nie und nimmer hätte das gewöhnliche Volk einen Boykott verstanden. Ein Attentat hätte vielleicht seinen Tod, nicht aber einen wirklichen Erfolg gebracht. Dein Vater war sich dessen bewußt. Wie er sich auch darüber bewußt war, nie wieder ins Reich und zu seiner geliebten Frau und seinen geliebten Kindern zurückkehren zu können. Aber er, als Mitglied des Kreisauer Kreises, wußte wie auch Preußen nach Napoleons Waterloo-Niederlage, daß ihm nichts anderes übrigblieb, als die deutsche Frage zu seiner eigenen Sache zu machen.«

Hinrichsburg sprach immer langsamer, immer betonter, was ihn jedoch noch mehr Kraft kostete.

»Auch wenn der Schatz bis heute nicht gehoben ist, auch wenn er bis heute nicht seiner ursprünglichen Bestimmung zugeführt worden ist und die traditionelle deutsch-russische Verbundenheit nicht wieder aufleben lassen konnte, hat die Arbeit deines Vaters dennoch viele Ziele erreicht. Du wolltest immer die Ziele deines Vaters ergänzen, seine Arbeit vollenden. Der Erfolg deiner Arbeit wird vielleicht auch erst in Jahren, Jahrzehnten erkennbar sein.«

Nun mußte der Baron vorerst innehalten. Er atmete schwer. Die anderen Greise bemerkten die Erschöpfung ihres Hausherrn, nickten zustimmend und schweigsam. Stolzenberg verstand gut, was sein Ziehvater ausdrücken wollte. Er hatte ihn in vielen Jahren zu verstehen gelernt – was oft mit großen Problemen verbunden gewesen war, verkörperte der Baron doch Konservatismus und preußische Tugenden in Perfektion. Gesellschaftliche und politische Änderungen übernahm er nur äußerst selten in sein Leben. An den Werten, zu denen er erzogen worden war, hielt er beharrlich fest. Feierte die Weimarer Republik ihren Verfassungstag am 11. August, die Nazis den 1. Mai, die Bundesrepublik zunächst den 17. Juni und schließlich den 3. Oktober, blieb für Otto-Wilhelm Baron von Hinrichsburg der Sedantag der einzig wahre deutsche Nationalfeiertag. Auch am letzten 2. September hatte er den besten Wein öffnen lassen und dann mit erhobenem Glas an die Kapitulation der französischen Hauptarmee und die Gefangennahme Kaiser Napoleons III. erinnert, an den Wendepunkt des deutsch-französischen Krieges 1870/'71 sowie daran, daß der Sedantag immerhin ein halbes Jahrhundert gefeiert wurde.

Die Weigerung, Fortschrittliches zu akzeptieren, wenn sie damit traditionelle Prinzipien und Werte betrogen – diese Weigerung verband die Bewohner des Anwesens. Stolzenberg kannte sie. Lange und gut. Oftmals hatte er hart mit ihnen ringen müssen. Er war die Auseinandersetzung gewohnt. Er schätzte sie. Der Streit brachte ihm viel. Vor allem ein Streit mit dem Baron. Weigerte sich Stolzenberg doch in bestimmten Bereichen, die Ansichten des Ziehvaters zu übernehmen. So konnte der Graf unter anderem den tiefen Haß der Alten gegen alles, was französischen Ursprungs war oder eine französische Beteiligung beinhaltete, nicht teilen. Stolzenberg war oft der Gedanke gekommen, die Adligen des Kyffhäusers seien hauptsächlich EU-feindlich eingestellt, da der europäische Staatenverbund sich aus dem Deutsch-Französischen Vertrag entwickelt hatte.

»Gut. Das BSE-Gutachten wird vielleicht kurz-, mittel- und langfristig zum gewünschten Erfolg führen«, wandte sich Stolzenberg an den Baron. »Meine große Sorge gilt mehr unseren Bemühungen in Rußland. Dort stehen wir leider vor einem ... Mißerfolg.«

Der Graf blickte in die Runde, konnte aber weder Verwunderung noch Enttäuschung in den Gesichtern der Greise entdecken. Sie blickten ihn an, aber nicht einmal Erwartung war in ihren Augen zu sehen.

»Die Russen haben heute morgen die Hammerschmiede besetzt. Bis jetzt haben sie nichts gefunden.« Stolzenberg kannte die Besonnenheit und ruhige Gelassenheit der Greise. Oft bewunderte er sie. Nun wunderte ihn nur, daß eine Reaktion gänzlich ausblieb. Er weigerte sich, das Verhalten als Gleichgültigkeit zu werten. »Aber das ist noch nicht alles. Ich habe kurz vor Kelbra noch einen Anruf von Doris erhalten. Sie hat mir mitgeteilt, daß Breuer vor zwanzig Minuten vom Verfassungsschutz verhaftet worden ist. Ihnen allen ist sicherlich noch der Name Maximilian Wilhelms bekannt. Es ist der ›Europa‹-Redakteur des ›Kuriers‹, den Erhard Poschmann mir für die vorzeitige Veröffentlichung des BSE-Gutachtens empfohlen hat. Auch dieser Wilhelms stellt nun ein unerwartet großes Problem dar. Gestern abend hat er mich angerufen und mich mit einem Hinweis auf die Kyffhäuser-Sage um ein Treffen gebeten. Herr Baron, meine Herren, ich weiß nicht, woher Wilhelms diese Informationen hat, aber er kennt die Verbindung zwischen Ihnen und mir. Er kennt mich. Und er kennt Sie.«

Noch immer regten sich die Greise nicht. Aufmerksam lauschten sie den Worten des Grafen. Endlich nahm Stolzenberg eine Reaktion wahr. Sie kam vom Pult her. Zunächst empfand er Erleichterung, dann erkannte er jedoch, daß Ryn-Gladenberg die Augenbrauen aus einem ganz anderen Grund mißbilligend zusammenzog. Verächtlich griff der Fürst mit Daumen und Zeigefinger nach einem Katzenhaar. Es fiel ihm deutlich schwer, sich zu beherrschen. Er ließ es kommentarlos fallen. Die anderen blickten weiterhin abwartend auf den jungen Gast. Es fehlte noch seine Erklärung, in welchem Zusammenhang Breuers Verhaftung mit Wilhelms' Anruf stand. Die Antwort ließ nicht lange auf sich warten.

»Ich habe Breuer gebeten, sich des Problems Wilhelms anzunehmen. Sie erinnern sich vielleicht, daß der ›Kurier‹-Redakteur als bestechlich gilt. Gut! Breuer hat sich allerdings – ohne Absprache – zu einer anderen Vorgehensweise entschlossen. Der Detektiv, den er vor zwei Tagen beauftragte, Wilhelms zu finden, erfuhr über die Chefin vom Dienst des ›Kuriers‹, eine gute Freundin Wilhelms', wo er sich wann aufhielt. Sie wollten sich auf einer stillgelegten Zeche treffen. Breuer hat dann – ohne mein Wissen – über den Detektiv einen Spezialisten mit der Liquidierung beauftragt.«

Nun mußte er seine Ausführungen unterbrechen. Die Reaktion der Alten äußerte sich in Form großen Entsetzens. Die Greise standen und saßen nach mehreren unkontrollierten Zuckungen wie gelähmt da. Sie waren schockiert. Der Baron hatte so schnell wie seit langer Zeit nicht mehr den Kopf gedreht. Ryn-Gladenberg war der Füller aus den Händen geglitten. Der General hatte sich kraftlos und entmutigt in den Sessel zurückfallen lassen. Er war es auch, der sich nun nicht mehr länger zurückhalten konnte.

»Ist er tot?« fragte er.

Seine Mitbewohner warfen ihm strafende Blicke zu. Zu deutlich war ihre gemeinsame Sorge um das Wohlergehen des Redakteurs zum Ausdruck gekommen. Ihre Augen richteten sich dann sofort wieder auf Stolzenberg, der die Reaktion nicht einzuordnen wußte.

»Nein«, antwortete der Graf klar, »auch der Verfassungsschutz beschattete Wilhelms' Freundin. Es gab eine Schießerei auf der Zeche. Doris hat über befreundete Quellen erfahren, daß Wilhelms lebt. Wo er zur Zeit ist, konnte sie nicht erfahren. Breuer wurde verhaftet. Ihm wird Anstiftung zum Mord vorgeworfen.« Stolzenberg setzte sich aufrecht hin und hob den Kopf. »Herr Baron, meine Herren, ich muß Ihnen angesichts dieser Entwicklung leider mitteilen, daß vieles nicht planmäßig verlaufen ist.«

Trotz dieser Schlußbemerkung ging ein leises Aufatmen durch die Bibliothek. Der Schock war verflogen. Die Gesichter zeigten wie zuvor keine Regung. Der Baron hob den Blick, gab Oranienbrug ein Zeichen. Der Prinz, über diese Aufforderung sichtlich bewegt, ging auf Stolzenberg zu, blieb dann in einem angemessenen Abstand vor ihm stehen.

»Abwarten«, sagte er, »abwarten! Wie anfangs bereits betont, muß ein Erfolg nicht sofort sichtbar sein. Er stellt sich oft viel später ein. Um die sicherlich heikle Situation etwas zu entspannen, darf ich sagen, daß wir schon vorab einen kleinen Teilerfolg verbuchen können. Er war nicht beabsichtigt, bedeutet jedoch ein zusätzliches, nicht zu verachtendes Präsent aus Rußland.«

Stolzenberg starrte ihn fragend an und wollte aus Höflichkeit ebenfalls aufstehen. Doch die Handbewegung Oranienbrugs signalisierte, er möge Platz behalten.

»Auch wir haben immer noch zuverlässige Quellen«, fuhr der Prinz fort. »Eine hat uns aus Bonn mitgeteilt, daß aufgrund des Einsatzes an der Hammerschmiede Verhandlungen zwischen Bonn und Moskau stattgefunden haben. Sowohl der Kanzler als auch der russische Präsident ahnten, was 1941 geschehen ist. Um einem Eklat vorzubeugen, doch vor allem, um eine stillschweigende Bergung des Schatzes zu gewährleisten, hat der russische Präsident versprochen, bezüglich des Beutekunst-Gesetzes notfalls von seinem Vetorecht Gebrauch zu machen.«

Stolzenberg schluckte. Diese Zusage war weitaus mehr als ein kleiner Teilerfolg, mehr als ein zusätzliches Präsent. Er kannte den Streit um die Kulturgüter, die die Sowjetunion im Zweiten Weltkrieg in Deutschland erbeutet hatte. Immer noch fehlten deutschen Museen rund zwei Millionen Bücher, bibliophile Kostbarkeiten, zahlreiche Gemäldesammlungen sowie der legendäre, von Heinrich Schliemann in Troja entdeckte Schatz des Priamos. Die Bundesregierung forderte seit langem die Rückgabe der Beutekunst. Das russische Parlament dagegen wollte mit einem Gesetz nun die Schätze zu russischem Eigentum erklären und damit den endgültigen Verbleib der Kulturgüter in Rußland sichern. Ein Veto des Präsidenten würde allerdings das Gesetz unwirksam machen. Nur eine klare Zwei-Drittel-Mehrheit des Parlaments sowie eine unmittelbar darauffolgende, weitere Zwei-Drittel-Mehrheit des russischen Föderationsrates könnte dann noch den Einspruch des Präsidenten außer Kraft setzen.

»Sie wissen also über den Schatz bestens Bescheid. Und sie graben. Das heißt, sie werden ihn früher oder später finden.«

Stolzenberg hatte sich über die erste positive Nachricht des Tages nur kurz freuen können. Sofort dachte er wieder an die Situation auf dem Gelände der zerstörten Hammerschmiede. »Sie werden ihn finden«, wiederholte er.

Nun blickten die Greise auf von Hinrichsburg. Ihm allein stand es jetzt zu zu sprechen. Keiner durfte ihm die Worte abnehmen. Ryn-Gladenberg schloß seine Mappe. Wie zuvor Stolzenberg setzten sich jetzt auch die Freiherren aufrecht hin – eine Geste, die Bedeutungsvolles ankündigte.

Baron von Hinrichsburg wandte diesmal nicht nur seinen Kopf dem Ziehsohn zu. Mit den Armen stützte er sich auf den Lehnen ab und drehte seinen Oberkörper zu ihm hin.

»Friedrich August, die Russen werden an der alten Hammerschmiede nichts finden. Doch bevor wir dir das erklären, rufe bitte deine Referentin an. Wilhelms wird sicherlich versuchen, dich noch einmal zu erreichen. Er soll hierher kommen. Du mußt ihn zu uns einladen!«

40 Lars Leitner hatte keine Zeit für Zweifel, ob er der Aufgabe gewachsen war. Von Aachen aus mußte er die Koordination übernehmen. Ralf Dietmer saß ihm gegenüber, bediente zwei Computer gleichzeitig und steuerte die Einsatzkräfte. Hans Höppner saß am Ecktisch und stellte die Verbindung zu den anderen Mitarbeitern im Institut Berg sicher. Zwischen ihnen standen mehrere Telefone. Jedes war angeschlossen an eine separate Außenlautsprecheranlage mit Mikrofon. Nur durch einen einzigen Tastendruck konnten sie aktiviert werden.

Vier Leitungen waren permanent geschaltet. Die Mikrofone waren momentan abgestellt. Eine Leitung führte zum mobilen Einsatzleitstand, der in unmittelbarer Nähe der Zeche stationiert war. Über sie hatte Leitner auch Kontakt zu Bloßfeld, der, wie er wußte, zur Zeit Geisel des »Kurier«-Redakteurs war. Über die zweite und dritte Leitung hielten sie Verbindung zum Verfassungsschutz und zum Bundeskriminalamt. Kulitz hatte nun die Aufgabe, schnell zuverlässiges Personal zusammenzuziehen und der örtlichen Polizei Anweisungen zu erteilen. Zudem mußte er sich mit den Landesinnenministerien abstimmen. Leitner wischte sich die Schweißperlen von der Stirn. Sie waren sichtbares Zeichen seiner Nervosität. Er dachte an Bloßfeld und Kulitz und wußte, daß er sich noch in der besten Position befand.

Die vierte Leitung war nach Bonn geschaltet und stellte mitunter das größte Problem dar. Seitdem das demoskopische Institut Berg eine vom BND, BKA und Bundesverfassungsschutz unabhängige Verantwortung besaß, waren auch die Zugehörigkeiten zu den Ministerien aufgehoben. Zur Freude des Koordinators, dem nun erstmals die alleinige Leitung einer großangelegten Aktion übertragen worden war. Er besaß kraft schlichter Anweisung des Kanzleramtsministers Weisungsbefugnis, und es drängte ihn, davon regen Gebrauch zu machen. Für den Koordinator schien dies ein Höhepunkt seiner Laufbahn zu sein. Bislang hatte er diese Befugnis lediglich bei Verhandlungen mit Rebellen und Terroristen gehabt, die Deutsche im fernen Ausland gekidnappt hatten. Als Auftraggeber von Privatagenten hatte sich seine Macht dabei allerdings auf vorherige Abstimmungen beschränkt. Er hatte nur vom Schreibtisch aus agiert.

Auch jetzt saß der Koordinator in seinem Büro im Kanzleramt, war jedoch über Aachen direkt mit der Aktion vor Ort, mit dem Geschehen auf der Zeche verbunden. Mehrfach hatte er sich in den letzten Minuten über die schleppende, verzögernde Informationsübermittlung beschwert. Er wollte ständig auf dem laufenden sein, denn er hatte das Bestreben, jederzeit das aktuelle Geschehen bewerten zu können. Wiederholt hatte er in den letzten Minuten auf seine alleinige Entscheidungskompetenz hingewiesen.

Und er allein war nun auch der Ansicht, diesen unverständlichen Befehl erteilen zu müssen:

»Ziehen Sie Wilhelms und Melzer aus dem Verkehr. Das ist eine Anordnung. Bloßfeld war sich des Risikos bewußt«, kam es streng durch den Lautsprecher.

Leitner wollte erst genauer nachfragen, dann widersprechen. Doch er verzichtete auf beides. Er wußte, daß er keine andere Wahl hatte. Er mußte der Anordnung Folge leisten, mußte wie ein Soldat gehorchen. Ihm gegenüber schüttelte Dietmer kräftig den Kopf und tippte sich mehrfach mit dem dürren Zeigefinger an die Stirn. Zu nah am Ohr. Leitner signalisierte ihm dankend, daß er verstanden habe. Dabei war es ein Mißverständnis, das ihn auf eine Idee brachte.

Schnell drückte er die Sprechtaste des ersten Apparates und sprach absichtlich überaus deutlich, so daß der Koordinator durch das andere, noch geschaltete Mikrofon jedes Wort klar verstehen konnte.

»Leitner hier. Wilhelms und Melzer sind aus dem Verkehr zu ziehen. Wenn möglich, ohne sie auszuschalten. Das ist eine Anordnung von oben. Ich wiederhole. Wilhelms und Melzer müssen aus dem Verkehr gezogen werden. Sie dürfen das Zechengelände nicht verlassen.« Dann sagte Leitner ohne erkennbaren Übergang: »Ich hoffe, Jack ist noch einsatzbereit.«

Es dauerte drei, vielleicht vier lange Sekunden, bis die Antwort krächzend aus dem Tischlautsprecher kam. »Bestätigen Anordnung. Wilhelms und Melzer sind aus dem Verkehr zu ziehen, dürfen Zeche nicht verlassen. Jack ist noch einsatzbereit. Gehen wieder auf Stand-by.«

Das Krächzen des Lautsprechers verstummte. Dietmer zwinkerte mit den Augen. Leitner faltete dankbar die Hände. Der Mitarbeiter in der mobilen Einsatzleitstelle vor Ort hatte den Hinweis verstanden. »Jack« wurde der Mann im Ohr genannt, der kleine Ohrknopf, den auch Bloßfeld noch besaß.

Max verfluchte zweitürige Autos nicht zum erstenmal. Jetzt, mit der Pistole in der Hand, trieb ihn die Enge des Peugeot fast in den Wahnsinn. Keine Sekunde hatte er die Waffe von Bloßfelds Kopf genommen. Keine Sekunde hatte er sein Umfeld aus den Augen gelassen. Keine Sekunde hatte er nicht an seinem Tun gezweifelt. Er war nicht mehr er selbst. Er konnte nicht mehr agieren, sondern nur noch reagieren; er wurde zu Handlungen gezwungen, die er verabscheute und verurteilte. Mehrfach hatte er daran gedacht, die Waffe wegzuwerfen, die Arme zu heben und laut zu schreien: »Jetzt ist Schluß! Schluß, Ende, aus und vorbei!« Doch wer immer die Männer, die

Einsatzkräfte um ihn herum auch waren – sie bedeuteten eine Gefahr für sein Leben. Dessen war er sich sicher. Er spürte ihre Kälte und Gefühllosigkeit, aber auch ihre Unterwürfigkeit. Die Männer würden Befehle ausführen, ohne Fragen zu stellen. Er mußte sich zwangsläufig nun doch mit dem Gedanken anfreunden, daß der oft belächelte amerikanische Polit-Thriller mitten in Deutschland Wirklichkeit werden konnte. Max hatte das Vertrauen in den Staat und seine Gewalten verloren.

Katja stieg auf der Fahrerseite ein. Sie wirkte ruhig und zielstrebig. Keine Bewegung, keine Äußerung erinnerte an den Weinkrampf, der sie noch vor wenigen Minuten geschüttelt hatte. Sie öffnete die Beifahrertür, umfaßte den Sitz und klappte ihn nach vorne. Sie sagte kein Wort. Sie arbeitete.

Die beiden Männer zwängten sich umständlich auf den Rücksitz. Bloßfeld preßte die Lippen zusammen. Die Wunde schmerzte. Sie blutete immer noch leicht. Er bemerkte, daß Wilhelms der Melzer einen strafenden Blick zuwarf, als diese nun bat, Blutflecke auf dem Polster nach Möglichkeit zu vermeiden. Vorsichtig und langsam schob der Redakteur ihn weiter in den Fond. Der Einstieg gestaltete sich nicht nur deshalb so schwierig, weil Max versuchte, die Waffe weiterhin gezielt gegen Bloßfelds Schläfe zu drücken, sondern auch, weil er größtmögliche Rücksicht auf Bloßfelds Verletzung nehmen wollte. Und dafür war der Beamte ihm dankbar.

»Alles klar?« fragte Max besorgt. Seine Aggressivität dem Agenten gegenüber war leicht abgeflaut, seit dieser ihm versichert hatte, sein Leben gerettet zu haben. Nicht, daß er Bloßfeld Glauben schenkte. Doch er wollte es nicht mehr ausschließen, daß er die Wahrheit sagte. Gar nichts wollte er mehr ausschließen.

Bloßfeld antwortete nicht. Plötzlich versteifte er sich

und hielt zwischen Rücksitz und Fahrersitz in der Bewegung inne. Ein Bein war bereits im Peugeot. Das andere stand noch fest auf dem ölig-schlammigen Boden. Aus dem Ohrknopf vernahm er die Anweisung an die erste und zweite Einheit, die Gruppen, die innerhalb und außerhalb der Zeche agierten. »Beide Ziele sind unverzüglich aus dem Verkehr zu ziehen. Unverzüglich. Möglichst lebend. Ich wiederhole. Die Zielpersonen dürfen auf keinen Fall das Gelände verlassen. Scharfschützen auf Position. Acht und neun gehen auf zwei. Die erste bleibt.«

Bloßfeld hörte die Stimme ohne Nebengeräusche, ohne auffällige Betonung. Er verstand das Signal der Einsatzleitstelle, wußte, daß sie sich an ihn wandte, ihn warnte. Daß er mithörte, war beabsichtigt gewesen. Blitzschnell griff er unter sein Jackett-Revers und riß das kleine, versteckte Mikrofon ab. Wortlos zeigte er es Wilhelms und wies anschließend langsam auf seinen Jack.

»Sie haben den Befehl, euch unter allen Umständen daran zu hindern, das Gelände zu verlassen«, sagte er.

»Was heißt das?« fragte Katja.

»Wir nennen es ›finalen Rettungsschuß‹.«

Die Männer um den Peugeot hoben die Waffen.

»Nun tu endlich was!« schrie Katja Max an.

»Was?«

»Aufgeben«, antwortete Bloßfeld ruhig. »Aufgeben! Der Befehl ist eindeutig. Sie werden es tun. Glauben Sie mir. Ohne Rücksicht auf mich. Das ist nun mal so.«

Er hatte nur noch wenige Sekunden Zeit, Wilhelms zu überzeugen. Die Situation war aussichtslos; das Gelände war hermetisch abgeriegelt. Die Scharfschützen südlich des Schachtgebäudes, zwischen Kokerei und Zentralwerkstatt, hinter dem zweiten Eckturm der Förderbandanlage und am Stellwerkhaus der Gleisanlage waren sicherlich schon in Position gegangen. Zwei Schützen sicherten den nördlichen Ausgang ab. Er war zwar ohnehin durch ein Gittertor verschlossen, aber kein möglicher Fluchtweg durfte unbeaufsichtigt bleiben.

Bloßfeld überlegte. Er verspürte keine Angst um sein Leben, mehr um das des Redakteurs. Er hatte ihn in den letzten vier Tagen gehaßt, verflucht und verfolgt. Aber auch genauestens kennen- und schätzen gelernt. Die Wahrscheinlichkeit, daß Max getroffen wurde, ohne daß ihm selbst auch nur ein Haar gekrümmt wurde, war groß. Wilhelms war kein Profi, er war eher verängstigt und unsicher. Er hielt die 226er locker und zitternd in der Hand, ohne den Finger am Abzug zu haben. Er hielt die Waffe wie ein unbekanntes Küchengerät, das er generell verabscheute. Hätte Bloßfeld nicht die schmerzhafte Schußwunde gehabt, die ihm jegliche ruckartige Bewegung untersagte, hätte er ihm die Waffe schon längst entrissen. Aber er wollte auch vorsichtig sein, weil Wilhelms ihn schon zu oft überrascht hatte.

Für Bloßfeld war der Befehl durchaus verständlich. So nah waren sie dem »Kurier«-Redakteur noch nie gewesen. Wilhelms kannte ihr russisches Problem, würde es früher oder später seiner Freundin erzählen und sogar veröffentlichen. Er war der einzige noch unsichere Faktor. Alles andere war mehr oder weniger zufriedenstellend geregelt. Die Russen, obgleich sie unerwartet die Hammerschmiede besetzt hatten, waren zufrieden. Die Republik, nein, das Kanzleramt war aus der Misere um Zarenschatz und BSE rausgehalten worden. Sie mußten handeln. Bloßfeld wußte, er hätte den gleichen Befehl gegeben.

Aufgeben? Immer wieder schoß Max dieser Gedanke durch den Kopf. Doch etwas in ihm hinderte ihn daran, sich mit diesem Gedanken anzufreunden. Etwas in ihm wehrte sich dagegen. Etwas, das er lange nicht mehr besessen hatte, das in ihm geschlummert hatte und das nun wieder geweckt worden war. Es waren seine Neugierde, sein journalistischer Ehrgeiz, der Zwang, sich erst dann zufriedenzugeben, wenn die Geschichte »rund« war. Und diese Geschichte, in der er nun lebte, zu deren Hauptfigur er ungewollt geworden war, war noch keineswegs rund. Er mußte Klarheit schaffen, fehlende Verbindungen aufdecken, Hintergründe durchschauen. Er war noch nicht am Ziel. Er dachte an den toten Einstein, den er nur noch mit einer Titelstory angemessen würdigen konnte. Und er erinnerte sich an den anonymen Anrufer, der ihn hatte vorbereiten wollen.

»Tu doch endlich was!« schrie Katja. Nervös sah sie sich um. Bis auf die wenigen Männer mit Maschinenpistolen, die um ihr Auto herumstanden, sah sie nur noch den Kerl mit dem Funkgerät.

Max blickte auf das abgerissene Mikrofon, das Bloßfeld immer noch in der Hand hielt. »War das die einzige Verbindung zur Außenwelt?« fragte er ihn.

»In meiner Manteltasche ist noch ein kleines Funksprechgerät.«

»Sonst nichts? Kein Handy?«

»Doch, auch. Warum?«

»Geben Sie es mir«, forderte Max den Agenten auf. »Schnell!«

»In meiner linken oberen Innentasche«, sagte Bloßfeld. Er konnte sich nicht bewegen. Eingepfercht saßen sie nun auf der Rückbank. Max griff in Bloßfelds Innentasche. Um ihn zu warnen, drückte er ihm die Waffe wieder fester gegen die Schläfe.

»Was haben Sie vor?«

»Etwas, was es noch nie in Deutschland gegeben hat. Ihr werdet euch vor Angst in die Buxe scheißen.«

Max drückte einige Tasten und wartete. Dann legte er los:

»Ich bin's, Max. Paß auf, keine Zeit für Erklärungen. Ist das B-Studio frei? Okay. Lauf, so schnell du kannst, rüber und starte ein Band. Zeichne alles auf. Wenn ich abschalte, ohne etwas zu sagen, sende es sofort. Du wirst mitbekommen, worum es geht.«

Anschließend wandte er sich wieder Bloßfeld zu und lehnte sich ein wenig über ihn. Fast wäre ihm dabei die Pistole von Bloßfelds Schläfe abgerutscht. Er setzte sie neu an, legte sie ihm nun allerdings an die Kehle. Max griff nach dem Türöffner und stieß die Beifahrertür auf. Er hielt das Handy hinaus.

»So, ihr Spezialisten«, schrie er, »Sie da, Sie mit dem Funkgerät! Sagen Sie Ihrem Chef, daß wir jetzt losfahren. Ich bin direkt mit dem Lokalsender verbunden. Es wird alles aufgezeichnet. Ich berichte live von meiner Hinrichtung. Die Leute beim Sender kennen teilweise die Hintergründe. Und sehe ich auch nur einen, der sich uns in den Weg stellt, erzähle ich von Stolzenberg, dem Kreisauer Kreis und dem Kreisen der Raben. Also, wir fahren jetzt los. Der Moderator weiß, wo ich bin und in welcher Situation ich mich befinde. Ich werde ihm noch mehr erzählen. Sie wollen schießen? Alles live on air. Ist Ihre Entscheidung. Ist ja schließlich auch Ihre Show.«

Max zog die Hand zurück und setzte sich wieder neben Bloßfeld. Er warf dem verletzten Agenten einen teilnahmsvollen Blick zu.

»Los, Katja, fahr!«

»Kannst du erst mal die Tür zumachen?«

»Fahr«, fauchte Max.

Sie gab Gas. Die Kupplung hakte. Die Tür klappte zu. Langsam fuhr Katja auf die Zentralwerkstatt zu. Die Maschinenpistolen waren auf den Peugeot gerichtet. Die

Schützen legten an. Max sprach in das Handy. Er erzählte, wo er sich befand und was er gerade sah. Noch langsamer bog Katja hinter der Kraftzentrale rechts ab, steuerte den Wagen an den Kühltürmen vorbei und fuhr dann um den zweiten Eckturm herum. Hinter einem verrosteten Tank erkannte sie zwei Scharfschützen.

»Katja, geben Sie Gas«, sagte Bloßfeld. »Geben Sie um Gottes willen Gas. In ein paar Minuten haben die raus, daß Wilhelms blufft.«

Katja drehte sich um. Sie sah zunächst Bloßfeld, dann Max an. Der schaute überrascht auf sein Handy und hörte augenblicklich auf zu reden. Bloßfeld hatte demnach recht gehabt.

Die Tastaturen wurden im Höchstmaß beansprucht. Alle Leitungen waren aktiviert worden. Zwei zusätzliche Computerterminals übermittelten die Ergebnisse der Mitarbeiter aus den oberen Etagen des Demoskopischen Instituts in Aachen. Leitner hatte die Kontrolle über die Konferenzschaltung verloren. Schnell drehte er die Lautstärke aller Telefonanlagen herunter. Nur die vierte, die ihn mit dem Koordinator verband, ließ er unberührt. Von ihm erwartete er jetzt schnellstens eine neue Einschätzung der Situation.

»Sie haben es gehört. Wilhelms hat über Handy eine direkte Verbindung zum Lokalsender hergestellt. Der Einsatzleiter der ersten Einheit sagt, daß er permanent ins Handy spricht. Wir wissen nicht, ob er schon etwas über Stolzenberg und den Russenschatz erzählt hat. Die Verbindungen zum Lokalsender werden noch überprüft. Wir brauchen eine Entscheidung. Schnell!«

Der Koordinator meldete sich nicht. Den Kopf in die Hände gestützt, saß er weit über den Schreibtisch gebeugt. Bislang hatte Wilhelms nichts über die deutsche

Finanzierung des BSE-Gutachtens, die EU-boykottierende Gruppe um Stolzenberg, die Geschehnisse von 1941, den Kreisauer Kreis und die Alten am Kyffhäuser veröffentlicht. Nun tat er es.

»Wird es live gesendet?« fragte der Koordinator nun.

»Nein. Zur Zeit bringt der Lokalsender Weltnachrichten. Sie zeichnen auf. Wir brauchen eine Entscheidung. Jetzt. Der Wagen nähert sich dem Ausgang«, antwortete Leitner und griff nach dem Zettel, den Dietmer ihm rüberschob. In Großbuchstaben stand darauf geschrieben:

WILHELMS HAT BLOSSFELDS HANDY. KEINEN CODE EMPFANGEN. ALSO NICHT EINGESCHALTET.

Wilhelms bluffte. Daß er Bloßfelds Mobiltelefon benutzte, hatte die erste Einheit vor Ort gemeldet. Daß das Handy nicht eingeschaltet war, hatten nun Mitarbeiter der ersten Erfassung im Raum über ihnen ermittelt. Leitner konnte die Information nicht länger zurückhalten.

Katja bremste. Ungefähr siebzig Meter vor ihnen lag die Ausfahrt. Drei VW-Busse versperrten sie. Zwanzig Meter davor standen vier Personenkraftwagen. Hinter jedem Fahrzeug hockten Scharfschützen. Die Fahrzeuge waren so geparkt, daß von der Hauptverkehrsstraße aus nichts von dem Treiben auf dem stillgelegten Zechengelände zu sehen war. Sie ließ den Wagen ausrollen.

Plötzlich hoben die ersten Scharfschützen ihre Gewehrläufe gen Himmel. Zwischen den VW-Bussen tauchte ein Mann im Mechaniker-Overall auf und winkte. Die Busse setzten sich in Bewegung, machten den Weg frei. Katja zögerte noch. Bloßfeld forderte sie streng auf, endlich loszufahren.

»Verdammt, jetzt fahren Sie doch endlich!«
Max jubelte innerlich.

»Sie fahren in Richtung Stadtmitte. Ortung funktioniert. Halten Abstand auf vier und fünf. Wir brauchen zwei Einheiten mehr für südliche Abschnitte.«
Die Stimme aus dem Schreibtischlautsprecher in Aachen drang ohne Verzerrung bis ins Büro des Koordinators. Dieser mußte sich zusammenreißen, um keinen cholerischen Anfall zu bekommen. »Lassen Sie sie durch! Öffnen Sie die Barrikaden! Aber bleiben Sie verdammt noch mal dran! Verlieren Sie sie bloß nicht«, hatte er vor einer Minute angeordnet. Melzer, Wilhelms und Bloßfeld hatten daraufhin das Gelände verlassen und waren keine fünfhundert Meter in Richtung Süden gefahren, als Leitner ihm mitteilte, daß nie eine Verbindung zum Lokalsender bestanden hatte. Wilhelms hatte mit ihrer Angst gespielt. Er war sich also genauestens darüber im klaren, wie brisant die Informationen wären, die er hatte, so brisant, daß er sie als Waffe einsetzen konnte. Zuerst wollte der Koordinator Leitner fragen, warum die Nachricht über die vorgetäuschte Verbindung zur Radioredaktion so lange auf sich hatte warten lassen. Er ahnte, daß Leitner ihm aus Sorge um das Wohlergehen des Partners Fakten verheimlichte. Doch jetzt wollte er ihn nicht darauf ansprechen. Zunächst mußte das Problem gelöst werden. Er bestand darauf, daß die Einsatztruppe so schnell wie möglich eine Prellung in die Wege leitete. Fahrzeuge und Personen standen bereit. Leitner halfen nun auch keine Stoßgebete zur Bürodecke mehr. Die Prellung bedeutete das Aus. Nun konnte er nur noch darauf hoffen, daß Bloßfelds Instinkt nicht versagte. Auch Jack konnte ihn nicht mehr warnen. Bloßfeld war außer Reichweite.

»Sie haben ein Ortungssystem in mein Auto eingebaut«, sagte Katja. »Sie wissen immer, wo wir sind. Wir sehen sie nicht, aber sie sind da.«

Zuerst hatte sie Max dieses Wissen vorenthalten wollen. Sie kannte ihn und seine eingeschränkte Aufnahmefähigkeit für Nachrichten, die Streß bedeuteten. Sie fürchtete eine unüberlegte Kurzschlußhandlung, war jedoch erstaunt, wie gelassen der Freund die Neuigkeit aufnahm.

»Fahr weiter in Richtung Stadtmitte. Bieg immer wieder irgendwo ab. Ändere ständig die Richtung. Vermeide wenig befahrene, lange Seitenstraßen.« Max' Anweisungen kamen schnell, klar und präzise.

»Dazu rate ich Ihnen nicht«, meinte Bloßfeld leise.

»Nein? Wozu würden Sie denn raten?«

»Geben Sie auf!«

»Schon wieder? Lassen Sie sich mal was Besseres einfallen!«

»Geben Sie auf! Es passiert Ihnen doch nichts. Geben Sie auf und lassen Sie uns die Situation gemeinsam klären. Was soll Ihnen denn schon Großartiges geschehen? Sie machen doch nur noch alles schlimmer.«

»Super Idee!« spottete Max und fügte aggressiv hinzu: »Ich stelle mich. Und dann? Was passiert dann? Liege ich dann bald neben Einstein? Oder läßt sich unser schöner, solider Rechtsstaat für mich speziell etwas Neues einfallen?« Max geriet zunehmend in Rage. »Erst Einsteins Tod. Dann der Haftbefehl gegen mich. Ohne Begründung. Die Fahndung. Der SEK-Einsatz. Plötzlich bedrohen Sie mich mit einer Waffe. Dann wird auf mich geschossen. Jetzt sitze ich hier mit Ihnen als Geisel, bin immer noch auf der Flucht, habe Katja mit reingezogen – und ich weiß immer noch nicht, warum.«

»Herr Wilhelms! Sie wissen genau, warum. Um dieses

Wissen geht es. Sie haben sich doch in den letzten Tagen eine Menge Wissen angeeignet. Lassen Sie uns einfach darüber reden, wie wir mit diesem Wissen umgehen. Dann kommen wir auch zu einer Lösung.«

»Was weiß ich denn?« schrie Max wütend und erschrak. Er spürte, daß er erstmals den Finger an den Abzug der Waffe legte.

»BSE, Stolzenberg, Kreisauer Kreis, das Kreisen der Raben«, sagte Bloßfeld um so ruhiger, war sich allerdings nicht sicher, ob er den richtigen Ton getroffen hatte. Hatte er doch die Bewegung an der Waffe bemerkt.

»Scheiße, ich weiß von gar nichts!« Max drückte die Pistole fest unter Bloßfelds Kinn. »Aber Sie, mein lieber Freund, Sie werden mir jetzt alles erzählen. Alles!«

»Ich kann Ihnen nur erzählen, was Sie ohnehin schon wissen.«

»Verdammt, Bloßfeld, treiben Sie es nicht auf die Spitze! Was sind das für verschissene Raben?«

»Sie bewachen den schlafenden Barbarossa im Kyffhäuserberg.«

Die Antwort kam von Katja, die vollauf damit beschäftigt war, sämtliche Spiegel ihres Autos im Auge zu behalten. Sie bog in den nördlichen Innenstadtring ein, ohne den Blinker zu setzen. Ein Taxi mit Fahrgast war direkt hinter ihr; ein Müllwagen folgte. Vor ihr war die Fahrbahn frei. Die Ampel vor dem städtischen Tierheim wechselte von Gelb auf Rot. Ein kleines Mädchen mit einem Katzenkorb in der Hand wartete auf dem Bürgersteig.

Katja bremste sanft und begann zu erzählen. Sie erzählte von der Kaisersage, von Stolzenberg, von der Gruppe hoher Politiker, die die EU-Politik des Kanzlers boykottieren wollte. Die Ampel sprang auf Grün um. Katja berichtete von Ludger Dörrs Entdeckung im Archiv, von Poschmanns Verrat und seiner Absprache mit Stolzenberg, dann von Bloßfelds Überfall auf sie und von seinem Angebot. Am Ende wollte sie wissen, ob sie sich nicht besser ein anderes Auto suchen sollten.

Max reagierte nicht auf die Frage. Er wandte sich Bloßfeld zu.

»Wie mächtig ist dieser Stolzenberg, daß er Haftbefehle ausstellen lassen kann, wenn ihm einer nicht paßt?« Er zögerte. »Obwohl ... das ergibt keinen Sinn. Stolzenberg wollte mich doch benutzen, er wollte ja, daß ich die BSE-Geschichte vorab veröffentliche.«

»Wir haben den Haftbefehl erlassen«, sagte Bloßfeld schnell. »Wir haben erfahren, daß Stolzenberg Ihnen das Gutachten hatte zukommen lassen, und wollten eine Veröffentlichung in einer deutschen Zeitung verhindern. Wir waren schon lange an Stolzenberg dran und wußten, daß er irgend etwas vorhatte.« Bloßfeld mußte nun genau kombinieren, um sich in seinem Lügennetz nicht selbst zu verstricken. Er wollte Wilhelms provozieren, ihn locken und ihn dazu bringen, das Thema Rußland anzusprechen.

»Was ist mit Strombach?« enttäuschte Max ihn mit seiner Frage.

»Ein Unfall.«

»Bloßfeld, hören Sie auf! Mein bester Freund ist tot. Er wurde kaltblütig ermordet. Kurz nachdem er hinter die BSE-Scheiße gekommen ist. Nur um ihm die Unterlagen klauen zu können. Bloßfeld, wer hat das getan? Warum?«

»Es war ein Unfall. Wir haben sofort eine Obduktion veranlaßt ...«

»Sie? Daß ich nicht lache! Ich habe die Obduktion veranlaßt. Über Vogelsang.«

»Als Käthe Bauer Notarzt und Polizei alarmiert hatte, haben wir das natürlich mitbekommen. Wir wußten ja, daß Sie das Gutachten bereits in Händen hatten. Die

Adresse war uns bekannt. Also sind wir mitgefahren. Wir haben die Unterlagen gefunden und sie mitgenommen. Sie haben doch gerade von Frau Melzer gehört, was Stolzenbergs und Poschmanns Plan gewesen ist. Wir hatten plötzlich die Chance, diesen Plan zu vereiteln.«

Max glaubte ihm kein Wort. Selbst wenn alles schlüssig und stimmig war, wehrte er sich gegen die Vorstellung, daß Einstein ohne Fremdeinwirkung die Treppe hinuntergestürzt war. Zum ersten Mal wurde er sich dessen bewußt, daß sein bester Freund tot war, zum ersten Mal spürte er den großen Verlust. In den letzten Tagen, in den Stunden der Flucht, der Recherche und des Herumirrens hatte er nur an sich gedacht. War er dann endlich bei Freunden zur Ruhe gekommen, war er meist zu erschöpft gewesen oder hatte nur an seine Zukunft gedacht. Seine unmittelbare Zukunft. Denn auch an das Haus am Kohlenweg und an die Arbeit beim »Kurier« hatte er kaum einen Gedanken verschwendet.

Katja ahnte, was in ihm vorging. Max und sie verband doch mehr, als sie sich eingestehen wollte.

»Bitte, mach jetzt keinen Fehler«, sagte sie.

Max verstand.

»So, Herr Bloßfeld, Sie schließen also einen Tod durch Fremdverschulden aus?« Max stellte die Frage für seinen Geschmack fast zu ruhig.

»Nein«, antwortete der Agent in gleichem Ton, »nein, ausschließen können wir es nicht.«

»Bitte?«

Katja drehte sich verstört um, wandte ihre Aufmerksamkeit dann aber sofort wieder dem Straßenverkehr zu. »Sie haben mir versichert, daß Obduktion und Spurensicherung eindeutig auf einen Unfall schließen lassen.«

»Das habe ich nicht. Ich habe lediglich gesagt, daß wir keinen Beweis für ein Fremdverschulden haben, nicht einmal einen Hinweis darauf besitzen.« Die nächsten Worte sprach Bloßfeld noch langsamer aus. Sie klangen noch provokativer. »Ich hatte bereits angedeutet, daß die Gruppe um Stolzenberg einen Profi beauftragt haben muß, sollte es kein Unfall gewesen sein.«

»Einen Profi wie den, der auf der Zeche auf mich geschossen hat?« fragte Max zynisch.

»Ja.«

Max kniff die Augen leicht zusammen. Er versuchte, die Informationen blitzschnell neu zu ordnen. »BSE ist die eine Geschichte. Aber da gibt es noch eine andere. Was ist das für eine Geschichte über den Kreisauer Kreis aus dem zweiten Weltkrieg? Was hat die Sage aus dem Mittelalter mit Stolzenberg und der EU zu tun?« hakte er nach.

Endlich, dachte Bloßfeld. Endlich kam der »Kurier«-Redakteur auf Rußland zu sprechen!

»Sie sind doch derjenige, der die Namen ins Spiel gebracht hat. Sie haben doch Vogelsang nach dem Kreisauer Kreis gefragt. Und Katja nach dem Kreisen der Raben.«

»Und Sie, Herr Bloßfeld«, mischte sich Katja ein, »haben mir sofort die Verbindung zu Stolzenberg bestätigt. Was sagten Sie noch gleich? Die Raben seien ein Synonym für die EU-Boykottierer.«

»Das ergibt Sinn«, kombinierte Max nachdenklich. »Der schlafende Kaiser steht für den schlafenden Kanzler. Und der Kreisauer Kreis ... Das war eine Vereinigung, die ein System ändern wollte. Eines, das mächtig und nicht so einfach zu stürzen war. Diese Gruppe setzte sich also zusammen, um es dennoch zu versuchen. Und die Raben, der Kreisauer Kreis heute, sollen den Kanzler wachrütteln.«

»Quatsch«, war Katjas einzige Reaktion.

»Wieso Quatsch?«

»Weil die Raben doch den Berg bewachen. Erst wenn sie fort sind, lebt der Kaiser wieder auf.«

Bloßfeld sagte nichts, hielt nur eine Hand auf die immer stärker schmerzende Wunde. Der Pistolenlauf an seiner Kehle störte ihn nicht. Je ausführlicher Wilhelms seine Theorien kundtat, desto deutlicher ließ der Druck des Laufs nach. Die Waffe lag nur noch locker in Wilhelms' Hand.

Bloßfeld schaute Max Wilhelms an.

Plötzlich zweifelte er erstmals an den Verbindungslinien, an den Kreisen, Kringeln und Pfeilen, die er in Aachen auf die Schreibtischunterlage gemalt hatte. Vielleicht wußte der Journalist wirklich nichts von dem vom Kreisauer Kreis geplanten Überfall auf den russischen Zarenschatz. Katja Melzer hatte ihm letzte Nacht immer wieder das Problem der Unübersichtlichkeit geschildert. »Max – Stolzenberg, Stolzenberg – Poschmann, Max – Verfassungsschutz«, hatte sie versucht, Zusammenhänge herzustellen. Und dann hatte sie immer wieder den anonymen Anrufer erwähnt, der Max kleine Hinweise gab, die ihn jedoch kein Stück weiterbrachten.

»Rußland«, sagte Bloßfeld, um Wilhelms zu ködern. Er mußte endlich herausfinden, wie viel der Redakteur wußte.

»Rußland?«

Bloßfeld wollte gerade noch einige Köder mehr auslegen, als er den Möbelwagen vor dem Peugeot wahrnahm. *Mahler-Transporte* stand auf den leicht verbeulten Heckklappen. Der Agent blickte durch die Windschutzscheibe auf die Straße. Vor ihnen zweigte eine Seitenstraße ab. Ein Schild wies darauf hin, daß die Einfahrt aus dieser Richtung untersagt war. Es handelte sich um eine Einbahnstraße. Links erstreckte sich eine Häuserzeile, die kein Ende nahm. Rechts, nur durch einen Bordstein von der

Fahrbahn getrennt, lagen die Gleise der Stadtbahn. Ruckartig drehte Bloßfeld den Kopf nach hinten und schaute durch die Heckscheibe. Er nahm nur nebenbei wahr, daß Wilhelms den Druck der Waffe dennoch nicht erhöhte. Direkt hinter ihnen war kein Fahrzeug zu sehen. Gerade bog ein schwerer Lkw in die Durchgangsstraße ein. Bloßfeld achtete weiter auf die Kreuzung. Dem Lkw folgten zwei Personenkraftwagen. Dann ein Polizeifahrzeug. Bloßfeld blickte nach vorn. Der Möbeltransporter bremste, fuhr nun nur noch im Schrittempo, als suchte der Fahrer nach einer Parkmöglichkeit oder einer Hausnummer. Die Chefin vom Dienst paßte sich der Geschwindigkeit an.

»Rußland?« wiederholte Max irritiert seine Frage.

Bloßfeld wußte, was nun passierte.

Der Möbeltransporter vor ihnen gab Gas, nicht zu viel, aber erkennbar. Katja Melzer trat ebenfalls aufs Gas. Sie reagierte wie jeder Autofahrer, der glücklich darüber war, daß der Schleicher vor ihm endlich wieder an Geschwindigkeit gewann. In wenigen Sekunden würde nun der Möbeltransporter eine Vollbremsung machen. Der Lkw hinter ihnen würde nicht mehr bremsen können, er würde den Peugeot regelrecht einquetschen. Der Polizeiwagen, drei Fahrzeuge hinter ihnen und im Moment nicht zu sehen, würde sofort die Stelle des »tragischen Verkehrsunfalls« absichern. »Prellen« nannten sie diese Methode bei den Diensten. Bloßfeld wollte schreien: »Nach rechts!« Doch der Peugeot hatte die Einbahnstraße bereits halb passiert. Die nächste Kreuzung war noch nicht zu sehen.

Max' Stärke war es, verwirrende Gespräche schnell zu durchschauen. Zudem besaß er die Fähigkeit, auch in

Streßsituationen zwei unterschiedliche Dinge gleichzeitig im Auge zu behalten. Zwei – nicht drei. Das war zuviel und brachte ihn meist aus dem Konzept. Er mußte Katja endlich ein Fahrziel nennen, da das Schleichen hinter dem Möbeltransporter seine Geduld auf eine harte Probe stellte. Zudem erkannte er ihre Nervosität. Gleichzeitig hatte Bloßfeld ihn allerdings irritiert. Mit dem Stichwort »Rußland« konnte er nun wirklich nichts anfangen. Zweimal hatte er nachgefragt. Eine Reaktion war ausgeblieben. Nun wollte er sich erst einmal wieder Katja zuwenden. Er überlegte kurz, welche Richtung sie nach der Durchfahrt des südwestlichen Stadtteils einschlagen könnte.

Der Schlag kam unerwartet.

Bloßfelds rechte Hand hämmerte gegen Max' Arm.

Genauso unvorbereitet traf ihn Bloßfelds linker Ellbogen am Kinn. Die Waffe fiel ihm nicht aus der Hand, Bloßfeld entriß sie ihm regelrecht. Max prallte gegen die Seitenverkleidung, sah im Fallen nur noch, wie Bloßfeld den Lauf der Pistole nach hinten richtete, erst die Peugeot-Heckscheibe im spitzen Winkel nach oben zerschoß, dann mit dem Griff die Glassplitter herausschlug und anschließend auf den Lkw hinter ihnen zielte. Der Fahrer des Lastkraftwagens reagierte sofort und schlug das Lenkrad ein. Im gleichen Moment machte Katja eine Vollbremsung. Max' Kopf wirbelte hin und her. Bloßfeld zielte auf die folgenden Fahrzeuge, die ebenfalls abrupt bremsten und sich quer zur Fahrtrichtung stellten. Der Peugeot war Millimeter vor der Stoßstange des Möbeltransporters zum Stehen gekommen. Der sie verfolgende Lkw hatte den Bordstein übersprungen und stand nun quer auf den Schienen der Stadtbahn.

Während der Aktion hatte Bloßfeld vor Schmerzen mehrfach laut aufgeschrien. Max kümmerte dies momentan recht wenig. Mit einem Satz warf er sich auf seinen Nachbarn. Max bekam die Waffe zu fassen, während Katja den Rückwärtsgang einlegte und Vollgas gab. Mit quietschenden Reifen umkurvte sie den Möbeltransporter und bog an der nächsten Kreuzung viel zu schnell rechts ab.

»Keine Panik«, stöhnte Bloßfeld mit schmerzverzerrtem Gesicht, »jetzt haben wir erst einmal ein bißchen Ruhe.«

41 Katja war enttäuscht, hatte sie doch kahle Wände mit vergilbtem Anstrich und inmitten eines leeren Zimmers einen schlichten Holztisch erwartet, auf dessen Platte alte, ringförmige Abdrücke von schmierigen Kaffeetassen zu erkennen waren. Sie wurde nicht mal mit einer grellen Billig-Tischlampe geblendet. Der Raum, in den sie zum Verhör gebracht worden war, glich eher einem sehr modern ausgestatteten Chefbüro. Den Laminatboden bedeckten mehrere prächtige Läufer aus dem Orient. Unweit eines runden Konferenztische mit sechs bequemen, drehbaren Ledersesseln auf Rollen stand eine edle Couchgarnitur. An einer Wand hingen teure Chagall-Drucke, die von speziell angefertigten Halogenleuchten angestrahlt wurden. Eine andere Wand war durch eine massive Schrank-Regal-Kombination verdeckt. Neben juristischer Fachliteratur lagen wie in einer Bibliothek aktuelle Magazine und Illustrierte aus. Die Frau, die sich der »Kurier«-Chefin vom Dienst gegenüber in der rechten Couchecke fläzte, malträtierte pausenlos die Fernbedienung des Fernsehers. Hatte sie endlich ein Programm gefunden, das sie interessierte, strapazierte sie die Tasten für Helligkeit, Farbe und Kon-

trast, um dann doch wieder die vom Gerät vorgegebene neutrale Justierung zu aktivieren.

Die Frau war keine Liliputanerin, sondern nur etwas kleinwüchsig. Sie besaß jedoch eine gigantische Oberweite, die sie durch ein enges Top mit viel zu großem Dekolleté auch noch ungeschickt betonte. Katja mochte sie nicht. Sie mochte keine Frauen, die durch besondere Hervorhebung ihrer weiblichen Formen versuchten, Vorteile zu ergattern. Das Verhalten der Frau signalisierte Gleichgültigkeit, Langeweile und Nervosität. Es war Freitag kurz nach vier Uhr. Da sie in regelmäßigen Abständen auf die Uhr schaute, ging Katja davon aus, daß sie eigentlich schon Feierabend hatte. Grund für ihre Langeweile war wohl, daß ihr verboten worden war, mit Katja ins Gespräch zu kommen, woran sie sich auch gewissenhaft hielt. Die Gleichgültigkeit war Folge ihrer Unwissenheit. Anscheinend war ihr nicht bekannt, wer Katja war und warum sie auf sie aufpassen mußte.

Über zwei Privatkanäle mit trivialen Talkshows wechselte die Dickbusige erneut zu den beiden großen Öffentlich-Rechtlichen, ging dann alle ihr zur Verfügung stehenden dritten Programme durch, um wieder bei den Privaten zu landen. Ein Nachrichtensender verkündete gerade, daß in den letzten sieben Tagen allein in Nordrhein-Westfalen achthundertelf Kurden festgenommen, außerdem zweitausend in Gewahrsam genommen worden seien. Links neben dem Kopf des Sprechers tauchten, noch während die Kurden-Nachricht verlesen wurde, drei Grafiken auf. Darüber schimmerte in roten, schwarzen und senfgelben Lettern:

Superwahltag – 24. März 1996

Der Sprecher kündigte mit steifer Miene und spannungerzeugendem Tonfall für den übernächsten Tag eine »kleine Bundestagswahl« an. Immerhin würden 12,3 Millionen Wähler über die künftigen Landesregierungen in Schleswig-Holstein, Rheinland-Pfalz und Baden-Württemberg entscheiden. Katjas Bewacherin entschied sich zunächst für mehr Farbe, was dem Sprecher einen hochroten Kopf bescherte, anschließend für einen anderen Kanal.

Fast synchron drehten plötzlich beide Frauen den Kopf erwartungsvoll zur Tür. Nur einen Spalt war sie geöffnet worden. Weiter mußte Martin Bloßfeld sie auch nicht aufdrücken. Nur seinen Kopf schob er ins Zimmer. Sein mit Hilfe einer Verbandsschlinge ruhiggestellter Arm war nicht zu sehen.

»Tut mir leid, daß es so lange gedauert hat. Ich komme gleich zu Ihnen. Da gibt es noch einige Unstimmigkeiten, bei denen wir Ihre Hilfe benötigen. Es betrifft vor allem den Kreisauer Kreis und das Kreisen der Raben.«

Katja atmete erleichtert auf. Die höfliche Bitte um ihre Mithilfe war ein Zeichen dafür, daß Bloßfeld bei seinen Verhandlungen Erfolg hatte.

Der Agent schloß fast lautlos die Tür und ging langsam zurück zum letzten Zimmer des Westflügels. Je sechs Räume lagen beidseitig des langen Ganges. Er konnte nur mit einem Aufzug und einer speziell codierten Karte erreicht werden. Zudem mußte eine weitere Sicherheitsschleuse gleich hinter der Aufzugstür passiert werden. Die Existenz des Ganges war allen Mitarbeitern des Verfassungsschutzes bekannt, doch nur sehr wenige hatten bislang diesen Bereich des Kölner Bundesamtes betreten. Die fünfte Etage des Westflügels war allein für streng geheime Sonderoperationen und äußerst vertrauliche Verhandlungen reserviert. Alle Räume waren abhörsicher, besaßen eine vom übrigen Teil des Gebäudes unabhängige Be- und Entlüftungsanlage sowie eine separate Energieversorgung. Alle Räume waren nobel eingerichtet. Neben den beiden Appartements für die Sicherheitskräfte waren zwei weitere Zimmer mit Betten und Bad für besondere Gäste ausgestattet. Katja Melzer war ein solcher Gast, auch wenn sie es noch nicht wußte.

Drei Stunden hatte die Lagebesprechung gedauert.

Mit den Worten »Ich hoffe, Sie haben uns plausible Erklärungen zu bieten« war die Begrüßung des Koordinators auf dem Flur sehr spärlich ausgefallen. Er hielt sich auch weiterhin weitgehend zurück, selbst als ihm der Kanzleramtsminister kurz vor eins freundschaftlich auf die Schulter schlug und ihn anlächelte. Erst mit dem Zuschlagen der Tür zum hinteren Konferenzsalon entluden sich Erregung und Anspannung des Koordinators.

»Ich weiß gar nicht, wo wir anfangen sollen, Herr Bloßfeld! Sie sind schwer verletzt, schaffen es nicht, Wilhelms zu entwaffnen. Doch in dem Moment, wo wir eingreifen, reißen Sie ihm die Pistole aus der Hand und schießen wild um sich. Dann geben Sie ihm die Waffe wieder brav zurück.«

Bloßfeld wollte reagieren. Blitzschnell hob der Koordinator die Hand.

»Ich bin noch nicht fertig. Noch lange nicht«, mahnte er und warf dem Minister einen entschuldigenden Blick zu. »Sie haben gleich ausgiebig Gelegenheit, Erklärungen abzugeben, Herr Bloßfeld.« Der Koordinator machte eine kleine Pause. Er war sichtlich erzürnt. Er hatte durch Bloßfelds Versuch zu widersprechen den Faden verloren. »Dann möchte ich auch noch wissen, wie die Sache auf der Zeche schiefgehen konnte. Manchmal hatte man ja geradezu den Eindruck, als arbeiteten Sie mit Wilhelms zusammen.«

Der Kanzleramtsminister war es, der nach zehnminütigem Wortgefecht schließlich zu Besonnenheit und Sachlichkeit ermahnte. Bloßfeld hatte sämtliche Vorgänge aus seiner Sicht geschildert. Nach kurzen Ausführungen war immer wieder Leitner eingesprungen, der die Aussagen seines Kollegen und direkten Vorgesetzten untermauert hatte.

»Der Name oder, besser gesagt, die Namen des Berufskillers sind uns bekannt«, mischte sich schließlich auch noch die Hausherrin steif ein. Mechthild Sommerfeld paßte es gar nicht, daß ihre Behörde die Vernehmungen leiten sollte. Doch der oberste Boß des Verfassungsschutzes hatte nach kurzer Rücksprache mit dem Kanzleramt schnell grünes Licht gegeben. Der Auftrags-Scharfschütze hatte bereits in einer der wenigen Hochsicherheitszellen im Keller gesessen, als der Mercedes mit der Melzer im Fond vorgefahren war. Bloßfeld war zunächst in ein nahegelegenes Krankenhaus gebracht worden, war dann aber auf eigenen Wunsch hin nach einer halbstündigen ambulanten Operation mit lokaler Betäubung wieder entlassen worden. In die Behandlungsmappe hatte der zuständige Arzt geschrieben:

Projektilentfernung aus der Scapula in Lokalanästhesie nach radiologischer Kontrolle. Neurovaskulär keine wesentlichen Destruktionen nachweisbar. Es erfolgte kein primärer Wundverschluß.

Bloßfeld hatte mit einem Antibiotikum und der Gewißheit, außer einer kleinen Narbe keine bleibenden Schäden davonzutragen, das Krankenhaus verlassen.

»Wir haben ihn bereits verhört, was zunächst nicht sehr ergiebig war. Der Mann ist zwar in einschlägigen Kreisen bekannt, auf deutschem Boden ist er jedoch noch nie in

Erscheinung getreten. Wir haben es bislang vermieden, seine Verhaftung an Interpol weiterzugeben. Unserer Kenntnis nach wird er allerdings in mehreren Staaten, mit denen wir ein Auslieferungsabkommen abgeschlossen haben, gesucht.«

»Die Anklagen?« forderte der Kanzleramtsminister kurz.

»Mord. Bezahlter Mord. Bombenattentate.«

»Möglichkeiten?«

»Da der Anschlag auf Wilhelms mißlang, ist eine Auslieferung, beispielsweise nach Frankreich, zu rechtfertigen, da ihm dort ein weitaus schwerwiegenderes Verbrechen angelastet werden kann. Eine andere Möglichkeit wäre Belgien, wovon ich jedoch abraten möchte. Der belgische Presserummel um außergewöhnliche Prozesse ist für uns zu gefährlich, eine Auslieferung an die Franzosen würde hingegen nach Lyon stattfinden, wo solche Prozesse fast alltäglich eröffnet werden.«

Der Kanzleramtsminister lehnte sich zurück, öffnete eine Dokumentenhülle und überflog einige Zeilen. »Ihre Vorschläge bezüglich Breuer sind interessant«, sagte er schließlich, »doch Sie erlauben mir wohl die Bemerkung, daß ich Ihnen dafür kein grünes Licht geben kann. Es wäre Strafvereitelung und damit eine Angelegenheit, für die eine Bundesbehörde unmöglich geradestehen kann.«

Sein Blick wanderte zu Bloßfeld und Leitner. Auch die Blicke Kulitz', Sommerfelds und des Koordinators waren nun auf die beiden Agenten der diensteübergreifenden Spezialeinheit gerichtet. Nur Kellinghausen schien momentan noch den Öffnungsmechanismus seiner neuen Krawattennadel interessanter zu finden.

»Als wir Breuer verhaftet haben«, begann die Verfassungsschutz-Abteilungschefin vorsichtig, »war er sofort im Bilde. Er hat uns regelrecht zu einer Erwähnung der

BSE-Akte und den Vorgängen in Rußland gezwungen. Er hat offen zugegeben, in alle Angelegenheiten involviert zu sein. Er hat sogar gestanden, den Killer über den Privatdetektiv beauftragt zu haben. Breuer weiß, daß er mit seinem Wissen in einem öffentlichen Prozeß einen Regierungsskandal auslösen würde. Diese Karte hat er ausgespielt; er hat sie uns direkt unter die Nase gehalten.«

»Danke, Frau Sommerfeld«, sagte der Koordinator ernst, wobei er gleichzeitig sein Gesäß zurückschob und fest gegen die Rückenlehne preßte. »Sie alle kennen Breuer. Skrupellos, berechnend, vertrauenswürdig und unterwürfig, solange sein Einkommen stimmt. Das waren auch die Worte, die er Ihnen in den letzten Stunden mehrfach entgegengeschmettert hat. Wir haben ihm kein Angebot unterbreitet. Doch das Gespräch hat letztendlich dazu geführt, daß er sich bereit erklärt hat, mit einer entsprechenden Abfindung das Land zu verlassen. Es ist natürlich unmöglich, wie der Kanzleramtsminister schon betonte, daß wir dieser Lösung zustimmen. Wäre es allerdings eine außerbehördliche Institution, die entsprechende Vorgänge und Zahlungen in die Wege leiten würde, könnten wir wenig daran ändern.«

Bloßfeld und Leitner verstanden sofort. Wie jeder im Raum. Das Demoskopische Institut Berg in Aachen war zwar eine diensteübergreifende Einheit, jedoch eindeutig rechtlich ausgesondert vom Bundesnachrichtendienst und ohne behördliche Verbindung zu BKA oder Verfassungsschutz. Bloßfelds Einheit konnte zwar auf Kräfte der Dienste und Behörden zurückgreifen, sie war ihnen jedoch nicht unterstellt. Das Institut Berg war durch diese Konstellation rechtlich fast autonom, vergleichbar mit einer privaten Agentendetektei.

Lars Leitner scharrte unaufhörlich mit den Füßen unterm Tisch. Er blickte nun ebenfalls erwartungsvoll zu Bloßfeld. Diesem blieb keine andere Wahl, wollte er doch auch seine Pläne bezüglich Wilhelms ohne größere juristische Komplikationen und Nachfragen durchsetzen.

»Wir werden uns Breuer vornehmen«, versicherte er deshalb nur knapp und wechselte, während der Hintern des Koordinators wieder nach vorne rutschte, schnell das Thema. »Ich will das Verhindern der Prellung schnell vom Tisch haben. Auf Wilhelms' vorgetäuschte Handy-Verbindung zum Lokalsender brauche ich wohl nicht näher einzugehen. Der Kollege Leitner hat dazu, wie wir es von ihm gewohnt sind, einen äußerst detaillierten Bericht vorgelegt. Ich habe leider dazu bislang keine Gelegenheit gehabt. Also, nur so viel, warum ich die Prellung im entscheidenden Moment verhindert habe: Ich bin der festen Überzeugung, daß Wilhelms von nichts, aber auch von gar nichts weiß.«

Der Koordinator hatte sich schon entschlossen nach vorne gebeugt. Drängende Fragen und kritische Anmerkungen wollten ihm über die wulstigen Lippen stürzen. Woher wußte der Redakteur von Stolzenberg und Rußland? Er war es doch, der mit seinen Nachforschungen den Gerüchten über den Kreisauer Kreis überhaupt erst Nahrung gegeben hatte. Wie hatte Wilhelms sie mit dem Kreisen der Raben, mit dieser alten, fast vergessenen Kaisersage auf die Greise hinweisen können, wenn`er doch von alldem nichts gewußt hatte?

Der Kanzleramtsminister kam dem emotionsgeladenen Staatsminister zuvor. Ruhig fragte er: »Herr Bloßfeld, wie begründen Sie diese absurde Annahme, die immerhin sämtlichen Erkenntnissen der letzten Woche widerspricht?«

»Erstens: Wir waren es doch, die besorgt nachgeforscht haben, als Strombach Breuer das BSE-Gutachten vorgehalten hat. Wir wollten doch die UEG in Sicherheit wiegen. Wir hatten Angst, Strombach könnte etwas über Rußland wissen. Dabei besaß er lediglich das BSE-Gutachten und vermutete, daß Deutsche es finanziell unterstützt hatten. Wir haben doch durch einen unglücklichen Unfall Strombach auf dem Gewissen und haben anschließend aus Sorge, daß Wilhelms bereits das Gutachten und seine Finanzierung kennt, eine Großfahndung veranlaßt. Also: Strombach, ja, der wußte etwas. Er hatte aber nur das BSE-Gutachten in Händen. Alles andere waren Vermutungen. Wilhelms dagegen wußte von nichts. Von gar nichts. Wer etwas wußte, war der Chefredakteur des ›Kuriers‹. Der hatte nämlich mit Stolzenberg den Deal gemacht, Wilhelms das Gutachten zuzuschieben. Wir haben uns jedoch nur auf den ›Europa‹-Redakteur konzentriert. Und was wußte der? Was hat er uns erzählt? Er hat uns den Kreisauer Kreis vorgehalten, und wir haben die Gerüchte aus Rußland plötzlich ernst genommen, ja sogar die Theorie der Russen um den gekaperten Zarenschatz als Tatsache eingestuft. Er hat uns mit dem ›Kreisen der Raben‹ eine Verbindung zum Kyffhäuser, zu Hinrichsburg und somit zu Stolzenberg gezeigt. Also noch mal: Woher wußte er das alles? Beide, Melzer und Wilhelms, haben mir unabhängig voneinander erzählt, daß ein anonymer Anrufer Wilhelms diese wenigen Brocken hingeworfen hat. Dieser anonyme Anrufer hat ihm zwei Tips gegeben. Mehr nicht. Zwei Tips: ›Kreisauer Kreis‹ und ›das Kreisen der Raben‹. Was sollte Wilhelms denn anderes tun, als diesen beiden Hinweisen nachzugehen? Und genau das hat er getan. Nicht mehr.«

»Haben Sie Beweise für Ihre Theorie?« fragte der Minister.

»Nein. Aber hatten wir welche, als wir von den russischen Gerüchten hörten, daß monarchistische Kräfte, von Deutschland unterstützt, die Wiederwahl des russischen Präsidenten gefährden?«

Bloßfeld hob sofort beide Hände, als wollte er sich entschuldigen. Schulter und Arm schmerzten dabei sehr. Doch darauf konnte er keine Rücksicht nehmen. Er hatte sich im Ton vergriffen. Er wußte es. »Nein, ich habe keine Beweise. Aber wir haben in unserer Theorie über Wilhelms, Stolzenberg und Rußland, in unseren Verknüpfungen zwischen 1941 und 1996, zwischen den Greisen am Kyffhäuser und dem angeblich verlorenen Zarenschatz noch viel zu viele Lücken. Da herrschen Brüche, die selbst mit vagen Vermutungen nicht zu kitten sind. Da sind Verbindungen, die so nicht stimmen können. Wilhelms' und Melzers Aussage, daß da ein anonymer Informant existiere, bringt Sinn in die Sache und macht das Bild komplett.«

»Und wer soll dieser anonyme Anrufer sein? Wem ist er zuzuordnen? Was ist sein Motiv?« Der Kanzleramtschef wollte Bloßfelds Theorie nur ungern akzeptieren.

»Ich weiß es nicht. Vielleicht ist es einer aus der Gruppe um Stolzenberg. Vielleicht Stolzenberg selbst. Aber was soll's? Die Russen haben die Hammerschmiede durchwühlt, haben, so hat der Kollege Leitner es vorhin schon erwähnt, immer noch nichts gefunden. Vielleicht war alles ein Trugschluß. Oder ein Spiel der Alten vom Kyffhäuser.«

Bloßfeld sprach nicht weiter. Er wollte nicht zu viele Möglichkeiten aufzählen, zumal er an keine so recht glaubte. Für ihn war wichtig, den Anschein zu erwecken, daß der Fall weitgehend abgeschlossen war. Das BSE-Gutachten war veröffentlicht – von den Briten, nicht von den Deutschen. Die Russen hatten ihren Zarenschatz wieder. Wenn sie ihn denn fanden. Breuer war ausgeschaltet, ausbezahlt. Wilhelms war zwar wieder flüchtig, konnte aber keinen ernsthaften Schaden mehr anrichten.

»Das bedeutet also, wir müssen diesen anonymen Anrufer finden«, lautete die spontane Schlußfolgerung des Koordinators, die Bloßfeld gar nicht gefiel.

»Nein, das heißt es nicht unbedingt«, reagierte er denn auch schnell. »Was interessiert uns dieser Anrufer noch? Er hat doch alles erreicht. Er hat Wilhelms instrumentalisiert. Er hat bei uns Unruhe gestiftet. Vielleicht wollte er uns aber auch nur über Wilhelms einen Wink geben, uns behilflich sein. Wilhelms hat mir erzählt, daß er Stunden in verschiedenen Bibliotheken verbracht hat, um überhaupt herauszufinden, was sich hinter dem Kreisauer Kreis verbirgt. Erinnern wir uns doch einmal! Er hat den örtlichen Polizeisprecher angerufen und suchte den Kreisauer Kreis im Bereich rechtsextremistischer Wehrsportgruppen. Hätte dieser mysteriöse Anrufer wirklich Interesse daran gehabt, Max ins Bild zu setzen, hätte er es einfacher haben können. Ich gehe immer mehr davon aus, daß er uns – allein uns – ein Signal geben wollte. Was ihm auch gelungen ist. Und ich bin der festen Überzeugung, er wird sich nie mehr melden. Beim jetzigen Stand der Dinge erst recht nicht mehr. Wir müssen uns mit seiner Existenz – seiner anonymen Existenz – zufriedengeben.«

»Und was schlagen Sie vor? Was machen wir nun?« fragte der Kanzleramtschef.

»Nichts«, antwortete Kellinghausen schnell. Sein erster Wortbeitrag während der Lagebesprechung war wie immer überschaubar. »Nichts«, wiederholte er. »Wir machen nichts. Fast nichts.«

Bloßfeld und Leitner hatten ihn nach diesen wenigen Worten wieder einmal bewundert, auch wenn sich in den Gesichtern der anderen Zorn, Unverständnis und Fassungslosigkeit spiegelten. Kellinghausen war als einziger eingeweiht. Er hatte den Ball geschickt ins Rollen gebracht und einen Schuß abgegeben, den Minister und Staatsminister nicht hatten abfangen können. Es hatte auch nicht lange gedauert, bis beide Kellinghausens Vorschlag akzeptiert und die sofortige Umsetzung veranlaßt hatten. Stolzenberg wurde immer noch beschattet. Ein Anruf in Aachen genügte, um herauszufinden, wo er sich zur Zeit aufhielt.

Während Bloßfeld nun langsam zurück zum Eckraum auf der fünften Etage des Westflügels ging, glaubte er erstmals an diesem Freitag, weitere Komplikationen ausschließen zu können. Katja Melzer wartete ruhig auf ihr Verhör. Aufregung oder Nervosität waren ihr nicht anzumerken. Er hatte ihr von seinem Verhandlungserfolg berichten können. Die unangenehme Aufgabe, Breuer zu verabschieden, hatte er dem »Gentleman« seines Teams übertragen. Sommerfeld hatte ihre Leute angewiesen, den entsprechenden Kontakt mit den Franzosen in Lyon herzustellen. Der Koordinator hatte nur noch einmal nachgefragt, warum Bloßfeld die Prellung auf dermaßen spektakuläre Weise verhindert hatte.

Als Bloßfeld die Tür des Konferenzsalons wieder hinter sich geschlossen hatte, vernahm er etwas, das ihn nachdenklich stimmte.

»Stolzenberg ist in Kelbra am Kyffhäuser«, klärte ihn der Kanzleramtsminister auf, »ich werde gleich mit ihm sprechen. Bleibt jetzt nur noch eine Frage zu klären. Was machen wir mit Wilhelms und Melzer?«

»Nichts. Fast nichts«, antwortete Kellinghausen wieder in der ihm eigenen Art. Diesmal mußte er jedoch nicht mit zornigen, verständnislosen oder fassungslosen Mienen um eine Erklärung gebeten werden. »Melzer halten wir mit Fragen hin«, fügte der BND-Abteilungsboß schnell hinzu, »wir bitten sie um Mithilfe, zum Beispiel bei der Aufklärung der Frage, wer wohl Wilhelms eine solche Falle gestellt haben könnte. Denn schließlich, so werden wir argumentieren, habe sich ja nun für uns ganz klar ergeben, daß wahrscheinlich rechtsradikale Gruppen Wilhelms an den Karren pi ... äh, pinkeln wollten und auch uns in die Irre geführt haben. Man habe auch uns schlicht instrumentalisiert. Das ist Wilhelms und den Pressefritzen ja bekannt. Unsere Experten in Pullach haben bereits – Frau Sommerfeld, wenn Sie erlauben – mit entsprechenden Eingangsstempeln aus der Poststelle des Verfassungsschutzes einige Briefe, Drohungen und Anklagen fingiert. Wir können die Papiere, soweit genehmigt, der Melzer innerhalb einer halben Stunde vorlegen. Dann sieht sie schwarz auf weiß, was gegen Wilhelms vorliegt und welchen Anschuldigungen wir nachgehen mußten. Und dann werden wir auch erfahren, was sie wirklich weiß.«

Nach dem kurzen Nicken des Kanzleramtsministers stimmte auch der Koordinator zu. Lediglich Sommerfeld saß steif und stumm da, wollte aber auch nicht widersprechen. Sie fand den Vorschlag Kellinghausens exzellent, war jedoch sauer, zuvor nicht gefragt worden zu sein. Es zählte auch zu einer der Gewohnheiten des alten Fritz, Absprachen und Vorabinformationen nur in begrenztem Rahmen zu tätigen. Sobald er sich auf der sicheren Seite fühlte, hielt er sie für reine Zeitverschwendung.

Zu den allseits bekannten und geschätzten Qualitäten Kellinghausens gehörte allerdings seine Verhörstrategie, so daß der nächste Vorschlag des BND-Mannes auch keine Debatte auslöste. »Das Gespräch mit der Melzer – ich möchte es nicht Verhör nennen – würde ich übernehmen. Den Kollegen Bloßfeld möchte ich bitten, trotz seiner Verletzung auf jeden Fall dabeizusein, um Unstimmigkeiten festzustellen. Er kennt schließlich ihre vorherigen Aussagen. Nun zu Wilhelms: Wir heben den Haftbefehl gegen ihn auf. Früher oder später kriegen wir ihn. Dann verhaften wir ihn, verhören ihn, stellen seine Unschuld fest und lassen ihn mit einer Entschuldigung und einer ordentlichen Entschädigung frei.«

Bloßfeld und Leitner sagten nichts. Kellinghausen hatte ihnen den Weg, den sie vorab besprochen hatten, bestens geebnet, doch er hatte auch den Bogen überspannt. Dem Kanzleramtschef wie auch dem Koordinator erschienen die Ausführungen des BND-Profis zu simpel, zu geradlinig. Damit kamen sie nicht zurecht. Allein schon aus Gewohnheit mußten ihnen mögliche, sogar unerwartete Probleme mitgeliefert werden. Dennoch blieben dem Kanzleramtschef die gezielten und ungezielten Nachfragen des Koordinators erspart.

Es klopfte an die Tür. Eine junge, adrett gekleidete Frau mit brünettem, welligem Haar teilte mit: »Herr Minister, Ihr Gespräch.«

Der Nebenraum des Ecksaals war klein und für Gespräche unter vier, maximal sechs Augen bestimmt. Zwei rustikale Eichenstühle standen schräg vor einem bombastischen Schreibtisch, auf dem der Notizblock und das ältere Telefon mit Drehscheibe seltsam verloren wirkten. Der Kanzleramtsminister nahm hinter dem Pult Platz, ließ den Hörer noch drei Sekunden auf der Gabel liegen und hob ihn dann ab. »Herr Graf von Stolzenberg, wie geht es Ihnen?«

»Gut. Danke der Nachfrage. Und selbst?«

»Tja, mein Lieber, Sie kennen das Geschäft. Zur Zeit geht mal wieder alles drunter und drüber. Die Rinder, die Kurden, übermorgen die Wahlen. Der Kanzler ist wegen des Wahlkampfs seit Tagen kaum ansprechbar. Zudem sein Abspeckprogramm ... Na ja. Ich war etwas erstaunt, als ich hörte, daß Sie in Kelbra bei Baron von Hinrichsburg sind. Ich habe sein Preußen-Buch mit großem Interesse gelesen. Wie geht es dem Baron?«

»Wie soll es schon einem guten, alten Preußen gehen, der das Alter genießt? Es geht ihm bestens.«

Der Kanzleramtschef richtete liebe Grüße aus. Er überlegte kurz, ob er den Grafen noch auf das Gestüt und dessen letzte Erfolge ansprechen sollte. Wenn sie sich trafen, redeten sie meist über die Pferde. Doch er wollte das Unangenehme so schnell wie möglich hinter sich bringen.

»Der Grund meines Anrufs, Graf von Stolzenberg, ist leider ein recht unerfreulicher. Es geht um den Geschäftsführer der UEG und um eine ganz dumme Sache mit der Presse, die wir allerdings in den Griff bekommen werden. Also eigentlich kein Anlaß zur Aufregung. Aber ... Ihr Herr Breuer hat in einer Angelegenheit sehr eigenmächtig gehandelt, wahrscheinlich aus Profitgier. Er hätte dabei fast die UEG, Sie und auch die Regierung in größte Schwierigkeiten gebracht. Aber wie bereits erwähnt, wir haben da schon bestimmte Lösungsansätze ausgearbeitet.«

Stolzenberg unterbrach ihn nicht; er fragte nur zweimal nach, scheinbar aus höflichem Interesse. Der Minister erklärte ihm die »verfahrene Situation«, die wohl entstanden sei, weil der UEG-Geschäftsführer allein und hinter dem Rücken aller eigene Geschäfte verfolgt habe. Er sprach über Wilhelms, der Breuer offenbar in seiner Funktion als UEG-Geschäftsführer und ausführendes Organ des deutsch-russischen Kulturvereins in einer noch nicht definitiv geklärten Angelegenheit erpreßt habe, und berichtete, daß Breuer wohl überhastet reagiert habe, um letztendlich Schaden abzuwenden. Die russische Hammerschmiede und das BSE-Gutachten erwähnte der Kanzleramtschef mit keinem Wort. Stolzenberg wollte nun wissen, wie der »Kurier«-Redakteur Breuer überhaupt habe erpressen können. Der Minister erklärte, es habe »lediglich eine Unstimmigkeit gegeben, die anscheinend versehentlich bei verschiedenen Subventionsprojekten der UEG entstanden« sein müsse. Selbstverständlich werde er Stolzenberg auf dem laufenden halten – »sobald die Erkenntnisse der streng vertraulich arbeitenden Kollegen dies hergeben«. Der Graf verstand den Wink und hielt sich dementsprechend zurück. Er deutete die Aussagen des Ministers richtig, daß schließlich auch der Kanzler aufgrund des langjährigen Vertrauens nie einen Zweifel an seiner, Stolzenbergs Integrität gehegt habe und »daß man sich doch gegenseitig helfen muß«.

Das Gespräch, das eher ein mahnender Monolog war, dauerte keine zehn Minuten und endete mit einer Warnung vor Wilhelms. »Passen Sie auf! Dieser ›Kurier‹-Journalist ist gerissen. Er wird bei Ihnen durch geschickte Andeutungen den Eindruck erwecken, er wisse über alles genauestens Bescheid. Aber lassen Sie mich Ihnen versichern: Er weiß von gar nichts. Vermutungen sind alles, was er in Händen hat.«

Abschließend machte der Minister Stolzenberg noch ein Angebot, das dieser allerdings dankend ablehnte.

»Also, Graf von Stolzenberg, ich kann Ihnen wirklich zu Ihrer eigenen Sicherheit nur noch einmal anbieten, daß wir Ihnen Personenschutz geben. Zumindest so lange, bis die Angelegenheit geklärt ist und wir Wilhelms verhört haben. Er wird hundertprozentig versuchen, sich mit Ihnen in Verbindung zu setzen. Aber wenn Sie nicht wollen ...«

»Nein, danke. Das ist wirklich nicht nötig. Aber ... gut! Ich werde Sie selbstverständlich sofort unterrichten, wenn sich dieser ›Kurier‹-Redakteur bei mir melden sollte. Was ich nicht glaube. Und nochmals: recht herzlichen Dank für alles. Wirklich eine dumme Geschichte!«

Zufrieden legten der Kanzleramtschef und Stolzenberg die Hörer auf.

Zufrieden betraten auch Kellinghausen, Leitner und Bloßfeld den Raum, in dem Katja Melzer seit Stunden wartete. Die dickbusige Wächterin warf die TV-Fernbedienung auf den Tisch, sprang erleichtert auf und verließ nach einer kurzen, lapidaren Bemerkung den Raum. Bloßfeld stellte seine Kollegen vor. Die drei Agenten blickten sich nur kurz um, als überlegten sie, ob sie das folgende Gespräch am Tisch oder auf der Couchgarnitur führen sollten. Alle drei kannten den Raum nicht, wußten aber, daß Kameras und Mikrofone installiert waren, die es dem Koordinator, der Sommerfeld und ihren Kollegen ermöglichten, jedes Wort und jede Bewegung zu verfolgen. Wie auch immer! Der Fall war nahezu abgeschlossen. Ohne Schaden für Staat und Regierung. Nur für den Bundesnachrichtendienst sollte die Akte »BSE-Rußland-Wilhelms« noch lange nicht geschlossen sein. Denn während Staat und Regierungen stets nur zu einer innen-, außen- oder parteipolitisch einfachen und sauberen Lösung tendierten, war es beim BND die Regel, rund achtzig Prozent des Potentials in Ermittlungen zu stecken, die nichts ergaben, die zu keinem direkten Ergebnis führten. Oberste Priorität mußte es jedoch in allen nachrichtendienstlichen Bereichen bleiben, Hintergründe lückenlos aufzudecken, auch wenn diese für Legislative, Exekutive und Judikative uninteressant waren oder sein mußten.

Für Bloßfeld war schon kurz nach der Prellung der Zeitpunkt gekommen, sich von der Bonner Linie deutlich zu distanzieren. Der Moment hätte nicht günstiger sein können. Zumal er der festen Überzeugung war, daß Wilhelms wirklich noch im dunkeln tappte. Nun galt es, den zu finden, der alles wußte. Und Bloßfeld war sich sicher, daß diese Person nur der anonyme Informant von Wilhelms sein konnte. Und er war davon überzeugt, daß gerade dieser Unbekannte in dieser Angelegenheit noch zum größten Problem werden würden.

42

»Meist liegt es an den zu straff eingestellten Traktionselementen der Federung oder an den zu großen Abständen zwischen den einzelnen Gleissegmenten, daß wir dieses rhythmische Zucken so deutlich spüren«, erklärte der Rentner fachmännisch seiner Gattin. Beide saßen mit dem Rücken zur Fahrtrichtung. Er direkt am Gang, sie in der Mitte der Dreierbank. Armlehnen besaßen die Waggons des Regionalexpresses 3957 nicht. Dafür aber überfüllte Aschenbecher und schmutzige Fenster, die sich nur mit Brachialgewalt öffnen ließen. »Wissen Sie, mein Mann hat noch bei der Deutschen Reichsbahn gearbeitet«, erklärte die Frau den anderen Fahrgästen, die sich, mehr oder weniger beengt, auf den Kunststoffbezügen der Sitzgruppe langweilten.

»Dampflokomotiven«, ergänzte der Gatte nickend, »eine völlig andere Art des Reisens. Mit der heutigen in keiner Weise zu vergleichen.«

Max Wilhelms interessierte das Gefasel seiner Umgebung nicht. Er hörte die Worte zwar, nahm sie jedoch nicht auf. Seit zwei Minuten beobachtete er den blauen 3er BMW Compact, der mit gleicher Geschwindigkeit die zur Bahntrasse parallelverlaufende Bundesstraße befuhr. Mal lag der Wagen etwas vor, dann fiel er wieder etwas zurück. Zwischenzeitlich fuhr er genau in Höhe von Max' Fenster, als würde er von einem Magnet gehalten. Es war der gleiche Fahrzeugtyp, der sie sechsundzwanzig Stunden zuvor auf der südlichen Zufahrtsstraße zur Innenstadt verfolgt hatte. Auch dieser Wagen war mal näher an sie herangekommen und dann wieder leicht zurückgefallen. Er hatte sich zeitweise von einem, manchmal sogar von zwei Autos überholen lassen. Katja hatte ihn im Rückspiegel immer fest im Blick gehabt. Souverän und ohne Hast war sie nach dem mißglückten Auffahrattentat der Verfolger und Bloßfelds kühner Rettungsaktion weitergefahren. Sie war nicht hysterisch geworden, hatte sich nicht einmal über die zerschossene Heckscheibe des Peugeot aufgeregt. Sie war zügig weitergefahren und hatte den nachfolgenden Verkehr konzentriert beobachtet.

In das Gespräch der Mitfahrer mischte sie sich nicht mehr ein, registrierte aber genau das Treiben im Fond ihres Kleinwagens. Alles war wieder in Ordnung. Max hielt wieder die Pistole in Händen und fuchtelte damit wie zuvor unachtsam unüberlegt herum. Er hielt die Waffe, als hätte er selbst vor Sekunden geschossen. Sie war ihm unheimlich.

»Was war das?« fragte Max zitternd.

Bloßfeld saß weit vorgebeugt da. Sein Kopf hing schlaff herunter. Seine Hände krallten sich ins Polster. Sein angestrengtes Gesicht verriet, daß er fest entschlossen war, die starken Schmerzen auszuhalten. Stöhnend erklärte der Agent das Prinzip der Prellung.

»Das war jetzt das zweite Mal an diesem Tag, daß ich Ihnen das Leben gerettete habe«, endete er.

»Sich selbst haben Sie doch auch gerettet!« schrie Max fassungslos. »Was? Was ist das? Warum opfern die ihren eigenen Mann? Was bringt die dazu?«

»Die Angst vor Ihrem Wissen?«

»Was weiß ich denn? Nichts. BSE? Was weiß ich über BSE? Daß Poschmann, diese Sau, mir das Gutachten untergejubelt hat. Und sonst? Daß dieser Graf Ihrem Kanzler und Europa die Zähne zeigen will. Was ist das für eine Geschichte mit Rußland?

»Der Kreisauer Kreis«, stöhnte Bloßfeld.

»Das war 1940.«

»1941.«

»Schön, dann eben 1941«, seufzte Max. Auch er kämpfte jetzt. Er stand direkt am Abgrund. Mit letzter Kraft weigerte er sich noch, die Beherrschung, die Kontrolle zu verlieren und seine Vorsicht aufzugeben. Er verlor den Kampf jedoch innerhalb von Sekunden. Er stürzte in den Abgrund. Es sprudelte auf einmal hemmungslos aus ihm heraus. Mit jedem Satz, den er hinausschrie, spürte er, wie der Druck in seinem Körper mehr nachließ. Mit jedem Wort spürte er, wie die Erleichterung wuchs. Er erzählte von seinen orientierungslosen Schritten durch Parkanlagen, von seinen Bettstellen bei Freunden, von seinen Fluchtaktionen durch U-Bahn-Passagen und Kaufhäuser. Er erzählte von dem anonymen Anrufer, der ihm als einziger Hinweise gegeben hatte. Hinweise, denen er zwangsläufig hatte nachgehen müssen, da sie für ihn die einzige Hoffnung bedeutet hatten. Er schilderte seine Irrwege durch die Lexika-Welt in der Zentralbibliothek, seinen Frust, seine Niederlagen, aber auch seine Siege, als er beispielsweise den Kreisauer Kreis letztendlich doch hatte bestimmen können. Er beschrieb die Suche nach sicheren Telefonzellen und erzählte, wie er dem anonymen Anrufer stolz wie ein kleiner Schuljunge das Ergebnis seiner Recherchen hatte präsentieren können. Er verriet, daß er ausgewählt, ja berufen worden war. Daß er vorbereitet werden sollte. Er endete mit Poschmann und Stolzenberg. Und mit seinem Auftrag, den Grafen mit dem Rabengekreise zu konfrontieren. Nach dem letzten Wort ließ er sich in die Ecke des Rücksitzes fallen. Nur kurz spielte er mit dem Gedanken, die Waffe einfach in Bloßfelds Schoß zu legen. Er war schlicht und einfach ausgelaugt.

Der Agent sagte nichts. Aufmerksam hatte er den Erzählungen gelauscht. Er hatte nie versucht, Max zu unterbrechen. Nun spürte auch Bloßfeld eine Erleichterung in sich, die er sich allerdings nicht erklären konnte. Sie entbehrte jeder Logik. Mit Hunderten von kleinen Steinen hatte er in den letzten Tagen ein Gebäude errichtet, das in sich stabil gewesen war. Türen und Treppen seines Hauses hatten erstmals klare Verbindungen zwischen Räumen und Etagen hergestellt. Die Etagen waren schlüssig strukturiert gewesen. Die Russen. Die Regierung. Die EU. Nazi-Deutschland. Personen lebten und wirkten in dem Gebäude. Stolzenberg. Breuer. Kutschnekov. Die Greise und der Kreisauer Kreis. Wilhelms war in dieser Skizze die einzige Person ohne festen Raum gewesen, die immer und überall plötzlich hereingeschaut hatte, die durch die Gänge gegeistert war und Unruhe gestiftet hatte. Jetzt, wo der »Europa«-Redakteur seine Geschichte abgeschlossen hatte, war Bloßfelds Gebäude wie ein Kartenhaus zusammengefallen. Mit den ersten Worten hatte Wilhelms nur die Türen des Gebäudes verschlossen. Dann hatte er aber Wände eingerissen und schließlich das Fundament Stein für Stein zerstört. Bloßfeld stand vor dem Trümmerhaufen seiner Arbeit. Er brauchte Zeit. Er mußte die Abbruchsteine, die Wilhelms ihm vor die Füße geworfen hatte, neu sortieren. Einige Räume würden schnell wieder aufgebaut werden können. Doch nur der anonyme

Informant würde einen wirklichen stabilen Unterbau liefern können.

»Arbeiten Sie für uns«, sagte Bloßfeld kurz.

Max' Antwort blieb aus.

»Arbeiten Sie für uns«, wiederholte der Agent sein Angebot, »es ist eine einmalige Chance für Sie. Sie müssen doch weitermachen. Sie können jetzt nicht stehenbleiben. Also nehmen Sie das Angebot an! Sie tun einfach das, was Sie ohnehin tun wollten. Tun Sie so, als ob wir Sie auf der Zeche nicht geschnappt hätten. Handeln Sie ganz unabhängig von uns. Sie werden sich noch einmal mit Stolzenberg in Verbindung setzen. Nur, nutzen Sie diesmal unser System. Wir decken Sie. Sie wissen genau, daß Sie dieses Angebot nicht ausschlagen können.«

Der blaue 3er BMW Compact war etwas zurückgefallen. Max mußte sich weit nach vorn beugen, um ihn noch durch die verschmierte Scheibe des offenen Abteils sehen zu können. Der Regionalexpreß fuhr nun seit mehr als drei Minuten stur geradeaus. Es gab keine Kurve, nicht einmal eine leichte Biegung der Trasse. Der Takt, den die Zugräder angaben, wurde deutlich langsamer. Es war das Zeichen für einen weiteren Stopp in einem der zahlreichen Kuhdörfer, die der Bummelzug passierte. Max dachte an den schnellen InterRegio, in den er dreizehn Minuten nach sieben in seiner Heimatstadt eingestiegen war. Der Hauptbahnhof war noch voller müder Nachtschwärmer gewesen, die mitten in der Betriebsamkeit des Samstagmorgens ein kräfteweckendes Frühstück gesucht hatten. Um 9.58 Uhr hatte der InterRegio 2455 dann Kassel-Wilhelmshöhe erreicht. Exakt sieben Minuten hatte Max Zeit gehabt, in den Anschluß-Regionalexpreß umzusteigen. Niemand war ihm in der nassen Kälte gefolgt.

Keiner hatte ihn im Umsteigebahnhof erwartet, beobachtet oder, wie versprochen, gedeckt. Auch der blaue 3er BMW war offenbar nicht zu seinem Schutz abgestellt. Er war nämlich verschwunden. Max suchte ihn vergeblich. Doch er war sich sicher: Bloßfelds Männer waren bei ihm.

Als er sich wieder zurücklehnte, fiel sein Blick auf das Mobiltelefon, das mit einem Clip an seiner Jacke befestigt war. Mit dem Kragen hatte Max sie an einen Haken gleich neben den Kopf der alten Frau gehängt. Das Bändchen zum Aufhängen war abgerissen. Die Oma lauschte immer noch stolz den Geschichten ihres Mannes. Zwischenzeitlich lächelte sie allen Zuhörern zum Danke für deren Aufmerksamkeit zu.

Der ehemalige Reichsbahnbedienstete erzählte gerade, ungeachtet mancher Seufzer um sich herum, von den Problemen eines Heizers in früheren Zeiten. »Der Druck der Kessel mußte immer, wirklich immer bei fünfzehn Bar gehalten werden«, übertrieb er. Max nervten alte Menschen mit alten Geschichten aus alten Zeiten. Er erschrak leicht, als er sich dieser Tatsache bewußt wurde. Sie widersprach wie viele andere seiner Vorstellungen, Ideen und Meinungen seinem reellen Handeln. Die Bergmänner seiner Siedlung waren alle alt. Gerne saß er mit ihnen in den Gärten, trank Bier und hörte ihnen zu. Max blickte wieder auf das Handy. Auch gegen dieses moderne Kommunikationsgerät hatte er sich jahrelang gesträubt, obwohl die Hauptredaktion ihm eines bezahlt hätte. Für ihn waren Mobiltelefonbesitzer versnobte, profilneurotische Idioten. Nun trug er ein eigenes mit sich herum, eines aus dem Besitz eines staatlichen Agenten, dessen Einheit so geheim war, daß er nicht einmal ihren Namen kannte.

»Fragen Sie nicht, Herr Wilhelms«, hatte Bloßfeld schlicht gesagt und ihm das handliche Gerät gegeben.

»Sie gehören einer Einheit an, die aus mehreren Diensten zusammengesetzt ist. Mehr kann ich Ihnen nicht sagen.«

Max hatte mehr wissen wollen, hatte mehrfach den Versuch unternommen, mehr zu erfahren, hatte sogar mit einem Rückzieher gedroht. Doch Bloßfeld hatte es sofort erkannt, hatte jeden Vorstoß von Wilhelms schon im Keim erstickt. Max hatte keine andere Chance gehabt. Der Agentenchef hatte ihn in Zugzwang gebracht. Max hatte schnell nach dem Handy und das Weite suchen müssen. Denn der Peugeot war immer noch mit einem Satelliten-Sender ausgestattet.

Nach dem gescheiterten Prellversuch und dem ersten klärenden Gespräch hatte Max noch die Richtung »Südwestliche Stadtbezirke« vorgegeben. Zudem hatte er aufgrund der starken Frequentierung und guten Übersichtlichkeit die Bundesstraße empfohlen.

»Genau das würde ich Ihnen nicht raten«, sagte Bloßfeld. »Lange, gerade Strecken oder längere Zeit in die gleiche Richtung zu fahren, sind ein Geschenk für jeden Verfolger. Zudem müssen Sie bald aus dem Auto steigen.«

»Ich? Wieso ich?« fragte Max erstaunt.

»Weil auch wir unsere Spielregeln haben. Wahrscheinlich ähnliche wie Sie bei Ihrer Zeitung. Gute Geschichten und gute Informanten sind rar. Die behält man lieber für sich. Ich hatte Ihnen gesagt, daß ich und somit auch Sie für eine Spezialeinheit arbeiten. Da müssen wir bestimmte Behörden einfach außen vor lassen.«

Max wunderte, daß Bloßfeld erstmals von »wir« sprach und dieses »Wir« besonders hervorhob. »Ich arbeite nicht für Sie, sondern allenfalls *mit* Ihnen«, reagierte er prompt.

»Nein, Max, Sie arbeiten für uns. Ein ›Mit-uns-Arbeiten‹ gibt es nicht. Und deswegen werden Sie uns gleich verlassen.«

Bloßfeld schlug die Innenstadt vor, und Katja lenkte den Wagen in diese Richtung. Die City besaß viele kleine versteckte Gassen. Für ein Versteckspiel mit dem Auto stellte sie allerdings ein nicht zu vernachlässigendes Problem dar. War das System der verwirrenden Einbahnstraßen einmal erreicht, war man in ihm wie in einem Labyrinth gefangen. Der große Zentralplatz, der nach einem viel zu jung erschossenen, amerikanischen Präsidenten benannt war, lag zwischen Kaufhäusern, Sozialamt und Hauptverwaltung einer Wohnungsgenossenschaft und konnte von allen Seiten erreicht werden. Doch ein Überqueren des freien Asphaltareals war unmöglich, was bedeutete, daß das Fahrzeug die Innenstadt über die gleiche Straße wieder verlassen mußte. Einzige Ausnahme bildete die nordwestliche Zufahrt. Hier existierten drei Einfahrten, wovon zwei zugleich auch eine Ausfahrt ermöglichten. Weiterer Vorteil der nordwestlichen Passage war, daß sie an einem anderen, etwas kleineren Platz vorbeiführte, von dem aus in wenigen Minuten sechs Bus- und Straßenbahn-Haltestellen sowie vier U-Bahn-Haltestellen erreicht werden konnten. Drei belebte Fußgängerzonen boten zusätzlich eine gute Deckung. Max bemerkte rasch, daß auch Bloßfeld nicht den perfekten Agenten darstellte. Sein Plan war gut, doch Fahrer und Beifahrer des Verfolger-Fahrzeuges, des blauen 3er BMW, schienen ebenfalls schon begriffen zu haben, welche Möglichkeiten die verbaute Innenstadt für einen Flüchtigen bot.

Katja war es, die zum Handeln drängte. Das Nummernschild des kompakten Mittelklassewagens aus Bayern konnte sie im Innenspiegel nicht mehr erkennen, so dicht waren die Verfolger bereits aufgerückt. Sie drängten von hinten. Die Chefin vom Dienst wurde erstmals seit dem Prellversuch nervös. Mit weniger als dreißig Stundenkilometern fuhr sie um das städtische Schauspielhaus herum. Hätte sie den Fuß jetzt ruckartig vom Gaspedal genommen, wäre der BMW aufgefahren. Bloßfeld schaute durch die zersplitterte Heckscheibe. Die Männer stammten aus Sommerfelds Truppe. Für die Verfolger nicht zu sehen, winkte er mit der Hand und signalisierte Wilhelms so eindeutig, dieser möge die Pistole schnell wieder sichtbar an seinen Hals drücken. Max verstand. Die Verfolger reagierten jedoch nicht darauf. Sie fuhren weiterhin Stoßstange an Stoßstange hinter ihnen her.

»Sie werden nicht auf mich schießen«, sagte Max plötzlich mit sicherer Stimme.

Bloßfeld schaute ihn fragend an.

»Nein, werden sie nicht«, beharrte Max. »Denken Sie an den SEK-Einsatz am Hauptbahnhof. Solange ich unter Menschen bin und solange sie wissen, daß ich eine Waffe habe, werden sie nicht schießen.«

Katja verstand, suchte und fand. »Dort«, sagte sie und wies auf eine breite Schneise, die den Zentralplatz mit Fußgängerzone und Hauptbahnhof verband. Eine kleine Schar Frauen wechselte, mit Plastiktüten bepackt von einem noblen Konfektionsgeschäft in ein Warenhaus. Sie hatten zunächst Anregungen gesammelt und stahlen sich nun zum weitaus preiswerteren Konkurrenten hinüber. Katja nahm übervorsichtig den Fuß vom Gaspedal. Sie wollte den richtigen Moment abwarten. Sie mußte sich auf die Geschwindigkeit der Frauen einstellen, mußte abschätzen, wann die ersten von ihnen die Straße überquerten. Von dort aus waren es nur noch wenige Schritte bis zu den Eingangstüren des Warenhauses. Dieses besaß neben den sechs Ein- und Ausgängen auch noch drei Verbindungen zur Tiefgarage unter dem Zentralplatz.

»Jetzt«, sagte sie und gab Gas. Gleichzeitig richtete Max die Pistole nach hinten. Die Vollbremsung des BMW-Fahrers war mehr ein Reflex. Max hatte sich im letzten Moment an Bloßfelds Reaktion beim ersten Prellversuch erinnert und eiferte ihm nun nach. Als Katja die Räder des Peugeot gut zwanzig Meter vor dem 3er Compact zum Stehen brachte, sprang Max aus dem Wagen und hörte noch im Hintergrund: »Lassen Sie das Handy immer eingeschaltet.«

Aus Wut über seine Entscheidung, Bloßfelds Vorschlag zu schnell und ohne Widerspruch zugestimmt zu haben, hatte er es dennoch später ausgeschaltet. Und aus Wut über diese Kurzschlußhandlung vermied er nun einen weiteren Blick auf das Jackett mit dem Handy. Das Mobiltelefon des Agenten unterschied sich nämlich nicht großartig von gewöhnlichen schnurlosen Apparaten. So benötigte auch dieses Handy bei jedem Einschalten die Eingabe einer geheimen Zahlenkombination. Max kannte sie nicht. Und er sollte sie auch nie erfahren.

In der Rubrik »Biowetter« wurden in der Zeitung empfindliche Menschen vor dem Wetterumschwung gewarnt. Kopf- und Gliederschmerzen könnten auftreten, hieß es. Grund dafür sei eine kräftige Warmfront von Irland bis zum Balkan, die mit starker Bewölkung und einzelnen Regenschauern über Mitteleuropa hinwegziehe. Da Martin Bloßfeld jedoch nicht zu den empfindlichen Typen der menschlichen Spezies gezählt werden konnte und da er zudem seit sechs Tagen zum ersten Mal ausschlafen durfte, erschien ihm der Samstagmittag des 23. März 1996 wie ein Extrabonus der Pullacher Freizeitabteilung. Bis in die frühen Morgenstunden hatten Kellinghausen und er mit zweieinhalb Litern Portugieser Weißherbst die letzten Stunden Revue passieren lassen. Die Uhr hatte kurz nach vier angezeigt, als der Chauffeur ihn zufrieden vor der Aachener Villa abgesetzt hatte. Katja Melzer war in Sommerfelds Nobeletage bestens untergebracht. Bravourös hatte die »Kurier«-Chefin vom Dienst das Theater für die Kölner Verfassungsschutzkameras mitgespielt. Wilhelms hatte zwar sein Mobiltelefon ausgeschaltet, doch früher oder später würden die Kollegen ihn ausfindig machen. Stolzenberg und von Hinrichsburg wurden weiterhin bewacht. Dort mußte Wilhelms irgendwann auftauchen.

Der Kanzleramtsminister hatte sich gestern abend endgültig mit den Worten verabschiedet: »Damit dürfte wohl für mich vorerst die Angelegenheit erledigt sein.« Der Koordinator hatte nur noch um detaillierte Berichte nach Art des Kollegen Leitner gebeten und mahnend daran erinnert, daß sich keine Schludrigkeit einschleichen dürfe, solange Wilhelms noch frei rumlaufe. Der »Gentleman« mußte bereits mit Breuer an der Hand im Flugzeug in Richtung Lateinamerika sitzen. »Punta del Este, Uruguay«, hatte Breuer ohne Scham und Zurückhaltung als Wunschadresse angegeben.

Bloßfeld stand auf, reckte sich noch einmal ausgiebig, riß den Vorhang auf und genoß für Sekunden den Blick in den Garten des Aachener Instituts. Im Westen sah er dunkle Wolken aufziehen, die ihn allerdings kaum störten. Er drehte sich um und wollte sich gerade das Gesicht waschen, als es klopfte.

Es war Dietmer.

»Morgen, Chef«, sagte er. »Alles in Ordnung ... das heißt, da gibt es eine Sache, die ich Ihnen zeigen wollte. Muß nichts bedeuten, aber es könnte vielleicht was dahinterstecken.«

Bloßfeld kannte seinen Logistik-Experten nicht erst seit

gestern und wußte sofort, daß er keine Glückwunschtelegramme überreicht bekommen würde. Aus einem dünnen Kartonumschlag holte Dietmer ein Papier hervor und reichte es ihm.

»Das ist irrtümlich bei uns im Computer gelandet. Kommt aus Pullach. Für Kellinghausen. Da hat wahrscheinlich irgendein Tippser gedacht, er sei bei uns.«

»Und?« fragte Bloßfeld erstaunt. Er konnte mit den Informationen auf dem Zettel wenig anfangen.

»Es ist die Bestätigung, daß mit dem privaten Betreiber eines Sportflugplatzes bei Nordhausen eine Übereinkunft erzielt werden konnte. Zudem wurde Kellinghausen eine Sigma-Finanzierung zugeteilt. Die Information hätte Pullach gar nicht verlassen dürfen.«

»Ralf, ich verstehe das alles nicht. Was willst du mir da weismachen?«

»Kellinghausen hat auf den Sigma-Topf zurückgegriffen, hat sich eine hohe, eine sehr hohe Summe aushändigen lassen, für die er keine Rechenschaft abzulegen hat. Gleichzeitig wird ihm mitgeteilt, daß irgend etwas auf dem Nordhauser Sportflugplatz arrangiert wurde. Nordhausen liegt etwas mehr als zwanzig Kilometer westlich von Kelbra. Und Wilhelms ist auf dem Weg ...«

»Sag mir bitte nicht, nach Kelbra!«

»Doch. Er ist um 7.13 Uhr mit dem Zug nach Kassel gefahren, um 12.02 Uhr in Berga angekommen. Dort hat er sich ein Taxi nach Kelbra genommen. Er ist zur Zeit Gast des Barons von Hinrichsburg.«

»Und über ihm kreisen die Raben«, fügte Bloßfeld sarkastisch hinzu. »Verdammter Mist, wo ist Kellinghausen?«

»Auf dem Weg hierher. Sie hatten sich zum Essen verabredet.«

»Dieser alte Schweinehund. Der wußte die ganze Zeit,

daß ... Der hat bis heute morgen mit mir gesoffen. Wir treffen uns gleich zum Essen und er will ...«

»So hatte und hat er Sie unter Kontrolle.«

»Ralf, wie viele Sigma-Mittel kann er haben?«

»Keine Ahnung.«

»Reicht es für eine perfekt fingierte Auslöschung? Für ein Get-off-Programm?«

»Hundertprozentig.«

Der Taxifahrer weigerte sich vehement, die Anhöhe zum Herrenhaus hinaufzufahren. Nach fast beleidigenden Protesten seines Fahrgastes griff er schließlich zur Samstagsausgabe eines lokalen Blattes und zeigte zornig auf die mit einem Textmarker umkreiste Nachricht. *Schneehöhen in cm: Harz bis 105 cm.*

Max verzichtete daraufhin sofort, den erbetenen Fahrpreis aufzurunden, und stieg aus. Ein Junge mit Prinz-Eisenherz-Haarschnitt schoß auf seinem Schlitten an ihm vorbei und ließ sich im letzten Moment vor der Landstraße fallen. Ein kleines Mädchen, das den Eisenherz-Prinzen trotz seines eher verunglückten Absprungs voller Bewunderung angeschaut hatte, trat ein wenig zurück und fragte schüchtern: »Kennst du die alten Männer?«

»Nein, kenne ich nicht«, antwortete Max überrascht. »Was für alte Männer?«

»Sie haben Wölfe und sind unheimlich«, warnte das Mädchen und wich einen weiteren Schritt zurück.

Ohne weiter auf die Kinder einzugehen, machte Max sich auf den Weg. Oben, etwa auf halber Höhe, standen weitere Dreikäsehochs. Zwei schrien mit dem Rücken zu ihm irgendein unverständliches Zeug in Richtung Haus, unterstrichen das Geschrei mit provozierenden, beleidigenden Gesten, stürzten beinahe gleichzeitig auf die Schlitten und schossen unter dem Beifall und Gelächter der anderen die Abfahrt hinunter. Verkrampft und verbissen hielten sie dabei die vorderen Enden der gebogenen Kufen fest. Sie waren, wenn auch nur für einen kurzen Moment, die Helden, auch wenn sie mit ihrem Verhalten nur den Erwartungen der anderen entsprachen.

Max genoß es, durch den Schnee zu stapfen. Das knirschende Geräusch unter den Sohlen verlieh ihm Kraft, obwohl der Aufstieg anstrengend war. Der Untergrund war nicht glatt. Er wählte die Stellen, die noch nicht vereist waren. Er blickte auf das steil aufsteigende Gebirge, das wie eine Festungsmauer das über ihm liegende Herrenhaus zu schützen schien. Immer wieder schaute er gen Himmel und hielt nach schwarzen Vögeln Ausschau. Doch nicht einen einzigen Vogel konnte er entdecken. Er suchte fieberhaft weiter, konzentrierte sich auf die Baumwipfel. Auf halber Höhe, wo zwei Jungen mit Schlitten ihn ängstlich anstarrten, gab er die Suche auf. Sagen waren ohnehin für ihn Jägerlatein, Ammenmärchen und Seemannsgarn – wie Heiligenlegenden. Max griff sich plötzlich an den Hals und spürte die dünne Kette mit dem kleinen Christophorus-Emblem, das seine verstorbene Mutter ihm im Alter von achtzehn Jahren nach der bestandenen Führerscheinprüfung geschenkt hatte. Der Legende nach soll der Märtyrer aus der Ostkirche das Christuskind über einen Fluß getragen haben. Er soll von der Last des Kindes unter Wasser gedrückt und getauft worden sein. Seit etwa 1900 gilt Christophorus deshalb als Patron der Pilger, Schiffer und Kraftfahrer. Für Max war das Emblem eine Erinnerung an seine abergläubische Mutter. Mehr nicht. Und so verfluchte er im stillen die Tatsache, daß er – wenn auch nur für einen Moment – der

Sage um den Kyffhäuserberg mehr Aufmerksamkeit geschenkt hatte, als sie verdiente.

Max zog es vor zurückzuschauen. Über die breite, weiße Aue, die, so hatte er am kleinen Bahnhof von Berga erfahren, die »Goldene Aue« genannt wurde. Zwischen Herrentoilette und Bahnhofsausgang stand ein Drahtgestell mit dem kursiven Schriftzug:

Willkommen!

Das zweite L war fast weggerostet. Faltbroschüren, die in mehreren kleinen Körbchen verteilt waren, wiesen den Besucher darauf hin, nun in eine historisch interessante Gegend gekommen zu sein. Ein aus dem Heiligen Land zurückgekehrter Stolberger Graf soll beim Anblick des Tals einst erleichtert ausgerufen haben: »Ich lasse jedem das gelobte Land und lobe mir die Gold'ne Au.« Der dreifach gefaltete Reiseführer ging anschließend stolz auf Burgen, Schlösser, Klöster und kleinste Dorfkirchen ein und scheute sich nicht, Gotik, Renaissance, Barock und Spätklassizismus in einem Satz unterzubringen. Hoheitsvoll wurde der allseits bekannte Adel aufgeführt, der zwischen Kyffhäuser und Harz seine Spielchen veranstaltet und seine mittelalterlichen Gelüste befriedigt hatte. Heinrich I. hatte hier seine Hochzeit mit Mathilde gefeiert. Kaiser Otto IV., Heinrich V. und der sagenumwobene Kaiser Friedrich I. Barbarossa hatten sich hier ein Stelldichein gegeben. Auch wenn Otto II. kurz vor der ersten Jahrtausendwende nach Christi Geburt gegen die Araber eine schlimme Niederlage hatte hinnehmen müssen, war er in Tilleda doch ein Held geblieben. Schließlich hatte sich der spätere Mitkaiser ganze siebenmal auf der Pfalz Tilleda aufgehalten. Max hatte die Broschüre noch auf dem Weg zum Taxihalteplatz entsorgt. Er wollte weder

Berga noch Kelbra, noch Tilleda besuchen. Auch der Blick zum südlichen Rücken des Harzes weckte in ihm kaum den Wunsch, diese Gegend näher kennenzulernen.

Zweimal mußte er schellen, bis die Eingangspforte geöffnet wurde. Ein Verbrechertyp im Dienerfrack schaute ihn fragend an.

»Wilhelms«, stellte Max sich vor. »Herr Stolzenberg erwartet mich.«

»Sie meinen, Graf von Stolzenberg«, verbesserte ihn der Diener steif. »Soweit ich informiert bin, hatten Sie einen Termin gegen 15.00 Uhr. Sie sind zu früh. Möchten Sie warten oder später noch einmal wiederkommen?«

Max traute seinen Ohren nicht. Mit allem hatte er gerechnet, damit nicht.

Als er Stolzenberg gestern abend endlich wieder an der Strippe gehabt hatte, war er fest davon überzeugt gewesen, daß der Graf ihn noch tags zuvor hatte ermorden wollen, daß der Graf Einstein auf dem Gewissen hatte und ihn, Max, auch weiterhin aus dem Weg räumen wollte. Bevor Stolzenberg überhaupt seinen Namen vollständig hatte aussprechen können, hatte Max schon begonnen, ihn unter Druck zu setzen. Dabei hatte er sich wieder des Tricks bedient, der ihm schon die Flucht vom Zechengelände ermöglicht hatte. Mit Bloßfeld als Geisel.

»Passen Sie auf, ich sage es nur einmal«, hatte er in den Telefonhörer geschrien. »Ich habe mittlerweile alles rausgekriegt, und deshalb will ich noch einmal versuchen, mich mit Ihnen zu treffen. Und diesmal ohne Tricks und irgendwelche Killer. Haben Sie verstanden?« Ohne Stolzenberg überhaupt die Möglichkeit einer Antwort zu lassen, hatte er sein Repertoire abgespult. »Mich interessieren Ihre Raben am Kyffhäuser nicht, mich interessiert Rußland, Herr Stolzenberg, allein Rußland.« Zweimal hatte Bloßfeld ihn auf Rußland hingewiesen. Zweimal hatte auch Max Stolzenberg dieses Stichwort entgegengeschleudert. »Ich will Ihnen damit nur die Chance geben, sich zu erklären«, hatte er anschließend fast zu höflich und entgegenkommend gesagt. »Aber keine faulen Tricks mehr! Sie bringen sowieso nichts mehr. Nach der Schießaktion auf der Zeche habe ich alles aufgeschrieben. Der Bericht über BSE, den Kreisauer Kreis und Rußland steht. Er ist fertig und liegt auch schon zwei verschiedenen Zeitungen vor. Und, Herr Stolzenberg, keine davon ist der ›Kurier‹. Vergessen Sie also Ihre Beziehungen zu Poschmann.«

Vor dem Telefonat hatte Max lange mit sich kämpfen müssen, mit wie vielen Zeitungsveröffentlichungen er drohen sollte. Eine würde Exklusivität bedeuten, wäre aber auch zu unsicher. Zunächst hatte er von vier Zeitungen sprechen wollen, hatte diese Zahl dann aber selbst für zu hoch und zu unwahrscheinlich gehalten. Bei vier hätte Stolzenberg womöglich den Bluff durchschaut. Zwei war die Zahl, mit der Max sich schließlich am sichersten gefühlt hatte. Die Aussicht, daß das Manuskript zwei unbekannten Verlagen vorlag, mußte Stolzenberg zur Vorsicht mahnen und zu einem sensiblen Vorgehen zwingen.

»Gut«, hatte der Graf gesagt, als Max ihm endlich Gelegenheit gegeben hatte zu reagieren. »Lassen Sie mich zunächst nur so viel sagen, Herr Wilhelms. Ich weiß nicht, in wieweit Sie im Bilde sind, doch die von Ihnen angesprochenen Punkte sind umfangreicher und komplizierter, als Sie glauben. Zu viele Personen und Institutionen sind daran beteiligt. Ich habe Ihre Drohung zwar zur Kenntnis genommen, muß Ihnen allerdings sagen, daß ich – gleich, was man Ihnen erzählt hat – weder etwas mit dem Tod Ihres Freundes Strombach zu tun habe noch etwas von dem Attentat auf Sie auf dem Zechengelände gewußt habe. Sie werden es mir vielleicht nicht glauben, doch ich werde es Ihnen eindrucksvoll und stichhaltig beweisen.« Mit der Einladung in ein Herrenhaus zwischen Kelbra und Tilleda für Samstag nachmittag und der Warnung, Max möge sich auch weiterhin auf seinen Spürsinn verlassen, anstatt gutgläubig schlechten Ratgebern zu vertrauen, hatte sich der Graf höflich und ruhig verabschiedet. Bevor er aufgelegt hatte, hatte er noch etwas gesagt, das wie das Schlußwort eines längeren Referats geklungen hatte: »Die Zeit ist reif.« Stolzenberg hatte am anderen Ende der Leitung einen einsamen »Kurier«-Journalisten außer Dienst zurückgelassen, dessen Feindbild im Nu zerstört worden war. »Noch ist die Zeit nicht reif«, hatte vor kurzem der anonyme Anrufer gesagt. »Die Zeit ist reif«, hatte jetzt der Graf verkündet.

Max starrte den Diener immer noch fassungslos an. Wie so oft in den letzten Tagen wollte er seinen Ohren nicht trauen. Nun war er in Kelbra und sollte warten oder noch einmal wiederkommen?

»Der Graf erwartet mich«, sagte er noch immer völlig überrascht.

»Soweit ich informiert bin, hatten Sie einen Termin zwischen halb drei und drei. Wir haben jetzt ...«, der Diener schaute rasch auf seine Titan-Armbanduhr, »kurz nach eins.«

»So, jetzt hören Sie mir mal zu«, meinte Max energisch, »jetzt bewegen Sie Ihren Arsch zu Ihrem Grafen und sagen ihm, daß ich hier bin. Haben Sie das verstanden?«

Josef blieb so gelassen, als hätte er jeden Tag mit unangemeldeten Gästen zu kämpfen. »Mein Herr«, erwiderte er freundlich, »ich muß Sie leider bitten, zu warten oder zu gehen. Selbstverständlich können Sie zu dem vereinbarten Termin noch einmal vorstellig werden.« Dann fügte er in Max' Tonfall hinzu: »Haben *Sie* das verstanden?«

Max war angesichts dieser überzogenen Reaktion völlig konsterniert. Als Journalist war er bei beruflichen Auftritten nicht nur buckelnde Gastgeber und unterwürfige Diener gewohnt, er erwartete sie geradezu. Der Fracktyp ihm gegenüber zeigte sich allerdings, sah man einmal von seinem permanenten Grinsen ab, allzu selbstbewußt. Er war stämmig und kräftig, besaß lange – viel zu lange – Arme. Auch Max sah nun auf die Uhr. Etwas über eine Stunde sollte er noch warten? Er blickte zurück in die Kälte der Aue. Das Taxi war schon lange fort. Nach Schlittenfahrten mit den Kindern war ihm nicht zumute. Aus der Eingangshalle strömte ihm angenehme Wärme entgegen. Nur eine Bank und zwei Stühle konnte er erkennen. Hinter dem Diener mit den langen Armen führte eine breite Treppe nach oben. Die Messingstangen, die den blaßroten Läufer auf den Stufen in Form hielten, glänzten. Das Eichengeländer war geradezu bombastisch. An der Wand stachen mehrere große Portraits ins Auge. Die Typen in den breiten goldfarbenen, verschnörkelten Rahmen trugen meist Uniformen.

»Ich warte«, sagte Max kurz entschlossen. Er trat einen Schritt vor, der befrackte Diener einen zur Seite.

Josef verlangte nach der Jacke. Max wollte sie schon abstreifen, als ihm einfiel, daß er immer noch Bloßfelds Waffe in der Innentasche trug.

»Lassen Sie nur«, meinte er schnell, »ist schon in Ordnung.«

»Darf ich Ihnen etwas anbieten?« fragte Josef, schloß die Eingangspforte und öffnete die Tür zu einem Nebenraum. »Vielleicht einen Kaffee?«

»Kaffee wäre prima«, antwortete Max spontan, korrigierte seine Bestellung aber sofort. »Moment, doch lieber ein Bier, wenn's geht.«

Josef verschwand: »Ich werde den Kaffee gleich bringen«.

Das kleine Nebenzimmer war im Jugendstil eingerichtet. Ein schmaler Sekretär stand schräg in einer Ecke. Die Vorhänge waren halb zugezogen. Drei Stühle waren um einen runden Tisch mit Spitzendeckchen gruppiert. Alles wies darauf hin, daß der Raum nur als Wartezimmer genutzt wurde. Max stand auf, öffnete vorsichtig eine Schublade des Sekretärs, dann die nächste. Auch die dritte war leer. Lautlos bewegte er sich zur Tür`und zog sie langsam auf. Der Dielenboden knarrte unter seinem Gewicht. Auf Zehenspitzen schlich er zur Treppe und stützte sich auf die untere Biegung des massiven Geländers. Seitlich des Aufgangs führte ein Gang, eine Art kleiner Flur, den eine Bank und zwei Stühle säumten, in den hinteren Teil des Gebäudes. Am Ende war eine Glastür. Wahrscheinlich gelangte man durch sie in den Garten. Max tippte, daß Eßzimmer, Küche und Bedienstetenräume im rückwärtigen Teil des Hauses lagen. Hinter der Tür direkt gegenüber des Wartezimmers mußte sich das Empfangszimmer befinden. Zu unwahrscheinlich war es, daß Gäste durch den dunklen Flur geführt werden mußten. Max bewegte sich nicht. Er hielt für Sekunden den Atem an, konnte aber nichts hören. Lautlos überbrückte er die wenigen Meter der Eingangshalle und legte, wieder ohne zu atmen, vorsichtig ein Ohr an die massive Tür. Von dem Diener war weiterhin nichts zu hören. Max fühlte sich sicher, zumal er wußte, daß Stolzenberg dem Treffen mit ihm kaum ausweichen konnte. Das schlimmste, was ihm demnach passieren konnte, war, daß ihn der Diener mit dem Verbrechergesicht des Hauses verwies und er in einer Stunde noch einmal schellen mußte. Max entschloß sich blitzschnell, das Risiko einzugehen. Er wollte nur einen kurzen Blick in den Raum werfen. Langsam drückte er die Klinke herunter, schob mit der Schulter die Tür auf und schielte ins Zimmer. Mehrere Männer saßen stumm auf Stühlen oder hatten es sich in Sesseln bequem gemacht. Einer saß ganz weit hinten auf einer hölzernen Bank. Sie alle waren sehr alt, zu alt, als daß einer von ihnen Vorstandsvorsitzender eines der bedeutendsten Energieversorgungsunternehmen Europas hätte sein können. Neugierig streckte Max seinen Kopf weiter durch den schmalen Spalt. Zwei Männer saßen mit dem Rücken zu ihm. Einer schaute nachdenklich auf den Kamin. Plötzlich blickte der Mann auf der Bank Max direkt in die Augen. Im ersten Moment wollte Max schnell seinen Kopf zurückziehen und die Tür wieder vorsichtig schließen. Doch der Greis zeigte keinerlei Reaktion. Vielleicht hatten die alten Männer ihn erwartet. Mit einem kräftigen Schwung stieß Max die Tür weit auf. Nun schauten die Greise ihn überrascht an. Auch der Mann auf der Bank bewies Reaktionsvermögen.

Sie wußten, daß er im Hause war. Johannes Elias Freiherr von Lausitz hatte ihn auf der Suche nach seiner Katze als erster entdeckt. Prinz Heinrich von Oranienbrug war sofort zum Fenster geeilt, hatte sich dicht an den Vorhang herangewagt und von dort aus reglos die Ankunft des Journalisten verfolgt. Als sie Wilhelms nicht mehr hatten sehen können, hatte Claus Maria Freiherr von der Schlei seine Taschenuhr aufschnappen lassen und sogleich auf den österreichischen Dichter Nestroy zurückgegriffen: »Es muß ja nicht gleich sein, es hat ja noch Zeit.«

Max Wilhelms trat forsch in die Bibliothek und wollte gerade einen lockeren, entschuldigenden, aber auch provokanten Spruch tätigen, als sein rechter Arm mit einem Ruck nach hinten gerissen und nach oben gedrückt wurde.Um den Schmerz erträglich werden zu lassen, mußte er sich zwangsläufig bücken. Er spürte, daß die

Waffe aus seiner Innentasche zu fallen drohte. Doch sein Unterarm wurde immer weiter nach oben gedrückt.

»Entschuldigen Sie bitte das Eindringen dieses Flegels, meine Herren«, hörte Max den Diener sagen. Sehen konnte er nur noch den Perser, auf dem er stand. Er sprach kein Wort, sondern wartete, was nun folgte.

»Lassen Sie es gut sein, Josef«, ertönte eine bekannte Stimme, und Max spannte sämtliche Muskeln an.

Der Diener ließ den Arm abrupt los. Max' Oberkörper schnellte ruckartig in die Höhe. Er vergaß den stechenden Schmerz in seiner rechten Schulter und schaute sich um. Jedem der Greise sah er dabei direkt in die Augen. Einer von ihnen besaß die Stimme seines anonymen Freundes. Durch den Schmerz abgelenkt und in gebückter Haltung, hatte Max sie nicht zuordnen können. Der Alte, der auf der hölzernen Bank ganz am Ende des Raumes saß und kleine Zinnsoldaten ordentlich vor sich aufgereiht hatte, schied als einziger aus. In einer Hand hielt er ein nasses Taschentuch, die andere lag teilnahmslos auf einem dikken Taschenbuch. Max blickte wieder ganz nach links. Der Mann am Pult saß auf einem höheren Stuhl und schaute ihn freundlich an. Auch die beiden Greise in der Sitzecke lächelten. Links neben ihnen stand nun stramm und wichtig der fünfte Alte. Nur der Mann am Kamin, grauhaarig wie alle anderen, aber mit großen roten Flekken auf der rechten Wange, saß von ihm abgewandt. Ihn konnte Max nicht erkennen.

»Danke, Josef«, ertönte nun eine andere Stimme. Sie gehörte dem Mann am Kamin. Er konnte demnach nicht der anonyme Anrufer sein. Blieben noch vier übrig. Max sagte weiterhin keinen Ton. Er spürte, daß seine Konzentration nachließ. Mit zu viel Unerwartetem kam er nicht zurecht. Die vielen Überraschungen hatten seine Aufnahmefähigkeit bereits auf die harte Probe gestellt. Alle möglichen Gedanken schossen ihm durch den Kopf. Stolzenberg war nicht im Saal. Sein Portrait kannte er. Katja hatte ihm das Foto gezeigt, auf dem er Arm in Arm mit Poschmann zu sehen war. Dennoch, der Graf hatte ihn herbestellt. Er, Max, war zu früh. Vielleicht würde Stolzenberg jeden Moment erscheinen. Das Treffen mit ihm interessierte Max plötzlich aber nur noch am Rande. In erster Linie wollte er jetzt die Stimme zuordnen, den anonymen Anrufer kennenlernen und ihn zur Rede stellen.

Der Diener ging. Bis auf den Alten am Kamin starrten ihn alle an. Auch sie blieben nun stumm, als wollten sie ihn zwingen, seinerseits Fragen zu stellen. Max konnte nicht mehr innehalten und gab nach. Er tat ihnen den Gefallen.

»Wo ist Stolzenberg?«

»Graf von Stolzenberg wird nicht kommen. Sie werden mit uns vorlieb nehmen müssen, Herr Wilhelms«, antwortete der strammstehende und am wichtigsten aussehende Mann direkt neben dem Schachbrett. »Prinz von Oranienbrug«, stellte er sich vor und entschuldigte sich sogleich dafür, daß er mit seiner Person begonnen hatte. Die Vorstellung der anderen Greise folgte direkt und ohne Pause. Der Prinz begann beim Baron. Er nannte keine Vornamen, nur Titel. Max versuchte herauszubekommen, nach welchem System er die Männer vorstellte. Er konnte nicht wissen, daß es die Reihenfolge war, in der sie in das Haus eingezogen waren. Max blickte von Greis zu Greis. Bis auf von Hinrichsburg nickten alle, als ihr Name fiel. Der General und Graf hinter den Zinnsoldaten straffte sogar die Schultern. Ryn-Gladenberg verbeugte sich leicht.

Max' Zunge war wie gelähmt. Sein Hals war trocken. Erst sollte er über eine Stunde warten, dann hörte er die Stimme seines Informanten, Helfers und Antreibers – die

Stimme eines Intriganten. Und zu guter Letzt bekam er mitgeteilt, daß Stolzenberg nicht kommen würde.

»Was ist das für ein abgekartetes Spiel? Verdammt noch mal, wer hat mit mir telefoniert?« Max kniff zornig die Augen zusammen.

»Langsam, Herr Wilhelms«, beschwichtigte der Prinz ihn, »wir wollen Sie zunächst auf das Ziel vorbereiten.«

»Vorbereiten? Vorbereiten? Das habe ich schon einmal gehört. Von einem aus diesem Raum, aber nicht von Ihnen.«

Mit einer beruhigenden Geste bot der Prinz ihm an, erst einmal Platz zu nehmen. Der Stuhl, der Max zugewiesen wurde, stand neben einem Tisch, auf dem ein dünner Stapel Papier sowie ein Füller, ein Kugelschreiber und ein Bleistift lagen.

»Kellinghausen, was haben Sie vor?«

Der BND-Chef der Aufklärung war kaum eingetreten, da sprang Bloßfeld, ohne auf seine verletzte Schulter Rücksicht zu nehmen, schon wutentbrannt die letzten drei Stufen hinunter.

»Was haben Sie vor?«

»Was meinen Sie?«

»Hören Sie doch auf! Sigma-Mittel, Flugzeug in Nordhausen, Wilhelms in Kelbra. Und gerade habe ich noch durch Zufall erfahren, daß meine Männer plötzlich von Hinrichsburgs Hütte abgezogen worden sind. Alle!«

»Interessant! Wie haben Sie das alles so schnell herausgekriegt?« Kellinghausen verzog keine Miene. Er schien über Bloßfelds Wissen und seine Angriffe weder wütend noch überrascht zu sein.

»Einer Ihrer Trottel hat die Informationen zu uns geschickt – zu Ihren Händen.«

»Hm.« Das war Kellinghausens einzige Bemerkung. Dann fragte er: »Können Sie mir den Namen des Trottels nennen?«

»Kellinghausen, was haben Sie vor?« schrie Bloßfeld nun und schaute den BND-Aufklärungschef fassungslos an.

»Können wir uns nicht erst einmal setzen?« bat der alte Fritz und schickte gleich noch eine Bitte an Höppner hinterher: »Bitte, bitte ... den Kaffee nicht in Geleeform und auch nicht durchsichtig!«

Ohne noch ein weiteres Wort zu verlieren, gab er seinen Mantel ab und ging wie der Hausherr höchstpersönlich ins erste Besprechungszimmer voraus, das gleich neben Dietmers Logistik-Zentrale lag.

»Sie hatten recht«, begann Kellinghausen, setzte sich, lehnte sich zurück und verschränkte die Arme vor seinem korpulenten Bauch. »Wilhelms hat Stolzenberg noch einmal kontaktiert. Schneller als erwartet. Wir haben fest damit gerechnet, daß der Graf ihn nach dem Telefonat mit dem Kanzleramtsminister abweist oder daß er ihm vielleicht noch ein paar nette, für uns informative Dinge steckt. Doch was hat Stolzenberg gemacht? Er hat ihn für heute zu sich nach Kelbra gebeten.«

»Und? Das ist doch bestens. Was wollen wir mehr?« Bloßfeld verstand Kellinghausens Skepsis nicht. »Wilhelms geht rein, kommt wieder raus und erzählt uns alles. Das wollten wir doch.«

»Abwarten! Abwarten! Stolzenberg hat nämlich Kelbra gestern abend gegen 19.00 Uhr wieder verlassen. Und ein paar Anrufe haben ergeben, daß er alle Termine, die er heute bei der ›Erdgas-Import‹ und nachmittags auf seinem Gut haben wird, auch einzuhalten gedenkt. Wilhelms ist also allein bei den Alten um von Hinrichsburg.«

Bloßfeld stand auf und ging wortlos zum Fenster. Selbst als Höppner Thermoskanne und zwei noch schaumig-tropfende Tassen brachte, verzichtete er auf sein sonst übliches »Dankeschön«. Die tiefen, dunkelgrauen Wolken hatten Aachen bereits erreicht. Kellinghausen griff nach einer Tasse, schenkte nur sich ein und nippte vorsichtig an dem braunen Gebräu.

»Martin«, sprach er Bloßfeld nun mit einem Blick, der um Verständnis bat, erstmals persönlich an. »Was hat Wilhelms Ihnen denn erzählt? Er hat von dem anonymen Anrufer erzählt, der ihm sagte, er sei ausgewählt, ja berufen. Daß er vorbereitet werden sollte. Das ist doch offensichtlich, oder? Wilhelms soll schreiben. Er sollte schon über die BSE-Klamotte vorab in der Zeitung schreiben. Und jetzt soll er auch über das ganze verfluchte Netz der Intrigen in Europa und der Aktionen in Rußland schreiben. Das war geplant. Bis ins kleinste Detail. Kutschnekov hat Leitner in Moskau gesagt, daß er der festen Überzeugung sei, von Hinrichsburg sei der Dreh- und Angelpunkt. Ich habe mir gestern noch mal seinen Bericht vorgeknöpft. Kutschnekov hatte recht.«

»Wann?« fragte Bloßfeld.

»Wann was?«

»Wann habt ihr die ganze Sigma-Geschichte eingefädelt?«

»Gestern abend, als Sie der Melzer unter vier Augen erklärt haben, daß sie wohl noch ein paar Tage Gast in Köln sein muß.«

Kellinghausen war brutal ehrlich, und Bloßfeld zählte eins und eins zusammen. Gestern abend, während der gemeinsamen Leerung der zweieinhalb Liter Portugieser Weißherbst war Kellinghausen bereits im Bilde gewesen. Während sie ausgelassen und erleichtert über seine, Bloßfelds, Verletzung, seine Armbinde und die Halsschlagader des Koordinators gescherzt hatten, hatten Spezialagenten an Wilhelms' Untergang gearbeitet, hatten in

Nordhausen und anderswo gewissenhaft die Durchführung eines Get-off-Programmes vorbereitet. Als der Minister sein »Damit dürfte wohl für mich vorerst die Angelegenheit erledigt sein« abgespult hatte, hatte auch er Bescheid gewußt. Der Koordinator hatte schnellstens um detaillierte Berichte »nach Art des Kollegen Leitner« gebeten, um ihn, Martin Bloßfeld, hinzuhalten. Und nun erschien Kellinghausen zu einem netten, ausgedehnten Mittagessen.

»Martin, wir wußten nicht, was sich in dem Peugeot abgespielt hat. Die observierenden Kollegen sprachen von ›anscheinend intensiven Verhandlungen‹ und fragten mehrfach nach, ob sie wirklich einschreiten sollten.«

»Aber, verdammt, ich hatte Sie doch eingeweiht! Wir waren uns doch einig!«

»Ja, aber es kam nun mal anders. Wir können nicht das Risiko eingehen, daß Wilhelms schreibt. Hinrichsburg, Oranienbrug, Schlei und wie sie alle heißen – unsere Experten haben ihre Lebensläufe genauestens studiert. Und ihre Ergebnisse sind einstimmig. Alle sind in ihrer Seele verletzt, in ihrer Ehre gekränkt. Alle trauern dem verlorenen Gefühl der Ordnung nach. Sie wollen sich mit dem Abstellgleis nicht zufriedengeben. Sie alle waren mehr oder weniger mächtig. Jetzt sind sie alt, uralt, hassen die Sittenlosigkeit und den Verfall ihrer Werte. Sie sind am Ende. Am Ende. An *ihrem* Ende. Aber keiner von ihnen, nicht ein einziger, hat sich aufs Sterben eingestellt. Diese Männer, Martin, diese Männer wollen noch einmal so richtig mitspielen. Sie wollen sich rächen. Sie wollen sich rächen für ihr persönliches Dilemma. Für verlorene Söhne, für verlorene Kameraden aus dem Kreisauer Kreis, für verlorene Liebe, für verlorene Kämpfe, für nicht erreichte Ziele. Alle, das haben die psychologischen Skizzen gezeigt, alle haben irgendwann irgendwo in ihrem Leben versagt, ein Ziel verfehlt oder – wie im Fall dieses fränkischen Rosenzüchters – letztendlich nie erfahren, was das Ziel ist. Jetzt wollen sie sich durch Wilhelms ein Denkmal setzen. Erinnern Sie sich an das Kreisen der Raben, mit dem Wilhelms Stolzenberg konfrontieren sollte? Barbarossa, eine Legende, lebt weiter.«

Bloßfeld wußte, daß Kellinghausen keine Gespenster sah. Er wußte auch, daß sie nicht einmal das kleinste Risiko eingehen durften. Wenn die Alten es schafften, Wilhelms zum Schreiben zu bewegen, dann steckte der gesamte Staatsapparat in einer tiefen Krise, wahrscheinlich der tiefsten seit Bestehen der Bundesrepublik. Es konnte nur die eine Schlußfolgerung geben. Bloßfeld hatte es im Grunde gestern schon befürchtet. Kellinghausen traf keine Schuld, er mußte so handeln. Bloßfeld schaute weiterhin aus dem Fenster. Die Wolke über ihnen schien nicht mehr anders zu können: Es regnete.

»Was passiert jetzt mit Wilhelms?«

»Auf Wilhelms haben wir einen Theta-Agenten angesetzt. Er wird ihn gleich beim Verlassen des Anwesens abfangen. Vorher war nicht mehr möglich. Man hat uns gerade erst grünes Licht gegeben. Wilhelms hat kein Fahrzeug. Es ist alles in die Wege geleitet. Er wird in drei, vier, vielleicht fünf Tagen bei einem Autounfall in Florida ums Leben kommen. Man wird bei ihm einen Koffer mit umgerechnet einer halben Million Mark finden. Damit auch Poschmann die Geschichte schluckt.«

»Haben Sie sich schon Gedanken gemacht, wie Sie das der Melzer beibringen?«

»Nein, habe ich nicht. Ist auch nicht nötig. Sie wird auf dem Beifahrersitz gefunden werden. Mit kürzlich neu erstandenen, teuren Kleidern und charmantem, aber nicht zu teurem Schmuck. Sie war Wilhelms Geliebte und ist zuletzt von ihrem neuen Lover Poschmann mehr als enttäuscht gewesen, denn sie hat geglaubt, von ihm nur ausgenutzt worden zu sein.«

Bloßfeld drehte sich um, setzte sich auf den Stuhl gegenüber Kellinghausen und griff nach einer Tasse. »Hat Wilhelms noch irgendeine Chance?«

»Nein, diesmal nicht.«

»Wissen Sie, wie die Kyffhäuser-Sage, die Kaisersage entstanden ist?« fragte der Prinz. »Das Volk lebte im Chaos, in Friedlosigkeit. Es herrschte Faustrecht. Das Volk hatte Sehnsucht nach geordneten Verhältnissen. In dieser Situation suchte es Kraft und Trost, indem es am Tode Friedrichs II. zweifelte. Dieser Zweifel, verbunden mit alten Überlieferungen vom wiederkehrenden Kaiser, führte zu der Kyffhäuser-Sage, die heute noch lebendig ist.«

Der Prinz setzte sofort zur nächsten Frage an, die er kurz darauf wie gewohnt selbst beantwortete. »Wissen Sie, wie oft das Kyffhäuser-Denkmal allein in den hundert Jahren seines Bestehens angefeindet wurde? Zu jeder Zeit. Immer wenn es neue Liebhaber fand, fand es auch neue Gegner. Es hatte dann aber wiederum besondere Beschützer. Schon während des Baus gab es Unruhen. Aber das Denkmal hat bestanden. Es steht für Beständigkeit, eine Beständigkeit, die unserer Gesellschaft heute fehlt.«

Max wurde es zuviel. Er preßte die Hände gegen die Schläfen. Er konnte nicht mehr aufnehmen. Jedesmal wenn er hatte einschreiten wollen, um lediglich um eine kurze Pause zu bitten, hatte der Prinz gnadenlos die Hand gehoben. Er führte das Regiment der Lehrenden an. Sechs an der Zahl. Fünf von ihnen hatten auf Max eingeredet, ihn weiterhin »vorbereitet«, ohne auch nur einmal etwas Konkretes, etwas, was ihn weiterbrachte, geäußert zu haben. Altmühl-Ansbach hatte zusammenhanglos an Friedrich-Wilhelm I. erinnert, der mit Strenge, Sachkundigkeit und Sparsamkeit die Grundlage für den grandiosen Aufstieg Preußens geschaffen hatte. Die größte Fähigkeit des ersten Friedrich-Wilhelm hatte nach Ansicht des Generals aber in der Kunst bestanden, die richtigen Leute auszuwählen. »Ihrer waren nicht viele. Aber sie waren mit Geschick zum richtigen Zeitpunkt an den richtigen Platz gestellt.« Wie Max unschwer erkennen konnte, teilten die anderen Greise diese Ansicht. Alle nickten. Eigentlich nickten sie immer, wenn einer von ihnen mit seinem Monolog geendet hatte. Sie nickten nun auch dem Mann am Pult zu. Fürst Hermann-Dietrich von Ryn-Gladenberg sprach mit schwacher Stimme. Er mußte sich mehrmals an seiner Schreibunterlage festhalten.

»Fast zu jeder Zeit«, erklärte er, »besaß die Gesellschaft ein Bewußtsein. Ob Agrargesellschaft oder Industriegesellschaft, ob Klassen-, bürgerliche oder Feudalgesellschaft. Heute, Herr Wilhelms, leben wir wieder einmal in einer Gesellschaft ohne Bewußtsein. Das ist nicht neu. Das gab es schon immer, es gehört sicherlich auch zu der Entwicklung einer Gesellschaft. Doch etwas ist neu. Und schlecht, sehr schlecht. Und bedrohlich. Schlecht und bedrohlich ist nicht, daß die Menschen in unserem Land keine Werte und keine Ziele mehr haben. Nein, schlecht und bedrohlich ist, daß sie weder nach Werten noch nach Zielen streben. Schlecht und bedrohlich ist ihre Gleichgültigkeit.«

Seitdem der Fürst das Wort ergriffen hatte, durchbohrte Max ihn förmlich mit Blicken. Es waren Blicke der Wut, aber auch Blicke der Erleichterung. Fragende Blicke. Endlich hatte die anonyme Stimme einen Mund, ein Gesicht, einen Körper bekommen und einen Namen:

Fürst Hermann-Dietrich von Ryn-Gladenberg. Nein. Max wußte sofort, daß er sich täuschte. Die Stimme hatte nicht einen Namen – die Stimme hatte sechs Namen. Sechs Münder, sechs Gesichter und sechs Körper. So, wie Prinz von Oranienbrug heute als Erster Lehrmeister fungierte, hatte der Fürst die Rolle des anonymen Anrufers übernommen. Und so hatte bei diesem Treffen nun auch jeder Greis seinen Beitrag zu leisten gehabt. Ein jeder hatte seinen Teil belehrend, mahnend oder engagiert, aber dennoch trocken vorgetragen. Lediglich der Baron am Kamin hatte nicht gesprochen. Nur zwei-, dreimal hatte er Max angestarrt. Zuletzt, als dieser Freiherr von der Schlei von sich gegeben hatte: »Es wird mehr als eine Hand benötigt, um einen Knoten zu fertigen. Ein russisches Sprichwort.«

Max hatte spontan reagiert: »Lächerlich erscheint der Mensch, der seinen Charakter und seine Kräfte überschreitet. Nachgelassene Maxime. Von Vauvenargues.« Von der Schlei war beeindruckt gewesen. Der Mann am Kamin hatte sich darin bestätigt gefühlt, mit Max die richtige Wahl getroffen zu haben.

Maximilian Wilhelms war sich dessen allerdings nicht so sicher.

»Warum ich?« fragte er. Die Frage »Was soll ich tun?« hatte sich erübrigt. Ryn-Gladenberg hatte ihm, als er sich am Tisch mit dem Papier und den Schreibutensilien niedergelassen und nur mit dem Füller gespielt hatte, gnädig unterbreitet, daß ein Mitschreiben wünschenswert, aber nicht unbedingt erforderlich sei. »Sie müssen sich keine Notizen machen. Sie würden ohnehin nur ergänzendes Beiwerk sein. Wir haben alles für Sie vorbereitet«, hatte der Fürst gesagt und auf drei Kladden gezeigt.

»Warum ich?« wiederholte Max seine Frage.

Die Alten zögerten. Sie waren sich wohl nicht einig,

oder es war zuvor nicht festgelegt worden, wer auf diese Frage antworten sollte.

»Sicherlich hat Graf von Stolzenbergs freundschaftliche Verbindung zu Ihrem Chefredakteur Poschmann eine nicht zu vernachlässigende Bedeutung«, begann der Prinz vorsichtig und warf den anderen einen entschuldigenden Blick zu. Er wirkte plötzlich nervös, obwohl er insgeheim an dieser Begründung lange gefeilt hatte. »Aber Sie, Herr Wilhelms, verkörpern die Entwicklung unserer Gesellschaft, die Entwicklung der Gesellschaft von unserer Zeit bis in die Gegenwart. Sie waren einst unbestechlich, gewissenhaft, gerissen, fleißig, tüchtig, diszipliniert. Sie hatten Werte und Prinzipien, an denen Sie festhielten. Sie hatten ein Ziel – das Ziel, Gutes zu erhalten und zu fördern und Schlechtes zu kritisieren und zu ändern. Sie waren ein Held, der nicht nach Ruhm strebte, für den Ehre selbstverständlich und Selbstverständliches eine Ehre war. Sie sind Friedrich II. sehr ähnlich gewesen. Friedrich II. war auch Schriftsteller, Philosoph. Er korrespondierte mit Voltaire. Und er äußerte eindeutig den Wunsch, daß ihm zu Lebzeiten kein Denkmal gesetzt werden möge. Gleichzeitig ließ er aber nach dem Siebenjährigen Krieg für sechs ruhmreiche Generäle auf dem Wilhelmsplatz in Berlin Denkmäler errichten. Und heute, Herr Wilhelms? Heute sind Sie ein selbstgefälliger, fauler Nihilist, ohne Moral, ohne Werte, ohne Prinzipien. Sie sind korrupt, baden in Selbstmitleid und begründen Ihre Disziplinlosigkeit mit Frust. Sie trauern Bergen nach, die Sie ohnehin nie versetzen konnten. Sie haben keine Ziele und kein Interesse, sich Ziele zu suchen oder sich Ziele zu stecken. Sie vegetieren nur vor sich hin. Sie verkörpern Gleichgültigkeit, und das in einem Beruf, in dem Gleichgültigkeit unverzeihlich ist. Herr Wilhelms, Sie sollten uns dankbar sein ...«

»Dankbar?« platzte Max nun heraus. Die Beschreibung seiner Entwicklung ließ ihn nun alle höfliche Zurückhaltung vergessen. »Dankbar? Mein Leben war geregelt. Ich hatte einen Job, einen guten Job. Ich hatte einen Freund, einen guten Freund, der übermorgen unter die Erde gebracht wird. Ich hatte einen Glauben – einen Glauben an Gerechtigkeit und Gesetz, an Staat und Demokratie. Dafür habe ich gekämpft.«

»Sie kämpfen jetzt. Jetzt wieder, Herr Wilhelms.«

»Aber Ihren Kampf. Einen Kampf, der wahrlich nicht meiner ist! Was ist das für ein Kampf? Hitler ist tot. Sie sind doch selbst schon tot«, schrie Max nun und richtete sich direkt an Ryn-Gladenberg. »Ihr Kreisauer Kreis ist tot! Er ist tot, weil sich die Zeiten geändert haben. Es besteht kein Bedarf mehr am Kreisauer Kreis.«

In der Bibliothek herrschte absolute Stille. Max hatte sich erschöpft in seinen Stuhl zurückfallen lassen. Die Greise wollten es ihm ermöglichen, die Beherrschung wiederzuerlangen. General von Altmühl-Ansbach nutzte die Gelegenheit, um sich mühsam zu seinem Sessel am Schachbrett zu schleppen. Er konnte nicht länger stehen.

Dann ergriff Ryn-Gladenberg das Wort.

»Aus unserem letzten Telefonat konnte ich schließen, daß Sie sich aus Lexika und Fachbüchern reichlich Wissen über den Kreisauer Kreis angeeignet haben. Was vielleicht nicht in allen Büchern steht, ist, daß sich die Aristokraten des Kreisauer Kreises in erster Linie gegen Hitler stellten, weil den Menschen in unserem Land die Entscheidungskraft genommen worden war. Heute befinden sich die Bürger der Bundesrepublik in einer ähnlichen Situation. Ihnen wird die Entscheidungskraft genommen. Die Politik will Europa. Die Menschen aber wollen es nicht. Sie wollen sich das bißchen Patriotismus, das sie noch empfinden dürfen, ohne gleich als Nazis beschimpft zu werden, bewahren. Sie sind es leid, auf ihr Vaterland nicht stolz sein zu dürfen. Und noch etwas, Herr Wilhelms. Der Kreisauer Kreis verwarf den schwächlichen Parteienstaat der Weimarer Republik. Fünfundfünfzig Jahre nach Moltke, Yorck und Schulenburg sehen wir wieder einen schwächlichen Parteienstaat. Sie sagen, der Kreisauer Kreis wäre tot. Sie sprechen nur Hitler an. Sie sagen, es bestände kein Bedarf mehr am Kreisauer Kreis. Aber wir haben erkannt, daß alles wiederkehrt. Bestimmte Zustände erinnern uns an vergangene Tage. Wir spüren es deutlich. Unser heutiges Deutschland kommt dem Deutschland am Ende des neunzehnten Jahrhunderts sehr nahe. Wie die Menschen, wie das Volk, so der Staat. Er besaß kein Konzept mehr. Er besaß nur noch wirtschaftlichen und militärischen Ehrgeiz. Deutschland besaß keine Ziele mehr, war ein Staat ohne Ideen geworden. Geld trat an die Stelle von Pflicht, von Ehre. Geld wurde zum Maßstab aller Dinge. Erkennen Sie in dieser Beschreibung das Deutschland von heute wieder? Und ... Deutschland befindet sich wie schon so oft in einer Situation, die es nur selten mit Bravour gemeistert hat. Deutschland ist zu groß für einen europäischen Staatenverbund und zu klein für einen Alleingang. Und allein aus Angst klammert sich die Politik an das westliche Europa.«

Ryn-Gladenbergs Ansichten konnte und wollte Max nicht teilen. Sein Gespür verriet ihm nur, daß der Zeitpunkt endlich gekommen war: Nun sollte er erfahren, über welche Geschichte Einstein gestolpert war. Max zögerte. Er hoffte, jetzt die richtige Frage zu stellen, richtig kombiniert zu haben. Bloßfeld hatte ihm die Frage vorgegeben, hatte sie auch ihm gestellt.

»Rußland«, sagte er kurz. »Sie streben die stärkere Bindung zu Rußland an.«

Was nun folgte, jagte Max einen kalten Schauer über

den Rücken. Als würde sich der Vorhang zu einem lange einstudierten Bühnenstück nun endlich heben, setzten sich die Greise feierlich in Position. Prinz von Oranienbrug trat sogar einen Schritt zurück. Sie blickten gemeinsam zu Otto-Wilhelm Baron von Hinrichsburg, der langsam seine Pfeife ablegte und mit seiner dürren Hand seine Bereitschaft signalisierte. Nur kurz richtete er seine Augen auf Wilhelms.

»Der Kreisauer Kreis bestand aus jungen, leidenschaftlichen Patrioten. Heereskommandant Ernst-Friedrich Graf von Stolzenberg, der leibliche Vater des Ihnen bekannten Friedrich-August Graf von Stolzenberg, gehörte dem Kreis an. Wie auch meine Person.«

Max Wilhelms beugte sich vorsichtig nach vorn. Er wollte den Baron mit der schwachen Stimme nicht stören.

»Wir schrieben das Jahr 1941. Es war Herbst. Mitte Oktober lagen die deutschen Truppen vor den Toren Moskaus. Seit einem Monat wurden in Deutschland Raketenwaffen entwickelt. Zu diesem Zeitpunkt hatte Hitler noch nicht den Oberbefehl über die Wehrmacht. Denn militärisch lief bis in den Dezember hinein alles bestens. Die Euphorie wurde genutzt, um das Volk zu betäuben. Zu diesem Zeitpunkt, im Oktober 1941, als die Sowjetregierung aus Moskau flüchtete, ergab sich jedoch eine Möglichkeit, die den Kreisauer Kreis zum Handeln zwang.«

Der Baron erzählte von der engen Verbindung, die Mitglieder des Kreisauer Kreises zu Blutsverwandten in Rußland und zu russischen Stalin-Kritikern gepflegt hatten. Er erinnerte an die beständige Beziehung zwischen deutschen und russischen Aristokraten. Er nannte Namen, viele Namen. Von Persönlichkeiten aus mehreren Jahrhunderten. Statt über die von Max nun mit Spannung erwartete geheime Aktion des Kreises zu berichten, gedachte der Baron der ersten Universität, die Alexander I. in Dorpat gegründet hatte. An ihr wurde in deutscher Sprache gelehrt. Max erfuhr, daß 1881 rund ein Drittel der Bevölkerung der Stadt Petersburg die deutsche Staatsangehörigkeit besessen hatte. Ein Deutscher war auch der Leibarzt Peters I. gewesen. Ein Deutscher hatte Sibirien erforscht. Gleich zwei Orte an der Wolga hießen Weimar.

Max wartete geduldig. Zwar war er mehr als gesättigt von den einführenden Reden, doch von Hinrichsburg besaß, obwohl er ohne jegliche Betonung sprach, die Fähigkeit, auch Max mit lapidaren Hintergründen zu fesseln.

»Keine Staatsform, keine Regierung hat es bis zum heutigen Tage geschafft, die Verbindung zwischen deutschen Adligen und ihren russischen Blutsverwandten zu stören.« Der Baron kam damit endlich wieder auf den Kreisauer Kreis zu sprechen. Er erzählte, mit immer schwächer werdender Stimme und immer längeren Pausen, die auch Max nicht zu unterbrechen wagte, über den Transport des Zarenschatzes nach Archangelsk, über die viel zu kurze Vorbereitungszeit, über die Pflicht, handeln zu müssen. »Unsere Bewunderung gilt bis zum heutigen Tage Kommandant Ernst-Friedrich Graf von Stolzenberg und allen Wehrmachtssoldaten seiner Elitetruppe, die unwissend ihrer bedeutungsvollen, ruhmreichen Tat in den Tod gingen. Aber sie gilt auch dem russischen Kommandanten Sergej Komalenkov und den ihm unterstellten Männern. Sie starben ehrenvoll.«

Von Hinrichsburg mußte erneut pausieren. Er schnappte nicht nach Luft, verriet mit keiner Bewegung, ob er Schmerzen hatte. Er saß ruhig mit Blick zum Kamin da. Max dauerte das Schweigen der Greise dennoch zu lange.

»Was ist mit dem Schatz? Hat Strombach das etwa rausbekommen?« fragte Max mißtrauisch.

Der Baron antwortete nicht. Prinz von Oranienbrug trat einen Schritt vor, blieb aber sofort stehen, als Ryn-Gladenberg das Wort ergriff.

»Kurzfristiges Ziel der Aktion war es, den Schatz so lange zu verbergen, bis der Zeitpunkt günstiger war, Hitler zu stürzen. Denn es schien sicher zu sein, daß Moskau fallen würde. Versteckt werden sollte der Schatz in einer ehemaligen, leerstehenden Hammerschmiede. Sie können sich vorstellen, welcher Anstrengungen es bedurfte, eine solche Tat vorzubereiten. Zu dieser Zeit! Transportfahrzeuge waren beschafft worden. Anschließend wurde die Gegend um Ustje samt Hammerschmiede bombardiert, außerdem zur Ablenkung verschiedene andere Orte in der Umgebung. Unter den wenigen Fliegern, die zurückkehrten, war mein Bruder. Seine Nachricht lautete nur, daß Graf von Stolzenberg und seine Truppe die Hammerschmiede nicht erreicht hätten. Wir wissen bis heute nicht, was mit den Kameraden und dem Schatz geschehen ist. Das Unternehmen hatte nur geringe Aussicht auf Erfolg. Doch diese einmalige Chance mußten wir damals nutzen.«

Max hatte Fragen über Fragen, blieb jedoch stumm. Die Aufführung in der Bibliothek war noch lange nicht zu Ende. Eines stand allerdings jetzt schon fest. Ryn-Gladenberg hatte ihm mit einer Geschichte, die sein Leben ändern würde und die zudem die Geschichte seines Lebens bedeuten konnte, nicht zuviel versprochen. Während Freiherr von der Schlei gegenüber des Generals am Schachbrett Platz nahm, fuhr Prinz von Oranienbrug, der Erste Lehrmeister, mit der spannenden Erzählung fort.

»Es war nie Ziel des Unternehmens, den Zarenschatz später in deutsche Hände zu geben. Er sollte die russische Monarchie nach einer Niederlage Stalins und einem Sturz

Hitlers stärken. An diesem Ziel haben wir nun auch ohne Zarenschatz, lediglich durch die Verbreitung des Gerüchtes, er existiere noch, festgehalten. Es fiel uns in den letzten Jahrzehnten nicht leicht, uns in Geduld zu üben. Doch wir wollten die ehrenvolle Tat Stolzenbergs, Komalenkovs und der vielen anderen Beteiligten, die ihr Leben ließen, zu einem Erfolg führen. Wir wollten an den Kreisauer Kreis und an die Beweggründe seiner Mitglieder, die sich geopfert haben, erinnern. Und das in einer Zeit, die nicht geeigneter dafür hätte sein können.« Von Oranienbrug sprach nun die tiefe Abneigung gegen den Euro an, die bevorstehende, russische Präsidentschaftswahl, Maastricht und die Turiner Konferenz. Er schilderte die Besetzung der Hammerschmiede durch russische SVR- und Militärtruppen im Morgengrauen, erwähnte die Rolle Stolzenbergs, der UEG, der »Erdgas-Import« und die Rolle Max'.

»Können die Voraussetzungen für ein Verlassen der EU und eine Annäherung an Rußland günstiger sein?« fragte er schließlich. »Unsere Absicht war es nie, dieses Ziel zu erreichen. Dazu reichten unsere Mittel leider nicht aus. Aber wir wollten zumindest dieses Ziel als Alternative zu Europa aufzeigen, eigentlich nur ein bewährtes, aber vergangenes Gut in Erinnerung rufen. Das germanische Eindringen in Osteuropa ist immerhin über anderthalbtausend Jahre alt. Und dabei spreche ich nicht von militärischen und gewaltsamen Invasionen. Deutschland ist wieder einmal der mächtigste Staat Europas, besitzt das effektivste Wirtschaftsmanagement der westlichen Welt. Welches ernstzunehmende Hindernis stellt sich uns und unserem traditionellen Hang nach Osten also heute entgegen?«

Max sah auf das Schachspiel, das der General seit Minuten konzentriert anstarrte. Nur noch wenige Figuren nahmen an der Partie teil. Vorteile für eine Partei konnte er nicht erkennen. Offensichtlich verfolgten die Spieler eine gemeinsame Taktik. Beide boten deutlich an, Figuren zu opfern, um ihrem Ziel schneller näherzukommen. Max fragte sich, wie viele Figuren schon bereitwillig geopfert worden waren und welche Figur *er* darstellte. In welcher Truppe sollte er geopfert werden? Oder war auch er schon geopfert worden, ohne etwas davon bemerkt zu haben?

»Wieviel?«

Der Chef der kleinen Taxizentrale wollte endlich eine Summe hören.

Kurz nachdem der Mann mit der gefütterten schwarzen Lederweste sein Büro betreten, ihm seine Marke und seinen Ausweis unter die Nase gehalten hatte, hatte der Kleinunternehmer schon den Profit gewittert. Erklärungen hatte er keine hören wollen. Es hatte ihn nicht interessiert, daß aus »nationalen Sicherheitsinteressen« oder »für eine polizeiliche Aktion« ein Taxi ohne Fahrer benötigt wurde. »Ich bin schweigsam wie ein Grab, und ich will auch gar nicht wissen, wozu Sie es brauchen«, hatte er lediglich versichert, als der Mann von »geheimen Ermittlungen in Ihrem Gebiet« gesprochen hatte.

»Wieviel?« wiederholte er neugierig seine Frage.

»Wieviel wollen Sie?« stellte der Mann mit der Lederweste die Gegenfrage und fügte schnell hinzu: »In bar.«

Ein Stab von fünfzehn Personen war die Nacht über damit beschäftigt gewesen, noch einmal ein klares Bild von Wilhelms zu entwerfen. Psychologen und Ermittlungsspezialisten hatten bereits viele Aktenseiten gefüllt. Wilhelms' gesamtes Leben, seine journalistischen Vorgehensweisen, seine Art zu reagieren – alles war analysiert worden. Der Theta-Agent, der nun für die Get-off-Aktion verantwortlich zeichnete, hatte dennoch darauf Wert gelegt, unbekannte Verhaltensmuster aufzuspüren. Schließlich hatte der »Kurier«-Redakteur dreimal den polizeilichen Ring durchbrochen, hatte SEK und Spezialtruppen zum Narren gehalten.

Der Fuhrpark der Einheiten besaß mehrere Taxen. Doch man wollte einen Wagen mit Werbeaufschriften der Region. In Wilhelms durfte in den wenigen Minuten kein Zweifel aufkommen. Er sollte sich in Sicherheit wiegen, wenn er den Weg vom Herrenhaus zur Landstraße zurücklegte. Nichts Ungewöhnliches durfte seinen Instinkt, seinen Spürsinn wachrütteln. Seit den frühen Morgenstunden beobachteten vier Kollegen das Haus des Barons. Auch die Rückseite des Anwesens wurde von den Kyffhäuserklippen aus beschattet. Drei Scharfschützen waren seit kurz nach halb zwei auf ihren Posten. Zwei unabhängig voneinander agierende Abhörteams verfolgten jede Bewegung auf Hinrichsburgs Anwesen. Bloßfelds Leute waren abgezogen worden.

Die Chefin vom Dienst des »Westdeutschen Kuriers« war bereits seit drei Stunden auf dem Weg nach Nordhausen.

»Frau Melzer, danke für Ihre Mitarbeit. Wilhelms hat von Stolzenberg bereits die nötigen Informationen erhalten. Es hat sich alles aufgeklärt. Wir können Sie jetzt zu Wilhelms bringen. Bloßfeld ist bereits bei ihm«, hatten sie ihr gesagt. Die Maschine auf dem kleinen Privatflugplatz stand vollgetankt bereit. Wie auch die vier Fahrzeuge, die an den Ortsausgängen von Kelbra und Tilleda die Verbindungsstraße absperrten. Der leitende Theta-Agent wollte keine fremden Fahrzeuge auf der Landstraße sehen, während Wilhelms sich ihr näherte. Man hatte zwei Lastkraftwagen und vierzehn Pkw besorgt, damit die Straße wie üblich befahren wirkte. Nichts, aber auch gar nichts durfte dem Zufall überlassen werden.

»Tausend Mark halte ich für angemessen«, pokerte der Droschken-Unternehmer hoch.

»Ich gebe Ihnen zweitausend«, sagte der Theta-Agent und griff in seinen Koffer. Ein überdimensionales schwarzes Portemonnaie schaute halb aus seiner rechten Gesäßtasche heraus. Er war ausgewählt, ja berufen, das Taxi zu fahren. Er war darauf vorbereitet.

Die Geschichte, die Max' Leben verändern sollte, war rund. Die einzelnen Teile paßten zusammen, ergaben ein Bild, in dessen Mitte sechs alte Männer standen. Sie zogen die Fäden.

Friedrich-August Graf von Stolzenberg war nur eine Marionette. Der Ziehsohn des Barons war wie Max über Jahre gelenkt worden. Die Greise hatten es ihm nüchtern berichtet. Sie hatten ohne eine Äußerung des Bedauerns erwähnt, daß Stolzenberg bis vor wenigen Stunden sogar noch an den Schatz an der Hammerschmiede geglaubt habe. Sie hatten beiläufig erzählt, daß diese Täuschung des engen Vertrauten notwendig gewesen sei. Stolzenberg sei bis zuletzt hochmotiviert gewesen, da er geglaubt habe, das Werk seines leiblichen Vaters endlich vollenden zu können. Über Stolzenbergs Reaktion auf das Geständnis hatten sie jedoch kein Wort verloren.

Die Achtung vor der Weisheit der Alten, die Max anfänglich empfunden hatte, trat auf einmal in den Hintergrund. Er sah sture, alte, schwache Menschen, denen das Schachspiel mit steinernen Figuren zu langweilig geworden war. Er sah wahnsinnige Kranke, die die Macht vergangener und vergessener Zeiten nutzten, um mit Menschen zu spielen.

»Warum wurde dann auf mich geschossen? Ein Unfall?« fragte er.

»Auch wenn eine Unternehmung noch so gut geplant ist – es kann immer wieder etwas Unvorhergesehenes passieren, das die Pläne durchkreuzt«, antwortete der Prinz sofort brav. »Der ängstliche Staatsapparat hat Strombach auf dem Gewissen, der ängstliche Breuer fast Sie.«

»Sie sind schuld, daß Strombach tot ist. Sie allein. Rechtfertigen Ihre Ziele diesen Tod?«

»Besondere Ziele erfordern besondere Opfer. Meinen Sie, Herr Wilhelms, wir haben 1941, 1944 nicht um die toten Kameraden getrauert? Die, die damals, an jenem 20. Juli, am Hitlerattentat beteiligt gewesen waren, werden heute als Helden gefeiert, die mit Würde ehrenvoll starben.«

Max sprang auf. Allein das Alter und die Schwäche der verbitterten Adligen hielten ihn davon ab, seinen Aggressionen freien Lauf zu lassen. Er mußte die Zähne zusammenbeißen, um die Beherrschung nicht zu verlieren. Er ging zur Tür, drehte sich jedoch noch einmal um.

»Sie, meine Herren, nehmen sich das Recht, über Leben und Tod von Menschen, über Leben und Tod von Gesellschaft und Demokratie zu bestimmen. Sie legen fest, wann Ziele erstrebenswert sind. Sie sind aber diejenigen, die ängstlich sind! Weil Sie alt und nutzlos in dem kleinen Gemäuer hier vor sich hin schimmeln, wahrscheinlich wieder Windeln tragen müssen und die Hosen gestrichen voll haben. Sie sind die Ängstlichen, weil Ihnen kein Tod mit Würde, kein ehrenvoller Tod vergönnt sein wird. Ihnen wird kein Denkmal errichtet. Weder zu Lebzeiten noch nach dem Tod. Und ich, das versichere ich Ihnen, werde Ihnen auch kein Denkmal errichten. Wenn Sie meinen, mich als Journalisten und aufrichtigen, tüchtigen, prinzipientreuen, unbestechlichen und gewissenhaften Mitbürger wiederbelebt zu haben, mich wieder zu dem gemacht zu haben, der ich früher war, dann müßten Sie eigentlich auch wissen, daß ich keine Zeile schreiben werde.«

Max griff nach der Klinke und riß die Tür weit auf.

Der Diener mit den langen Armen stand breitbeinig im Rahmen.

Max drehte sich fragend zu den Greisen um.

»Lassen Sie ihn gehen, Josef«, ordnete der Baron ruhig an. Auch jetzt blieb sein Blick auf den Kamin gerichtet.

Max hörte nicht mehr, wie von Hinrichsburg mit geschlossenen Augen und schwacher, aber selbstsicherer Stimme weitersprach: »Er wird schreiben. Er muß schreiben. Er hat keine andere Wahl.«

Mit voller Wucht knallte Max die schwere Pforte hinter sich zu und stürzte befreit in den Schnee hinaus. Die ersten Schritte rannte er. Dann verfiel er schnell wieder in den alten Trott und schlurfte durch das knöchelhohe Weiß. Er war tief in Gedanken versunken und türmte den Schnee mit beiden Füßen ein wenig vor sich auf. Er wollte sein Gesicht erfrischen und bückte sich. Dabei fiel ihm Bloßfelds Handy aus der Tasche. Er ließ es liegen, griff nach den weichen Flocken, verteilte sie über Stirn, Schläfen und Wangen und ging weiter bergab.

Die Kinder veranstalteten am Fuß der Anhöhe eine ausgelassene Schneeballschlacht. Die Jungen lagen übereinander und seiften sich ein. Die Mädchen standen kreischend um sie herum. Als Max keine dreißig Meter von der Landstraße entfernt war, näherten sich von Tilleda drei Fahrzeuge. Das dritte, ein elfenbeinfarbenes Taxi, kam Max wie gerufen. Er hob beide Hände, winkte, schrie und rannte die letzten Meter. Der Fahrer sah ihn erst im letzten Moment. Er bremste, als er an der Auffahrt schon fast vorbei war.

Max drehte sich noch einmal um und schaute nach oben. Nicht zum Herrenhaus des Barons. Er sah zum Kyffhäuser empor und zum Denkmal. Sofort erfaßte sein Blick die schwarzen Vögel. Es waren nicht viele, doch sie kreisten. Ihre Formationen waren ohne System. Sie flogen allein, aber kreisten gemeinsam.

Plötzlich waren sie verschwunden. Als ahnten sie etwas.

Nachwort:

Geltendes Recht verpflichtet Autoren, darauf hinzuweisen, daß selbstverständlich alle Namen und Handlungen der Personen und intrigierenden Institutionen frei erfunden sind. Auch wenn die Geschehnisse im März 1996 wahrhaftig stattgefunden haben, ist dieser Verpflichtung nachzukommen, da selbst nach langwierigen Recherchen eine hundertprozentig wahrheitsgetreue Wiedergabe nicht möglich ist. So kann das vorliegende Werk kein journalistischer Bericht sein, da vielleicht das eine oder andere Wort nicht so gefallen sein mag. Vielleicht ist auch die Halsschlagader des Koordinators stellenweise als zu geschwollen beschrieben worden.

An der Wahrheitsfindung Interessierte können demnach nur aufgefordert werden: Studieren Sie die Chronik des Seekrieges, Wehrmachtsberichte, Tageszeitungen, Nachrichtenmagazine, gar meteorologische Berichte! Überprüfen Sie kleinste Details! Schauen Sie hinter die Kulissen unseres politischen und wirtschaftlichen Systems und hinterfragen Sie die Arbeitsweise vieler bundesdeutscher Redaktionen. Sie können letztendlich nur zu einem Ergebnis führen!

Danken möchte ich

meinem lieben Vater Günter Herber, meiner Lektorin Karin Schmidt sowie Gerd Erichsen, Dr. med. Tobias J. Schlegel, Marcus Kolander, Andreas Kamps, Thorsten Krämer, Juliane Jung, Wolfgang Okon, Shirin und Silvia Bauß (für ihre endlose Geduld), der Westdeutschen Allgemeinen Zeitung, der Stadtbibliothek Essen, der Polizei Essen, dem Eisenbahnmuseum Bochum-Dahlhausen, der Stadtinformation Kelbra und der Kyffhäuservereinigung.

Seit ihrer Scheidung hat die 34jährige Computerexpertin ihr Leben unter Kontrolle. Niemand wird Susan Harris jemals wieder fremdbestimmen. Und niemand wird ungebeten in ihr abgeschiedenes Leben eindringen. Dafür sorgt schon *Alfred*. So nennt sie ihren unsichtbaren Diener: ein ausgetüfteltes computergesteuertes Überwachungssystem, das jede Veränderung in ihrer Villa registriert. Eines Nachts schlägt das Security-System Alarm. Susan fährt aus dem Schlaf hoch. Die Kameras zeigen keine Veränderungen in und um das Haus herum. Als sie *Alfred* nach dem Grund des Alarms fragt, erklingt immer die gleiche Antwort: *Es ist alles in Ordnung, Susan.* Aber sie spürt, daß nichts in Ordnung ist. Irgendwo im Haus lauert eine Gefahr ...

ISBN 3-404-14218-7